Inhalt

Vorwort

Die »Drei« ist im Märchen eine mächtige Zahl. Drei Wünsche erfüllt ein Dschinn. Drei Tropfen Blut beschützen das Leben einer Prinzessin. Und zum dritten Mal laden wir euch mit einer Anthologie ein in die geheimnisvollen Welten, die hinter Dornenhecken und Zauberspiegeln verborgen liegen.

In den beiden vorhergehenden Ausgaben konzentrierten wir uns vor allem auf Adaptionen bekannter Geschichten. Wenn das Schlagwort Märchen fällt, denken viele von uns zuerst an Aschenputtel, Schneewittchen, Hänsel und Gretel und Dornröschen; vielleicht auch an Die kleine Seejungfrau und Das hässliche Entlein oder an Rotkäppchen und den Gestiefelten Kater. Die Beliebtheit der Kinder- und Hausmärchen der Brüder Grimm, der Werke von Hans Christian Andersen und – in Deutschland schon weniger bekannt – von Charles Perrault formten nachhaltig unsere Vorstellung dieser Literaturgattung.

Dabei gab und gibt es Märchen überall. Sowohl die alten Ägypter als auch Chinesen erzählten sich schon vor über tausend Jahren Geschichten, deren Motive stark an Aschenputtel erinnern. Bei ihnen hieß die Heldin allerdings Rhodopis bzw. Yeh-hsien. Bereits Mitte des dritten Jahrhunderts sollen Teile der morgenländischen Sammlung Tausendundeine Nacht entstanden sein: spannende, oft auch erotische Erzählungen voller Wunder und Gefahren, eingebettet in eine dramatische Rahmenhandlung. An diesem erzählerischen Kniff orientierte sich im 17. Jahrhundert der Italiener Giambattista Basile mit seiner eigenen Märchensammlung Il Pentamerone. In ihr finden sich neben einigen ziemlich abgedrehten Geschichten auch ältere Varianten von beliebten Märchen wie etwa Rapunzel oder König Drosselbart. Märchen wurden eben schon immer neu erzählt und neu erfunden.

Eine Rahmenhandlung findet ihr in *Von Fuchsgeistern und Wunderlampen* zwar nicht, aber auch wir wagen dieses Jahr einen mutigeren Blick über den Tellerrand. Wir durchqueren Wüsten und entdecken mit dem Strandräuber Urashima ein verborgenes Königreich.

Deshalb habe ich diese dritte Märchenanthologie auch in drei Teile geteilt: Märchen aus dem Morgenland, Märchen aus dem Reich der Mitte und Märchen aus dem Abendland. Denn so sehr es uns Spaß gemacht hat, uns mit Lampengeistern und Schneefrauen zu beschäftigen, konnten wir uns dem Lockruf hiesiger Waldhexen und Elfenprinzen nicht erwehren.

Wir hoffen, ihr habt viel Freude an unseren Geschichten – egal, wer sie erzählt und egal, wohin sie euch entführen.

Es war einmal …

Christian Handel, Sommer 2018

Märchen aus dem Morgenland

Akram El-Bahay

Das unglückliche Ende

Akram El-Bahay

Akram El-Bahay, der zu gleichen Teilen ägyptische wie deutsche Wurzeln hat, lebt und arbeitet als Autor und Journalist am Rhein. In seinen Geschichten entführt er seine Leser in schillernde Welten, die – wie er selbst sagt – »nach Wasserpfeifen schmecken und fremden Gewürzen duften«.

Für seinen Roman *Flammenwüste* wurde er 2015 mit dem Literaturpreis *Seraph* für das beste Fantasy-Debüt des Jahres ausgezeichnet. Wenn ihr orientalische Märchenabenteuer mögt (und Drachen), solltet ihr unbedingt einen Blick auf dieses Buch werfen.

Anfang des Jahres erschien sein Buch *Wortwächter* für Leser ab elf Jahren und vor ein paar Wochen mit *Bücherkönig* ein neuer Band seiner Fantasy-Saga *Die Bibliothek der flüsternden Schatten*.

Während ich von Akrams Büchern schwärme, schwärmt er unter anderem von den Romanen von J. R. R. Tolkien und Cornelia Funke. Märchen faszinieren ihn, weil sie »ja nur vordergründig die Geschichte(n) von Prinzessinnen, Hexen oder verwunschenen Königreichen erzählen. Dahinter steckt in der Regel eine zweite Geschichte, die viel über die Zeit und Menschen erzählt, die in ihr gelebt haben.«

Auch wenn sein Beitrag *Das (un)glückliche Ende* titelt, möchte ich mit ihr diese Anthologie eröffnen. Denn Akram reist ganz tief mit uns hinein in den verwunschenen Orient und verrät, wie die berühmte Märchensammlung *Tausendundeine Nacht* tatsächlich entstanden ist.

www.facebook.com/AkramElBahay

Das unglückliche Ende

Die Leute erzählen sich, oh glücklicher König … So beginnen sie alle, die Märchen, die ihre Zuhörer mitnehmen an fremde Orte und in vergangene Zeiten. Auf Abenteuer, die Ruhm oder Tod bedeuten können. Doch seid auf der Hut, mein König, wenn diese Worte aus dem falschen Mund kommen, können sie klebrig sein wie die Fäden eines Spinnennetzes. Euch einweben und nicht mehr freilassen.« Der alte Erzähler strich sich sein Gewand glatt und wartete auf ein Zeichen des Königs, fortzufahren.

Der Monarch zögerte für einen Moment, so als ob er sich nicht sicher war, ob er es wagen sollte, sich auf einen Weg zu begeben, der allein aus Worten bestand. Doch dann bedeutete er dem Mann vor sich mit einem Wink, weiterzuerzählen.

Der Alte nickte. Er warf einen kurzen Blick durch den Thronsaal. Marmorsäulen, ein Boden aus Alabaster und ein Goldmuster, das sich wie die Triebe einer Pflanze über die Wände schlang. Dieser Ort schien selbst einer seiner Geschichten entsprungen zu sein. Von draußen drang die Morgensonne hell durch die hohen Fenster und in ihrem Licht leuchteten die vor aufgeregter Neugier erröteten Wangen des Königs hell.

»Nun, auch meine Geschichte beginnt mit diesen Worten. Ihr braucht indes keine Angst zu haben, dass ich Euch verzaubere. Anders als es denen widerfahren ist, von denen meine Worte berichten.« Er räusperte sich, ehe er fortfuhr. »Die Leute erzählen sich, oh glücklicher König, dass es einst einen Herrscher wie Euch gab. König Schahriyâr war sein Name. Er gebot über eine Insel, die sich zwischen dem Reich des Kaisers von China und dem Land Indien erstreckte. Eines Tages erfuhr er, dass seine Frau ihm während eines Jagdausflugs untreu gewesen war. Blind vor Wut ließ er sie hinrichten und beschloss, dass er sich fortan jeden Tag mit einer neuen Frau vermählen und diese nach der Hochzeitsnacht töten lassen würde. So sollte er nie wieder von seiner Frau betrogen werden können. Die Angst unter den Töchtern der Stadt war fortan groß, von ihm zur Frau genommen zu werden. Die Tochter seines Wesirs aber, eine ebenso schöne wie kluge und mutige Frau namens Scheherazade, bat ihren Vater, den blutrünstigen König heiraten zu dürfen, um ihn von seiner Mordlust zu heilen. Sie wollte ihn mit der Macht der Märchen bekehren. Ihr Vater stimmte schweren Herzens zu, und so begann sie in der ersten Nacht mit ihrem königlichen Gemahl mit einem ihrer spannenden und wundervollen Märchen. Sie hielt erst kurz vor dem Morgengrauen in der Geschichte inne. Ihre Schwester Dinharazade, die vor dem Bett der Frischvermählten saß, bat sie darum, das Märchen fortzuführen. Und siehe da: Der König war gefangen in ihren Worten und wollte mehr hören. Er schenkte ihr das Leben für jeweils einen weiteren Tag, damit sie in ihrer Geschichte fortfahren konnte. So erzählte und erzählte sie, Nacht für Nacht, und jedes Mal brachte es der König nicht übers Herz, sie zu töten, ehe er nicht mehr von ihren spannenden Geschichten gehört hätte. Zuletzt wurde er durch die Macht ihrer Worte geheilt von seiner Gier nach dem Tod. Er schenkte Scheherazade das Leben. Sie gebar ihm drei Kinder und alle lebten glücklich bis zum letzten ihrer Tage.« Der Erzähler verzog die Mundwinkel zu einem geheimnisvollen Lächeln.

»Jaja«, murmelte der König ungeduldig. »Die Geschichten aus tausendundeiner Nacht. Jeder kennt sie. Selbst mein Kindermädchen hat sie mir vorgetragen. Hast du nichts Neueres?«

Der Alte nickte. »Sie sind alt, diese Märchen aus tausendundeiner Nacht. Würdet Ihr mir glauben, dass ich es war, der sie erstmals unter die Leute gebracht hat? Diyab Hanna, der große Erzähler. Nun, mein Herrscher, ich habe immer nur das glückliche Ende der List Scheherazades erzählt. Ich denke jedoch, dass die Zeit für die Wahrheit gekommen ist. Wenn Ihr mutig genug seid, mein König, will ich Euch das andere Ende vortragen. Das unglückliche Ende. Dunkel wie die

Nacht über Eurem Palast. Und voll von dem heißen Wunsch nach Rache. Heißer als das schrecklichste Feuer.«

Der Wink kam diesmal sofort und der Alte fuhr fort: »Dann will ich sie Euch erzählen, die wahre Geschichte über König Schahriyâr, seine verlorene Frau Scheherazade und deren Schwester Dinharazade. Und über einen Erzähler, der, wie es der Zufall will, meinen Namen trägt. Doch seid auf der Hut, mein König. Denn diese Erzählung ist so unglücklich, wie es nur der Tod sein kann.« Der Alte räusperte sich und begann seine Geschichte.

Die Geschichte der Ifritin und ihrer Jägerin

Die Leute erzählen sich, oh glücklicher König, dass es einst eine Stadt gab, die sich so anmutig in einem Tal ausbreitete, als hätte die Wüste ihr eigens eine Bühne bereiten wollen. Die Kämme der Hügel, die sie im Osten, Westen und Norden säumten, waren zu schroff, um sie zu erklimmen, und boten den weiß getünchten Häusern Schutz vor den Angriffen umherstreifender Beduinen. Weit reckten sich die Türme des Palastes empor, der im Herzen der Stadt lag. Seine Kuppel war aus Silber und funkelte der Sonne wie ein auf die Erde gefallener Mond entgegen. In glücklicheren Tagen war die Stadt so häufig von Handelskarawanen besucht worden, dass, wer immer diesen Ort finden wollte, nur den Spuren der Kamele zu folgen brauchte. In den Tagen, während derer unsere Geschichte spielt, war die Stadt jedoch zu einem verfluchten Ort geworden. Seit vielen Jahren hatte niemand mehr gewagt, auch nur in ihre Nähe zu kommen. Nicht, seitdem die ersten Ghoulas in diesem Land gesehen worden waren. Man sagte, die Leichenfresserinnen würden jedem auflauern, der es betrat.

Der Mann und die Frau, die sich der Stadt mit ihrem Kamel von Süden her genähert hatten, waren die Ersten, die seit langer Zeit einen Fuß auf diesen Boden setzten. Der Mann war noch nicht ganz dreißig und

blickte sich mit einer Mischung aus Abscheu und Interesse um, wie es meist Menschen taten, die die Welt nur aus Büchern kannten und feststellten, dass das Reisen viel mühseliger war als das Lesen. Er strich sich das Haar aus der Stirn, das dunkel wie das Gefieder eines Raben war. Erschöpft lehnte er sich gegen den gemauerten, mannshohen Rand eines der vielen Löcher, die sich wie die Glieder einer fast endlosen Schlange durch die Wüste wanden. Die Zugänge zum Qanat, dem Bewässerungssystem der Stadt.

»Du wusstest doch von den Ghoulas«, sagte die Frau und band sich ihre schwarzen Locken zu einem Zopf zusammen. »Warum bist du also verängstigt?«

Der Mann nickte langsam, während er seine Hände betrachtete, an denen Spuren des dunklen Blutes klebten. Man konnte meinen, die nun tote Leichenfresserin, die ihn vor kaum einer Stunde hatte verspeisen wollen, hätte eine Markierung auf seiner Haut hinterlassen wollen. Die Frau selbst trug Blutspritzer auf ihren Stiefeln, ihrer Hose und ihrem Hemd.

»Ja, ich weiß über Ghoulas Bescheid«, murmelte er. »Aber sie gehören in Geschichten.« Er sah sie an und runzelte die Stirn. »Ich bin ein Erzähler. Ich glaube nicht an den Unsinn von der verwunschenen Stadt. Sondern an die Märchen. Allein sie besitzen eine tiefere Wahrheit. Aber sie sind dennoch nicht echt.« Sein Blick fiel erneut auf seine Finger. »Sie sollten zumindest nicht echt sein.«

Dinharazade, die Frau, die ihn mit der Aussicht auf einige der unglaublichsten Geschichten und einhundert Dirham hatte überreden können, sie zur verwunschenen Stadt zu begleiten, lächelte mitleidig. »Du kennst all diese Wesen und glaubst, keines von ihnen wäre echt? Alle nur Auswüchse der Vorstellungskraft von Erzählern, deren Knochen längst blank gefressen sind? Die Ghoula, der wir den Kopf abgeschlagen haben, gehörte zu den Wachen. Sie sorgen dafür, dass sie nicht gestört wird.«

Der Erzähler griff nach einer der Trinkflaschen, die an der Satteltasche ihres Kamels hingen, und nahm einen tiefen Schluck.

»Sie?«, fragte er. »Ich verstehe nicht. Du hast mir gesagt, du suchst deine Schwester und brauchst meine Hilfe. Und ich begreife erst recht nicht, wie genau ich dabei helfen soll, jemanden zu finden. Sicher gibt es Abenteurer, die sich besser für solch eine Angelegenheit eignen.« Er wischte sich den Schweiß von der Stirn. »Doch meinen Lohn will ich in jedem Fall«, schob er rasch hinterher. »Eine Sammlung der schönsten Geschichten, die es je gegeben hat.«

»Du wirst sie bekommen, Diyab Hanna«, sagte Dinharazade.

»Bloß Diyab«, erwiderte der Mann. »Ich bin es nicht gewohnt, dass man mich bei meinem vollen Namen anspricht. Nur an die ganzen Namen der Großen meiner Zunft erinnert man sich. Aber wenn du Wort hältst, werde ich vielleicht bald dazugehören. Diyab Hanna, der Erzähler. Der größte aller Erzähler. Doch ich frage mich, von wem du sprichst. Wer ist sie?«

Dinharazade biss sich auf die Lippe, als wollte sie die Worte daran hindern, zwischen ihnen hindurchzuschlüpfen. »Das dort ist die verwunschene Stadt«, sagte sie stattdessen.

Der Erzähler erbleichte. »Das ist sie? Ich dachte, sie wäre …«

»… nur ein Märchen«, beendete Dinharazade den Satz und griff nach den Zügeln des Kamels. »Wie die Ghoulas.« Sie lächelte bitter. »Ich hatte gehofft, wir würden keiner von ihnen über den Weg laufen. Der Schleichweg durch die Dünen ist schwer zu finden, wenn man nicht weiß, dass er existiert. Nun, die Leichenfresserin war noch ein Kind und leichtsinnig. Sie sind nicht oft allein unterwegs.«

»Woher kennst du eigentlich diesen Pfad?« Diyab rieb sich die Hände, um das Blut abzuwischen.

Dinharazade sah auf seine Finger und wusste, dass es vergeblich sein würde. Ghoulablut klebte wie Pech. »Ich habe ihn vor vielen Jahren zusammen mit meiner Schwester entdeckt.« Sie bemerkte den fragenden Blick des Erzählers aus den Augenwinkeln. »Die verwunschene Stadt war mein Zuhause. Ich war die Tochter des Wesirs. Aber das ist lange her.«

»Und was bist du heute?«, fragte der Erzähler verwundert.

Dinharazade hielt den Blick starr auf die Mauer der Stadt gerichtet, die so weiß wie die Jasminblüte war. »Ich bin eine Ifritenjägerin.«

»Ifriten?« Diyab sah sich um, als erwartete er jeden Moment, dass einer der Rachegeister sich vor ihnen aus der Luft schälen und sie mit seinem Feuer verbrennen würde. Nun, offenbar fing er an, seine Märchen zu glauben. Kluger Erzähler.

»Keine Angst«, erwiderte Dinharazade. Sie konnte ihm die Furcht allzu deutlich vom Gesicht ablesen. Himmel, was hatte sie sich da für einen Bücherwurm eingefangen? Sie zog kurz einen gläsernen Anhänger unter ihrem Hemd hervor, den sie an einer Kette um den Hals trug. Er war geformt wie ein Tropfen und in ihm schimmerte ein Licht golden wie die Sonne. »Eine Dschinnträne«, erklärte sie dem Mann. »Du hast von ihnen gehört?«

»In Märchen«, wisperte Diyab und betrachtete den Anhänger verzückt. »Aber ich hätte nie zu träumen gewagt …«

»Der Dschinn, von dessen Augenwinkel sie hinabfiel, starb durch die Magie eines Ifriten«, erklärte Dinharazade und ließ den Anhänger wieder unter ihrem Hemd verschwinden. »Im Augenblick seines Todes wurde sie hart wie Stein. Die Träne färbt sich rot, sobald einer dieser Rachegeister in der Nähe ist. Du siehst, es ist keiner hier.«

»Ifriten«, sagte Diyab halb zu sich selbst. Dann sah er Dinharazade in die Augen. »Unglaublich. Doch wenn du einen von ihnen jagst und deine Schwester retten willst, so vermute ich, dass der Ifrit in dieser Stadt haust. Hält er deine Schwester gefangen?«

Dinharazade verzog die Lippen zu einem freudlosen Lächeln. »Richtig und falsch, kleiner Erzähler. Ich will meine Schwester Scheherazade retten. All die Jahre habe ich dafür gelebt, um zu lernen, wie man Ifriten bekämpft und besiegt. Ihre Seele von dem Fluch löst, der sie an diese Welt bindet. Sie sind Geister, die in rauchlosem Feuer geboren werden. Menschen, die in den Flammen ihr Ende finden und denjenigen Rache schwören, die ihnen dies angetan haben. Kahle

Geschöpfe mit Körpern aus schwarzem Rauch, aus denen Flammen schlagen. Mit Augen so rot wie die Abendsonne und Mäulern, die alles verschlingen können.« Dinharazade blickte den Erzähler an, der sprachlos an ihren Lippen hing, so wie es sonst seine Zuhörer taten. »Doch der Ifrit hinter diesen Mauern hält meine Schwester nicht gefangen.« Sie atmete tief durch, als bräuchte sie Kraft, um die nächsten Worte über die Lippen zu bringen. »Er ist meine Schwester.«

Das Kamel war bei Weitem nicht so störrisch wie der Erzähler. Dinharazade band das Tier an einen Pflock, den sie zwischen zwei der Zugänge zum Qanat in den Boden getrieben hatte. Von der Stadt aus sollte das Kamel nicht auffallen. Und wenn sie schnell genug waren, würden auch die Ghoulas nicht auf das Tier aufmerksam werden. Diyab hingegen beschwerte sich in einem fort, seit Dinharazade ein Seil aus der Satteltasche geholt, es am nächsten gemauerten Zugang befestigt und dem Erzähler eröffnet hatte, dass sie nach unten klettern mussten. Ihr Hinweis, dass die Ghoulas das Blut an seinen Fingern wittern konnten und er am sichersten in Dinharazades Nähe war, überzeugte ihn schließlich, ihr zu folgen. Obwohl der Weg hinab nicht allzu tief war, rutschte er zweimal fast ab und seine ängstlichen Schreie gebaren zahllose Echos in dem schmalen Gang, der sich unter der Erde erstreckte. Nichts regte sich, als sie unten ankamen. Für einen Moment lauschte Dinharazade in die Stille. Von irgendwoher hörte sie das Geräusch von Tropfen, die sich an den Innenwänden des Qanat fingen, hinabfielen und sich in der Mitte des unterirdischen Ganges zu einem schmalen Wasserlauf zusammenfanden.

Dinharazade zog eine faustgroße goldene Kugel aus einer Gürteltasche. Kaum hatte sie ihren Atem über die Kugel gehaucht, wuchs ein Licht in deren Inneren heran, das die Dunkelheit vertrieb.

»Noch so ein Zauberding?«, fragte Diyab.

»Das Herz eines Phoenix«, erwiderte Dinharazade. »Es spendet Licht und Mut. Wir können beides gebrauchen.« Sie ging voraus, das leuchtende Phoenixherz in der Hand, und versuchte nicht nur mit den Augen, sondern auch mit den Ohren zu sehen. In den Jahren, die sie Ifriten jagte, war sie nicht nur Rachegeistern begegnet. Allzu oft teilten sich die im Feuer geborenen Wesen ihre Verstecke mit Geschöpfen, die tief in den Schatten hausten. Einige von ihnen verschmolzen so gekonnt mit ihrer Umgebung, dass sie besser zu hören als zu sehen waren.

Diyab aber machte Dinharazades Bemühungen, nach ihren Feinden zu lauschen, zunichte. »Wie ist …«, begann er.

»… meine Schwester eine Ifritin geworden?« Dinharazade seufzte leise, während sich die Schatten vor ihnen widerwillig im Schein des Phoenixherzens teilten. »Sie hat den blutrünstigen König namens Schahriyâr bekehren wollen. Jeden Tag heiratete er eine neue Frau, um sie nach der ersten Nacht zu töten. Meine Schwester wollte ihn mit ihren Geschichten von seiner Mordlust kurieren. Kein Mensch kannte so viele wunderschöne Erzählungen wie sie. Und sie alle hatte Scheherazade in ein Buch geschrieben, aus dem sie für ihr Leben gern vorlas. Doch nach der ersten Nacht ließ er auch sie töten. Ich war dabei, als sie ihre Geschichte erzählte. Vergeblich bat ich sie, in der nächsten Nacht fortzufahren. Der König indes wollte nichts mehr hören. Er war grausamer zu ihr als zu den anderen. Denn er hatte ihren Plan durchschaut und sich einen besonders qualvollen Tod für sie überlegt. Bei lebendigem Leib ließ er sie verbrennen. Ich …«, sie stockte, als säßen ihr die Worte wie Splitter in der Kehle, »war dabei. Ich bin gezwungen worden zuzusehen, wie sie starb. Wie sie ihn verfluchte. Wie sie sich selbst verwünschte.« Das Herz des Phoenix in ihrer Hand zitterte, als fürchtete es sich vor der dunklen Erzählung, und sein Licht tanzte wild in der Finsternis.

»Sie hat sich zu einer Ifritin verflucht, nicht wahr?«, wisperte der Erzähler. »Es ist unverzeihlich, dies zu tun. Man sagt, nur wer in Flammen steht und so voller Wut ist, dass die eigene Seele brennt, vermag sie vom Tod zu lösen und an diesen Fluch zu binden. Wie kann man so sehr hassen?«

»Sie ist im Stich gelassen worden!« Dinharazade verfluchte sich für den Ausbruch. Sie war viel zu laut für den heimlichen Weg, den sie gewählt hatten. Rasch senkte sie ihre Stimme. »Sie hat alle um sich retten wollen. Doch keiner kam, sie zu retten. So musste sie sterben. Die Ifritin aber übertrifft denjenigen in seiner Grausamkeit, dessen Todesurteil sie empfangen hat.«

»Oh, kümmere dich nicht um die Herrin. Dein eigener Tod ist viel näher.« Die Ghoula erschien so plötzlich vor ihnen, dass Diyab erschrocken aufkeuchte.

Gleich wie viele Leichenfresserinnen Dinharazade auch bereits gesehen hatte, sie war immer wieder aufs Neue angewidert. Das Geschöpf war lang, dünn und mager wie eine Straßenkatze. Der nackte Körper wurde von weißer Haut umspannt und über dem totenähnlichen Schädel rankten sich strähnige schwarze Haare wie dünne Schlangen. Bis zur Hüfte sahen alle Ghoulas wie missgestaltete Frauen aus. Doch ihre langen, dünnen Beine endeten in Eselshufen. Die Augen steckten ihr weißen Kieseln gleich im Kopf. Dinharazade hörte sie schnüffeln wie ein Hund, der eine Fährte aufgenommen hatte.

»Es verirren sich nicht oft Besucher hierher«, kicherte die Ghoula und strich sich mit ihren bleichen Fingern über den Bauch. Wieder schnüffelte sie, dann richtete sie ihren Blick auf Diyab. Als sie die dunklen Flecken auf seinen Händen erkannte, leuchteten ihre Augen vor Hass hell auf.

»Bei allen Geschichten«, entfuhr es Diyab. »Das verfluchte Blut hat sie angelockt.« Er rieb sich über die Haut. »Und wir enden im Bauch einer Leichenfresserin.«

Die Ghoula kam näher, langsam wie eine Katze, die es darauf abgesehen hat, mit einer Maus zu spielen.

Dinharazade trat einen Schritt zur Seite, damit die Leichenfresserin freie Sicht auf Diyab hatte. »Sei vorsichtig«, sagte sie drohend. »Das Blut

der anderen klebt nicht zufällig an seinen Händen. Er ist ein großer Krieger. Man nennt ihn den Ghoulaschlächter, da wo wir herkommen.«

»So?«, knurrte die Leichenfresserin und ihre Augen leuchteten heller auf.

»Er zerreißt sie mit bloßen Händen«, wisperte Dinharazade und trat noch einen Schritt zur Seite. Aus den Augenwinkeln sah sie Schatten, die sich ihnen lautlos näherten. Damit hatte sie gerechnet. Ghoulas jagten meist im Rudel und teilten sich die Beute. Es waren fünf. Zu viele, um sie einzeln zu töten. Dinharazade musste etwas anderes versuchen. »Er freut sich darauf, eure ganze Sippe auszurotten. Nur dafür hat er mich begleitet.«

»Hat er das?« Die Ghoula ging in die Knie und spannte die Muskeln ihrer sehnigen Beine an. Die Katze machte sich bereit zum Sprung.

»Hat er das?«, wiederholte Diyab fassungslos die Frage. Er sah zu Dinharazade.

»Er wird eher sterben, als dich leben zu lassen«, hauchte sie der Leichenfresserin entgegen, während ihre Finger an ihren Gürtel fuhren und sich um den Griff des Schwertes schlossen, das daran hing.

»Dann wird er sterben«, kreischte die Ghoula wild und sprang.

Diyab riss die Arme vor die Augen.

Dinharazade zog währenddessen das Schwert aus ihrem Gürtel und ließ es durch die Luft tanzen. Die Klinge trennte den Kopf der Ghoula so sauber ab, dass er durch die Höhle flog und vor die Schatten fiel, die sich am Rand des Phoenixlichtes zusammenkauerten. In Diyabs Schrei mischte sich das Kreischen der anderen Ghoulas. Plötzlich war ein Geklapper wie von Pferdehufen zu hören, das sich bald in der Ferne verlor. Dann wurde es totenstill.

Diyab fuhr sich übers Gesicht und betrachtete entgeistert den abgetrennten Kopf. Im Licht des Phoenixauges sah er fast ebenso bleich wie der zu Boden gefallene, reglose Torso der Leichenfresserin aus. »Ghoulaschlächter?« Er brachte das Wort mit einer Mischung aus Ekel und Angst über die Lippen.

»Ich musste sie ablenken. Und du siehst sehr gefährlich aus.« Dinharazade wusste nicht, ob der Erzähler den Scherz für bare Münze nahm.

»Wo sind die anderen? Da waren noch mehr, oder?«, fragte er und sah sich um.

Dinharazade steckte die Klinge in die Scheide an ihrem Gürtel. »Sosehr sie Leichen lieben, Ghoulas ertragen es nicht, den Tod der eigenen Art mit anzusehen.« Sie bückte sich, nahm den blutenden Kopf in die Hand und warf ihn Diyab zu, der ihn entgeistert auffing.

»Was …?«

»Wenn du ihn trägst, kommen sie nicht zurück, Ghoulaschlächter.« Sie lächelte, als der Erzähler den Kopf erst einen Moment voll Abscheu anstarrte und ihn dann vor sich hielt wie einen Schild. »Komm«, sagte Dinharazade. »Es ist nicht mehr weit.«

Sie folgten dem Weg, bis er an einer Steinwand endete. Eine eiserne Tür war kunstvoll in sie eingelassen, und der Wasserlauf zu ihren Füßen wurde kurz vor ihr von einer Metallplatte verschlossen. Diyab versuchte vergeblich, die Tür zu öffnen. »Offenbar abgeschlossen«, meinte er. »Hast du etwas, das uns hier helfen kann? Einen magischen Schlüssel vielleicht?«

Dinharazade schenkte ihm ein freudloses Lächeln. »Keinen magischen, aber einen aus Eisen. Der König wollte sich noch am Todestag meiner Schwester mit mir vermählen. Er hat mich bei ihrer Hinrichtung zusehen lassen, damit ich wusste, was auf mich zukommen würde. Bevor er jedoch die Ehe vollziehen konnte, kehrte Scheherazade in ihrer neuen Gestalt zurück.« Dinharazade zog einen rostigen Schlüssel aus einer Tasche ihrer Hose hervor. »Die Wachen des Königs lieferten ihr einen ebenso erbitterten wie sinnlosen Kampf. Mein Vater ergriff die Gelegenheit und brachte mich durch diese Tür aus dem Palast. Ich habe den Schlüssel, mit dem ich sie verschließen musste, damit man mir nicht folgen konnte, nie abgelegt.« Sie steckte ihn ins Schloss und drehte ihn um. »Und heute kehre ich zurück. Um meine Schwester zu erlösen und die Stadt zu befreien.«

Hinter der Tür lag ein Gang in tiefer Stille und Finsternis. Der Wasserlauf erschien wieder unter seiner eisernen Abdeckung und verschwand nach wenigen Schritten an einer Weggabelung in einem schmalen Gang zu ihrer Linken. Dinharazade wandte sich nach rechts. Die Luft roch abgestanden. Das Phoenixauge verdrängte die Schatten, die den Gang füllten. Nach einer Biegung drang heller Lichtschein zu ihnen. Zahllose Lampen brannten nicht weit entfernt in einem großen Raum, in den sich der Gang öffnete. Dinharazade blieb so unvermittelt stehen, dass der Erzähler gegen sie stieß.

»Was ist?«, zischte er aufgeregt und sah von Dinharazade zu dem Licht. »Sind dort Menschen?« Er kniff die Augen zusammen. »Vielleicht ist die Macht deiner Schwester gebrochen.«

Dinharazade schüttelte den Kopf. Niemand konnte die Macht eines Ifriten brechen. Ein Rachegeist konnte nur überlistet und eingesperrt oder getötet werden. Doch sie bezweifelte, dass einer der Einwohner ihrer Heimatstadt dazu in der Lage gewesen war.

Ihre linke Hand fand den Dolch an ihrem Gürtel von allein. Lediglich ein halbes Dutzend Bannsprüche existierten, die einen Menschen, der töricht genug war, einen Rachegeist zu jagen, vor dem sicheren Tod schützen konnten. Die Klinge, die im Schein der Lampen leuchtete, trug sie alle auf der silbernen Haut. Jeder einzelne hatte Dinharazade ein Jahr voller Gefahren und Entbehrungen gekostet. Sie alle waren die Anstrengung wert gewesen.

Dinharazade legte das Phoenixauge ab, bedeutete Diyab, ihr zu folgen und ging vorsichtig auf das Licht zu. Kurz zog sie die Dschinnträne hervor. Sie leuchtete blutrot.

Heimlichkeit machte keinen Sinn. Scheherazade war hier. Und sie wusste, dass jemand kam. Vielleicht sogar, wer kam. Neben sich hörte sie Diyab schlucken. Aus den Augenwinkeln sah sie ihn den abgetrennten Ghoulakopf wie einen Schild in die Höhe halten. Mit einem schnellen Schritt trat Dinharazade in den Lichtschein. Und sah sich verwundert um. Dort hätte eigentlich ein langer Gang sein sollen, der zu den Kellerräumen des Palastes führte. Der König hatte dort seinen Wein und die Lebensmittel lagern lassen, die man besser in der Kühle der Erde aufbewahrte. Vor ihr aber erstreckte sich ein opulent geschmückter, blind endender Flur, der zu beiden Seiten zahllose Türen aufwies. Wie viele waren es?

»Vierzig, wenn ich richtig gezählt habe«, hörte sie Diyab neben sich wispern. Es schien, als hätte er ihr die Frage von der Stirn abgelesen. »Durch welche müssen wir?«

Dinharazade antwortete nicht. Wo war Scheherazade? Sie zog eine Flasche aus schwarzem Kristall aus einer weiteren Tasche an ihrem Gürtel hervor. Das Glas, aus dem sie gemacht war, gab es nur an einer Stelle in der Wüste. Man erzählte sich, es sei die Schale eines gigantischen Eies. Den Rockvogel, der angeblich vor Jahrhunderten aus ihm geschlüpft war, hatte Dinharazade nie zu Gesicht bekommen. Neugierig, wie er wohl aussehen würde, hatte sie sich stets gewünscht, ihn aufzuspüren. Wenigstens hatte sie einen Teil des Eies. Die Flaschen, die man aus seiner Schale gefertigt hatte, waren die einzig sicheren Gefängnisse für Geister. Sie ging zu einer der Türen und strich mit den Fingern über den hölzernen Rahmen. Sie sahen alle völlig gleich aus. Schmucklos. Aus dunklem Zedernholz. Selbst der Messingknauf schien immer derselbe. Der Flur, zwischen dessen Wänden sie sich befanden, war völlig leer. Verflucht, wo war Scheherazade? Dinharazade wandte sich zu Diyab um und … erstarrte.

Hinter dem Erzähler stand ein Kind. Das dunkelhaarige Mädchen blickte sie aus schreckgeweiteten Augen an. Verflucht, wo kam es denn her? Das Mädchen konnte kaum zehn Jahre alt sein.

Diyab fuhr herum und stolperte von dem Mädchen fort, als gehörte es zu den Leichenfresserinnen. Es blickte Dinharazade und den Erzähler aus Augen an, die zu alt wirkten für ein so junges Gesicht. Die zu viel gesehen hatten. »Bitte nicht, edle Herrin«, wimmerte das Kind und machte einige Schritte weg von ihnen, während es auf den Dolch starrte. Rasch ließ Dinharazade die Waffe hinter ihrem Rücken verschwinden. Ein Kind. Also gab es noch Lebende in der Stadt. Sie trat auf das Mädchen zu und kniete sich zu ihm. »Wer bist du?«, fragte sie und strich dem Kind tröstend übers Gesicht. Sie selbst hatte einmal ganz ähnlich ausgesehen. Große, dunkle Augen in einem Gesicht, das die Sonne mit einem Schimmer von Kakao gefärbt hatte.

»Namika«, wisperte das Mädchen.

»Bist du weggelaufen?« Dinharazade hatte das Gefühl, das Kind zu kennen.

Namika nickte. Dann sah sie auf das, was Diyab in der Hand hielt, und ihr Blick verfinsterte sich.

»Hab keine Angst«, beruhigte Dinharazade sie. »Die Ghoula ist tot.«

Diyab neigte den Kopf ein wenig zur Seite. »Wir müssen weiter.«

Dinharazade wandte sich Namika zu. »Ja, wir suchen die Ifritin. Du weißt, von wem ich spreche?«

Namika nickte zögerlich. »Sie hält alle gefangen. Ich habe mich schon einmal befreien können. Doch sie fing mich und hat gedroht, dass sie mich beim nächsten Versuch töten wird.« Namika blickte Dinharazade flehentlich an. »Bitte, ich will nie wieder zu ihr.«

»Das musst du nicht«, versuchte Dinharazade sie zu beruhigen. »Dieser Ort ist verzaubert. Bist du durch eine dieser Türen geflohen?« Auf das Nicken des Mädchens hin bat Dinharazade es, auf den Eingang zu weisen, durch den es gekommen war. Das Mädchen trat vor die erste Tür auf der rechten Seite und legte die Hand auf den Messingknauf. Dinharazade aber hielt Namika am Arm fest und schob sie sanft fort. »Es ist besser, man stellt sich nicht unbewaffnet einer Ifritin entgegen«, sagte sie und hob den silbernen Dolch.

Das Mädchen warf einen ängstlichen Blick auf die Waffe und trat zur Seite.

Dinharazade überlegte einen Moment lang, Namika anzuweisen, auf dem Flur zu bleiben. Sie wusste indes nicht, wo ihre Schwester war und wollte nicht das Risiko eingehen, dass Namika Scheherazade oder einer ihrer leichenfressenden Dienerinnen begegnete, falls diese es entgegen aller Erwartung wagten, hierherzukommen.

Sie atmete tief durch. Und stieß die Tür auf.

Dinharazade blickte auf einen Marktplatz, der so festlich geschmückt war, als würde der Geburtstag des Königs gefeiert. Sie kannte diesen Platz, auch wenn er sich eigentlich irgendwo über ihnen an der Oberfläche im Zentrum der Stadt befinden musste. Hier wirkte ein Ifritenzauber. Wie lange hatte sie diesen Platz nicht mehr gesehen? Zu viele Jahre. Und doch war alles vertraut. Die Häuser, die ihn säumten. Die Stände, die bunte Tücher statt Dächer trugen. Und die Gerüche, die Dinharazade in die Nase zogen. In Öl gebackene Kichererbsenbälle, der Duft von frischem Fladenbrot, das Aroma gewürzten Kaffees. Sie schloss die Augen und sog die Erinnerungen an ein Leben, das sie verloren hatte, tief ein. Unwillkürlich machte sie ein paar Schritte auf den Platz. Alles fühlte sich echt an. Sie wollte wieder zurückgehen, doch ehe sie sichs versah, war sie von Menschen umringt, die ihr im Weg standen. Dinharazade hatte Mühe, sie aus dem Weg zu drängen. Dann endlich erkannte sie Diyab. Er stand auf dem Platz. Die Tür aber war weg. Und Namika ebenfalls. »Wo …?«, begann sie, und der Erzähler deutete bereits in die Menge.

»Jemand hat sie hineingezogen«, erklärte er unglücklich. »Ich bin hinterher, und dann ist die Tür verschwunden und ich habe das Mädchen aus den Augen verloren.«

Dinharazade fluchte. Dieser Ort duftete nicht nur verführerisch nach schönen Erinnerungen, sondern trug auch den Gestank einer Falle in sich. Verdammt, sie selbst hatte die Tür geöffnet und damit zugelassen, dass ihre Schwester das Mädchen in die Finger bekam. Also war es ihre Aufgabe, die Kleine zu retten.

»Es geht los«, raunte sie Diyab zu. Ihr Schwert würde ihr hier nicht helfen. Sie legte es ab. Dies war die Welt einer Ifritin. Und nur der Dolch konnte sie töten. Dinharazade sah sich um. Und nun? Finde das Mädchen und dann deine Schwester, sagte sie sich.

Zusammen mit Diyab machte sie sich auf die Suche. Sie wusste nicht, welchen Weg sie einschlagen sollten. Aufs Geratewohl liefen sie an dem Stand eines Kesselmachers vorbei, passierten einen Obsthändler, der seine Früchte zu waghalsigen Pyramiden aufgeschichtet hatte, und fielen fast über die Säcke eines Gewürzverkäufers. Doch sie fanden keine Spur von Namika. Ebenso wenig entdeckten sie einen Hinweis auf die Ifritin. Dinharazade blieb stehen und sah sich ratlos um, als Diyab zum Ende des Platzes deutete. »Da ist sie!«, rief er.

Tatsächlich! Dinharazade erkannte Namika. Ein Mann, der wie der König gekleidet war, hielt sie an der Hand. Er wiederum stand vor einem kleinen Mann, der die Zügel eines gewaltigen Vogels hielt. Dinharazade glaubte ihren Augen nicht zu trauen. Es war der Rockvogel. Er sah genauso aus wie auf den Bildern in den Büchern, die sie als Kind so geliebt hatte. Seine Federn schimmerten im Licht der Mittagssonne mal golden, mal silbern. Sein Leib ähnelte dem eines Adlers, der Schnabel erinnerte Dinharazade jedoch an einen Geier. Majestätisch warf er den Kopf in die Höhe und stieß einen hellen Schrei aus. Die Menschen auf dem Marktplatz scharten sich um den Vogel und ihren König. In dem Gedränge verlor Dinharazade das Mädchen aus den Augen. Im nächsten Moment entdeckte sie es wieder. Der König setzte Namika gerade auf den Rücken des Vogels. Was machte er da? Wieso lief Namika nicht weg? Weil sie vermutlich unter dem Bann der Ifritin steht, gab sich Dinharazade selbst die Antwort. So wie alle hier. Kaum war der König zurückgetreten, riss sich das Tier los und schlug wild mit den Flügeln.

»Nein«, schrie Dinharazade. Sie hörte sich selbst kaum, da sich die erschreckten Rufe der Menschen über den Marktplatz erhoben.

Namika klammerte sich in Todesangst an den silber-goldenen Federn des Vogels fest, während das Tier mit ihr in den Himmel stieg.

Dinharazade fuhr zu dem Erzähler herum, der wie erstarrt dem Rockvogel nachsah. »Tu etwas«, rief sie ihm zu.

Diyab sah sie an, als habe sie den Verstand verloren. »Ich? Was kann ich tun?«

»Es ist eine Geschichte. Verstehst du? Der Zauber meiner Schwester. Ich habe ihre Stimme gehört an jenem Tag, an dem ich geflohen bin. *Die Leute erzählen sich, oh glücklicher König.* Sie hat König Schahriyâr und alle Menschen in dieser Stadt in eine Geschichte eingewoben. Das alles ist ein erzähltes Gefängnis.«

»Eine Geschichte?« Diyab blickte sich verwundert um. »Wozu sperrt eine Ifritin diese Menschen in eine Erzählung ein?«

»Weil sie leben will«, erwiderte Dinharazade. »Wenn ich recht habe, braucht sie die Menschen, denen sie ihre Geschichten erzählt. Mit jeder Sekunde, die sie ihren verzauberten Worten lauschen, verlieren sie mehr von ihrem Leben. Bis nichts mehr davon übrig ist. Dann wird Scheherazade vermutlich weiterziehen. Eine neue Stadt finden, deren König sie eine Geschichte erzählen kann.«

Die Erkenntnis zeichnete sich langsam auf Diyabs Gesicht ab. »Das heißt, auch wir …«

Dinharazade nickte. »… stecken in einem ihrer Märchen. Vermutlich seit wir den Platz betreten haben. Aber wir sind noch bei Verstand. Und du kannst sie besiegen. Denn du bist ein Erzähler. Und in dieser Welt sind Worte Magie. Begreifst du das?«

»Deshalb hast du mich mitgenommen? Weil du einen Erzähler für diese Ifritengeschichte gebraucht hast? Ich weiß nicht, ob ich dazu imstande bin.« Er atmete tief durch. Dann reckte er sich und starrte zu dem Vogel empor, der fast die Wolken erreicht hatte. »Gut, ich versuche es«, meinte er wenig überzeugt. »Die Leute erzählen sich, oh … nun sie erzählen sich, dass an dem Tag, an dem der Rockvogel ein Mädchen entführte, ein Mann in die Stadt kam, dem ein Pferd aus Eisen folgte. Es wirkte wie ein lebendes Geschöpf, doch es war allein durch die Kunstfertigkeit seines Besitzers entstanden. Auf seinem Rücken befanden sich zwei«, Diyab suchte einen Moment nach den rechten Worten, »Wirbel, ja. Drehte man den linken, so erhob sich das Pferd, und drehte man den rechten, so landete es.«

Er hatte kaum geendet, als das Klappern von Hufen zu hören war. Die aufgebrachte Menge stob auseinander wie ein Schwarm Vögel, in den man einen Stein geworfen hatte, und ein prächtiges Pferd erschien. Es sah aus, wie Diyab es beschrieben hatte. Dinharazade betrachtete es fasziniert. Auf dem Rücken trug es die beiden Wirbel. Das Zaumzeug, an dem ein Mann es führte, war silbern und der Sattel aus einem Leder, das ebenso grau wie das Metallpferd war. Der Mann ließ es los, leichtfüßig trabte es zu dem Erzähler und blieb vor ihm stehen.

Diyab starrte das Pferd an wie eine Traumgestalt. »Unglaublich«, wisperte er. »Hier werden Geschichten wirklich wahr.«

»Sieht so aus«, meinte Dinharazade. Sie steckte den Dolch ein und schwang sich auf den Rücken des Pferdes, während sich sein Besitzer tief verbeugte.

Der Erzähler sagte nichts, setzte sich lediglich hinter sie und Dinharazade drehte den linken Wirbel. Sogleich stieß sich das Pferd mit allen vier Beinen ab und stieg so schnell in die Höhe, dass Dinharazade für einen Moment flau im Magen wurde. Die Menschen unter ihnen wurden schnell kleiner und nach wenigen Augenblicken schienen sie wie Ameisen. Plötzlich schoben sich Wolken unter das fliegende Pferd und verdeckten die Welt. Dinharazade sah nur noch den Himmel. Es gab nichts anderes. Wie ein Vogel flog das Pferd durch die Luft. »Wie lenkt man es?«, rief sie Diyab zu.

»Du musst ihm das Ziel ins Ohr flüstern.« Diyab wirkte geradezu euphorisch. Vermutlich war es der Stolz über seine wahr gewordenen Worte.

Dinharazade beugte sich vorsichtig vor. »Bring uns zu Namika«, wisperte sie dem Eisenpferd ins Ohr. Kaum hatte sie die Worte ausgesprochen, machte das Pferd kehrt und schoss in die Tiefe. Dinharazade klammerte sich an den eisernen Hals, während sie Diyabs Hände an ihren Hüften spürte. Die Wolkendecke brach auf. Unter ihnen lag nicht mehr der Marktplatz, sondern zu Dinharazades Verwunderung das Meer. Vermutlich eine neue Ifritengeschichte. Wellen bäumten sich wütend auf. Dinharazade hielt Ausschau nach dem gewaltigen Vogel. »Wohin fliegt er?«, rief sie.

»Dorthin, schätze ich«, antwortete Diyab, der eine Hand von ihr löste und auf eine Stelle im Meer deutete.

Dinharazade blickte in die Richtung, in die er wies, und erkannte einen einzelnen Berg, der sich trotzig aus dem Wasser erhob. Die Schaumkronen der Wellen tanzten um ihn herum und er war gesäumt von den Wracks zahlloser Schiffe. Im ersten Moment schien er winzig. Das Pferd aber schoss so schnell auf ihn zu, dass er rasch in die Höhe wuchs.

»Langsamer«, wies Dinharazade das Pferd an, doch es gehorchte nicht.

Der Berg wurde vor ihren Augen immer größer. Schon konnte Dinharazade die Höhlen erkennen, die seinen steinernen Leib wie dunkle Flecken musterten. Einen Augenblick später erkannte sie auf seiner Spitze ein gewaltiges Vogelnest. Und in ihm … Dinharazade stockte der Atem. Dort lag Namika. Sie rührte sich nicht. War sie tot? Und wo war Scheherazade?

»Du musst an dem Wirbel drehen«, schrie ihr Diyab von hinten zu. Er deutete auf den rechten. Sie drehte ihn, ohne dass das Pferd reagierte. Wieso wurde es nicht langsamer? Dinharazade versuchte es noch einmal. Vergeblich. Wütend schlug sie auf den Eisenleib. Sie würden wie die Schiffe enden, die erlegten Tieren gleich dem Berg zu Füßen lagen. Hatten sie versucht, dort zu ankern? Nein! Dinharazade verstand. Die Schiffe trugen nicht nur Holz, sondern auch Eisen am Leib. »Der Berg ist ein verfluchter Magnet. Erzähle etwas anderes«, rief sie Diyab zu. »Schnell, oder wir werden zerschmettert.«

»Etwas erzählen?« Diyab schwieg einen Moment. »Mir ist zu Ohren gekommen … Nein. Die Leute erzählen sich, oh glücklicher König, ach verdammt, dass es …« Seine nächsten Worte gingen im Rauschen des Windes unter. Das Pferd schoss schnell wie ein Pfeil auf den Berg zu. Es war nur noch eine Frage von Augenblicken, bis sie sterben würden. Dinharazade hörte den Erzähler etwas Unverständliches murmeln.

Dann, kurz bevor das Eisenpferd gegen den Berg schlug, packte er Dinharazade an den Schultern und riss sie mit sich vom Pferd.

Dinharazade schrie, während sie hinabstürzten. Sie würden sterben. Sie … Dinharazade spürte, wie sie mit dem Rücken auf etwas Weichem landete. Ein Scheppern erfüllte die Luft, als das Eisenpferd gegen die Bergflanke prallte. Unwillkürlich warf sich Dinharazade auf die Seite. Und fand sich zu ihrer Verblüffung auf einem Teppich wieder. Das Knüpfwerk segelte friedlich in der Luft. Dinharazade gelang es mit Mühe, ihr wild schlagendes Herz zu beruhigen. »Ein Teppich?«

»Er ist nicht aus Eisen, oder?«, erwiderte Diyab, der ebenfalls auf dem Teppich gelandet war und sie überheblich angrinste.

»Nein.« Dinharazade erwiderte das Lächeln schwer atmend. »Sag ihm, dass er uns zu dem Nest bringen soll.«

Sie hörte Diyab ein paar Worte sagen, und der Teppich stieg sanft in die Höhe. Dinharazade zog den silbernen Dolch aus der Halterung an ihrem Gürtel. »Namika sitzt dort im Nest des Rockvogels. Wir retten sie und dann machen wir all dem ein Ende.«

»Soso«, hörte sie eine Stimme dröhnen. Sie schien von überall her zu kommen und war so durchdringend, dass Dinharazade glaubte, sie tief im Inneren zu fühlen. »Ihr wollt all dem ein Ende machen. Das glaube ich aber nicht.«

Der Teppich blieb auf einmal in der Luft stehen, als würde er festgehalten. Dinharazade fuhr herum. Und blickte einem gewaltigen Dschinn ins Antlitz. Seine Füße wurden vom Meer bedeckt, doch sein Kopf reichte bis fast hinauf zur Bergspitze. Er war bis auf einen schmalen Zopf an seinem Hinterkopf kahl und sein muskulöser Körper steckte in langen Hosen. Verflucht, wo kam der her? Natürlich aus den Geschichten deiner Schwester, gab sie sich selbst die Antwort.

»Und wieso glaubst du das nicht?« Diyab wirkte ungewohnt kühn. Da war eine Abenteuerlust in ihm erwacht, die sich nur zeigte, wenn man dem Tod um Haaresbreite entkommen war. Offenbar hatte die Erleichterung, noch zu leben, etwas in ihm geweckt, das Dinharazade nicht erwartet hatte. Mut.

»Weil ich euch zerschmettern werde«, donnerte der Dschinn.

»Zerschmettern?« Diyab lachte, und Dinharazade war sich nicht mehr sicher, ob er wirklich mutig oder nicht eher verrückt war. »Du kannst dir nicht mal etwas Passendes zum Anziehen herbeizaubern. Wie willst du da eine Ifritenjägerin und ihren Erzähler besiegen? Du bist nicht mächtiger als einer der Betrüger, die auf den Marktplätzen ihre Zauberkunststücke vorführen.«

»Wag nicht, mich zu beleidigen«, brüllte der Dschinn zornig.

Oh, sie waren eitle Wesen. Dinharazade hatte im Lauf der Jahre wenigstens fünf von ihnen gesehen, alle von der eigenen Macht berauscht.

»Ich werde dir beweisen, dass ich das mächtigste Geschöpf der Welt bin.«

»Ach, wirklich?«, höhnte Diyab. »Du ahmst mit deiner armseligen Gestalt uns Menschen nach. Ganz so, als würdest du dich nicht trauen, dir ein eigenes Äußeres zu schenken. Sicher bringst du es nicht einmal fertig, dir … sagen wir … eine Haut aus Eisen zu machen.«

Der Dschinn war außer sich, und Dinharazade fürchtete, er würde sie beide auf der Stelle mit seinen gewaltigen Händen zerdrücken wie Fliegen. Doch er fühlte sich herausgefordert, und dabei vergaßen Dschinnen alles. Dinharazade wusste das aus eigener Erfahrung. Und Diyab aus seinen Märchen offenbar auch.

Der Dschinn schnippte mit den Fingern und ihm wuchs noch im selben Moment eine eiserne Haut. Er öffnete den Mund, um etwas zu sagen, da wurde er auch schon gegen den Berg geschmettert und zerbrach.

Dinharazade blickte Diyab verblüfft an. Es schien ihr, als würde sie neben einem anderen Mann sitzen. Wo nur war der tollpatschige Erzähler hin?

»Es ist eine Geschichte, oder?«, fragte er übermütig. »Und damit kenne ich mich aus.«

Der Teppich stieg, nun, da der Dschinn besiegt war, weiter in die Höhe. Von dem Rockvogel war keine Spur zu erkennen. Ein wenig bedauerte es Dinharazade. Sie hätte ihn allzu gerne noch einmal gesehen.

Ehe sie sein Nest erreichten, zogen mit einem Mal Wolken auf und legten sich um die Spitze des Berges. Der Teppich stieß durch den Dunst hindurch. Und siehe da: Statt der Bergspitze erstreckte sich vor ihnen eine gewaltige, verlassene Stadt, die ganz und gar aus Bronze gemacht schien. Das Meer war fort und ebenso der Berg. Sie flogen plötzlich kaum eine Handbreit über dem Boden. Wieder eine neue Ifritengeschichte.

»Nun, du bist nicht der Einzige, der erzählen kann«, murmelte Dinharazade. Der Teppich landete auf einen Befehl von Diyab hin direkt vor dem Palast der Bronzestadt. Dinharazade und er stiegen ab. Zwölf breite Stufen führten durch ein gewaltiges Tor in den Palast hinein. Doch niemand kam ihnen entgegen. Ebenso wenig sahen sie Menschen auf den Straßen. Sie waren allein. Dinharazade zog ihre Dschinnträne hervor. Sie schimmerte blutrot. Nein, sie hatte sich geirrt. Allein waren sie nicht.

Ihre Schritte hallten laut auf dem Marmorboden, als sie durch das Palasttor gingen. In der Eingangshalle brannten Feuer in wenigstens einem Dutzend Metallschalen. Doch weder waren Diener noch Wachen zu sehen. Die Halle führte auf ein weiteres Tor zu, dessen goldene Flügel von selbst nach innen aufschwangen, kaum dass Dinharazade die Hand daran legte.

Der Thronsaal war zu groß für den Palast. Zu groß, um überhaupt Wände auszumachen. Aber er war nicht leer, wie Dinharazade erwartet hatte. Sie waren alle da. Dinharazade erkannte einige von ihnen. Gesichter, die sie lange nicht gesehen hatte. Flüchtige Bekannte und Freunde, lange entbehrt. Sie schluckte. War ihr Vater unter ihnen? Unter all den Einwohnern ihrer Heimatstadt? Sie sah ihn nicht. Und es war keine Zeit, ihn zu suchen. Die Menschen schienen mit offenen Augen zu schlafen. Sie standen steif und stumm da und bildeten ein Spalier, an dessen Ende ein gewaltiger Thron stand. Er war so schwarz wie ein Stück Nacht. Auf ihm saß eine hünenhafte Gestalt, aus deren ebenso schwarzem Leib Flammen loderten. Oh, sie sah aus, wie die

Geschichten Ifriten beschrieben. Schwarze, kahle Wesen. Hünenhaft mit blutroten Augen und einem riesigen Maul. Für einen Moment fürchtete Dinharazade, dass ihr die Beine versagen würden. Da war sie. Diesen Moment hatte sich Dinharazade in so vielen Nächten ausgemalt. Doch es gab keine Worte, die ihre Gefühle in diesem Augenblick beschreiben konnten.

Zu Scheherazades Füßen lag auf einem Steinblock eine reglose Gestalt. Und daneben hockte Namika. Dinharazades Herz machte einen Sprung.

»Ihr seht euch nicht besonders ähnlich.« Diyab schluckte tapfer die Angst hinunter, die er sicher im Herzen fühlte, und versuchte sich an einem aufmunternden Lächeln, das ihm jedoch nicht recht gelingen wollte. »Ich gehe recht in der Annahme, dass dies deine Schwester ist? Doch wer sind all die anderen?«

»Die Menschen, die in ihren Zauber verwoben sind«, erwiderte Dinharazade. Dann ging sie mit ihm auf ihre Schwester zu.

Dinharazades Blick wechselte zwischen der Ifritin, dem Mädchen und den Menschen in dem Thronsaal hin und her. Nur ihre Schritte waren zu hören. Immer weiter suchte sie ihren Vater. Vergeblich.

»Er ist tot.« Die Worte klangen wie das Schnipp-Schnapp einer Schere, die durch Luft schnitt. Die Ifritin erhob sich und reckte ihre gigantische Gestalt. Die Flammen tanzten ausgelassen auf ihrem Leib.

Dinharazade hielt die Tränen zurück. Nicht jetzt.

»Ich habe immer gewusst, dass du eines Tages kommen würdest«, sagte die Ifritin mit schneidender Stimme. »Ich habe dich vermisst. Du und ich hatten doch einen Plan. Du solltest den König überreden, mir aufzutragen, meine Geschichten Nacht für Nacht weiterzuerzählen.« Scheherazades Blick fiel auf die Gestalt, die auf dem Steinblock lag. Ein Mann, das Gesicht so bleich und abgemagert, dass es einem Totenschädel ähnelte. Die Ifritin hatte ihm offenbar fast alles Leben gestohlen. Auf dem Kopf trug er eine Krone und zu seinen Füßen lag ein Buch.

Dinharazade erkannte es. In ihm standen die Geschichten, die ihre Schwester gesammelt hatte. Auch Namika hielt den Blick fest auf das Buch gerichtet, während ihre Lippen zuckten, als würde sie sich Mut zusprechen.

»Mein Gatte.« Die Stimme gab Dinharazade das Gefühl, in ihrem Inneren Schnitte zu hinterlassen. »Er hört mir so gerne zu. Sie alle tun das.«

»Gib sie frei«, sagte Dinharazade und richtete den Dolch auf ihre Schwester.

Zur Antwort knurrte die Ifritin wie eine Hyäne und beugte sich vor. Ihr Mund öffnete sich über die gesamte Breite ihres Gesichtes. Dinharazade sah das Feuer in ihrem Rachen lodern. Dann lösten sich die Flammen aus dem Mund und schossen auf Dinharazade zu. Im letzten Moment warf sie sich zur Seite. Die Flammen strichen ihr über die Haut und sengten ihr die Haare an. Ihre Schwester sprang von ihrem Thron auf und machte einen Schritt auf Dinharazade zu. Aus ihren Fingern lösten sich weitere Flammen. Sie tanzten ausgelassen auf der brennenden, verkohlten Haut der Ifritin. Scheherazade schien es nicht eilig zu haben, ihrer Schwester den Tod zu bringen. Sie ließ zu, dass Dinharazade aufstehen und hinter dem Steinblock Deckung finden konnte. Wo war Namika? Und wo war der Erzähler? Dinharazade beugte sich um den Steinblock herum, den silbernen Dolch in der Hand … und stolperte sofort zurück. Die Flammen krochen schnell um den Steinblock auf sie zu. Wie Schlangen wanden sie sich. Scheherazades Finger tanzten durch die Luft, als wäre sie eine Puppenspielerin. Vermutlich führten sie die Flammenbänder.

Nach wenigen Augenblicken hatten die Flammen Dinharazade eingeschlossen. Sie war in einem Kreis gefangen, der sich langsam enger zog. Ihr Versuch, über das Feuer zu springen, endete damit, dass eines der Flammenbänder vorstieß und sie wie eine Schlange in den Oberschenkel biss. Der Schmerz ließ Dinharazade fast ohnmächtig werden. Geschlagen sank sie auf die Knie.

»Das ist das Ende deiner Geschichte.« Scheherazades Stimme klang in diesem Moment mehr als zuvor wie aus einem Albtraum.

»Wenn du eine weitere Erzählung kennst, wäre das ein guter Moment.« Dinharazade konnte Diyab nicht sehen. Sie hoffte nur, dass er sie hörte.

»Ich habe lange darauf gewartet, mich an dir rächen zu können«, zischte Scheherazade.

»Hallo? Bist du noch da?« Dinharazade stemmte sich trotz der Schmerzen auf die Beine und versuchte, unter den Menschen den Erzähler auszumachen. War er geflohen? Offenbar. Mit einem Mal fühlte sich Dinharazade so einsam wie nie in ihrem Leben.

»Du wirst mein Schicksal teilen«, fuhr ihre Schwester ungerührt fort. »Du wirst brennen.« Langsam kam sie auf Dinharazade zu.

»Mir ist zu Ohren gekommen, dass die Ifritin, die zahllose Menschen in ihre Geschichte gesperrt hatte, plötzlich alle Worte verlor.«

Diyab. Er war doch noch da. Plötzlich war es still. Dinharazade sah zu dem Schatten, der hinter der Ifritin erschien. Der Erzähler. Er hatte die Augen geschlossen und seine Lippen bewegten sich.

Er sprach, leiser nun, und Dinharazade verstand nicht mehr, was er sagte. Doch die Ifritin war wie erstarrt, und endlich entdeckte Dinharazade das Mädchen. Es war ganz in der Nähe der Ifritin bei dem Steinblock. »Komm«, rief sie ihr zu. Das Mädchen aber bewegte sich nicht. Und es sagte keinen Ton. Seine Augen aber glühten vor Hass. Noch nie hatte Dinharazade einen Menschen so hasserfüllt gesehen.

Dann verstand Dinharazade. War sie blind gewesen? Sie hatten die Ifritin nie hinter einer der vierzig Türen suchen müssen. Sie hatten sie bereits im Flur gefunden. Namika hatte sie tief in die Ifritengeschichte gelockt. Das brennende Geschöpf vor ihr war nur eine Täuschung.

Dinharazade humpelte auf Namika zu. Das Mädchen verschwamm hinter den Tränen, die Dinharazade plötzlich in die Augen schossen. »Ich schenke dir ein glückliches Ende, Schwester«, wisperte sie. Sie sah durch den Tränenschleier, wie die Gestalt des Mädchens wuchs und in Flammen aufging. Die Ifritin zeigte sich in ihrer wahren Gestalt. Sie hob die Hände, Flammen wuchsen ihr aus den Fingern. Doch Dinharazade hatte die silberne Klinge bereits geworfen. Sie traf genau ins Herz. Mit einem Schrei, der von einem Riesen hätte stammen können, zerbarst die Ifritin. Dann wurde es dunkel um Dinharazade.

Als sie erwachte, lag sie im Freien auf dem Platz, den sie hinter der Tür gefunden hatte. Dieser hier fühlte sich jedoch echt an. Es war kalt und über ihr zeigten sich bereits die Sterne am Nachthimmel. Dinharazade erhob sich blinzelnd. Neben ihr kniete Diyab und hinter ihm sah sie Menschen, die umherstolperten, als wären sie aus einem Traum erwacht. Sie hatten die Stadt gerettet.

»Du lebst«, wisperte er.

»Was ist mit meiner Schwester?« Dinharazades Stimme klang rau.

»Tot«, erklärte Diyab. »Ich hätte nie gedacht, dass sie das Mädchen war. Kaum war sie besiegt, verschwand alles. Der Thron, der ganze Palast …«, er stockte, und Dinharazade legte ihm die Hand auf den Arm. »Nur das hier konnte ich retten.« Er deutete auf ein Buch, das neben Dinharazade lag. Die Erzählungen ihrer Schwester. »Ich weiß nicht, wie wir alle hierhergekommen sind.«

»Die Geschichte meiner Schwester hat ein Ende gefunden«, sagte Dinharazade leise. Sie griff nach dem Buch. »Nimm es«, bat sie. »Es ist die versprochene Belohnung. Die schönsten Geschichten, die von einer Menschenzunge erzählt werden können.« Sie wollte Diyab das Buch reichen, doch dann zögerte sie. »Schwör mir jedoch eines. Ich will nicht, dass der Name meiner Schwester bekannt wird als der einer todbringenden Ifritin. Sie hat den Preis bezahlt, weil sie andere retten wollte.«

Diyab nickte. »Ich schenke ihr das, was du ihr geben wolltest. Ein glückliches Ende.« Er lächelte Dinharazade an und beugte sich so tief zu ihr herab, dass sie seinen Atem auf ihren Lippen spüren konnte. Nein, er war wirklich nicht mehr derselbe Mann wie zu Beginn ihres

Abenteuers. Und sie war nicht dieselbe Frau. Dinharazade, die Ifritenjägerin, war mit ihrer Schwester gestorben. Wer würde sie nun sein? Es gab zahllose Möglichkeiten. Diyabs Kuss war ehrlich und tröstend und brachte ihr Herz so heftig zum Schlagen wie … noch nie zuvor. Sie erwiderte den Kuss, bis sie beide genug Liebe beieinander gefunden hatten. Dann gab sie ihm das Buch.

Er öffnete es vorsichtig und blätterte durch die Seiten. »So viele Geschichten«, murmelte er. »Genug für eintausend…«, er blickte hinauf zum Himmel, auf dem die Sterne wie Silbertropfen schwammen, »tausendundeine Nacht. Ich werde sie erzählen. Alle. Und niemand wird deine Schwester je vergessen. Denn Geschichten sind beständiger als die Zeit. Sie sind unsterblich.«

Ava Reed

Das schwarze Buch

Ava Reed

Ava Reed bezeichnet sich selbst als Buchverrückte. Sie ist eine leidenschaftliche Leserin, teilt ihre Liebe zu mitreißenden Geschichten auf Facebook, Instagram und der eigenen Website und schreibt seit einigen Jahren selbst emotionale, oft fantastische Romane. In vielen ihrer Geschichten geht es um Verlust, Liebe und Mut.

Sie wurde in Saarbrücken geboren, lebt aber mittlerweile in Frankfurt am Main, wo sie Lehramt studiert hat. Inzwischen konzentriert sie sich voll und ganz aufs Schreiben. Gerade ist *Mondlichtkrieger* erschienen. Damit setzt sie *Mondprinzessin* fort, ihr Fantasyjugendbuch, das 2016 auf den ersten Platz beim *Lovelybooks Leserpreis 2016* in der Kategorie Fantasy & Science Fiction gewählt wurde.

Im kommenden Jahr erscheint nicht nur ihr nächstes Jugendbuch *Alles. Nichts. Und ganz viel dazwischen*, sondern auch der Auftakt ihrer neuen Fantasyreihe. Trotz dieses vollbepackten Kalenders hat sie es geschafft, für unsere diesjährige Anthologie etwas zu schreiben. Ich liebe Geschichten, die Aspekte eines Märchens aufgreifen und daraus eigene, neue Geschichten weben. Aber welchem orientalischen Märchen sich Ava in *Das schwarze Buch* widmet, verrate ich euch nicht. Das dürft ihr nun selbst entdecken.

www.instagram.com/avareed.books/

Das schwarze Buch

Es geschah in einer sternenklaren Nacht.
Eine Entscheidung ward getroffen, um zu retten,
was zu retten war, und zu bewahren, was zu bewahren galt.
Ein Fluch ward gesprochen, der die Zeit überdauerte.
Bis ein Fremder kommen würde, ihn zu brechen.

Abadi glaubte nicht an Magie. Aber er glaubte daran, dass Wunder geschehen konnten. Sein Vater Said erklärte ihm stets, dass es Menschen gab, die stärker mit dem Universum verbunden waren als andere. Dabei lehnte sich Said gerade so weit zu ihm, dass Abadi seinen Atem spürte und den Duft seiner Haut wahrnahm, die nach Rauch und Pergament roch. So weit, dass Said lediglich flüstern musste und Abadi augenblicklich eine Gänsehaut bekam.

Er kannte die Worte seines Vaters auswendig.

In dieser Welt und allen anderen unterscheiden wir uns nur durch zwei Dinge: unser Gehör und unser Herz. Höre zu, wenn es darauf ankommt, und sprich mit dem Herzen, wenn die Zeit gekommen ist.

Jedes Wort glich einem Versprechen, einer Prophezeiung, einem alten Zauber, und kroch durch Abadis Glieder, um schließlich in seiner Mitte zu verharren. Es kam ihm vor, als wären die Sätze für ihn bestimmt, als wären sie für ihn geschaffen worden. Als hüteten sie ein Geheimnis, von dem Abadi noch nichts wusste.

»Wo steckst du?« Said fluchte leise, aber bestimmt, während er nach seinem Sohn suchte, der sich wieder einmal in seinen Gemächern versteckte und in verschiedenen Schriften las. »Ich weiß längst, wo du bist«, sagte Said, als er die raue, lange Decke über seinem Holztisch hochhob und Abadi lesend darunter fand. »Was ich nicht weiß, ist, warum ich stets danach frage, wo es so offensichtlich ist.« Said wollte streng klingen, nahezu tadelnd, doch er schaffte es nicht. Er musste sich zu sehr bemühen, sein Lächeln nicht zu zeigen, und genauso wenig seinen Stolz. Abadi war bedeckt mit verschiedenen Papieren, wie eh und je, aber Said war sich sicher, dass er von allen Schriften nicht einmal die Hälfte lesen und entziffern konnte. Sie waren zu kompliziert für ihn. Neben Abadi brannte sich eine kleine Flamme ihren Weg den Docht entlang und spendete warmes Licht.

Said ging langsam auf die Knie, stützte sich mit den Armen auf ihnen ab, um Abadi besser ins Gesicht sehen zu können. »Der Sultan erwartet uns. Er und sein Sohn.«

»Ich möchte keine Zeit mit Raed verbringen, Vater.«

Dieses Thema war in den vergangenen Tagen oft aufgekommen und Said begann sich Sorgen zu machen.

»Raed ist dein Freund.«

»Er ist der Sohn des Sultans.«

»Und das schließt seine Freundschaft aus?«

»Er ist älter als ich.«

»Wenige Monde und das weißt du. Es wird Zeit, mir zu sagen, was dich wirklich beschäftigt«, forderte Said mit ruhiger Stimme und offenem Blick. Abadi presste die Lippen zusammen und man sah ihm an, dass er mit sich rang. Die letzten Male, als Said ihn gefragt hatte, war er stumm geblieben.

»Ich bin Abadi, Vater. Nur Abadi. Irgendwann wird er nicht mehr nur Raed sein.«

Die Worte sickerten in Saids Verstand und nun wurde ihm klar, was seinen Sohn belastete. »Hast du Angst vor dem Tag, an dem dein Freund Sultan wird?«

»Angst ist etwas für Feiglinge«, erwiderte Abadi trotzig. Said lächelte und hielt seinem Sohn die Hand hin. Ohne ein weiteres Wort löschte dieser die Flamme und ergriff die Hand seines Vaters, um sich beim Aufstehen helfen zu lassen.

Sie gingen zu ein paar großen, edel verzierten und bestickten Kissen, auf denen Abadi am liebsten saß, weil sie am gemütlichsten waren.

»Wo soll ich anfangen?«, fragte Said, während er seufzte und die Arme wie zuvor auf seinen Beinen ablegte. Er fixierte seinen Sohn, der seinen Blick jedoch gesenkt hielt.

»Ein Feigling ist man nicht, weil man Angst hat. Man ist es, weil man Mut nicht zulässt. Angst ist keine Schwäche. Sie kann uns zu Stärke verhelfen. Wir können an ihr wachsen oder zugrunde gehen. Die Entscheidung liegt bei uns.« Said legte seine Finger unter Abadis Kinn und zwang ihn, ihm ins Gesicht zu sehen. »Hast du das verstanden? Lass deine Ängste zu, dann kannst du gegen sie kämpfen.«

Abadi sah in die großen Augen seines Vaters, die den seinen so ähnelten, und nickte. Ja, er verstand, was Said ihm sagen wollte, und er spürte die Wahrheit der Worte in jeder Faser seines Körpers.

»Was Raed angeht …« Said zog seine Hand zurück und legte seinen Kopf schief, während er Abadi musterte. »Ein Freund ist ein Freund, wenn Seele und Seele zusammenpassen. Wenn du glaubst, du könntest Raed verlieren, muss es vielleicht so sein.«

»Das ist es nicht, Vater«, gestand Abadi.

»Was ist es dann?«

»Er wird Sultan sein und ich werde ich sein. Ich werde mich einem Freund beugen müssen.« Es kostete Abadi viel Kraft, seine wahren Gedanken auszusprechen. Er bemerkte, wie die Schamesröte in sein Gesicht kroch, wie es sich erhitzte, und spürte, wie sein Herzschlag lauter wurde, schneller.

»Das wirst du nicht. Sich zu beugen und zu verbeugen sind zwei verschiedene Dinge. Raed kann Sultan sein und dein Freund, wenn er dazu bestimmt ist. Er kann dich führen und gleichzeitig deiner ebenbürtig sein, so wie du dich führen lassen kannst, ohne dich beugen zu müssen. Es geht um Respekt. Und den hast du bereits vor Raed, denn du bist sein Freund. Führen erfordert genauso viel Stärke wie sich führen zu lassen. Nachzugeben erfordert ebenso viel Kraft wie zu leiten. Vergiss das nie.«

Abadi ließ sich das Gesagte durch den Kopf gehen und er wurde sich der Wahrheit und Weisheit dahinter bewusst. Dennoch konnte er die Sorgen nicht vertreiben. Sorgen, die vielmehr einem unguten Gefühl glichen, das sich wie Gift einen Weg durch seine Gedanken bahnte.

Abadi lebte mit seinem Vater im Palast des Sultans, er war hier aufgewachsen, zwischen all dem Prunk und doch sehr bescheiden. Nur selten verließ er den Palast mit ihm, und wenn er dies tat, dann nur, um auf den Markt zu gehen. Stattdessen hatte er früh gelernt zu lesen, verschiedene Schriften zu entziffern und sich in den alten Gemäuern unterhalb des Palastes zurechtzufinden, die ihnen als Heim dienten. Sein Vater war ein guter Freund des Sultans, der Bruder seiner verstorbenen Frau und sein Berater. Abadi wusste, dass es nicht nur wegen Saids Schwester so war, sondern weil er einen scharfen Verstand besaß. Weil er weise war.

»Komm.« Said stand auf und reichte seinem Sohn erneut die Hand. »Lass uns gehen. Es macht wenig Sinn, Angst vor etwas zu haben, von dem man nicht sicher ist, ob es eintrifft.«

Abadi wollte seinem Vater widersprechen. Trotzdem legte er seine Hand wie zuvor in Saids und folgte ihm, hinaus aus den vertrauten Wänden, in denen er sich sicher fühlte. Weg von all der Einfachheit, der Wärme und den schlichten Dingen, fort von all dem Papier und dessen Worten. Eine schmale Steintreppe führte sie nach oben, dorthin wo es glänzte und sich alle Düfte dieser Welt zu einem Gestank vermischten. Alles besitzen zu können, rief in vielen den Wunsch wach, es auch tatsächlich besitzen zu wollen. Ob man es brauchte oder nicht. Ob es zusammenpasste oder nicht.

»Said, alter Freund, du verspätest dich.« Der Sultan kam ihnen entgegen, ließ einen seiner Diener stehen und trat mit offenen Armen auf sie zu. Er war klein und kräftig gebaut, aber mit freundlichem Gesicht und vielen Falten. Sein Lächeln war ansteckend und es schien, als hätte all der Reichtum nichts an seiner Seele geändert. Der Sultan war ein guter Mensch, stets darauf bedacht, das Wohl seiner Untertanen zu sichern. Er trug ein schlichtes hellbeiges Gewand, nur einen Ring, in dessen Mitte ein roter Rubin glänzte und einen Turban, der mit weiteren Rubinen bestickt war. Er trug diese Dinge mit Bedacht, nicht um zu zeigen, was er besaß, sondern weil er sie mit etwas verband und sie schätzte. Der Ring erinnerte ihn an seine verstorbene Frau und den Turban hatte sie besonders gerne gemocht.

Er betrachtete Said nicht nur als Berater, er war ihm ein Freund, ein Schwager.

»Verzeiht mir«, sagte Said, während er lächelte und sich verbeugte, um kurz darauf die Umarmung des Sultans zu erwidern. »Meine Schriften haben mich vollkommen eingenommen.« Said verriet nicht, dass es Abadi war, der sie aufgehalten hatte.

»Lies nur! Lies und sei glücklich. Hallo, Abadi«, begrüßte der Sultan nun auch ihn, bevor er sich erneut Said zuwandte. »Aber nun berichte mir von deiner Woche und sag mir, ob du mich morgen begleiten wirst.«

Der Sultan nahm Said mit in Richtung des Palastgartens. Er glaubte, kein anderer Ort war besser dafür geeignet, die eigenen Gedanken zu ordnen.

Abadi wollte ihnen folgen, als Raed den Raum betrat und ihn angrinste. Er blieb stehen. Sein Magen rumorte und unterschiedliche Gefühle brodelten in ihm. Freude, Sorge und Zweifel.

»Abadi«, rief Raed. »Hast du meinen neuen Vogel gesehen?« Er blieb begeistert vor seinem Freund stehen, seine Augen strahlten und seine Wangen waren gerötet.

Raed sah Abadi ähnlich, dunkel gebräunte Haut, dünne Ärmchen und volles schwarzes Haar. Allein seine Augen waren anders, sie waren dunkel wie sein Haar, Abadis hingegen glichen dem dunkelsten Sand der Wüste.

Der Sultan und Said hatten den Raum beinahe verlassen und Raed lächelte noch immer fröhlich, als Abadi jäh nach Luft schnappte.

Wolken schoben sich vor eben jene Augen, in seinen Kopf. Sie wurden dichter, dunkler, tiefer. Abadi war blind. Er schrie, und weil er seinen eigenen Schrei nicht ertrug, hielt er sich die Ohren zu. Eine Schwere legte sich langsam auf seine Lunge, sein Schrei versiegte und durch die Dunkelheit hörte er Raeds leise, besorgte Stimme und deutlicher die seines Vaters, der immer wieder sagte: »Atme, Abadi. Atme.«

Er glaubte die Hand seines Vaters an seinem Arm zu spüren, aber er war sich nicht sicher. Genauso wenig wusste er, ob er noch stand oder sich bewegte. Seine Gedanken waren ein Knäuel aus losen Fäden, die sich heillos verheddert hatten.

Bis ein Bild vor seinen Augen erschien. Eines, ein zweites, ein drittes. Sie setzten sich langsam in Bewegung, entwickelten einen Antrieb, einen Sog, der ihn mit sich riss. Sie erzählten ihm eine Geschichte, die er nicht verstand. Sein Herz pochte heftig in seiner Brust, drohte sie zu sprengen, und sein Geist folgte der Dunkelheit und den Bildern in ihr.

Da war nichts. Einen Moment war da nichts, bis die Welle des Schmerzes über Abadi hereinbrach und ihm ein leises, gequältes Stöhnen entwich. Es klopfte laut und heftig hinter seiner Stirn, er fühlte sich matt und schwermütig, seine Glieder versagten ihm den Dienst. Er konzentrierte sich auf seine Atmung, erkannte vertraute Gerüche, und als er seine Ohren spitzte, hörte er es rascheln. Er öffnete die Augen, drehte seinen Kopf leicht und entdeckte neben sich Said mit wachem Blick. Es dauerte einen Moment, bis Abadi sich erinnerte. An Raed, der ihn sorglos und glücklich anlächelte, an die Dunkelheit und den Strom der Bilder.

Abadi begegnete dem Blick seines Vaters und wartete. Sollte Said nicht etwas sagen? Ihn fragen, wie es ihm ging? Nichts davon passierte und Abadi dachte selbst über das Geschehene nach. Vielleicht hatte ihm die Hitze aufs Gemüt geschlagen oder es war eine Art von Kopfschmerz, der ihn heimgesucht hatte. Said schwieg und Abadi übermannte erneut der Schlaf. Kein ruhiger, sondern einer voller Träume.

Als er ihnen wieder entkam, wusste Abadi nicht, ob es wirklich nur Träume gewesen waren.

»Geht es dir besser?«, fragte Said nun und reichte ihm ein Glas Wasser, das er gierig trank.

Während Abadi das leere Glas zurückgab und tief einatmete, nahm er sich Zeit und dachte über die Frage nach, viel mehr noch über seine Antwort. Abadi hasste es zu lügen, nein, er konnte es schlicht nicht. Deshalb war es ihm nicht möglich, seinem Vater eine Antwort zu geben. Er wusste nicht, ob es ihm besser ging. Wie sollte er auch, er wusste ja nicht einmal, ob es ihm überhaupt wirklich schlecht gegangen war.

»Beim zweiten Mal wird es anders sein. Du wirst dich daran gewöhnen.« Said flüsterte die Worte, seine Stimme war rau, beinahe kratzig.

Abadi starrte ihn an, war wie gelähmt. Wie konnte sein Vater wissen, was mit ihm geschehen war, wenn er ihm bisher nichts davon berichtet hatte? Ihn übermannte das Gefühl, Said redete nicht von Kopfschmerzen oder plötzlichem Schwindel.

In diesem Moment folgte Abadi Saids Rat und hörte zu. Sich und Said. Dachte über alles nach, ließ es sich wieder und wieder durch den Kopf gehen.

Er wusste die Antwort.

»Wann ist es dir das erste Mal passiert, Vater? Und was genau ist es? Sind wir krank?« Seine Stimme war gefasster als erwartet, sein Blick standhaft und seine Neugier größer als seine Angst. Saids Gesichtszüge wurden weicher, doch statt zu antworten, stellte er eine Gegenfrage.

»Was hast du gesehen?«

Drei Wimpernschläge lang überlegte Abadi, ihm nicht zu antworten und darauf zu bestehen, zuerst Antworten auf seine Frage zu erhalten. Drei Wimpernschläge, bevor sein Mund sich öffnete und die Worte wie von selbst hinausflogen.

»Dunkelheit. Dunkelheit und Wolken.« Abadi schloss die Augen, erinnerte sich. »Da war ein Gesicht. Ich habe es schon einmal gesehen, doch es war so anders. Wäre die kleine Narbe nicht gewesen, hätte ich Raed nicht erkannt. Er trug feinere Kleidung, ich glaube, er war erwachsen. Dann kam die Nacht, ich blickte zu den Sternen. Es waren unendlich viele.« Abadi öffnete die Augen, sah Said an. Und das erste Mal, seit er erwacht war, spürte er einen Anflug von Furcht.

»Da war ein Buch«, flüsterte er. »Ich habe seine Stimme gehört. Es kannte meinen Namen.« Und ja, er wusste, wie verrückt das klang.

Said durchlief ein kaum merkliches Schaudern.

»Was war das, Vater?«

»Eine Vision.«

»Ich habe die Zukunft gesehen?«, fragte Abadi ehrfürchtig. »Kannst du … das auch?«

»Mit Können hat es wenig zu tun. Es passiert einfach. Es ist ein Geschenk. Vergiss das nie. Es geht ums Zuhören. Wir hören dem Universum zu. Auch, wenn es nur in Bildern spricht.«

»Ich habe die Zukunft gesehen … « Abadi schluckte schwer, bevor er die nächsten Worte aussprach. Mehr zu sich selbst als zu Said. »Sie war dunkel.«

»Nein, du hast eine mögliche Zukunft gesehen. Eine – und viele von ihnen sind dunkel. Aber sei gewiss, in jeder brennt ein Licht.«

Die Monate zogen ins Land, ohne dass Abadi erneut etwas Ungewöhnliches vernahm. Keine Vision. Die Zukunft blieb stumm, als hätte sie ihm bereits alles gezeigt, was es zu zeigen gab. Alles, was Abadi wissen musste. Aber zu welchem Zweck?

Er hatte Said oft Fragen gestellt, jedoch keine Antworten erhalten. Said war ihm ausgewichen. Dabei fragte er sich immerzu, ob es das Buch aus seiner Vision gab. Ob die Bilder vielleicht doch zusammen einen Sinn ergaben.

Er hatte Angst, nicht zugehört zu haben.

Weitere Monate vergingen, Abadi wurde älter, das Vergangene verblasste. Er fragte nicht mehr und Said vergaß seine Sorgen. Raed und Abadi wuchsen zu Männern heran und blieben Freunde. Sie waren wie Brüder, redeten über alles, teilten viel und waren füreinander da.

Eines Tages starb der Sultan, und Raed musste sein, was er nicht sein wollte. Er musste sich um das Volk kümmern, seinen Pflichten als Sultan nachkommen und er begriff, welche Bürde das war. Stets beklagte er sich bei Abadi. Seine leidvolle Stimme füllte die Räume des Palastes.

»Das Volk dankt es mir nicht, Abadi. Es dankt mir nicht, dass ich all meine Zeit opfere. Die Menschen danken mir nicht, dass ich meine Hand über sie halte und über sie wache. Dass sie kein Leid erdulden müssen und keinen Hunger, und dass der Sultan auf so viel verzichten muss. Sie sind verzogen und arrogant. Es geht ihnen zu gut … Es geht ihnen zu gut.«

Raed sagte es mit der Stimme des Jungen, der er einst gewesen war, aber Abadi hörte zu und entdeckte dahinter die Stimme des Mannes, der Raed nun war. Er hörte Verbitterung und Neid. Und er konnte sich nicht gegen den Schauer wehren, der ihm über den Rücken lief.

Said bemerkte Raeds Wandel ebenso und beobachtete ihn, wenn er glaubte, niemand würde es tun. Abadi wusste es. Trotzdem versuchte er Raed als das zu sehen, was er war: ein Freund. Ein Bruder. Ein Junge mit einem guten Herzen, auf dem die Welt lastete.

Als Abadi eines Abends zu Bett gehen wollte, führte sein Weg ihn zuerst zu Said. Das Feuer im Zimmer war fast erloschen und ihn beschlich ein komisches Gefühl.

»Vater?«

»Ich bin hier«, drang Saids leise Stimme vom Bett aus zu ihm. Abadi ging zu ihm und legte die Hand auf seine Stirn. Die Haut seines Vaters glühte, sie war schweißnass. Sein Atem ging flach und das Gesicht war vor Schmerz verzerrt.

»Ich hole Raed und den Heiler.«

»Nein. Mir bleibt nicht viel Zeit. Du musst mir gut zuhören. Achte auf jedes Wort, halte es fest und schließe es fort. Hast du mich verstanden?« Er drückte eindringlich Abadis Hand, der nicht mehr tun konnte, als zu nicken.

»Ich habe viele Dinge gesehen, von denen ich nicht weiß, ob sie für meine Augen und meinen Geist bestimmt waren. Ich habe uns gesehen, hier und jetzt, und ich weiß, wir werden nie wieder so beieinandersitzen.« Said hustete. »Das Buch. Es existiert.«

Abadis Atem stockte, seine Augen weiteten sich. Er konnte nicht glauben, was ihm gesagt wurde.

»Es ist alt, sehr alt, und ihm wohnt ein eigener Zauber inne. Mehr weiß ich nicht. Ich habe es gefunden, vielleicht fand es auch mich.« Said holte tief Luft. »Es ist unter dem Boden. Der hinterste Stein, Abadi, der mit der dunklen Kerbe neben der Treppe. Heb ihn an. Ich habe von dir und diesem Buch geträumt – es begann zwei Monde nach deiner Vision. Hör gut zu. Die Worte sind der Schlüssel. Die Worte …« Saids Augenlider flatterten, seine Stimme wurde leiser, sein Atem schwächer.

»Vater«, schrie Abadi und griff nach dessen Schultern.

»Das Buch … Du wirst darin finden, was du suchst, wenn die Zeit reif ist.«

Abadi musste loslassen. Viel mehr als nur die Hand Saids.

Es dauerte nicht lange, bis Said verabschiedet wurde. Abadi trauerte und hatte das Buch darüber verdrängt – bis jetzt. Seine Füße trugen ihn das erste Mal seit Saids Tod in dessen Gemächer und er fand den Stein, den sein Vater beschrieben hatte. Er kniete nieder, legte die Seiten des Steins frei, um ihn zu bewegen und seine Finger dazwischenzuschieben, und er spürte, dass er locker saß. Dennoch war er nicht weniger schwer und Abadi musste all seine Kraft aufbringen, um ihn anzuheben. Mit einem lauten Krachen knallte Stein auf Stein, als er ihn fallen ließ. In der Stille danach hörte er nur seinen eigenen Atem. Er streckte seine Hand in das Loch und tastete und griff nach dem Buch. Es war schwer und Abadi musste es mit beiden Händen herausziehen.

Ehrfürchtig hielt er das Buch in seinen Händen und es war, als wäre es gestern gewesen, dass er es zum ersten Mal als kleiner Junge in einer Vision gesehen hatte, ohne zu wissen, ob es existierte. Es war dicker als gedacht, Abadi vermochte nicht zu sagen, wie viele Seiten es hatte. Der Einband war ledrig, schwarz und robust. So dunkel wie die Nacht.

Eine Gänsehaut kroch über seine Arme. Das Buch war anders, auch wenn Abadi nicht sagen konnte, auf welche Art.

Er ging zu dem alten Tisch, unter dem er immer gelesen hatte, und legte es ab. Mit seinen Fingern zog er die Linien darauf nach, die genauso schwarz waren wie der Rest. Mit seinem Gesicht kam er dem Buch näher, er lehnte sich über den Einband. Und da sah er sie, die Worte.

Ich bin die Nacht und ich bin das Licht in ihr.
Voll und klar.
Du fließt durch meine Linien.
Wer nehmen will, muss geben.

Abadis Kopf schwirrte, er verstand nichts davon. Er musste es öffnen und herausfinden, warum er es gesehen hatte. Warum Said es gesehen hatte und es so wichtig war.

Er legte seine Hand an den Einband. Nichts passierte. Abadi erhöhte den Druck, zog daran, aber das Buch blieb verschlossen. Es wollte nicht geöffnet werden.

Abadi ging frustriert zu Bett und stand genauso wieder auf, Tag um Tag. Seine Stimmung war schlecht, er konnte sich nicht von dem Buch lösen, musste immerzu daran denken.

Raed entdeckte Abadi im Garten des Palastes und riss ihn aus seinen Gedanken. »Ich wünschte, ich hätte die Zeit, hier zu sitzen und zu träumen«, sagte Raed mit einem Lächeln, das seine Augen nicht erreichte. Vier Palastwachen standen hinter ihm, was Abadi verwunderte.

»Du bist der Sultan, Raed. Du kannst dir die Zeit nehmen.«

»Ich mochte deine Sicht auf die Dinge immer, auch wenn sie nie der Realität entsprach.« Er schüttelte den Kopf. »Ich gehe auf den Markt. So wie Vater es immer getan hat. Ich möchte wissen, wie gut es meinem Volk geht.«

Das war das erste Mal, dass Raed dem Beispiel seines Vaters folgen würde. Er war seit seinem Tod nicht außerhalb der Palastmauern gewesen und Abadi fragte sich unweigerlich, was diese Veränderung hervorgerufen hatte.

»Ich begleite dich.« Abadi hatte das Gefühl, keine Wahl zu haben. Er gesellte sich zu Raed und gemeinsam ließen sie den Palast hinter sich.

Das Volk reagierte zuerst mit Schweigen und tiefen Verbeugungen, danach mit Jubelrufen und wildem Lachen. Der Markt war gut besucht, die Menschen zollten dem Sultan Respekt, dankten ihm, knieten nieder, schenkten ihm frisches Obst und feine Stoffe.

Mit jedem weiteren Schritt beschlich Abadi das Gefühl, etwas übersehen zu haben. Etwas, das Raed betraf. Aus diesem Grund beobachtete er ihn genauer. Er sah hin und hörte zu. Das hatte er schon viel zu lange nicht getan.

Raed hielt den Kopf hoch und lächelte nicht. Er zuckte vor Berührungen zurück, konnte sie nur schwer ertragen.

»Oh, erst jetzt verstehe ich, was mein Vater jede Woche ertragen musste. Er musste sich diesen Menschen nähern und so tun, als würde es ihn nicht ekeln.« Die Worte trafen Abadi hart. Sein Freund war ihm fremd geworden und er hatte es nicht bemerkt.

Abadi war einer dieser Menschen. Er war arm und einfach, wie Said es gewesen war. Und wie seine Tante, die das Glück gehabt hatte, die Liebe des Sultans zu gewinnen. Raed hatte Abadi beleidigt und erniedrigt, ohne es zu merken.

Ein alter Mann trat zu ihnen, seine Kleidung war zerrissen, seine Zähne waren schlecht. Er stank nach Dreck und Schweiß. Sofort fiel er auf die Knie, auf den steinigen und sandigen Boden; und es war sicher, dass er sie sich damit aufgeschürft hatte.

»Eure Majestät, ehrenwerter Sultan. Vergebt mir! Bitte habt Gnade, gebt mir etwas zu essen.«

Mitleid überwältigte Abadi. Er war zu lange nicht hier gewesen, hatte zu lange nichts getan. Hatte Said allein gelassen und diese Menschen ebenso.

Raeds Hand flog nach vorne und er ohrfeigte den Mann, der zur Seite kippte und im Dreck landete.

»Wie kannst du es wagen?«, zischte er. Die Menschen um sie herum wurden still, blieben stehen. »Ich bin dein Sultan. Ich tue alles für dich, für euch. Ich bin die Gnade! Wie kannst du es wagen, mich für deine Taten verantwortlich zu machen? Für das Leben, das du nicht zu führen weißt.«

Raed wischte mit verzogenem Gesicht die Hand an der Robe einer Wache ab und ging. Abadi blieb. Er starrte den Mann an und alles in ihm war leer.

»Abadi, komm!«, rief Raed.

Für Abadi war das eingetreten, wovor er sich als kleiner Junge gefürchtet hatte. Er beugte sich. Voller Scham.

So nahm es seinen Lauf. Raed wütete und erniedrigte, wo er konnte, und als sie in den Palast zurückkehrten, strahlten Raeds Augen.

»Oh Abadi. Dem Volk geht es gut. Es wird Zeit, dass ich es daran erinnere, wie gut.«

Obst stapelte sich im Palast und verdorrte, weil es zu viel war, Seide und andere Stoffe lagen da und verstaubten, Teppiche säumten die Wände und Kisten voller Schmuck füllten ganze Räume. Raed häufte und hütete seinen Reichtum.

Er hatte die Abgaben erhöht. Abadi hatte ihn nicht aufhalten können. Raed forderte und forderte, erkrankte im Herzen und in der Seele. Besessen davon, dass sein Volk nicht sehen konnte, wie sehr es ihn brauchte und ihm zu Dank verpflichtet war. Er herrschte nicht, wie sein Vater es ihn gelehrt hatte, nicht, wie Abadi es ihm riet. Er herrschte nicht mit Güte und Verstand, sondern mit Gier und dunklen Gedanken.

Abadi erinnerte er sich an Saids Worte.

Er schlich sich hinaus und ging ohne Raed und die Wachen auf den Markt. Was er sah, machte ihn unendlich wütend. Die Straßen waren verdreckt, es waren kaum Stände da. Die Menschen lachten nicht, sie bettelten. Das Geld war knapp, Essen und Wasser ebenso. Kinder hungerten und trugen Fetzen am Leib. Eines hing festgebunden an einem Pfahl in der prallen Sonne. Eine Palastwache stand vor ihm.

»Warum muss der Junge dort verharren?«

»Was interessiert es dich?«, spottete die Wache.

»Ich bin Berater des Sultans.«

Die Wache musterte Abadi kritisch, bevor sie nachgab. »Er hat einen Apfel gestohlen. Ich bin für die Sicherheit verantwortlich. Auf Befehl des Sultans hat jeder Dieb drei Tage an diesem Pfahl zu verharren und muss anschließend in den Kerker gebracht werden, um auf sein Urteil zu warten.«

Abadi nickte, dabei hätte er am liebsten geschrien. Doch er musste ruhig bleiben.

»Ich werde den Jungen mitnehmen«, sagte er stattdessen.

»Nein. Er hat noch einen Tag vor sich.«

»Ich wiederhole mich nur ungern. Und es würde den Sultan nicht glücklich machen, wenn ich ihm berichte, dass Ihr mich verstimmt habt.«

Die Wache brummte und schnaubte, gab aber nach – und Abadis Beine beinahe mit ihm. Er band den Jungen los, der in Abadis Arme stolperte.

»Er wird so oder so sterben.« Die Wache grinste spöttisch.

Abadi half dem Jungen und bog mit ihm um die nächste Ecke in eine enge Gasse, in der eine weinende Frau auf sie zurannte und ihr Kind in die Arme schloss.

»Danke«, hauchte sie. »Danke, dass Ihr meinen Jungen befreit habt. Ich habe es gesehen.«

Abadi steckte ihr eine Münze zu und ging zurück zum Palast. Es wurde Zeit, das Buch zu öffnen.

Ich bin die Nacht und ich bin das Licht in ihr.
Voll und klar.
Du fließt durch meine Linien.
Wer nehmen will, muss geben.

Abadi war verzweifelt. Er kannte die Worte auf dem Buch auswendig, aber er konnte nichts mit ihnen anfangen. Jede wache Minute grübelte er über ihnen, doch nichts ergab einen Sinn. Weil er die Enge seiner Gemächer nicht mehr aushielt, nahm er das Buch des Nachts mit in den Garten und hoffte, niemand würde ihn sehen. Es war eine Nacht voller Sterne. Der Mond schien hell am Himmel, leuchtete und …

Abadi stockte, blieb stehen. Konnte es so einfach sein?

Ich bin die Nacht und ich bin das Licht in ihr.
Voll und klar.

Abadi hob das Buch, bis es vom Licht des Mondes erfasst wurde. Die Buchstaben waren deutlich sichtbar.

Du fließt durch meine Linien.
Wer nehmen will, muss geben.

Abadi wollte etwas, also musste er etwas geben, etwas, das durch die Linien des Buches fließen konnte. Einen Teil von sich selbst. Er ging hinein und kam mit einem Messer zurück. Blut tropfte aus seinem Finger auf den Einband. Es glänzte im Licht des Mondes und füllte die Linien.

Ein leises Klicken ertönte. Es war, als würde die Welt in dem Augenblick den Atem anhalten, in dem das Buch aufseufzte. Abadis Finger zitterten, als er das Leder berührte und anhob.

Er konnte das Buch öffnen.

Das Adrenalin pulsierte in ihm, während er in seine Gemächer eilte und dort zu lesen begann.

Ich bin du und du bist ich. Ich bin das Buch deiner Wünsche.
Meine Worte sind mehr als das. Sie sind Splitter der Ewigkeit,
Scherben der Unendlichkeit. Du wirst eine Entscheidung treffen müssen.
Jeder Wunsch wird dir nur einmal gewährt. Du musst ihn wollen,
mit Herz, Seele und Verstand.

Wer nehmen will, muss geben.

Die Worte des Einbandes zierten auch die erste Seite des Buches. Unweigerlich dachte Abadi an Saids Worte: Sprich mit dem Herzen, wenn die Zeit gekommen ist.

Das Papier war vergilbt und fleckig, gleichzeitig dick und widerstandsfähig. Die Worte gruben sich hinein. Seite um Seite. Abadi las und las und verstand zu wenig. An manchen Seiten klebte Blut, das nicht das seine war.

Abadis Lider wurden schwerer und schwerer. Doch da lenkte etwas seine Aufmerksamkeit auf sich.

Um zu retten, was zu retten ist, und zu bewahren, was zu bewahren
gilt, verfluche ich uns, die Zeit zu überdauern. Du wirst verlieren,
was du hast. Du wirst gewinnen, was du verloren hast.

Ein Schauer überlief Abadi. Er las den Text weiter, Wort um Wort, bis zum Ende. Er wusste es. Diese Worte waren für ihn bestimmt. Er hörte sie in seinen Gedanken und er erkannte die Stimme in seinem Kopf. Er hatte sie schon einmal gehört. Er wusste, dieser Tag würde kommen. Ohne es zu wissen, hatte er die Entscheidung bereits vor langer Zeit getroffen.

Abadi würde es tun. Er würde Raed verfluchen und sich gleich mit, um das Volk, das sein Vater so geliebt hatte, zu retten. Um das zu beschützen, was ihm selbst etwas bedeutete. Und das war nicht länger Raed.

Er schnitt sich in den Finger und besiegelte seine Entscheidung. Blut tropfte auf die Seite, füllte die Linien der Buchstaben, so wie zuvor die Linien auf dem Einband. Und als die Worte sich vor seinen Augen bewegten, als sie anfingen für einen Moment zu glimmen und das Buch sich aufbäumte, wusste er, dass es kein Zurück mehr gab und dass er das Richtige getan hatte.

Unter dem Spruch stand in kleineren Buchstaben:

Suche einen Gegenstand, der die Ewigkeit tragen und versiegeln kann.
Halte ihn in die Welt, zwischen dich und die andere Seele.

Abadi fuhr sich durch sein verknotetes Haar. Kein Gegenstand dieser Welt konnte die Ewigkeit tragen.

Sie kann nicht getragen werden, Abadi. Nichts ist, wie es scheint. Die Worte waren in seinem Kopf, sie waren einfach da und es war ihm, als ob sein Vater bei ihm war und ihm Kraft gab. Und da wusste er, dass es egal war, was er wählte – es ging um die Ewigkeit, nicht um den Gegenstand.

Er schritt durch die Gemächer, hielt Becher hoch und kleinere Schalen, aber nichts schien ihm richtig. Nichts davon konnte etwas verwahren oder versiegeln und halten. Er öffnete eine alte Truhe seines Vaters und suchte weiter. Schriften über Schriften, ein alter Teppich, ein kleiner Perser, und da …

Alt, verstaubt und angelaufen. Seine Öllampe. Die, mit der er unter dem Tisch gelesen hatte. Die, mit der Said bis spät in die Nacht gelesen und nachgedacht hatte. Behutsam hob er sie heraus, strich über ihren Bauch und befreite sie vom Schmutz, damit ihre filigranen Linien zum Vorschein kamen, ihre ganze Schönheit.

Er hatte gefunden, was er gesucht hatte. Jetzt musste Abadi Geduld haben und den richtigen Moment abwarten.

Er lernte die Worte des Buches auswendig, verinnerlichte sie, und egal, wohin er ging, nahm er sie mit sich. Die Worte und die Lampe.

Eines Nachts, nur wenige Tage nach seiner Entscheidung, stand Abadi im Garten des Palastes und blickte zum Himmel.

Sternenklar. Wunderschön. Magisch.

Er verspürte eine Ruhe, von der er nicht wusste, dass er sie noch besaß. Er dachte, er hätte sie verloren. Die Ruhe und diese tiefe Zufriedenheit, die sie mit sich brachte.

Er hörte zu. Lauschte. Und als er Schritte hinter sich vernahm, spürte er, dass es an der Zeit war. Heute Nacht würde er Raeds Herrschaft ein Ende setzen.

»Kannst du nicht schlafen, Abadi?«, drang Raeds raue Stimme zu ihm. Er war allein, trug bereits sein Nachtgewand. »Ich habe dich beobachtet und konnte nicht zu Bett gehen. Irgendetwas trieb mich umher.«

Abadi drehte sich zu ihm um und lächelte.

»Erinnerst du dich, wie wir als Kinder hier spielten? Erinnerst du dich, wie du einen neuen Vogel bekamst? Wie du ihn gerettet hast, nachdem er nicht mehr fliegen konnte?«

»Wie könnte ich das vergessen? Ich war ein Narr. Ich hätte den Vogel erlösen sollen. Stattdessen habe ich ihn gequält, indem ich versuchte, ihn zu retten.« Raed schüttelte den Kopf. Er meinte, was er sagte, und hätte Abadi nur einen Zweifel an der Richtigkeit seiner Sache verspürt, wäre er jetzt davongeflogen. So wie der Vogel, den Raed damals gerettet hatte.

»Es tut mir leid, Raed.« Und das stimmte.

»Was?«, fragte dieser aufrichtig interessiert.

»Alles.« Abadi hielt die Lampe hoch, zwischen ihre Welten.

Er sprach die Worte, die er auswendig gelernt hatte. Die des schwarzen Buches. Die, die sein ganzes Wesen erfüllten.

Um zu retten, was zu retten ist, und zu bewahren, was zu bewahren gilt, verfluche ich uns, die Zeit zu überdauern. Du wirst verlieren, was du hast. Du wirst gewinnen, was du verloren hast.

Und ich werde mit dir warten. Bis dir zuteilwird, was du anderen verwehrt hast, bis du gibst, ohne zu nehmen. Du wirst keine Wahl haben und du wirst bleiben, bis drei Wünsche gesprochen wurden.
Bis ein Fremder kommt, der gibt und nicht nimmt.
Bis ein Fremder kommt, uns zu retten.

Er spürte ihren Zauber, fühlte, wie sie nahmen, was ihnen gehörte. Was Abadi ihnen versprochen hatte. Seine Hände kribbelten, die Lampe begann zu erzittern und zu leuchten.

»Was passiert hier?« Raed wich ängstlich zurück, aber er war nicht schnell genug. Abadi sprach die letzten Zeilen.

Raed begann zu verschwinden. Seine Konturen verschwammen, als löste sich sein ganzes Ich in einzelne Partikel auf. Nichts hielt sie mehr zusammen, seinen Körper und seine Seele. Sein Körper verflüchtigte sich. Er wurde zu einem Geist. Zu Sand und Staub und Zauber. Die Lampe sog ihn in sich auf und er schrie, während Abadi nichts anderes tun konnte, als das Geschehene zu beobachten. Er hatte seine Entscheidung getroffen und es gab kein Zurück.

Raed war kein Mensch mehr. Sein Körper war verloren, sein Aussehen Trug und Schein. Sein Wesen war gekettet an die Worte des schwarzen Buches.

»Was hast du getan? Was tust du mir an? Ich verfluche dich! Hörst du!«

Oh, das tat Abadi. Aber es war zu spät.

Mit einem dumpfen Geräusch war Raed von jetzt auf gleich verschwunden. Er war ein Teil der Lampe, sie sein Gefängnis, seine Ewigkeit. Und Abadi spürte, wie der Zauber auch bei ihm sein Werk tat. Er würde auf dieser Welt verweilen müssen, bis der Fluch gebrochen wurde. Das zarte Band schlang sich um seine Seele und um Raeds. Er musste warten.

Die Lampe begann zu glühen, sie leuchtete immer heller, Funken stoben um sie herum. Mit einem Ruck entzog sie sich Abadis Händen und flog in die Nacht hinaus, zog Licht und Sterne hinter sich her und verschwand in der Weite der Wüste. In einer sternenklaren Nacht. In dieser Nacht begann Abadi an Magie zu glauben.

Abadi verließ den Palast. Er würde warten, einsam und in Ruhe, in einer dunklen Ecke des Landes. Er hatte Hoffnung. Er wusste nicht wann, aber er wusste, dass es passieren würde. Dass es seine Zeit brauchte.

Er hatte ihn gesehen.

Den Fremden.

Den Jungen.

Sein Name war Aladin.

Britta Strauss

Das alte Lied der Dünen

Britta Strauss

Britta Strauß verbinde ich persönlich immer wieder mit Geschichten, die sich um das Meer drehen. Das mag daran liegen, dass *Sturmherz* und *Die Seele des Ozeans* zu den ersten Titeln gehörten, über die ich auf den Drachenmond Verlag aufmerksam wurde.

Umso überraschter war ich, als Britta mir mitteilte, dass ihre Kurzgeschichte in einer Wüstengegend spielen sollte. *Das Lied der Dünen* adaptiert das orientalische Märchen *Bishan und Manisha.* Zuvor habe ich noch nie davon gehört. In dieser Anthologie wollten gleich zwei Autoren den Stoff umsetzen. Britta war schneller und der andere Autor entschied sich kurz entschlossen um. Ich kann aber verstehen, was beiden an *Bishan und Manisha* gefällt – es ist wunderbar episch und romantisch.

»Ich schreibe, um mich selbst zu entführen«, gesteht Britta. »Um durch nächtliche Wälder zu rennen, auf fremden Planeten Urlaub zu machen oder mit Walen zu tauchen.« Oder eben über sengend heiße Sanddünen zu wandern. In Kürze erscheint ihr neuer Fantasyroman *Der Smaragddrache*. Darin geht es, wie in der nachfolgenden Kurzgeschichte, um eine verbotene Liebe.

www.facebook.com/brittastrauss1978

Das alte Lied der Dünen

Kommt her, ihr Reisenden, Händler, Abenteurer und Träumer. Setzt euch an mein Feuer, vertreibt die Kälte der Wüstennacht aus euren Knochen und lauscht dem alten Lied der Dünen, das heute Abend einer Geschichte aus längst vergangener Zeit neues Leben schenkt. Seht, wie der Löwe der Nacht den Tag über den Horizont jagt und wie sich die Sterne in seinem schwarzen Fell verfangen. Hört, wie der Wind über die Dünenkämme streicht und zu euch spricht. Spürt die Sehnsucht in euren Herzen, wenn ihr in die grenzenlose Unendlichkeit blickt. Heute will ich euch die Geschichte einer großen Liebe erzählen. Einer Liebe, die alles opferte und alles gewann.

Gewiss erinnert ihr euch an das Grabmal aus sternhellem Marmor, an dem unsere Karawane im Morgengrauen vorüberzog. Bewacht von zwei steinalten Dattelpalmen, fanden an jenem Ort einst eine Sultanstochter und ein Winterprinz ihre letzte Ruhestätte. Aus diesem Grund klingt das Lied der Dünen an jenem Ort so seltsam, denn es erzählt von Dingen, die kaum ein Kind der Wüste jemals gesehen oder gespürt hat. Ich rede von Schnee, klirrender Kälte und fauchenden Stürmen, von tiefen, nachtdunklen Wäldern und himmelhohen Gebirgen aus Frost und Eis, in denen uralte Götter hausen.

Unsere Geschichte beginnt in den Ruinen von Zafira, doch damals gab es keine zerbröckelten Mauern und vom Sand verschlungene Säulen, zwischen denen nur noch die Stimme des Windes flüstert und die Schuppen der Schlangen rasseln. Nein, zu jener Zeit gab es auf dem gesamten Erdenrund keine schönere und prächtigere Stadt als Zafira. Die Menschen lebten zufrieden inmitten ihrer goldenen Mauern, glänzenden Kuppeln und üppigen Obsthainen. Es gab Tempel und Paläste, Gärten und Teiche, Pferdeweiden und fruchtbare Felder, so weit das Auge reichte. In jenem Paradies lebte eine Sultanstochter namens Manisha, deren innig geliebte Schwester an einen König im weit entfernten Norden verheiratet worden war. Als es an der Zeit war, dass auch Manisha vermählt werden sollte, erbat sie sich von ihrem Vater die Erlaubnis, vor der Hochzeit ihre Schwester zu besuchen. Dem Sultan gefiel dieser Gedanke nicht, er wusste um die Gefahren, die in wilden Wäldern und tiefen Schluchten lauerten. Doch da er seine Tochter von Herzen liebte und um das Geschick und die Stärke seiner Krieger wusste, gab er ihrem Drängen nach. Selbstverständlich unter der Voraussetzung, dass Manisha von einem bestens ausgerüsteten Heer und ihrer pflichtbewussten Amme begleitet wurde.

So begab sich die Sultanstochter, deren Herz vor Abenteuerlust brannte, mit ihrem Gefolge in das weit entfernte Land hinter dem Horizont. Zweihundert Tage und Nächte währte ihre Reise, während der sie herrliche Wunder und sonderbare Dinge erblickte. Manishas Seele, sonst rastlos und getrieben, fand endlich zur Ruhe und öffnete sich weit, trank all das Neue und Schöne mit unstillbarer Gier. Und sobald die erste Schneeflocke die Haut der Sultanstochter traf, verliebte sie sich unsterblich in den Norden.

Das Herz ging ihr vor Freude auf, als sie ihre Schwester wiedersah. Oft redeten sie die ganze Nacht lang und verschliefen den Tag, ritten gemeinsam durch dunkle Wälder, lachten und speisten und versuchten, nicht an den Abschied zu denken. Doch jedes Mal, wenn die Sultanstochter allein auf dem Sims eines Burgfensters saß, den lautlos fallenden Schnee betrachtete und dem Fauchen des Windes lauschte, überfiel sie eine wilde Traurigkeit. In dem Land, das ihrem Gefolge kalt und trostlos, gar bedrückend erschien, fand sie ein mit Worten nicht zu beschreibendes Glück. Viel zu schnell verflogen die Tage, in denen der Frost unter ihren Schritten knirschte und ihr Atem als weiße Wolke in den Nachthimmel stieg. Viel zu schnell saß sie erneut in ihrer Sänfte und ließ ihre Schwester hinter sich – vielleicht für immer. Sehnsuchtsvoll atmete Manisha die kalte Luft ein und wünschte sich, das

Gefühl festhalten zu können. So fest, dass sie es bis an ihr Lebensende bewahren konnte. Nacht für Nacht stieg sie aus der Sänfte, stellte sich unter den Sternenhimmel, spürte den beißenden Wind auf ihrer Haut und fragte sich, was ihr Herz so innig herbeiwünschte. Was war das für eine Sehnsucht, die sie im wilden Angesicht des Nordens packte? Die derart drängend und quälend war, dass sie kaum Schlaf fand und ihr Hunger nach dem Unbekannten mit jedem Atemzug größer wurde?

Eines Nachts fauchte ein schrecklicher Sturm von den Bergen herab, hüllte die Bäume in eine Schicht aus Raureif und verwandelte den Fluss, dessen Ufer sie folgten, in glänzendes Eis. Während sich ihr Gefolge unter seinen Decken verkroch, zog Manisha ihren Pelzumhang über, trat vor das Zelt und betrachtete das Funkeln der Sterne zwischen den dahinjagenden Wolken. Während das Eis knackte und die Bäume wie weiß glitzernde Säulen vor ihr aufragten, flammten hoch oben am Himmel grüne Lichter auf. Zart wie Seidenschleier tanzten sie über das Firmament, schöner als alles, was Manisha jemals erblickt hatte. War es der glühende Atem von Geistern? Vielleicht gar ein unsterbliches Feuer, das alt war wie die Zeit? Brachte es Unheil oder Glück? So versunken war sie in den Anblick dieses Reigens, dass sie den Schatten zwischen den Bäumen zu spät bemerkte. Ein Schnauben und Grunzen erhob sich, dann zerriss die Nacht und spuckte ein Ungeheuer aus, wie es keine Geschichte und kein Gemälde jemals beschrieben hatte. Starr vor Angst blickte Manisha dem Untier entgegen, das mit wirbelnden Hufen auf sie zujagte. Es war ein Wildschwein mit schwarzem, zottigem Pelz, bei Weitem größer als jeder gewöhnliche Keiler. Seine Hauer glichen scharfen Säbeln, seine Hufe waren groß wie die eines Pferdes.

Wie ein fleischgewordener Sturm rannte das Monster durch das Lager und stürzte sich auf jene, die schlaftrunken aus ihren Zelten stolperten. Krieger eilten herbei und griffen nach ihren Waffen, doch alle Pfeile, Säbel und Dolche prallten an der schrundigen Haut des Tieres ab, als bestünde sie aus Eisen.

Flieh!, schrie ihre Vernunft, doch Manisha konnte keinen Finger rühren. Reglos stand sie da, während das Ungeheuer wütete und mordete. Blut dampfte im Schnee, Sterbende schrien, Tränen gefroren im heulenden Wind. Und als das Monster seinen Blick auf sie richtete, wusste Manisha, dass sie sterben würde. Hier im wilden Norden, unter den tanzenden Schleiern der Nacht.

Da wurde die Welt so still, dass Manisha das Lied der Himmelslichter hören konnte. Es war ein fernes Sirren und Wimmern, ein Klingen so alt wie die Stimmen der Dünen. Nein, noch älter. Es sprach vom Anfang aller Dinge, und von den Wegen, die niemals fort, sondern stets zurück nach Hause führten. In diesem Moment verflog all ihre Furcht. Sie zog ihr Messer, hielt es dem Wildschwein entgegen und war bereit, zu sterben.

Da stürmten mit wildem Geheul zwei Reiter durch den Schnee, Furcht einflößend anzusehen mit den Wolfspelzen, die über ihren Schultern hingen, und dem dunklen Leder ihrer Rüstungen. Pfeile flogen von mächtigen Bögen und durchbohrten die Haut des Ungetüms mit solcher Wucht, dass es zur Seite geworfen wurde. Was waren das für seltsame Waffen? Weshalb konnten sie das Wesen derart mühelos verletzen, während Säbel zerbrachen und Dolche splitterten?

Brüllend stürzte sich das Tier auf die Pferde der fremden Jäger, doch diese waren ebenso kampferprobt wie ihre Reiter und wichen ihm mit der Anmut zweier Tänzer aus. Pfeil um Pfeil schlug in den Körper des Wildschweins, bis es zu schwanken und stöhnen begann und sein Blut sich mit dem seiner Opfer mischte. Einer der Reiter hob seine Lanze, warf sich vom Pferd und bohrte die Waffe tief in den Rücken des Ungeheuers. Mit dem Zorn einer Urgewalt schrie es seinen Schmerz hinaus, dass der Reif von den Bäumen rieselte und die Sterne klirrten. Dann schleuderte es seinen Feind in den Schnee und stürzte sich auf ihn, noch ehe es diesem gelang, ein Messer zu ziehen.

Der zweite Reiter betrachtete das Unglück mit starrer Miene. Ein Pfeil lag schussbereit auf der Sehne seines Bogens, aber er ließ ihn nicht fliegen.

»Rette ihn!«, schrie Manisha. »Siehst du nicht, dass er stirbt?«

Der Reiter lächelte. Er nahm den Pfeil von der Bogensehne, steckte ihn zurück in den Köcher und wendete sein Pferd, ohne sich um das Schicksal seines Gefährten zu scheren. Da hastete Manisha selbst zu dem Jäger, hob ihr Messer und rammte es dem Monster in den Nacken. Nutzlos prallte die Klinge am Knochen ab, zerbrach und fiel in den bluttriefenden Schnee.

Krieger kamen ihr zu Hilfe und stießen mit Säbeln und Lanzen zu. Sie traten und schlugen, hieben und stachen, doch das Ungeheuer ließ sich nicht beirren. Erst als der Jäger mit verzweifelter Kraft einen silbernen Dolch in die Kehle des Tieres bohrte und einen tiefen Schnitt durch sein Fleisch zog, kippte es zur Seite. Blut schoss aus der Wunde, die zottigen Beine strampelten in ohnmächtiger Qual.

Schließlich, die bösen kalten Augen in grenzenlosem Hass auf seinen Feind gerichtet, hauchte das Wesen sein Leben aus.

Manisha glaubte, an Ort und Stelle das Bewusstsein zu verlieren. Kraftlos ging sie neben dem Jäger in die Knie, nahm seine Hand und hielt sie fest umfangen. Halb im Leben, halb im Tod blickte er zu ihr auf. Und als die Sultanstochter in das eisige Blau seiner Augen stürzte, geschah etwas mit ihr. Etwas, das sie nie zuvor empfunden hatte und von dem sie nicht einmal wusste, dass es existierte.

Es ist eine seltsame Sache mit dem Schicksal. Seelen finden zueinander, ganz gleich, wie weit sie voneinander entfernt sind oder wie unterschiedlich sie die Schöpfung erschaffen hat. Die Bestimmung steht über unserem Willen, sie reißt ihn hinfort wie eine Flut und spielt mit ihm. Sie lässt uns das Ziel aus den Augen verlieren und zeigt uns im gleichen Atemzug ein neues.

So geschah es in jener Nacht, dass ein Winterprinz und eine Sultanstochter zueinander fanden. Ohne dass ein Wort gesprochen wurde, ohne dass sie überhaupt ihre Namen kannten, wussten beide, dass ihr Leben nicht länger nur ihnen selbst gehörte.

»Bringt ihn in mein Zelt!«, befahl Manisha mit fester Stimme. »Und holt den Heiler. Heute Nacht brauchen wir ein Wunder.«

Stundenlang kämpften sie mit vereinten Kräften um das Leben des jungen Mannes. Der Heiler nähte seine Wunden, kühlte seine Stirn und flößte ihm geheime Tränke ein. Im Morgengrauen, als es nichts mehr zu tun gab außer Gebete zu sprechen, blieben Manisha, ihre treue Amme und der Prinz allein im Zelt zurück.

Liebevoll strich die Sultanstochter über sein Haar. Es besaß die Farbe der Sonne und umrahmte sein Gesicht wie ein Kranz aus Licht. Alles an ihm war blass, kühl und geheimnisvoll wie der Norden. Wie der Schnee, der sanft die Welt verhüllte, und wie der Nebel über den wilden Flüssen. Als sie ihre Finger mit den seinen verflocht, schien der Tag in die Nacht zu fließen. Sie waren Helligkeit und Dunkelheit. Sonne und Mond.

Mit Tränen in den Augen sprach Manisha zu ihrer Amme: »Hast du je ein wundersameres Geschöpf auf Erden erblickt? Hat der Allmächtige nicht alle Herrlichkeit der Schöpfung in ihm vereint?«

»Das mag sein«, antwortete die alte Frau. »Dennoch wird er dein Verderben sein. Hast du nicht die Zeichen gesehen?«

»Du meinst die Male auf seinem Rücken? Gewiss. Viele wilde Stämme des Nordens schmücken sich mit solchen Bildern.«

»Diese besonderen Zeichen tragen nur die Caimai, das Volk des Blauen Gletschers. Sie kennen nichts als Krieg und Verrat, und ihre Götter lechzen nach Menschenopfern. Wo bist du mit deinen Gedanken, wenn die besten Lehrer des Reiches dir unsere Geschichte näherbringen?«

»Die Caimai?«, flüsterte Manisha. »Bist du dir sicher, Amme?«

»Das bin ich, mein Kind. Lange ist es her, dass dein Vater als junger Herrscher von diesen Barbaren betrogen wurde. Mit einem gewinnträchtigen Handel haben sie ihn verlockt, diese Lügner und Mörder. Sie haben ihn und seine Krieger auf das Vortrefflichste bewirtet und umgarnt, ihnen herrliche Speisen gereicht und wunderschöne Mädchen

tanzen lassen. Aber in der Nacht, als die Krieger schliefen, schnitten diese Ungeheuer ihnen die Kehlen durch und bemalten sich mit ihrem Blut. Ein paar Unglückselige sperrten sie in Käfige, um sie am nächsten Abend lebendig über dem Feuer zu rösten. Dein Vater entkam nur, weil sich seine Männer für ihn opferten und ihm zur Flucht verhalfen.«

»Aber diese Geschichte ist nicht seine.« Manisha schauderte unter den furchtbaren Worten ihrer Amme und versuchte, in dem bewusstlosen Mann etwas Böses zu entdecken. Schon oft hatte sie grausamen Kriegern gegenübergestanden. Männern, die keine Ehre und kein Gewissen kannten. Stets waren ihre Augen von Kälte und ihre Haltung von Arroganz erfüllt gewesen, doch weder das eine noch das andere hatte sie in dem fremden Jäger erkennen können.

»Hast du mich nicht gelehrt, Amme, dass stets der Sieger die Geschichte schreibt? Woher willst du wissen, ob alles so geschehen ist?«

»Ob es um Lüge oder Wahrheit geht, kann dir gleichgültig sein. Jeder Caimai, der deinem Vater unter die Augen kommt, wird einen grausamen Tod sterben.«

»Nein!«, widersprach Manisha. »Mein Vater ist gnädig und gut. Er wird dem Mann, der das Leben seiner Tochter gerettet hat, niemals etwas zuleide tun.«

»Dann kennst du deinen Vater schlecht, mein Kind. Das Gift alter Feindschaften ist stärker als jede Vernunft. Weshalb denkst du darüber nach, ihn mitzunehmen? Selbst wenn ein Wunder geschieht und er diese Nacht überlebt, wird er uns niemals aus freien Stücken begleiten. Oder willst du ihn als Sklaven mitnehmen?«

»Nein!«, rief Manisha erschrocken. »Das will ich nicht.«

»Dann verstehe ich nicht, was in deinem Kopf vorgeht.«

Das Herz lag ihr so schwer wie ein Felsen in der Brust. Wie sollte es ihre Amme verstehen, wenn sie es nicht einmal selbst verstand? »Ich lasse ihn entscheiden«, sagte sie schließlich.

»Nun«, schnaufte die Alte, »dann wird er gewiss bei der ersten Gelegenheit verschwinden. Und falls nicht, erwartet ihn in Zafira der Tod.«

»Mein Vater hat mir einst einen Schwur geleistet«, widersprach die Sultanstochter. »An diesen werde ich ihn erinnern, wenn es so weit ist.«

»Ach Kind«, seufzte die Amme. »Allzu oft siegt das Herz über den Verstand. Gib acht, dass du wegen eines flüchtigen Fiebers nicht alles verlierst.«

»Das werde ich. Jetzt hör auf, mich zu belehren, und lege neues Holz in das Feuer. Es ist eiskalt in diesem Zelt.«

Schlaflos wachte Manisha an der Seite des Fremden, kühlte seine Stirn, flößte ihm heilende Tränke ein und summte die Melodien alter Lieder. Ihre Stimme war das Seidenband, das den Prinzen in der Welt der Lebenden hielt und ihn vor der Dunkelheit bewahrte. In mancher Stunde drohte es zu reißen, und wenn das geschah, breitete seine Seele ihre Flügel aus und schickte sich an, davonzufliegen. Doch Manishas Willenskraft war stärker als seine Sehnsucht nach dem erlösenden Tod. Wieder und wieder wob sie einen neuen Faden, der das Herz des Prinzen am Schlagen hielt und ihn aus der Tiefe des schwarzen Meeres zog.

Im Morgengrauen atmete er noch immer, daher befahl Manisha, dass man ihn auf das weiche Lager ihrer Sänfte bettete. Sie selbst schritt wie eine gewöhnliche Frau des Volkes neben ihm her, auch dann noch, als ihre Füße bluteten und jeder Muskel ihres Körpers schmerzte. Tag um Tag verging. Weiter und weiter zog die Karawane in Richtung Süden, der fernen Wüste entgegen. Und während sich die Wunden des Prinzen langsam schlossen und der Schatten des drohenden Todes verblasste, durchquerten sie Wälder und Schluchten, reißende Ströme und endlos weite Steppen. Stets bewacht von den Argusaugen ihrer Amme und den aufmerksamen Blicken der Krieger, blieben Manisha am Tage nur flüchtige Blicke, die sie dem schlafenden Fremden zuwerfen konnte. Nachts aber legte sie sich neben den Jäger, hielt seine Hand und lauschte seinem Atem, während das drängende Gefühl in ihrem Herzen mit jedem verstreichenden Augenblick stärker wurde. Oft versuchte Manisha, es zu beschreiben, doch niemals fand sie die richtigen Worte.

»Ich sehne mich nach dem Moment, in dem du erwachst«, sprach sie zu ihm. »Und zugleich fürchte ich mich davor. Denn wenn du gehen willst, halte ich dich nicht fest.«

Eines Abends, als sie am Rande einer Steppe rasteten und die Sterne über den flackernden Lagerfeuern funkelten, schlug der Prinz die Augen auf. In einer seltsamen Vorahnung hatte Manisha das Dach des Zeltes öffnen lassen, so dass seine Augen als Erstes den klaren Nachthimmel erblickten.

»Wo bin ich?«, flüsterte er matt. »Und wer bist du?«

»Vergib mir.« Manisha nahm seine Hand und drückte sie an ihr Herz. »Deine Heimat ist in weiter Ferne. Sie liegt hinter Bergen, Wäldern und Steppen, und hinter zehntausend mal zehntausend Schritten.«

Der Prinz blickte zu ihr auf, benommen von der Schwere seines langen Schlafes und von der Schönheit des Mädchens, das ihm so fremd war wie die Sternbilder am Himmel. »Was ist passiert?«

Manisha nahm all ihren Mut zusammen, schickte die schimpfende Amme aus dem Zelt und berichtete dem Prinzen, was geschehen war. Als sie geendet hatte, schwieg er lange und blickte ins Leere. Verzweifelt ballte die Sultanstochter ihre Hände zu Fäusten, so heftig war der Wunsch, ihn zu berühren.

»Mein Bruder hat mich dem Tod überlassen«, sagte er schließlich. »Ein fremdes Mädchen rettet mich, während mein eigen Fleisch und Blut mir den Rücken zukehrt.«

Manisha erschrak. »Er war dein Bruder? Dein eigener Bruder ließ dich im Stich?«

»Er neidet mir den Winterthron, der seit meiner Geburt für mich bestimmt ist. Als Zweitgeborener ist ihm ein Leben in meinem Schatten bestimmt.«

»Dann bist du ein Prinz?« Manisha konnte kaum glaubten, was sie hörte. »Du bist der Sohn des Winterkönigs?«

»Ich wünschte, es wäre nicht so. Ich wünschte, ich wäre nur ein einfacher Jäger. Ein freier Mann ohne königliches Blut in den Adern.

Mit Freuden würde ich auf das verzichten, wonach Neherim giert. Aber mein Vater erlaubt es nicht. Er will mich um jeden Preis auf dem Thron sehen, damit ich den Weg gehe, den auch er gegangen ist. Ein Weg aus Krieg und Blut.«

»Wie ist dein Name?«, flüsterte Manisha.

»Bishan, Sohn von Baharrim, Winterkönig des Blauen Gletschers, Herrscher über das Eis und die Stürme.«

»Du würdest dem Thron den Rücken kehren?«

»Ja, das würde ich.«

Manishas Herz flatterte wie ein verwundeter Vogel. Hoffnung und Angst jagten einander, ohne dass das eine oder das andere die Oberhand gewann. »Komm mit mir«, flehte sie den Prinzen an. »Vergiss deinen Namen und dein königliches Blut. Sei ein einfacher Jäger aus dem wilden Norden, der mein Leben und das meiner Gefolgschaft gerettet hat. Mein Vater schwor einst bei der Ehre seiner Ahnen, mich nur an den größten Helden zu verheiraten. An einen Mann, der im Wettstreit alle Gegner besiegt, dessen Pfeile stets ihr Ziel treffen und der auf Fragen kluge Antworten gibt. Sei dieser Mann.«

»Wer ist dein Vater?«

Manisha zögerte. Wenn sie die Wahrheit aussprach, konnte dies das Ende ihrer gemeinsamen Reise bedeuten. Doch eine Lüge erschien ihr unerträglich. »Ich bin Manisha, die Tochter von Sarash, Sultan der goldenen Stadt Zafira. Oberhaupt des amaranthischen Reiches und aller vierzehn Stämme der Salzwüste.«

Der Blick des Prinzen wurde hart. »Dann sind wir Todfeinde, Sultanstochter.«

»Unsere Väter sind Todfeinde«, widersprach sie. »Doch ihre Geschichte ist nicht unsere Geschichte. Komm mit mir und sieh die Wunder meines Reiches mit eigenen Augen. Lausche dem alten Lied der Dünen, das längst vergessene Geschichten erzählt. Die Wüste macht dich zu einem Teil der Unendlichkeit. In ihrer Einsamkeit fühlst du dich so alt wie die Sterne und so frei wie der Wind.«

Sehnsucht packte den Prinzen. Was hatte er zu verlieren? Einen Thron, den er nicht wollte? Einen Vater, der nichts als Krieg, Eroberung und Vernichtung im Kopf hatte? Einen Bruder, der nicht zögerte, ihn einem Ungeheuer zu überlassen? Ja, es war gefährlich, in das Land seiner Feinde zu ziehen. Doch nicht gefährlicher als die Kriege, in die sein Vater ihn schicken würde. Nicht gefährlicher als die Intrigen, die Tag und Nacht sein Leben bedrohten. Dreiundzwanzig Vorkoster hatte sein Vater bereits verschlissen, der Leib des Winterkönigs war übersät mit Narben, sein rechtes Auge ausgebrannt. War dies der Weg, den er gehen wollte? Oh nein!

Bishan blickte in die nachtschwarzen Augen des Mädchens und fühlte, wie ein Feuer von ihm Besitz ergriff. Zuerst glühte es sanft in seinem Bauch, dann kroch es höher, hinauf zu seinem Herzen, um schließlich all seine Gedanken zu versengen. Manishas Haut schimmerte geheimnisvoll im Schein der Flammen, ihr Lächeln benebelte ihn wie süßer, berauschender Wein. Kaum mehr Herr seiner Sinne, strich er über ihr langes Haar. Seidig floss es durch seine Finger, herrlich duftete es nach Ölen, deren Namen er nicht einmal kannte. Alles an ihr war Geheimnis. Verlockung. Gefahr.

»Wie kommt es«, brachte er mühsam heraus, »dass du die Sprache des Nordens so gut beherrschst?«

»Meine Familie pflegt seit Langem einen gewinnbringenden Handel mit dem Norden«, antwortete Manisha. »So kam es, dass meine Schwester König Serkobad heiratete, den Herrscher des Onyxthrones. Die Sprache des Nordens wird schon seit langer Zeit von unseren Lehrern unterrichtet.«

Der Prinz nickte. Ein sonderbarer Schwindel nahm von ihm Besitz, der nichts mit seiner Schwäche zu tun hatte. »Ich komme mit dir«, hörte er sich sprechen. »Von nun an bin ich namenlos.«

Manishas Herz jubelte vor Freude. »Nichts könnte mich glücklicher machen. Aber gib acht, dass niemand deine Male sieht. Die Feindschaft zwischen meinem Volk und deinem sitzt tief, aber sobald du den Wettstreit der Helden bestanden und das Recht auf meine Hand gewonnen hast, wird deine Herkunft gleichgültig sein. Mein Vater ist ein gütiger und gerechter Mann. Er wird die Wahrheit erkennen.«

So geschah es, dass der Winterprinz in das Land des ewigen Sommers reiste. Tag für Tag schritt seine Genesung voran. Schon bald verließ er den Platz in Manishas Sänfte und ritt auf seinem Pferd neben ihr her, so schön und stolz, dass die Sultanstochter ihre Augen nicht von ihm lassen konnte. Oftmals schoss er Gänse und Enten vom Himmel, die sie am Abend über den Lagerfeuern brieten, und so manches Mal fanden seine Pfeile Ziele, die selbst die besten Krieger des Heeres verfehlten. Da spürte Manisha die unerschütterliche Gewissheit, dass Bishan den Wettstreit der Helden und damit ihre Hand gewinnen würde.

Er, und kein anderer.

Eines Tages, als sie über einen Gebirgspass zogen und sich bereits der klare Abendhimmel über den Gipfeln wölbte, kam der Goldschmied zu Manishas Sänfte. Er überreichte ihr die beiden Hauer des erlegten Ungeheuers, die er in wochenlanger Arbeit in die Griffe herrlicher Dolche verwandelt hatte. Kostbar eingefasst in Silber, verziert mit blauen Juwelen und funkelnden Kristallen und versehen mit einer scharfen, anmutig gebogenen Klinge, waren beide Waffen eines Sultans würdig.

»Einen Dolch sollst du behalten«, sagte Manisha zu dem Prinzen. »Den anderen gibst du meinem Vater. Er wird ein solch wertvolles Geschenk zu schätzen wissen. Zudem ist er ein Beweis deines Heldentums, denn nach unseren Gesetzen darf ein Mann nur Trophäen tragen, die er mit seinen eigenen Händen und in einer gerechten Jagd erbeutet hat.«

»So hält es auch mein Volk«, erwiderte Bishan. »Hab Dank für diese herrlichen Schmuckstücke. Ich werde meines für alle Zeit in Ehren halten.«

Manisha lächelte. Wie gerne hätte sie ihn zu sich in die Sänfte gezogen, um seine Lippen zu schmecken und den Duft seiner Haut zu atmen. Doch ehe er nicht das Recht auf ihre Hand gewonnen hatte, würden weder ihre Amme noch die Krieger des Sultans solch unsittliche Berührungen dulden. Auch wenn sie glaubte, vor Sehnsucht zu zerspringen, musste sie geduldig sein.

Manchmal jedoch, wenn Bishan sie mit einem solchen Hunger ansah, dass es ihr den Atem verschlug und ihr Körper wie im Fieber glühte, wollte sie alle Regeln und Gesetze in den Wind schlagen. Konnte Liebe einen Menschen zerreißen? Konnte sie ihn sehenden Auges in das Unglück führen? Was würde geschehen, wenn Bishan in der Hitze ihres Landes starb, wie die Schneeflocken auf ihrer warmen Haut zerlaufen waren? Sorgenvoll sah Manisha, wie der Schweiß seine Kleidung tränkte und wie schwer sein Atem ging. Während ihr Gefolge und sie selbst in der Wärme aufblühten, machte Bishan die sengende Sonne mehr und mehr zu schaffen. Um ihm wenigstens etwas Erleichterung zu verschaffen, gab ihm die Sultanstochter eine weiße Beduinentracht, mit der er seinen Körper und sein Gesicht verhüllen konnte. So geschützt, schien ihm die Reise leichter zu fallen, und nach und nach kehrte seine alte Kraft zurück.

Wo immer sie auf Dörfer trafen, deren sandfarbene Mauern und türkisfarbene Türen im Sonnenlicht strahlten, wurde Bishan mit Staunen und Neugier überschüttet. Ein jeder bewunderte das herrliche Blau seiner Augen und strich ehrfürchtig über das goldene Haar, das von der Wüstensonne noch heller gebleicht worden war. Man fragte nach dem Woher und Wohin, und der Prinz berichtete mit farbenfrohen Worten von seinem Land. Doch konnte sich kein Wüstenmensch vorstellen, wie es war, durch glitzernden Schnee zu stapfen und seinen Atem als Wolke aufsteigen zu sehen. Sie wussten nichts von Frost, und ebenso wenig konnten sie sich unter funkelndem Eis und grünen Lichtschleiern am Nachthimmel etwas vorstellen.

Nach zweihundert Tagen und zweihundert Nächten erreichten sie an einem hitzeflirrenden Morgen den Palast des Sultans. Längst hatten Späher verkündet, dass sich Manishas Karawane näherte, und so wurden die Reisenden von einem rauschenden Fest empfangen. Bishan wusste kaum, wo ihm die Sinne standen. Überall umringten ihn fremdartige Düfte und betörende Farben. Es gab goldene Dächer und weiße Mauern, die im Sonnenlicht gleißten, prächtig gekleidete Männer mit Falken auf den Armen und Geparden an goldfunkelnden Leinen, die ihren Herren wie Hunde folgten. Auf seidenen Kissen ruhten Frauen mit glitzernden Schleiern und leuchtend bunten Kleidern, während Kinder, Äffchen und Gazellen um sie herumsprangen.

Zahllose Menschen buhlten um seine Aufmerksamkeit, bedrängten ihn mit Fragen, boten ihm Speisen und Getränke an, zupften an seinem Haar, küssten seine Wangen und lachten, als gäbe es nichts Dunkles in ihren Seelen. Obwohl Bishan so erschöpft und müde war, dass er kaum die Augen offen halten konnte, erwiderte er jedes Lächeln und fand auf jede Frage eine Antwort. Manisha hatte geglaubt, ihn nicht noch mehr lieben zu können, doch als sie ihn inmitten der Menschen sah, freundlich und ausgelassen und von allen geliebt, zersprang ihr fast das Herz.

»Nur ein Jäger?«, murrte ihr Vater missmutig und stopfte sich eine mit Schinken umwickelte Dattel in den Mund. »Noch dazu ein namenloser?«

»Ja«, antwortete Manisha. »Nur ein namenloser Jäger. Aber er hat mir und meinem ganzen Gefolge das Leben gerettet.«

»Er tötete ein Ungeheuer, gegen das selbst meine besten Krieger nichts ausrichten konnten?«

»So ist es.« Erst jetzt kam Manisha in den Sinn, dass sie Bishan nie nach der Besonderheit seiner Waffen gefragt hatte. Nun, das würde ihr Vater zweifellos nachholen.

»Also gut«, befand der Sultan. »Wenn dem so ist, soll er auf dem morgigen Wettstreit beweisen, dass er deiner Hand würdig ist.«

»Schon morgen? Aber Vater, wir sind gerade von einer langen Reise zurückgekehrt. Gönne ihm wenigstens einen Tag Ruhe.«

»Das werde ich nicht«, beharrte der Sultan. »Im Kampf fragt niemand nach Erschöpfung. Der Krieg bricht los, wann immer es das Schicksal bestimmt. Wer wegen seiner müden Knochen nicht in der Lage ist, meine Tochter zu beschützen, hat sie nicht verdient.«

In diesem Moment trat Bishan vor den Sultan, vollführte eine anmutige Verbeugung und überreichte ihm den zweiten Dolch. »Seid gegrüßt, Herrscher der goldenen Stadt, Oberhaupt des amaranthischen Reiches und aller vierzehn Stämme der Salzwüste. Ich bringe Euch diese Waffe zum Geschenk, gefertigt aus den Hauern jenes Ungeheuers, das durch meine Hand starb.«

Der Sultan nahm den Dolch entgegen und fuhr staunend über den meisterhaft gearbeiteten Griff. Mit größtem Geschick hatte der Goldschmied den Prinzen auf seinem steigenden Pferd verewigt, wie er mit furchtloser Miene seinen Bogen spannte und auf das geifernde Ungetüm zielte.

»Ein wahrhaft einzigartiges Geschenk«, sprach der Sultan. »Sage mir, namenloser Jäger, wie konnte dir etwas gelingen, woran meine besten Krieger scheiterten?«

»Seit Langem wissen wir um die Gefahr der schwarzen Wildschweine«, antwortete Bishan. »Schon als Kind brachte man mir bei, wie ihnen beizukommen ist. Allein Klingen und Pfeilspitzen aus Mondsilber vermögen ihre dicke Haut zu durchdringen. Jenes Ungeheuer, das das Lager Eurer Tochter angegriffen hat, brachte viel Leid und Schaden über mein Land. Seit mehr als zwei Monaten war ich ihm auf der Spur.«

»Mondsilber?« In den Augen des Sultans glitzerte es. »Was ist das für ein seltsames Metall?«

»Es ruht seit Jahrmillionen unter dem Eis«, antwortete der Prinz. »Manchmal bringt der Gletscher es zutage. Aber das geschieht selten, deshalb wird es überaus teuer gehandelt.«

Der Blick des Sultans wurde noch begehrlicher. »Zeige mir eine solche Waffe, namenloser Jäger.«

Gehorsam zog Bishan ein Messer aus seinem Gürtel und legte es auf seine Hand. Der Griff der Waffe war aus einem weißen, in sich selbst gedrehten Horn geschnitzt, und seine Klinge funkelte so geheimnisvoll wie Schnee in einer Mondnacht. Einen Augenblick lang betrachtete der Prinz seinen alten Begleiter wehmütig, dann ging ein Ruck durch seinen Körper. Demütig reichte er dem Sultan die Waffe. »Nehmt auch dies als Geschenk, großer Sultan. Sein Griff wurde aus dem Horn eines Narwals geschnitzt, den mein Großvater vor sechzig Jahren im kältesten aller Winter erlegt hat.«

Manisha erkannte, wie viel Bishan dieser Dolch bedeutete, deshalb wusste sie sein Opfer umso mehr zu schätzen. Zufrieden bemerkte sie die Begeisterung im Blick ihres Vaters. Spätestens jetzt hatte auch er einen Narren an dem Prinzen gefressen.

»Ein Narwal?« Hingerissen strich der Sultan über die funkelnde Klinge. »Mir scheint, du hast mir viel zu erzählen, namenloser Jäger. Ich will alles über dich und dein Land wissen, doch zuerst bekommst du die Ruhe, die du brauchst. Morgen früh sollst du im Wettstreit der Helden beweisen, dass du meiner Tochter würdig bist.«

Auf einen Wink des Sultans hin kam ein Diener in einem weißen Kaftan herbei und führte Bishan in ein prächtig eingerichtetes Gemach. Der Prinz kam nicht dazu, dessen Schönheit zu bewundern, denn der Schlaf übermannte ihn, kaum dass er sich auf die seidenen Kissen gebettet hatte.

So kurz war die Nacht und so tief seine Träume, dass er im Morgengrauen glaubte, nur einen Augenblick lang geschlafen zu haben. Zwei Diener brachten ihm leichte weiße Kleidung, die wie ein Windzug über seinen Körper glitt, führten ihn hinaus in die Wüste und überreichten ihm seinen Bogen. Zwanzig Zielscheiben waren aufgestellt worden, neunzehn Männer warteten bereits hinter einer aus Asche gezogenen Linie und warfen der unter einem goldenen Baldachin ruhenden Sultanstochter begehrliche Blicke zu.

Doch Manisha hatte nur Augen für Bishan. Sie schenkten einander ein Lächeln, liebkosten sich aus der Ferne und schürten ihren Hunger, der längst zu einem verzehrenden Feuer herangewachsen war. Der Prinz musste diesen Wettstreit gewinnen. Anderenfalls, dessen war sich die Sultanstochter sicher, würde sie an ihrer Sehnsucht zugrunde gehen.

Bishans Gegnern blieb nicht verborgen, wem die glühenden Blicke der Sultanstochter galten. Sie schütteten Spott und Häme über ihn aus, doch als er seinen Bogen spannte und sein Pfeil die Zielscheibe genau in der Mitte durchschlug, blieben ihnen die frechen Worte im Halse stecken. Er, der namenlose Fremde aus dem Norden, besiegte einen ruhmreichen Krieger und ranghohen Sprössling nach dem anderen. Sirrend zerschnitten seine Pfeile die vor Hitze flimmernde Luft, flogen wie der Sturmwind und trafen ihr Ziel mit vernichtender Wucht.

Bald waren nur noch vier Männer übrig. Schließlich, als die Zielscheiben auf achthundert Schritt Entfernung getragen wurden, gab es niemanden mehr außer Bishan und Ahmad, den Sohn eines mächtigen Stammesoberhauptes. Krachend schlug dessen rot gefiederter Pfeil in das Ziel ein und durchbohrte es genau in der Mitte. Ohrenbetäubender Jubel brach los, während Manisha vor Furcht zu zittern begann. Sie spürte die Kälte in Ahmads Blick, und sie sah die Gier, die ihn antrieb. Falls Bishan diesen Wettstreit verlor, war ihr Leben verwirkt. Niemals würde sie ein Leben an Ahmads Seite ertragen, denn er war nicht nur für seine Stärke im Kampf berühmt, sondern auch für seinen Jähzorn und seine Lust an der Gewalt.

Manisha erstarrte, als Bishan seinen Bogen spannte. Der Prinz nahm einen tiefen Atemzug, vergaß alles um sich herum und ließ seinen Pfeil fliegen. Leicht wie ein Falke schoss er dahin, spaltete seinen Vorgänger und blieb mit einem dumpfen Schlag im Stroh stecken.

Nun brach ein solcher Lärm aus, dass der Sand von den Kämmen der Dünen rieselte und die Vögel erschrocken aus den Palmen aufflatterten. Seite an Seite traten Ahmad und Bishan vor den Thron, der eine mit stolzer Miene und siegessicherem Lächeln, der andere mit bescheiden gesenktem Blick. Kaum hob der Sultan seine üppig beringte Hand, verstummte die Menge. Es wurde so still, dass Manisha das Blut in ihren Adern rauschen hörte.

»Nun denn«, begann der Herrscher zu sprechen, »ich sehe, dass ihr beide unübertrefflich seid und jeden anderen Sterblichen neben euch verblassen lasst. Sage mir, Ahmad, wie kommt es, dass dein Auge so scharf ist wie das eines Falken und deine Hand so ruhig wie unverrückbarer Fels?«

Der Sohn des Stammesoberhauptes reckte sein Kinn und lächelte siegessicher. »Schon der Großvater des Großvaters meines Großvaters war für seine Treffsicherheit berühmt. Er traf einen tausend Schritt hoch fliegenden Falken mitten ins Auge und erlegte einen Wüstenelefanten mit einem einzigen Pfeil. Aus jedem Kampf und jedem Krieg gingen wir als Sieger hervor, Ruhm und Stolz trinken wir bereits mit der Muttermilch. In unserer Linie gibt es keine Verlierer, so wahr der erste unserer Väter aus einem Sandsturm erschaffen und mit dem Atem eines Dschinn belebt worden war.«

Der Sultan nickte und wandte sich Bishan zu. »Sage mir, namensloser Jäger aus dem Norden, wie kommt es, dass dein Auge so scharf ist wie das eines Falken und deine Hand so ruhig wie unverrückbarer Fels?«

Bishan lächelte, blickte zu Manisha hinüber und überlegte gut, ehe er sprach. »Dort, wo ich herkomme, gibt es keine üppigen Gärten und keine grünen Felder, auf denen herrliche Früchte sprießen. Unsere Frauen sammeln die Geschenke des Waldes, während wir Männer auf die Jagd gehen. Ein verfehlter Schuss bedeutet Hunger, eine erfolglose Jagd den Tod im Winter. Wir sind gute Jäger, weil wir gut sein müssen. Es geht uns nicht um Ehre oder Ruhm, sondern darum, die Bäuche unserer Familien zu füllen.«

Als Bishan verstummte, warf Ahmad den Kopf in den Nacken und lachte schallend. »Die Geschichten über dein Land sind also wahr. Ihr tragt Fell wie die Affen, fresst rohe Leber und kauert euch in stinkenden, verrußten Hütten zusammen, um nicht zu erfrieren.«

Bishan erwiderte Ahmads stechenden Blick mit einem Lächeln. »Auf gewisse Weise habt Ihr recht«, antwortete er ruhig. »Im Winter tragen wir Pelze, und wenn wir kein Feuerholz finden, halten wir uns mit rohem Fleisch am Leben. Auch sitzen wir in besonders kalten Nächten eng beieinander am Feuer, erzählen Geschichten und singen die Lieder unserer Ahnen.«

Ahmad zog eine Grimasse. »Und ist es auch wahr, was man über die Geburt eurer Kinder erzählt? Im Frühling würgen Bären Fleischbrocken hoch und lecken sie so lange, bis sie Menschenform annehmen?«

Nun musste auch Bishan schallend lachen. Er hielt sich den Bauch, bis Ahmad wutschnaubend nach seinem Messer griff und auf den Prinzen losgehen wollte. Schon holte er zum Stich aus, als der Sultan mit scharfer Stimme rief: »Ahmad! Bist du ein Held oder ein kleiner Junge, der sich wegen eines gestohlenen Frosches wie ein Trottel aufführt? Sage mir, was du meiner Tochter schenkst, wenn ich sie dir zur Frau gebe.«

Der Angesprochene schluckte ein paar Mal, würgte die Demütigung herunter und antwortete mit rauer Stimme: »Alle Schätze, die ich mit eigener Hand erbeutet habe, sollen in Eure Schatzkammer fließen. Ebenso schenke ich Euch fünfzig edle Pferde aus der Zucht meines Vaters, edle Stoffe, kostbares Geschmeide, Perlen aus dem Silbernen Meer und einen Namen, der für Ruhm und Ehre steht.«

Der Sultan nickte und wandte sich an Bishan. »Und was wirst du meiner Tochter schenken, sobald ihr vereint seid?«

»Ich schenke ihr mein Leben und meine Liebe«, antwortete der Prinz. »Wenn sie einmal stürzt, werde ich sie halten. Wenn sie sich einsam fühlt, werde ich bei ihr sein. Wenn sie reden möchte, höre ich zu. Ich werde alles tun, was getan werden muss, um sie glücklich zu machen.«

Ahmad schnaubte abfällig. »Was für ein unwürdiges Weibergeschwätz. Glaubst du, dass der Herrscher der goldenen Stadt, der Erhabenste aller Erhabenen, der Weiseste aller Weisen und der Größte der

Großen seine Gunst einem namenlosen Jäger erweisen wird? Einem sprechenden Affen mit dem Verstand eines Frauenzimmers? Trete beiseite, Unwürdiger, und frage den Ziegenhirten nach einem Quartier in seinem Stall.«

»Schweig!« Der Sultan erhob sich von seinen Kissen, trat zu Bishan und legte ihm eine Hand auf die Schulter. »Nun hört, was der Herrscher der goldenen Stadt beschlossen hat. Ich erkenne die Weisheit in deinen Worten, namenloser Jäger. Ich sehe die Liebe in deinen Augen und die Güte in deinem Herzen. Von nun an bist du Blut von meinem Blut. Dein Name soll auf ewig mit der Linie meiner Familie verbunden sein. Ich gebe dir meine Tochter zur Frau, denn ich weiß, dass sie in dir ihr Glück finden wird.«

Ahmads Antlitz wurde bleich wie der Mond. Ihm fielen schier die Augen aus dem Kopf, als er sah, wie der Sultan den Nordmann umarmte und herzte wie einen Sohn. Unbändiger Hass verbrannte seine Gedanken. Diesem dummen Affen würde er schon zeigen, wo sein Platz war! Einem Feind, dem mit einem offenen Kampf nicht beizukommen war, mischte man eben Gift ins Wasser. Ahmad zwang sich zu einem Lächeln, neigte den Kopf vor Bishan und beglückwünschte ihn zu seinem Sieg. Doch während er gute Miene zum bösen Spiel machte, reifte in seinem Kopf bereits ein boshafter Plan.

Nun könnt ihr euch gewiss vorstellen, dass Bishan und Manisha vor Glück wie berauscht waren. Ein solches Begehren überwältigte die beiden Liebenden, dass sie kaum an sich halten konnten, und so war ihre Freude umso größer, als der Sultan die Hochzeit bereits für den nächsten Tag ankündigte.

Nur widerwillig ließ Bishan sich fortführen. Wie sollte er eine weitere Nacht ertragen, ohne Manisha nahe zu sein? Hunderte Tage und Nächte hatte er ausgeharrt, gequält von seinem Begehren, und nun erschienen ihm die wenigen Stunden, die ihn von der Erlösung trennten, wie ein unüberwindbarer Abgrund. Ruhelos setzte sich Bishan auf sein Lager aus daunenweichen Kissen und fand zum ersten Mal

Gelegenheit, das Gemach eingehend zu betrachten. Es war wahrhaft königlich, ausgestattet mit den herrlichsten Stoffen und Polstern. Betäubend duftender Rauch stieg aus goldenen Kohlepfannen empor, in einem Becken aus weißem Marmor dampfte warmes Wasser. Dahinter erstreckte sich eine halbmondförmige Terrasse, über die drei Dattelpalmen ihre raschelnden Wedel breiteten und Schatten spendeten.

Erst jetzt bemerkte Bishan, dass hinter einem zarten Schleiervorhang zwei Dienerinnen mit schüchtern gesenkten Blicken und roten Wangen standen.

»Wer seid ihr?«, fragte er die Mädchen, die nicht mehr am Leib trugen als einen kurzen Rock aus durchsichtigem Leinen. »Und was wollt ihr hier?«

Ratlos starrten sie ihn an, während ihre Wangen die Farbe reifer Walderdbeeren annahmen. Offenbar beherrschte nicht jeder im Palast die Sprache des Nordens. Als Bishan aufstand und zu ihnen ging, griff die erste Dienerin mit frechem Gekicher nach seiner Tunika, während die zweite in unmissverständlicher Absicht an seiner Hose herumfummelte.

»Oh nein!«, rief er entschlossen. »Ich brauche keine Hilfe. Und ebenso wenig steht mir der Sinn nach Dirnen. Die einzige Frau, die ich an mich heranlasse, ist die Tochter eures Sultans.«

Bishan schnappte sich die beiden, brachte sie vor die Tür und scheuchte sie von dannen. Dann verriegelte er die Tür, legte seine Kleidung ab und stieg in das herrlich duftende Wasser. Bis zum Kinn ließ er sich hineingleiten, schauderte vor Wohlbehagen und war sich einmal mehr sicher, die richtige Entscheidung getroffen zu haben. Doch auf sein Glück folgten alsbald Zweifel. Jahrelang hatte er die Male seines Volkes nicht gespürt, nun brannten sie wie Flüsse aus Feuer unter seiner Haut. Niemand, abgesehen von Manisha, durfte sie jemals zu Gesicht bekommen. So gütig der Sultan auch sein mochte, saß seine Abscheu gegen die Caimai tief. Eine solche Wunde schmerzte unablässig, selbst die kundigsten Ärzte vermochten sie nicht zu heilen.

Ja, nicht einmal die Zeit war stark genug dafür. Auf dem Weg hierher waren ihm die Mosaike an den Wänden nicht entgangen. Sie zeigten blutige Schlachten im wilden Norden. Berge aus Toten, blitzende Säbel und funkelnde Messer. Die Caimai besaßen keine Vergangenheit, auf die er hätte stolz sein können. Doch wie Manisha so treffend gesagt hatte, war ihre Geschichte nicht seine Geschichte.

Bishan schloss die Augen und versuchte, zu vergessen. Er wusste nichts von der weißen Katze, die auf dem Sims der Terrasse saß und ihn beobachtete. Und hätte er sie gesehen, so wäre ihm niemals in den Sinn gekommen, dass es nicht die Augen eines Tieres waren, die ihn musterten. In seinem Hass hatte Ahmad Wege beschritten, die ein Mann bei Verstand niemals eingeschlagen hätte, und so war ein Beutel voller Münzen über den Tisch eines Hexers gewandert. Eines Mannes, der mit den Dschinn der Wüste und den uralten Mächten der Dunkelheit im Bunde stand. Stark genug, um sich in jede Gestalt zu verwandeln, die ihm nützlich erschien. Er war lautlos wie ein Gedanke, gerissen wie ein Sandteufel und unsichtbar wie der Atem der Nacht. Zudem trank er jedes Wissen, dessen er habhaft werden konnte, und so wusste er die Bilder in der Haut des Prinzen richtig zu deuten.

Zufrieden mit dem, was er herausgefunden hatte, kehrte der Hexer zu Ahmad zurück, welcher im Palastgarten auf ihn wartete. Ein zweiter Beutel wechselte den Besitzer, dann schritt der gedemütigte Verlierer des Wettstreits mit einem Lächeln auf den Lippen zu den Wachen und verlangte, den Sultan zu sprechen. Es waren viele schmeichelnde Worte und mehrere Goldmünzen vonnöten, doch schließlich ließ sich einer der Männer erweichen und führte Ahmad in das Gemach des Sultans. Sogleich nahmen zwei Krieger links und rechts von ihm Aufstellung, die Lanzen drohend auf seine Brust gerichtet.

»Hört, welchen Betrüger Ihr in Eure Gemächer eingeladen habt«, sprach Ahmad zum Sultan. »Euer namenloser Nordmann ist niemand geringeres als der Sohn Eures Todfeindes. Ein Sprössling jenes Win-

terkönigs, der Eure Männer abgeschlachtet und die Überlebenden auf grausame Weise hingerichtet hat.«

Ahmad geiferte wie ein tollwütiger Hund, doch der Sultan war dafür bekannt, keine voreiligen Schlüsse zu ziehen. »Was redest du da? Wie kannst du es wagen, hereinzuplatzen und meinen Sohn zu verleumden?«

»Dann seht es mit eigenen Augen!«, rief Ahmad außer sich vor Wut. »Euer Sohn hat ein Bad genommen und ruht nun auf seidenen Kissen. Schaut, was er unter seiner Kleidung verbirgt. Dann werdet Ihr sehen, dass Ihr Eure Tochter an den schlimmsten aller Mörder verkauft habt. Gewiss giert er danach, Euch und Manisha die Kehlen durchzuschneiden.«

Der Sultan war davon überzeugt, dass Ahmad von Zorn verblendet war und in seinem Hass unsinnige Dinge sprach. Dennoch beschloss er, den Verdacht ein für alle Mal aus der Welt zu räumen. Gemeinsam mit seinen Wachen suchte er das Gemach des Nordmanns auf und sah, wie dieser mit einem Buch in der Hand auf seinem Lager ruhte. Äußerlich setzte der Sultan ein strenges Gesicht auf, doch insgeheim freute er sich, dass ein solch kluger und sanftmütiger Mann Manishas Hand und zudem ihre Liebe erobert hatte. Wie viel lieber war ihm ein Sohn, der es vorzog, in Geschichten einzutauchen, anstatt unablässig sein Schwert zu schärfen und nach Kämpfen Ausschau zu halten.

»Verzeih mir, Sohn. Aber ich muss dich mit einer seltsamen Bitte stören. Zeige mir, was du unter deinem Gewand auf dem Rücken trägst.«

Für Bishan war es, als würde die Welt in ihrem Lauf innehalten. Ihm genügte ein Blick in Ahmads hasserfüllte Augen, um zu begreifen, dass sein Geheimnis enthüllt worden war. Es gab keinen Weg, der an der Wahrheit vorbeiführte. All sein Glück, seine Sehnsucht und Freude verwandelten sich innerhalb eines Herzschlags in die Gewissheit, im Morgengrauen sterben zu müssen. Manisha und er würden niemals beieinander liegen. Er würde ihre Lippen niemals schmecken und niemals hören, wie sie trunken vor Liebe seinen Namen seufzte. Sein

Körper war so taub wie seine Gedanken, als er sich erhob, ein Gebet zu seinen Göttern sprach und das Gewand auszog.

Lange blieb es still. Bishan spürte die Blicke des Sultans und die Hitze besinnungslosen Hasses.

»Ich habe niemals mein Schwert gegen einen Mann deines Volkes erhoben«, sagte der Prinz. »Niemals traf einer meiner Pfeile deinesgleichen. Ich hasse die Wege, die mein Vater beschreitet, und ich verabscheue den Krieg. Meine Liebe zu Manisha ist aufrecht und wahrhaftig, niemals habe ich einem Menschen Böses gewünscht. Eher würde ich mir selbst ein Messer ins Herz stoßen, als ihr etwas anzutun.«

»Lügenzunge!«, zischte der Sultan. »Deine Male wurden mit Blut geschrieben! Wie könnte ich dem Sohn eines Meuchelmörders trauen? Dem Sprössling eines Volkes aus Ungeheuern, Feiglingen und räudigen Hunden? Auf euren Zungen liegen Worte der List. Beinahe hätte Manisha für meine Gutmütigkeit teuer bezahlt, so wie einst meine treuen Männer. Bringt ihn fort, Wachen! Sperrt ihn ohne Wasser und Nahrung in die Höhle der Dämonen. Dort soll er den Tod eines Unwürdigen erleiden.«

Bishan schwieg. Kein Wort, und sei es noch so vernünftig, konnte ihn retten. Zu tief saß der Dorn des Hasses, zu sehr schmerzte die eiternde Wunde, die er in das Herz des Sultans gefressen hatte. Ohne Gegenwehr ließ er sich fortführen, in die Lumpen eines Verräters kleiden und hinaus in die Wüste schaffen. Drei Tage und zwei Nächte lang zerrten ihn die Wachen über glühenden Sand und steinige Wege, bis seine nackten Füße zerschunden waren und sein Blut so träge floss wie Teer. Die Sonne verbrannte Bishans Haut und seinen Verstand, seltsame Visionen tanzten flimmernd über den Horizont. Als sie ein Tal erreichten, in dem die Luft zu kochen schien, hatte der Prinz seinen Namen, seine Vergangenheit und selbst seine Gedanken vergessen. Uralte Bäume, gestorben vor unendlich langer Zeit, reckten ihre Äste wie Klauen in einen weißen Himmel. Schlangen und Skorpione ruhten unter Felsen, hier und da huschten braune Echsen umher.

Bishan war froh, als man ihn in die Dunkelheit einer Höhle stieß. Jede Stelle seines Körpers schien aus gekochtem Fleisch zu bestehen, seine Augen waren blind vom Gleißen der Wüste und seine Lippen aufgeplatzt. Eine der Wachen schien Mitleid zu empfinden, murmelte ein Gebet und warf ihm einen Lederbeutel voller Wasser vor die Füße. Bishan trank die Hälfte, sank erschöpft gegen den staubigen Felsen und rührte sich nicht mehr. Knirschend und rumpelnd wurde ein großer Stein vor den Eingang der Höhle gerollt, dann kehrte Stille ein. Es war so leise, als läge das Gefängnis des Prinzen nicht in der Menschenwelt, sondern in der schwarzen Leere zwischen den Sternen. Hier sollte er seinen Tod finden. Vergessen im Herzen des Nichts. Zweihundert Tage und zweihundert Nächte von seiner Heimat entfernt.

Nun fragt ihr euch sicher, wie es der Sultanstochter erging. Als das arme Mädchen erfuhr, was seinem Verlobten widerfahren war, verlor es vor Kummer schier den Verstand. Auf Knien flehte sie ihren Vater an, Bishan zu begnadigen. Sie bettelte und weinte, doch das sonst so gütige Herz ihres Vaters schien sich in einen Stein verwandelt zu haben. Ahmads Hexer war daran nicht unschuldig, denn dessen böser Einfluss beschränkte sich nicht nur auf Bishans Schicksal, sondern fraß sich ebenso durch die Seele des Herrschers. Manisha ahnte nichts davon, obgleich sie sich fragte, weshalb Ahmad und sein dunkler Gefährte noch immer im Schatten ihres Vaters herumkrochen.

Schließlich, als all ihre Tränen keinen Erfolg brachten, überwältigte sie der Zorn. Flüche und Verwünschungen verließen ihre Lippen, auch manch unverzeihliche Dinge, die selbst die Liebe eines Vaters zu seiner Tochter zerstören konnten. Aufgestachelt vom schwarzen Gift des Hexers, verbannte der Sultan sein einziges Kind, drückte Manisha die Kleidung einer Bettlerin in die Hand und jagte sie unter Schimpf und Schande aus dem Palast.

Drei Tage und zwei Nächte lang stolperte Manisha über glühenden Sand und steinige Wege, bis ihre nackten Füße schmerzten und bluteten. Von einem Ziegenhirten erbettelte sie Wasser, von einem Salzhändler etwas Brot und getrocknetes Fleisch. Schließlich gelangte sie in das Tal der Dämonen, wo zahllose Höhlen und Löcher wie tote Augen in den Felswänden klafften. Es war ein Ort, den selbst die Nomaden mieden, denn es hieß, dass er bevölkert sei von bösen Geistern und Dschinn. Manisha fürchtete sich weder vor der kochenden Hitze noch den giftigen Tieren oder seltsamen Felsen, die in der brodelnden Luft wie Dämonen zu tanzen schienen. Doch der Gedanke, dass Bishan seinen Kampf bereits verloren hatte, brachte sie um den Verstand.

»Wo bist du?«, rief sie verzweifelt in die Stille. »Ich bin hier. Ich bin gekommen, um dir zu helfen.«

Weinend irrte die Sultanstochter durch das Tal, bis sie eine leise Stimme vernahm, gedämpft von kaltem Stein.

»Manisha?«

»Ja, mein Liebster. Ich bin es!« Erleichtert sank sie gegen den Felsen, hinter dem sie die Worte vernahm. »Wie geht es dir? Bist du verletzt?«

»Weshalb bist du hier?«, antwortete Bishan. »Willst du den Tod finden, so wie es mir bestimmt ist?«

Verzweifelt presste sie ihre Stirn gegen den mächtigen Stein, der die Höhle versperrte. Wie sollte sie nur zum Prinzen gelangen? Wie sollte sie ihm helfen, wenn es zehn Männer brauchte, um den Felsen beiseite zu rollen? Gewiss litt Bishan schrecklichen Durst, doch es gab nichts, was sie für ihn tun konnte. Hatte sie es bis hierher geschafft, nur um ihm beim Sterben zuzuhören? Manishas Blick wanderte umher, in der irrsinnigen Hoffnung, irgendeine Lösung zu finden. Da bemerkte sie, dass die Felswand zu einem großen Teil aus Sandstein bestand. Möglicherweise war er weich genug, um in mühsamer Arbeit ein Loch oder gar einen Ausgang hineinzugraben. Schnell suchte sie einen scharfen Stein, sprach ein Gebet und begann, mit dem Mut einer Liebenden auf die Wand einzuschlagen. Es rieselte, es bröckelte, und Stück für Stück, Stunde um Stunde grub Manisha ein Loch in die Wand. Unbeirrt arbeitete sie weiter, eine Nacht und einen Tag lang, bis sie eine Hand durch den Spalt stecken konnte. Ganz sacht spürte sie die Berührung matter, kühler Finger, ehe Bishans Hand kraftlos herabfiel. Doch genügte dieser Hauch seiner Nähe, um ihr neue Kraft und ein unerträgliches Maß an Sehnsucht einzuflößen. Schnell nahm Manisha eines der Lederbeutelchen, die sie aus dem Palast mitgenommen hatte, füllte Wasser hinein und reichte es dem Prinzen. Längst war er zu schwach, um zu ihr zu sprechen, aber wenigstens fand er die Kraft, ihre Gaben anzunehmen. So trank er das Wasser, aß das Brot und das Fleisch und verließ das Schattenreich des Todes, das bereits nach ihm gegriffen hatte. Währenddessen versuchte Manisha, das Loch zu vergrößern, doch der Sandstein ging allzu bald in harten Fels über. Stundenlang hackte sie auf den Spalt ein und konnte kaum mehr als einen Fingerbreit hinzugewinnen. Doch sie würde nicht aufgeben. Niemals. Ganz gleich, was geschah.

Im Morgengrauen wanderte Manisha in die Wüste hinaus und suchte nach Nomaden, Händlern und Wanderern, um Wasser und Nahrung zu erbetteln. So kam es, dass die Sultanstochter im Sand kniete und den Kopf vor Ziegenhirten und Tagelöhnern neigte, um das Leben eines Winterprinzen zu retten. Doch wann immer sie darum bat, eine Gruppe Männer möge sie in das Tal der Dämonen begleiten, um den Felsbrocken beiseite zu rollen, erntete sie nichts als verängstige Blicke und energisches Kopfschütteln. Ja, damals war Aberglauben aller Art noch weit verbreitet. Niemand wagte es zu jener Zeit, allzu lange nach Westen zu blicken, in die Heimat der bösen Dschinn.
Während Manisha unermüdlich um Bishans Leben kämpfte, fand im hohen Norden, zweihundert Tage und Nächte vom Tal der Dämonen entfernt, der jüngere Bruder des Prinzen zu seinem Vater zurück. Lange hatte Neherim sich in den Wäldern versteckt, um Mut zu finden und nachzudenken. Das Gewissen plagte ihn ebenso wie die Furcht vor dem, was geschehen würde, wenn man von seinem Frevel erfuhr.

Zerrissen und dünn, die Augen in tiefen Höhlen liegend, kehrte er an einem eisigen Wintermorgen in seine Heimatburg zurück und fiel vor seinem Vater auf die Knie.

»Mein König«, sprach er mit reumütig gesenktem Kopf. »Viele Monate bin ich durch den Schnee und die Kälte geirrt, in der Hoffnung, Bishan wiederzufinden. Doch scheint es, als hätten ihn die Gletschergeister verschlungen. An einer Klippe im Rabengebirge fand ich nur blutige Kleiderfetzen.«

»Bishan ist umgekommen?« Der Winterkönig wollte den Worten seines Zweitgeborenen nicht glauben. »Er, der beste aller Jäger und Fährtensucher, ist den wilden Tieren zum Opfer gefallen?«

»So ist es, mein König. Wenn er noch am Leben gewesen wäre, hätte ich ihn gefunden. Die Liebe zu meinem Bruder ist tief und rein, sie hätte mich zu ihm geführt. Aber alles, was ich fand, waren seine Überreste.«

Der König blickte in die Augen seines Sohnes und sah darin etwas, das ihm nicht gefiel.

»Komm!«, befahl er barsch, führte seinen Zweitgeborenen in die Schatzkammer und suchte dort auf seine Weise Rat. Denn inmitten von Juwelen und Perlen stand des Königs kostbarster Besitz. Eine hölzerne Schale, schmucklos und einfach, die die magische Gabe besaß, einmal im Jahr die Wahrheit zu zeigen. So manchen Verräter hatte der König mithilfe dieses Schatzes enttarnt und so manches schlimme Schicksal abgewendet. Seit seinem letzten Gebrauch waren etwas mehr als zwölf Monate ins Land gezogen, also füllte er die Schale mit Wasser und sprach jene Worte, die ihm vor langer Zeit eine Zauberin beigebracht hatte. Da sah er den Prinzen mehr tot als lebendig in einer Höhle kauern. Er trug die blutbefleckte Kleidung eines Bettlers, neben ihm verrotteten alte Knochen und staubige Lumpen. Durch einen schmalen Spalt fiel goldenes Licht in sein Gefängnis, und so erkannte der König, dass Bishan nicht allein war. Eine zarte Hand streckte sich durch das Loch, suchend und hoffnungsvoll. Der Prinz griff danach, schlang seine Finger darum und hauchte Küsse auf samtbraune Haut.

»Wie konnte das geschehen?«, flüsterte der König. »Sag mir, ob mein Zweitgeborener die Schuld trägt.«

Da zeigte ihm die Schale, wie kaltherzig Neherim Bishan den Rücken zugedreht hatte. Und ebenso, dass der Prinz seine Heimat für ein Mädchen mit nachtschwarzen Augen verlassen hatte. Einem Mädchen, das ihm das Leben gerettet hatte, während sein eigener Bruder …

Die Gedanken des Königs verbrannten in wildem Zorn. »Wehe dir, Neherim!«, rief er erbost. »Gehe mir aus den Augen, du Verräter, und komme niemals wieder. Mit dem Mal des Brudermörders soll man deine Stirn kennzeichnen, auf dass ein jeder dich meidet und verabscheut. Denn der Tod wäre zu gnädig für dich.«

So geschah es, dass Bishans Bruder gebrandmarkt wurde und mittellos den Norden verließ, um nach Westen zu ziehen, hin zu seiner eigenen Geschichte und zu seinem eigenen Schicksal. Doch dies ist eine andere Geschichte, und sie soll an einem anderen Feuer erzählt werden.

Daraufhin befragte der Winterkönig die Schale ein drittes Mal, und sie zeigte ihm die goldenen Kuppeln einer Stadt. Es war ein Ort von berauschender Schönheit, umgeben von fruchtbaren Feldern und Obsthainen, doch dahinter erstreckte sich die Leere der Wüste und verlor sich in einem hitzeflimmernden Horizont, der nichts als Tod und Verderben verhieß.

»Wo befindet sich diese Stadt?«, fragte der König schreckensbleich, und im Spiegel des Wassers erschien eine meisterhaft gezeichnete Karte, die zeigte, dass das Gefängnis seines Sohnes in weiter Ferne lag.

Von Gram und Verzweiflung erfüllt, rief er seinen Heerführer Rustan herbei, schilderte ihm Bishans Schicksal und befahl, dass er mit all seinen Kämpfern in den Süden ziehen solle.

Doch Rustan schüttelte entschlossen den Kopf. »Nein, mein König. Diesmal wird mir eine Armee nicht helfen. Der Süden ist ein Gegner, mit dem wir es nicht aufnehmen können, ohne schlimme Verluste zu erleiden. Gib mir einhundert Packpferde und lasse sie mit den wertvollsten Handelsgütern beladen, die unser Land zu bieten hat. Mit dieser Karawane will ich in das Land unserer Feinde reisen, denn der

Zorn der Feindschaft flieht vor dem Kaufmann wie die Nachtschatten vor dem Tageslicht. Ein jeder weiß gute Geschäfte zu schätzen.«

Der König erkannte die Wahrheit in Rustans Worten. Doch ebenso erinnerte er sich an seine letzte Erfahrung mit den Wüstenvölkern.

»Gib acht«, sprach er zu seinem Heerführer. »Lass dich nicht locken und verführen, traue niemandem und nimm keine Einladung an. Unsere Feinde sprechen mit Schlangenzungen und ziehen den Hinterhalt jedem offenen Kampf vor. Aus diesem Grund gebe ich dir Sarim mit, den alten Weisen. Er soll dir alles über jene fernen Länder und wilden Stämme beibringen, denn Wissen ist die schärfste aller Klingen.«

Noch am gleichen Tag ließ der König einhundert Pferde mit allem beladen, was der Norden an Kostbarkeiten zu bieten hatte. Darunter waren wertvolle Pelze, mit herrlichen Schnitzereien verzierte Walrosszähne, duftende Harzbrocken und weiße Falken. Die Hörner von Narwalen, Juwelen, Ambra, Breitschwerter, Mondsilberdolche und feinstes Lampenöl aus dem Tran der Nordkaper.

Schwer beladen machte sich Rustans Karawane auf den Weg, begleitet von zweihundert der erfahrensten Krieger und dem alten, weisen Sarim. Jeden Tag ließ sich Rustan von ihm in den Sprachen und den Gebräuchen des Südens unterrichten, um in der Nacht sein Wissen an vier ausgewählte, besonders geschickte Waldläufer weiterzugeben, die es vermochten, sich lautlos und unsichtbar unter den Menschen zu bewegen.

Nach einer schier endlos langen Reise erreichten sie schließlich die goldene Stadt des Sultans. Fremden war es nicht gestattet, innerhalb der Mauern ihr Lager aufzuschlagen, also bauten sie ihre Zelte und Verkaufsstände vor den Toren der Stadt auf. Schon bald wurden sie von neugierigen Kunden und argwöhnischen Händlern bestürmt. Ein jeder wollte sehen, was es aus dem weit entfernten Norden zu kaufen gab, und während sich die Bewohner der goldenen Stadt um Elfen-

bein, Pelze und Ambra rissen, schlichen Rustans Waldläufer durch die Gassen der Stadt, um etwas über Bishans Verbleib zu erfahren.

Innerhalb kürzester Zeit verbreitete sich die Kunde über die Karawane aus dem Norden. Ziegenhirten, reisende Händler und Nomaden trugen sie weiter, so dass bald auch Manisha von den Nordmännern erfuhr.

»Bishan!«, rief sie aufgeregt. »Höre, was ich für wunderbare Dinge erfahren habe! Eine Karawane aus deiner Heimat weilt vor der Stadt. Ich werde ihrem Anführer von deinem Schicksal berichten und ihn um Hilfe bitten. Gewiss werden sie herbeieilen und dich befreien.«

Der Prinz fühlte nur wenig Hoffnung. Inzwischen fühlte er sich ebenso kalt und starr wie die Felsen, gegen die er tagein, tagaus seine Stirn presste und auf deren harten Grund er Nacht für Nacht schlief. »Kennst du seinen Namen?«

»Nein«, antwortete die Sultanstochter. »Aber er ist der einzige Lichtblick in unserer Dunkelheit. Wie soll ich dich sonst aus deinem Kerker befreien? Es braucht wenigstens zehn Mann, um den Stein fortzurücken, und kein Händler oder Nomade ist bereit, das Tal der Dämonen zu betreten. Hier, nimm das! Ich habe heute Morgen genug Wasser und Essen für sechs Tage erbettelt. So lange werde ich brauchen, um zur Stadt und zurück zu gelangen. Vielleicht geht es schneller, wenn ich mit den Nordmännern zurückreite.«

»Nein, Manisha!«, rief der Prinz. »Tu das nicht! Ein solch weiter Weg ist gefährlich, zudem hat man dich aus der Stadt verbannt. Schließe dich der nächsten Karawane an, vergiss mich und fange ein neues Leben an. Wie oft muss ich dich noch darum anflehen?«

»Niemals!«, flüsterte die Sultanstochter, schob den größten Teil des Wassers und der Nahrung durch den Spalt, wickelte sich Stofffetzen um die Füße und rannte so schnell, wie es ihre erschöpften Beine zuließen. Drei Tage und zwei Nächte eilte sie durch die Wüste, gönnte sich nur wenig Schlaf und brach manches Mal vor Schwäche zusammen. Doch jedes Mal, wenn sie niederfiel, kämpfte sie sich mit wachsendem Zorn wieder auf die Beine und setzte einen Fuß vor den anderen.

Schritt für Schritt für Schritt.

Und als sie glaubte, in der glühenden Hitze den Tod zu finden, leuchteten Zarifas goldene Kuppeln am Horizont auf. So verlockend und freundlich wie das Lächeln eines geliebten Menschen.

Taumelnd vor Schwäche schritt Manisha auf ihre einstige Heimat zu. Da erblickte sie fremdartige Zelte vor den Mauern der Stadt. Ihr müdes Herz begann mit neuer Kraft zu schlagen. Dies musste die Karawane der Nordmänner sein, denn Fremden war es nicht erlaubt, die goldenen Tore zu durchschreiten.

»Wo ist euer Anführer?«, fragte Manisha einen der Pferdehirten. »Bitte, du musst es mir sagen, denn ich habe eine wichtige Botschaft für ihn.«

Der Junge kniff argwöhnisch die Augen zusammen. »Eine Bettlerin hat eine wichtige Botschaft für Rustan, den mächtigsten aller Schneekrieger?«

»Ja!«, beharrte Manisha. »So ist es.«

Der Hirte schnaubte, deutete jedoch auf ein kobaltblaues Zelt in der Mitte des Lagerplatzes. »Siehst du den Mann, der gerade sein Pferd striegelt? Er ist es, den du suchst.«

»Hab Dank!«, rief Manisha, eilte zu dem Anführer der Karawane und verbeugte sich vor ihm. Rustan war ein großer, stattlicher Mann mit hellbraunem Haar, langem Bart und stechend blauen Augen, in denen sie Wärme und Güte zu erkennen glaubte. Mit schnellen, atemlosen Worten berichtete sie ihm von Bishans Schicksal, flehte und bettelte, küsste seine Hand und beschwor, nichts als die reine Wahrheit zu sagen. Doch Rustan war klug. Er befand sich im Land des Feindes, wo jedes falsche Wort ihn und Bishan das Leben kosten könnte. Woher sollte er wissen, ob das Mädchen nicht doch eine Spionin war? Ein Köder, der ausgelegt worden war, um seine Absichten zu ergründen?

Und so antwortete er, als die Bettlerin verstummte: »Ich bin ein Händler, kein Krieger. Alles, wonach ich trachte, ist ein gutes Geschäft. Deshalb werde ich mich hüten, die Wut des Sultans auf mich zu ziehen.«

»Nein!« Das Mädchen weinte bitterliche Tränen. »Bitte erbarmt Euch, Herr! Ihr müsst ihm helfen! Ohne Euch ist er des Todes.«

»Ich fürchte, ich kann dir nur auf eine Weise helfen. Warte hier, ich will gleich wieder bei dir sein.«

Rustan holte einen Korb, füllte ihn mit köstlichen Speisen und tat einen Kuchen hinzu, in den er heimlich seinen Siegelring steckte. Dann kehrte er zu dem wimmernden Mädchen zurück und drückte ihm den Korb in die Hände. »Hier, bringe dies deinem Liebsten und bete für ihn. Mehr liegt nicht in meiner Macht.«

Da weinte die Bettlerin noch verzweifelter, doch Rustan ließ sich nicht erweichen. Schließlich drückte sie das Geschenk an ihre magere Brust und verschwand aus seinem Blick.

»Folgt ihr«, befahl er zwei seiner Waldläufer. »Berichtet mir, wohin sie geht und was ihr dort findet.«

Die Männer gehorchten, doch waren sie weite Wälder und dunkle Täler gewöhnt, nicht das Brennen der Wüste, in deren Leere das Auge eines Nordmanns keinen Anhaltspunkt fand. Bald verloren sie die Spur des Mädchens und hatten Müh und Not, lebend aus dem Sandmeer herauszufinden. Mit verbrannten Gesichtern und ausgedörrten Leibern krochen sie zurück zur goldenen Stadt, während sich Manisha, inzwischen jeder Hoffnung beraubt, zurück ins Tal der Dämonen kämpfte. Ein zweites Mal lief sie Tag um Tag, Nacht um Nacht, gönnte sich nur wenige Stunden Schlaf und aß von jeder Köstlichkeit, die Rustan ihr mitgegeben hatte, einen winzigen Happen.

Als sie schließlich vor Bishans Höhle niederkniete, wusste sie, dass ihre Tage gezählt waren. Sie würde sterben. Hier im Tal der Dämonen. Weit entfernt von jeder Menschenseele.

»So sind wir wenigstens im Tode vereint«, flüsterte Manisha, schob das Essen durch den Spalt und ließ ein Gefäß mit Wasser folgen. Da sprach eine sanfte Stimme aus dem Dunkeln zu ihr: »Ich bin bei dir, Manisha. Ich werde immer bei dir sein. Bitte lass mich allein und rette dein Leben.«

»Niemals«, antwortete die Sultanstochter. »Mein Platz ist an deiner Seite. Ich gehöre zu dir wie die Sterne in den Himmel. Nur dort können sie leuchten.«

Bishan seufzte, nahm den Kuchen und biss hinein. Da stießen seine Zähne auf etwas Hartes. Er griff danach, drehte das seltsame Ding hin und her und erkannte Rustans Siegelring.

»Manisha!«, rief er fassungslos. »Du bist dem größten Krieger meines Volkes begegnet. Berichte mir von jeder Kleinigkeit.«

Als die Sultanstochter gehorchte, schlug Bishan vor Wut gegen die Felswand, nur um einen Augenblick später zu lachen. »Oh, dieser verfluchte Dummkopf. Dieser gerissene Rabe! Wie konnte er dich davonjagen? Ruhe dich aus, Manisha, und wenn du dich stark genug fühlst, kehre in die Stadt zurück. Gehe zu Rustan und sage ihm Folgendes: O Held und Freund der Götter, sage, bist du nicht Kishs Herr und Gebieter? Merke dir die Worte gut, meine Liebste. Mit ihnen gewinnst du sein Vertrauen.«

Manisha nickte und nahm den Siegelring, den Bishan ihr durch den Spalt reichte. Eine Nacht lang ruhte sie sich aus, aß und trank gemeinsam mit ihrem Liebsten und machte sich im Morgengrauen ein zweites Mal auf den Weg. Die neu gewonnene Hoffnung verlieh Manisha eine ungeahnte Kraft, und so eilte sie ohne Rast und Schlaf zu Rustans kobaltblauem Zelt.

Der Anführer der Karawane war gerade dabei, sein eingenommenes Geld zu zählen. Erstaunt blickte er zu der Sultanstochter auf, die sich weder verbeugte noch eine Begrüßung sprach.

»O Held und Freund der Götter«, rief sie stattdessen und reichte ihm den Siegelring. »Sage, bist du nicht Kishs Herr und Gebieter?«

Da wusste Rustan, dass das Mädchen die Wahrheit sprach, denn Kish lautete der Name seines Lieblingspferdes. Da schloss er das arme, von der Sonne verbrannte Kind in seine Arme und herzte es wie eine vermisste Tochter. »Noch heute Nacht werden wir zu deinem Liebsten reiten. Jetzt iss und trink und schöpfe Kraft, denn du musst uns den

Weg zeigen. Unsere Augen, sonst scharf wie die eines Adlers, werden in der Wüste blind.«

Überglücklich willigte Manisha ein, labte sich an den Speisen der Nordmänner und wartete voller Ungeduld auf den Schutz der Nacht. Schließlich, als eine blasse Mondsichel über den Horizont stieg, preschten fünfzehn Männer und eine Sultanstochter auf schwarzen Pferden in die Wüste.

Sie flogen wie der Wind, ohne Rast und Ruh, erreichten die Höhle und rollten mit vereinten Kräften den Stein beiseite. Da fielen sich Bishan und Manisha wie Verhungernde und Verdurstende in die Arme, küssten sich atemlos, seufzten und weinten und wollten die ganze Nacht lang nicht mehr voneinander lassen.

»Warum?«, flüsterte der Prinz zwischen tränensalzigen Küssen. »Warum hast du all das auf dich genommen? Deine Haut ist verbrannt, deine Füße blutig. Du trägst die Kleidung einer Bettlerin und bist nicht länger die Tochter des Sultans.«

»Wegen der Liebe«, antwortete Manisha. »Liebe fragt nicht nach Lohn. Liebe gibt ohne Ende, sonst könnte sie nicht leben.«

So fanden der Winterprinz und das arme Mädchen, das einst die Tochter eines Sultans gewesen war, endlich zueinander. Manisha ließ ihre geliebte Wüste hinter sich, ging mit Bishan in den Norden und stellte sich neuen Herausforderungen. Auch diese wurden überwunden, doch das ist eine andere Geschichte, und sie soll an einem anderen Feuer erzählt werden. Nur eines sollt ihr wissen, ehe ihr euch schlafen legt. Nach beinahe sechs Jahrzehnten kehrte Manisha in ihre lang vermisste Wüste zurück, reich an Liebe und an Jahren. Fast ein ganzes Menschenleben lang hatte es gedauert, zwischen dem Reich der Caimai und dem Süden Frieden zu schließen. Letztlich war es die Liebe, die alte Feindschaften begrub und neue Wege ebnete. So saß Manisha als Greisin im Sand der Wüste, lehnte ihren Kopf an Bishans Schulter und lauschte dem alten Lied der Dünen. Der Allmächtige schenkte beiden ein langes, glückliches Leben, viele Kinder und Enkelkinder, tausend Geschichten und die kostbare Gewissheit, alles für die Liebe gegeben zu haben.

Nun mag der Wind der Zeit Bishans und Manishas Grabstätte abtragen und die Ruinen von Zafira zu Staub zermahlen, doch die Geschichte vom Winterprinzen und der Sultanstochter lebt an den Feuern der Reisenden weiter. Schon der Großvater meines Großvaters erzählte ihre Geschichte im Schein längst erloschener Flammen, und so mag es noch in tausend Jahren sein. Darum denkt an die Worte, die Manisha vor langer Zeit gesprochen hat, und nehmt sie euch zu Herzen.

Liebe fragt nicht nach Lohn. Liebe gibt ohne Ende, sonst könnte sie nicht leben.

Jennifer Benkau

Die Zauberstute

Jennifer Benkau

Jennifer Benkau wurde 1985 geboren, lebt mit ihrer Familie im Rheinland und veröffentlicht seit 2010 Romane quer durch die Genres: von Psychothrillern (*Mein Wille geschehe*) über Kinderbücher (*Hummelhörnchen*) bis hin zum Jugendroman (*Es war einmal Aleppo*). Ihr Herz schlägt aber ebenfalls für die Phantastik: In *Himmelsfern* beispielsweise oder in *Marmorkuss*. Ihr dystopischer Zweiteiler *Dark Canopy* wurde 2013 mit dem *DeLiA-Literaturpreis* ausgezeichnet.

Derzeit arbeitet sie an mehreren Büchern. Als Nächstes – vermutlich Anfang 2019 – erscheint ihr Projekt mit dem geheimnisvollen Titel *Meerländer*. Darin geht es um verfeindete Völker, eine Rebellion der Unterdrückten, die erste Liebe und die Magie des Meeres.

Ihre folgende Geschichte basiert ursprünglich auf zwei unterschiedlichen Märchen: auf *Die vierzig Jungfrauen* aus dem Irak und *Die verzauberte Stute* aus Mesopotamien. Sie hat sich am Herz der arabischen Märchen orientiert. Es geht um einen jungen Mann, der mit Nichts dasteht und die Möglichkeit bekommt, alles zu erreichen. Es geht, wie in den meisten Märchen aus *Tausendundeiner Nacht*, auch um Erotik. Es geht jedoch vor allem um die Beziehung von Schwestern.

ww.jennifer-benkau.de

Die Zauberstute

Oder: Die uralte und gewiss wahre Geschichte der Zauberin, der verwunschenen Stute und der Glasprinzessin jenseits der beiden Flüsse

Es begab sich einst vor langer Zeit, als die Menschen noch vermochten mit dem Regen und dem Wind zu verhandeln und manchmal sogar mit Feuer und Sturm, als Zauberei mehr war als ein sehnsüchtiger Rückblick auf das, was wir zu vergessen drohen, dass sich ein junger Mann, ein Knabe fast noch, mit blutigen Füßen und rissigen Lippen durch eine Wüste schleppte und glaubte, sein letztes Stündlein hätte geschlagen.

Oder … nein. Nein.

Um die Geschichte zu verstehen, müssen wir drei Tage und vier Nächte in der Zeit zurückgehen, die derweil immer vorwärtsschreitet, während wir uns niederlassen und bei Tee und Zuckerwerk erzählen. Nehmt euch, Freunde, denn keine gute Geschichte kann ihren Zauber in Gänze entfalten ohne Tee und Zuckerwerk.

Zu jenem Moment schlief der junge Mann, gebettet auf weiche Kissen aus Damaskus, zugedeckt mit Seide, die den weiten Weg aus China kam. Durch das Fenster seiner Schlafgemächer hauchte ein lauer Wind und trug den Duft der Feigen- und Orangenbäume zu ihm, sodass er selbst im Schlaf lächeln musste.

Draußen im Hof trat sein Vater auf Samtpantoffeln lautlos in die Nacht, und auch ihn brachte der Duft seiner prächtigen Gärten zum Lächeln. Ihm war so unglaublich viel gegeben worden, dass er sein Leben manchmal nur ehrfürchtig bestaunen konnte. Er war Scheich, sein kleines Reich lebte in Frieden und Wohlstand und ihm waren drei prächtige Söhne geschenkt, die allesamt selbst bald das Alter erreichten, um Familien zu gründen. Er hob den Kopf und stimmte, den Blick in die Sterne gerichtet, ein lautloses Gebet der Dankbarkeit an. Da bemerkte er den eigentümlichen Stand der Himmelskörper. Die Sterne, klar und zahlreich wie selten, zeigten ein Bild, das etwas in ihm weckte. Ein euphorischer Schauer rieselte über seine Schultern und er schickte sofort einen Diener, auf dass er die Astronomen heranrief. Sie kamen alle sieben und zum ersten Mal in all den Jahren waren sie sich einig. Der Scheich hatte mit seiner Vermutung recht. Die Gestirne wiesen auf eine Nacht der Weissagungen hin.

Am frühen Morgen empfing der Scheich seinen ältesten Sohn im Beisein der sieben Astronomen, sieben Weissagern sowie sieben Beratern.

»Mein lieber Sohn«, begann er. »Heute Nacht sandte der Himmel einen Blick in die Zukunft. Sag mir: Was hast du geträumt?«

Der Prinz überlegte kurz. »Im Traum hielt ich einen Krug in den Händen. Er war golden, mit aufwendigen Prägungen verziert und gefüllt mit dunklem Wein.«

Aufgeregt steckten die Astronomen, Weissager und Berater die Köpfe zusammen, und rasch waren sie sich einig. »Euer Sohn, Scheich, sah großen Reichtum im Traum.«

Voller Freude über das gute Omen ließ der Scheich seinen zweiten Sohn herbeirufen, um ihm die gleiche Frage zu stellen.

»Im Traum«, sagte der zweite Prinz, »ritt ich einen prächtigen Rapphengst, der schneller als alle anderen Rösser und von schier unendlicher Ausdauer war.«

Erneut redeten die Astronomen, Weissager und Berater und erneut deuteten sie den Traum. »Euer Sohn, Scheich, sah seine beeindruckende Macht und Stärke.«

Stolz und froh ließ der Scheich nach seinem dritten Sohn Idris schicken, dem jüngsten, den er am liebsten hatte, und auch ihm stellte er dieselbe Frage.

»Vater«, erwiderte der junge Prinz und erblasste. »Ich roch den Duft der Feigen- und Orangenbäume und war glücklich, endlich nach Hause zu kommen.«

Die Astronomen, Weissager und Berater wollten bereits zu verhandeln beginnen, aber der junge Prinz gebot ihnen mit einer Geste, innezuhalten. »Vater, ich kam nicht allein. Eine Armee sammelte sich in meinem Rücken. Es war meine Armee.«

Dem Scheich gefror das Blut in den Adern, weil er sah, wie sein Beraterstab reagierte. Die Männer senkten die Köpfe, der eine oder andere wandte sich ab und sein Bannerherr, der ranghöchste seiner sieben Berater, schlug beide Hände vors Gesicht und fiel auf die Knie.

Doch obschon sie es drehten und wendeten, alte Schriften befragten und sogar die Sterne – der Traum ließ nur eine Deutung zu.

»Euer Sohn, mein Scheich«, flüsterte der Bannerherr unter Tränen, »wird euch verraten, angreifen und besiegen.«

Der Prinz – über all die langen Stunden der Beratungen hatte er geschwiegen – sagte ein einziges Wort. »Nein.«

Seine Augen sprachen noch mehr, schworen seinem Vater ewige Treue, flehten ihn an, ihm zu glauben. Des Scheichs Vertrauen in die Sterne und die Weissagungen war jedoch zu groß. »Niemals wird einer meiner eigenen Söhne Gelegenheit bekommen, mich zu verraten«, sprach er zu seinem Bannerherr und sein Herz wurde im gleichen Moment zu Stein. »Erst recht nicht der, der mir der liebste war. Bringt ihn in die Wüste. Reitet drei Tage lang. Dann werft ihn in das tiefste Loch, das ihr findet, und wartet, bis seine Schreie verstummt sind. Kommt erst zurück, wenn ihr sicher seid, dass er tot ist.«

Der Bannerherr klagte, denn der junge Prinz war ihm fast selbst wie ein Sohn. Trotzdem tat er wie ihm geheißen und brachte den Prinzen in einem Käfig aus mit Eisen beschlagenen Stecken drei Tagesreisen weit in die Wüste, bis er den Rand der Schlucht sehen konnte, in die er den Jungen stürzen sollte. Hoch am Himmel kreisten die Geier. Doch wann immer der Bannerherr zum Käfig auf dem Eselskarren sah, blickten ihm die dunklen Augen des unschuldigen Kindes entgegen, das der Prinz vor kurzer Zeit gewesen war. Und so brachte er es nicht übers Herz, den Befehl seines Scheichs auszuführen.

»Ihr da!«, schrie er zwei Knechte an. »Erledigt, was euer Herr befohlen hat, sonst bereut ihr es bitter.« Damit wendete er sein Pferd und galoppierte fort, um an einem Ort zu warten, wo er die Schreie des Prinzen nicht ertragen musste.

Die Knechte hatten allerdings nicht vergessen, dass der junge Prinz zu den Bediensteten gut und gerecht gewesen war, und so stießen sie ihn nicht in den Abgrund, sondern halfen ihm vom Karren und baten ihn zu fliehen.

Und da beginnt sie nun, unsere Geschichte.

Meine Füße bluteten, meine Lippen waren so rissig wie die ausgedörrte Erde, über die ich mich schleppte, und mein Herz müsste verfaulen und tat es nicht. Die Hitze briet mir den Schädel und drohte, meinen Verstand zu vernichten wie ein Feuer ein trockenes Blatt Papier. Ich konnte es nicht erwarten.

Das Sterben zog sich endlos in die Länge und obschon ich mich weiterkämpfte, Meter um Meter, hoffte ich zugleich, es möge bald vorbei sein. Wenn ich ein weiteres Mal – vielleicht ein letztes Mal – alle Kraft zusammennahm, um schneller voranzukommen, nährte mich nichts als die Hoffnung, zusammenzubrechen und das Bewusstsein zu verlieren, um die Qual endlich überstanden zu haben.

Selten, wenn der Durst mich irre auflachen oder heulen ließ, fragte ich mich, was schlimmer war: das körperliche Leid, bei lebendigem Leib auszudörren? Oder die Tatsache, dass mein Vater mich töten lassen wollte?

Ach Vater. Hättest du es doch bloß getan.

Als sich mir Krieger näherten, hoffte ich, dass sie mich rasch erledigten. Auf Pferden kamen sie, kreisten mich ein, wortlos, blicklos, denn ihre Gesichter waren mit Schleiern verhüllt. Inzwischen waren einige abgesessen und einer näherte sich mir. Ich sah lederne Stiefel unter der hellen Seira, die um seine Beine schwang. Er trug Handschuhe, so fein wie aus Menschenhaut gemacht, und in der Faust hielt er ein Scimitar, einen schlanken, gebogenen Krummsäbel. Eine Weile sah er mich an und ich starrte hilflos zurück, dann gab er seinen Waffenbrüdern ein Zeichen und weitere kamen herbei.

Sie sprachen nicht. Ihre Stiefelsohlen verursachten kaum einen Laut. Nicht einmal ihre Pferde schnaubten. Der heiße Wind, der über den Sand fegte, und mein ächzender Atem waren die einzigen Geräusche. Mir war, als wären die Krieger bloß eine Halluzination im Fieberwahn. Doch dann fassten sie mich an beiden Armen und zerrten mich voran. Meine Füße gaben nach, die letzte Kraft ließ mich im Stich und ich fiel in eine endlos scheinende Ohnmacht, während sie mich fortschleppten – allein der Himmel sah, wohin.

Ich erwachte in einem einfachen, aber sauberen Bett. Meine Füße waren verbunden und meine verbrannte Haut mit duftender Salbe behandelt. Der Durst war erträglich, und als ich mich mühsam aufrichtete, entdeckte ich einen Krug und eine Schale mit Datteln und Brot neben meinem Lager. Ich aß einen kleinen Happen und nahm einen Schluck – es war verdünnter Wein, der mich an zu Hause erinnerte und einen bitteren Schmerz wachküsste, den ich lieber hätte schlafen lassen.

Gerade erhob ich mich, um die Kammer zu verlassen, da wurde der Vorhang vor der Tür zurückgeschlagen und eine junge Frau schob sich herein. Sie trug ein langes Gewand aus weißem Linnen und bloße Füße schauten darunter hervor. Ihr Haar hing rappenschwarz und schwer über ihre Schultern und glänzte feucht, als hätte sie es eben erst gewaschen. Freundlich lächelte sie mich an.

»Du bist aufgewacht. Geht es dir besser?«

Die Höflichkeit gebot mir zu bejahen, aber ich hätte lügen müssen und so senkte ich den Blick. »Wie könnte es mir besser gehen, nachdem mein Vater mich in den Tod schickte?«

»Aber hier ist nicht der Tod«, sagte sie. »Stattdessen bist du bei mir.« Dann überwand sie den letzten Meter Distanz zwischen uns, war mir plötzlich nah wie mein eigenes Hemd und nahm mein Gesicht in beide Hände. »Es ist gut, dass du hier bist, Idris. Ich habe lange warten müssen, bis jemand kam. Schön, dass du es bist.«

Sie küsste mich und dieser Kuss nahm mir den Atem und mit ihm meine Gedanken. Erst später fragte ich mich, woher sie meinen Namen kannte. In dieser Nacht kannte sie alles von mir, jeden meiner Träume, meine Ängste und selbst den letzten Hauch von Hoffnung legte ich ihr in die Hände. Es ging gegen all meine ehrenvollen Prinzipien, die Nacht mit einer Fremden zu verbringen, aber mir war, als gäbe es keine Wahl für mich, als sei es meine Aufgabe, diese Frau zu lieben, so wie es die Aufgabe einer Blume ist, durch Sonne und Regen heranzuwachsen.

Am Morgen erhob sie sich aus meinem Bett, küsste meine Stirn zum Abschied und ging. Wenig später sah ich durch das Fenster, wie sich einundvierzig Krieger auf prächtigen Pferden vom Anwesen entfernten und in die Wüste ritten. Zögernd wagte ich mich aus meiner Kammer und stellte verwundert fest, dass ich mich in einem Palast befand. Schier endlose Flure führten an zahlreichen Zimmern vorbei, die allesamt verschlossen waren. Die Böden waren aus Marmor, an den Wänden hingen edle Teppiche und von den reich mit Stuck verzierten Decken aufwändig gestaltete Lüster. Die Flure nahmen keinen Anfang und kein Ende, mir war, als liefe ich im Kreis, obschon sich ständig alles veränderte. Ich fand ein Badehaus, gedeckte Tafeln und einen von Säulen getragenen Ausgang, der zu einem Innenhof führte, in dem sich die Pflanzen aller Welt um einen Brunnen scharten wie alte Leutchen, die dort ein Schwätzchen hielten. Den ganzen Tag wandelte ich in dem Palast umher, ohne einen Ausgang zu finden, und als ich beschloss, die Suche aufzugeben, stand ich vor meiner eigenen Kammer. Auf dem Tisch stand verdünnter Wein und daneben eine Schale mit warmem Brot und gekühltem Granatapfel.

Kurz nach mir schob sich eine Frau in meine Kammer. Ihr Haar war mahagonifarben und ihre Augen schwarz wie Onyx. »Du bist umhergelaufen«, sagte sie. »Aber hast du auch gefunden, was du suchst?«

»Wie kann ich finden, was ich suche, wenn es keinen Ausgang gibt?«, fragte ich zurück.

Sie kam zu mir, nah wie meine eigene Haut, und flüsterte: »Du hast mich gefunden, Idris, und ich bin froh darüber, denn ich suche schon seit Langem jemanden wie dich.«

Auch mit dieser namenlosen Fremden verbrachte ich die Nacht, ohne mein Tun infrage zu stellen. Und auch sie verließ mich am Morgen. Kurz darauf ritten die Krieger aus und erneut war ich allein.

Ich zählte die Nächte, die Krieger und die Frauen, die zu mir kamen, und stellte fest, dass es sich um dieselben Personen handeln musste. Es waren einundvierzig Kriegerinnen, die in vierzig Nächten zu mir kamen, und außer ihnen lebten nur ich sowie die Pferde und Wachhunde im Palast.

In der einundvierzigsten Nacht war alles anders. Die Frau, die zu mir kam, hatte goldene Augen wie ein Tiger. Sie bat mich, ihr meinen Namen zu nennen, und nachdem ich ihn sagte, nahm sie meine Hand und sprach: »Mein Name ist Malika und mein Zauber endet nun, Idris.«

Dass ich einem Zauberer in die Fänge geraten war, hatte ich längst angenommen. Eine Zauberin in Gestalt einer wunderschönen Frau anzutreffen, verblüffte mich jedoch und tausend Fragen schossen mir durch den Kopf.

Sie lachte leise über die, die ich ihr stellte. »Ich bin die Zauberin Malika«, sagte sie schlicht. »Ich habe diese vierzig Frauen von Orten fortgeschafft, wo man ihnen Schlechtes wollte, und damit ihnen kein Mann mehr etwas zuleide tun kann, habe ich sie zu Kriegerinnen gemacht. Wir haben dich auf die Probe gestellt, Idris, der in den Tod geschickt wurde, und unser Urteil ist einstimmig: Es gibt viele Orte, an die du gehen solltest. Aber in den Tod erst zuletzt.«

»Dann darf ich gehen?«, fragte ich sie, ohne zu wissen, wohin ich gehen sollte.

»Gehen oder bleiben«, sagte ihre Stimme, während ihre Augen sprachen: Bitte bleib.

Daraufhin zeigte sie mir den Palast, wie er wirklich war, ohne den Schleier ihrer Zauberei. Er war eine reine Schönheit, einfach und solide gebaut, ohne jeden Tand, dafür mit großen, offenen Fenstern, die das Licht und den Wind einließen. Sie zeigte mir das Haupttor, das Nordtor, das Südtor und das Morgentor, hinter dem nichts und niemand einen Schatten warf. Ich durfte sie in die Waffenkammer begleiten und in einem gewaltigen Saal gemeinsam mit allen Kriegerinnen speisen. Danach tranken, lachten und tanzten wir. Schließlich flüsterte Malika mir zu: »Der Palast ist mein und ab heute soll er auch dein sein. Geh, wohin du gehen willst, bleib, wo du bleiben willst. Es gibt allerdings eine einzige Ausnahme. Die letzte Box in den Stallungen.«

»Was ist dort, in der letzten Box?«

Sie legte mir einen Finger auf die Lippen und ihre Augen glühten wie die Morgensonne. »Dort ist der Tod, Idris. Nur der Tod.«

In dieser Nacht war ich allein und schlief keinen Augenblick, weil ich nicht aufhören konnte, an Malika zu denken. Als die Kriegerinnen am nächsten Morgen ausritten, durchstreifte ich ein weiteres Mal den Palast. Ich war kein Gefangener, das hatte Malika mir zugesichert. Doch konnte ich ihren Worten trauen? Vor allen Toren hielten sandfarbene Hunde Wache, groß wie Esel und mit mächtigen Zähnen. In einiger Entfernung sah ich einen Graben, der sich wie ein Ring um den gesamten Palast wand, und dahinter stand eine Mauer. Wenn es Brücken oder Tore gab, hatte Malika sie unsichtbar gezaubert.

Das unbehagliche Gefühl, eingesperrt zu sein, nährte mein Misstrauen, und das wiederum befeuerte die Zweifel. Und so ging ich schließlich in die Stallungen, ließ alle leeren Boxen hinter mir und näherte mich der letzten. Im Gegensatz zu den anderen war diese bis an die Decke mit Eisenstangen vergittert. Ich hielt den Atem an und sah hindurch, rechnete mit einem Dämon, einer Monstrosität oder etwas anderem Furchtbaren, das einer Zauberin Angst machen konnte.

Stattdessen erblickte ich eine feingliedrige silbergraue Stute.

»Du siehst nicht aus wie der Tod«, murmelte ich verwundert, und erschrak, denn die Stute antwortete: »Warte nur, bis meine Schwester zurückkehrt und herausfindet, dass du mich gesehen hast.«

»Deine … Schwester?« Ich war nicht sicher, was mich mehr erstaunte. Dass das Pferd sprechen konnte oder dass es behauptete, die Schwester der Zauberin zu sein.

Aus traurigen dunklen Augen sah die Stute mich an. »Mein Name ist Akilah und ich bin Malikas jüngere Schwester. Malika und ich liefen von zu Hause fort, nachdem unser Vater einen Dschinn beschwören ließ, der ihr die Zauberkräfte nehmen sollte. Er hielt sie für unselige Hexerei. Die Wachen meines Vaters verfolgten uns. Um zu entkommen, verwandelte sie mich in ein Pferd und ritt auf mir davon.«

»Und sie sperrte dich ein?«

»Sie misstraut mir. Sie fürchtet, ich würde verraten, wie man zu ihr finden kann, wenn sie mich zurückkehren lässt. Dieser Palast ist verwunschen, so wie ich. Außer mir findet niemand den Weg hierher.«

Mitgefühl machte mir die Brust eng. »Du möchtest frei sein, nicht wahr?«

»Ich spüre tiefe Zuneigung zu meiner Schwester und verließe sie nur unter Leid.« Die Stute senkte den Kopf. »Aber in der Heimat wartet meine einzige Liebe.«

»Angenommen, ich lasse dich frei«, überlegte ich. »Würdest du deine Schwester verraten?«

»Ich würde schwören, sie nicht zu verraten, doch ich bin ein Pferd und wie soll ein Pferd einen Schwur leisten?«

Ich lächelte. »Keine Wesen auf der Welt habe ich so ehrlich erlebt wie Pferde.«

»Bedenke«, sagte die Stute, »dass meine Schwester dich vor Zorn töten wird, wenn du mich freilässt.«

»Wir könnten zusammen fliehen.« Ganz leise entschlüpften die Worte meinem Mund. »Allerdings sind da Hunde, ein Graben und eine Mauer.«

»Da ist nur ein Riegel vor meiner Stalltür«, verbesserte mich die Stute. »Auf meinem Rücken kann dir alles andere gleich sein.«

Ich überlegte nicht lange und öffnete die Box. Einen Moment befürchtete ich, die Stute hätte mich betrogen und würde an mir vorbei ins Freie stürmen. Aber Akilah trat bloß nervös auf der Stelle, bis ich mich auf ihren Rücken geschwungen und meine Fäuste in ihre Mähne gegraben hatte. Dann galoppierte sie los. Wie eine Sturmböe jagten wir durch den Stall, über den Hof und durch das Morgentor. Die Hunde waren nur sandfarbene Schemen, die vorbeiflogen; ihr Gebell nur eine Ahnung im Rauschen des Windes. Ohne Mühe flog die Stute erst über den Graben und dann über die Mauer hinweg. Die Wüste, heiß und erbarmungslos, schien ihr von ihrer endlosen Stärke noch abzugeben, denn ihr Galopp wurde schneller und schneller, und ich begriff: Es musste eine verwunschene Stute sein! Ich war die besten arabischen Pferde geritten, und keines war wie dieses gewesen.

Sieben Tage lang trug Akilah mich im Licht der Sonne. In den Nächten rasteten wir an Oasen, stärkten uns an Wasser und reifen Früchten und erzählten aus unseren Leben. In der siebten Nacht sagte die Stute: »Wir erreichen morgen eine Stadt. Am Stadtrand lebt ein alter Mann. Zeig ihm, wer du bist, und es mag sein, dass er dir eine Geschichte erzählt. Höre gut zu, seine Worte sind wahr. Ich bitte dich nur um eins: Verrat ihm nicht, wer ich bin. Sag, ich wäre nichts weiter als dein Pferd.«

Sie trug mich am nächsten Tag zu einer ärmlichen Hütte am Rand einer Kaufmannsstadt. Ich saß ab und trat ins Innere, wo mich ein alter Mann mit grauem Bart und blinden Augen erwartete.

»Wer seid Ihr?«, fragte er. »Und was führt Euch zu mir?«

Ich sagte: »Herr, ich bin Idris, jüngster Sohn eines Scheichs. In den Tod geschickt und dort nie angekommen. Ich hörte, Ihr hättet eine Geschichte zu erzählen?«

Der blinde Mann brachte mir eine Schale Wasser und ein Stück beste Seife aus Aleppo, um den Staub der Wüste von meiner Haut zu waschen. Ich bat ihn zunächst um Wasser für mein Pferd. Danach bot er mir süßen Tee für meine trockene Kehle. Ich bat ihn erst um etwas Heu für mein Pferd. Anschließend saßen wir zusammen und schwiegen lange. Ich glaubte schon, er sei vor lauter Schweigen eingeschlafen, da begann er zu erzählen.

»Einst hatte der Kalif von Mesopotamien drei Töchter, allesamt klug und wunderschön, doch alle drei von einer tiefen Traurigkeit erfüllt, die niemand je ergründen konnte. Und alle wurden sie ihm geraubt. Die erste Tochter raubte ihm ein Zauber, die zweite raubte ihm ein Streit. Die dritte schließlich wollte er beschützen, also ließ er sie weit fortbringen, über die beiden Flüsse hinweg, wo ein Fluch sie schützen sollte. Dort lebt sie bis heute in einem Schloss, gefangen im Zauber, und spricht zu niemandem ein Wort, der ihren Namen nicht kennt. Wer aber zu ihr findet und ihr Geheimnis kennt, der soll sie zur Frau bekommen und Kalif werden.«

Als der alte Mann eingeschlafen war, trat ich hinaus vor die Hütte. Das Fell der verwunschenen Stute schien silbern im Licht des Mondes und ihre Ohren spielten aufgeregt, während ich ihr berichtete, was der Alte mir erzählt hatte.

»Ich bringe dich zu ihr«, rief sie hell und wieherte, als könnte sie es nicht erwarten. »Ich trage dich zu der Prinzessin hinter den beiden Flüssen!«

Ich schüttelte den Kopf. »Wie soll ich eine Frau ehelichen, die ich nicht liebe? Ich soll Kalif über ein Volk werden, das ich nicht kenne? Akilah, warum?«

»Wer, wenn nicht du?«, fragte mich die Stute und mir war, als lächelte sie weise. »Die Dinge sind nicht immer, wie sie scheinen. Du wurdest in den Tod geschickt, vergiss das nicht. Und wo bist du angekommen?«

»Nirgendwo«, flüsterte ich ihr zu. »Ich fühle mich verirrt und heimatlos. Vielleicht habe ich einen Fehler begangen, als ich Malika betrog, um dich zu befreien. Ich kann nicht aufhören, an sie zu denken.«

»Manchmal«, sagte Akilah, »hat man nur die Wahl zwischen zwei Fehlern und muss einen machen, damit der Weg weiterführt.«

Schließlich überredete Akilah mich und wir begaben uns auf den Weg ins Land der beiden Flüsse. Was hatte ich schon Besseres zu tun? Für meinen Vater und meine Brüder war ich gestorben. Malika hatte mich eingesperrt und mit Zauber getäuscht. Trotzdem konnte ich nicht aufhören, mir vorzustellen, zu ihr zurückzugehen. Dazu kam, dass ich bettelarm war. Bis auf mein schweres Herz und meine rastlosen Füße gab es für mich nur Akilah, die Zauberstute. Wenn es ihr wichtig war, nach einer namenlosen Prinzessin zu suchen, die nicht sprach – nun dann. Nur zu.

Akilah und ich reisten drei Tage und rasteten am vierten. Angekommen in der nächsten Stadt, erledigten wir Botenritte für reiche Handelsleute, um uns Brot und Heu zu kaufen. Die Menschen dieses Ortes waren gutherzig, aber wachsam, handelstüchtig, aber nicht geizig. Am nächsten Tag ging unsere Reise weiter und beste Wünsche begleiteten uns.

»Wirf alles fort, was wir haben«, sagte Akilah, nachdem wir den ersten der beiden Flüsse erreicht hatten. Ich tat, was die Zauberstute verlangte, und übergab unsere wenigen Vorräte dem Wasser.

»Wir müssen eine Brücke finden«, überlegte ich.

Akilah schüttelte den Kopf. »Keine Brücke führt uns zu der Prinzessin hinter den beiden Flüssen. Sitz auf, Idris. Wir springen ans andere Ufer.«

»Akilah, das ist Selbstmord«, erwiderte ich, schwang mich dennoch auf ihren Rücken. »Der Fluss ist zu breit, die Strömung zu stark. Lass uns wenigstens eine bessere Stelle zur Überquerung finden.«

Doch Akilah nahm längst Maß. »Du brauchst nur Mut und Vertrauen, Idris.«

Ich fragte mich, woher sie beides nahm. Akilah galoppierte an, schlug einen Bogen, um Anlauf zu nehmen, und preschte windgeschwind auf den Fluss zu. Ich schloss die Augen, bat um Gnade und machte mich für den Tod bereit. Doch es war, als gab uns der Himmel einen Schubs, und die Hufe der Zauberstute erreichten wie durch ein Wunder das jenseitige Ufer. Mit wankenden Knien glitt ich vom Pferderücken und wir setzten unseren Weg schweigsam fort.

Um neue Vorräte zu kaufen, half ich in einer Stadt beim Bau eines Hauses und bei der Ernte eines Feldes. Es waren gute Menschen, die in dieser Gegend lebten, gastfreundlich, aber nicht naiv, fleißig, aber nicht besessen. Akilah und ich arbeiten hart und wurden fair entlohnt und bei unserer Weiterreise als Freunde verabschiedet.

Der zweite Fluss war noch breiter als der erste und seine Ufer voll schartiger Felsen. Ich fragte Akilah im Scherz, ob sie auch diesmal springen würde.

»Ich könnte es versuchen«, erwiderte sie leidenschaftlich, »denn wir sind dem Ziel ganz nah. Das Schloss der Prinzessin liegt nur eine Tagesreise weit fort. Aber ich fürchte, wir werden schwimmen müssen.«

Und obgleich es verrückt sein mochte, schwammen wir. Die Strömung war stark und riss uns weit mit sich. Das Wasser war gierig und zog uns nach unten, sodass wir schon nach der Hälfte der Flussbreite völlig erschöpft waren. Trotzdem kämpften wir weiter und als mir der Zweifel zuflüsterte, warum ich mein Leben riskierte für eine Prinzessin, die ich nicht liebte, da genügte ein Blick auf meine tapfere silberne Stute, um ihn abzuschütteln. Wir erreichten das Ufer mit letzter Kraft, aber die Felsen gingen zu steil in die Höhe. Zwar vermochte ich hinaufzuklettern, doch für Akilahs Hufe boten die Vorsprünge keinen Platz.

»Geh, Idris«, bat meine Zauberstute und schwamm gegen die Strömung an. »Befreie die Prinzessin und löse den Zauber.«

»Was ist mit dir?«

»Ich suche eine andere Stelle, an der ich an Land gelange. Ich finde einen Weg.«

»Schwör mir das, Akilah!« Ich schrie die Worte fast. »Schwör mir, dass du nicht ertrinkst.«

Da sagte sie: »Ich bin ein Pferd. Wie könnte ich etwas schwören, solange ich mir nicht sicher bin? Geh den Sternen nach, Idris. Ihr Name ist Jashmini.« Und im gleichen Augenblick gab sie den Kampf gegen das Wasser auf und wurde von der Strömung davongerissen. Zwischen silbergrauem Schaum verschwand ihr silbergrauer Körper in weniger als drei Augenblicken. Fassungslos sah ich ihr nach, brüllte ihren Namen über das Tosen des Flusses hinweg, kletterte höher, um besser zu sehen, und lief stundenlang am Ufer entlang, wo ich ihren Namen in den Wind rief. Doch es war, als wäre ich allein gekommen. Meine Zauberstute, meine einzige Freundin war fort.

Als es Nacht wurde, sank mit der Dunkelheit eine verzweifelte Trauer über mich. Was war ich nun noch? Ein Niemand. Vom Vater in den Tod geschickt und niemals dort angekommen. Von der Frau, die ich liebte, getäuscht und gefangen. Von der einzigen Freundin verlassen. Wohin sollte ein Niemand gehen?

Ich brüllte meine Frage in den Sternenhimmel, der mir das Ganze eingebrockt hatte. »Wohin soll ein Niemand gehen?!«

Da sah ich eine Spur aus Sternen, die sich auf schwer erklärbare Weise von den anderen abhoben. Sie waren goldener. Golden wie Tigeraugen. Ich erinnerte mich an Akilahs letzte Worte und daran, wie wichtig es ihr gewesen war, die Prinzessin zu finden. Und so folgte ich der Sternenspur die ganze Nacht lang, rastete am Tag, in einem Land, in dem es keine Menschen zu geben schien, und wanderte bei Nacht weiter.

In der dunkelsten Stunde stand ich urplötzlich vor einem gewaltigen Palast aus schwarzem Stein. Kein Licht brannte, daher hatte ich ihn erst sehen können, als ich fast über die Eingangstreppen gestolpert wäre. Ich klopfte an die Tür und ein Wesen öffnete, das aussah wie eine aus Holz und Leder gebaute Puppe. »Wer bist du?«, fragte es in einem Tonfall ohne jede Melodie. »Was wünschst du?«

»Idris«, sagte ich leise, »Sohn eines Scheichs, in den Tod geschickt und nie dort angekommen. Ich bin hier, um der Prinzessin ihren Namen zu nennen.«

»Die Prinzessin redet nicht mit Menschen«, erwiderte das Puppenwesen, ließ mich allerdings herein. Diener, allesamt aus Holz und Leder, ließen mir ein Bad ein, gaben mir Kleider und mehr Essen und Trinken, als ich jemals zu mir nehmen könnte. Auf meine Fragen schwiegen sie fast jedes Mal, eine einzige wiederholte ich dennoch immer wieder: »Habt ihr eine silbergraue Stute gesehen?« Sie schwiegen. Nur wenn ich die Prinzessin erwähnte, sagten sie einen Satz: »Die Prinzessin redet nicht mit Menschen.«

Am nächsten Morgen brachte man mich an einen reich gedeckten Frühstückstisch. Es gab nachtschwarzen Kaffee, Beeren, die im Mund zerplatzten, und wolkenweiches Brot mit wildem, süßem Honig. Doch ich bekam vor Trauer noch immer kaum etwas hinunter und kostete nur aus Anstand. Dann zogen mich ein Lufthauch und der Duft eines ungewöhnlichen Parfums hinaus auf einen Balkon. Und da stand sie. Die Prinzessin.

Zu behaupten, dass ihre Schönheit mich nicht anrührte, wäre gelogen. Sie war so schön, als wäre sie einem Gemälde entsprungen, und von einer so zerbrechlichen Anmut, dass man auf den ersten Blick hätte meinen können, sie sei aus Glas und ihr schwarzes Haar aus Seidenstoff. Sie ignorierte mich vollkommen.

Ich dachte an Akilah und plötzlich überkam mich eine Gewissheit, die ich seit Wochen offen vor den Augen liegen hatte, ohne sie zu sehen. Malika, Akilah und sie, diese traurige Glasprinzessin, waren die drei Schwestern aus der Geschichte des alten Mannes.

Ich trat an ihre Seite und flüsterte: »Mein Name ist Idris. Ich weiß, Hoheit, dass Ihr nicht mit Menschen redet. Aber ich bringe Euch eine Botschaft von meinem Pferd. Es bittet mich, Euch an Euren Namen zu erinnern. Euer Name ist Jashmini.«

Ihre Miene blieb ausdruckslos, sie sagte: »Das ist wohl wahr.«

Den Mann, der wie auf ein Stichwort aus dem Nichts zu uns trat, hätte ich zunächst fast nicht wiedererkannt. Als ich ihn zum ersten Mal traf, trug er fadenscheinige Kleider und saß in einer ärmlichen Hütte auf dem Boden. Jetzt ging ich ohne Umschweife auf die Knie vor ihm, denn vor mir stand der Kalif in prächtigem Gewand. Er zog mich zurück auf die Füße, küsste meine Wangen und meine Hände, drückte mich herzlich an sich und sagte immer wieder: »Ich hatte es gehofft, ich hatte für dich gebetet, es war mir ein so großer Wunsch, dass du es bist, der den Fluch bricht.«

Es dauerte eine Weile, bis die Erkenntnis mein Erstaunen durchdrang. Ich hatte den Fluch gebrochen. Die Prinzessin schien darüber nicht glücklich. Hinter ihrer gläsernen Fassade regte sich nichts. Und nun sollte ich sie ehelichen und Kalif werden? Allein weil ich ihren Namen kannte?

»Ich bin nicht gut genug für diese Aufgabe«, widersprach ich. »Ich bin bloß ein Niemand.«

Der Kalif lächelte. »Dann hast du nach deiner beschwerlichen Reise nicht zuerst um Wasser und Heu für dein Pferd gebeten? Ich mag blind sein, doch ich erkenne einen guten Mann, wenn er vor mir steht.«

»Aber ich kenne das Land kaum.«

Diesmal lachte der Kalif laut. »Dafür kennt das Land dich gut, Idris. Die Kaufleute behaupten, dass du flink und fleißig bist. Die Bauern sagen, dass du tüchtig bei der Ernte angefasst hast, und die Baumeister schwärmen von deiner gründlichen Arbeit. Wo du auch warst, Idris, waren die Menschen dir wohlgesonnen.«

Mein Blick traf Prinzessin Jashmini, die mit Sehnsucht und Wind in den Augen in die Ferne blickte, als wartete sie auf jemanden. Auf einen anderen. »Ich kann es dennoch nicht tun, Kalif«, sagte ich leise. »Wie kann ich eine Frau heiraten, die mich nicht liebt und die ich nicht liebe? Täte ich es – ich wäre nicht länger der Mann, den Ihr in der Hütte gesehen habt.«

Lang sah der Kalif mich an. Schließlich wischte er sich eine Träne aus dem Augenwinkel, wandte sich ab und blieb in der Tür noch einmal stehen. »Das, mein Junge, spricht von Größe. Deine Entscheidung ist herzensgut, auch wenn sie mir das Herz bricht.«

Nachdem er gegangen war, sprach ich die Prinzessin schüchtern an. »Ich hoffe, Ihr nehmt mir meine Worte nicht übel, Jashmini. Ich wollte Euch keinesfalls beleidigen. Wenn die Dinge anders wären …«

Sie legte ihre kleine Hand auf meine. »Ich verstehe, Idris, und ich bin deiner Meinung. Wir sollten trotzdem über Vaters Vorschlag nachdenken. Mein Vater ist alt und das Land braucht einen Kalifen, sonst reißen die Reiche es spätestens nach seinem Tod in Stücke. Sieh mal, wir beide haben unsere Herzen an jemand anderen verloren. Vielleicht können wir uns trotzdem an den Händen halten und als gute Freunde tun, was von Bedeutung und wichtig ist?«

Damit hatte ich nicht gerechnet. »Darf ich darüber nachdenken, Hoheit?«

»Ich wäre erschüttert, wenn du es nicht tätest.« Sie drehte sie sich um, hielt aber noch einmal inne. »Dein Pferd, Idris … wie war sein Name?«

Ich atmete tief ein. »Hoheit, Ihr kennt mein Pferd. Einst war sie eine junge Frau, doch sie wurde verzaubert. Ihr Name war Akilah.«

Und obgleich sie mir den Rücken zugewandt hatte und ihr langes, offenes Seidenhaar jeden Blick auf ihr Gesicht verwehrte, wusste ich, dass sie hinter ihrem Glas lächelte.

Ich brachte es nicht über mich, ihr zu sagen, dass ihre Schwester ertrunken war beim Versuch, sie zu finden.

Ich überdachte das unglaubliche Angebot des Kalifen und der Prinzessin viele Tage und lange Nächte. Eine Woche reiste ich durch das Kalifat und stellte mir die Frage, ob ich fähig war, es gerecht und vernünftig zu regieren. Ob ich in der Lage war, den Stolz und die Eigensinnigkeit der Menschen zu lieben. Ob ich Kalif werden wollte.

Als ich schließlich zusagte, gingen die Vorbereitungen für die Hochzeit so schnell vonstatten, als wäre insgeheim alles von langer Hand geplant gewesen.

Tausende Menschen strömten zum Palast, wo Jashmini und ich in einer feierlichen Zeremonie aneinander gebunden wurden. Gleich danach erklärte mein Schwiegervater mich zum Kalifen. Während das Volk feierte, sang und tanzte, saßen Jashmini und ich beisammen auf dem Balkon, wo wir uns kennengelernt hatten, und unsere einzige Annäherung war es, unsere Weinkelche gegeneinanderzustoßen. Trotzdem waren wir uns bereits vertraut. Ich mochte ihre ruhige, überlegte Art. Schon jetzt war mir klar, dass sie in jeder Krisensituation meine Beraterin sein würde. Sie behauptete, meine Scherze zu mögen, auch wenn ich daran zweifelte, weil sie niemals lachte.

Einige Tage später saßen wir im Abendlicht beisammen. Plötzlich ging ein Beben durch Jashminis Körper. Sie stand auf und trat an die Balustrade, klammerte ihre Hände so fest darum, dass die Muskeln und Sehnen ihrer Arme unter der Haut hervortraten. Ich hatte nicht gewusst, dass sie so starke Arme hatte.

Ich folgte ihrem Blick, vermochte aber nur eine Staubwolke zu erkennen. Ein Reiter … Vermutlich eine Botschaft. Hoffentlich eine gute, vielleicht war es eine verspätete Gratulation. Doch als der Staub sich legte, erkannte ich, dass es gar kein Reiter war. Sondern ein Pferd.

Auf Jashminis Gesicht breitete sich ein Strahlen aus, ein Windstoß wirbelte ihr durchs Haar und das Glas, hinter dem sie sich versteckt hatte, zersprang in tausend Scherben. Hervor trat eine Frau, die so kraftvoll schön und wild war, dass es mir Angst gemacht hätte, wäre es nicht Jashmini gewesen.

»Akilah!«, riefen wir wie aus einem Mund.

Die Schwestern und ihr Vater feierten das Wiedersehen so euphorisch, dass ich erst am nächsten Abend Gelegenheit fand, unter vier Augen mit Akilah zu sprechen.

»Ich dachte, du wärst tot«, sagte ich leise. »All die Wochen dachte ich …«

»Ich war verletzt«, erwiderte sie und deutete mit ihrem Blick auf eine große, dunkle Narbe an ihrem Vorderbein. »Ich trieb weit mit dem Strom und als ich es ans Ufer schaffte, fingen Menschen mich ein. Ich musste bei ihnen bleiben, bis mein Bein verheilt war. Ich kam so schnell ich konnte zurück.«

»Ich mache dir keinen Vorwurf, Akilah. Prinzessin Akilah.«

Sie lachte ein helles Wiehern. »Glaube nicht, ich würde vor dir knien, Kalif hin oder her. Für mich wirst du immer Idris sein.«

»Das hoffe ich. Und alles, was ich bin, habe ich dir zu verdanken. Ich möchte dir etwas zurückgeben. Morgen schicke ich Boten in alle Länder, die ein Pferd oder ein Schiff erreichen kann. Wir suchen nach den besten Zauberern und den mächtigsten Dschinn unter der Sonne. Jemand wird deinen Zauber lösen – dann kannst du wieder ein Mensch sein.«

Jäh wich sie zurück. »Willst du das denn? Dass ich ein Mensch werde. Eine Frau?«

»Du denn nicht?«

Ihre Ohren spielten, das einzige Zeichen ihrer Unruhe. »Ich habe dir das nie verraten, Idris, aber es gibt einen Menschen, den ich aus tiefstem Herzen liebe, schon seit langer Zeit. Unsere Liebe darf nicht und wird niemals sein. Sie ist wie eine Blume, diese Liebe, die an einem Ort keimte, an dem niemals Blumen wachsen können. Doch solange ich ein Pferd bin, können wir wenigstens beisammen sein, meine Liebe und ich.«

Ich begriff nur langsam, hatte zunächst lediglich eine Ahnung und erst dann Gewissheit, als Akilah den Kopf wandte und zum Palast sah, wo Jashmini auf ihrem Balkon stand und mit Wind im Haar zu uns herabsah. Plötzlich ergab alles einen Sinn.

»Lass mich, wie ich bin, Idris«, sagte Akilah. »Es ist kein Fluch, das war es nie. Es ist das größte Glück, das ich haben kann.«

Der alte Kalif starb während der schlimmsten Ostwind-Monate seit Jahren und wir begruben ihn, während der Sturm uns mit scharfem Sand auspeitschte, als hätten wir alle eine Strafe verdient, weil wir ihm nie die Wahrheit um seine Töchter verraten hatten. Ich war zunehmend allein im Palast, allein mit den Dienern aus Holz und Leder. Sie waren gebaut worden, um Jashmini Gesellschaft zu leisten in den Jahren, in denen sie verzaubert gewesen war und nicht mit Menschen sprechen konnte. Ich brachte es nicht über mich, sie fortzuschaffen, und schließlich erwiesen sie sich als gute Zuhörer, wenn ich reden wollte, während Akilah und Jashmini lange Ausritte machten. Einen Rat gaben die Puppen mir nicht. Aber sie sprachen auch keine Wahrheiten aus, die ich nicht hören wollte. Denn wenn ich ehrlich war, war ich noch immer ein Niemand, ein Niemand, der ein Kalifat regierte. Ich war allein.

Eines Tages verkündeten Späher, dass ein kleines Heer in unsere Richtung käme, und meine Berater wollten ihnen sofort unsere eigene gewaltige Streitmacht entgegenstellen – denn wer reiste schon mit einem Heer an, wenn er keine bösen Absichten hatte?

»Wie groß ist das Heer?«, fragte ich den Späher, und er antwortete: »Ich zählte einundvierzig Krieger, Eure Majestät.«

Mir war sofort klar, wer sich auf den Weg zu uns gemacht hatte. Mein Herz drohte mir den Dienst zu versagen und galoppierte dann wie wild geworden los.

Malika. Ob im Guten oder im Bösen. Nach all dem Sehnen würde ich sie wiedersehen.

»Eure Majestät? Sollen wir …?«

»Nein! Nein, lasst sie kommen!«

Akilah und Jashmini gesellten sich zu mir, während wir warteten. Beide waren aufgeregt und unschlüssig, was sie von einem Besuch ihrer ältesten Schwester zu halten hatten.

»Idris und ich sind geflohen«, sagte Akilah. »Das wird sie zornig gemacht haben und Malikas Zorn verraucht nicht so schnell. Doch verraten haben wir sie nicht.«

Und Jashmini wandte ein: »Es ist kein Zufall, dass sie jetzt kommt. Vater hat ihr geschworen, ihrem unseligen Zauber für immer nachzujagen. Nun, da er tot ist, kann sie kommen, um mit uns zu sprechen.«

Akilah schien nicht sicher. »Warum sollte sie das wollen?«

Beide sahen zu mir. »Vielleicht will sie mir zurückbringen, was ich ihr damals in der Wüste gelassen habe? Mein Herz.«

Als Malikas Heer vor unseren Toren stand, begleiteten mich Akilah und Jashmini nach draußen. Während die Zauberstute fast bewegungslos wie eine Statue stand und ich aus ihrem Anblick nicht schlau wurde, versteckte sich in den Mundwinkeln der jüngsten Schwester ein Grinsen und in ihren Augen leuchtete ein euphorisches Feuer. Malikas Antlitz aber war von dem üblichen Schleier verborgen, ihr weiblicher Körper steckte, wie die Körper ihrer Kriegerinnen, in einer Rüstung, in der sie allesamt wie Männer aussahen. Mein Späher hatte richtig gezählt – es waren einundvierzig Reiter, jede Kriegerin trug ihr tödliches Scimitar an der Hüfte. Und alle schwiegen. Sie schwiegen lange, lange Zeit.

Schließlich hob ich die Hände und zuckte mit den Achseln. »Bist du gekommen, Malika, Herrin über den Wüstenwind, um mich zu bestrafen, weil ich dein Gesetz gebrochen habe? Dann bitte tu es noch heute! In meinem Haus wird das Abendessen vorbereitet und die Köche wollen wissen, ob ich zum Essen komme oder ob ein Leichenschmaus vorbereitet werden muss.«

Akilah schüttelte tadelnd den Kopf, Jashmini lachte.

Malika aber ließ ihr Pferd vor mir niederknien und sagte: »Merk dir diese Verbeugung, Idris, denn eine andere wirst du von mir nicht zu sehen bekommen, Kalif hin oder her.« Sie warf ihren Schleier in einen plötzlich aufkommenden Wind und er flog davon. Ihre goldenen Augen schimmerten warm und ihr schmaler Mund zeigte etwas, das mit gutem Willen als schiefes Lächeln durchzugehen vermochte.

»Ich hörte, du bist nun Kalif, mein Lieber. Und mein Schwager.« Das letzte Wort war von einem Faden Kummer durchsponnen. »Das verbietet mir wohl, dich mit gefesselten Händen und Füßen hinter meinem Pferd in meinen Wüstenpalast zurückzuschleifen.«

»Es ist nicht, wie du denkst, Schwester«, rief Jashmini. Ihre Hand lag an Akilahs Schulter, die silberne Mähne mit ihren Fingern verflochten. »Deine Eifersucht hat nicht den geringsten Grund. Seit der Hochzeit versuche ich, ihn zu verführen, aber ach! Er scheint eine andere zu wollen.« Sie zwinkerte, Akilah schnaubte belustigt und aus Malika brach ein kleines Lachen hervor.

»Ich schlage vor«, sagte ich, »dass wir alles Weitere bei einem Essen und einem guten Wein besprechen. Gestern erst kam eine Lieferung von bestem Beiruter Weißwein.«

Letztlich besprachen wir wenig, sondern scherzten und lachten miteinander, während wir an einer einfachen Tafel im Hof saßen, wo Akilah bei uns sein konnte. Es lag eine vorsichtige Distanz zwischen Akilah und Malika, ihre Blicke schlichen umeinander wie Katzen, die sich nicht einig werden können, ob sie sich anfreunden oder gegenseitig zerfetzen wollen. Aber Jashmini knüpfte geschickt zarte Bande zwischen ihren älteren Schwestern, bis sich beide für ein Gespräch entfernten. Als sie zurückkamen, merkte ich Akilah die Erleichterung an und auch Malika schien von einer Last befreit. Malikas Kriegerinnen verabschiedeten sich gegen Mitternacht. Wenig später ging Akilah zum Stall und Jashmini zu Bett. Malika und ich blieben allein an der langen Tafel zurück, zwischen uns viele freie Plätze und noch viel mehr Angst vor Worten, die wir nun aussprechen mussten.

»Ich habe etwas gelernt«, sagte Malika irgendwann, einen leeren Weinkelch zwischen ihren schlanken Fingern. Sie ließ Mondlicht im Glas spielen, achtete aber kaum auf die Farben, die dadurch entstanden. »Man darf nicht einsperren, was man nicht verlieren will. Nicht einmal aus den besten Gründen.«

»Darum hast du Akilah eingesperrt?«, fragte ich verwirrt. »Ich dachte, aus Angst, sie würde verraten, wo du bist.«

Malikas Lachen klang hell wie der Morgen, dabei war es trauriger Natur. Ein trauriger Morgen, doch aus dem Tag konnte noch alles heranwachsen. »Akilah würde niemanden je verraten. Außer vielleicht sich selbst, aus Loyalität anderen gegenüber. Mein Vater hat sie geliebt, Idris, aber hätte er ihr Herz wirklich gekannt – du weißt, was ich damit meine –, dann hätte er sie verstoßen wie mich oder versucht, sie zu verändern, bis sie so gewesen wäre, wie er sie haben wollte. Er hätte ihr ihr wunderbares Herz gebrochen.«

Ich musste an Jashmini denken, wie sie gewesen war, als ich sie kennengelernt hatte. Diese wilde, starke junge Frau – so traurig unter Glas und Seide.

»Akilah einzusperren, war ebenso falsch«, sagte Malika leise. »Sperr den Wind ein, Idris, und dir bleibt nur leere Luft.«

Wir schwiegen eine Weile. »Du bist mir also nicht mehr böse, dass ich sie befreit habe und geflohen bin?«

»Ich bin dir unsagbar böse, denn es war furchtbar, euch zu verlieren. Dennoch bin ich dir ebenso dankbar. Meine Schwestern sind wie der Wind. Und du«, sie lächelte mich über die gesamte Länge der Tafel an, »du ebenso.«

Ich dachte immer, ich wäre ein Niemand. Aber Wind … Wind ist auch nicht mehr, als ich es war, aber bei Weitem kein Niemand.

»Als wir dich in der Wüste fanden«, erzählte Malika und schenkte sich Wein nach, »da flüsterte mein Herz in einer Sprache, die ich kaum verstand. Alles, was ich begriff, war, dass du bei uns bleiben solltest. Das wollte ich unbedingt, ohne zu wissen, wer du warst. Ich blendete dich mit einem Zauber und schickte dir Visionen von jeder meiner Kriegerinnen, jede Nacht eine andere.«

Erstaunen nahm mich in Besitz. Es waren Visionen? Wenn sie die Wahrheit sprach – und ich zweifelte nicht daran –, war ihr Zauber unaussprechlich mächtig.

»Ich hoffte, du würdest dich in eine von ihnen verlieben und bei uns bleiben.«

»Ich habe mich verliebt«, sagte ich.

»Und ich erkannte es zu spät. Aber da wusste ich, dass du es wert bist, etwas zu tun, was ich noch nie getan habe.«

»Was ist das?«

»Jemanden um Verzeihung zu bitten.«

»Das tust du?«

Sie hob ihr Glas und sah mich über den Rand hinweg an. »Das habe ich nun, oder nicht? Ich hoffe, du hast es verstanden, Kalif, denn eine weitere Entschuldigung wirst du nicht bekommen.«

»Dann ist es wohl Zeit«, sagte ich, stand auf und ging zu ihr, »dass auch ich etwas tue, was ich nie zuvor getan habe.«

Und ich nahm ihre Hand und sank auf die Knie und gestand der Zauberin Malika, dass sie die Erste und Einzige war, die ich jemals lieben würde.

Hier könnte sie nun enden, unsere Geschichte, denn den Rest könnt ihr euch wohl vorstellen.

Idris heiratete Malika und ihr Heer aus Kriegerinnen wurde zur Leibwache des Kalifen ernannt. Die ersten Jahre wunderte sich das Volk über seinen Kalifen, dessen zweite Frau ein Heer führte, während die erste kaum jemand zu Gesicht bekam, weil sie Tag und Nacht auf ihrer silbergrauen Stute durch Wildnis und Wüste ritt, als sei das ganze Land ein großer Palastgarten. Die Stute und die wilde Frau wurden vom Kalifen um Rat gefragt, und wann immer die Entscheidungen von Bedeutung waren, wogen ihre Worte schwerer als die aller anderen Berater.

Schließlich fand man keine Gründe mehr, sich zu wundern, denn Idris' Herrschaft war gütig und überlegt, und wann immer jemand einen Grund zum Klagen hatte, fand er bei Idris ein offenes Ohr.

Sie lebten glücklich und zufrieden, und doch ist die Geschichte noch nicht zu Ende erzählt, also schenkt ein letztes Mal Tee nach, Freunde. Denn einige Jahre später erreichten Idris Nachrichten, die sein Herz anrührten. Das Reich seines Vaters stand kurz davor, von

einer Übermacht aus dem Norden überrannt zu werden. Zwar war das feindliche Heer klein, aber Idris' Vater hatte kaum mehr Soldaten. Beide Söhne hatten ihn verlassen, nachdem sie erfahren hatten, dass er den jüngsten hatte töten lassen. Der älteste war inzwischen ein über mehrere Kontinente bekannter Handelsmann, der zweite führte ein berittenes Wüstenvolk irgendwo im Südosten. Ihre Visionen hatten sich erfüllt, doch keiner von beiden war rechtzeitig zur Stelle, um ihrem alten Vater zu helfen.

Und so begab es sich zu jener Zeit, als die Menschen noch vermochten mit dem Regen und dem Wind zu verhandeln und manchmal sogar mit Feuer und Sturm, und als Zauberei mehr war als ein sehnsüchtiger Rückblick auf das, was wir zu vergessen drohen, dass Kalif Idris ein Heer aufstellen ließ und es ins Reich seines Vaters führte. Höchstpersönlich ritt er an Malikas Seite an der Spitze der vierzig Kriegerinnen bis vor den Palast seines Vaters. Tief atmete er den Duft der Feigen- und Orangenbäume ein, und unweigerlich musste er lächeln.

Der alte Bannerherr sank auf die Knie, da er seinen Prinzen erkannte, und ließ Boten nach dem Scheich schicken. Als dieser kam, warf er sich neben seinen Berater und weinte all die Tränen, die er sich über die Jahre nicht gestattet hatte.

»Du bist gekommen«, stammelte er unter Tränen. »Du bist mit deinem Heer gekommen, Idris.« Der alte Scheich schaffte es kaum aufzusehen vor Scham und Kummer. »Nach allem, was ich dir angetan habe, bist du gekommen, um mir beizustehen.«

Idris sagte nur ein einziges Wort. »Ja.«

»Dabei habe ich dich in den Tod geschickt.«

Auch Malika hatte Tränen in den Augen. Sie war die Einzige, die noch imstande war zu sprechen. »Ihr habt ihn in den Tod geschickt, alter Mann, ja. Doch er ist dort nie angekommen.«

Genau so hat es sich damals zugetragen, und nur Gott allein weiß es besser, denn er weiß alles und kennt jede Geschichte, da er es war, der sie zum ersten Mal erzählt hat.

Märchen aus dem Reich der Mitte

Janna Ruth

Pfirsichblüten im Schnee

JANNA RUTH

Für ihre Märchenadaption *Im Bann der zertanzten Schuhe* wurde Janna Ruth im vergangenen März mit dem *Indie-Seraph* ausgezeichnet. Um eine Kurzgeschichte für diese Anthologie hatte ich sie allerdings schon zuvor gebeten.

Zum einen wusste ich, dass Janna Märchenfan ist: Sie ist Mitglied des Autorennetzwerks *Märchenspinnerei* und liebte es bereits als Kind, in der großen Märchenbuchsammlung ihres Vaters zu stöbern. Zum anderen gefiel mir ihr Debüt *Tanz der Feuerblüten* sehr gut – eine von der asiatischen Mythologie und Kultur inspirierte Fantasyromance. Also wünschte ich mir von ihr ein fernöstliches Märchen – und Janna machte mich mit der Yamauba bekannt. Eine Hexe, neben der selbst die Baba Jaga wie ein unschuldiges Waisenkind wirkt. Ernsthaft: Lest diese Geschichte besser nicht allein im Dunkeln.

Entstanden ist *Pfirsichblüten im Schnee* vermutlich in Potsdam. Inzwischen lebt die Autorin mit ihrer Familie allerdings nicht mehr in Deutschland, sondern in Mittelerde – beziehungsweise in Neuseeland.

Zuletzt erschienen von ihr die ersten Teile ihrer groß angelegten Urban Fantasy-Serie *Ashuan*. Wenn die Monster dort ähnlich gefährlich sind wie die Yamauba in der nachfolgenden Geschichte, möchte ich nicht in der Haut ihrer Protagonisten stecken.

www.janna-ruth.com

Pfirsichblüten im Schnee

Auf dem Fuchsberg war es gespenstisch still. Das Licht des Mondes tauchte die moosbewachsenen Götterstatuen in ein sanftes Licht. Feine Risse zogen sich durch ihr Gestein und zeugten von ihrem Alter. Mit leeren Augen sahen sie von ihren steinernen Podesten auf den einsamen Krieger hinab.

Die Klinge gezogen, schlich Taro die unzähligen Stufen des Berges hinauf. Die welken Blütenblätter unter seinen nackten Füßen erstickten dabei jeden Laut. Einst waren sie schneeweiß gewesen, jetzt lagen sie im Dreck, braun und weich. Zweihundertsiebenundzwanzig rote Tore hatte er bei seiner Suche nach dem Fuchsgeist bereits durchschritten. So dicht standen die Tore beieinander, dass ihn der Blick zurück an einen Fluss aus Blut erinnerte.

Taro dachte an seine erste Begegnung mit dem Fuchsgeist.

»Lass uns ein Spiel spielen!«, hatte der Dämon gesagt.

»Sicher nicht.«

»Ich verwandle mich und du musst mich erkennen. Dann verrate ich dir ein Geheimnis.«

Er wollte das Geheimnis des Fuchsgeistes nicht wissen.

Eigentlich sollten die Füchse dem Dorf am Fuße des Berges Glück bringen. Zweihundertfünfzig Tore hatte man ihnen zu Ehren gebaut, die schweren roten Balken teilweise Hunderte Meter hinaufgetragen. Die Priester hatten sich um das Wohlwollen der Götter gekümmert, ihnen Tempel und Statuen errichtet, aber den Füchsen war das nicht genug gewesen. Des Nachts kamen sie und fraßen die Felder leer, drangen in die Häuser ein und vertilgten die Fische, die zum Trocknen aufgehängt worden waren. Und nun hatte einer von ihnen ein Kind geraubt.

Taro hatte die wenigen Knochen gesehen, die den Eltern geblieben waren; so winzig, dass sie in zwei Händen Platz gefunden hatten. Der Zorn, der ihn bei diesem Anblick erfasst hatte, schwelte seitdem in ihm.

Er war weit herumgekommen und hatte viele Grausamkeiten gesehen, doch selten etwas derart Abscheuliches wie diese winzigen, nackten Knochen. Daraufhin hatte er den Fuchsgeist unerbittlich gejagt.

Eins musste Taro ihm lassen: Er war schnell … und schlau, wie er bei ihrem zweiten Aufeinandertreffen beim Anstieg festgestellt hatte.

»Mögen die Götter Euch gesegnet sein, junger Mann«, hatte der alte Priester ihn gegrüßt.

Taro hatte sich ehrerbietig verbeugt und war zur Seite getreten, um den älteren Mann vorbeizulassen. Dieser hatte den zahnlosen Mund zu einem Lächeln verzogen und Taro auf den Schwertarm geklopft. »Was führt Euch auf den Fuchsberg?«

»Einer der Dämonen hat sich an einem Kind vergriffen. Ich werde ihn dafür zur Rechenschaft ziehen.«

Der Priester hatte eifrig genickt und sich seinen Bauch getätschelt. »Hunger ist ein schlechter Ratgeber.«

»Hunger? Ich nenne es Gier. Er hatte genug zu essen.«

»Es ist nie genug.« Grinsend hatte sich der Priester zu ihm umgewandt. Sein Gesicht war länger geworden, sein Umhang rot und die Zähne waren gewachsen. Das Grinsen war geblieben.

Noch immer ärgerte sich Taro darüber, dass ihn der Fuchs nicht nur übertölpelt hatte, sondern danach entkommen war. Als hatte er ihn verhöhnen wollen, war sein rotes Fell hin und wieder zwischen den grünen Bambusstämmen aufgeblitzt.

»Ihr Menschen seid viel zu dumm«, hatte der Fuchsgeist gespottet, als Taro ihn zum zweiten Mal nicht erkannt hatte. Dieses Mal war er als keckes Eichhörnchen aufgetreten und hatte ihn dazu gebracht, seinen Hirsekloß mit ihm zu teilen.

»Komm herunter!«, hatte Taro gefordert und sein Schwert so fest gefasst, dass die Knöchel weiß hervorgetreten waren.

Das Eichhörnchen hatte hoch oben in den Bäumen gesessen, außerhalb seiner Reichweite. »Komm du herauf! Dumm, behäbig und ungeschickt. Ihr verdient es, dass wir euch ausnehmen.«

»Ich bin nicht wie die anderen Menschen«, hatte Taro gegrollt, obwohl das Eichhörnchen längst im Geäst verschwunden war.

Taro war mit einem Gespür für Geister und Dämonen aufgewachsen. Er sah ihr Wirken in der Welt und den Schaden, den sie anrichteten. Mit der Zeit hatte er es sich zur Aufgabe gemacht, die Menschen von ihrem Einfluss zu befreien. Mittlerweile eilte ihm sein Ruf als Dämonenjäger voraus und sobald er ein fremdes Dorf betrat, kamen die Menschen mit ihren Sorgen und Nöten zu ihm. Wie auch die Eltern des toten Kindes.

Es lagen lediglich wenige Tore vor ihm, als er sich beobachtet fühlte. Irgendwo zwischen den Götterstatuen lauerte sein Gegner, dessen war er sich sicher. Wohin er sich auch drehte, nirgends konnte er den Dämon entdecken. Deswegen blieb sein Blick an den steinernen Götzenbildern hängen, die ihn umgaben. Viele der Fuchsstatuen trugen rote Bänder und Halstücher als Zeichen der Ehrerbietung. Opfergaben lagen zu ihren Füßen. Offensichtlich hatten die Dorfbewohner versucht, die Götter zu besänftigen. Diese mussten sehr gefräßig sein, denn oft sah Taro leere Weinschalen und abgeknabberte Mohrrüben.

Der Anblick der Überreste brachte ihn auf eine Idee. Er ließ die Tasche von seiner Schulter gleiten und entnahm ihr das kleine Bündel, welches die Großmutter des verstorbenen Kindes für ihn bereitet hatte. Der liebliche Duft der gefüllten Reiskuchen stieg ihm in die Nase und sein Magen ächzte. Er hatte seit dem Morgen keine Pause gemacht, stets angetrieben von den Spottrufen des Fuchsgeistes.

Behutsam brach er einen Reiskuchen entzwei. Süßes Pflaumenmus rann ihm über die Finger und Taro musste sich zurückhalten, sie nicht abzulecken, wie er es als Kind getan hatte. Mit der Erinnerung kam ihm der belehrende Ton seines Mütterchens bezüglich angebrachter Manieren in den Sinn und er presste die Lippen zusammen. Entschlossen erhob er sich und bot die Stückchen den Göttern dar. Jeder einzelnen Statue legte er einen Krumen zu Füßen und betrachtete danach sein Werk im Mondlicht.

Ein Lächeln zog über seine Lippen. Der Fuchs war schlau, aber er war auch verfressen.

Mit schnellen Schritten ging Taro auf die Statue zu, deren Sockel wieder blitzblank war, und zog sein Schwert. Die Spitze kam auf der steinernen Kehle zum Liegen. »Erwischt.«

Die Fuchsstatue rührte sich nicht, wovon Taro sich nicht beirren ließ und die Klinge vorwärtsschob. Der Stein gab nach und im nächsten Moment färbte er sich rot und jaulte laut. Blut tropfte auf das helle Bauchfell und der Fuchs knurrte. Er war ein prächtiges Exemplar, größer als die Hunde im Dorf, mit einem buschigen rostbraunen Schwanz und vollem Bauch. Zwischen seinen Zähnen hingen die Reiskörner.

Ein Blitzen in den dunklen Augen warnte Taro, dass der Fuchsdämon entwischen wollte, und er griff mit der freien Hand blitzschnell in dessen Nacken. Das kühle Metall an dessen Kehle hob er den winselnden Dämon auf Augenhöhe. »Habe ich dich.«

»Töte mich nicht! Bitte«, flehte der Fuchsgeist und versuchte, sich zu befreien. Der Biss des Schwertes war unerbittlich.

Schnaubend schüttelte Taro den Fuchs. »Das Kind, das du gerissen hast, war zu klein, um zu flehen.«

Der Fuchs winselte erbärmlich. Dann fletschte er die Zähne. »Ein Geheimnis. Ich habe dir ein Geheimnis versprochen. Ich verrat' dir ein Geheimnis und dann lässt du mich gehen.«

Taro verkniff es sich, ihn darauf hinzuweisen, dass er die Voraussetzungen für die Belohnung schon erfüllt hatte, indem er den Fuchsgeist erkannt hatte. Was es auch war, das ihm der Dämon erzählen wollte, es würde ihn nicht davon abhalten, Rache für das gefressene Kind zu üben.

»Am Fuß der Berge haust die Yamauba.« Taro gefror das Blut in den Adern. »Ihr Einfluss reicht von dort bis zur Küste.«

Die unheimlichen Worte erfüllten Taro mit Grauen. Die Yamauba. Bis zur Küste. Seine Eltern hatten an der Küste gewohnt.

Er kniff die Augen zusammen und drückte die Spitze des Schwertes etwas fester in die wunde Stelle. »Wo?«

Der Fuchs wand sich hilflos in seinem Griff. »Ich weiß es nicht.« Frisches Blut rann aus der Wunde. »Glaub mir! Zwischen Terashiyama und Norikura. Bitte, bitte. Mehr weiß ich nicht. Wirklich. Bitte.«

Taro betrachtete das erbärmliche Tier in seinem Griff. Jetzt wirkte es unschuldig und schwach, doch der Tatbestand blieb. Mit einem hässlichen Schmatzen drang die Klinge durch die Kehle in den Kopf des Dämons. Einmal zuckte er, dann hing er leblos in Taros Hand und es herrschte Ruhe auf dem Fuchsberg.

Der Mond beleuchtete seinen Weg den Berg hinunter. Die lange Jagd hatte Taro müde und hungrig gemacht und mit Wehmut entsann er sich den verschwendeten Reisküchlein. Mit etwas Glück würden sie zumindest die restlichen Geister zufriedenstellen.

Taro dachte an die Yamauba, von der der Fuchsgeist gesprochen hatte. Sein halbes Leben hatte er darauf gewartet, ihre Spur aufzunehmen. Nun, da er von ihr wusste, tat ihm sogar der Dämon leid. Niemand konnte sich dem Einfluss der Yamauba erwehren. Die Hexe verschlang alles, was ihr in die Quere kam, kannte nichts als gefräßige, unerfüllbare Gier.

Die Hundemeute des Dorfes empfing Taro mit lautem Gebell, als er den heiligen Hain hinter sich ließ. Aufgeregt sprangen sie an seiner ledernen Rüstung hoch und schnappten nach dem toten Tier. Daraufhin hob Taro den Fuchs höher. »Bald. Lasst mich den Teufel erst mal ins Dorf bringen.«

Nicht weit von ihnen entfernt leuchteten die ersten Laternen unter den gebogenen Giebeln. Der Lärm hatte die Leute aus ihren Häusern gelockt und staunend betrachteten sie Taro mit seiner Beute. Noch im Tod war das Fell von einer satten rotbraunen Farbe. Hinter vorgehaltener Hand flüsterten die Dorfbewohner über seine Größe und die gefährlichen Zähne.

Taro hatte das Ende der Straße kaum erreicht, als ihm die Eltern des Kindes entgegenliefen. Die Mutter schlug die Hände vor den

Mund und schluchzte laut. Dann verbeugte sie sich wiederholt vor Taro. Dieser warf das Tier dem Vater zu, welcher es unbeholfen fing und schließlich mit grimmigem Blick in die Höhe hob.

»Danke, vielen Dank«, wisperte die Mutter zwischen Tränen und verbeugte sich abermals bis fast zum Boden.

Der Vater nickte ihm ernst zu. »Wir haben nicht viel Geld, aber was wir haben, könnt ihr gerne haben.«

»Ich brauche euer Geld nicht«, versicherte Taro. »Gebt mir nur etwas Ordentliches zu essen und Wegzehrung für morgen, dann will ich mich bald auf den Weg machen.«

Ein Raunen zog sich durch die Menge. »Wollt Ihr schon gehen?«

»Was, wenn ein anderer kommt?«

»Oder Schlimmeres!«

»Ein Fuchs ist nicht genug. Seine Brüder und Schwestern werden ihn rächen.«

Taro hatte dergleichen bereits oft gehört. Wie die Füchse bekamen auch die Menschen nie genug. »Die anderen haben euch nichts getan. Huldigt den Göttern und betet, dass sie nicht länger hungrig sind.«

Es fiel ihm schwer, die Worte auszusprechen, denn er wusste, dass die Gier unermesslich war, solange die Yamauba lebte. »Es gibt andere Dörfer, die meine Hilfe benötigen, und schlimmere Dämonen.« Taro drehte sich langsam um seine eigene Achse. »Aber ich verspreche euch, dass ich nicht ruhen werde, bis ich die Wurzel allen Übels ausgerottet habe.«

Jemand zupfte an seinem Ärmel. Taro sah zu der Großmutter des Kindes hinunter. Ihr Gesicht war übersät von Runzeln, die Augen halb zugekniffen. Nur zwei abgetragene Zähne lugten aus ihrem lächelnden Mund. Bei ihrem Anblick wurde ihm leichter ums Herz. »Komm mit«, bat sie und nahm seine Hand. »Du hast dir das Essen redlich verdient.«

Während die Dorfbewohner zeterten, dass er ihnen mehr als einen Fuchs schuldete, ließ Taro sich von ihr zu dem Haus am Rande der Stadt geleiten, in dem sie mit ihrer Familie wohnte. Im Vergleich zu den anderen war ihr Zuhause kleiner. Die liebevoll mit Kranichen und Zedern bemalten Papierwände waren mehrfach geflickt worden und die Dachrinnen waren voller Blätter. Im Inneren erwartete ihn jedoch nichts als Wärme.

Taro sah sich in dem spärlich eingerichteten Häuschen um. Auf einem schmalen Tischchen vor der Feuerstelle stand eine Schale Hirseklöße. Ein paar Werkzeuge und angefangene Flechtarbeiten lehnten an den Wänden. Hinter einer halb geöffneten Schiebetür konnte er die drei Matten und den leeren Korb sehen.

Diese Menschen waren wie Taros Eltern waren einfache Leute, denen ein schreckliches Unrecht geschehen war. Unbewusst ballte er die Hände zu Fäusten und schwor abermals bittere Rache.

Nichts würde je das Loch füllen, welches die Gier der Dämonen gerissen hatte.

Am nächsten Tag wanderte Taro landeinwärts. Schneebedeckte Berge erhoben sich in der Ferne. Je näher er ihnen kam, desto spärlicher wurden die Siedlungen und die Luft dünner. Früher hatte Taro gerne eine Pause in den Dörfern eingelegt und bei einer Schale Reiswein den Geschichten der Alten gelauscht. Jetzt eilte ihm sein Ruf voraus, sodass ihn mit jedem neuen Dorf eine Fülle an Aufträgen erwartete. Selbst hier oben ließ man ihm keine Ruhe und bedrängte ihn, bis er das Weite suchte.

Taro wusste, dass er nicht alle Dämonen töten konnte. Die Dunkelheit würde stets neue gebären und jeder betrunkene Waschbär oder verzauberte Kochtopf hielt ihn von seinem eigentlichen Ziel ab. Dann wiederum gab es die Aufträge, die er nicht ablehnen konnte.

»Seit zwei Tagen fehlt von meinem Mann jede Spur«, klagte in Terashiyama eine Mutter ihr Leid.

Ihre Tochter, eine hübsche junge Frau, saß in der Ecke über ihrer Näharbeit und betrachtete Taro fast zornig. Es fiel ihm schwer, den von Schluchzern unterbrochenen Beschreibungen der Mutter zu folgen. Die unverhohlene Abneigung in den Augen des Mädchens zog Taros Aufmerksamkeit stattdessen auf sie.

»Wer soll jetzt für uns sorgen? Übermorgen kommen die Männer des Fürsten und fordern die Steuern ein.« Vor Verzweiflung schlug die Mutter die Hand vor den Mund und musste sich erst einmal fangen. Ihre Tochter machte keinerlei Anstalten, sie zu trösten, und Taro musste warten, bis sie sich beruhigte.

Er hatte den Palast des Fürsten auf seinem Weg gesehen. Prächtig hatten die vergoldeten Wände in der Sonne geglänzt. Das Dorf hingegen war so arm wie sonst kaum eines. Wie ein Fürst seine Untergebenen dermaßen vernachlässigen und ausbeuten konnte, war Taro unerklärlich. Aber die Probleme zwischen Menschen waren nicht die seinen. Er hatte mit den Dämonen und Geistern genug zu tun.

Endlich fing sich die Frau vor ihm wieder und zog ihre Nase hoch. »Mein Mann ist Holzhacker. Er muss tief in den Wald und er kennt ihn gut. Es ist sein Revier.« Flehend sah sie Taro an. »Bitte, Ihr müsst ihn heimbringen.«

Bei den Worten verzog Taro den Mund. Er wusste, dass der Mann nicht mehr leben würde, wenn er ihn heimbrachte. »Ist es möglich, dass er in die Fänge der Yamauba geraten ist?«

Der Fuchsgeist hatte gesagt, dass die Hexe nahe Terashiyama hauste.

Die Augen der Frau weiteten sich und an ihrer statt sprach ihre Tochter: »Wohl kaum. Die Mondgöttin beschützt unser Dorf.« Feindselig sah sie ihn an. »Ich habe zu ihr gebetet.«

Taro wusste nicht, was er erwidern sollte. Verwirrt starrte er das Mädchen an, das ihn zu hassen schien. Schließlich packte sie ihr Nähzeug zusammen und erhob sich. »Viel Glück! Ich werde ebenso für dich beten.« Es klang wie eine Drohung.

Ihre eigene Mutter sah ihr hilflos hinterher, als sie das Haus verließ. Dann wandte sie sich an Taro: »Nehmt es ihr nicht übel. Sie trauert um ihren Vater.« Erneut kamen ihr die Tränen.

Mit Trauer kannte sich Taro aus. Er versprach der Frau: »Ich werde mich in den Wald begeben und nach Eurem Mann Ausschau halten. Wenn ich ihn finde, bringe ich ihn zurück.« Oder was von ihm übrig war.

Oben in den Bergen waren die Wälder längst nicht so dicht, wie Taro es gewohnt war und Generationen an Holzfällern hatten Schneisen geschlagen. Er brauchte den ganzen Nachmittag, bis er die frischen Abschlagorte erreichte. Von dem Familienvater war keine Spur zu sehen.

Im Schein des Mondlichts, das bald durch die Äste drang, fiel Taro die dicke Blätterschicht auf, die den Boden bedeckte. Als wäre es mit einem Mal Herbst, waren die Zweige kahl geworden. Die kleinen Härchen auf Taros Armen stellten sich auf und er drehte sich langsam im Kreis.

Sein Gespür mahnte ihn zur Vorsicht und er zog sein Schwert. So sehr konzentrierte sich Taro auf die Bäume, dass er einen größeren Blätterhaufen zu seinen Füßen nicht bemerkte, bis er darüberstolperte. Mit dem Fuß schob er das Laub zur Seite, sodass schwarze Fingerkuppen zum Vorschein kamen. Hastig sprang Taro zurück und schnappte nach Luft.

Erst als sich sein Atem beruhigt hatte, traute er sich näher. Vorsichtig wischte er die Blätter beiseite, welche den Blick auf den toten Mann unter ihnen freigaben. Seine Augen blickten starr zum Mond hinauf. Die pechschwarze Nase in dem Gesicht ließ Taro zittern.

Langsam ging er um den Mann herum und betrachtete ihn von allen Seiten. Sein Gefühl sagte ihm, dass dies der vermisste Familienvater war. Die schwarzen Gliedmaßen sprachen eine eindeutige Sprache. Der Mann war erfroren – mitten im Sommer.

Taro hockte sich nieder und berührte die Leiche. Sofort zog Kälte seinen Arm hinauf und er riss die Hand zurück. Sein Atem beschleunigte sich und das Herz klopfte ihm bis zum Hals. Wild schaute er sich um. Der Wald war so ruhig wie der Tote zu seinen Füßen und Taros Blick fiel schließlich auf die kahlen Äste. Drei Wochen zuvor war er noch durch Blütenblätter gelaufen und hier waren bereits die Blätter von den Bäumen gefallen.

›Die Mondgöttin beschützt unser Dorf.‹ Die Worte des Mädchens fielen Taro ein und augenblicklich zog sich sein Magen zusammen. Es war eine uralte Geschichte, die seine Mutter ihm einst erzählt hatte; von der Mondgöttin, deren Tochter zur Erde fiel und den Weg hinauf nicht fand.

Etwas Kaltes berührte seine Wange und zerschmolz. Taro hob den Kopf zum Himmel. Wolken hatten sich vor den Mond geschoben und Schnee schwebte zur Erde hinab. Wie die Tochter des Mondes. Die Schneefrau.

Das Schwert zitterte in seiner Hand, während er sie erwartete. Die Flocken fielen dichter und im Nu hatten sie den Boden bedeckt. Kleine Dampfwölkchen stiegen von Taros Lippen in die Höhe und sein Körper war bis zum Äußersten gespannt.

Sie kam lautlos wie der Schnee. In einer weißen Seidenrobe schritt sie barfuß über die kalte, weiche Decke, als wäre diese feste Erde. Einen Teil ihres schwarzen, langen Haares hatte sie hochgesteckt, der Rest floss ihr wie ein dunkler Fluss über Brust und Rücken. Taro hielt den Atem an, als er einen Blick auf ihr Gesicht erhaschte. Es war vom gleichen Weiß wie die Robe, die sie trug, unberührt und unschuldig. Ihre Züge waren fein und edel und ihre hellblauen Augen hielten ihn in ihrem Bann, bis sie an ihn herangetreten war.

Taros Blick fiel auf ihre zart geschwungenen Lippen. Sie waren ihm plötzlich so nah, dass sein heißer Atem in kleinen Tropfen auf ihnen kondensierte. Unter dichten schwarzen Wimpern sah sie ihn liebreizend an. Taro spürte sein Herz schneller schlagen, als er erneut in ihren Augen versank. Langsam beugte sie sich vor. Gleich würde er die Kälte auf seinen Lippen spüren. Es wäre das Letzte, was er wahrnehmen würde.

»Bleib weg!« Unter Aufbietung aller Kräfte riss Taro sich von ihrem bezaubernden Anblick los, stolperte zurück und hob sein Schwert. Das Metall küsste ihre Kehle und drei Tropfen Blut quollen hervor.

Das leuchtende Rot auf ihrer weißen Haut brachte Taro fast um den Verstand. »Rühr dich nicht von der Stelle!« Seine Stimme bebte vor Anstrengung und es kostete ihn Mühe, das Schwert auf sie gerichtet zu halten.

Die Schneefrau senkte den Blick und sah dorthin, wo ihr Blut auf den Schnee getropft war. »Ich verstehe dich nicht, Taro.«

»Woher kennst du meinen Namen?« Er wusste selbst, dass er sie auf der Stelle töten sollte, doch er vermochte es nicht. Nicht, wenn sie derart verletzlich vor ihm stand.

Bedauernd sah sie zu ihm hoch. »Du tötest uns und bist dabei einer von uns.«

Taro presste die Zähne zusammen und zischte: »Ich bin keiner von euch.« Seine Eltern waren Menschen gewesen, die liebevollsten, die er je kennengelernt hatte.

»Der Junge, der von einem Pfirsich geboren wurde, will keiner von uns sein?« Sie hob eine ihrer elegant geschwungenen schwarzen Brauen. »Haben dir deine Eltern nie davon erzählt?«

»Du weißt nichts über meine Eltern, Schneefrau!« Seine Stimme zitterte.

Sie seufzte. »Mein Name ist Yuki und ich kenne deine Eltern, denn die Götter haben ihre Gebete erhört und dich zu ihnen geschickt, Pfirsichjüngling.«

»Taro«, knurrte er. Seine Eltern hatten ihm die wunderliche Geschichte seiner Geburt erzählt. Sie waren zu alt gewesen, um Kinder zu bekommen, und hatten es sich trotz allem sehr gewünscht. Eines Tages hatte seine Mutter beim Wäschewaschen einen riesigen Pfirsich im Wasser treiben gesehen und ihn mit einem Stock an Land befördert. Als sie ihn daheim hatte schälen wollen, war Taro zum Vorschein gekommen.

Einen Moment lang betrachtete ihn die Schneefrau, bevor sie ergeben nickte. »Taro.« Sein Name aus ihrem Mund raubte ihm fast den Atem. »Würdest du bitte dein Schwert von meinem Hals nehmen?«

Er schnaubte. »Damit du mich küsst?« Es kostete ihn mehr Anstrengung, seine Waffe hochzuhalten, als ihm lieb war.

Mit einem unschuldigen Augenaufschlag, der Taro das Blut zu Kopf steigen ließ, antwortete sie: »Willst du das?«

Sein Atem ging so heftig, dass er das Rasseln in seinen Ohren hören konnte. Nur mühsam quälte er sich die Worte heraus: »Ich will nicht sterben.«

»Ich ebenfalls nicht«, antwortete sie derart ruhig, dass er sich fragte, ob ihr die Klinge an ihrem Hals überhaupt Angst machte.

»Du hast diesen Mann getötet und unzählige andere«, sagte Taro anklagend und rief sich die unzähligen Geschichten ins Gedächtnis, die von der erbarmungslosen Schönheit der Gottestochter sprachen. Die Schneefrau ließ niemanden am Leben.

Sie sah auf den eiskalten Körper im Schnee hinunter. »Er hat seine Tochter berührt.«

›Ich habe zu ihr gebetet.‹ »Was?« Für einen Moment schwankte sein Schwertarm.

»Die Menschen sind nicht alle gut, Taro.« Erneut ließen ihn ihre dunklen Augen schwach werden. »Sie morden und lügen, verraten und betrügen.«

Mit einem Mal verstand Taro das Mädchen im Dorf. Sie hatte zur Mondgöttin gebetet und diese hatte ihre Tochter geschickt. Nun brauchte sie vor der Gier ihres Vaters keine Angst mehr zu haben.

Sie hatte auch für Taro gebetet.

Er senkte das Schwert und trat einen Schritt zurück. Die Schneefrau blieb stehen. Mit seinem Schwert deutete Taro auf den Mann. »Tötest du jeden Menschen, der dir begegnet?«

Sie schüttelte den Kopf. »Nur diejenigen, deren Herz verdorben ist.«

»Warum?«

Seufzend blickte die Schneefrau zum Himmel. Hinter den Wolken konnte man den Mond schimmern sehen. »Als ich auf die Erde fiel, traf ich einen Mann. Er half mir und war gut zu mir. Ich liebte ihn von ganzem Herzen und schenkte ihm ein Kind.«

Taro schnaubte und furchte die Stirn. »Er starb nicht, sobald du ihn berührtest?«

»Nicht jeder meiner Küsse tötet.« Ihr Blick wandte sich ihm erneut zu und Taro wünschte sich sehnlichst, die Wahrheit ihrer Aussage überprüfen zu können. »Wir lebten einige Jahre glücklich. Irgendwann entdeckte er, wie ich aus dem Schnee trat und schimpfte mich ein Monster. Seine Liebe erlosch, als er von meiner Herkunft erfuhr. Er nahm mir meine Kinder und verschwand.«

Ungewollt regte sich Mitleid in Taros Brust. Sie sah so verloren aus, so einsam, dass er sie in die Arme nehmen und halten wollte. Nur mit Mühe gelang es ihm, den Verstand zu behalten. »Und dann bist du zur Mörderin geworden.«

Einer anderen Frau wäre wahrscheinlich die Farbe aus dem Gesicht gewichen. Die Schneefrau schaute ihn lediglich mit ihren großen Augen an. »So wie du«, flüsterte sie.

»Ihr Dämonen habt meine Eltern getötet!«, brach es zornig aus ihm hervor. Heftig atmend hob Taro sein Schwert erneut und richtete es auf die Schneefrau. »Getötet und gefressen.«

»Ah«, war der einzige Laut, der ihr entwich.

Taros Wange zuckte vor Wut und sein Schwertarm zitterte. »Nenn mir einen Grund, warum ich dich nicht auf der Stelle töten sollte!«

Ein von Traurigkeit durchwobenes Lächeln legte sich auf den Mund der Schneefrau. »Ich kann dir helfen, sie zu töten.«

»Sie?«

»Die Hexe, die deine Eltern gefressen hat. Die Yamauba. Ich weiß, wo sie haust.«

Er konnte nicht widerstehen. »Führe mich zu ihr!«

Sofort schüttelte sie den Kopf. »O nein, in ihrem Wald habe ich keine Macht.«

Taro schnaubte. »Was für ein glücklicher Zufall.«

Die Schneefrau überging seine Grobheit und fuhr fort: »Du musst sie zu mir locken. Dann kann ich dir helfen.«

»Verrat mir, wo sie ist!« Erst nach einem Moment fügte er an: »Bitte.«

Die Hexe zu vernichten, die seine Eltern verschlungen hatte, war ihm wichtiger als alles andere auf der Welt. Außerdem hatte er so eine Ausrede, die Schneefrau nicht töten zu müssen.

Sie nickte ergeben. »Folge dem Mondlicht, bis du zu einem See kommst. Er ist die Grenze zwischen unseren Gebieten. Folge seinem Ufer und wende dich nach Osten, so wirst du bald auf ihr Häuschen stoßen. Du erkennst es sicherlich.«

Taro traute ihr nicht, aber es war die beste Chance, die sich ihm bot. Er wollte sich gerade abwenden, als die Schneefrau in ihren langen Ärmel griff und drei Schriftrollen hervorzog. »Die sollen dir helfen.«

Misstrauisch betrachtete er die Papiere. Worte hatten Macht. Das wusste Taro von den Priestern des Landes.

Als er keine Anstalten machte, sie entgegenzunehmen, seufzte die Schneefrau und legte die Schriftrollen auf den Boden. »Du wirst alle Kräfte brauchen. Die Yamauba ist sehr mächtig.«

»Wenn sogar du Angst vor ihr hast«, spottete Taro. In Wirklichkeit graute es ihm vor der Yamauba. Vor allem bei der Vorstellung, dass selbst die Schneefrau ihr nicht gewachsen zu sein schien.

Seine Kehle wurde eng, als die Gottestochter ihn vorwurfsvoll ansah. »Ich bin nicht so stark wie du.« Daraufhin wandte sie sich grußlos ab und schritt davon.

Das Verlangen, ihr nachzurufen und sie zum Bleiben zu bewegen, war fast übermächtig. Er wollte nicht mehr allein sein. Nicht, nachdem er sie getroffen hatte. Allein die Vernunft verbot seiner Zunge etwas zu sagen und stattdessen beobachte er sie, bis sie zwischen den Bäumen verschwunden und der Schnee geschmolzen war.

Die Wärme kroch zurück in seine Glieder. Erbarmungslos und fremd verdrängte sie die Kälte. Seine Finger und Zehen kribbelten unangenehm und erinnerten Taro an das Leben, das in ihnen steckte. Er wusste, dass es ein gutes Zeichen war und trotzdem sehnte er sich danach, die Schneefrau noch einmal zu sehen und den tödlichen Kuss zu wagen.

Taro schüttelte den Kopf in dem Versuch, die lästigen Gedanken loszuwerden. Sie war ein Dämon wie die anderen und ihr Kuss würde ihn töten. Auch wenn es nicht der schlechteste Tod wäre, dachte er und schauderte bei dem Gedanken, was die Yamauba stattdessen mit ihm anstellen würde. Entschlossen ergriff er die drei Schriftrollen und steckte sie sich in den Gürtel.

Die Schneefrau hatte recht. Er würde alle Hilfe brauchen.

Der Wald der Yamauba unterschied sich drastisch von dem der Schneefrau. Statt kahlen Ästen erwarteten Taro wild wucherndes Gestrüpp und dicht stehende Bäume. Keine Wildpfade erleichterten das Vorankommen und von den Zweigen hingen moosbewachsene Flechten. Pilze sprossen aus dem Boden und aus den Bäumen. Die Gier, die von den Dämonen und den Menschen Besitz ergriffen hatte, spiegelte sich hier in der überbordenden Pflanzenwelt.

Mühsam schlug Taro sich durch das Unterholz. Unzählige Dornen zerkratzten seine Arme und verfilzten sein Haar. Seit seinem Treffen mit der Schneefrau hatte er kaum geschlafen. Wenn er die Augen schloss, sah er ihr Antlitz und verlor sich in ihrem Anblick. Hätte er es nicht besser gewusst, hätte er geglaubt, er wäre verliebt.

Schnaubend schüttelte Taro den Kopf. Er, der Pfirsichjüngling, der Stärkste der Menschen, der Schlächter der Dämonen, war verliebt in die Schneefrau. Wie dumm er doch war. Bestimmt verliebte sich jeder, der sie erblickte, in ihr wunderschönes Antlitz. Er bezweifelte, dass sich je eines ihrer Opfer gewehrt hatte.

Aber sie hatte mehr in ihm berührt als bloße Gefühle. Jahrelang hatte er Jagd auf diejenigen gemacht, die wie er waren. Allein der Gedanke, dass er wie sie war, obwohl er von den liebevollsten Eltern aufgezogen worden war, bereitete ihm Magenschmerzen. Es waren die Menschen, denen er sich angehörig fühlte, nicht die grausam mordenden Dämonen.

Erneut versuchte er, die Gedanken abzuschütteln. Er musste sich auf den bevorstehenden Kampf konzentrieren. Die Yamauba hatte ihm alles gestohlen, was er je besessen hatte: seine geliebten Eltern, sein Zuhause und seine Zukunft als hart arbeitender Fischersmann.

Grauenhaft war der Tag gewesen, als Taro vom Meer nach Hause gekommen war. Normalerweise hätte ihn der Hahn mit lautem Krähen begrüßt, aber die Hühner waren alle verschwunden. Lediglich einzelne Federn hatten auf dem Boden gelegen. Vorsichtig war er ins Haus gegangen und dort hatte er sie entdeckt.

Schnaufend und schmatzend hatte die Yamauba mit dem Rücken zu ihm auf dem Boden gesessen und die Knochen seiner Eltern geknackt, um sie auszuschlürfen, nachdem sie bereits ihr Fleisch gegessen hatte. Eine blutrote Seidenrobe hatte sie getragen und das weiße Haar war zu allen Seiten hin abgestanden. Die Furcht und Übelkeit hatten ihn in die Knie gezwungen und er war geflohen, bevor sie ihn bemerkt hatte.

Zorn erfüllte ihn. Zorn auf das Monster, das seine Eltern auf dem Gewissen hatte, auf die Götter, die zuließen, dass solche Grausamkeiten geschahen, und auf sich selbst, weil er sich feige versteckt hatte. Dises Mal würde Taro Rache nehmen und dafür sorgen, dass die Hexe sich nie wieder an Menschen den Bauch vollschlagen konnte.

Es dauerte nicht lange, bis er eine kleine Lichtung erreichte, auf der eine einzelne Hütte stand. Die Schneefrau hatte recht behalten. Es bestand kein Zweifel, dass das Haus der Yamauba gehörte. Ringsherum lagen die Knochen kleiner und großer Tiere sowie Menschenschädel. Die Hexe schien alles zu fressen, was ihr zwischen die Finger kam. Die Reste warf sie achtlos in den Garten.

Allein bei der Vorstellung, wie die Yamauba ihre Opfer hinunterschlang, drehte sich Taro der Magen um. Zumindest waren die Gebeine seiner Eltern nicht unter den Umliegenden, schließlich hatte er sie ehrenvoll mit dem Boot auf See bestattet.

Es war nahezu unmöglich, nicht auf einen der Knochen zu treten, während er sich dem Haus näherte. Mit gezogenem Schwert ging er auf die halb geöffnete Tür zu und wagte einen Blick hinein. Im dämmrigen Licht konnte er zuerst nur Schemen ausmachen. Nichts bewegte sich. Kein Ton drang nach draußen. Nach einem Stoßgebet an die guten Götter wagte Taro, die Tür weiter aufzustoßen.

Die Hexe war nicht daheim.

Vorsichtig betrat Taro das Haus der Yamauba. Drinnen bedeckten ebenfalls Essensreste den Boden. Fußspuren verrieten ihm, dass die

Hütte bewohnt war. Im hinteren Teil bemerkte er glühende Kohlen, über denen ein paar Reiskuchen langsam braun wurden. Für einen kurzen Moment erwog Taro, die Hütte mit ihren Knochen in Brand zu setzen, doch der Rauch würde die Yamauba warnen und ihr die Flucht ermöglichen.

Er untersuchte den Raum und überlegte, wie er ihr eine Falle stellen konnte. Da entdeckte er die Balken unter der Decke. Sie waren dick genug, um ihn auszuhalten. Taro wählte den über dem Herdfeuer und zog sich mit einem Ruck nach oben. Nun konnte er sich im Dunkeln auf die Lauer legen, denn wenn er die Gier der Hexe richtig einschätzte, würde sie zuerst nach ihrem Essen sehen.

Während er wartete, erinnerte Taro sich an die Worte der Schneefrau: ›Du musst sie zu mir locken. Dann kann ich dir helfen.‹

Verächtlich schnaubte er. Bis jetzt war jeder Dämon durch seine Klinge gestorben. Er war nicht mehr der Junge, der in Angst geflohen war, und brauchte keine Hilfe von Wesen wie ihr. Lieber wollte er es allein wagen, als das Risiko einzugehen, zwischen die Fronten der beiden Dämonen zu geraten.

Nur langsam vergingen die Minuten und Taros Ungeduld wuchs. Fast wäre es ihm lieber gewesen, er hätte die Yamauba bei seiner Ankunft erwischt. Zwar wäre ihm so das Überraschungsmoment verloren gegangen, aber er hätte es hinter sich gehabt. So lief ihm das Wasser im Mund zusammen, als der Duft der fertigen Reiskuchen in die Höhe stieg. Es widerte Taro an, dass er im Angesicht all der abgenagten Knochen Hunger empfand, aber je länger er auf der Lauer lag, desto schwieriger wurde es, dem Gebäck zu widerstehen.

Schließlich sah er sich um und entdeckte eine Stange mit einem Haken, die an der Wand lehnte. Die Ohren gespitzt, kletterte Taro den Balken entlang, bis er sie ergreifen konnte. Mit großer Vorsicht spießte er einen Reiskuchen auf und hob ihn in die Höhe. Frisch vom Herdfeuer war dieser leckerer, als er erwartet hatte: außen knusprig, innen weich und süß. Taro hatte ihn zur Hälfte vertilgt, als er von draußen ein Schlurfen und Schmatzen vernahm.

Das Geräusch von zerreißendem Fleisch ließ Taro heftig würgen und nur mit Mühe behielt er das Gegessene im Magen. Die übrig gebliebene Hälfte in seiner Hand schob er schnell in die Tasche mit den Schriftrollen. Dann zog er sein Schwert. Schon wurde die Tür aufgestoßen und die Hexe stieg rückwärts hinein. Mit sich schleppte sie einen halben Hirsch, von dem sie im Gehen hin und wieder etwas abriss und in ihren Mund stopfte.

Ekel lähmte Taro und er sah gebannt zu, wie die Hexe das Tier verschlang. Der Bock war so schnell verschwunden, dass Taro es mit der Angst zu tun bekam. Wie viel konnte er tatsächlich gegen sie ausrichten, wenn sie ihn zu fassen bekäme?

Kaum war der Hirsch verspeist, wandte sich die Yamauba den Reiskuchen zu. Beim Anblick ihres Gesichtes blieb Taro fast das Herz stehen. Während er den roten Kimono und die abstehenden weißen Haare bereits kannte, hatte er sie noch nie von vorne erblickt. Nun wünschte er, er hätte es nie zu sehen bekommen.

Ihre Augen waren wie lodernde Feuerräder, die sich emsig drehten. Aus dem Mund hing ihr eine lange rote Zunge, deren Ende gespalten war. Beim Anblick der Reiskuchen öffnete sie den Mund und Taro konnte ihre spitzen weißen Zähne sehen. Als sie sprach, war ihre Stimme rau und unangenehm. »Fünf? Ich wollte mir doch ein halbes Dutzend machen.« Grummelnd ging sie in die Speisekammer und Taro atmetet erleichtert aus. Die Yamauba war anscheinend nicht nur Furcht einflößend, sondern zudem ungeheuerlich dumm.

Seine Hände waren schweißnass und zitterten so stark, dass er kaum das Schwert festhalten konnte. Sein Instinkt riet ihm zur sofortigen Flucht, aber Taro gelang es, die Furcht im Zaum zu halten.

»Sie hat deine Eltern getötet, jetzt machst du ihr den Garaus«, wisperte er leise.

Schon kam die Yamauba zurück und warf sechs weitere Reiskuchen auf das Blech. Danach setzte sie sich an den Herd und begann, die anderen fünf einen nach dem anderen zu verschlingen. Taro zählte langsam bis zehn, während er den Mut zusammennahm. Dann sprang er der Yamauba auf den Rücken und wollte ihr das Schwert in die Brust stoßen. Die Klinge hatte die Hexe kaum berührt, als sie diese mit der bloßen Hand packte und Taro mit einem kräftigen Ruck entzog. Nicht ein Tropfen Blut klebte an ihrer Haut.

Taro fluchte und versuchte die Hexe zu würgen. Ihr Hals war indes zu fett und seine Finger kaum in der Lage, ihn zur Hälfte zu umfassen. Ihr spitzes Haar stach ihn indes ins Gesicht. Die Yamauba zögerte nicht lang, packte ihn an den Schultern und schleuderte ihn über ihren Kopf.

Mit einem Schrei schlug Taro rücklings gegen die Wand. Schmerz durchzuckte ihn von Kopf bis Fuß. Die Hexe hielt seine Schultern fest, aber es war ihre Zunge, die Taro Angst machte. Feucht und rau strich sie seinen Arm entlang und schlang sich um seinen Hals. Sofort machte sich ein beklemmendes Gefühl in seinem Magen breit und er keuchte.

Die Hexe leckte sich über die Lippen, während Taro nach Luft schnappte. »Lecker Nachtisch.« Dann drückte sie seinen linken Arm hinab in die Pfanne.

Taro schrie, als sich die Hitze durch seine Haut ins Fleisch fraß und er Höllenqualen erlitt. Sie wollte ihn bei lebendigem Leib braten! Zusammen mit dem Schmerz half ihm dieser Gedanke, bei Bewusstsein zu bleiben.

Die Hexe hatte ihre brennenden Augen auf seinen Arm gerichtet und leckte sich bereits die Lippen. So schnell Taro konnte, griff er ihre Zunge und zog heftig daran. Die Yamauba kreischte und ließ seinen Arm los. Stattdessen packte sie mit beiden Händen ihre eigene Zunge. Wissend, dass seine Kraft gegen das Monster nicht ausreichte, duckte Taro sich an ihr vorbei.

Sein Schwert konnte er nicht entdecken, stattdessen fiel ihm die Stange ins Auge. Taro schnappte sie sich und wirbelte gerade rechtzeitig herum, bevor die Yamauba ihn erneut ergreifen konnte. Durch die Wucht seiner Drehung versetzte er ihr einen solchen Stoß, dass sie schreiend zu Boden ging.

Schon wollte Taro triumphieren, als die Hexe die Stange packte und entzweibiss. Entsetzt wich er zurück. Die drehenden Feuerräder wurden größer und nahmen fast sein gesamtes Blickfeld ein. In seiner Verzweiflung warf Taro das Stangenstück in seiner Hand nach ihr. Es traf sie mitten ins Gesicht, was sie nicht im Geringsten zu stören schien.

Ein Blick zur Tür erfüllte ihn mit Hoffnungslosigkeit. Bis dahin würde er es nie schaffen. Zudem begann sein verbrannter Arm zu pochen. Die Hexe kam näher und ihre Zunge bewegte sich gierig, als Taro die Schriftrollen einfielen.

Hastig zog er eine aus dem Gürtel, wobei der halbe Reiskuchen auf den Boden fiel. Unschlüssig hielt Taro die Schriftrolle in der Hand. Zum Lesen war keine Zeit und essen würde die Yamauba sie bestimmt nicht. Sie streckte bereits die Hände nach ihm aus, als er eine Eingebung hatte und die Rolle zwischen sich und die Hexe warf.

Augenblicklich wuchs aus dem Reiskuchen ein ganzer Berg von ihnen heran, der fast so groß war wie die Hexe selbst. Verfressen stürzte sich die Yamauba auf der Stelle auf die Reiskuchen. Taro schob sich zitternd an ihr vorbei und hastete zur Tür. Unter seinen Füßen knackten und knirschten die Knochen ihrer letzten Opfer erbarmungslos. Mochte man ihn auch einen Feigling schimpfen, Taro wagte es nicht, sich der Hexe erneut zu stellen. Er stürzte hinaus und rannte.

Draußen war es bereits dunkel geworden. Taro stolperte über ein blankes Schulterblatt und schlug der Länge nach hin. Ein Dutzend kleinerer Knochen zerbröselte unter seinem Gewicht. Sein verletzter Arm schrammte über den Boden und die Erde brannte in der Wunde. Taro jaulte vor Schmerz laut auf, rollte sich auf den Rücken und presste den Arm an seine Brust.

Der Schrei lockte die Yamauba aus dem Haus. In beiden Händen trug sie je einen Stapel Reiskuchen. Ihre Augen loderten hell und

Furcht einflößend in der Dunkelheit. »Da bist du.« Ihre Stimme drang Taro durch Mark und Bein. »Ich habe mich schon gewundert, wo du hingegangen bist.«

Entsetzt kroch Taro rückwärts von der Hexe weg, als das Licht des Mondes auf ihn fiel.

›Lock sie zu mir‹, hörte er die Schneefrau wispern. Entschlossen rappelte sich Taro auf und stellte sich der Yamauba. Seine Stimme zitterte, als er sprach: »Bring mir mein Schwert! Ich will dir wenigstens einen guten Kampf liefern.« Dann hielt er gespannt den Atem an.

Die Yamauba brummte: »Na gut, Bürschchen. Rühr dich ja nicht von der Stelle!« Schwindelnde Erleichterung erfüllte ihn, als sie seinen Worten Folge leistete und ins Haus zurückging.

Sie war kaum durch die Tür verschwunden, als Taro losrannte. Der helle Mond leuchtete ihm den Weg und er wusste, dass er ihm nur folgen brauchte, um zurück zur Schneefrau zu finden. Aber der Weg war weit und mühsam.

Taro sprang über kleine Bächlein und brach durch das Unterholz, stürzte rutschige Abhänge hinunter und verfing sich im Gestrüpp. Bald hörte er das Schnaufen und Ächzen der Yamauba hinter sich. Sobald Taro einen Blick über die Schulter warf, waren ihm die rot glühenden Augen ein Stückchen näher gekommen. Seine Lunge brannte entsetzlich in seiner Brust und jeder Atemzug stach in der Seite. Er lief so schnell er konnte, doch die Hexe holte immer weiter auf.

Schließlich blieb Taro stehen und warf die zweite Schriftrolle hinter sich. Er hatte wenig Hoffnung, dass die Yamauba ein zweites Mal auf den Trick hereinfallen würde. Umso erstaunter war er, als er im Rücken das Rauschen eines reißenden Flusses wahrnahm.

Die Fluten trugen schwere Gesteinsbrocken mit sich, sodass es unmöglich war, ihn zu überqueren. Zudem war er zu breit, um hinüberzuspringen, selbst wenn man so stark wie die Yamauba war. Erleichtert ließ Taro sich auf den Boden sinken und atmete tief ein und aus. Die Luft war kühler und der Wald hatte sich gelichtet, aber noch waren die Äste voller Blätter.

Indes erreichte die Hexe den reißenden Strom und sah sich suchend nach ihm um. Als sie ihn entdeckte, schrie und tobte sie. Vorsichtig erhob Taro sich und beobachtete mit Entsetzen, wie sich die Yamauba an das Ufer kniete und den Mund zum Trinken ansetzte. Einen Schluck tat sie und der Fluss senkte sich um eine Fingerbreite. Mehr brauchte es nicht, um Taro davon zu überzeugen, die Beine in die Hand zu nehmen und weiterzulaufen.

Wieder führte ihn das Mondlicht sicher durch den Wald, doch bald war Taro am Ende seiner Kräfte. Jeder Schritt stach in seinen Füßen. Seine Beine wurden schwerer. Sein Kopf hämmerte und sein Arm brannte. Hinter sich hörte er die donnernden Schritte der Yamauba, welche ihm unermüdlich folgte.

Eine einzige Schriftrolle blieb ihm. Die Reiskuchen hatte die Hexe binnen Minuten verschlungen. Um den Fluss auszutrinken, hatte sie kaum länger gebraucht. Noch zögerte Taro daher, seinen letzten Zauber zu wirken.

Gerade wollte ihn alle Hoffnung verlassen, da sah er den See im Mondlicht glitzern. Das Reich der Schneefrau.

Mit letzter Anstrengung schleppte sich Taro zum Ufer und sank auf die Knie. Tränen der Verzweiflung liefen über seine Wangen und er schrie: »Ich habe sie dir gebracht. Die Hexe ist hier.« Niemand antwortete ihm und selbst der Mond wies ihm nicht länger den Weg.

Erschöpft wandte Taro sich der Yamauba zu, die in diesem Moment aus dem Unterholz brach. Er konnte nicht länger fliehen. Zu müde waren seine Beine, zu schwach sein Geist. Zögerlich zog er die letzte Schriftrolle hervor und schloss die Augen.

»Hol mich doch!«, wisperte er und warf das Papier zwischen sich und die Yamauba.

Sekunden später hörte er das Schnaufen der Hexe. Sie war ihm so nah, dass er sogar das Knistern ihrer flammenden Augen vernehmen konnte. Statt ihn aber zu packen und zu verschlingen, sprach die Hexe: »Wo bist du nur, Bürschchen?«

Verwundert öffnete Taro die Augen. Die Hexe stand direkt neben ihm und ließ ihren Blick über den See schweifen. Als Taro aufs Wasser sah, erschrak er. Sein Spiegelbild zeigte ihm keinen erschöpften Mann bei der Hexe, sondern einen jungen, starken Pfirsichbaum. Seine blütenbedeckten Äste reckten sich in die Höhe und seine Wurzeln waren fest in der weichen Ufererde verankert.

»Na warte«, zischte die Hexe und bückte sich. »Den trinke ich ebenfalls leer. Du entkommst mir nicht, Bürschchen.« Gerade wollte sie einen tiefen Schluck von dem Wasser nehmen, als es zu schneien begann.

Taro spürte, wie die Schneeflocken sanft auf seine Zweige fielen, jede einzelne wie ein Kuss der Kälte. Innerhalb weniger Augenblicke war der See zugefroren und von einer leichten Schneeschicht bedeckt. Der Mond schien auf die Mitte des Sees und dort konnte er im fahlen Licht das schwarze Haar und den weißen Kimono der Schneefrau sehen. In sich versunken tanzte sie unter dem Sternenlicht auf der weißen Oberfläche und Taro spürte, wie sich sein Herz zusammenzog. Wenn das sein Schicksal sein sollte – als Pfirsichbaum am Ufer des gefrorenen Sees zu stehen und ihr bis in alle Ewigkeit beim Tanzen zuzusehen –, wollte er zufrieden sein.

Auch die Hexe hatte sie entdeckt, doch in ihrer Dummheit nahm sie an, es wäre Taro. »Ah, da bist du. Jetzt komm ich dich holen. Einen leckeren Bissen wirst du abgeben.« Mit diesen Worten stürmte sie auf den See und auf die Schneefrau zu.

›Yuki!‹, wollte er ihr zurufen. Stattdessen raschelten seine Blätter leise im Wind. Mit bangem Blick sah Taro, wie die Schneefrau ihren Tanz fortführte und die Schneeflocken wirbeln ließ. Die Yamauba hatte sie fast erreicht, als die Schneefrau plötzlich in einer Wolke aus weißen Flocken verschwand.

In dem Moment, in dem sie sich in Luft auflöste, taute das Eis und die Yamauba stürzte in die eiskalten Fluten. Panisch schlug sie mit den Armen um sich, während sich ihr roter Kimono mit Wasser vollsog und die Hexe auf den Grund zog. Bald sah er lediglich große Luftblasen aufsteigen und an der Oberfläche zerplatzen.

Trotz ihrer Lage hörte die Yamauba nicht auf zu atmen und langsam senkte sich der Wasserspiegel. Sie würde den See leer trinken, wie sie bereits den Fluss ausgetrunken hatte. Da trat die Schneefrau neben Taro und das Wasser des Sees gefror von Neuem. Immer kälter wurde es, bis Taro wusste, dass das ganze Wasser erstarrt war und jedes Leben in ihm ein Ende gefunden hatte.

Die Schneefrau wandte sich ihm zu und pflückte eine seiner Blüten. Das zarte Rosa hob sich von ihrer weißen Hand ab. »Nicht jeden tötet mein Kuss«, sagte sie sanft und blies ihm die Blüten entgegen.

Einen Moment später war Taro wieder er selbst und sank erschöpft auf die Knie. Die Kälte störte ihn nicht, denn die Flucht hatte ihm alles abverlangt. Seide raschelte leise, als die Schneefrau neben ihm Platz nahm. Das Mondlicht ließ ihre schwarzen Haare schimmern. »Die Hexe ist tot, Taro.«

»Warum?«, krächzte er. »Warum hast du mir geholfen?«

Die Schneefrau lächelte sanft und antwortete: »Weil wir nicht alle so böse sind, wie du es gerne hättest.«

Taro seufzte. »Ich wünschte, die Welt wäre einfacher.«

»Das ist sie wohl ganz und gar nicht«, erwiderte die Schneefrau traurig und sah zum Mond hinauf.

Erneut regte sich das Mitleid in ihm und diesmal ließ Taro es geschehen. »Vermisst du sie?«, fragte er leise.

»Sehr.« Sie wandte ihm ihr übernatürlich schönes Gesicht zu und Taro spürte, wie seine Kehle trocken wurde. »Genau wie du die deinen.«

Er dachte an seine Eltern, die er endlich gerächt hatte, und der altbekannte Schmerz machte sich in ihm breit. Da befand sich keine Wut mehr, nur Einsamkeit. »Sie waren meine Familie. Auch wenn ich nicht ihr Sohn war.« Eine Träne rann aus seinem Augenwinkel.

Die Schneefrau lächelte, legte ihre kühle Hand auf seine Wange und ließ die Träne gefrieren. »Für deine Eltern bist du stets ihr Sohn gewesen, ganz egal, wie du zur Welt gekommen bist.«

Taro wandte sich ihr zu und legte seine Hand auf ihre. »Und deine Kinder haben dich geliebt, selbst als sie dich nicht länger sehen durften.« Die Erwähnung ihrer Kinder ließ die Schneefrau zurückzucken. Schnell fasste Taro sie fester. »Werde ich sterben, wenn du mich küsst?« Die Antwort war ihm einerlei. Er wollte mit ihr zusammen sein, jeden Morgen in diese wundervollen Augen blicken, oder für immer die seinen schließen. Ließe er sie zurück, würde er sich stets nach ihr verzehren.

Die Schneefrau sah ihn nicht an, sondern hob die Pfirsichblüten hoch, die sie von seinem Ast gepflückt hatte. »Du bist anders als die Menschen, Taro, und anders als die Bäume. Selbst im Schnee blühst du noch und meine Gegenwart lässt dir nicht das Blut in den Adern gefrieren.«

Ihre andere Hand lag kühl auf seiner Wange, doch es war keine unangenehme Kälte, die in dieser Geste ruhte, nur Geborgenheit. Ihre Lippen glänzten unter Taros heißem Atem und es fiel ihm schwer, innezuhalten. Die Schneefrau legte ihre zweite Hand auf seine andere Wange und sah ihm tief in die Augen. »Liebst du mich?«, fragte sie mit einer Stimme so zerbrechlich wie Glas.

Seine Stimme war nicht minder heiser, als er antwortete: »Ja.«

Zärtlich zog sie ihn an sich und drückte die Lippen auf die seinen. Kälte und Hitze wurden eins. Taros Lippen wurden taub und starr, während es unter seiner Haut kribbelte. Er trank ihre Kälte und versank in ihren Augen. Die Schneefrau vergrub ihre Finger in seinem Haar, durstig nach der Liebe, die er ihr gab. Die Welt schmolz um sie dahin, verschwand aus ihren Gedanken, Dämonen und Menschen waren einerlei.

Als der Mond untergegangen war und der Morgen dämmerte, war von beiden nicht mehr geblieben als Pfirsichblüten im Schnee.

Carsten Steenbergen

Ein Kästchen voller Leben

Carsten Steenbergen

Carsten Steenbergen lebt und schreibt am Niederrhein, genauer gesagt in Mönchengladbach. Dort spielt sein mittelalterlicher Fantasyroman *Teufelsacker*, zu dem ihn die Legende um die Gründung der Stadt inspirierte. Wie viele andere, fand er seinen Weg zur Fantasy über den *Herr der Ringe*. Er schreibt jedoch auch in anderen Genres. Gemeinsam mit Stephan und Thomas Orgel entwickelte er das Steampunk-Universum *Steamtown*. Seine Werke wurden bereits mehrfach für den *Deutschen Phantastik Preis* nominiert.

Mit dem Schreiben begann er übrigens, weil er von einem Roman so genervt und enttäuscht war, dass er den Fehler beging, vor Zeugen zu behaupten, das allemal besser zu können. »So in der Pflicht, begann ich einen klassischen Fantasyroman – und scheiterte mit Pauken und Trompeten nach nur fünfzig Seiten«, gibt er offen zu. »Das änderte aber nichts daran, dass mich der Schreibvirus gepackt hatte.« Zunächst konzentrierte er sich auf Kurzgeschichten, danach auf Hörspiele und inzwischen außerdem wieder Romane.

Erfreulicherweise hat er den Kurzgeschichten nicht ganz abgeschworen. *Ein Kästchen voller Leben* ist die freie Adaption eines japanischen Märchens. Darin geht es um den Fischer Urashima Taro, der einem gefangenen Zauberfisch die Freiheit schenkt und dafür von diesem in eine aufregende Welt mitgenommen wird. Carsten macht diese Welt noch aufregender, indem er seine Geschichte in ein dystopisches Steampunk-Setting versetzt.

www.carsten-steenbergen.de

Ein Kästchen voller Leben

Der Sturm der letzten Nacht hatte Strandgut an die Küste gespült. Tief gebeugt stocherte Urashima mit einem Stock in einem Berg aus Seetang, während er daran vorbeiwanderte. Sein Magen knurrte. Am Morgen hatte es nichts gegeben, was er hätte essen können. Er musste unbedingt etwas finden. Manchmal trugen die Wellen etwas Wertvolles mit sich, besonders nach so einer Nacht. Etwas, das er im Dorf verkaufen konnte, eine Schnitzerei oder eine Münze. Irgendwo bei Nagasaki, am anderen Ende der Insel, sollte einmal ein Wesen gefunden worden sein, tot, die Haut schillernd in den Farben des Regenbogens und mit durchsichtigen Fächern anstelle von Beinen und Armen. Urashima hustete und spuckte einen Klumpen Schleim aus. Das konnte er sich nicht vorstellen. Er war selbst nie so weit gereist, hatte Nagasaki nie mit eigenen Augen gesehen. Die Stadt gab es, ganz sicher, ein derart buntes Wesen bestimmt nicht. In den alten Geschichten erzählten sie von Kreaturen, die nicht Mensch oder Maschine waren. Aber Urashima tat das als das Gerede von unglückseligen Alten ab. Alles bloß Ammenmärchen. Es gab diese Tiere nicht, weder im Dorf noch in der gesamten Präfektur Fukushima. Und im Meer, da lebte nur Seetang.

Als er den Stock erneut in den Haufen stieß, wehte ein metallisches Geräusch zu ihm heran. Sofort wühlte er die Pflanzenreste auseinander, doch er fand nichts darin. Das Brausen des Windes hatte seine Ohren genarrt. Urashima brummte unzufrieden, schob mit dem Fuß beiläufig den Unrat zusammen und ging weiter. Da hört er den Laut ein zweites und sogar ein drittes Mal. Er kam irgendwo vom Strand, ganz in der Nähe, da war er sich sicher. Wenn er sich nicht täuschte, lag seine Quelle irgendwo bei den Klippen, die unablässig dem Ansturm der Brandung standhielten. Selbst rostiges Metall, ein passabler Klumpen wenigstens, würde ihm bei den verhassten Schrottern genug Münzen für einen ganzen Monat einbringen. Womöglich sogar für zwei. Ein

unvorstellbarer Reichtum für seine Familie. Allerdings nur, wenn ihm niemand den Fund streitig machte.

Urashima kletterte vorsichtig über die Felsen. Dort, wo die Wellen die Klippen nicht abgeschmirgelt hatten, waren sie spitz und scharfkantig. Sie stachen in seine Hände und in die Sohlen der Sandalen. Seine Lunge schmerzte von der Anstrengung, doch er gab dem Hustenreiz nicht nach, aus Angst, sich zu verraten. Näher ans Wasser, auf die glatten Steine, wagte er sich nicht. Ein Brecher und er würde rettungslos ins Meer gespült werden. Das Geräusch, mittlerweile deutlicher und wesentlich häufiger zu vernehmen, führte ihn, bis er an einen Spalt in den Klippen gelangte. Jetzt hörte er auch das Geschrei der Männer, die mit ihren Armen, Steinen und was sie sonst so in die Finger bekommen hatten, gegen einen eigentümlichen Koloss hämmerten. Die Maschine wirkte fremdartig, ganz anders als die, denen er einmal begegnet war. Keine Räder, keine Schienen oder Ketten. Wie sollte man damit über das Land reisen?

Dellen zeichneten sich auf der metallenen Oberfläche ab. Einer der Tentakelarme wies einen Riss auf, aus dem Stangen ragten und Öl herauslief. Andere zuckten in hilfloser Agonie. Schwarzer Qualm stieg aus den Kopfschloten auf. Der Koloss war schwer beschädigt, auch ohne das Zutun der Angreifer. In zweien der Männer erkannte Urashima Nachbarn aus seinem Dorf. Die Menschen dort verabscheuten die Maschinenreiter zutiefst, mehr noch als die Schrotter, mit denen sie gezwungen waren zu handeln und welche die Maschinenreiter belieferten. Urashima war mit der allgegenwärtigen Wut aufgewachsen. Die Maschinenreiter hatten vor unzähligen Zeiten die Welt zerstört und herrschten nun über die Trümmer. Wer nicht zu ihnen gehörte, der fristete ein karges Dasein. Was außer Hass hatten ihnen die Maschinenreiter gelassen? Wenn er sich den Männern anschloss, konnte er ein Stück der Beute für sich beanspruchen.

Hinter dem Glas des Hauptbullauges bemerkte Urashima eine Bewegung. Der Steuermann des Gefährts lebte. Vermutlich nur so lange, wie niemand einen Weg nach drinnen fand. Sein leerer Magen knurrte erneut und drängte ihn, um seinen Anteil zu kämpfen. Seine Mutter hatte ihm den Respekt vor dem Leben eingepflanzt, als er ein Kind gewesen war. Leben war wertvoll und unersetzlich.

Was sollte er bloß tun?

Während die Kopfschlote eine weitere dunkle Wolke ausstießen, traf Urashima eine Entscheidung. Dem Steuermann durfte nichts passieren, er konnte das nicht zulassen.

Doch wie sollte er die Männer vertreiben? So, dass sie ihn nicht sahen? Wenn Urashima erkannt wurde, brauchte er nicht mehr in sein Dorf zurückkehren. Niemand würde seine Tat gutheißen. Nicht einmal seine Frau oder seine Kinder, die mit leeren Bäuchen auf ihn warteten. Eine Waffe trug er nicht bei sich und selbst wenn es so gewesen wäre, er konnte nicht damit umgehen.

Da entdeckte er Geröll oben an der Spitze des Spaltes. Ein Felsrutsch. Das funktionierte vielleicht. Vorsichtig zog er sich zurück und kletterte aufwärts, bis er an die Stelle kam, an der sich die Steine an einem Vorsprung aufgetürmt hatten. Beide Beine stemmte er dagegen, drückte zaghaft, dann mit immer mehr Nachdruck, bis sie schließlich knirschend ins Rutschen kamen. Hustend blieb Urashima gegen die Klippe gelehnt sitzen. Die Männer unter ihm schrien erschrocken und brachten sich eilig in Sicherheit. Bestimmt würde es eine ganze Weile dauern, bis sie zurückkehrten. Urashima beugte sich vor, um sein Werk zu betrachten. Da gab der Vorsprung unter ihm plötzlich nach. Er stürzte hinab, krachte auf die Felsen und verlor das Bewusstsein.

Ein Pfeifen, schrill und unangenehm, brachte Urashima dazu, die Augen zu öffnen. Schemen tanzten um ihn herum und nahmen nur langsam Konturen an. Das Pfeifen blieb, ebenso wie seine bohrenden Kopfschmerzen. Als er endlich klar sehen konnte, fand er sich an einem fremden Ort wieder. Verschwunden waren Wind, Meer und Gestein. Stattdessen trieb er nackt in einem Tank, der so eng war, dass er ihm wie ein gläserner Sarg erschien. Es roch nach Salzwasser und Alge. Außerhalb des durchsichtigen Tanks begrenzten Wände aus rötlich grauem Metall den Raum. Rohre führten von links nach rechts, über ihn hinweg oder unter ihm hindurch. Andere durchstießen den Deckel. Mit wachsender Panik bemerkte er die vielen Schläuche, die in seinem Körper steckten. Im Bauch, in den Beinen und Armen und selbst an seinem Rücken spürte er sie.

Dumpf schlugen seine Hände gegen das Gefängnis, während er sich reflexartig gegen die Fremdkörper wehrte. Was war nur passiert? Und wo bei allen Mächtigen befand er sich?

»Ich würde das unterlassen, wenn ich du wäre. Warte kurz.«

Die Stimme gehörte zu einer Gestalt, die an das Kopfende des Tanks getreten war. Sie hantierte an Hebeln und Ventilrädern herum. Das Pfeifen verstummte. Ein Schlauch nach dem anderen löste sich aus Urashimas Fleisch. Es zwickte unangenehm und er stöhnte mehr aufgrund der Vorstellung als wegen der Schmerzen. Die Wunden, die sie hinterließen, verschlossen sich von allein. Nur violette Schatten auf seiner Haut zeugten von ihrer Existenz, bewiesen, dass er sich nichts einbildete. An der linken Seite, kurz unter den Rippen, ertastete er zwei runde Kappen.

Zischend entwich Druck aus dem Tank und der Deckel öffnete sich. Ächzend setzte sich Urashima auf, sobald die Flüssigkeit zur Hälfte abgeflossen war. Ein krampfartiger Husten schüttelte ihn, während er mit den Händen schamhaft seine Blöße bedeckte. Er zitterte trotz der angenehmen Temperaturen im Raum.

»Langsam, mein Freund, langsam. Du bist noch nicht völlig hergestellt. Deine Verletzungen waren sehr schwer.«

»Was …«, er hustete, »… was für Verletzungen?« Seine Stimme klang seltsam brüchig, als habe er sie eine Weile nicht benutzt.

»Weißt du das nicht mehr? Du bist abgestürzt. Auf den Klippen. Du hast mich gerettet.«

»Die Klippen?«

Jetzt erinnerte sich Urashima an den Schmerz. Den Sturz. Und an den Koloss mit den Tentakeln.

»Wer … bist du?«

Die Gestalt kam um den Tank herum und wurde mit einem Mal von einem Lichtkegel umhüllt. Vor Urashima stand eine Frau mit glatten, kinnlangen braunen Haaren. Ihre Züge wirkten sanft und freundlich. Eine schmal geschnittene Uniform bedeckte ihren Körper, auf der Brust war ein Ding mit vielen Armen abgebildet, ähnlich dem Koloss in den Klippen. Sie war der Maschinenreiter hinter dem Bullauge, erkannte Urashima. Sie reichte ihm ein Tuch, mit dem er sich abtrocknete.

»Mein Name ist Otohime.« Ihre Stimme klang sanft und gleichzeitig überaus stolz in Urashimas Ohren. Ganz anders als die der Frauen im Dorf. »Ich verdanke dir mein Leben. Du hast die Männer vertrieben. Auf dem Kontinent gibt es niemanden sonst, der das getan hätte. Der Erdrutsch befreite meinen Kraken, sodass ich ins Meer zurückkehren konnte.«

»Das ist unmöglich. Niemand lebt im Meer, niemand. Nur die Algen«, antwortete Urashima hitzig. »Wie komme ich hierher? Wo bin ich?«

»Natürlich in meinem Kraken. Hätte ich deinen Mut derart vergelten sollen, dich allein sterben zu lassen? Zerbrochen, blutend auf den kalten Klippen? Ich nahm dich mit in die Tiefen des Ozeans, um dich zu heilen. Es hat ganze zwei Tage gedauert, aber jetzt geht es dir … besser.«

»Geheilt«, flüsterte Urashima. Er konnte kaum glauben, was er soeben gehört hatte. Irgendwie fühlte er sich seltsam.

»Nun, nicht vollständig, nur so gut es eben ging«, sagte Otohime.

»Wo …?«

»Deine Kleidung, richtig.« Sie atmete hörbar ein. »Ich habe sie dem Kraken gegeben.« Otohime wandte sich ab und öffnete eine Klappe

in der Wand. In der entstandenen Öffnung wühlte sie herum, ohne dass Urashima erkennen konnte, wonach sie suchte.

Sie hatte seine Kleidung dem Kraken gegeben. Ja, sie war alt und geflickt gewesen, dennoch hatte sie ihm gehört. Und Ersatz besaß er keinen. Er spürte Wut in sich aufsteigen. Das waren sie, die Maschinenreiter. Nahmen sich, was sie wollten, egal, wem es gehörte. Warum hatte er Mitleid mit der Pilotin empfunden? Besser, er hätte sich bei den Klippen nicht eingemischt, hätte sich nicht auf ihre Seite geschlagen. Es war dumm gewesen, einem Maschinenreiter zu helfen.

»Ihr Maschinenreiter, ihr seid nichts weiter als elende Dieb…«

»Hier. Du kannst die haben. Ich schenke sie dir.« Otohime hielt ihm ein Bündel Stoff entgegen. Die Oberfläche glänzte blau und schimmerte, das Licht des Raumes spiegelte sich in ihr. Ein Hemd, eine Hose und ein paar Schuhe mit goldenen Aufsätzen. Sie fühlten sich glatt, aber auch ungemein fest an. Er nickte wortlos und schlüpfte hinein. Noch nie hatte er etwas Vergleichbares auf seiner Haut gespürt. Der Reichtum der Maschinenreiter war unvorstellbar und übertraf alles, was man sich im Dorf über sie erzählte. Eine Menge Metall und edles Holz an den Wänden, die unzähligen Apparaturen. Allein den gläsernen Tank konnte man vermutlich gegen eine ganze Stadt eintauschen. Während er und die anderen im Dorf so wenig besaßen, dass man nie wusste, wer den nächsten Winter überstehen würde und wer nicht. Als ihm aufging, was das bedeutete, wurde ihm schwindelig.

Otohime schnallte ihm einen Gurt um, an dem ein Lackkästchen hing. Ein Riegel verschloss den Deckel sicher. Es klickte leise und er spürte den ungewohnten Druck in seiner Seite, dort, wo die beiden Kappen auf seiner Haut saßen.

»Wofür ist das? Nimm das ab! Sofort!« Alles in Urashima wehrte sich dagegen, mit einer Maschine verbunden zu sein. Vorhin im Tank, da war es etwas anderes gewesen. Ihm war keine Zeit zum Denken geblieben, zum Handeln. Das war jetzt anders.

»Es … hilft, deine restlichen Verletzungen zu heilen«, erklärte Otohime schnell.

Urashima bemerkte die Unsicherheit in Otohimes Antwort. Allerdings konnte er sich keinen Reim darauf machen. Er gewann den Eindruck, dass da mehr war, das er wissen sollte. Trotzig tastete er nach dem Riegel des Kästchens.

Die Maschinenreiterin legte ihre Hand auf seine. »Nicht. Lass es seine Arbeit tun. Du wirst sehen, du gewöhnst dich schnell daran. Ich wette, du denkst nicht einmal mehr daran, wenn wir angekommen sind.«

»Angekommen? Wo wird das sein?«

»Es ist der Ort, an dem ich lebe. Mein Zuhause.«

»Das ist nicht …?« Urashima vollführte mit dem Arm eine kreisförmige Bewegung.

Die Maschinenreiterin lachte. »Nein, natürlich nicht. Der Kraken ist ein Fahrzeug. Und bevor du fragst, es ist auch nicht der Ozean. Aber der Palast befindet sich da. Wenn man weiß, wie man hingelangt.«

»Ein Palast«, bemerkte Urashima mit Bitterkeit. »Ihr Maschinenreiter hortet dort Schätze. Es stimmt also, was man sich erzählt.«

Erneut lachte Otohime, sie ignorierte seine Abneigung. »Mir erscheint es überaus angemessen, dir für meine Rettung die Wunder meiner Heimat zu zeigen. Es wird dir gefallen, da bin ich mir sicher.«

Urashima zögerte. »Wie lange wird das dauern? Meine Familie macht sich Sorgen, wenn ich nicht zum Abend zurück bin. Und ich bin kein Maschinenreiter wie du. Man wird mich nicht willkommen heißen. Mir wäre es lieber, du brächtest mich zurück zu den Klippen.« In seinem Inneren war jedoch längst die Neugier erwacht und die hoffte, dass Otohime nicht auf seinen Wunsch einging.

»Du bist völlig sicher, keine Sorge. Es ist nicht weit. Versprochen.« Die Maschinenreiterin drehte sich zu einer Leiter um, die in die Wand eingelassen war, und kletterte hinauf. Erst als sie beinahe oben angekommen war, folgte Urashima ihr in die Steuerkanzel des Kraken.

Durch das linke Bullauge in der Steuerkanzel betrachtete Urashima schweigend den Ozean. Das Wasser war tiefblau, fast nachtschwarz. Es war so friedlich, so still. Nur dort, wo die Außenlampen die unendliche Weite durchschnitten, schälten sich Pflanzen aus der Dunkelheit. Der Kraken steuerte durch ein Algenfeld, das sich über den gesamten Grund des Ozeans zu erstrecken schien. Die Pflanzen sahen denen ähnlich, die bei einem Sturm an der Küste angespült wurden.

»Pass auf, gleich siehst du es«, sagte Otohime. Die Maschinenreiterin saß auf ihrem Sessel und bediente Hebel und Räder, um den Kraken in der korrekten Richtung zu halten.

Im gleichen Moment drängte ihr Fahrzeug den letzten Algenstamm beiseite. Das Licht schien auf eine Felswand, in der sich eine bogenförmige Öffnung abzeichnete. Zu beiden Seiten erhoben sich zwei turmhohe Wächter, deren Augen in einem unheimlichen Grün leuchteten. Sie starrten grimmig in seine Richtung. Urashima hielt den Atem an. Würden sie ihn als das erkennen, was er war? Dass er nicht zu den Maschinenreitern und nicht hierhergehörte? Dann nahm er erleichtert wahr, dass sie aus Stein und Metall bestanden. Für einen Moment hatte er ernsthaft befürchtet, dass diese Wesen lebendig sein könnten.

Völlig unbeeindruckt ließ Otohime den Kraken zwischen ihnen hindurchschwimmen. Für sie schien der Anblick nicht ungewohnt zu sein. Hinter der Öffnung folgte ein geschwungener Tunnel. Urashima sah die Felswände auf beiden Seiten an ihnen vorbeigleiten. Ihre Oberfläche war vollkommen eben, glatt und glänzend. Kein Vergleich zu den rauen Klippen, die er kannte. In regelmäßigen Abständen waren Kristalle in die Wände eingelassen, die den Weg beleuchteten.

»Das ist unglaublich. Wer hat das gebaut? Das kann doch kein Mensch erschaffen haben«, staunte Urashima.

»Ich versichere dir, es waren Menschen. Die Maschinenreiter, wie du sie nennst. Mein Volk.« Otohime lächelte. »Sieh dich vor, dass dir nicht das Herz stehen bleibt, sobald wir den Palast erreichen«, zog sie ihn auf.

Das Ende des Stollens war mit einem Metalltor versehen. Es wirkte wie ein Bollwerk auf Urashima, geschaffen, um das zu schützen, was dahinter lag. Die Maschinenreiterin betätigte einen Hebel und einer der Krakenarme hob sich. Die Spitze des Arms drückte gegen den Felsen. Ein rechteckiges Stück wich unter der Berührung zurück und mit einem Ruck begann das Tor, sich zu öffnen.

Glitzernde Helligkeit strahlte ihnen entgegen und nachdem sich Urashimas Augen daran gewöhnt hatten, erkannte er ungläubig die Ursache des Leuchtens. Der Grund der Kaverne war mit feinem Sand bedeckt, dessen Körner aus lauter Perlen bestanden. Darüber stob ein Schwarm aus unzähligen Wesen auseinander, deren Körper in allen Farben leuchteten. Hin und her, in scheinbar ungeordnetem Chaos, doch stets in traumwandlerischer Verbundenheit. Durchsichtige Fächer sah er, dort, wo bei Menschen Arme und Beine saßen. Ein größeres Wesen, die Haut bläulich grau und mit Buckeln übersät, zog majestätisch an ihnen vorbei. Das Maul war derart breit, dass es ein halbes Dorf verschlingen konnte. Urashimas Beine begannen zu zittern. Nach Luft schnappend wich er vom Bullauge zurück. Seine Haut fühlte sich eiskalt an, trotz der angenehmen Wärme im Kraken.

»Keine Angst«, beruhigte ihn Otohime. »Der große Blaue tut uns nicht. Wale sind sehr friedliche Wesen.«

»Wa… Wale? Es ist … riesig.«

»Er. Dieses Exemplar ist ein Männchen«, erklärte sie. »Sie ernähren sich von Krill. Wir züchten es für sie.«

»Aber … aber …« Urashima wusste nichts zu entgegnen. Ihm waren die Begriffe fremd, ebenso wie die Wesen, die um sie herumschwammen. Was er hier vor Augen hatte, war zu unwirklich. Das konnte es einfach nicht geben. Vielleicht war er gestorben, als er von der Klippe gestürzt war, und weilte nun im Jenseits. Das musste es sein. Da fiel ihm die Geschichte aus Nagasaki wieder ein. Dort hatte man eines der Wesen gefunden, eines von denen, die draußen im Wasser schwammen. Also war es doch wahr.

Zischend öffnete sich die Tür in der Steuerkanzel. Ohne dass er es mitbekommen hatte, war der Kraken an einem Steg aufgetaucht. Einladend wies Otohime nach draußen. »Willkommen im Palast des Ozeans. Du musst hungrig sein. Aber ich glaube, da kann ich helfen.«

Wortlos folgte Urashima der Maschinenreiterin. Er atmete salzige Luft. Er spürte Wind und Wärme auf seiner Haut. Über ihren Köpfen erstreckte sich eine gewaltige Felsendecke, in der Millionen von Lichtpunkten saßen und für Tageslicht sorgten. Er stolperte mehr vorwärts, als dass er ging. Wie konnte das sein, sie waren doch Meilen unter der Wasseroberfläche?

Otohime führte ihn in ein Gebäude, dessen schiere Pracht ihn beinahe blendete. Zwanzig Säulen von reinstem Kristall trugen ein Dach aus Korallen. Tische und Stühle, alle aus Marmor, reihten sich aneinander. Menschen, in den gleichen Stoffen gekleidet wie er, saßen beieinander, aßen und plauderten. Andere trugen silberne Platten herein, auf denen duftende Speisen lagen. Urashima war sich sicher, nie in seinem Leben etwas derartig Köstliches gerochen zu haben. Sein Magen knurrte.

Otohime deutete auf einen freien Platz. »Warte hier, ich hole uns etwas.« Sie kehrte zu ihrem Tisch zurück, bevor Urashima auch nur eine Entgegnung zustande gebracht hatte, und stellte eine der Platten vor ihm ab. Darauf lagen verschiedene Salate aus Algen, gebratenes Fleisch in allen Variationen, sogar etwas, das wie feinste Pilze aussah. Alles in einer Weise köstlich und verführerisch, dass sich Urashima nicht traute, zuzugreifen. Dennoch lief ihm das Wasser im Mund zusammen.

»Los, bloß keine Scheu. Das ist Fisch. Nimm so viel, wie du magst. Sorge dich nicht, es ist nicht vergiftet«, fügte Otohime lächelnd hinzu, sobald sie Urashimas Zögern bemerkte. »Nicht alle Maschinenreiter sind böse.«

Er sah Otohime an, dann betrachtete er misstrauisch die übrigen Anwesenden. Ihnen schien es gut zu gehen. Niemand beachtete ihn oder bedachte ihn mit ungehaltenen Blicken. Urashima nahm sich ein Stück vom Fisch, biss hinein, und endlich gab es für ihn kein Halten mehr. So viel wie hineinging stopfte er sich in den Mund. Kauend zeigte er anschließend auf alles, was ihm unwirklich erschien, obwohl ihn seine Augen eines Besseren belehrten.

»Woher … woher stammt das? Die Säulen. Die Halle. Die … Wesen im Wasser. Dieser Ort, wer hat den erschaffen? Die Maschinenreiter?«

»Langsam, ich kann nicht hundert Fragen zugleich beantworten«, unterbrach ihn Otohime lachend. »Ja, es waren die Maschinenreiter. Die Menschen, die hier leben, gehören einer anderen Fraktion an als die auf den Kontinenten. Unsere Anführer warnten frühzeitig vor den Folgen der Ausbeutung der Welt. Doch niemand wollte auf sie hören, mehr noch, irgendwann vertrieb man sie. Daher gründeten sie eine Enklave unter dem Ozean: den Palast. Der Ort, an dem wir uns befinden. Einen Hort des Friedens und des Bewahrens. Eine Arche, wenn du willst. Seine Ausdehnung übersteigt ganz Japan um das Dreifache. Niemand leidet Hunger, nichts wird ausgeschlachtet oder vergeudet. Nur was wirklich benötigt wird, verwenden wir. Hier versammelten wir die letzten Exemplare der Meereswesen, bevor sie wie ihre Artgenossen auf dem Land für immer verschwunden wären. Und hier versuchen wir, mithilfe der Maschinen das Leben zu bewahren. Wie du siehst, funktioniert es recht gut. Unsere Hoffnung ist, dass das, was einst aus dem Meer kam, vielleicht irgendwann erneut den Grund besiedeln wird.«

Urashima schaufelte sich eine weitere Portion in den Mund. »Wie lange lebt ihr bereits im Palast?«, fragte er kauend.

»Sehr lange«, antwortete Otohime. »Seit vielen Generationen.«

Sofort ging Urashima auf, was das bedeutete. »Ihr versteckt euch. Vor den anderen. Vor allen anderen.«

Otohime nickte. »Das stimmt.«

»Warum?«

»Damit das, was wir geschaffen haben, nicht zerstört wird.«

»Ihr könntet helfen. Unser Dorf hungert.« Er dachte an seine Familie, wie sie zusammen auf dem Boden hockten und das wenige, was sie den Tag über gesammelt hatten, verzehrten. Während er sich den Bauch vollschlug. Missmutig schob er die Platte mit den Speisen von sich.

Otohime lehnte sich auf ihrem Stuhl zurück und warf ihm einen ernsten Blick zu. »Es geht nicht.«

»Warum hast du mich bloß hergebracht?«

»Aus Dankbarkeit. Ohne dich wäre ich jetzt nicht hier. Du kannst bleiben, solange du möchtest. Und leben.« Sie seufzte traurig. »Ich wollte es dir noch nicht sagen. Erst später, wenn du dich eingewöhnt hast.« Otohime schwieg für einen Moment. Schließlich sprach sie weiter. »Du bist krank. Der Sturz hat alles nur noch schlimmer gemacht. Das Kästchen an deiner Seite hält die Krankheit in Schach. Dein Husten …«

Urashima überlegte. Er hatte nicht mehr gehustet, seit er aus dem Tank im Kraken gestiegen war. Seine Lunge schmerzte nicht beim Atmen wie in den letzten Jahren. Jetzt, wo es weg war, fiel es ihm zum ersten Mal auf. Er fühlte sich besser, beinahe gut. Wieder kehrten seine Gedanken zu der Familie zurück, die auf ihn wartete. Dann schüttelte er den Kopf. »Ich kann nicht bleiben. Bring mich bitte zurück.«

Die Maschinenreiterin erhob sich, nachdem sie seine Worte vernommen hatte. In ihrem Gesicht las Urashima Traurigkeit.

»Ich werde dich nicht gegen deinen Willen zurückhalten, obgleich ich weiß, dass deine Rückkehr an die Oberfläche dir nur Elend bringen wird. Sobald die Reparatur am Kraken vollendet ist, kann es losgehen. Bis dahin bleibt dir etwas Zeit, deine Entscheidung zu überdenken. Ich würde mir wünschen, dass du sie weise verwendest.«

Er sah Otohime nach, bis sie die Halle der Säulen verlassen hatte. Schließlich stand er ebenfalls auf. Ohne ein konkretes Ziel vor Augen zu haben, ließ Urashima sich von seinen Füßen vorwärts tragen. Die Maschinenreiter, an denen er vorbeikam, grüßten ihn freundlich.

Andere boten ihm ihre Hilfe an, wenn er vor einem der vielen, prachtvollen Bauwerke mit offenem Mund stehen blieb. Beinahe verbissen suchte er nach Anzeichen von Falschheit, nach Lug und Trug, die den Maschinenreitern auf dem Land nachgesagt wurde. Zurück am Wasser hatte er nichts dergleichen gefunden. Der Palast im Ozean beherbergte eine Friedlichkeit, wie Urashima sie nie zuvor in seinem Leben verspürt hatte.

Der Kraken versank im Ozean und Urashima blickte ihm hinterher. Otohime hatte ihn an der Küste abgesetzt, unweit von den Klippen. Zum Abschied hatte sie ihn noch einmal eindringlich davor gewarnt, das Kästchen abzunehmen oder zu öffnen. Beides würde ihn in kürzester Zeit das Leben kosten. Er hatte ihr versprochen, darauf zu achten. Schließlich drehte er sich um und ging mit langsamen Schritten zurück zum Dorf.

Schon von Weitem bemerkte er die Rauchsäulen. Die Gebäude brannten. Urashima lief los, rannte schließlich aus voller Kraft. Ein Teil der Hütten am Dorfrand bestanden nur noch aus zerborstenen Brettern und Balken. Andere standen in Flammen. Etwas hatte den Boden aufgewühlt und eine breite Spur durch die Siedlung gezogen. Atemlos folgte er ihr, bis er vor den Überresten seines Zuhauses stand. Einen Mann, der damit beschäftigt war, Trümmerteile beiseitezuschaffen, sprach er an.

»Nachbar, Nachbar, was ist hier geschehen?«

»Du bist es, Urashima«, antwortete dieser niedergeschlagen. »Wir hatten befürchtet, du wärst ins Meer gespült worden und ertrunken. Du warst seit Tagen verschwunden. Es tut gut, dich wohlauf zu sehen. Ein Maschinenreiter ist mitten durchs Dorf gefahren. Er hat nicht einmal versucht, die Richtung zu wechseln. Viele sind gestorben.«

»Wo ist meine Frau, wo meine Kinder? Sag schon.«

Der Nachbar zeigte schweigend auf die Ruine. Urashima brach in die Knie. Er schluchzte hemmungslos. »Sie sind tot? Alle?«

»Sie hatten keine Chance. Er kam mitten in der Nacht.«

Der Nachbar legte tröstend seine Hand auf Urashimas Schulter. Erst lag sie still, dann begann er, an dem Stoff herumzuzupfen. Schließlich zerrte der Nachbar Urashima am Hemd auf die Füße. »Wo hast du das her?«, brüllte er in Urashimas Gesicht. »Das ist von den Maschinenreitern! Du bist einer von ihnen. Ein Maschinenfreund!«

»Nein, das bin ich nicht.« Urashima wehrte sich verzweifelt gegen den wütenden Mann.

Durch das Geschrei wurden weitere Überlebende auf den Streit aufmerksam. Aufgebracht umringten sie ihn. Eine Frau bemerkte das Lackkästchen an Urashimas Seite. »Da ist der Beweis«, schrie sie, »bestimmt hat er den Maschinenreiter hergelockt. Warum sonst war er ewig lange fort? Er wusste, was passieren würde. Er hat uns verkauft.« Sie langte nach dem Kästchen und versuchte, es wegzureißen.

»Er soll dafür bezahlen, was er dem Dorf angetan hat«, brüllte der Nachbar.

Mit erhobenen Händen versuchte Urashima, die Menge zu beschwichtigen. »Hört doch zu, Leute, so war es nicht. Die Maschinenreiter sind …« Ein Faustschlag gegen den Kiefer unterbrach ihn. Wie betäubt stolperte er rückwärts. Das Knirschen an seiner Seite bemerkte er nicht. Die Leute im Dorf waren verrückt geworden – wahnsinnig. Mit ihnen zu reden war sinnlos, sie würden doch nicht zuhören. Da sah er das Lackkästchen in den Händen der Frau. Sie warf es zu Boden und trat mit aller Kraft zu. Das Kästchen zerbarst unter ihrer Fußsohle. Ein Stein flog heran und traf ihn an der Schulter. Er musste fort, bevor sie ihn in ihrer Wut umbrachten. Urashima drehte sich um und lief.

Als er den Strand erreichte, brannte seine Lunge, wie sie es nie zuvor getan hatte. Er hustete blutigen Schleim. Die Schmerzen malten dunkle Flecken in seine Sicht und dazwischen tanzten winzige Sterne. Mitten im Sand brach er zusammen.

»Otohime«, flüsterte er.

Die Menschen wirkten mit einem Mal so fremd auf ihn. Da begriff er, dass er es war, der sich verändert hatte. Der Hass im Dorf war der gleiche geblieben.

»Du hattest recht. Wüssten sie vom Palast im Ozean, sie würden ihn zerstören, anstatt ihn zu bewahren. Otohime, ich würde gern bei deinem Volk leben.«

Der Wind trug seine Worte mit sich, doch an ein menschliches Ohr gelangten sie nicht. Ein jäher Schmerz durchzuckte Urashima und gleich darauf verließ ein letztes Atmen seine Lunge.

Märchen

aus dem Abendland

ÄCKEREI & SÜẞWAR
BEI
TINNY

Trudi Canavan

Ansell und Greta

Trudi Canavan

Gleich mit ihrer ersten Trilogie *Die Gilde der Schwarzen Magier* schrieb sich die australische Autorin Trudi Canavan in die Herzen der Fantasyfans – und das weltweit. Hier in Deutschland lösten *Die Rebellin* und die beiden nachfolgenden Bände zudem noch den Kapuzen-Cover-Trend aus. Gerade erschien mit *Die Mächtige* der dritte Band ihrer neuen großen Phantastik-Saga *Die Magie der tausend Welten* im Taschenbuch.

Es mag so scheinen, als sei der Erfolg über Nacht gekommen, aber tatsächlich hat die Autorin mehrere Jahre intensiv an ihren *Sonea*-Romanen gearbeitet, ehe sie veröffentlicht wurden. 2011 hatte ich das große Glück, sie während ihrer Lesereise durch Europa in Berlin zum Interview zu treffen. Zu meinem großen Erstaunen – und meiner Erheiterung – verriet sie mir, dass sie tatsächlich eine seltsame Angewohnheit beim Schreiben hat: Manchmal stricke sie dabei. »Wenn ich beim Schreiben eine Pause einlege, weil ich über etwas nachdenken muss, schiebe ich meine Tastatur nach hinten und greife nach meinen Stricknadeln.« Leider habe ich vor Kurzem erfahren, dass sie dieses Hobby aufgeben musste, weil sie vom vielen Schreiben Probleme mit ihren Handgelenken hat.

Umso dankbarer bin ich ihr dafür, dass sie trotzdem eine Geschichte beigesteuert hat – noch dazu exklusiv. *Ansell und Greta* entstand extra für diese Anthologie und feiert hiermit seine Weltpremiere. Macht euch gefasst auf eine sehr düstere, dystopische Version von *Hänsel und Gretel* – Märchen kleiden sich eben in viele Gewänder.

www.trudicanavan.com

Ansell und Greta

Beim ersten Mal hatte Ansell Greta nicht glauben wollen. Aber als ihr Vater ihnen Rucksäcke gab, die sie bei ihrem abendlichen Spaziergang tragen sollten, und die Umarmungen ihrer Mutter zu sehr langen Umarmungen wurden, anstatt des üblichen kurzen Drückers, begann er, sich Sorgen zu machen. Und er begann zu planen.

Sie liefen in Gretas Tempo, was Ansell die Möglichkeit gab, sich umzusehen. Sobald ihr Vater sie nicht mehr sehen konnte, zog Ansell seine Sprühdose hervor und sprayte seinen Tag an die Wand. Ans, wobei der Querstrich des A besonders lang war, und eine zusätzliche Schlaufe auf dem S. Gav, der Graffitisprayer, mit dem Ansell sich immer in der Gasse neben ihrem Zuhause traf, hatte ihm geraten, sich einen Tag auszudenken, der sich schnell sprayen ließ, dabei aber gut aussah. Nach der Deregulierung, die auf die Wahlen gefolgt war, war es nicht mehr illegal, auf Wände zu sprayen. Allerdings war es auch nicht mehr illegal, den Künstler zu bestrafen. Gav hatte ihm das erzählt. Eine Menge Menschen wussten Kunst nicht zu schätzen. Außer sie war riesengroß und bunt. In dem Fall bezahlten die Menschen eine Menge Geld, nur damit man auf ihre Wände sprayte, und die gute Seite an der Deregulierung war, dass die Nachbarn legal nicht dagegen vorgehen konnten.

Was sie nicht davon abhielt, es auf anderen Wegen zu versuchen. Gav hatte Ansell einmal von einem Kunden erzählt, der einen Nachbarn verprügelt hatte. Hätte ihn dabei fast umgebracht. Es war schön, Fans zu haben, die die eigene Arbeit so sehr zu schätzen wussten, hatte Gav gesagt. Der Mann hatte anschließend das Abbild einer riesigen Hand, die einem den Finger zeigt, in Auftrag gegeben, und zwar an der Stelle, wo der Nachbar sie jeden Tag sehen musste.

»Ansell!«, rief sein Vater. »Fall nicht zurück!«

Er lief schneller und holte seine Schwester und seinen Vater bald ein. Greta warf einen Blick über die Schulter, die Augen dabei weit

aufgerissen, und in den Augenwinkeln glitzerte es. Sie versuchte verbissen, nicht zu weinen, und der Grund dafür war nicht, dass sie müde war oder weil der Straßenlärm ihr in den Ohren wehtat.

Ansells Magen flatterte unangenehm. Sie liefen schon seit sehr langer Zeit. Er hatte aufgehört zu zählen, wie oft er seinen Tag schon auf einer Wand oder einem Laternenpfosten oder irgendetwas anderem hinterlassen hatte. Was, wenn Greta recht hatte und ihre Eltern sie wegschickten?

Nach der nächsten Abzweigung betraten sie eine breite Straße. Ansell wurde von Licht geblendet und er konnte Greta angesichts der Wand aus Lärm, die ihnen entgegenschlug, keuchen hören. Vater ließ ihnen keine Pause, in der sie sich an den Lärm und das Licht hätten gewöhnen können. Er packte einfach Ansells Arm und zog ihn vorwärts. Ansell war zu überwältigt, um Widerstand zu leisten, also konzentrierte er sich auf seine Füße und versuchte herauszufinden, wo sie waren. Glocken und Pfeifen und Stimmen vermischten sich zu einem Knäuel aus Geräuschen. Es war einfacher, sich auf das lauteste Geräusch zu konzentrieren. Als er das Lied erkannte, rutschte ihm das Herz in die Hose.

Sie befanden sich in der Christmas Street.

Das war genau der Ort, von dem Greta gesagt hatte, dass Vater und Mutter sie dort hinbringen würden. Natürlich hatte er nichts davon mitbekommen. Das Schlafzimmer ihrer Eltern lag auf der anderen Seite des Hauses, zwei Stockwerke über dem Schlafzimmer im Keller, in dem Greta und er schliefen. Es ging nicht darum, dass er Gretas überdurchschnittlich gutes Gehör angezweifelt hätte. Es ging um das, von dem sie behauptet hatte, es gehört zu haben.

Er konnte dafür besonders gut sehen. Aber nicht im Augenblick. Im Augenblick wurde er von den hellen Lichtern der Christmas Street geblendet. Während sein Vater ihn vorwärtszog, wäre er beinahe über das nachgemachte Kopfsteinpflaster gestolpert. Er konnte hören, wie eine Tür geöffnet wurde und als sie in das dämmrige Licht eines

Zimmers traten, seufzte er erleichtert auf. Aber als er die zusammengekniffenen Augen wieder öffnete, zuckte er. Hier gab es ebenfalls helle Lichter, nur anstatt der Straßenlaternen waren es hier dekorative Nadelstiche und Blitze aus Schmerz.

Ein Schatten vor ihnen bewegte sich.

»Fröhliche Weihnachten!«, rief eine Kinderstimme.

Er kniff die Augen zusammen. Ein Junge, etwas größer als er, lächelte breit. Er trug ein Elfenkostüm und reichte Ansell einen Anstecker. Darauf war ein Bild von Santa und Rudolf, dem Rentier, zu sehen, und darauf war zu lesen: »Jeder (Nase)Weiß, Dass Elfenland Das Beste Ist!«

»Danke«, sagte Ansell.

Dann wurde ihm der Anstecker wieder entrissen. Ansell sah auf und erblickte eine große Frau in einem engen Kleid, die den Jungen finster ansah.

»Verschwende sie nicht«, sagte sie zu ihm. »Das Mädchen und er gehören bald zu uns.«

Und da begann Greta zu weinen. In einer einzigen Bewegung drehte die Frau sich um, bückte sich und ihr finsterer Blick wurde durch ein gezwungenes Lächeln ersetzt. »Oh, weine nicht, meine Kleine. Hier ist es wirklich sehr schön. Wir haben wunderschöne Zimmer und köstliches Essen und eine Schule, damit du immer weiter lernen kannst. Und deine Eltern kommen zu Besuch vorbei und dann kannst du sie sehen. Komm, ich zeige es dir.«

Greta wischte ihre Tränen fort und sah auf. Vater lächelte und nickte ihr zu. »Geh ruhig mit. Du denkst doch nicht wirklich, wir würden euch an einem schlimmen Ort unterbringen, nicht wahr?«

Sie schüttelte den Kopf. Die Frau nahm ihre Hand und wandte sich ab. Ansell folgte den beiden und sah dabei zurück zu dem Jungen. Der Elf schüttelte mit traurigen Augen den Kopf und in seinem Blick lag eine Warnung.

Vater hatte nichts davon bemerkt. Er machte Fotos mit seiner Armbanduhr.

»Mutter wird sich freuen, uns zu sehen«, sagte Ansell mit so viel Überzeugung in der Stimme, wie er aufbringen konnte, und dachte dabei an die langen Umarmungen, die ihre Mutter ihnen gegeben hatte. Hätte sie das getan, wenn ihr egal war, was mit ihnen geschieht?

Greta sagte nichts. Ihre Stimme stach wie ein Messer in Ansells Innereien und verstärkte die Übelkeit, die einfach nicht verschwinden wollte. Er gab dem Essen im Elfenland die Schuld daran. Es war ganz anders, als Mrs Santa es ihrem Vater beschrieben hatte. Sie schliefen auch nicht in geräumigen Schlafzimmern und in das Klassenzimmer kamen sie nur, um die Bestrafungen dafür zu erhalten, dass sie nicht arbeiten wollten oder ihre Verkaufsquote an einem Tag nicht erfüllt hatten.

Vater und Mutter waren nicht zu Besuch gekommen und so hatten sie ihnen auch nicht erzählen können, wie es im Elfenland wirklich war. Er hoffte, dass sie wütend werden würden, sobald sie davon erfuhren. Aber sie würden niemals davon erfahren, wenn Ansell und Greta es nicht zurück nach Hause schafften.

Sie waren in der Nacht geflohen und verließen sich dabei auf sein gutes Sehvermögen, um die Tags zu finden, die er auf dem Weg hierher gesprayt hatte. In einigen Teilen der Stadt gab es keine Straßenbeleuchtung mehr. Entweder hatte niemand sich darum gekümmert, sie wieder zu reparieren, nachdem die Regierung das nicht mehr tat, oder demjenigen, der sie in diesen Straßen reparieren sollte, war einfach nicht genug bezahlt worden. Die Dunkelheit störte Ansell nicht. Er fühlte sich in den Schatten sicher. Und es war eine Wohltat, nicht mehr in dem grellen Licht im Elfenland stehen zu müssen.

Schlussendlich begann er einzelne Häuser wiederzuerkennen und wusste, dass sie sich in der Nähe ihres Zuhauses befanden. Zwei Häuser, die noch renoviert wurden, als Ansell und Greta gegangen waren, hatten sich ihres Käfigs aus Baugerüsten entledigt und frische Farbe glänzte hell unter dem harschen blauen Licht der Straßenlaternen. Kein Haus hier glich dem anderen und doch waren sie einander sehr ähnlich. Die Menschen, die die Gegend besuchten, nannten die Häuser »süß« und bezahlten gutes Geld, um in ihnen zu übernachten, also strichen die Besitzer der Häuser diese in bunten Farben an und fügten noch Dekorationen hinzu.

Ansell und Greta bogen um die Ecke und dort war es: ihr Zuhause. Er hatte es schon unzählige Male gesehen, aber er hatte es nie so genau betrachtet wie jetzt. Seit sie fortgegangen waren, hatten sich einige kleine Dinge verändert. Die Fenster waren noch dieselben, aber die Vorhänge hinter dem Glas hingen jetzt anders. Falsche Pflanzen – ihre Mutter hatte immer nur Verachtung dafür übriggehabt – standen nun zu beiden Seiten der Haustür. An der Tür hing ein kleines Schild und die Klinke war durch ein rechteckiges Eingabefeld ersetzt worden. Er kniff die Augen zusammen. »Willkommen im Honighaus«, stand auf dem Schild. »Bitte geben Sie Ihren Code ein.«

Er sah zu Greta. Sie erwiderte seinen Blick und ihr Gesicht war ernst und voller Sorge. In solchen Momenten wie diesen war es, als wäre seine Schwester eine Erwachsene im Körper eines Kindes und ihm fiel wieder ein, was sie eines nachts zu ihm gesagt hatte, nachdem ihre Eltern eine Dinnerparty abgehalten hatten.

»Vater hat erzählt, dass sie uns gegen Geld bei einem Medikamentenversuch haben teilnehmen lassen. Wir sollten dadurch klüger werden. Mutter sagt, wir sind dadurch nur seltsam geworden. Glaubst du, das ist der Grund, warum du so gut sehen und ich besser als jeder andere hören kann?«

Er hatte damals mit Nein geantwortet, aber seit dieser Nacht hatte er begonnen, es zu glauben. Sie waren keine normalen Kinder. Sie waren seltsam. Vielleicht war das der Grund, warum Mutter und Vater sie weggegeben hatten. Vielleicht würden sie sie nicht wieder weggeben, wenn sie von Gretas und seiner Fähigkeit erfuhren und begreifen würden, dass sie nützlich sind.

Sie gingen zum Haus und umrundeten es, bis sie in der Gasse standen. Ansell hob Greta hoch, sodass sie über den Zaun klettern

konnte. Greta tippte einen Überschreibungscode in das Eingabefeld und öffnete so das Tor. Sie schlüpften in den winzigen Garten, hoben die Steinplatte an, unter der der Ersatzschlüssel lag, und betraten das Haus. Während sie die Treppe hinaufliefen, atmeten sie schwer vor Angst und Erwartung, aber sie verringerten weiter den Abstand zwischen ihnen und ihren Eltern.

Die Schlafzimmertür stand offen, was ungewöhnlich war. Ansell betrat das Zimmer und starrte ins Halbdunkel. Auf dem Bett lagen zwei menschliche Gestalten. Keine von beiden trug einen Schlafanzug, was seltsam war. Vater mochte Shorts und Mutter trug immer ein T-Shirt und eine Hose. Und Vater lag auch auf der Seite, auf der sonst ihre Mutter schlief. Als er näher hinsah, rutschte ihm das Herz in die Hose.

Bevor er Greta warnen konnte, war sie auch schon losgerannt und hatte sich auf das Bett geworfen.

»Mummy! Daddy! Wir sind wieder zurück! Wir haben den Weg zurückgefunden! Es war furchtbar, Mummy. Sie … aah!«

Zwei erschrockene Erwachsene hatten sich kerzengerade aufgesetzt, die Decken gepackt und sie eng an sich gepresst. Der Mann schaltete das Licht ein. Lange Zeit herrschte Stille, während die Fremden sie anstarrten.

»Wer zur Hölle seid ihr?«, wollte die Frau wissen.

»Dieses Mal bleibt ihr hier«, sagte ihr Vater zu ihnen und seine Stimme war leise und wütend. »Ihr solltet froh sein, dass wir so lange gewartet haben, bevor wir euch Arbeit besorgt haben. Einige unserer Freunde haben ihre Kinder schon mit fünf Jahren arbeiten geschickt.«

Ansell verdrehte seinen Arm und entriss ihn dem Griff seines Vaters. Greta versuchte das ebenfalls, aber sie war zu klein, um sich selbst befreien zu können. Sie sah mit weit aufgerissenen und betteln-

den Augen zurück zu Ansell. Lass mich nicht allein, sagte ihr Blick. Mürrisch wartete er, bis sein Vater weiterging, und folgte ihnen.

Er hatte keine Spraydose dabei. Wozu auch? Ihr Zuhause war kein Zuhause mehr. Es war zu einem weiteren AccomNet-Haus für Touristen geworden, in dem sie absteigen konnten. Er erinnerte sich daran, wie überrascht Gav gewesen war, als er erfahren hatte, dass Ansells Familie das Haus besaß und wirklich darin wohnte. Die meisten Häuser in der Gegend waren mittlerweile an Touristen vermietet.

Vater hatte Mutter gesagt, dass er sie dieses Mal woanders hinbringen würde. Vielleicht hatte er Ansell und Greta ja geglaubt, als sie ihm erzählt hatten, wie sie behandelt worden waren, und hatte eine bessere Stelle für sie gefunden. Aber was, wenn nicht? Wie sollten sie es Vater und Mutter dann wissen lassen? Die einzige Möglichkeit, mit ihnen in Kontakt zu treten, war, nach Hause zu gehen und die Touristen, die gerade dort wohnten, dazu zu bringen, ihre Eltern zu kontaktieren.

Als sie an einem weiteren Haus vorbeikamen, das gerade renoviert wurde, nahm er sich ein Stück Gips von dem Haufen auf dem Bordstein. Vater lief dieses Mal sehr viel schneller und ließ Ansell keine Zeit, seinen Tag zu setzen. Stattdessen malte er ein weißes Zeichen. Wände, Laternenpfosten, Verkehrsschilder, die alten Briefkästen, die die Menschen früher benutzt hatten, um sich gegenseitig Nachrichten zu schicken – sie alle bekamen weiße Linien verpasst, die auf ihr Zuhause deuteten.

Als sie losgegangen waren, war es noch dunkel gewesen und während sie weitergingen, wurden die Schatten langsam kürzer. Schließlich musste Vater Greta hochnehmen, da sie vor Müdigkeit zu stolpern begann. Ansell ging schon fast der Gips aus, als sie eine weitere Touristenstraße erreichten. Die hier war weder laut noch besonders belebt. Die Häuser waren alt und schwarz und weiß angestrichen und am Ende der Straße thronte eine Kirche düster über allem. Vater führte sie auf das graue Steingebäude zu. In den Türsturz stand eingeritzt: »South Hill Schule«.

Greta und Ansell wechselten einen Blick. Hatte ihr Vater sie wirklich zu einer Schule gebracht? Er hatte immer gesagt, Schulen seien viel zu teuer, und da es keine Regierung mehr gab, die ihn dazu zwang, sie in die Schule zu schicken, würde er auch nicht für ihre Bildung bezahlen. Mutter hatte ein paar billige Schulbücher im Netzwerk gekauft, mit denen er gelernt hatte zu lesen, und ein wenig »nützliche Mathematik«.

Im Innern des grauen Gebäudes sah es aus wie in den Schulen, die sie in den historischen Sendungen des Netzwerks zeigten. Ein Flur mit Schließfächern an der Seite. Auf der anderen Klassenzimmer. Vorne eine Tafel und Stuhlreihe um Stuhlreihe voller Kinder. Aber irgendetwas war seltsam an den Kindern und störte Ansell, und erst als er die Erwachsenen und die Kinder genauer betrachtete, die in der Schule herumliefen und ihre Nase in Räume und Schließfächer steckten, bemerkte er es. Alle Schüler waren leichenblass.

Vater ging den Flur entlang bis zu einer Tür am Ende, auf der auf einem Schild »Direktor« stand. Als er das las, kicherte er und klopfte dann an. Ein Mann mit kleinen, runden Brillengläsern und einem gestreiften Anzug öffnete die Tür.

»Willkommen im Museum!«, sagte er und winkte sie herein. Er setzte sich hinter seinen alten Schreibtisch und sah Ansell und Greta an. »Sind das Ihre?«

»Ja«, erwiderte Vater.

Der Direktor nickte. »Sie werden sich gut hier machen. Es ist heutzutage nicht einfach, ein hübsches Paar blasser Gesichter zu finden. Natürlich hatten sie in der Epoche, die wir hier nachspielen, noch keine dunklen Kinder in den Schulen.«

»Ich schätze, das hatten sie wirklich nicht«, erwiderte Vater.

»Wie heißen sie?«

»Ansell und Greta.«

»Klingt europäisch und altmodisch. Gibt es einen Grund für diese Namen?«

»Nein, nur ein Witz meiner Frau. Ansell* ist nach dem benannt, das geplatzt ist.«

Der Mann hielt kurz inne und brach dann in seltsames Gelächter aus – so wie jeder Erwachsene, der diese Geschichte bisher gehört hatte.

»Ich mag Ihren Sinn für Humor. Und Greta?«

»Meine Frau hat sich in den letzten Wochen vor Gretas Geburt alte Filme angesehen«, erwiderte Vater. »Filme aus dem letzten Jahrhundert. Sagte, Greta erinnert sie an eine der Schauspielerinnen.«

»Na ja, wir ändern sie vielleicht noch, damit sie besser zur Szenerie passen. Macht Ihnen das etwas aus?«

»Natürlich nicht.«

Der Direktor schob einen Stapel Papier über den Tisch. Vater warf einen Blick darauf und zuckte mit den Achseln.

»Wozu brauchen wir einen Vertrag?«, fragte er. »Es ist ja nicht so, als könnten wir einander heutzutage verklagen.«

Der Direktor lachte und dieses Mal klang es, als käme es aus tiefstem Herzen. »Das stimmt. Dann sehen Sie es eher als Gebrauchsanweisung an. Richtlinien, die diese Arbeit für uns beide so ertragreich wie möglich machen. Es mag zwar nicht illegal sein, Kinder für sich arbeiten zu lassen, aber es ist illegal, sie zu stehlen oder sie zu misshandeln.«

Während Vater die Dokumente durchlas, sah Ansell aus dem Fenster des Büros. Er beobachtete ein Pärchen, das mit seinem Sohn eines der Klassenzimmer betrat. Er konnte die Lehrerin sehen. Die Frau rief eine der Schülerinnen nach vorn. Das Mädchen streckte ihre Hand aus. Die Lehrerin machte eine schneidende Bewegung mit einem kurzen Etwas und die Schultern des Mädchens zuckten vor Schmerz. Als sie sich wieder umdrehte, hielt sie die Hand an sich gedrückt und Tränen rollten ihre Wangen hinab.

*Anmerkung des Herausgebers: Ansell ist der Name eines der weltgrößten Hersteller von Präservativen. Die Firma sitzt in Australien.

»Was ist das hier für ein Ort, Vater?«, fragte Ansell und war froh, dass das Fenster des Büros zu tief war, als dass Greta hindurchsehen könnte.

»Ein lustiger Ort, an den Touristen kommen und sehen, wie das Leben in der Vergangenheit war«, erwiderte Vater. »Du und Greta werdet dieses Mal echte Schauspieler sein und müsst euch nicht mit Kunden abgeben.«

»Toll«, erwiderte Ansell. Er sah zu Greta. Sie starrte ihn an und ihr Blick war hart und entschlossen.

Er wischte den Staub, den der Gips hinterlassen hatte, von seinen Händen und nickte.

Dieses Mal war es nicht so leicht. Mehrere Nächte vergingen, bevor sie der Schule entkommen konnten, und dieses Mal hatte es auch geregnet. Auf den glatten Flächen, die er mit dem Gips gezeichnet hatte, hatte der Regen die Markierungen fortgewaschen. Nur einzelne Kreidestriche auf überdachten Wänden hatten überlebt.

Sie mussten in verschiedene Richtungen gehen und dann wieder zu der letzten Markierung zurückkehren, wenn sie die nächste nicht gefunden hatten. Schließlich begann es immer stärker zu regnen. Sie suchten Unterschlupf in einem Häusereingang, bis ein Van neben ihnen stehen blieb und der Fahrer versuchte, Greta hineinzuziehen. Ansell trat den Fahrer, bis er sie losließ, und sie beide rannten davon.

Als sie stehen blieben, wussten sie nicht mehr, wo sie waren und er hatte schon seit einigen Blocks keine weiße Markierung mehr gefunden. Sie suchten unter einem anderen Hauseingang Unterschlupf und gingen dieses Mal sicher, dass es keine Straßenlaternen gab, die sie verraten konnten. Greta zitterte und beschwerte sich, weil sie Hunger hatte. Sie waren gerade weggelaufen, als es Abendessen gab, weil ein Großteil der Mitarbeiter dann abgelenkt war.

Ansell ließ seinen Blick über die Dächer der Häuser schweifen und sah, wie der Regen das Licht unter sich fing und es zu silberfarbenen Streifen formte. Das kam nicht überall vor. Nur an einem Ort. Was bedeutete, dass sich darunter helle Lichter befinden mussten.

Helle Lichter mitten in der Nacht bedeuteten in der Regel, dass sich dort eine Touristenstraße befand. Eine Touristenstraße bedeutete, dass es Mülleimer voller halb aufgegessenem, weggeworfenem Essen gab. Vielleicht konnten sie so wenigstens eines ihrer Probleme lösen. Er nahm Gretas Hand und lief wieder hinaus in den Regen.

Mit der Straße hatte er recht gehabt, aber nicht mit dem Essen. Die Mülltonnen waren leer und der Regen hatte sie alle sauber gewaschen. Alle Geschäfte hatten geschlossen. Er hatte gehofft, dass es sich dabei um die Christmas Street handeln würde, denn die war die ganze Nacht hindurch geöffnet und von dort aus hätte er der Spur seiner Tags zurückfolgen können. Aber es war eine andere historische Attraktion. Die Geschäfte zu beiden Seiten der Straße priesen »Ware wie aus alten Zeiten«, an, auch wenn die Produkte in den Schaufenstern den Glanz von Plastik hatten. Greta blieb vor »Tinnys Bäckerei und Süßwarenladen« stehen und starrte sehnsüchtig die Pasteten und Torten, Kekse und Lollis an. Auch wenn Ansell wusste, dass das alles Nachbildungen waren, war es doch seltsam, all diese Leckereien ohne Verpackung da liegen zu sehen, als wären sie nackt.

Sein Magen knurrte. Ihm tropfte Wasser aus dem Haar und in den Kragen seiner Uniform. Greta begann wieder zu zittern und kuschelte sich an ihn, um sich ein wenig aufzuwärmen. Sie sollten weitergehen, aber wohin? Er konnte sich einfach nicht entscheiden und war wie erstarrt. Sollten sie weitergehen und hoffen, irgendwann die Christmas Street oder ihr Zuhause wiederzufinden? Wie sollten sie etwas zu essen finden?

»Sieht köstlich aus, nicht wahr?«

Greta und er zuckten erschrocken zusammen. Die Stimme war laut und erscholl über ihren Köpfen. Schuldig wichen sie von dem Schaufens-

ter zurück und sahen nach oben. Über ihnen lehnte sich eine korpulente Frau aus dem Fenster. Sie hatte ein breites, freundliches Gesicht.

Sie runzelte die Stirn. »Ihr seht aus, als hättet ihr euch verlaufen. Habe ich recht?«

Ansell schüttelte den Kopf und die Frau lachte. »Was denn dann? Das Mädchen meint, sie haben sich verlaufen, der Junge sagt, sie haben sich nicht verlaufen?«

Ansell sah zu Greta, die den Kopf hängen ließ.

»Seid ihr hungrig?«

Dieses Mal gab Ansell gar keine Antwort.

»Kommt herein und trocknet euch ab«, sagte die Frau, verschwand im Haus und schloss das Fenster.

Greta sah Ansell an und in ihren Augen lag eine Frage. Unsicher erwiderte er ihren Blick. Bevor sie es sich anders überlegen konnten, öffnete sich die Tür des Ladens. Die Frau stand darin und war von einem bestimmten Duft umgeben. Es war der Duft von Sicherheit und Trost. Das Aroma von Liebe. Er umfing sie und drang in sie ein und Ansell konnte spüren, wie er sich entspannte. Greta gab ein Seufzen von sich. Gleichzeitig machten sie beide einen Schritt vorwärts.

»So ist's recht«, sagte die Frau und scheuchte sie freundlich durch die Tür. «Kommt ins Warme. Hier, nehmt die Handtücher und trocknet euch ab. Meine Güte, wie nass ihr seid! Und was für süße kleine Uniformen ihr da anhabt, auch wenn die Farbe ein wenig düster ist. Kommt mit und ich gebe euch etwas, was ihr anziehen könnt, während sie trocknen.«

Ansell hatte noch nie gehört, dass jemand so viel sprach. Diese Frau wartete gar nicht erst, bis man ihre Fragen beantwortet hatte, sie sprach einfach weiter, selbst noch, als sie zu einem Schränkchen ging und zwei T-Shirts herauszog, die eigentlich für Erwachsene gedacht waren und auf denen der Name des Ladens stand.

»Ich bin übrigens nicht Tinny«, erzählte sie ihnen und deutete auf das Ladenschild im Innern. »Mein Name ist Dianne. Hab den

Laden jetzt schon seit ein paar Jahren.« Sie reichte jedem von ihnen ein T-Shirt. »Die Firma hat sie vor einem Jahr anfertigen lassen, aber niemand hat sie gekauft. Wartet, nein. Ein seltsamer Asiate hat eins gekauft. Sagte, er sammelt T-Shirts. Ich drehe mich um, dann könnt ihr euch umziehen.«

Ansell zog sich aus und streifte sich das T-Shirt über, dann half er Greta. Sie hatte aufgehört zu zittern und brachte ein Lächeln zustande.

»Und jetzt besorgen wir euch etwas zu essen«, sagte Dianne und ging zu einer offenen Tür. Sie winkte sie zu sich und führte sie in einen größeren Raum voller glänzender Oberflächen und riesiger Geräte. »Hier mache ich all die Leckereien. Der Ofen da ist groß genug, dass ich fünfhundert Pasteten gleichzeitig darin backen kann. Dort drüben ist der Ausstanzer für die Kekse. Hier«, sie öffnete einen Kühlschrank. »Welche Sorte Pastete esst ihr denn am liebsten?«

Kurze Zeit später saßen Ansell und Greta vor einem kleinen Haufen Krümel und ihr Hunger war gestillt. Dianne hatte die Milchshakemaschine für sie angeworfen und Greta einen Erdbeer- und Ansell einen Schokoladenmilchshake gemacht. Zu dem Zeitpunkt war ihr Haar bereits wieder trocken geworden und Gretas Haar war nicht mehr flach und dunkel, sondern lockig und blond. Dianne gähnte und lachte, als Greta ebenfalls gähnen musste.

»Na, ihr könnt genauso gut heute auch hier schlafen. Oben gibt es nur ein winziges Schlafzimmer und nur ein Bett, aber in meinem Büro gibt es zwei kleine Betten, die ihr benutzen könnt.« Sie durchquerte den Raum und ging zu einer Tür gegenüber der Tür, die in den Laden führte. Sie umfasste die Klinke, hielt dann aber inne und sah über die Schulter zu ihnen. »Erschreckt nicht. Die Betten sind eigentlich Hundebetten. Meine beiden Jungs sind letztes Jahr gestorben. Ich habe die Matratzen gewaschen, weil ich eigentlich neue wollte, also sind sie ziemlich sauber.«

Käfige? Ansell hielt inne und kämpfte gegen eine Lethargie an, die ihn überkommen hatte, seit sie begonnen hatten zu essen. Dianne hatte

eine entschuldigende Miene aufgesetzt. Sie würde ihnen doch nicht von den Käfigen erzählen, wenn sie sie austricksen wollte, nicht wahr?

»Falls euch das nicht gefällt, könnt ihr auch hier draußen schlafen. Aber der Boden ist sehr kalt. Im Büro ist es wärmer. Die Käfige haben kein Schloss. Seht ihr?«

Sie schob die Tür auf. Auf der anderen Seite lag ein kleines Zimmer. Zwei große Käfige mit dicken Matratzen und Decken standen auf der einen Seite, die andere wurde von einem Schreibtisch und einem Sessel belegt, der vor einem Eingabebildschirm des Netzwerkes stand. Ein schwacher Geruch im Raum – gleichzeitig irgendwie süß und erdig – erinnerte ihn an verschiedene Begegnungen mit Hunden auf der Straße.

Er trat ein und inspizierte alles. Keine Schlösser. Die Matratzen waren sauber. Es war eben nur … seltsam. Er spielte mit dem Gedanken, sich einfach umzudrehen, aus der Küche und dem Laden zu gehen, zurück auf die regendurchtränkte Straße, aber er wusste, das konnte er Greta nicht antun.

Er kroch in einen der Käfige und setzte sich auf die Matratze. Sie war weich und versprach, warm zu halten. Er sah zu Greta und nickte. »Es ist bequem.«

»Können Sie die Tür offen lassen?«, fragte Greta und sah zu Dianne auf.

Sie lächelte. »Natürlich! Und jetzt solltet ihr beide etwas schlafen.« Sie ließ die Tür halb angelehnt, trat zurück und winkte. »Wir sehen uns morgen früh.«

Sie lauschten, während Dianne durch die Küche ging, eine weitere Tür öffnete und schloss und dann eine Treppe hinaufging. Die Decke über ihnen knarzte, als die Frau den Raum über ihnen durchquerte, und dann konnten sie hören, wie das Bett unter ihrem Gewicht einsank.

Greta kroch in den anderen Käfig.

»Das ist komisch«, sagte sie.

Er nickte. »Komisch ist besser als schlecht. Schlaf jetzt.«

Ein metallisches Klicken weckte ihn. Er setzte sich aufrecht hin und hatte Schwierigkeiten, sich daran zu erinnern, wo er sich befand. Hundekäfig. Freundliche Frau. Pasteten. Die Haare auf seinem Kopf prickelten. Anfangs glaubte er noch, dass er damit gegen den oberen Teil des Käfigs gekommen war, aber es fühlte sich vielmehr wie eine Warnung an.

Er zuckte zusammen, als seine Schwester schrill aufschrie und aus ihrem Käfig sprang.

»Lass ihn frei! Lass ihn frei!«, schrie Greta und trommelte mit ihren kleinen Fäusten auf Dianne ein.

Die Frau ignorierte sie. Sie hielt einen Schlüssel in der Hand. Ansell sah auf die Tür des Käfigs, in dem er geschlafen hatte. Daran hing ein Vorhängeschloss.

»Ich werde ihn gehen lassen, meine Kleine«, erwiderte die Frau. »Nachdem du die Pasteten, die ihr letzte Nacht gegessen habt, abgearbeitet hast.« Aber Greta schlug weiter auf sie ein und Diannes Blick verdüsterte sich. »Das ist ja eine schöne Art, mir meine Freundlichkeit zurückzuzahlen. Ich würde euch zu gerne gehen lassen, aber ich kann es mir nicht leisten, Straßenkinder durchzufüttern. Ich habe kaum genug Umsatz, um mich selbst zu versorgen.«

»Greta«, rief Ansell. »Stopp. Mach, was sie sagt.« Greta drehte sich um und starrte ihn an; er richtete sich auf, so gut es in dem beengten Käfig möglich war, und sah Dianne in die Augen. »Versprichst du, uns gehen zu lassen, wenn sie alles abgearbeitet hat?«

»Natürlich, mein Lieber.« Diannes Mund verzog sich zu einem humorlosen Lächeln. »Ich bin ja kein schlechter Mensch.«

»Lass mich allein mit Greta sprechen.«

Die Frau nickte. »Lasst euch aber nicht zu viel Zeit damit. Ich muss noch Bestellungen machen.« Sie drehte sich um und verließ den Raum.

Greta drehte sich zu Ansells Käfig um, ihre schmalen Finger schoben sich durch die Maschen und umklammerten den Draht des Käfigs. Ihr Gesicht war nass von Tränen, aber in ihren Augen brannte Wut.

»Erwachsene sind böse«, sagte sie. »Alle sind böse. Sie alle.«

Er nickte. »Einige sind schlimmer als andere. Sie hätte uns erst für die Pasteten arbeiten lassen können. Vielleicht kann sie es sich wirklich nicht leisten, uns kostenlos Essen zu geben. Mach, was sie sagt. Aber sei vorsichtig. Tu dir dabei nicht weh.« Er schwieg einen Moment lang. »Vielleicht wäre es gar nicht so schlecht, wenn wir hier arbeiten. Vielleicht können wir hier arbeiten und dafür Essen und richtige Betten bekommen. Das wäre besser, als auf der Straße zu leben oder von falschen Lehrern geschlagen zu werden oder krank zu werden, weil uns der Besitzer eines Weihnachtsladens verdorbenes Essen gegeben hat.«

Greta wischte die Tränen fort und nickte.

»Sorg dafür, dass sie uns anstellen will«, drängte er sie.

Sie wandte sich ab, ging zur Tür, öffnete sie und verschwand. Ansell lauschte. Er hatte nicht Gretas Gehör, aber sie war auch nur im Raum nebenan.

Diannes Tonfall war nicht harsch, aber fest. Sie befahl Greta, das Geschirr zu waschen, das nicht in die Spülmaschine passte, und anschließend sollte sie den Boden wischen. Nichts Gefährliches. Greta und er hatten zu Hause immer bei diesen Hausarbeiten geholfen.

Dianne ging weiter in der Küche herum, gab Greta Anweisungen, verrichtete gleichzeitig aber auch Arbeit. Die Tür zum Büro öffnete sich. Dianne musterte ihn kurz und setzte sich dann vor den Eingabebildschirm.

Ihr breiter Rücken blockierte seine Sicht auf den Bildschirm, aber er merkte, dass, wenn er sich in einer bestimmten Position hinsetzte, er die Spiegelung des Bildschirms auf dem Glas des Bilderrahmens sehen konnte, in dem sich das Foto zweier großer Hunde befand. Die Worte auf dem Bildschirm waren winzig und auf dem Glas nur in Spiegelschrift zu sehen, aber er konnte sie mit Leichtigkeit lesen.

Oben auf dem Bildschirm war die Uhrzeit zu sehen und sagte ihm, dass es noch früh am Morgen war. Kein Wunder, dass Greta und er nicht aufgewacht waren, bevor Dianne den Käfig abgeschlossen hatte. Dianne sah als Erstes in ihr virtuelles Postfach. Die ersten beiden Nachrichten waren von Leuten, die Kuchen und Torten bestellen wollten. Als sie die dritte Nachricht öffnete, versteiften sich ihre Schultern.

»Unsere Untersuchungen zu den Vorwürfen, die gegen Sie in der Sache der Bestellungen des Partystücks erhoben wurden, sind zu einem Abschluss gekommen. Es wurde erwiesen, dass die gelieferten Torten zu leicht waren. Bitte erklären Sie die Diskrepanz.«

Dianne seufzte, sackte einen Augenblick über der Tastatur zusammen, richtete sich dann aber wieder auf.

»Antwort auf E-Mail. Beginne Text. Sehr geehrter Regionalmanager. Ich bin bestürzt angesichts der Ergebnisse Ihrer Untersuchung, denn ich liebe die Produkte von Tinny und widme mich von ganzem Herzen der Aufgabe, unseren Kunden ein angenehmes Erlebnis zu bescheren. Die Vorstellung, dass diese Geburtstagspartys durch unerfüllte Erwartungen verdorben wurden, bricht mir das Herz. Ich kann nur annehmen, dass die gelieferten Zutaten nicht die Qualität hatten, die auf der Verpackung angegeben wurde, aber das kann ich nicht beweisen, da die Zutaten bereits verbraucht sind.«

Sie beendet die Antwortmail, schickte sie raus und öffnete dann ein Bestellsystem. Ansell bemerkte, dass die Zutaten, die sie aussuchte, alles Fertigpackungen waren. Der Teig für die Pasteten, Tortenmischungen, Füllungen und sogar die Kuchenglasur mit Geschmack kamen in Verpackungen und Tüten, und man konnte sie sofort benutzen. Ganz anders als bei den Chefköchen in den Kochsendungen, die Mutter so mochte, und die Mehl und Zucker und Früchte aus ihrem eigenen Garten verwendeten. Und es war auch ganz sicher nicht »hausgemacht«, wie es auf Tinnys Schildern angepriesen wurde.

Die Zeit verging. Dianne kehrte in die Küche zurück und zeigte Greta, wie man die Backmischung für Großmutters Pfirsichmuffins vorbereitete, dann öffnete sie den Laden und begann, die Kunden zu bedienen. Ansell konnte nichts anderes machen als zu lauschen. Die

meisten Kunden waren Touristen, aber gegen Abend, während Dianne gerade dabei war, den Laden zu schließen, kam ein Mann namens Gary in den Laden. Sie gab ihm einen Kuchen, den er nicht bezahlen musste, und er unterhielt sich mit ihr wie mit einem alten Freund.

»Und wer ist das?«, fragte er.

»Das ist Greta. Sie hilft mir heute aus.«

»Hallo, Greta.«

Greta murmelte eine vage Begrüßung als Antwort.

»Aber Greta, du musst etwas enthusiastischer sein, wenn Kunden zugegen sind.«

»Hallo«, sagte Greta in dem fröhlichen Tonfall, den sie im Weihnachtsladen hatten einüben müssen. »Wie war Ihr Tag?«

»Sehr gut, Greta«, erwiderte Gary und fügte dann leiser hinzu: »Sie lernt schnell.«

»Ja«, erwiderte Dianne nachdenklich. »In der Tat.«

»Aber sie ist nur ein Kind.«

»Ja. Ich stelle ungern Kinder ein, aber da das alle machen, muss ich etwas tun, um konkurrenzfähig zu bleiben.« Sie seufzte. »Natürlich habe ich der Firma noch nichts davon erzählt. Sie würden nur sagen, dass meine Verkaufszahlen zu niedrig sind und ich deshalb keine Helfer einstellen darf.«

»Nicht wie früher, in den alten Tagen. Damals hast du vier bis fünf Leute beschäftigt, nicht wahr?« Er schwieg einen Moment. »Sie hatte damals die beste Bäckerei der Stadt, Greta.«

»Bis die Freiheitspartei kam und die Bestimmungen für gesundes Essen abgeschafft hat.« Dianne seufzte. »Ich schätze, ich sollte dankbar dafür sein, dass Tinny auf mich zugekommen ist und mir angeboten hat, einen ihrer Läden zu übernehmen, anstatt dass sie einfach einen neuen Laden eröffnet und mich damit in den Ruin getrieben haben. Und auch wenn es kein Gesetz dagegen gibt, minderwertiges Essen zu servieren und dabei so zu tun, als wäre es gesund, denke ich ohnehin, dass es den Kunden egal ist.«

»Es gibt auch kein Gesetz, das besagt, dass man keine Kinder einstellen darf«, sagte Gary. »Und wenn sie hier arbeiten, ist das immer noch besser, als was so manch anderen Kindern zustößt.«

»Ja«, stimmte Dianne zu.

Nachdem Gary wieder gegangen war, rief Dianne Greta ins Büro.

»Wollt ihr etwas zu essen?«

»Natürlich wollen wir das«, erwiderte Greta.

»Willst du morgen wieder arbeiten?«

Greta sah Ansell an. Er nickte. »Ja. Sicher.«

»Ich hole euch ein paar Kuchen. Nachdem ihr gegessen habt, könnt ihr schlafen gehen. Wir müssen morgen früh raus.« Dianne deutete mit einem Winken auf den leeren Käfig und ging dann.

Greta sah Ansell an. »Geht es dir gut?«, fragte sie flüsternd.

Er zuckte mit den Schultern.

»Alle Erwachsenen sind böse«, sagte sie fest, an niemand Bestimmten gerichtet.

Dianne kehrte mit zwei Tellern und einer Flasche Limonade zurück. Die Küchlein waren offensichtlich übrig geblieben und, anders als sie es sonst sein sollten, kalt. Sie blieb nicht, um zu sehen, ob sie aßen, sondern ging direkt hinauf in ihr Schlafzimmer.

»Ich muss Pipi machen«, sagte Ansell.

»Ich hole eine Tasse.«

Die Tage vergingen und wurden zu Wochen. Greta arbeitete fleißig. Ansell lauschte, wenn ihr erklärt wurde, wie die ganzen Maschinen funktionierten. Er beobachtete Dianne auch dabei, wenn sie Bestellungen machte und mit Kunden kommunizierte. Es kam eine weitere Nachricht von der Firma.

»Nachforschungen bezüglich des Gewichts und Volumens der Zutaten für das Partystück haben ergeben, dass es keine Diskrepanzen an dieser

Stelle gab. Wir kommen daher zu dem Schluss, dass der Fehler in Ihrem Backprozess liegt. Bis Sie uns das Gegenteil beweisen können, werden wir Ihr Gehalt in den kommenden sechs Wochen um zehn Prozent kürzen.«

Als Dianne die Nachricht las, fluchte sie. Sie antwortete nicht darauf, sondern begann lieber, Zutaten zu bestellen. Als sie auf das Formular kam, mit dem man die Fleischfüllung für die Pasteten bestellen konnte, hielt sie inne. Sie bewegte sich nicht und sagte kein Wort und die Haare in seinem Nacken begannen zu prickeln. Dann sah er sie: zwei Augen, die sich auf dem Glas des Rahmens, in dem das Hundefoto steckte, spiegelten. Sie sah seine Spiegelung an und der Ausdruck auf ihrem Gesicht war spekulativ. Kalkulierend. Ihre Blicke trafen sich.

Dianne erhob sich, ging in die Küche und sagte Greta, dass sie härter arbeiten sollte.

Als Gary an diesem Abend kam, sagte er zu ihr, dass sie traurig aussah. Sie seufzte.

»Ich vermisse meine Jungs.«

»Deine Hunde?«

»Ja. Und die Firma hat herausgefunden, dass ich Zutaten unterschlagen habe. Ich habe mir selbst eine Geburtstagstorte gebacken. Mir hätte ja sonst keiner eine gebacken.«

»Ich hätte es vielleicht getan, wenn ich gewusst hätte, dass du bald Geburtstag hast«, sagte er zu ihr. Dann senkte er die Stimme. »Sei vorsichtig, Dianne. Du kannst die Firma nicht betrügen. Sie haben die Zahlen genau im Blick. Solche Dinge fallen ihnen auf.« Er schwieg einen Moment lang. »Ist das der Grund, warum du an deine Jungs denken musst?«

Sie antwortete nicht. »Ja.«

»Na ja, wenn du so etwas noch einmal machen musst, sag mir vorher Bescheid.«

»Oh, ich würde dir niemals etwas verkaufen, von dem ich nicht sicher bin, dass es das Siegel der Firma trägt, Gary«, erwiderte sie. »Du bist ein guter Freund. Ein guter Zuhörer.«

Später am Abend sah Greta durch die Streben des Käfigs zu Ansell.

»Wie nennt man es, wenn Menschen andere Menschen essen?«, fragte sie.

»Kannibalismus.«

»Ist das mittlerweile legal? Ist das eines der Gesetze, das sie aufgehoben haben?«

»Das weiß ich nicht.«

»Wir können hier nicht bleiben.«

Er sah das Foto der Hunde an. Dianne hatte diese Hunde geliebt. Sie liebte weder ihn noch Greta.

»Wir können nirgendwo anders hin.«

Ansell war immer schon derjenige gewesen, der sich die Pläne ausgedacht hatte. Er war derjenige, der auf Greta aufpasste. Also ging er nicht davon aus, dass sie irgendetwas von sich aus tun würde. Wenn er es gewusst hätte, hätte er ihr gesagt, es nicht zu tun, aber als sie in das Büro gerannt kam und seinen Käfig aufsperrte, war es bereits zu spät. Seine Beine wollten ihn nicht tragen, also kroch er heraus und wiegte sie in seinen Armen, während sie schluchzte.

Sie hatte sich Teig in die Ohren gestopft, in der Hoffnung, dass sie dadurch die Schreie nicht hören musste.

Am nächsten Abend war Greta wieder sie selbst. Das Selbst, welches sie in der letzten Zeit entwickelt hatte, ganz hart und entschlossen. Die Müdigkeit – das Resultat von fehlendem Schlaf – verwandelte sich in Angst, als Gary vorbeikam für seinen üblichen Kuchen und den abendlichen Plausch.

Ansell hatte den ganzen Tag darüber gegrübelt, welche Fragen er wohl würde beantworten müssen.

Als Garys Augenbrauen bei seinem Anblick in die Höhe schossen, lächelte er. »Gary, richtig? Greta holt Ihnen Ihre Bestellung.« Er drehte sich um und nickte Greta zu, die in der Tür zur Küche erschienen war. Sie verschwand wieder.

Gary nickte. »Also hat Dianne noch jemanden eingestellt? Wie heißt du?«

»Ansell«, erwiderte Ansell.

Greta kam herein und trug den üblichen Karton mit den Torten, die der Mann jede Nacht abholen kam. »Hi, Gary. Dianne hat gesagt, ich soll Ihnen eine kostenlose Pastete geben. Leider haben wir nur welche mit scharfer Schweinefleischfüllung.«

»Das ist neu.« Gary nickte. »Ich probiere eine.«

Sie verschwand aus seinem Blick. Als sie mit einer dampfend heißen Pastete auf einem Teller zurückkehrte, drehte sich Ansell weg, sodass Gary ihn nicht sehen konnte. »Er nicht«, formte er stumm mit den Lippen. Sie sah ihn nur an, der Blick hart und herausfordernd, dann ging sie weiter zur Verkaufstheke.

»Sagen Sie uns bitte, wie sie Ihnen schmeckt«, sagte sie.

Gary nahm einen Bissen. Seine Augenbrauen wanderten in die Höhe. »Ww, ds s schf!«, rief er aus. Er schluckte, schürzte dann die Lippen und sog hastig die Luft ein und stieß sie wieder aus. »Ich mag es! Bist du von allein auf das Rezept gekommen?«

Greta nickte.

»Ihr solltet die Pastete auf die Karte nehmen.«

Ansell schüttelte den Kopf. »Sie ist nicht so gut geworden, wie wir gehofft haben. Wir werden sie nicht noch einmal zubereiten.«

»Schade, aber ich schätze, einige Leute mögen einfach kein scharfes Essen.« Gary nahm noch einen Bissen, kaute und schluckte dann. »Wo ist Dianne?«

»Weg«, erwiderte Greta. Sie riss die Augen auf und sie füllten sich mit Tränen, aber sie blinzelte sie rasch fort. »Wir führen den Laden ab jetzt.«

Gary verzog das Gesicht. »Ah, ich hatte schon befürchtet, dass sie dieses Mal bei der Firma zu weit gegangen ist. Mag sein, dass es keine Regulierungen mehr gibt, aber man darf nicht vergessen, dass es die großen Firmen waren, die dafür gesorgt haben, dass sie verschwinden. Sie machen jetzt die Regeln. Gut für euch, dass es kein Gesetz gibt, das Kindern verbietet, ein Geschäft zu führen, nicht wahr?«

Greta schaffte es zu lächeln. »Ja.«

Gary hob grüßend die Hand mit dem Rest der Pastete, nahm sich dann eine Papierserviette und ging zur Tür. »Bis Morgen.«

»Bis Morgen«, erwiderte Ansell. Er folgte Gary zur Tür und schloss hinter ihm ab. Dann drehte er sich um und sah seine Schwester an. Ihr Gesicht war blass und ihre Augen ruhelos. Er biss sich auf die Zunge, um nicht die gleichen Beschwichtigungen zu wiederholen, die er die ganze Nacht schon aufgesagt hatte: Was getan war, war getan. Es brachte nichts, sich weiter darüber den Kopf zu zerbrechen. Jetzt zählte nur noch die Zukunft. Er wusste, wie man Bestellungen aufgab und Greta wusste, wie man die Maschinen bedienen musste. Der Firma war es egal, wer die Arbeit machte, solange nur das Geld floss. Ein Plan begann sich in seinem Kopf zu formen, ein Plan, der sie weiterbrachte als nur durch die nächste Stunde oder den nächsten Tag oder die nächste Woche.

»Lass uns den Abwasch machen«, sagte er. »Und dann gebe ich besser mal die heutigen Einnahmen ein und bestelle mehr Zutaten.«

Greta wischte sich über die Augen, straffte den Rücken und nickte.

Ju Honisch

Ins Blaue hinein

Ju Honisch

Ju Honisch wurde in Berlin geboren, ist in München aufgewachsen und lebt jetzt in Hessen. Auf ihrer Website verrät sie, dass sie ihr erstes Romanmanuskript bereits im Alter von dreizehn heimlich unter der Schulbank geschrieben hat – und dass dieses, wenn es nach ihr geht, für immer unveröffentlicht bleiben wird. Ihren zuerst veröffentlichten Roman schrieb sie auf Englisch und übersetzte ihn dann mit viel Geduld zurück ins Deutsche.

Die Mühe hat sich gelohnt, denn 2009 wurde *Das Obsidianherz* mit dem *Deutschen Phantastik Preis* für das Beste deutschsprachige Fantasydebüt ausgezeichnet. Seither hat sie nicht aufgehört zu schreiben. Zuletzt ist von ihr im Mai mit *Blutfelsen* ein in sich abgeschlossener Roman aus ihrer Saga *Die Geheimnisse der Klingenwelt* erschienen. Für *Schwingen aus Stein* erhielt sie 2014 den *Seraph*. Obwohl das Buch keine Fairytale-Fantasy ist, spielt sie in diesem Buch mit dem einen oder anderen klassischen Motiv dieser Gattung.

Auf die Idee, sie für diese Anthologie um ein Märchen zu bitten, kam ich allerdings, als ich sie letztes Jahr auf der Phantastika singen hörte. Ju ist nicht nur Schriftstellerin, sondern auch Liedermacherin, wie sie selbst sagt. Gemeinsam mit ihrer Bandkollegin Katy singt sie Lieder, die sie textet und die sie gemeinsam vertonen: Filk, eine Musikgattung, die man vielleicht am ehesten als Folkmusik mit (nicht ausschließlich) phantastischen Themen bezeichnen kann. Auf ihrer Website erfahrt ihr mehr dazu.

Ins Blaue hinein adaptiert *Das blaue Licht* der Brüder Grimm. Ein Märchen mit keinem sehr netten Protagonisten, wohlgemerkt. Aber darin liegt ja oft auch der Spaß an Fairytale-Fantasy. Man kann die alten Vorlagen entstauben und ihnen einen neuen Dreh verpassen.

www.juhonisch.de

Ins Blaue hinein

Der Soldat stand stramm. Sein Leben lang hatte er dies getan – strammgestanden. Jetzt, da er ab dem linken Knie ein Holzbein hatte, war das nicht einfach. Manchmal spürte er seine Zehen, die längst nicht mehr bei ihm weilten, und er fragte sich, wie das sein konnte. Freilich spürte er bisweilen auch das Grauen der Schlachten und Kämpfe und hörte die Schreie, auch wenn er nicht kämpfen musste und es still war. Dann verstand er, was es mit den Zehen auf sich hatte.

Ohne sich zu rühren, schüttelte er die Gedanken ab wie lästige Regentropfen. In dieser Kunst unterwies man alle Soldaten. Man musste sein Denken trocken halten.

Die Pracht des Schlosses verschlug ihm den Atem. So lange hatte er für den König gekämpft, seit die Werber damals in sein Dorf gekommen waren, ihm, dem hochgeschossenen Jungen von fünfzehn, eine silberne Münze geschenkt und dabei zugesehen hatten, wie er langsam und bedächtig, Buchstabe für Buchstabe seinen Namen geschrieben hatte: Hans Gerber. Inzwischen beherrschte er die Kunst des Schreibens besser. Ein Soldat musste vieles können.

Für einen Soldaten war er alt. Wäre er auf dem Bauernhof geblieben, würden seine Kinder vielleicht zu dieser Zeit mit den Werbern gehen. Er hätte eine Frau, die ihn liebte und wärmte. Doch er hatte nur seinen Soldatenrock, seine Soldatenehre und sein Soldatenleben, auf das er mit Stolz und mit einigem Schrecken zurückblickte. Auch den König hatte er, dem er auf dem Schlachtfeld sein Bein geopfert hatte - und so vieles andere.

Jetzt würde er belohnt werden. Zum ersten Mal befand er sich im turmbewehrten weißen Palast des hohen Herrn, der sein Leben bestimmt und verfügt hatte, wo er sein, wann er essen und wen er töten musste.

Gewiss, er war hier nicht allein. Mit einem halben Dutzend anderen tapferen alten Haudegen stand er da. Der eine blind, der nächste auf Krücken, manch einem fehlte ein Arm und einer hatte eine Haut wie gebackener Käse. Er war einem Feuer zu nahegekommen.

Die grünen Marmorsäulen des Thronsaales waren mit Silberspiralen eingefasst, die wie Ranken in filigranen Silberblättern und Kristallvögeln endeten. Eine mechanische Nachtigall zwitscherte, und ihr Lied hallte vom edlen Stein wider. Der Boden war aus dem gleichen Marmor, dessen schwirblige Muster immer wieder Bilder in Hans' Sinn entstehen ließen.

Grün und silbern waren auch Samt und Seide der Tapisserien, die schwer und lang den Raum von weiteren Galerien abteilten. Auch hier Stickereien von Silberwäldern und fröhlichen Jagden.

Hans hatte Wald anders in Erinnerung: dunkel, kalt und dräuend. Er verstand, dass das Gleiche nicht dasselbe war. Dem König war die Welt von silberner Schönheit, dem Soldaten eine von Kälte und Matsch, Blut und Gewalt.

Da standen sie, aufgereiht vor dem Monarchen, dem höchsten aller Herren, die sie je herumkommandiert hatten. Nur Gott, so predigte es der Soldatenpriester, war höher.

Seine Majestät trug eine Krone. Hans beschlich der Gedanke, dass diese gewiss mehr wert war als all der Sold, den man ihm schuldete. Bei dem Gedanken blieb sein Gesicht unbeweglich. Beim Militär geziemte es sich nicht, eine Meinung zu haben – oder zu zeigen.

Nun erhob sich der König. Seide und Brokat flüsterten leise. Er schritt auf die Männer zu, sprach salbungsvoll von Tapferkeit, Pflicht und Seelenadel. Vor jedem der Versehrten blieb er stehen, ließ sich ein Kissen mit Orden reichen und befestigte diese an einer Brust nach der anderen. Jedem schenkte er ein Lächeln, jedem das gleiche. Er war gerecht.

Danach wünschte er ihnen Gottes Segen für ihr weiteres Leben.

»Können wir jetzt endlich ausreiten?«, flüsterte eine hübsche junge Frau, die auf einem prächtigen Stuhl etwas unterhalb des Thrones gesessen und die ganze Zeit ebenso standhaft geschmollt hatte wie Hans standhaft strammgestanden. Es war die Prinzessin, ein bisschen pausbackig, blondlockig, mit Silberreif im Haar und Ringen an den weichen Händchen. Alte, narbige Männer mit fehlenden Gliedmaßen waren ihr nicht kurzweilig genug.

Auch für die Prinzessin hatte er gekämpft. Wusste sie das nicht?

Der König nickte ein wenig in ihre Richtung, dann wandte er sich erneut seinen Kämpen zu und wiederholte das Nicken.

»Nun gehet in die Welt und seid Euch meiner Dankbarkeit gewiss!«, schloss der Herrscher huldvoll, und der Oberhofmeister klopfte mit seinem goldverzierten Zeremonienstab auf den grünen Boden. Das war das Zeichen, dass sie sich verneigen und rückwärts dem Ausgang zustreben mussten. So hatte man es ihnen geheißen, so taten sie es auch. Buckelten, humpelten hinaus mit einem letzten Blick auf eine Pracht und Schönheit, derer sie nie wieder gewahr werden würden. In diesem Augenblick hoffte Hans noch, man würde ihnen draußen den Lohn für ihr Leben und ihr Blut in Form von klingender Münze geben, auf dass sie etwas Neues beginnen könnten und weiterhin ein bescheidenes Auskommen hätten.

Dann jedoch schloss sich die letzte Pforte im Wall, laut und schwer. Sie standen draußen mit nichts als einer klimpernden, vielzackigen Brosche an einem blauen Band. Der geprägte Stern war aus Blech, hübsch, nutzlos und scharfkantig.

Sie sprachen nicht viel. Es gab nichts zu sagen. Sie teilten sich auf und gingen in verschiedene Himmelsrichtungen davon, humpelten und tasteten sich in die kalte Welt hinaus.

Eine Leere, gleißend wie ein zu heller Fleck auf der Seele, brannte in Hans. Es hätte viel zu klagen gegeben und viel zu fluchen. Doch das Schimpfen hatte man ihm abexerziert, und Wut war nutzlos, so man keinen Feind besaß, auf den man sie richten konnte.

In seinem Mantelsack suchte er nach seiner restlichen Barschaft. Allein da fand sich nichts. Er hatte mit seinen Kameraden den Abschied

aus dem Soldatenleben gefeiert und die Becher kreisen lassen. Zu jenem Zeitpunkt hatte er noch geglaubt, sich um das Leben nach seinem Soldatendienst keine Sorgen machen zu müssen. Wahrlich, er hätte es besser wissen müssen.

Wohlan, was nun? Er verstand sich auf keine Kunst außer der des Kämpfens. Doch kein Fürst, nicht einmal ein Schenkenwirt würde ihn als Kämpfer dingen – nicht mit seinem Holzbein. Auch zum Knecht taugte er nicht mehr. Was aus seinen Eltern geworden war, wusste er nicht. Anspruch auf ein Erbe hatte er nicht. Dafür hatte er Hunger.

Er lief die staubige Straße entlang, setzte Fuß vor Holzbein. Sein Knie schmerzte. Einmal nahm ihn ein Heuwagen mit, einmal ein fahrender Händler, der ihn dafür beim Abladen auf dem nächsten Markt helfen ließ. Das Stück Brot, das Hans sich erbettelt hatte, sättigte ihn nicht.

Er erreichte den großen Wald, dessen düstere Grenze sich vom Gold der Ährenfelder absetzte; hier die Üppigkeit, dort die Finsternis. Das dunkle Gehölz stand in keinem guten Ruf, war alt und ward gemieden. Hans fand das passend. Er folgte einem dünnen Pfad durchs Gesträuch, tiefer in den schattigen Forst. Es gab Beeren und Pilze, eine Kost, die ihn nicht fröhlich stimmte, doch des Königs Suppentöpfe waren bisweilen schon schlechter gewesen.

Weit hinein humpelte er, weiter und weiter, über Wurzelwerk, das wie Schlangen über den Boden kroch und ihn immer wieder stolpern ließ, während sich der Pfad verlor und er längst keine Richtung mehr ausmachen konnte. Hier war es auch grün. Die Nachtigallen waren echt, jedoch mochten auch die Bären und Wölfe nicht weniger wirklich sein. Hans wünschte, er hätte noch sein Gewehr. Das freilich hatte er abgeben müssen.

Auf einer Lichtung fand er unvermittelt ein kleines Haus. Es hatte sich nicht angekündigt, nicht einmal den Rauch, der aus dem Kamin in die hohen Wipfel zog, hatte Hans gerochen. Er erinnerte sich, dass die abergläubischeren seiner Kameraden gesagt hatten, es ginge im Wald nicht mit rechten Dingen zu. Hexen sollte es hier geben.

Hans war zu hungrig, um sich noch um Hexen zu scheren. Waren Hexen wirklich schlimmer als Könige? Nun, er hatte die Wahl: weitergehen oder hier sein Heil suchen – und was galten ihm Hexen?

Sie öffnete die Tür, kurz bevor er davorstand.

»Ei«, sprach sie und verschränkte die Arme vor ihrer Brust. »Ein Soldat mit einem Bein. Und einem frischen Orden.«

Er hatte sich Hexen anders vorgestellt. Freilich hatte er noch nie eine gesehen und tatsächlich nicht einmal an sie geglaubt. Innerhalb eines Heeres voller kampferprobter Männer nicht an Hexen zu glauben, war einfach. Vor einer zu stehen war anders, und es sollte ihn wohl gruseln.

Sie hatte keine Warze auf der Nase. Dreckig war sie auch nicht. Nicht einmal alt und hutzelig war sie, sondern jünger als er, aber kein junges Mädchen mehr. Ihr morgenrotes Haar war ordentlich zu einem langen Zopf geflochten und ihre Wangen waren rosig.

Doch all dies mochte Blendwerk sein.

Sein Hunger und seine Müdigkeit waren freilich stärker als sein Argwohn.

»Ich bitte dich, gib mir ein Nachtlager und ein wenig Essen und Trinken«, sprach er. »Ich verschmachte sonst.«

»Oho!«, antwortete sie. »Wer gibt einem verlaufenen Soldaten etwas? Der König wohl nicht.« Sie tippte höhnisch an die Krone auf seinem Orden. »Doch will ich barmherzig sein und dich aufnehmen, so du tust, was ich verlange.«

Nun wurde Hans doch vorsichtig. »Was verlangst du?«, fragte er misstrauisch. Versündigen wollte er sich nicht, zumindest nicht allzu sehr.

Sie grinste spöttisch. »Dass du mir morgen meinen Garten umgräbst.«

Der Soldat willigte ein. Es war eine Arbeit, die er ausführen konnte, und er war dankbar für die Suppe und den Platz auf der Ofenbank. Einen Garten umzugraben erschien ihm zudem nicht besonders sündhaft.

So arbeitete er den folgenden Tag mit aller Kraft, wurde jedoch vor dem Abend nicht fertig. Fast schien es ihm, als wüchse der Garten, als strecke sich die Lichtung immer weiter in die Bäume hinein, welche wie eine dunkle Grenze einer Rodung wichen, die eben noch nicht da gewesen war.

Als es dunkel wurde, trat die Frau zu ihm. Sie blickte über seine Arbeit und schließlich zu ihm.

»Ich sehe wohl«, sprach sie mit einem allzu wissenden Lächeln, »dass du heute nicht weiterkommst: Ich will dich noch eine Nacht behalten, dafür sollst du mir morgen ein Fuder Holz spalten und klein machen.«

Hans willigte ein. Ein warmes Nachtlager und gutes Essen waren der Mühe wert. Er hatte sich schon mehr gemüht für weniger. Vielleicht hätte er dankbarer sein müssen, doch mit dem Sattsein und der wohligen Wärme füllte sich langsam jenes weiße Loch in seiner Seele, und er begann zu zürnen und sich zu ärgern. Nun brannte in Hans wieder die Erinnerung an den König und dessen Blechorden. Er hätte den Tand fortgeworfen, doch der war das Einzige, was von einem Vierteljahrhundert Plackerei, Tod und Leid übrig war.

In dieser Nacht schlief Hans wenig.

Am nächsten Tag nahm er die Axt. Einen Augenblick lang war er dankbar, dass er zwei Arme und Hände hatte. Hätte man ihm statt des Beines einen Arm abgeschossen, wäre er jetzt schlimmer dran. Und hätte Gevatter Tod ihn in der Schlacht geholt, so müsste er nun nicht für eine Hexe Holz hacken. Doch tot war er nicht.

Er hackte Holz. Mit jedem Schlag, der durch die Scheite fuhr, legte sich sein Ärger, um darauf erneut aufzuflammen. Er spürte den Blick der Hexe auf sich, sah sich allerdings nicht nach ihr um. Vielleicht hatte sie Angst vor ihm?

Er lachte laut auf, sagte aber nichts, arbeitete nur weiter. Am Ende des Tages jedoch hatte er nicht das ganze Holz gespalten, denn es

lag wirklich viel Holz auf der großen Lichtung, auf der bereits neue Pflanzen aus dem frisch umgegrabenen Boden sprossen.

Eier und Speck brieten in der Pfanne, als ihm die Frau den Vorschlag machte, eine weitere Nacht zu bleiben. Das frisch gebackene Brot war noch warm und duftete nach einem längst vergangenen Zuhause, das er als Jüngling verlassen hatte. »Du sollst mir morgen nur eine geringe Arbeit tun, Soldat. Hinter meinem Hause ist ein alter, wasserleerer Brunnen, in den ist mir mein Licht gefallen. Es brennt blau und verlischt nicht. Das sollst du mir wieder heraufholen.«

Solch eine Arbeit klang seltsam. Hans kannte kein Licht, das nicht verlöschte. Jedes Licht erlosch. Jeder Tag wurde zur Nacht. Doch sie war schließlich eine Hexe, und er hatte gut gegessen. Sie legte ihm einen Strohsack und eine Decke hin und er schlief weicher als eh und je.

Er erwachte mit den Vögeln des Waldes. Da stand sie auch schon vor ihm, die Frau mit dem lichtroten Zopf. Sie führte ihn hinaus, und in der Tat gab es hinter dem Haus einen Brunnen, den er bislang nicht gesehen hatte. Er warf einen Stein hinein, doch es erklang kein Platschen, nur ein leises, trockenes Plopp. Ertränken wollte die Hexe ihn wohl nicht.

»Da hinunter«, sagte sie. »Bring mir mein Licht!«

Sie deutete auf einen großen Korb, der anstatt eines Eimers am Seil festgebunden war. Der dicke Strick war über mehrere Rollen geführt, und Hans fragte sich, welch schwere Dinge sie wohl sonst mit dem Korb zutage förderte.

»Steig ein, dann lass ich dich hinunter«, befahl sie und er blickte ihr in die Augen. Sie hatte grüne Iriden, so grün wie der Frühlingswald. Ihr Zopf baumelte bis zu ihrer Taille. Nicht einmal ein Häubchen trug sie, um ihr Haar zu bedecken, wie es sich geziemte. Dass sie vor ihm Angst hätte, glaubte er nicht mehr.

Schließlich war sie eine Hexe. Ein Schauer lief ihm über den Rücken, und er vermochte nicht zu sagen, ob es Furcht war oder eine plötzliche Erkenntnis, die sich just ankündigte. Oder etwas anderes?

»Soldat!«, drängte sie. »Eil dich!«

Er setzte sich auf den Brunnenrand und schwang Bein und Holzbein über die Steine. Dann stieg er in den wackeligen Korb. Hatte sie wirklich genug Kraft, ihn zu halten? Würde er abstürzen? Wollte sie ihn töten? Rote Haare, grüne Augen, allein im Wald, ohne einen Mann. Sie musste eine Hexe sein. Alle wussten, dass sie eine Hexe war.

Sie machte das Seil los. Langsam senkte sich der Korb. »Halte dich nicht auf, unten in der Finsternis!«, rief sie ihm hinterher. »Greif dir nur das Licht, und dann geht es zurück nach oben!«

Wie griff man ein Licht? Er fragte sich, was er finden würde. Eine Lampe? Eine Laterne? Während er noch so dachte, setzte der Korb auf. Hans blickte nach oben. Weit über sich erspähte er das kleine Rund des Brunnenloches. Der Morgen war nun vollends angebrochen, die Helligkeit jedoch reichte nicht den ganzen Schacht hinunter.

Er zwang sich, auf den Grund zu sehen. Eine Lampe sah er nicht, aber eine kleine Zunderschachtel lag dort, ein Kleinod aus glänzendem Metall mit Stahl und Feuerstein, das blau leuchtete. Er griff danach, blickte sich noch einmal um und zog schließlich kurz am Seil.

»Ich habe das Licht!«, rief er, und der Korb setzte sich in Bewegung. Aufwärts. Es ging langsamer als abwärts, und unbehagliche Gedanken gingen ihm in seinem Sinn hin und her. Wozu brauchte sie dieses Licht? Sie hatte jeden Abend gekocht, das Feuer im Herd hatte sie ohne Schwierigkeiten anschüren können. Abends brannten auf dem Tisch Kerzen. Wozu benötigte sie ein Licht in einer Schachtel?

Nun war er fast oben.

»Hast du es?«, fragte sie eilig.

»Ja.«

»Gib es mir!«

Noch schaukelte der Korb unterhalb der Brunnenkante. Hans müsste aufstehen und die Schachtel nach oben reichen. Dabei mochte er stürzen und sich den Hals brechen.

»Nun mach schon!«, drängelte sie. »Wenn ich das Licht sicher habe, helfe ich dir nach oben aus dem Korb.«

Ja, dachte er, und wenn ich erst vor dem König stehe, wird er mich für meine Dienste entlohnen und ein gar lustiges Leben gibt es dann. Er lachte freudlos auf. »Nein«, sagte er. »Erst ziehst du mich hoch. Dann sehen wir weiter.«

Sie reichte die Hand hinab und wollte ihm aufs Neue das blaue Licht abnehmen. Ihr Zopf baumelte über den Brunnenrand. »Nein«, wiederholte er und versuchte, ihre Gedanken zu erkennen. Doch Frauen hatte er nie recht verstanden, und Hexen konnte man nicht trauen, jeder wusste das. Außerdem würde niemand ihn noch einmal so betrügen, wie er betrogen worden war. »Das Licht gebe ich dir nicht eher, als bis ich wieder fest auf dem Erdboden stehe.«

»Du musst Vertrauen haben, Soldat«, raunte sie. »Ich muss wissen, dass du mir vertraust.«

»Ich vertraue niemandem! Nun zieh mich hoch! Ich gebe dir das Licht nicht eher.«

Da geriet die Hexe in Wut, ließ ihn wieder hinab in den Brunnen und ging fort.

Hans kam auf dem feuchten Boden auf, ohne Schaden zu nehmen, und das blaue Licht glomm weiter, aber was konnte ihm das helfen? Würde sie zurückkehren? Ihn hier sitzen lassen? Ihn gar verhungern lassen? Den Brunnen zuschütten, um ihre Tat zu verbergen?

Er blickte nach oben und besah sich die Wände. Selbst für einen mit zwei Beinen aus Fleisch und Blut waren sie zu glatt, als dass man an ihnen hätte emporklimmen können.

Wütend und verlassen setzte er sich nieder. Wieder stellte er sich die gleiche Frage: Würde sie zurückkommen? Sollte er sie rufen? Sie bitten? Flehen? Ihr das Licht geben?

Ganz so schnell mochte er nicht aufgeben. Vielleicht wartete sie ja auf seinen Ruf? Geradeso wie er darauf wartete, dass sie wiederkehrte und ihr roter Zopf über den Brunnenrand baumelte. »Rapunzel, Rapunzel«, flüsterte er abwartend. Doch niemand kam.

Schließlich zog er seine Pfeife aus dem Hosensack und stopfte sie mit dem letzten Tabak, den er noch besaß.

Das soll mein letztes Vergnügen sein, dachte er bei sich, zündete sie an dem blauen Licht an und fing an zu rauchen. Der Dunst zog ihm durch Atem und Gemüt. Es war ein einfaches Vergnügen, vielleicht das letzte.

Als die Schwaden in dem Brunnen umhergezogen waren, stand auf einmal ein kleines Männchen vor ihm. Es reichte ihm nur bis zum Gürtel, hatte feine Kleidung aus schwarzem Samt an und einen Hut mit schwarzen Federn. Dunkles Haar fiel ihm über die kleinen Schultern, seine buschigen Augenbrauen glichen schwarzen, haarigen Raupen, und sein Mund war ein dünner Strich in einem dicken Bart. Seine Haut war dunkel wie die der Welschen, nur seine Augen waren von demselben Blau wie das Licht.

Das Wesen fragte: »Herr, was befiehlst du?«

Hans war es nicht gewohnt, dergleichen gefragt zu werden. Gehorchen hatte er gelernt, gleichwohl aber nicht, Order zu erteilen.

»Was habe ich dir zu befehlen?«, erwiderte er sodann verwundert und ein wenig misstrauisch.

»Ich muss alles tun«, sagte das Männchen, »was du verlangst. Du«, es lächelte, »hast das Licht.«

Hans dachte einen Moment nach. Langes Zögern war nicht seine Art. Flugs drauf und nicht lange gefackelt war das, was ihn am Leben erhalten hatte.

»Gut«, sprach er, »so hilf mir zuerst aus dem Brunnen.« Nun würde sich zeigen, ob das Männchen dies vermochte, nur prahlte oder gar nichts als ein Schemen war, der ihn narrte.

Das Männchen nahm ihn bei der Hand und führte ihn durch einen unterirdischen Gang. Hans steckte das blaue Licht ein. Der Schwarzsamtene zeigte ihm unterwegs die Vorräte, welche die Hexe zusammengebracht und hier unten versteckt hatte. Auch Goldmünzen gab es, und der Soldat nahm so viel, wie er in die Taschen stecken

konnte. Er fand, es stünde ihm zu und er war es gewohnt, sich Beute zu nehmen, denn das war Teil des Soldatenlebens.

»Die Hexe …«, begann er, und das Männlein sah eilfertig zu ihm hoch.

»Soll sie brennen, Herr?«

Er dachte darüber nach. Der König verbrannte gerne Hexen. Aber diese hatte Hans Arbeit gegeben und Brot. Außerdem hatte er ihr schon das blaue Licht genommen.

»Nein. Nicht brennen.« Hoffentlich würde er das nicht bereuen. Doch er hatte andere Pläne. Alsbald befanden sie sich wieder über der Erde und wanderten der Stadt entgegen, aus der Hans gekommen war. Kurz vor dem Stadttor hielt Hans an.

»Herr, was befiehlst du?«, fragte der Kleine.

»Im Augenblick nichts«, antwortete der Soldat. »Du kannst nach Hause gehen; sei nur gleich bei der Hand, wenn ich dich rufe.«

»Es ist nichts nötig«, sprach das Männchen, »als dass du deine Pfeife an dem blauen Licht anzündest, dann stehe ich sogleich vor dir.« Darauf verschwand es vor seinen Augen.

Hans kehrte in die Stadt zurück, die er so armselig verlassen hatte. Er kaufte sich schöne Kleider mit vielen Knöpfen und Spitze an den Ärmeln und einen Hut mit Federn. Dann begab er sich in den besten Gasthof und befahl dem Wirt, ihm ein Zimmer so prächtig wie möglich herzurichten. Marmorsäulen mit Silberranken waren nicht darin zu finden, doch es hatte ein breites, warmes Bett und alles, was das Herz begehrte: erlesene Speisen und die besten Weine, weiche Federkissen und einen echten Teppich. Gar paradiesisch kam ihm all dies vor.

Das Herz ist freilich ein trügerisches Ding, und kaum war Hans dem Verschmachten erneut entgangen, regten sich Unmut und Zorn in ihm, wo er Freude und Zufriedenheit hätte fühlen müssen.

So rief er den Schwarzsamtenen und sprach: »Ich habe dem König gar treulich gedient, er aber hat mich fortgeschickt und mich hungern lassen. Dafür will ich ihn strafen.«

»Was soll ich tun?«, fragte der Kleine und kicherte in seinen Bart hinein.

»Spät abends, wenn die Königstochter im Bette liegt, so bring sie schlafend hierher. Sie soll mir … Dienste tun. Wie auch ich gedient habe.«

Das Männchen sprach: »Für mich ist das ein Leichtes, doch wenn das herauskommt, wird es dir schlimm ergehen!« Sein Grinsen war durch seinen Bart hindurch zu erkennen.

Der Soldat lächelte nur. So viele Jahre hatte er eine Gefahr nach der anderen durchlebt. Diese schien ihm nicht so schlimm wie manch andere. Und vielleicht war das blonde Mädchen mit dem Schmollmund ja das Risiko wert.

»Nur wer wagt, gewinnt!«, flüsterte er und grinste zurück.

Als es zwölf geschlagen hatte, sprang die Tür auf, und das Männchen trug die Königstochter herein und legte sie vor Hans ab. Der musterte das hübsche Mädchen, wie es da in nichts als seinem Hemdchen vor ihm lag, halb schlafend und halb wach.

»Da bist du also«, sprach er. Die Prinzessin aber hatte große Angst, und ihr wäre wohl nach Schreien zumute gewesen, allein das Männchen hatte ihr den Ungehorsam verwehrt. Entsetzt sah sie auf den Mann in der reichen Kleidung und erkannte ihn nicht als den Veteranen, den zu ehren ihr zu wenig kurzweilig gewesen war.

Hans stampfte mit dem Holzfuß auf die Dielen und trat auf sie zu. Während sie noch versuchte, von ihm fortzukriechen und verzweifelt ihr Seidenhemdchen über ihre hübschen Beine zog, bückte er sich zu ihr hinunter und zog sie hoch. Er hielt sie an den Armen fest und blickte ihr in die blassen Augen, die voller hilflosem Entsetzen auf ihn gerichtet waren.

Er konnte mit ihr tun, was er wollte. Eine Prinzessin hatte er noch nicht gehabt. Er ließ sie los.

»Frisch an die Arbeit!«, fuhr er sie an. »Geh, hol den Besen und kehr die Stube!« Er beobachtete sie. Sie hatte noch nie einen Besen in der Hand gehabt. Doch man konnte alles lernen. Man konnte lernen, für einen König auf andere Menschen zu schießen und, wenn sie dann tot waren, ihnen ihre Besitztümer zu nehmen, weil der Sold wieder einmal ausblieb. Man konnte lernen, auf einem Holzbein zu gehen. Sie konnte ausfegen lernen. Und mehr. Er musterte sie genau. Sie war zwar wach genug, um zu gehorchen, aber nicht, um sich zu wehren oder gar zu schreien. Das Männchen hatte es klug gefügt.

Als sie fertig war, hieß er sie zu seinem Sessel kommen, streckte ihr den Fuß entgegen und sprach: »Zieh mir den Stiefel aus.« Er warf ihn ihr dann ins Gesicht. Sie musste ihn aufheben, mit ihrem Hemd reinigen und glänzend machen. Sie tat alles, was er ihr befahl, ohne Widerworte, stumm und mit halb geschlossenen Augen. Schließlich nahm er sie wieder beim Arm, blickte ihr ins Puppengesicht und streichelte mit einem Finger die seidenzarte Haut.

»Vielleicht beim nächsten Mal«, sagte er.

Vor dem ersten Hahnenschrei trug das Männchen sie wieder in das Schloss und in ihr Bett zurück.

Am anderen Morgen war die Königstochter sehr müde. Ihre Fingernägel waren abgebrochen, ihr Hemd beschmutzt und sie konnte ihr Nachthäubchen nicht finden. Es war ihr, als wäre sie viele Meilen gerannt. Langsam kam der Albtraum zurück, bruchstückhaft und beängstigend. Das stand sie auf, ging zu ihrem Vater und erzählte ihm, sie hätte einen gar sonderlichen Traum gehabt.

»Ich ward durch die Straßen mit Blitzesschnelle fortgetragen und in das Zimmer eines Soldaten gebracht, dem musste ich als Magd dienen und aufwarten und gemeine Arbeit tun, die Stube kehren und den Stiefel putzen. Es war nur ein Traum, und doch bin ich so müde, als hätte ich wirklich alles getan.«

Der König blickte argwöhnisch auf.

»Was hat er dir sonst getan?«, fragte er erschrocken.

»Nichts. Vielleicht das nächste Mal, hat er gesagt. Aber putzen! Ich musste putzen! Und sein Fuß stank.«

Der König grübelte. »Nur einer? Nur ein Fuß?«

»Ich träumte nur von einem.«

»Der Traum könnte wahr gewesen sein«, sprach der König schließlich. »Einen Einbeinigen habe ich erst kürzlich gesehen. Nachdem es dem Frevler gelungen ist, dich aus einem bewachten Palast ungesehen zu entführen, mag es nicht von Nutzen sein, nur die Wachen zu verdoppeln, denn dies kann nicht mit rechten Dingen vor sich gegangen sein. Aber ich will dir einen Rat geben: stecke deine Tasche voll Erbsen und mache ein kleines Loch in die Tasche, wirst du wieder abgeholt, so fallen sie heraus und lassen die Spur auf der Straße. Die Garde kann dir alsbald folgen und den Frevler finden.«

Hans schickte auch in der nächsten Nacht den Schwarzsamtenen aus, die Prinzessin zu holen. Wieder trug dieser sie ungesehen durch die dunkle Nacht, wie ein grauer Schatten so schnell und so unsichtbar. Niemand hörte ihn, niemand sah ihn und auch nicht seine Last.

Doch alsbald vernahm der Kleine das leise Geräusch der auf Stein fallenden Erbsen. Flugs hob er eine davon auf, warf sie hoch in die Luft, wo sie zu vielen Erbsen wurde, die überall in der ganzen Stadt niedergingen wie nächtlicher Regen.

Die Garde konnte keine Spur ausmachen, und die Königstochter erschien abermals bei dem Soldaten.

»Da bist du endlich«, raunzte Hans sie an. »Wasch mir die Wäsche und schlag mir das Bett auf. Und dann werden wir sehen!« Die Prinzessin aber hatte große Angst vor dem Mann und jammerte leise und wortlos, so wie man jammert, wenn man schlimme Dinge träumt. Hans hatte ein solches Jammern oft gehört, auf dem Feld vor einer Schlacht oder im Zelt des Feldschers nach einer Schlacht. Schließlich, so dachte er, war dies ein wenig wie Krieg. Sein Krieg, nicht der des Königs.

Er sah sie an. »Hast Angst vor mir?« Er grinste. »So mächtig seid ihr, du und dein Herr Papa. Dabei kann jeder, der für euch sterben

und darben darf, euch den Garaus machen – oder euch putzen lassen. Wie gleich wir doch sind!«

Sie arbeitete Stunde um Stunde. Hans sah ihr zu. Das junge Mädchen in ihrem spitzengesäumten Nachthemd mochte so manchen Königssohn erfreuen. Hans dachte nach, ob er nicht auch so etwas war wie ein Königssohn, da er die Macht hatte, andere im Schmutz wühlen und sich die Hände dreckig machen zu lassen. Er fasste sie schließlich um die Taille und zog sie zu sich. Lange sah er ihr ins Gesicht. Er fragte sich, ob sie außer der Demütigung irgendetwas verstanden hatte. Vielleicht hätte er es erklären sollen. Doch er wollte ihr nichts erklären. Ihm hatte auch keiner erklärt, warum es notwendig war, dass man auf ihn schoss.

»Nun geh«, sagte er dann, und das Männchen brachte sie ungesehen noch vor dem ersten Hahnenschrei zurück. In den Straßen aber sprangen die armen Kinder umher und sammelten die Erbsen auf, die es über Nacht geregnet hatte.

»Wir müssen etwas anderes aussinnen«, sprach der König zu seiner Tochter, die müde und erschöpft am nächsten Tag über den gleichen Albtraum klagte. »Behalte deine Schuhe an, wenn du dich zu Bett legst, und ehe du von dort zurückkehrst, verstecke einen davon; ich will ihn schon finden. Dein Verschwinden mag magisch sein. Deine Schuhe sind es nicht.«

Hans ließ die Königstochter auch in der dritten Nacht wie eine Magd für sich arbeiten. Es schien ihm, als sei sie dieses Mal ein wenig wacher. Er sah die Angst in ihrem Gesicht, und fast tat sie ihm leid. Doch wie oft hatte er selbst Angst gehabt, und niemand hatte danach gefragt. Er nahm sich vor, das Mädchen nicht mehr kommen zu lassen. Sein Ärger galt dem König und nicht dessen Tochter. Vielleicht sollte besser Seine Majestät selbst ihm den Nachttopf säubern, nicht dieses verwöhnte Kind. Ihr bei ihrer Fron zuzusehen bereitete ihm nicht mehr so viel Freude wie in der ersten Nacht.

Noch vor dem ersten Hahnenschrei ließ er sie zurückbringen und legte sich selbst schlafen, denn auch er hatte die Nacht durchwacht.

Er schlief noch, als die Soldaten in sein Zimmer stürmten und es durchsuchten. Geduldig lächelte er, doch das Lächeln verging ihm, als just einer einen silbern glänzenden Mädchenschuh hinter dem Schrank hervorzog. Schon band man ihn und stieß ihn voran, fort aus seinem schönen Zimmer, fort von der Annehmlichkeit des Sattwerdens und von der Macht des blauen Lichtes, das er in seinem Pfeifenbeutel im leeren Waschkrug verborgen hatte. Nun war er so machtlos wie eh und je. Drei Scharmützel hatte er gewonnen, doch der Krieg war verloren.

Er schalt sich ob seiner Unvorsichtigkeit, verfluchte sich wegen seiner Maßlosigkeit. Was für ein Gedanke, eine Prinzessin für ihn putzen zu lassen – drei Mal! Einmal hätte wohl ausreichen müssen. Dann hätte er in die Welt hinausgehen und nie zurückkehren sollen.

Der Kerker war düster und feucht, doch immerhin hatte er ein winziges Fensterchen oben in der Mauer. Es war vergittert, doch von dort vernahm er noch die Welt, von der er sich alsbald verabschieden müsste. Sein einer Fuß war an die Wand gekettet. Eine weitere schwere Kette verband seine Handgelenke. Das Eisen war kalt, und sein Gewicht zog an Hans' Seele.

»Darf ich ihn putzen lassen?«, fragte die Prinzessin, die zusammen mit dem König an der Gittertür zu seinem Kerker stand und ihn mit blankem Hass in den Augen betrachtete. »Ich will ihn putzen lassen, bis sich ihm die Haut von den Händen schält. Seife soll man ihm in die Augen tröpfeln, bis er blind ist. Und sein zweites Bein will ich haben. Man könnte es ausstopfen. Ich könnte es in meinem Salon aufstellen, in einer Glasvitrine.«

Der König lachte anerkennend. »Mein erfinderisches Kind!«, lobte er die junge Frau. »Ein Bein in einer Vitrine! Wahrlich, ein ausnehmend guter Gedanke. Ich denke, wir schneiden es ihm ab, ein oder zwei Tage bevor wir ihm das Gedärm aus seinem elenden Hungerwanst ziehen. Gerne würde ich ihn vierteilen und von vier wilden Pferden in die vier Himmelsrichtungen auseinanderreißen lassen, wie es der Brauch ist. Aber ohne Unterschenkel und Füße ist das eine gar schwierige Sache. Am besten lassen wir uns vom Henker beraten. Er ist ein braver Handwerker und hat der guten Einfälle stets viele.«

»Aber zusehen darf ich doch?«, fragte die Prinzessin.

»Gern will ich dir das gestatten. Es wird dir guttun. Und mir auch.«

»Dass er mir nur nicht zu schnell stirbt!«, rief die Prinzessin. »Drei Mal hat er mich holen lassen. Drei Mal soll er sterben!«

»Man stirbt nur einmal«, murmelte Hans, als die königlichen Besucher gegangen waren. Doch er zitterte und haderte mit sich. Er setzte sich auf den kalten, klammen Stein und zog sich den Stiefel aus. Dort hatte er noch einen Dukaten versteckt als Notgroschen. Nur ihn besaß er noch, nur er stand noch zwischen Hans, dem König, der Prinzessin und dem Henker. Das würde nicht genug sein.

Da aber hörte er eine Stimme durch das kleine Fenster.

»Du hast es ihnen also gezeigt«, erklang eine Männerstimme, die Hans erkannte. Sie gehörte einem der Versehrten, die mit ihm gemeinsam vom König geehrt worden waren. »Ei, was für eine Tat! Sich eine Prinzessin in die Schlafkammer zu holen! Du magst für deine Fleischeslust sterben, aber uns allen hast du Genugtuung verschafft. Sprich, wie ist dir das nur gelungen?«

»Ich habe doch gar nicht …«, widersprach Hans.

»Einerlei!«, unterbrach ihn der Kamerad. »Ein jeder weiß es, da kann sie sagen, was sie will.«

Hans erkannte, dass nicht alles, was ein jeder wusste, der Wahrheit entsprach. Doch glauben würde man weder ihm noch der Prinzessin.

»Sterben sollst du, sagen die Leute. Kann ich noch etwas für dich tun, Kamerad? Sag mir, wie ist es – mit einer Prinzessin? Ist sie anders als die Dirnen, die uns Soldaten Trost gaben?«

Wieder hob Hans an, zu beteuern, er hätte Ihre Königliche Hoheit nicht geschändet, dann besann er sich eines Besseren.

»Gar zart ist sie«, sagte er. »Haut so glatt und weich wie die einer frischen Pflaume. Überall ist sie so. Und sie gehorchte mir willig.«

Sein Besucher lachte dreckig. »Das will ich meinen«, sprach er. »Hast ihr gezeigt, wie der Knüppel aus dem Sack kommt! Nun, was kann ich für dich tun?«

»So du mir helfen willst, geh in meine Herberge. In meinem Zimmer im Waschkrug habe ich mein Pfeifensäckchen vergessen. Bitte bring es mir. Hier hast du einen Dukaten, damit man dich einlässt.« Er warf seine letzte Münze durchs Fenster.

»Das will ich gerne tun.«

Schon war der Mann entschwunden und Hans vermochte nicht zu sagen, ob er jemals wiederkommen würde. Mit einem Dukaten konnte er sicher Besseres anstellen, als eine Pfeife zu holen. Vielleicht würde der Kamerad sich ja das Pfeifchen anstecken. Dann würde Hans ihn nie wiedersehen. Vielleicht würde er sich dann auch die Prinzessin kommen lassen. Ganz sicher würde er es bunter mit ihr treiben als Hans.

Anstatt seines Kameraden, erschienen der Henker und die Schergen. Es waren ihrer viele, und sie waren allesamt größer und stärker als Hans. So wehrte er sich nicht. Sie sagten nicht mehr als: »Komm er mit!« und lösten seine Ketten. Kaltes Grauen überkam ihn, denn er hatte die Rachsucht der Prinzessin nicht vergessen, ebenso wenig die Grausamkeit des Königs. Fünfundzwanzig Jahre lang hatte Hans treulich gedient, ein wahrer Held war er freilich nie gewesen. Wahre Helden überlebten keine fünfundzwanzig Jahre.

Wo mochten sie ihn hinführen? In einen noch tieferen Kerker, in dem es kein Fenster geben würde? Womit würden sie anfangen? Er betrachtete furchtsam sein gesundes Bein, während er da humpelte. Wie würden sie es von ihm trennen? Abschlagen, abschneiden, zertrümmern? Alles hatte Hans im Krieg schon gesehen und die Schreie gehört. Sie klangen ihm nun in den Ohren, unhörbar für andere. Seine Zehen schmerzten, die an dem Fuß, den er nicht mehr hatte.

Es hinkte Stufen hoch. Jemand stieß ihn und er fiel. Ein schmerzhafter Stiefeltritt ließ ihn schnell wieder hochkommen.

»Lass ihn!«, befahl einer, und Hans fragte sich einen Moment, ob dieser Erbarmen kannte. Da aber fuhr der Scherge fort: »Der König will bei allem zugegen sein, was ihm geschieht. So soll er gesund dort ankommen, nicht zerschunden.« Die Wachen lachten. Irgendwann würden sie selbst zerschunden sein und von ihrem König ein Stück Blech und einen Tritt erhalten. Doch an diesem Tage lachten sie.

Hans machte sich nicht die Mühe, mit ihnen zu reden. Ihn selbst hätte, da er noch Soldat gewesen war, auch niemand überzeugen können, die Seiten zu wechseln. Gehorsam war eine starke Magie. Stärker als die aller Hexen.

Man schob ihn hinaus in die Sonne zum Richtplatz. Hans blinzelte angestrengt. Neugieriges Volk hatte sich mannigfach versammelt. Der König und die Prinzessin saßen erhöht und blickten auf die Richtbühne hinunter, auf die Planken, durch deren Ritzen bald sein warmes Blut sickern würde. Er schloss kurz die Augen. Er mochte nicht an die Schmerzen denken, die auf ihn warteten.

»Für deine Freveltat verlierst du heute dein Bein, Soldat«, sprach der König. »Doch wir sind großmütig und lassen dich noch leben, bevor wir dir weitere Gliedmaßen abschneiden. Wir werden sehen, ob du immer so ein gutes Publikum haben wirst. Es mag meinen Untertanen nicht gar so kurzweilig sein, stets weniger von dir zu erblicken, bis du ganz und gar verschwunden bist.«

Das Publikum lachte. Hans sah von einem armen Teufel zum nächsten und wusste, sie waren froh, dass es ihm schlechter erging als ihnen. Da erblickte er plötzlich den Kameraden mit der Haut wie geschmolzener Käse. War er gekommen, um seinen Tod zu sehen? Hatte er das Feuerzeug ausprobiert und war nun Herr über den Schwarzsamtenen?

Der Mann grinste, rollte mit den Augen und klopfte an sein Wams. Das konnte vieles bedeuten. Hans riss sich zusammen, wie er da ganz unsicher stand. Mit nur einem Bein war das Zittern schwierig.

»Wenn ich denn sterben soll«, sprach er forscher, als er sich fühlte, »so erbitte ich mit Verlaub eine letzte Gnade um der Jahre willen, die ich treulich gedient habe.«

»Was wünschst du, Elender?«, fragte der König.

»Ich würde um eine letzte Pfeife bitten.«

Der König vollführte eine gönnerhafte Geste. »Sie sei dir gewährt, Soldat. Rauche sie jetzt, solange du noch Hände hast.«

Da traten einige aus der Menschenmenge hervor und boten ihm den letzten Wunsch. Auch der Kamerad war unter ihnen und Hans nahm seine Pfeife und sein Licht. Dann verschwand der alte Kamerad wieder in der Menge. Hans aber zündete sich bedächtig sein Pfeifchen an. Alsbald erschien der Schwarzsamtene vor ihm und fragte nach seinem Begehr, während die Menschen erschrocken zu murmeln begannen.

»Nimm dem Henkersmann die rostige Säge ab und schlage mir die Schergen schön weich!«, gebot Hans dem Kleinen. Der tat, wie ihm geheißen und wirbelte gleich einem heißen Wüstenwind zwischen Waffen und Menschen hindurch, worauf sich ein großes Geschrei erhob. Flugs ließ der Henker die Säge fallen und sprang davon. Die Schergen aber lagen jammernd auf dem Boden und hielten sich die Köpfe, während ihr Blut die Balken tränkte.

»Nun nimm dies Stück Blech«, Hans zerrte sich den Orden von der Brust, »und schieb es dem König dahin, wo es den Rest seines Lebens wehtut.« Er sah die Prinzessin an, die kreidebleich herniedersank. »Und die Prinzessin …«, sagte er. »Nun …«

»Halt!«, schrie der König, denn ihm ward Angst und er verlegte sich aufs Bitten, um nur das Leben zu behalten. »Nicht! Ich will dich reich machen. Das halbe Königreich sollst du haben, so du mich verschonst! Und die Prinzessin magst du auch behalten.«

»Vater!«, schrie das Mädchen empört.

»Nimm sie, Soldat. Ich habe ihrer mehrere. Du kannst diese haben. Meine Älteste. Die Prinzessin und das halbe Königreich.« Er besann sich kurz. »Jetzt nimmt sie ohnehin kein Prinz mehr.«

Etwas unterbrach den König jäh und er sprang mit einem Schrei in die Luft. Fast war es, als quöllen ihm die Augen aus den Höhlen, und er schrie gar sehr. Schon war der Schwarzsamtene hinter dem König hervorgekommen und schwenkte munter seinen Hut. Hans verstand, dass sein König in diesem Leben nicht mehr so gern auf seinem Thron sitzen würde. Fein Strammstehen mochte er nun.

»Mit Verlaub, Majestät«, sprach er und verneigte sich. »Ich empfehle mich. Grüß – er – mir seine Töchter.«

»Und die Prinzessin?«, fragte der Schwarzsamtene erwartungsvoll.

»Vielleicht ein anderes Mal. Mag sie ihr Leben lang darauf harren, dass ich wiederkomme, ich oder ein anderer Soldat, der von ihr missachtet wurde. – Und nun nach Haus!«

Noch während er dies sagte, fiel ihm ein, dass er kein Zuhause hatte. Wohin würde es gehen? Zu seinem Elternhaus? Oder direkt in die Hölle?

Er fand sich auf der Lichtung vor dem Haus wieder. Da stand sie, die Hexe, und streckte ihm stumm ihre Hand entgegen.

Hans legte das blaue Licht hinein, und ein Gewicht wie ein Amboss fiel von ihm ab. Die Hexe steckte das Licht in ihre Schürzentasche.

»Da bist du also wieder, Soldat!«

»Da bin ich wieder, Hexe.«

Sie musterte ihn eingehend. »Und was willst du hier, wo du doch in der Ferne mit meinem Gold Hof gehalten und dir gar eine Prinzessin hast aufwarten lassen?«

Hans sah sie an und wunderte sich, dass sie es wusste.

»Leben«, sagte er. »Meinethalben auch sterben. Das müssen wir alle einstmals. Aber vor dem Sterben hätte ich gerne noch gelebt.«

Sie nickte. »Bist du jetzt gescheiter?«

»Es wird wohl genügen müssen.«

»Dann komm, Soldat. Es gibt Gesottenes und Gebratenes.«

»Ich heiße Hans«, sagte er.

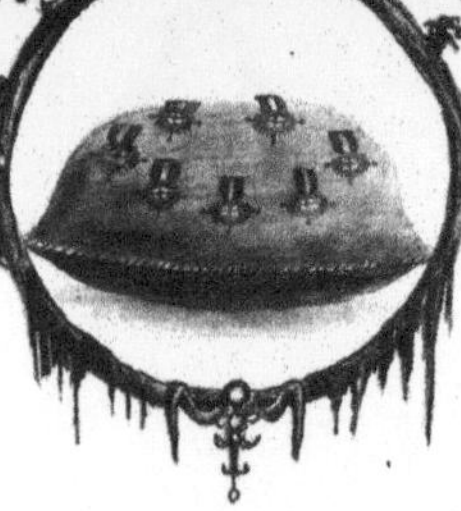

»Merget«, stellte die Hexe sich vor. »Und morgen gibt es Arbeit für uns.«

»Und heute?«

»Trag das Essen auf, während ich unser Bett mache. Doch eines will ich dir noch sagen: Hättest du ihr etwas getan, so hätte ich den König dich zerlegen lassen.«

»Ich hieß sie putzen und waschen.«

»Nun, so hat sie etwas Neues gelernt.« Sie warf ihren langen Zopf hinter sich. »Das ist stets gut.«

»Und das blaue Licht?«

»Die Kunst der Macht besteht darin, sie zu besitzen und – nicht – zu nutzen, wenn es nicht unbedingt sein muss.«

»Das will mir recht sein«, sprach Hans. »Macht ist ein kleiner schwarzer Teufel in Samt und Seide mit Federn am Hut und ohne Gewissen.«

Merget lächelte. »Aber vor Hexen hast du keine Angst?«

Er zuckte mit den Schultern. »Ich glaube nicht, dass du mich mit Lebkuchen mästen und zu einem Braten verarbeiten würdest. Schließlich hat es mich – mit Macht – hierhergezogen.«

Sie nahm ihn bei der Hand. »Dann komm.«

An diesem Abend aß Hans wie ein Fürst und liebte wie ein König. Und so lebten sie lange und vergnüglich bis ans Ende ihrer Tage.

Boris Koch

Krieg den Tauben

Boris Koch

Boris Koch verbrachte seine Kindheit im bayerischen Schwaben, studierte in München und zog zur Jahrtausendwende nach Berlin, wo er unter anderem mehrere Jahre lang in der kultigen S&SF-Buchhandlung *Otherland* arbeitete.

In dieser Zeit gründete er gemeinsam mit Christian von Aster und Markolf Hoffmann die Lesebühne *Das StirnhirnhinterZimmer*, die, das kann ich aufgrund eigener Besuche bestätigen, genauso schräg und witzig ist, wie ihr Name verspricht. Für diese Lesebühne entstand auch ursprünglich Boris' nachfolgende Geschichte. Allerdings hat er sie für die Anthologie noch einmal intensiv überarbeitet. Er bezeichnet sie selbst als »seltsam und skurril«. Da kann ich ihm nicht widersprechen, aber genau so etwas braucht es doch nach einer ganzen Reihe ernster und tragischer Märchen, oder?

Boris lebt inzwischen mit seiner Partnerin, der Autorin Kathleen Weise, in Leipzig. Er hat unter anderem bereits einen Vampirroman, Kinderbücher und jede Menge Fantasy geschrieben. Zum Beispiel *Die Anderen*, den großen »Roman über das absolut peinlichste Volk der Fantasy«.

Sein Jugendbuch *Vier Beutel Asche* wurde 2013 von der *Deutschen Akademie für Kinder- und Jugendliteratur* zum Jugendbuch des Monats gekürt. Dieses Jahr feiert er das zehnjährige Jubiläum seiner beliebten *Drachenflüsterer*-Saga. Momentan arbeitet er jedoch an »etwas anderem«. Mehr konnte ich noch nicht aus ihm herauslocken. Deshalb empfehle ich euch, seine Autorenwebsite im Auge zu behalten, wo er zu gegebener Zeit sicher mehr verrät.

www.boriskoch.de

Krieg den Tauben

Es war einmal in einem fernen, seltsamen Land, da lebte ein starker König mit einem noch stärkeren Willen. Sein großer, prächtiger Palast erhob sich auf einem gewaltigen weißen Felsen mitten in der großen und prächtigen Hauptstadt seines großen und prächtigen Landes, und er hatte eine wunderschöne Frau, die ihm gehorsam, treu und sehr zugetan war.

Zu seinem Glück fehlte einzig ein gesunder Sohn, dem er sein Königreich einst würde vererben können. Kaum hatte er diesen Wunsch gedacht, wurde seine Frau schwanger – der König hatte wahrhaft einen starken Willen.

Als sie schwitzend, blutend und schreiend eine Tochter gebar, fühlte er sich jedoch zutiefst verraten.

»Ich brauche einen Sohn!«, rief er erbost. »Einen Sohn und Thronerben, keine Tochter!«

Auf der Stelle ließ er sich scheiden und die ehemalige Königin aus dem Palast werfen. In seiner maßlosen Enttäuschung, zum ersten Mal nicht seinen Willen bekommen zu haben, drohte er ihr zum Abschied: »Wage es nicht, jemals mit einem anderen Mann Kinder zu bekommen. Wer einmal mein war, soll nie einem anderen gehören.«

Doch das allein war es nicht, was ihn zu diesem Befehl trieb. Vielmehr fürchtete er, sie könnte einem anderen Mann einen Sohn schenken, und das Volk würde sodann heimlich dem König die Schuld an der Tochter geben und die Achtung vor ihm und seiner Stärke verlieren. Das Volk war wankelmütig, man durfte vor ihm keine Schwäche zeigen.

Kaum hatte der König seine Frau hinausgeworfen, kam der Hofanwalt zu ihm. Er kam, weil es seine Pflicht war, nicht weil er besonders mutig war. Demütig hielt er den Kopf gesenkt und wies den König darauf hin, dass sein Handeln und der Befehl gegen herrschendes Gesetz verstießen. Der Anwalt war sehr vorsichtig und wählte seine

Worte mit Bedacht, denn dem König stand noch immer die Wut ins Gesicht geschrieben.

Lange starrte der König den Anwalt an. Endlich nickte er und sagte: »Danke. Dann darf das so nicht sein.«

Der König wusste um die Bedeutung von Recht und Ordnung. Was geschah, musste im Einklang mit dem Gesetz stehen, damit es keine Willkür war. Also ließ er die Königin zurückrufen, änderte lächelnd das Gesetz und warf sie noch am selben Abend erneut hinaus. Seine Worte waren dieses Mal gefasster, doch der Sinn blieb der gleiche – und jetzt war es darüber hinaus rechtens. Selbstzufrieden nickte der Hofanwalt.

Der König heiratete erneut, und als auch die neue Königin ihm eine Tochter gebar, warf er auch sie hinaus. Gesetz war schließlich Gesetz, und ein König war moralisch dazu verpflichtet, alle seine Ex-Frauen gleich zu behandeln.

Als auch die dritte Frau ihm eine Tochter gebar, wies der Hofmathematiker darauf hin, dass statistisch gesehen die meisten Frauen Töchter und Söhne zur Welt bringen würden. Und dass ein Verstoßen der Königin nach der Geburt einer Tochter die Wahrscheinlichkeit auf einen männlichen Thronfolger nicht erhöhen würde. Ihr zweites Kind könnte genauso gut ein Sohn sein wie das erste der nächsten Königin. Doch die nächste müsse erst gefunden und geheiratet werden, was Zeit beanspruche. Es wäre also schneller …

»Pah!«, unterbrach ihn der König. »Wahrscheinlichkeit! Lass mich zufrieden mit solchem wissenschaftlichen Firlefanz. Eine Königin hat mir einen erstgeborenen Sohn zu schenken, keine Tochter. Einen Erstgeborenen! Das allein ist ihre Aufgabe. Hier geht es um Gehorsam und den nötigen Respekt mir gegenüber, nicht um Mathematik.«

Und das Land sah eine weitere Ex-Königin gehen.

Schon am übernächsten Tag heiratete der König erneut, um dem Mathematiker zu beweisen, dass ein König sehr wohl sehr schnell eine neue Frau finden und ihr die Ehe befehlen konnte. Ebenso schnell wurde sie schwanger, aber auch sie brachte eine Tochter zur Welt. Weil sie im Kindbett starb, musste der König sich diesmal nicht scheiden lassen. Die fünfte Frau gebar dem König ebenso eine Tochter, und er schäumte vor Wut. Er fürchtete, endgültig zum Gespött des Volkes zu werden. Überall vermutete er Lacher auf seine Kosten.

»Töchter sind wichtig«, gab sein politischer Berater zu bedenken. »Wen wollt Ihr sonst mit Euren Nachbarn verheiraten? Ihr habt bereits genug Kinder, um mit fünf Ländern Frieden zu schließen, Ihr solltet den Wert Eurer Töchter nicht unterschätzen.«

»Du redest wie ein Weib!«, fuhr der König ihn an. »Mit fünf fähigen Söhnen könnte ich die Länder erobern!«

Die Frau wurde verstoßen, wie auch die sechste und die siebte. Selbst die gebar ihm trotz der magischen und märchenhaften Zahl nur eine Tochter.

Niemand riet dem König nun mehr irgendwas, denn mit jeder weiteren Tochter war sein Misstrauen gewachsen. Überall witterte er Verrat und Spott. Von beinahe jedem fühlte er sich verfolgt, und so beugte ein jeder in des Königs Gegenwart das Haupt und redete ihm nach dem Mund.

Da endlich, als niemand mehr daran glauben wollte, schenkte die achte Gemahlin dem König einen Sohn mit gesunden rosigen Wangen. Die Freude im Palast kannte keine Grenzen. Acht Tage lang wurde ausgelassen gefeiert und zahlreiche Gratulanten erschienen – eingeladen oder nicht. Sie alle aßen von goldenen Tellern, tranken aus goldenen Bechern und überbrachten die besten Wünsche und wertvollsten Geschenke. Nie hatte das Land eine prachtvollere Feier gesehen.

Am Abend des achten und letzten Tages erschien überraschend eine wunderschöne Fee in einem Kleid, dessen Stoff beinahe so durchscheinend war wie ihre Flügel. Niemand kannte sie, niemand hatte sie geladen, doch sie tanzte mit jedermann. Wein um Wein trank sie, bis ihre Augen glasig wurden. Schwankend stellte sie sich an die Wiege des Prinzen und prophezeite laut und kichernd, eines Tages würde ihm eine Taube dreimal auf den Kopf kacken, und an diesem Tage würde er gegen seinen Vater aufbegehren und die Herrschaft an sich reißen.

Blankes Entsetzen zeigte sich auf den Gesichtern der Gäste, und schlagartig kehrte Stille ein im Palast. Noch immer kichernd und mit deutlicher Schlagseite flog die Fee durch das Fenster davon. Sie touchierte die Laibung, stürzte fast in die Tiefe und verschwand torkelnd in der sternenklaren Nacht.

Der Hofmathematiker versuchte die Lage zu retten, indem er laut auflachte und rief: »Die Fee ist hackedicht! Sie weiß nicht, was sie sagt.«

Niemand fiel in das Lachen ein, eine Prophezeiung war eine Prophezeiung, damit spaßte man nicht. Und hatte sich ein benebelter Geist nicht oft als prophetischer erwiesen als ein klarer Verstand? Ein Mathematiker konnte das natürlich nicht verstehen.

In derselben Nacht setzte der König ein Kopfgeld auf jede Taube des Landes aus, tot oder lebend.

»Lebend ist mir lieber«, versicherte er treuherzig. »Ich habe nichts gegen die Tauben persönlich, gar nichts. Ich will nur meinen Sohn davor schützen, sich und uns alle ins Unglück zu stürzen. Und mich selbst möchte ich ebenso schützen. Ist das nicht mein Recht? Nicht gar meine Pflicht gegenüber den treuen Untertanen, die sich stets auf meine Stärke müssen verlassen können?«

Er befahl den Bau riesiger unterirdischer Taubenkäfige, in denen die Tiere keinen Schaden anrichten konnten. Solange sie tief unter der Erde waren, vermochten sie nicht kackend über dem Kopf seines Sohnes zu sein.

Hoch und heilig versprach der König, die Vögel freizulassen, sobald er im Sterben läge. Dann wäre es an der Zeit, dass sein Sohn die Herrschaft übernehme, so sei der natürliche Lauf der Dinge, und dem wolle er nicht entgegenstehen. »Bis dahin aber bin ich verantwortlich für mein Reich und mein Volk.«

In ebenjener Nacht, gerade als die ersten Palastwachen sich auf die Taubenjagd machten, um sich ein dickes Zubrot zu verdienen, bevor das ganze Volk von dem Kopfgeld erfahren und die große Jagd beginnen würde, wurde in einem weniger prächtigen Viertel der Hauptstadt das Kind eines Bäckermeisters geboren. Es war klein und schmächtig, und keine Fee erschien zur Geburt, um irgendeine Zukunft zu prophezeien.

»So ein Hänfling«, brummte der Bäcker und hob das Kind mit seinen großen Händen hoch. Vorsichtig küsste er es auf die Stirn. »Er ist doch nicht krank, oder?«

»Sie«, sagte die Hebamme.

»Was?«

»Sie. Dein Kind ist ein Mädchen.«

»Eine Tochter?« Der Bäcker besah sich das Kind genauer, dann nickte er. »Aber krank ist sie nicht?«

»Warum?«, fragte die Hebamme.

»Sie ist so zart und schmal.«

»Nein«, versicherte die Hebamme. »Solange du sie nicht zerdrückst, ist sie kerngesund.«

»So ein Hänfling«, sagte der Vater noch einmal mit glänzenden Augen und gab das Kind seiner Frau. Dann stürmte er aus dem Haus, um Wein zu trinken und allen von der Geburt seiner Tochter zu berichten – allen, die um diese Zeit noch wach waren.

Lächelnd schloss die Mutter das Mädchen in die Arme und murmelte: »Nun gut, ist zwar ein komischer Name für ein Mädchen, aber dann sollst du eben Hänfling heißen.«

Während Hänfling und der Königssohn langsam heranwuchsen, wurde das ganze Land von den Tauben befreit. Von überall her brachten die Jäger gefangene oder erlegte Tiere zum Palast und zogen mit den Taschen voller Kopfgeld von dannen.

Bald war die gesamte Palastanlage unterkellert. Der weiße Felsen war vollständig ausgehöhlt und auf einem halben Dutzend Ebenen von Gängen und Räumen durchzogen. Ein wahres Labyrinth von Käfigen hielt Abertausende Tauben gefangen. Überall erklang ein Gurren und Scharren, ein Picken und Flattern. Die eingesperrten Tiere hackten aufeinander ein und kämpften um das beste Futter. Der Boden war mit fleckigen grauen Federn bedeckt und Fackeln tauchten alles in ein spärliches Licht.

Drei Dutzend Taubenwächter kümmerten sich Tag und Nacht um die Tiere. Sie fütterten sie und reinigten die Käfige von Federn, Dreck und toten Vögeln. Keine Pause war ihnen gegönnt, sodass sie die Sonne nicht mehr sahen und ihre Haut über die Monate und Jahre hinweg ganz weiß wurde. Gründlich schrubbten sie jede Spur Kot von den Gittern. All den Abfall warfen sie in einen schwarzen Ofen an der Westseite; es war so viel, dass das Feuer nie erlosch und ständig dunkler Rauch aus dem Schornstein quoll.

Ähnliches geschah mit den bereits tot angelieferten Tauben. Sie wurden auf einer hoch aufragenden gusseisernen Feuerschale vor den Toren der Stadt verbrannt. Weithin sichtbar war diese nie verlöschende Flamme, die schon bald von allen Freiheitsfackel genannt wurde.

Der König nannte sie ein Zeichen und Symbol. »Sie ist Beweis für unsere Stärke und unseren unbeugsamen Willen. Solange sie brennt, haben wir uns nicht der feindlichen Prophezeiung gebeugt. Möge sie ewig lodern!«

Auch andere Vögel wurden in die Flammen geworfen, all die Krähen, Amseln, Spatzen, Falken und Finken, die von einem übereifrigen Jäger aus Versehen getötet worden waren. Kam es irgendwann einmal tatsächlich dazu, dass den Feuermeistern die toten Vögel ausgingen, requirierten sie im Auftrag des Königs Hühner oder andere Tiere von den nächsten Bauern, denn die Freiheitsfackel durfte nicht verlöschen. Was wäre sie sonst für ein Symbol?

Das Feuer und die Taubenkäfige verschlangen viel Gold aus der königlichen Schatzkammer, noch mehr wurde als Kopfgeld an die Taubenjäger verteilt. Die erfolgreichsten Jäger wurden im Lauf der Jahre reich, der König dagegen häufte Schulden an. Weil ein verschuldeter König nicht gut für sein Volk war, holte er sich das Geld von ebendiesem zurück. Er erließ neue Steuern und Abgaben zur Finanzierung des Taubenkrieges, denn längst war es keine einfache Jagd mehr. Eine Jagd klang nach Vergnügen, doch hier ging es um die Existenz des ganzen Landes.

»Wir alle müssen Opfer bringen!«, rief er seinen Untertanen zu. »Aber gemeinsam werden wir es schaffen!«

Und das Volk brachte die Opfer, während der König symbolisch auf das dritte Stück Kuchen am Donnerstagnachmittag verzichtete. Nicht wenige Bürger wurden in die Armut getrieben; sie waren gezwungen, für ihren Lebensunterhalt zu betteln, obwohl dies verboten war. Der König versprach, ihnen rasch zu helfen. Drei Tage lang beriet er sich mit seinen Beratern, dann fand er die Lösung: Großzügig lockerte er die alten Gesetze, die das Betteln verboten.

Jedem Bettler, der nachweisen konnte, einst einen ehrbaren Beruf ausgeübt zu haben, schenkte er darüber hinaus einen fröhlich bunten Hut, um darin die Almosen zu sammeln. Der Hut wies den Bettler als einen Bettler von des Königs Gnaden aus; ein jeder war aufgefordert, ihm etwas zu geben. Und der König selbst warf dem ersten Dutzend Bettler eine Münze in den Hut. Weil Arbeitslosigkeit auch das Selbstwertgefühl beschädigte, wie der politische Berater des Königs dem Herrscher versicherte, erhielt jeder Bettler zudem ein Schild für das Selbstbewusstsein, auf dem stand: *Arm, aber sexy*.

Fortan lächelten die Bettler erwartungsvoll all die feinen Damen und Herren an, die an ihnen vorbeigingen. Sie hofften auf ein paar Münzen, einen kleinen Flirt oder vielleicht mehr – brauner Zahnstumpen, ungewaschener Gesichter, tiefer Augenringe zum Trotz. Doch dieses mehr gab es nie – zwei, drei Münzen und ein erzwungenes Lächeln waren das höchste der Gefühle.

»Arm, aber sexy, von wegen«, hörte Hänfling eines Tages einen Bettler stänkern, der drei Finger beim Bau eines Hochsicherheitstaubenkäfigs verloren hatte, und damit seine Arbeit. »Es sind immer die Reichen, die die ganzen Frauen abbekommen. Die Bankiers und Adligen und Taubenjäger …«

»Nein, nein!«, fiel ihm ein königstreuer Bettler ins Wort. Ein Mann, dessen linkes Auge eiterte und dessen Zehen seit vielen Wintern ohne Gefühl waren. »Unser König irrt nie! Wenn wir nicht sexy sind, liegt es an uns. Wir sind einfach nicht arm genug. Ja, wir haben nichts, aber was ist das im Vergleich zu vielen Adligen und Bankiers? Sie stehen nicht bei null, sie sind hoch verschuldet, selbst ihre Paläste und Villen gehören nicht ihnen. Erst wenn sie wieder zu Geld gekommen sind und ihre Schulden abgetragen haben, werden die Frauen Augen für uns haben. Wenn sie wirklich reich sind, geht es auch uns wieder gut.«

»Unsinn«, brummte der siebenfingrige Bettler. »Solange dieser König herrscht, wird es uns niemals gut gehen.«

»Meinst du, unter seinem Sohn würde sich das ändern? Meinst du, es gibt irgendwo einen König, unter dem es uns Bettlern gut geht?«, fragte eine weißhaarige Bettlerin und hustete.

Die Antwort des Siebenfingrigen hörte Hänfling nicht. Sie blieb nicht stehen, um zu lauschen, sondern schleppte einen schweren Sack Mehl nach Hause. Sie war beinahe zwölf Jahre alt und noch immer klein und dünn, aber die Arbeit in der Bäckerei hatte sie zäh und ausdauernd gemacht. Sie hatte keine Brüder, und es gab viel zu tun. Da hatte ihr Vater beschlossen, sie könne sich nützlich machen, bis sie alt genug zum Heiraten war.

»Und danach bin ich nicht mehr nützlich?«, hatte sie gefragt. »Dann will ich nie heiraten.«

»Aber du bist hübsch«, hatte ihre Mutter gesagt. »Du kannst einmal gut heiraten.«

»Nur wenn ich weiter nützlich sein darf«, hatte Hänfling geantwortet und ihren Eltern das Versprechen abgerungen, sie einem Mann zu geben, bei dem sie etwas Nützliches tun konnte.

Der Königssohn hingegen fühlte sich nicht im Geringsten nützlich. Aber es war, wie es war; seine vordringlichste Aufgabe bestand nun einmal darin, sich nicht von einer Taube auf den Kopf kacken zu lassen. Und so verbrachte er die meiste Zeit im Inneren des Palastes und wurde im Königsein unterrichtet. Durfte er doch einmal nach draußen, wurde er von drei Leibwächtern begleitet, die stets aufgespannte Schirme schützend über seinen Kopf hielten.

»Sicherheitshalber«, sagte der König, obwohl es in der ganzen Hauptstadt keine Taube mehr gab.

Wäre der Königssohn abenteuerlicher veranlagt gewesen, hätte er sich vielleicht einmal nachts in das Labyrinth der Taubenkäfige geschlichen – barhäuptig und allein. Oder er hätte sogar heimlich eine Taube gehalten, nur für den Nervenkitzel. Doch er gehorchte und wartete. Er wartete darauf, später einmal verheiratet zu werden, und darauf, dass sein Vater alt genug zum Abdanken wurde. Und er wartete auf seinen zwölften Geburtstag, weil er diesen mit einem großen Fest im Freien feiern durfte.

Das Fest wurde pompös inszeniert, die Sonne schien und zahlreiche Gäste waren geladen. Es sollte von früh bis in den späten Abend dauern, doch als der Königssohn mittags die Geschenke öffnete, ereignete sich Unerwartetes.

»Nieder mit dem König!«, riefen drei junge Frauen und entrissen den Leibwächtern ihre Schirme.

»Ein Hoch auf die trunkene Fee!«, riefen drei junge Männer und öffneten die Klappen von sieben Taubenverschlägen, die sie auf Dienstbotenwegen in den Palast geschmuggelt hatten. Aufgeregt flatternd erhoben sich zahlreiche Tauben in die Höhe, alle vollgestopft mit durchfallfördernden Lebensmitteln. Weiß regnete es vom Himmel.

»Freiheit für die Tauben!«, schrien die jungen Leute, während die Gäste wild kreischend durcheinanderrannten und Palastwachen und Leibwächter behinderten.

Der Königssohn stand schreckensstarr. Verzweifelt warf sich der König auf ihn und begrub den Kopf seines Sohnes unter sich. Er schützte den Kopf so nachdrücklich, dass sein Sohn fast erstickte. Erst nachdem die Attentäter gefasst und die Tauben vom Himmel geschossen waren, erhob sich der König. Sein Sohn lebte und das dünne blonde Haar war vollkommen rein. Drei weiße Flecken zierten den Rücken des Herrschers. Wäre er nicht gewesen, wäre der Plan der Attentäter aufgegangen. Der König wurde als Held gefeiert.

Die Attentäter wurden im tiefsten Kerker verhört. Vieles von dem, was sie gestanden, drang nie nach außen. Doch der König ließ sein Volk wissen, dass es Taubenfreunde gewesen waren, Feengläubige und Anhänger seiner verstoßenen Frauen. Ein Zusammenschluss verschiedener Verräter von allen Seiten.

»Aber von ihnen lassen wir uns unser Land ebenso wenig nehmen wie von Tauben! Egal, wie viele von diesen Rebellen dort draußen sind, wir werden sie bekämpfen. Und besiegen!«

Schon am nächsten Tag wurde auf die Rebellen ein Kopfgeld ausgesetzt und am übernächsten eine neue Abgabe für den Kampf gegen die Rebellen eingeführt und verkündet.

Der Königssohn verließ den Palast nicht mehr. Auch als die Attentäter von seinem Geburtstag öffentlich hingerichtet wurden, blieb er in seinem Zimmer und sah vom Fenster aus zu, behütet von drei Schirmen.

Die Armut mancher Bürger verschärfte sich, die Zahl der Bettler wuchs, Häuser und Straßen in den armen Vierteln am Stadtrand verkamen immer weiter. Die Farbe von Fensterläden und Türrahmen blätterte ab, kaum jemand leistete sich neue.

Überall hingen Steckbriefe von gesuchten Rebellen. Manche wurden von den Wänden gerissen, andere wurden beschmiert. Auf manchen wurde heimlich des Nachts das Wort Gesucht durchgestrichen und durch Held ersetzt.

Der König tobte und stellte mehr und mehr Palastwachen und Büttel ein, die er Tag und Nacht patrouillieren ließ. Den Nachtzuschlag bezahlte er großzügig aus seiner eigenen Tasche, weshalb er sich fortan Wohltäter des Landes nannte.

Hänfling war inzwischen zu einer schönen jungen Frau herangewachsen, in die sich die Burschen reihenweise verliebten. Doch sie verliebte sich nicht in die Burschen und wies sie reihenweise ab.

»Auf wen wartest du?«, fragte ein abgewiesener Bewerber spöttisch. »Auf den Prinzen?«

»Ich warte nicht, ich arbeite.« Und das tat sie wirklich gut. Ihre Krustenbrötchen wurden überall in der Hauptstadt gerühmt. Manch wohlhabender Mann schickte sogar einen Diener quer durch alle Viertel bis zu ihr, um die berühmten Brötchen zu holen. Hin und wieder ging sie selbst mit einem Korb hinaus und verkaufte die Backwaren auf der Straße.

Und so kam sie eines Tages zur Freiheitsfackel, wo die hungrigen Feuermeister ihr dankbar ein Dutzend Brötchen abkauften. Da die Tauben inzwischen selten geworden waren im Land, verbrannten sie oft beschlagnahmte Tiere der umliegenden Bauern. Weil diese nicht entschädigt wurden, verarmten viele von ihnen. Das wusste Hänfling, weil sie den Bauern nur die billigeren Brötchen vom Vortag hatte verkaufen können.

»Können wir sonst noch etwas für dich tun, schönes Mädchen?«, fragte der größte der Feuermeister und lächelte keck.

»Das könnt ihr«, sagte Hänfling. »Sogar zwei Dinge. Erstens nennt mich nicht schön.«

»Aber du bist wahrlich …«, hob der Mann an.

»Auch du bist nicht hässlich«, unterbrach sie ihn. »Aber sprechen deine Kameraden dich ständig mit schöner Mann an?«

»Äh, nein«, stammelte der Mann. »Das ist etwas völlig anderes.«

Seine Kameraden grinsten.

»Und zweitens«, sagte Hänfling, ohne auf seine Proteste einzugehen, und deutete auf ein bemitleidenswertes Lamm, das neben dem Feuer angebunden war und jämmerlich blökte. »Viel wichtiger und tatsächlich etwas ganz anderes: Verbrennt das nicht!«

»Warum?« Die Züge des Feuermeisters wurden hart. »Es brennt symbolisch für unsere Freiheit.«

»Die Bauern hungern wirklich, nicht nur symbolisch.«

»Das ist bedauerlich, aber willst du, dass die Freiheitsfackel erlischt? Dann haben die Rebellen gewonnen.«

»Das weiß ich nicht. Doch wenn das Feuer brennen soll, nehmt einfach Holz«, schlug Hänfling vor. »So wie jeder normale Mensch.«

»Holz? Das brennt anders, der Rauch färbt sich anders, der Geruch ist anders und …«

»Aber es brennt, oder?«

»Ja.«

»Also, nehmt Holz. Die Bauern und Tiere werden es euch danken.« Sie nickte und ging davon, bevor der Feuermeister sie noch einmal schön nennen konnte.

Einer seiner Kameraden sagte: »Sie hat recht, schöner Mann.«

Die Feuermeister brachten das Lamm tatsächlich zu dem glücklichen Bauern zurück und sammelten Holz im nahen Wald.

Drei Tage lang brannte die Fackel mit Holz, dann kam dieser Zustand dem König zu Ohren. Sofort befahl er, wieder Tiere zu nehmen. Laut rief er: »Was wäre das für eine Freiheit, für die keine Opfer gebracht werden müssten?«

Die Zahl der Tauben im Land nahm wieder zu, denn die Zahl der Rebellen stieg, und sie alle züchteten Tauben. Auch die Zahl der Taubenjäger wuchs, und so wurden zwar zahlreiche Tauben geboren, aber sie landeten schon bald im Käfig oder in den Flammen.

Der Königssohn ging immer häufiger auf die Straße und ließ sich in der Öffentlichkeit sehen, um zu zeigen, dass er keine Angst vor der Prophezeiung hatte. Doch auch ohne Angst wurde er selbstverständlich von drei Leibwächtern mit Schirm begleitet. Mal zeigte er sich allein, mal zusammen mit seinem Vater, sodass der König ebenso demonstrieren konnte, wie wenig die Furcht vor der Prophezeiung sein Handeln beherrschte.

Dennoch wollte manch Rebell in den Spaziergängen des Sohnes ein gutes Zeichen sehen. Er käme nur heraus, weil er erwischt werden

wolle. Weil er die Herrschaft seines Vaters nicht mehr ertrüge. Von solchen Gedanken angespornt, züchteten die Rebellen weiter und weiter.

Und die Büttel jagten und befragten zahlreiche mutmaßliche Attentäter. Mehrmals wurde Hänfling auf einem ihrer Verkaufsgänge Zeuge einer Verhaftung. Oft waren es Bettler, die keinen bunten Almosenhut besaßen, aber auch harmlos erscheinende Passanten wurden aufgrund unterschiedlicher Hinweise enttarnt.

»Halt!«, riefen die Büttel und packten einen fliehenden alten Mann mit krummen Beinen. Fest drückten sie ihn gegen die nächste Mauer.

»Warum?«, jammerte der Alte.

»Mutmaßliches Rebellentum«, knurrte einer der Büttel.

»Was? Nein! Ich bin kein Rebell, ich …«

»Und warum trägst du dann taubengraue Kleidung?«

»Ich hab nichts anderes.«

»Das heißt, du trägst immer die Farbe der Bedrohung …«

»Nein … ja, aber … nein … Die Lumpen sind ewig alt, und ich kann mir nichts Neues leisten, und ich wusste nicht, dass …«

»Das sagen sie alle«, brummte der Büttel, der ihn festhielt, während der andere zwei Brötchen von Hänfling kaufte.

»Hab schon viel Gutes davon gehört«, sagte er lächelnd. »Selbst am Hof spricht man darüber.«

»Danke«, sagte sie. »Ist das wirklich ein Rebell?«

»Gut möglich.« Er zuckte mit den Schultern. »Lieber einen zu viel mitgenommen als den einen entscheidenden zu wenig, der das große Attentat ausführt, oder nicht?«

»Und wenn er doch keiner ist?«

»Lassen wir ihn nach der Befragung laufen.« Der Büttel lächelte. »Hast du heute Abend schon was vor?«

»Ja«, antwortete Hänfling.

»Und morgen?«

»Auch«, sagte Hänfling. »Außerdem bin ich gar nicht so schön, wie ich aussehe.«

»Und ich bin kein Rebell!«, rief der Alte.

»Ich denke doch!« Der zurückgewiesene Büttel packte den Alten grob und zerrte ihn fort. »Ich werde dein Geständnis schon bekommen. Ich hab ja den ganzen Abend Zeit für die Befragung.«

Drei zögerliche Schritte machte Hänfling ihnen hinterher; dann blieb sie stehen. Der Büttel würde für die Freiheit des Alten mehr wollen, als sie ihm zu geben bereit war. Mehr als ein gemeinsames Abendessen. Zähneknirschend starrte sie ihnen hinterher.

Anderntags stürzte ein Verwirrter im Lendenschurz aus bunten Federn an ihr vorbei. Er lachte und schrie lauthals: »Diese Stadt existiert nicht! Uns gibt es gar nicht! Wir sind nur der Traum und die Erfindung eines Bekloppten!«

Auch ihm waren vier Büttel auf den Fersen und hetzten ihn um die nächste Ecke.

Hänfling ging grübelnd weiter, verkaufte Brötchen und wehrte Anträge ab.

Beinahe wöchentlich wurden geheime Taubenfarmen ausgehoben, auf welchen die Verderben bringenden Biester gezüchtet wurden. Dort wurden sie auf Flugrouten getrimmt, die im Zickzack über den königlichen Palast führten, über die Lieblingsgärten des Königssohns. Neben ihren Verschlägen fanden sich stets Fässer mit einem Brei, der heftigen Durchfall auslöste. Die Rebellen taten alles, damit die Prophezeiung der Fee in Erfüllung gehen konnte. Die Tauben wurden nicht mehr als Lebewesen wahrgenommen, sondern nur noch als Teil der Prophezeiung. Die Rebellen sahen ihren Nutzen, die Königstreuen allein die Gefahr, die von ihnen ausging.

Bald schon wurden bei einem rebellischen Schmied mechanische Tauben gefunden, die fliegen konnten und mit Kot geladen waren. Da erkannte der König, dass seine Feinde die Prophezeiung viel weiter interpretierten als er und seine Berater.

»Wir dürfen es nicht ihnen überlassen, festzulegen, wie eine Taube auszusehen hat«, verlangte er bei der nächsten Sitzung des Hofrats. »Wir entscheiden, wer uns bedroht, nicht sie!«

»Ähm, eigentlich …«, setzte der politische Berater an, verstummte jedoch angesichts des fiebrigen Blicks des Königs.

»Ja?«, fragte der König gedehnt.

»Nichts.« Der Berater senkte das Haupt. »Wir entscheiden, und das bedeutet, Ihr entscheidet, Hoheit!«

Der König nickte zufrieden. Unruhig sah er in alle Ecken des Thronsaals, ob irgendwo eine Bedrohung lauerte. »Feen kann man nicht trauen, nicht im Geringsten. Wer sagt uns überhaupt, dass mit eine Taube tatsächlich ein Tier gemeint ist? Grammatikalisch könnte ebenso eine taube Frau gemeint sein, nicht wahr?« Mit hervorquellenden Augen sah er den Hofdichter an.

Der nickte. »Grammatikalisch? Sicher, sicher.«

»Also auch tatsächlich?«

»Alles eine Frage der Interpretation«, wich der Dichter aus.

»Und die Interpretation ist unser!«, stieß der König hervor. »Wir müssen alle Möglichkeiten in Betracht ziehen.«

»So ist es.« Der politische Berater nickte heftig. Nach dem vorherigen Zögern hatte er das Gefühl, seine Treue beweisen zu müssen. »Es geht schließlich um das Leben Eurer Majestät!«

»Aber …« Gequält verzog der Hofmathematiker das Gesicht. »Ich habe noch nie von tauben Frauen gehört, die einem auf den Kopf kacken. Schon gar nicht dreimal.«

»Einmal ist immer das erste Mal!«, stieß der politische Berater hervor.

»Wollt Ihr es wirklich darauf ankommen lassen?«, mischte sich der Hofdichter ein, der sich aufgrund seines Berufs selbst noch so abseitige Dinge gut vorstellen konnte. Außerdem wollte er auch mal wieder beim König punkten. »Was, wenn Ihr Euch irrt? Wie viele taube Frauen kennt Ihr schon?«

»Ähm, eine«, stammelte der Mathematiker. Mit einem Blick auf den misstrauischen König fügte er rasch hinzu: »Und die nicht gut. Eigentlich gar nicht. Kennen ist viel zu viel gesagt. Sie ist die Nachbarin der Schwester meines Nachbarn. Vielleicht sogar nur deren Cousine.«

»Wie also wollt Ihr euch sicher sein, wirklich sicher? Wer weiß schon, wie pervers jemand sein kann, der nichts hört? Immerhin kann man einer Tauben nicht sagen, dass ein solches Verhalten nicht angemessen ist. Schließlich hört sie nicht. Es muss ja nicht mal böse Absicht sein …«

»Und deshalb werde ich handeln!«, brüllte der König und schlug mit der Faust auf den Tisch. »Starke Männer handeln! Ich will nicht als der Zögerliche in die Geschichte eingehen.«

Noch in dieser Nacht erließ der König ein passendes Gesetz und verfügte, dass alle tauben Mädchen und Frauen zu den Vögeln in das unterirdische Käfiglabyrinth gesperrt werden sollten. Weil in der Stadt nicht allzu viele Gehörlose lebten, waren nur wenige Familien betroffen, und es gab in den folgenden Tagen kaum Protest aus der Bevölkerung zu hören, während die Büttel die tauben Frauen abholten.

»Was würdest du tun, wenn ich taub wäre?«, fragte Hänfling ihren Vater, als sie von den Verhaftungen erfuhr. Es schien ihr völlig falsch, doch wollte sie nicht vorschnell urteilen.

»Du bist es nicht, oder?«, antwortete er nüchtern.

»Ja, aber wenn? Wenn mich ein Unfall taub werden lässt?«

»Pass besser auf, dass das nicht passiert. Jetzt doppelt.«

»Vater!«, drängte Hänfling.

Er seufzte und sah sie lange an. »Falls du wissen willst, ob es rechtens ist, was der König tut, sage ich dir: Er ist der König und macht die Gesetze. Er kann und darf es tun. Falls du mich fragst, was ich zulassen würde, so lass dir sagen: Niemand tut meiner Tochter etwas an. Du bist mein Hänfling!«

Dankbar umarmte sie ihn, obwohl der erste Teil der Antwort ihr nicht ausreichte. Trotzdem bohrte sie nicht nach.

»Sag mir, dass du nicht zu den Rebellen gehörst«, flüsterte der Bäckermeister, während er seine Tochter umschlungen hielt.

»Nein, ich bin kein Rebell«, versicherte Hänfling. Aber nachts, wenn sie manchmal aus dem Fenster blickte und in der Ferne die Freiheitsfackel brennen sah, fragte sie sich, ob die Rebellen nicht doch recht hätten, ob man nicht irgendetwas tun müsste. Sie dachte an die tauben Mädchen, an das jämmerlich blökende Lamm und den abgeführten alten Mann, der ihr so unschuldig erschienen war. Doch sah man Schuldigen ihre Schuld wirklich an?

In den folgenden Tagen und Wochen gab sie auf alle Gespräche acht, an denen sie mit ihren Brötchen vorbeikam. Sie erlauschte, wie viele Menschen der König verhaften ließ und was über die Rebellen erzählt wurde. Sie sprach mit Bettlern und Straßenkindern und erfuhr, dass die Rebellen die Verhaftung der tauben Frauen für Unrecht hielten und weiter wie besessen Tauben züchteten. Gesetz oder nicht, auch Hänfling konnte nichts Richtiges darin sehen, taube Menschen ohne jeglichen Verdacht einzusperren. Oft dachte sie daran, den Kontakt zu den Rebellen zu suchen, doch immer hielt sie etwas ab. Eine Wäscherin trug ihr das Gerücht zu, der Königssohn habe eine schöne Bäckerin gesehen, sie aber wieder aus den Augen verloren. Nun sei er auf der Suche nach ihr, um sie zur Frau zu nehmen.

»Nicht noch einer«, seufzte Hänfling.

»Was meinst du?«, fragte die Wäscherin.

»Nichts. Es ist doch nur ein Gerücht.« Fortan vermied sie die Nähe des Palastes. Sie wusste, dass es schwer war, sich einem Prinzen zu verweigern.

Dann hörte Hänfling, dass verzweifelte junge Frauen unter den Rebellen sich mit langen Nadeln selbst die Trommelfelle durchstießen, um taub zu werden. Ob sie es selbst taten oder angestachelt von anderen, wusste man nicht. Sicher war allein, dass sie im Schutz der Dunkelheit auf das hohe Palastdach kletterten und dort mit blanken Hintern auf den Prinzen warteten. Doch sie wurden alle aufgegriffen, bevor sie den Prinzen erwischten, und der König hatte seine nachträgliche Rechtfertigung für das Einsperren der Gehörlosen.

Wenige Tage darauf wurden die ersten von ihnen des versuchten Attentats angeklagt und verurteilt. Grob wurden sie aus den Taubenkäfigen gezerrt und am schwarzen Galgen neben der Freiheitsfackel hingerichtet, deren Flammen an jenem Tag besonders hoch loderten. Der Galgen blieb stehen, denn bis zu den nächsten Hinrichtungen würde es nicht mehr lange dauern. Auch er wurde schon bald zu einem Symbol, obwohl er keines sein sollte, lediglich ein Mittel zur Einschüchterung.

Als im folgenden Monat eine riesige Taubenfarm der Rebellen ausgehoben wurde, entdeckte die Stadtwache Überreste von Brot, das Hänflings Vater gebacken hatte. Ohne große Umschweife wurde er der Mittäterschaft bezichtigt und eingesperrt.

»Er hat nichts getan«, beteuerte Hänflings Mutter.

»Dann wird ihm auch nichts geschehen«, versicherte ihr der große Stadtwächter mit dem breiten Lächeln. »Der Fall wird gründlich untersucht. Ich werde ihn höchstselbst befragen.«

»Danke«, sagte sie, obwohl sie nicht sagen konnte, weshalb sie sich bedankte und wofür.

»Nachdem du mich verstehst, gehe ich davon aus, dass du nicht taub bist?«

»Bitte, was?«, fragte sie verwirrt.

»Verstehst du mich oder bist du taub?« Die Stimme des Stadtwächters wurde laut.

»Nein.«

»Was jetzt? Entweder oder.«

»Ich …« Sie fing an zu weinen, die Uniform schüchterte sie ein.

»Gute Frau, verstehst du mich?«

»Ja«, beteuerte sie schluchzend. »Ja, ja, ja.«

»Und deine Tochter? Ist außer Haus?«

»Ja.«

»Ist sie taub?«

»Nein!«

»Gut«, sagte er und führte Hänflings Vater ab. Ihre Mutter blieb weinend am Küchentisch zurück.

Stunden später kehrte Hänfling heim und fand ihre Mutter in der Küche vor. Die Augen noch immer gerötet, kochte sie einen Sonntagsbraten.

»Der ist für Vater. Er wird hungrig sein, wenn er heimkommt.«

Er kam nicht heim, auch nicht am nächsten Morgen. Hänflings Mutter ging zum Palast, um sich nach ihrem Mann zu erkundigen, doch nach sieben Stunden Warten erfuhr sie lediglich, die gründlichen Untersuchungen würden noch andauern und das Gericht habe so viel zu tun, die Rebellen seien so zahlreich, da könne nicht über jeden Fortschritt bei den Verhandlungen persönlich Auskunft gegeben werden.

»Aber so weit kann ich dich beruhigen, gute Frau«, sagte der Wächter, mit dem sie sprach. »Auf der Liste der heute zum Tode Verurteilten findet sich sein Name nicht.«

»Zum Tode?«

»Nun, ja, es geht schließlich um Rebellentum, Verrat und Attentate.«

Erschrocken eilte sie nach Hause und fuhr Hänfling an: »Hast du den Rebellen Brot verkauft?«

»Ich weiß es nicht«, sagte Hänfling. »Woran hätte ich Rebellen erkennen sollen?«

»Ach Kind«, jammerte die Mutter und warf sich weinend aufs Bett.

Hänfling setzte sich zu ihr, strich ihr übers Haar und sagte, dass es jetzt reiche. Irgendwer müsse etwas tun, Vater habe ihr etwas Ähnliches versprochen.

»Was hat dein Vater gesagt? Hat er dir Unsinn in den Kopf gesetzt? Was willst du tun?« Entsetzt blickte die Mutter sie an. »Du gehst doch nicht zu den Rebellen?«

»Nein«, wiegelte Hänfling ab. »Ich will mich nur nützlich machen.«

»Du gehst nicht zu den Rebellen! Hast du gehört? Ich bin deine Mutter!«

»Ich habe gesagt, ich geh nicht zu ihnen. Die machen Mädchen taub.« Hänfling küsste ihre Mutter auf die Stirn und verließ das Haus. Verwirrt blickte diese ihr hinterher.

Mit festem Schritt ging Hänfling die Straße hinab. Irgendwer musste etwas tun, aber das würden nicht die Rebellen sein. Sie waren ebenso von der idiotischen Prophezeiung besessen wie der König. Sie waren nichts weiter als die andere Seite derselben Münze. Hänfling dachte an ihren unschuldigen Vater, an seine Umarmung und daran, wie er ihr versprochen hatte, nicht zuzulassen, dass ihr etwas geschehen würde. Ebenso wenig wollte sie zulassen, dass ihm etwas geschah.

Hänfling suchte einen Bogenmacher auf und kaufte sich von all dem Brötchengeld eine alte Armbrust und passende Bolzen. Sie versteckte alles in einem unscheinbaren Sack und wartete auf die Nacht. In der Dunkelheit kletterte sie auf ein Hausdach unweit des Palastes. Von dort stieg sie auf das benachbarte Dach und sprang weiter von Haus zu Haus, immer näher an den Palast heran. Dann legte sie sich hinter einen Schornstein, sah zu den Sternen hinauf und wartete auf das Morgengrauen.

Die Sterne strahlten hell, doch vom Mond war nur eine schmale Sichel zu sehen. Wenige Wolken zogen vorbei.

Hänfling wusste nicht, ob das hier richtig war, aber sie hatte sich entschieden.

Sie dachte an Vater und Mutter, an die Tauben und die tauben Frauen, an Königstreue und die Rebellen. Was waren das für Rebellen, die alles daransetzten, dass eine Taube dem Prinzen auf den Kopf kackte, nur weil eine betrunkene Fee das prophezeit hatte?

Schwachköpfe, dachte Hänfling, und dann dachte sie an den stets beschirmten Königssohn, der ihr früher oder später einen Antrag machen würde, wenn die Gerüchte stimmten. Auf keinen Fall würde sie ihn heiraten.

Würde er sie überhaupt fragen, wenn er wüsste, dass ihr Vater im Taubenkäfig saß?

Sie vertrieb die unsinnigen Gedanken und döste, bis die ersten Vögel sangen. In der aufgehenden Sonne streckte sie sich, dehnte die Muskeln und knackte mit den Gelenken. Dann packte sie die Armbrust aus, spannte sie, legte einen Bolzen ein und sich auf die Lauer.

Erst als die Sonne zwei Handbreit über dem Horizont stand, erschien der Königssohn zusammen mit dem König im Palastgarten. Während die schrankgroßen, unerschrockenen Leibwächter mit ihren Schirmen den Prinzen umgaben, blieb der König vollkommen ungeschützt. Seit der Prophezeiung rechnete niemand mehr mit einem direkten Angriff auf ihn. Doch Hänfling, die immer nur hatte nützlich sein wollen, die vergeblich mit den Feuermeistern geredet hatte und deren Vater grundlos eingekerkert war, glaubte nicht an eine Prophezeiung. Sie glaubte daran, dass man sich selbst kümmern musste. Und deshalb legte sie an, zielte auf des Königs Herz und schoss. Sie schoss und eilte sofort davon, um nicht entdeckt und gefangen zu werden.

Und weil sie tatsächlich ins Herz getroffen hatte und der wahnsinnige König an dem Bolzen röchelnd gestorben war, lebten Hänflings Vater und viele andere sehr viel glücklicher und freier bis an ihr Lebensende.

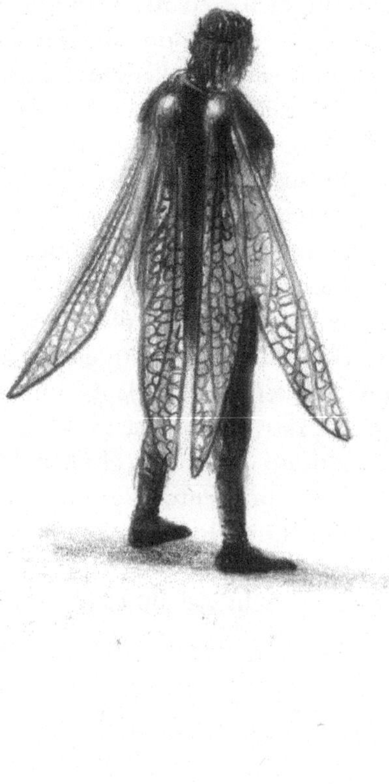

Julianna Grohe

Der Elfenprinz

Julianna Grohe

Julianna Grohe lebt mit ihrer Familie in einem roten Backsteinhaus in der Nähe von Lübeck. Ihren ersten Roman schrieb sie, weil sie sich durch eine Zeitungsannonce dazu aufgefordert fühlte. Ihren zweiten, weil Castingshows ihre Guilty Pleasure sind. Sowohl in *Die vierte Braut* als auch in *Räuberherz* spielt sie mit Märchenmotiven. Sie schreibt jedoch auch klassische Liebesromane ganz ohne Fantasy. Ihr glaubt mir nicht? Dann recherchiert mal im Internet. Über ihre nächsten Projekte darf ich noch nichts verraten. Aber ich kann euch versichern, dass es spannend, humorvoll und romantisch wird.

Julianna versprach mir eine Adaption von Hans Christian Andersens Kunstmärchen *Däumelinchen*. Sie pitchte mir ihre Geschichte am Telefon und ich verliebte mich sofort in ihre Protagonistin. Dann schickte sie mir ihr Manuskript. Und ich stellte fest, dass sie zwar das gleiche Märchen bearbeitete wie besprochen, die Handlung aber aus einer anderen Perspektive erzählte. Da beide Figuren nur wenige Zentimeter groß sind, nehme ich an, sie kann wahrheitsgetreu behaupten, nur eine winzige Änderung am ursprünglichen Plan vorgenommen zu haben.

Böse bin ich ihr nicht, denn die Geschichte funktioniert so, wie sie jetzt ist, wunderbar – vermutlich sogar noch besser. Manchmal ist das beim Schreiben so.

www.facebook.com/Julianna.Grohe

Der Elfenprinz

Man sagt, die Welt bliebe stehen, wenn man liebt. Die Sterne würden heller strahlen, im Bauch Schmetterlinge umherflattern und man würde immerzu die Nähe seiner Angebeteten suchen.

Dumm nur, dass der Elfenprinz Midur bisher nicht einmal annähernd so etwas wie Liebe zu einer der Elfendamen verspürt hatte. Ganz im Gegenteil. Er fand ihre Gesellschaft ermüdend. Die Schönheit ihrer zartgliedrigen Körper, die fein geschnittenen Gesichter und die glänzenden hellen Haare, obendrein ihre hervorragenden Manieren – all das konnte ihn nicht betören. Auch wenn seine Eltern noch so sehr drängten, dass er sich eine Frau suchen solle.

Die Frühlingssonne ließ Midurs tropfenförmige Flügel wie fein geschliffenes Kristall schimmern, während er mit schwungvollen Flügelschlägen über den ergrünenden Wald floh. Weg von den Erwartungen und Pflichten des Hofes – dorthin, wo man selten Elfen traf: in die Nähe einer Menschen-Stadt.

Eigentlich war den Elfen der Kontakt zu ihnen verboten, aber er musste sich ja nicht erwischen lassen …

Das Leben der Menschen hatte Midur seit jeher fasziniert – die Bauweise ihrer Häuser, die Art, wie sie ihre Äcker bestellten, und die Kutschen und Segelschiffe, mit denen sie reisten.

Ein paar Flugminuten von der Stadtmauer entfernt ließ ein unerwartetes Geräusch den Prinzen aufhorchen: lauter Gesang.

Neugierig folgte Midur dem Klang und gelangte zu einer Lichtung.

Im Schatten des Waldes erblickte er ein kleines Wesen – nicht größer als er selbst, vielleicht fünfzig Zentimeter hoch. Mit anmutigen Bewegungen tanzte es im Kreis und sang dabei aus voller Kehle ein Lied der Menschen.

»Frühling zeigt sein lieb' Gesicht nun der Sonne wieder,
ringt des scharfen Winters Kraft nach und nach hernieder.«

Es war ein Mädchen. Allerdings keine Elfe, denn es war flügellos und sein Haar nicht glatt und hell. In dunkelbraunen Wellen ging es ihr bis zur Hüfte. Sie trug ein schlichtes Kittelkleid im Gegensatz zu den Elfendamen, welche sich in federleichte Gewänder aus hauchzartem Stoff hüllten und ihre Kleider und Haare mit Efeu und Blüten schmückten.

Mit offenem Mund ließ sich der Prinz auf den Ast eines Baumes sinken und starrte das seltsame Geschöpf an, während es einen Baumstamm umtanzte.

»Aller Ding Erneuerung uns nach draußen treibet,
honigsüßer Blütenduft, wenn der Winter scheidet.«

Der Prinz vermutete, dass in der Sängerin das Blut seines Volkes floss. Wahrscheinlich von einem übermütigen jungen Elfenmann, der der Versuchung nicht hatte widerstehen können und sich verbotenerweise in das Bett einer hübschen Vorfahrin des Mädchens geschlichen hatte. Midur mochte nicht darüber nachdenken.

Bei einer solchen Vereinigung entstanden in der Regel normale Menschenkinder, denen man ihre Abstammung nicht ansah. Doch manchmal, oft erst zwei, drei Generationen später, wurde ein kleinwüchsiges Kind geboren, ohne dass die Menschen sich erklären konnten, warum.

Die Elfen kannten den Grund.

»Wechselbalg«, flüsterten die Menschen dann hinter vorgehaltener Hand, aber in Wahrheit hatte kein Elf das Kind ausgetauscht, wie so bösartig behauptet wurde, sondern eines mit einer Urahnin in einer heimlichen Nacht gezeugt.

»Und dem Märzenregen gleich, tropfen meine Tränen.
Muss vertrauen deiner Treu, ertragen dieses Sehnen.«

Midur konnte kaum den Blick von dem Mädchen abwenden, denn es besaß nicht nur ein hübsches Äußeres, sondern auch eine Ausstrahlung, die ihn faszinierte.

Der Prinz lauschte der melodischen Stimme gebannt.

»Dein, Geliebter, meine Seel', dein mein wundes Herz,
Frühling, bring den Liebsten heim, nimm den Liebesschmerz!«

Das Mädchen sang schön wie eine Elfe. Allerdings klang ihre Stimme ein wenig rauer. Eine Mischung, die ihn bezauberte.

Nun umarmte sie einen Baum und legte ihre Wange mit geschlossenen Augen an die raue Rinde.

Midur stellte verwundert fest, dass er den Platz gern mit dem Baum getauscht hätte.

Verwirrt schüttelte er den Kopf, um das Bild zu vertreiben, und stieß sich vom Ast ab. Mit hastigen Flügelschlägen folgte er dem sprudelnden Bachlauf den farnbewachsenen Hang bergab.

Dort, wo die rauschenden Kaskaden des Baches in den größten See der Insel mündeten, lag Tiren Gil, die Siedlung der Elfen.

Sie bewohnten reizende kleine Häuschen in den Baumkronen, an denen Blumen rankten.

Elfen mussten keine Handwerksmeister sein. Sie baten die Pflanzen, so zu wachsen, dass ein schönes Haus entstand, und beschleunigten das Wachstum mithilfe ihrer Naturgeistermagie. Willig bildete das Holz Wände, Decken und Treppen. Feste grüne Ranken schlangen sich zu kunstvollen Gittern und Geländern und überall leuchteten bereits die bunten Farbtupfer der Frühblüher.

Da, wo die kräftigsten Bäume standen, befand sich der Palast des Elfenkönigs. Er erstreckte sich über drei Baumwipfel und vier Stockwerke und war dermaßen prachtvoll ausgestattet, dass jeder davon überwältigt war.

Prinz Midur jedoch hatte keinen Blick für all die Pracht, als er auf einer Galerie des Palastes landete. Vielleicht, weil er dort bereits sehr lange lebte – seit seiner Geburt vor einundzwanzig Jahren. Es konnte aber auch daran liegen, dass seine Gedanken noch um dieses seltsame Mädchen kreisten. Wie sie es wohl schaffte, unter den Menschen zu leben?

Sein bester Freund Floriel kam ihm entgegen und riss ihn aus seinen Überlegungen. »Wo bist du gewesen? Ich hatte schon Angst, du würdest den Tanz verpassen! Hattest du im Adlerhorst zu tun?«

Obwohl Midur der Prinz war, leistete er wie alle Elfen seinen Beitrag für die Gemeinschaft und die Natur. Seine Aufgabe war es, sich um die Seeadler zu kümmern, die den altersschwachen Elfen als Reittiere dienten.

»Ich bin ein wenig herumgeflogen«, antwortete Midur verlegen und hoffte, dass Floriel seinen schuldbewussten Gesichtsausdruck nicht bemerkte. »Dabei habe ich wohl die Zeit vergessen.« Niemand sollte wissen, dass er ein Menschenmädchen beobachtet hatte, denn das würde ihn in Erklärungsnot bringen. Elfen, die sich nicht an die Regeln hielten, wurden hart bestraft und Midur befürchtete, dass der König auch bei seinem eigenen Sohn keine Ausnahme machen würde.

Im Allgemeinen verachtete sein Volk die Menschen, denn sie waren dumm, grob und blind. Es gelang ihnen nicht, sorgsam mit der Natur umzugehen und die Schönheit, welche vor allem in den kleinen Dingen steckte, zu erkennen. Sie trampelten darüber hinweg, zerstörten, missachteten und töteten. Ja, einige von ihnen waren sogar gewalttätig gegen Artgenossen – gerne in Verbindung mit berauschenden Getränken! Tiren Gil würden sie vermutlich nicht einmal entdecken, wenn sie sich direkt unterhalb der Elfenstadt befänden.

Doch dieses seltsame Mischlingsmädchen schien anders zu sein. Es hatte sich viel behutsamer durch den Wald bewegt, sanft über das Moos gestreichelt und einem scheuen Reh freundlich hinterhergeblickt.

Midur spürte, dass sie etwas Besonderes war. Aber er wusste auch, dass er ihr fernbleiben musste, wenn er nicht in große Schwierigkeiten geraten wollte.

Obwohl der Prinz das fremde Mädchen zu vergessen versuchte, ging ihm sein Bild nicht aus dem Kopf und des Nachts geisterte es durch seine Träume.

Ein paar Tage lang konnte er dem Verlangen, zur Lichtung zu fliegen, widerstehen. Doch der Wunsch, sie wiederzusehen, wurde nicht kleiner.

Nach sieben Tagen gab er der Versuchung nach.

»Wenn wir in der Schenke sitzen, Bier und Wein gar zugetan,
lachend, singend, schwitzend, spielend, saufend bis zum Untergang.

Wo die Münz' in Maß sich wandelt, vivat Bacchus, vivat Wein,
zieh' ich dich in meine Arme, deine Wärme hüllt mich ein.«

Schon von Weitem hörte Midur ihre Stimme, als er sich der Lichtung näherte. Diesmal klang ihr Gesang wilder. Er meinte sogar Wut herauszuhören.

»Säuft der Herr und auch der Knecht,
Arme, Reiche, gut wie schlecht.
Dumme, Kluge, Junge, Greise,
jeder schluckt auf seine Weise.«

Von einem nahe stehenden Baum beobachtete Midur, wie sie mit geschürztem Kleid grimmig umherstapfte, während sie sang.

Eine Elfe würde sich niemals derart zerstörerisch in der Natur bewegen, dachte er missbilligend und fragte sich, was das Mädchen dermaßen aufgebracht hatte.

»Saufen Ritter, Krämer, Pfaffen,
woll'n ins Dekolleté dir gaffen.
Bist das schönste Mädchen hier,
doch du, mein Schatz, gehörst nur mir.«

Irritiert kreiste der Elfenprinz über der Lichtung, während das zarte Wesen weiterhin das Trinklied grölte.

Was für ein Gegensatz zur vergangenen Woche!

Hatte er sich in ihr getäuscht? War sie doch nur einer dieser aggressiven Menschen? Jemand, der Wut und Rachegelüste ungehemmt auslebte? Jemand, der die Wunder der Schöpfung mit Füßen trat?

Vielleicht sollte er besser nach Hause zurückkehren.

»Selbst der Graf, der Papst, der König saufen so wie du und ich,
bis auch sie steh'n eines Tages vor dem göttlichen Gericht.
Drum, mein Liebchen, sei die Meine, nimm mein Werben willig an,
denn wenn du dich mir verweigerst, nehm ich mit …«

Es gab einen dumpfen Knall, als Midur gegen einen Baum prallte und zu Boden stürzte.

»Verdammt«, jammerte er schmerzerfüllt. Nur gut, dass seine Flügel elastisch waren.

Das Mädchen war mit einem spitzen Schrei hinter einem Baum verschwunden. Nur sein Kopf lugte hervor. »Wer ist da?«, flüsterte sie ängstlich und suchte mit großen Augen die Gegend ab.

Der Elfenprinz rappelte sich auf und rieb mit gequältem Blick über seinen Hosenboden. »Hast du eben wirklich gesungen: Denn wenn du dich mir verweigerst, nehm ich mit Gewalt dich ran'?!«, fragte er ungläubig mit einer Mischung aus Entsetzen und Belustigung.

Das Wesen errötete. »Nein, natürlich nicht!«, log es beschämt und trat zaghaft einen Schritt hinter dem Baum hervor. »Wo steckst du? Ich kann dich nicht sehen.«

Mit einem verschmitzten Lächeln kam der junge Elf näher. Im Stehen überragte er das Mädchen um ein paar Zentimeter.

Natürlich konnte sie ihn nicht sehen.

In Gegenwart eines Menschen machte er sich selbstverständlich unsichtbar. Zu viele Komplikationen …

»Wo hast du denn deine Augen, reizendes Kind, ich stehe doch neben dir«, raunte er ihr in einem Anfall von Übermut ins Ohr, nachdem er einen tiefen Atemzug ihres betörenden Duftes genommen hatte – wild wie der Wald, blumig wie eine Elfe und exotisch nach Mensch.

Erschrocken sprang sie ein Stück zur Seite und streckte abwehrend die Hände aus. »Hör sofort auf damit!« Verzweifelt versuchte sie zu erkennen, wer oder was ihr ins Ohr gehaucht hatte. Mit beiden Armen schlug sie um sich, sodass der Prinz zurückweichen musste, damit sie ihn nicht traf. Zwar war er für Menschenaugen unsichtbar, aber berühren könnte sie ihn.

Anerkennend stellte Midur fest, dass sie nicht schreiend davongelaufen war, wie es in solch einer Situation von jedem normalen Menschen zu erwarten gewesen wäre.

Ein Anflug von Schuldbewusstsein überkam ihn. Nicht nur, weil er das arme Ding erschreckt hatte, sondern auch, weil er vergessen hatte, dass sie ihn nicht bemerken durfte. Selbst er hatte sich an diese Regel zu halten. Sein Vater würde ihn vierteilen lassen.

»Ich will dir nichts Böses«, sagte er möglichst beruhigend. »Doch dein liederliches Lied hat mich so überrascht, dass ich nicht weiterfliegen konnte.«

»Fliegen?«, rief sie. »Bist du etwa ein sprechender Käfer? Oder … ein Geist?« Sie schluckte.

»Nein«, lachte er. »Nur ein einsames, unsichtbares Wesen, das nicht erwartet hatte, dass ihm mitten im Wald ein derartiges Lied zu Ohren kommen würde.«

»Jetzt hör endlich auf mit dem blöden Lied! Es ist mir schon unangenehm genug. Ich hatte ja keine Ahnung, dass mich hier jemand hören könnte«, schimpfte sie.

Überrascht blinzelte er. Auf diese Weise hatte ihn noch nie jemand angefahren, schließlich war er ein Prinz – aber das konnte sie nicht wissen.

»Oh, vergib mir, ich wollte dich nicht verärgern. Bitte lass uns Freundschaft schließen und grolle nicht mehr mit einem armen, unsichtbaren Wesen«, bat der Prinz nach kurzem Überlegen.

Nachdenklich kaute das Mädchen auf der Unterlippe. Midur betrachtete es fasziniert. Dann antwortete sie schließlich: »So soll es sein. Setz dich zu mir – wenn du es denn kannst, Wesen.« Frech grinste sie in seine Richtung, als sie sich niederließ, und deutete neben sich ins hohe Gras. »Oder hast du vielleicht einen Namen?«

Verzaubert starrte er auf sie herab. Diese kecke junge Frau löste etwas in ihm aus, das er nie zuvor gefühlt hatte.

»Mein Name ist Pr… Midur«, stammelte er unbeholfen, obwohl er sonst äußerst bewandert im Umgang mit jungen Damen war.

»Midur«, wiederholte das Mädchen und beim Klang seines Namens aus ihrem Mund lief ihm ein wohliger Schauer über den Rücken.

Er nickte, bis ihm einfiel, dass sie ihn nicht sehen konnte – was schade war, denn nicht wenige junge Elfendamen behaupteten, er sei der Elf mit der attraktivsten Gestalt und dem anziehendsten Antlitz. Er fragte sich, ob das Mädchen sich dieser Meinung angeschlossen hätte, wenn es ihn sehen könnte.

»Genau. Und wie ist dein Name, holde Maid der Tavernenlieder?« Außerhalb ihrer Reichweite ließ er sich so nieder, dass er ihr Gesicht sehen konnte.

Sie schnaubte, musste jedoch ein Grinsen unterdrücken. »Wenn ich könnte, würde ich dir einen Stoß verpassen.«

»Ihr brecht mir das Herz, meine Schöne.«

»Ich heiße Maya.«

»Ein schöner Name für ein entzückendes Mädchen.«

Finster runzelte sie die Stirn. »Du kannst dir deine Schmeicheleien sparen, ich kenne mein Aussehen.«

Erstaunt betrachtete er sie, denn er verstand nicht, weshalb sie ihn dermaßen anfuhr. Die meisten Elfenmädchen wären bei diesen Worten sofort in seine Arme gesunken, wenn er sie gelassen hätte.

War Maya derart eingebildet oder dachte sie vielmehr, er wolle sich über sie lustig machen?

»Was ist mit deinem Aussehen?«

Aufgebracht ballte sie die zarten Hände zu Fäusten und funkelte in seine Richtung. »Ich bin winzig und dürr, aber das müsstest du bemerkt haben. Sie nennen mich Heuschrecke, Missgeburt oder Däumeline, weil ich so klein bin!«

Bestürzt schaute er Maya an. Wie konnte jemand, der Augen im Kopf hatte, nicht erkennen, wie zauberhaft sie war?

»Midur? Bist du noch hier?«, fragte Maya nach einer Weile unglücklich, ließ ihren Kopf sinken, sodass die braunen Locken ihr Gesicht verbargen, und umschlang ihre angezogenen Knie mit den Armen. »Entschuldige meinen Ausbruch, ich habe es nicht böse gemeint. Es ist nur … es macht mich traurig, was die anderen über mich sagen.«

Sein Blick wurde sanft. »Aber natürlich! Mir fehlten lediglich die Worte, weil ich dich wunderhübsch finde. Wer etwas anderes behauptet, ist blind oder lügt«, sagte der Prinz energisch und musste sich zwingen, ihr nicht mit der Hand, die er bereits nach ihr ausgestreckt hatte, über die rosige Wange zu streichen.

»Du findest mich nicht zu klein oder zu dürr?« Zögernd hob sie ihr zartes Gesicht.

»Bei allem, was mir lieb und teuer ist, schwöre ich, dass ich dein Äußeres entzückend finde … wir haben nicht von deinem Mundwerk gesprochen, richtig?«, versuchte er sie zu necken.

Mit Erfolg. Maya lächelte und ihm wurde ganz warm ums Herz.

»Warum dieses wilde Lied?«, erkundigte er sich. »Beim letzten Mal war dein Gesang … nun ja … ruhiger.«

»Du warst schon früher hier?«, fragte sie erstaunt.

»Ja.«

Maya wirkte verlegen. Sie schien zu überlegen, ob er sie bei etwas Kompromittierendem beobachtet haben könnte.

»Also?«, unterbrach er ihre Gedankengänge, bevor sie sich schämen konnte. »Weshalb solch ein Lied?«

Sie reckte das Kinn. »Ich war so wütend, dass ich beinahe geplatzt wäre. Dann laufe ich immer in den Wald, um laut zu singen. Das hilft.«

Midur schmunzelte. »Was hat dich derart erzürnt?«, erkundigte er sich.

»Meine Meisterin drängt mich, einen Mann zu heiraten, den ich nicht mag. Obendrein meinten einige Jungen aus der Nachbarschaft, mich beschimpfen und jagen zu müssen.« Sie seufzte. »Es macht keinen Spaß, so klein zu sein.«

»Wenn man unter Menschen lebt, sicher nicht«, gab der Prinz zu.

Irritiert schaute Maya in seine Richtung. »Wo sollte ich sonst leben? Ich musste mal ein halbes Jahr lang allein im Wald leben. Das war furchtbar.«

»Du hast im Wald gelebt?«, fragte Midur erstaunt.

»Weil die Pest ausbrach, schickten mich meine Eltern den Sommer über fort, damit ich überleben konnte. Als ich zurückkehrte, waren sie tot.« Ihre Stimme klang gefasst, aber ihre unruhigen Finger ließen erahnen, wie schwer es ihr fiel, darüber zu sprechen.

»Das tut mir leid.«

Für einen Moment schwiegen beide und jeder hing seinen Gedanken nach. Seltsamerweise fühlte sich das Schweigen nicht unangenehm an.

»Wie kommt es, dass deine Stimme so klingt, als wären wir auf einer Höhe?«, erkundigte sich Maya nach einer Weile. »Beugst du dich zu mir herab oder hast du etwa keinen Körper?«

Solange er nicht verriet, wer er in Wahrheit war, konnte er ihre Frage beantworten, überlegte Midur. »Würdest du mir glauben, wenn ich sagen würde, dass ich dich kaum überrage?«

»Oh«, rief sie überrascht. »Ich wusste nicht, dass es unsichtbare Wesen von meiner Größe gibt.«

»Es war ein Versehen, dass du mich bemerkt hast«, gestand der Prinz. »Eigentlich dürftest du nichts von mir wissen.«

»Ich verspreche, dass ich mit niemandem darüber reden werde«, schwor Maya.

Midur stand abrupt auf und verabschiedete sich höflich, um weiteren Fragen zu entgehen.

»Wann bist du wieder hier? Ich fände es schön, dich wiederzuseh…«, sie verbesserte sich, »… wiederzuhören!« Anmutig erhob sich Maya ebenfalls.

Der Prinz lachte. »Nun gut«, sagte er, nachdem er kurz nachgedacht hatte. Was sollte schon passieren, wenn er sie ein weiteres Mal traf? Er würde aufpassen, dass niemand ihm folgte. »Wie wäre es … in einer Woche zur gleichen Uhrzeit? Ich werde auf dich warten.«

Maya lächelte. »Ich freue mich darauf!«

Als der junge Prinz eine Woche später zur vereinbarten Zeit zum Treffpunkt flog, kribbelten seine Flügel vor Aufregung.

Endlich würde er sie wiedersehen.

Doch in seine Vorfreude mischte sich ein Hauch von Melancholie, denn er durfte sich ihr erneut nicht zeigen.

Kurz nachdem der Elf die Lichtung erreicht und sich ins Geäst eines Baumes gesetzt hatte, hörte er Maya leise summend näher kommen. Lächelnd ließ er sich zur Erde sinken und grüßte sie laut, damit sie nicht erschrak.

»Midur!«, rief sie freudig beim Klang seiner Stimme. »Ich war mir nicht mehr sicher, ob ich unsere Begegnung nur geträumt habe!«

»Ich bin vielleicht nicht sichtbar, aber eindeutig hier«, schmunzelte der Prinz.

Einträchtig schlenderten sie durch den Wald und unterhielten sich. Stundenlang. Ohne dass einer von ihnen sich unwohl oder gelangweilt fühlte.

Sie stellten fest, dass sie beide Hortensien und Rosen liebten, gerne Tiere beobachteten und es genossen, durch den Wald zu streifen. Deshalb mochten sie den Frühling von allen Jahreszeiten am liebsten, weil man endlich hinaus ins Freie konnte, um zu beobachten, wie die Natur erwachte.

»Ich fühle mich dir so vertraut, obwohl ich nicht einmal weiß, wie du aussiehst, und ob du wirklich gute Absichten hast«, sagte Maya, als es Zeit für den Abschied war, weil die Abendsonne die Wolken rotgolden zu färben begann.

Der Prinz schluckte, denn es erging ihm ebenso. »Ich bin sicher, du fühlst die Wahrheit im Herzen, auch wenn du mich nicht sehen kannst.«

Maya nickte schüchtern. »Bis bald, mein unsichtbarer Freund!«

Midur lächelte.

Freund.

Dieses Wort ließ etwas in seinem Inneren glühen.

Maya war ganz anders als die sanftmütigen Elfendamen: frech, temperamentvoll und sie lachte ungewohnt laut.

Der Prinz war wie verzaubert von ihrem Charme.

Ja. Er wollte ihr Freund sein. Und am liebsten noch viel mehr.

Nachdem sie die Lichtung verlassen hatte, folgte er ihr heimlich, um sich zu überzeugen, dass sie das Städtchen sicher erreichte. Gerade überwand sie flink einen heruntergefallenen Ast. Auf ihren Lippen lag die ganze Zeit ein leichtes Lächeln.

Midur bemerkte, dass er das Gegenstück im eigenen Gesicht trug.

Mit einem seltsam wehmütigen Gefühl im Bauch sah er ihr nach, als sie das Stadttor passierte, während in der Ferne ein Raubvogel seine erhabenen Kreise über dem Wald zog.

Die Treffen auf der kleinen Lichtung jeden Sonntag, wenn Maya frei hatte, wurden zur Gewohnheit.

Mittlerweile wusste der Prinz, dass Maya bei einer Schneiderin untergekommen war, deren Bekannter Mr Mole um das Mädchen warb. Zu Midurs Erleichterung hatte Maya kein Interesse daran, dessen Ehefrau zu werden.

Er wusste, was sie gerne aß, kannte ihre Lieblingslieder und konnte inzwischen auf den ersten Blick erkennen, in welcher Stimmung sie sich befand.

Wenn die Jungen sie erneut wegen ihrer Größe geärgert hatten oder die Schneiderin sie erneut gedrängt hatte, Mr Mole zu heiraten, war sie zutiefst niedergeschlagen. Doch an allen anderen Tagen entzückte sie ihn durch ihre Fröhlichkeit und liebenswürdige Art.

Es fiel ihm immer schwerer, sich ihr nicht zu zeigen, und nur mühsam konnte er den Drang unterdrücken, sie zu berühren.

So vergingen der Frühling und der Sommer und das Laub der Bäume begann sich zu verfärben.

Wieder einmal wartete der junge Elf ungeduldig auf Maya, als sich das Geräusch schwerer, ungleichmäßiger Flügelschläge näherte. Beunruhigt suchte er den Himmel ab. Ein dunkler Schatten trudelte kläglich krächzend näher.

»Swally?«, rief der Prinz besorgt, als er den mächtigen Seeadler herabstürzen sah.

Mit einem Satz katapultierte Midur sich in die Höhe, aber es gelang ihm nicht mehr, das Tier zu greifen, bevor es auf dem Boden aufschlug und den Prinzen halb unter sich begrub.

Midur zog sein Bein unter dem Raubvogel hervor und rappelte sich auf.

»Du solltest doch noch nicht herumfliegen!«

Swally gab ein heiseres Ächzen von sich, verdrehte die Augen und wurde bewusstlos. Ein Flügel war unnatürlich abgespreizt.

Sorgenvoll betrachtete Midur das Seeadlerweibchen. Nach einer Infektion war sie noch nicht vollständig genesen und musste einen Schwächeanfall erlitten haben.

Dass ihr Flügel aufgrund des Sturzes gebrochen war, war nicht das Problem, denn er konnte die Verletzung heilen. Doch dazu musste er Swally zunächst in Sicherheit bringen und dafür benötigte er Hilfe, weil der Raubvogel zu schwer war, als dass er ihn allein hätte tragen können.

In diesem Moment kam Maya und sofort schlug Midurs Herz schneller.

Sie bemerkte den unsichtbaren Elf nicht, als sie besorgt zu dem verunglückten Tier stürzte. »Ach herrje, was ist denn mit dir passiert?«, rief sie mitleidig und kniete sich auf die Erde. Behutsam tastete sie den reglosen Körper ab.

»Oh weh, deinen Flügel hat es aber böse erwischt«, murmelte sie, während Midur sie von der anderen Seite des Seeadlers aus beobachtete. »Was mache ich nur mit dir? Ich kann dich schließlich schlecht mit in die Stadt nehmen, selbst wenn ich dich bewegen könnte!« Verzweifelt rieb sie sich über die Stirn.

»Midur?«, fragte Maya, als ob sie seine Gegenwart verspürt hätte. »Bist du hier?«

»Ja«, antwortete er leise, um sie nicht zu erschrecken.

Trotzdem zuckte sie zusammen, als sie die Stimme direkt vor sich vernahm.

»Das arme Tier«, sagte Maya, als sie sich gefangen hatte. »Wie können wir ihm helfen?«

»Zunächst müssen wir es an einen sicheren Platz bringen, wo die Verletzung verheilen kann«, antwortete der Elf langsam.

Mit Maya gemeinsam würde er den Raubvogel tragen können, doch bis zum Adlerhorst war es weit und kein Mensch durfte dessen Standort kennen. Midur befand sich in einer Zwickmühle.

»Kannst du Dinge hochheben?«, fragte Maya erstaunt.

»In dieser Hinsicht bin ich wie du«, gestand der Prinz.

»Oh! Das wusste ich nicht«, rief Maya erstaunt. »Aber dann habe ich eine Idee. Gar nicht weit von hier befindet sich die kleine Hütte, in der ich gelebt habe, als die Pest in der Stadt wütete. Dort wäre das Tier sicher.«

Midur stimmte dem Plan zu und so legten sie den großen Raubvogel gemeinsam auf zwei kräftige Äste, hoben sie wie eine Bahre an und trugen das Tier durch den Wald.

»Es ist gleich da hinten«, schnaufte das Mädchen nach einer Weile und deutete mit dem Kinn zu einem Hügel.

Der Prinz bewunderte ihre Zähigkeit. Sie war so zart, dass sie am Rande ihrer Kräfte sein musste, schließlich spürte er das Gewicht des

Raubvogels kräftig an seinen Armen ziehen. Und doch kam kein Wort der Klage über ihre Lippen.

Endlich erreichten sie die winzige Hütte.

»Hier ist es«, seufzte sie beim Anblick der armseligen Behausung.

Mit vereinten Kräften schafften sie Swally hinein und betteten sie auf einem Strohlager.

Das Tier regte sich und öffnete ein Auge.

»Hallo, kleiner Unglücksrabe«, murmelte Midur und kniete sich an die Seite des Raubvogels. »Keine Angst, hier bist du in Sicherheit.« Sanft legte er seine Hände auf die Verletzung und spürte in den gebrochenen Knochen hinein.

Maya warf einen fragenden Blick in seine Richtung, den er ignorierte, weil er sich auf die Wirkung seiner Heilkräfte konzentrieren musste. Unter seinen Finger begann das Knochengewebe zusammenzuwachsen.

In den nächsten Tagen würde er die Knochenrinde und schließlich die Knochenhaut heilen lassen, sodass Swally in vier Tagen vollständig gesund sein sollte.

Der Vogel hielt währenddessen ganz still, er vertraute dem Prinzen. Erst als Midur erschöpft seine Hände fortnahm, krächzte er leise.

»Bald bist du wieder in Ordnung«, murmelte Midur. »Aber bis dahin wirst du dich brav ausruhen.«

»Was hast du gemacht?«, erkundigte sich Maya.

»Ich habe das Tier untersucht«, antwortete Midur und hatte damit nicht gelogen. Von der Naturgeistermagie der Elfen musste Maya nichts wissen.

»Oh!«, machte sie und er konnte geradezu sehen, wie es in ihrem Kopf arbeitete. »Du darfst mir nicht mehr erzählen, richtig?«

Der Elf blinzelte. War es dermaßen offensichtlich, dass er ihr etwas verschwieg?

»Ähm … so ist es«, gab er zu.

Nun würde sie ihn mit Fragen bestürmen und misstrauisch sein, befürchtete er und verzog den Mund. Die schöne Stimmung zwischen ihnen wäre dahin.

Doch ein weiteres Mal überraschte Maya ihn. »In Ordnung. Solange ich dir vertrauen kann, kann ich damit umgehen.« Sanft strich sie Swally über den Rücken. »Was machen wir nun mit dem Seeadler? Ich kann abends nach der Arbeit herkommen und versuchen, Fisch vom Markt mitzubringen, aber das wird nicht reichen, oder?«

»Du wirst auf keinen Fall im Dunkeln in den Wald gehen«, mahnte Midur. »Um den Seeadler kümmere ich mich, ich kenne mich mit Raubvögeln aus. Du musst dir keine Sorgen machen, in ein paar Tagen wird er wieder munter durch die Lüfte segeln.« Er stand auf und ging zu dem kleinen Tischchen. Es war außer einem Regal und einem Stuhl das einzige Möbelstück in der Hütte. Maya musste auf dem Lager aus Stroh, auf welchem sie Swally abgelegt hatten, geschlafen haben.

Das Mädchen seufzte. »Manchmal wünschte ich, ich wäre auch in der Lage, davonzufliegen und alles hinter mir zu lassen …«

»Geht es um Mr Mole?«, fragte Midur.

Maya nickte. »Die Schneiderin ist zornig darüber, dass ich ihn abgewiesen habe, und hat beschlossen, mich hinauszuwerfen, wenn ich ihn nicht vor Ablauf des Jahres geheiratet habe.« Sie seufzte. »Sicher ist er ein guter Mann und ich wäre versorgt, aber …«

»Aber was?«, hakte er nach.

Maya errötete. »Nun ja … Sein Anblick erweckt in mir keine liebevollen Gefühle. Ich weiß, dass ich mich mimosenhaft aufführe, doch meine Eltern haben sich ihr Leben lang sehr geliebt. Solch eine Ehe möchte ich auch führen!« Midur ballte die Hände zu Fäusten, denn er verspürte den seltsamen Wunsch, selbst der Mann zu sein, den sie lieben könnte. »Leider wird es darauf hinauslaufen, dass ich mir diesen Wunsch aus dem Kopf schlagen muss, denn ohne meine Arbeit bin ich verloren.«

»Auf dem Festland gibt es viele Schneidereien«, presste Midur hervor und selten war ihm etwas derart schwergefallen, denn dorthin konnte er ihr nicht folgen.

»Schon, aber das Festland ist unerreichbar. Eine Schiffspassage würde meine Ersparnisse aufbrauchen. Wovon sollte ich leben, wenn der Winter kommt?«

»Swally könnte dich hinübertragen, wenn sie gesund ist.«

»Swally?«, wiederholte sie überrascht und er konnte ihr geradezu ansehen, wie es in ihrem Kopf arbeitete. Sicherlich fragte sie sich, wie es kam, dass der Vogel einen Namen trug.

»Genau.«

Ohne es weiter zu kommentieren, warf Maya einen zweifelnden Blick zu dem Raubvogel. »Bin ich ihr nicht zu schwer?«

»Nein. Das schafft sie problemlos«, antwortete Midur mit Überzeugung. Seeadler trugen ständig altersschwache Elfen, deren Flügel kraftlos waren. Da würde Swally mit einem zarten Persönchen, wie Maya es war, ohne Weiteres über das Meer fliegen können.

»Sobald Swally geheilt ist, kannst du mit ihr zum Festland fliegen«, versuchte Midur ihr Mut zu machen. »Dir bleibt nicht viel Zeit, bald werden die Herbststürme einsetzen und es wird zu gefährlich, das Meer zu überqueren.«

Hoffnung blitzte in Mayas Augen auf. »Es muss klappen«, murmelte sie. »Es ist meine einzige Chance, dieser Ehe zu entgehen. Weißt du, Mr Mole interessiert sich nicht für die Natur oder lebendige Tiere. Nur als Pelz mag er sie.« Maya zog eine gequälte Grimasse. »Am liebsten würde er mir verbieten, überhaupt das Haus zu verlassen.«

Midur schwieg mit zusammengepressten Zähnen.

Weil es bereits auf den Abend zuging und Herbstnebel aufzog, traten sie aus der Hütte, um sich voneinander zu verabschieden.

»Sehen wir uns am kommenden Sonntag?«, fragte Maya.

Der Prinz nickte. »Bis dahin wird es Swally wieder gut gehen, du wirst schon sehen.«

Das Mädchen runzelte die Stirn. »Ich kenne mich mit Knochenbrüchen nicht aus, aber das erscheint mir ein wenig zu optimistisch!«

Midur erstarrte. Er musste besser aufpassen, was er sagte, durfte nie vergessen, dass Maya blitzgescheit war.

»Also …«, wand er sich.

»Das ist wieder so eine Sache, bei der ich nicht nachfragen darf, richtig?«, erkannte Maya und zog die Tür der Hütte zu.

»Ja. Es tut mir leid.«

»Du wirst mir schrecklich fehlen, wenn ich nicht mehr hier auf der Insel lebe«, gestand Maya schüchtern und beschleunigte damit den Herzschlag des Prinzen.

Ohne nachzudenken beugte er sich vor und küsste sie auf die Wange. Einfach, weil er es musste.

Das Mädchen zuckte zusammen und hob die Hand an das Gesicht, als würde sie den Kuss halten wollen.

Mit großen Augen schaute sie in seine Richtung, ohne ihn zu sehen. »Midur?«, fragte sie verwundert und lächelte dann versonnen. Eine leichte Röte überzog ihre Wangen.

»Bis bald, liebreizende Maya«, antwortete der Prinz mit belegter Stimme und schwang sich hastig in die Lüfte.

Doch ganz so bald sollten sie sich nicht wiedersehen.

Auf dem Weg nach Hause fing Floriel ihn ab.

»Sag mal, bist du von Sinnen, dass du ein Menschenmädchen küsst?!«, fuhr ihn sein Freund an.

Midur zuckte zusammen, denn er hatte den anderen Elf nicht bemerkt. Wahrscheinlich, weil er in Gedanken noch bei Maya gewesen war.

»Sie ist ein Mischling«, versuchte er sich zu verteidigen.

Floriel schnaubte. »Was die Sache nicht besser macht«, rief er anklagend. »Mit deinem Übermut bringst du ganz Tiren Gil in Gefahr!«

Es war kein Übermut. Es waren tiefe Gefühle, die er für Maya empfand, wollte der Prinz widersprechen, aber er verkniff es sich, denn das würde sein Freund nicht verstehen.

»Was machst du überhaupt hier?«, ging er stattdessen zum Gegenangriff über. »Hast du mir etwa hinterherspioniert?«

»Ha!«, knurrte Floriel wütend. »Ich war einem trudelnden Seeadler gefolgt, um ihn zum Adlerhorst zurückzubringen. Das ist also der Dank dafür!«

Der Prinz schluckte die wütende Erwiderung, die ihm auf der Zunge gelegen hatte, herunter. »Swally ist wirklich ein Pechvogel«, seufzte er stattdessen.

»Midur, ich meine es nicht böse, ich mache mir nur Sorgen um dich!«

»Ich weiß …«, murmelte der Prinz. »Glaube mir, das Mädchen ist etwas Besonderes.«

»Sie ist ein Mensch«, meinte Floriel herablassend, was Midurs Zorn erneut anfachte.

»Du kennst sie doch gar nicht! Sie ist genauso viel wert wie jede Elfendame!« Und mir noch tausendmal mehr …

Die beiden Elfen landeten auf einem der unzähligen Balkone des Schlosses.

»Versprich mir, dass du niemandem davon erzählst«, beschwor der Prinz seinen Freund.

»In Ordnung. Wenn du mir im Gegenzug versprichst, dass du vorsichtig bist«, erwiderte Floriel.

Midur gab ihm sein Wort.

Doch kaum hatte der Prinz sich in seine Gemächer zurückgezogen, kam ein Bote seines Vaters, um ihm mitzuteilen, dass der König ihn zu sprechen wünschte.

Noch dachte Midur sich nichts dabei, schließlich hatte Floriel versprochen, das Geheimnis für sich zu behalten.

Aber als er den grimmigen Blick seines Vaters bemerkte, ahnte er Böses.

»Guten Abend, mein Sohn«, begrüßte der König ihn ernst. Er erhob sich von seinem Thron aus kunstvoll verschlungenen Zweigen, denen die Polsterung aus frischem Laub direkt entwachsen war.

Midur schluckte nervös. Normalerweise traf er seinen Vater in den privaten Räumlichkeiten und nicht im Thronsaal, wo sie von den Höflingen beobachtet wurden.

»Guten Abend, Vater.« Höflich neigte der Prinz seinen Kopf.

»Mir ist zu Ohren gekommen, dass du dich mit einem Menschenmädchen triffst«, grollte der König mit drohend zusammengezogenen Augenbrauen.

Midur zuckte zusammen. »In ihren Adern fließt Elfenblut«, verteidigte er sich.

So böse hatte er seinen Vater noch nie erlebt und das wollte etwas heißen, denn er und Floriel waren in ihrer Kindheit alles andere als brav gewesen.

Floriel. Er musste ihn doch verraten haben! Und das lag Midur weitaus schwerer auf dem Herzen als der Zorn des Königs.

»Dennoch gehört sie zu den Menschen!«

»Ja.« Midur nickte kleinlaut.

»Du als Prinz solltest die Regeln besser kennen als jeder andere«, fuhr sein Vater ihn an und trat näher. »Und du solltest sie auch gewissenhafter einhalten als jeder andere.«

»Sie wird niemandem etwas verraten! Maya ist wie wir: Sie liebt den Wald«, versuchte Midur sich zu verteidigen.

Der König presste die Lippen aufeinander und hob das Kinn.

Dies war der Moment, in dem Midur klar wurde, dass sein Vater keine Gnade walten lassen würde.

»Prinz Midur von Tiren Gil«, erhob der König seine Stimme, sodass sie würdevoll durch den gesamten Saal hallte, »hiermit verurteile ich dich für einen Mond zur Flügellähmung!«

Midur schnappte nach Luft, während im Thronsaal bestürztes Schweigen herrschte. Das konnte nicht der Ernst seines Vaters sein.

Flügellähmung. Es gab kaum eine schlimmere Strafe. Und dann gleich einen ganzen Monat lang!

Doch der König kannte kein Erbarmen mit seinem Sohn. Er winkte zwei Bedienstete heran, welche die eisernen Klammern herbeitrugen, sie um die Flügelansätze des Prinzen legten und verschlossen.

Der Schmerz zwang den jungen Elf in die Knie. Mit einem gequälten Schrei bog er seinen Rücken durch, während der Lebenssaft erbarmungslos aus den Adern seiner Flügel gepresst wurde.

»Ertrage es wie ein Mann«, ermahnte ihn der König und half ihm auf.

Midur konnte nicht antworten. Er war damit beschäftigt, Luft zu bekommen.

»Der Schmerz wird nachlassen, wenn die Lähmung fortgeschritten ist«, flüsterte der König mit traurigem Blick. Laut sagte er: »Man führe den Prinzen in seine Gemächer.«

Mehr stolpernd als gehend erreichte Midur sein Bett. Die Flügel hingen nutzlos herab.

Einen Monat lang würde er die Eisenklammern tragen müssen. Einen endlos langen Monat.

Erst als die Tür hinter den Kammerherren zugefallen war, flossen die Tränen über sein Gesicht.

Tränen des Schmerzes, der Verzweiflung und Enttäuschung.

Der junge Elf fühlte sich von aller Welt verlassen. Weshalb hatte Floriel ihn verraten? Wie sollte er jetzt zu Maya kommen und ihr zur Flucht verhelfen?

Niemals hätte er gedacht, dass sein eigener Vater ihn derart hart wegen seiner Freundschaft zu einem Menschenmädchen bestrafen würde.

Es klopfte leise und der Prinz wischte sich hastig die Feuchtigkeit von den Wangen.

»Midur?«, hörte er die sanfte Stimme seiner Mutter. »Darf ich hereinkommen?« Ohne seine Antwort abzuwarten, öffnete sie die Tür.

Bitter schaute er ihr entgegen.

»Ach, mein Junge.« Sie eilte zu ihm und zog ihn in ihre Arme. »Es tut mir so leid.«

Stocksteif blieb er sitzen, sonst hätte er die Fassung verloren.

»Glaube mir bitte, diese Entscheidung ist deinem Vater sehr schwergefallen.« Liebevoll strich sie über sein Gesicht.

»Es war vollkommen unnötig«, entgegnete Midur mit heiserer Stimme. »Das Mädchen weiß von nichts. Es hält mich für einen Geist oder etwas in der Art. Ich habe mich ihr nie gezeigt. Unser Geheimnis ist sicher.«

»Trotzdem müssen die Regeln eingehalten werden. Du hättest nicht mit ihr reden dürfen.« Sacht streichelte sie ihm über den unteren Rücken. Der stechende Schmerz am Flügelansatz war einem leichten Brennen gewichen.

Die Königin betrachtete ihn mit prüfendem Blick. »Was ist so Besonderes an ihr, dass du unsere Gesetze missachtet hast?«

Midur nahm einen tiefen Atemzug und knetete seine Hände. »Sie ist wundervoll«, antwortete er schließlich. »Warmherzig, humorvoll, hilfsbereit und klug. Wenn ich in ihrer Nähe bin, fühle ich mich irgendwie anders … vollständig.«

Überrascht legte die Königin den Kopf schief. »Du hast dich verliebt!«, rief sie erschrocken.

»Aber nein …«, setzte er an, nur um gleich darauf zu verstummen. Seine Mutter hatte recht.

Er liebte Maya. Von ganzem Herzen.

»Ach Midur, wie lange habe ich auf diesen Augenblick gewartet«, seufzte sie. »Aber musste es ausgerechnet ein Menschenmädchen sein?«

»Sie ist ein Mischling«, warf er hilflos ein.

»Dein Vater wird solch einer Verbindung niemals zustimmen«, sagte sie bedrückt.

Midur hob hilflos die Schultern, was erneut ein Stechen durch seine Flügelansätze schießen ließ. Zischend sog er die Luft ein.

»Es tut mir unendlich leid«, sagte seine Mutter. »Ich wünschte, ich könnte dir helfen.«

»Ich wäre jetzt gern allein«, murmelte der Prinz, er ertrug ihr Mitleid nicht.

Mit einem Kuss auf seine Stirn verabschiedete sie sich und ging hinaus.

Nachdem die Tür hinter ihr zugefallen war, ließ sich Midur auf sein Bett sinken. Die Flügel waren mittlerweile vollständig gelähmt.

In seinem Elend verfluchte er die starren Regeln der Elfen und seinen treulosen Freund.

Als hätte er die Gedanken des Prinzen gespürt, trat in diesem Moment Floriel nach einem kurzen Klopfen ein.

»Sag nichts«, rief er und hob beide Hände. »Ich weiß, dass du denkst, ich hätte dich verraten, aber ich schwöre, dass ich es nicht war!«

»Wer soll es dann gewesen sein?«, fragte Midur erschöpft.

»Ich habe keine Ahnung.« Floriel ließ sich neben seinem Freund auf das Bett sinken. »Wenn ich euch beide entdecken konnte, konnte das auch jeder andere Elf!«

Midur kniff die Augen zusammen und überlegte für einen Moment. Sein Herz verriet ihm, dass sein Freund die Wahrheit sagte. Er kannte ihn bereits sein Leben lang und wusste, Floriel hatte durchaus seine Schwächen, aber er war kein Lügner.

»Du musst Swally für mich heilen und versorgen. Ich komme hier in der nächsten Zeit nicht weg.« Er deutete auf seinen Rücken.

Für einen Monat war er genauso flügellahm wie das Seeadlerweibchen im Moment und zu Fuß war die Strecke viel zu weit.

Floriel stimmte zu. Vermutlich war er froh, dass Midur ihm keine weiteren Vorhaltungen machte.

»Allerdings möchte ich dich bitten, sie nicht hinauszulassen, wenn der Bruch vollständig geheilt ist. Ich habe Maya versprochen, dass Swally sie zum Festland bringt.«

»Maya heißt sie also.«

Midur hob niedergeschlagen die Schultern. »Bitte, Floriel!«, flehte er.

»Nun gut. Ich werde sehen, was ich tun kann.«

Drei Tage später besuchte Floriel seinen Freund in dessen Gemächern. »Dein kleines Mischlingsmädchen war eben bei Swally und hat ihr Fisch gebracht«, berichtete er.

Sofort hatte er Midurs Aufmerksamkeit. »Was?! Ich habe ihr verboten, abends in den Wald zu gehen!«

»Wie es scheint, hast du das freche Ding nicht so gut im Griff.« Floriel grinste. »Sie hat nach dir gerufen.«

»Hast du geantwortet?«, fragte Midur und spürte einen Stich in seinem Herzen bei dem Gedanken, dass sein Freund bei Maya gewesen war und er nicht.

»Natürlich nicht«, erwiderte Floriel und schaute vielsagend zu den Eisenklammern an den Flügeln des Prinzen.

Midurs Kiefermuskeln mahlten. Mittlerweile ging es ihm körperlich besser und er verspürte keine Schmerzen mehr, sodass er wieder klar denken konnte.

Er musste dringend zu der kleinen Hütte – bloß wie?

Einen der Seeadler als Reittier zu benutzen, wäre zu auffällig und zu Fuß wäre er mehr als einen Tag unterwegs. Ein ziemlich gefährliches Unterfangen, sich mitten in der Nacht allein in den Wald zu begeben, denn ein wildes Tier konnte er nur zähmen, wenn er es rechtzeitig entdeckte.

»Wie geht es Swally?«, erkundigte sich Midur.

»Ich habe die nächste Knochenschicht geheilt und ihr eingeschärft, sich zu schonen. Übermorgen wird sie gesund sein.«

Übermorgen.

Der Prinz warf einen sorgenvollen Blick aus dem Fenster, wo ein Windstoß gerade eine Wolke von Herbstblättern vorbeifegte.

Wenn der Monat seiner Strafe um war, konnte es zu spät sein.

Nein, er durfte nicht länger zögern.

Noch in derselben Nacht, kurz vor dem Morgengrauen, schnürte Midur ein Bündel und machte sich auf den Weg durch den Wald. Zu Fuß.

Immer auf der Hut kämpfte er sich Stück für Stück durch das Unterholz, lediglich der Mond spendete ein wenig Licht, bis endlich die Sonne aufging.

Noch nie zuvor hatte Midur seine Flügel so vermisst. Die Menschen taten ihm leid, dass sie niemals würden fliegen können.

Den ganzen Tag über stapfte der Prinz durch den Wald Richtung Hütte. Die Füße taten ihm weh und er sehnte sich nach einem warmen Bett. Aber er musste sich beeilen, denn sobald entdeckt wurde, dass er fort war, würde jedem klar sein, wohin er sich auf den Weg gemacht hatte.

Als die Abendröte der nächtlichen Dunkelheit wich, kam der Moment, in dem die Welt mit einem intensiven Dunkelblau überzogen wurde, welches die Naturwesen zum Tanz rief. Zum Tanz für die Erneuerung der Natur, mit dem die Elfen überall auf der Welt dafür sorgten, dass sich Flora und Fauna regenerieren konnten.

Midur spürte die tiefe Sehnsucht, mit den anderen zur Uferwiese zu fliegen, während leise Klänge in der Luft schwebten, die Menschenohren nicht wahrnehmen konnten.

Seine Augen wurden feucht, doch er durfte sich nicht beirren lassen, wenn er Maya vor der ungewollten Ehe retten wollte. Auch wenn es ihm das Herz zerriss bei dem Gedanken, sie gehen lassen zu müssen.

Und so stapfte er weiter, obwohl er kaum mehr die Hand vor Augen sehen konnte.

Ein Geräusch ließ ihn aufhorchen und er fuhr herum.

»Guten Abend, alter Freund.« Floriel landete direkt vor dem Prinzen, der erschrocken zusammenzuckte.

»Was machst du hier?«, knurrte Midur und schaute sich nervös um, ob noch andere Elfen kamen.

»Dasselbe könnte ich dich fragen«, erwiderte Floriel. »Ich hatte befürchtet, dass du auf dumme Gedanken kommen würdest. Hast du solche Sehnsucht nach Maya?«

Der Prinz ignorierte den spöttischen Unterton. »Ich muss nachsehen, ob Swally für den Flug über das Meer bereit ist. Die Zeit drängt, das Wetter kann jederzeit umschlagen.«

»Dich muss es schwer erwischt haben, wenn du für sie ein weiteres Mal riskierst, die Regeln zu brechen«, sagte Floriel seufzend. »Ich verstehe nicht, weshalb du das Mädchen fortschickst, wenn du es doch so gern hast, aber ich werde dir helfen.«

Er packte den jungen Prinzen unter den Armen und flog gemeinsam mit ihm in die Höhe.

Überrascht schnappte Midur nach Luft. »Lass mich nicht fallen!« Ohne seine Flügel fühlte er sich hilflos.

»Wenn ich gewusst hätte, dass du ein solch schwerer Brocken bist, hätte ich mir noch einmal überlegt, ob ich dir helfe«, keuchte Floriel.

Er flog wegen des Gewichtes, und um nicht gesehen zu werden, zwischen den oberen Baumwipfeln.

Kurz darauf landeten sie vor der Hütte, aus der Swallys aufgeregtes Krächzen ertönte.

Kerzenlicht schien durch die Ritzen. Maya war da.

»Du darfst keinen Ton von dir geben, hast du verstanden?«, flüsterte Midur seinem Freund zu. »Es reicht, dass ich bestraft werde.«

Floriel hob spöttisch die Augenbrauen. »Keine Sorge. Mein Gehirn funktioniert einwandfrei.«

Midur ignorierte ihn. »Maya?«, rief er und betrat die kleine Hütte. »Was machst du hier in der Nacht?«

Er warf Floriel, der sich hinter ihm hineingeschlichen hatte und Maya interessiert musterte, einen bösen Blick zu.

»Midur! Da bist du ja endlich«, rief sie erfreut. Sie kniete neben Swally, die soeben äußerst zufrieden einen Fisch fraß. »Ich musste doch nach dem armen Tier sehen. Und es ist gar nicht dunkel. Ich habe schließlich eine Laterne dabei.«

Der Elf schnaubte und kniete sich zu Floriel auf die andere Seite des Seeadlers, wo sein Freund bereits begonnen hatte, die Knochenhaut des gebrochenen Flügels zusammenwachsen zu lassen – der letzte Schritt, der beim Heilungsprozess noch fehlte.

»Setz dich bitte in die Ecke und rühre dich nicht«, bat der Prinz Maya. »Ich brauche Ruhe, um den Vogel zu untersuchen.«

Das stimmte zwar, aber hauptsächlich hatte Midur Sorge, dass sie in der Enge der Hütte gegen ihn oder Floriel stoßen könnte, was ihn erneut in Erklärungsnot gebracht hätte.

Maya gehorchte. Sie schien müde zu sein, aber das war kein Wunder, weil sie den ganzen Tag hatte arbeiten müssen.

Als die beiden Elfen mit der Heilung des Flügels fertig waren, flatterte der Raubvogel aufgeregt herum.

»Sie ist so weit«, beschloss Midur. »Morgen, nach einem Probeflug, kann Swally dich zum Festland bringen.«

Das Mädchen in der Zimmerecke war blass geworden. »Morgen?«, flüsterte sie.

»Du darfst nicht länger warten, wenn du der Ehe mit Mr Mole entgehen willst«, sagte Midur. »Pack ein leichtes Bündel und kehre morgen, so früh es geht, hierher zurück.« Sie durften keine Zeit vergeuden, die Wachen des Elfenkönigs konnten jederzeit kommen.

Er sah, wie das Mädchen schluckte.

»In Ordnung«, sagte es bedrückt. »Auf Wiedersehen, Midur.«

Zumindest noch ein letztes Mal. Der Gedanke krallte sich schmerzhaft in sein Herz.

»Auf Wiedersehen, Maya.«

Als das Mädchen fort war, bat er seinen Freund, dafür zu sorgen, dass sie die Stadt sicher erreichte, während er selbst bei Swally blieb. Ohne seine Flügel könnte er Maya nicht helfen, wenn sie in Gefahr geriet.

»Nun kann ich verstehen, was du an ihr findest …«, sagte Floriel, als er zurückgekehrt war. »Sie ist bezaubernd!«

Midur gab nur ein gequältes Brummen von sich.

Der Prinz schickte seinen Freund zurück nach Tiren Gil, um ihn vor einer Strafe zu schützen. Er selbst blieb in der Hütte, bis das Mädchen am folgenden Tag zurückkehrte.

Als sie kam, lief Midur schon seit einiger Zeit unruhig in dem winzigen Raum herum. Gewiss hatte man in Tiren Gil sein Verschwinden schon bemerkt. Waren die Wachen seines Vaters ihnen bereits auf der Spur? Was, wenn sie Maya nicht gehen ließen?

»Da bist du ja«, rief der Prinz erleichtert, als sie die Hütte betrat. »Wir müssen uns sofort auf den Weg zur Küste machen.«

Eilig liefen sie zwischen den Bäumen hindurch Richtung Meer, während über ihnen der Seeadler kreiste. Das Mädchen konnte nicht sehen, dass Midur sich auf dem Weg immer wieder nervös umblickte.

»Ist alles in Ordnung?«, erkundigte Maya sich atemlos, als der Prinz sie antrieb. »Warum müssen wir so hetzen?«

»Weil … die Winde günstig wehen«, flunkerte Midur und kletterte über einen umgestürzten Baumstamm, den er sonst mühelos überflogen hätte.

Endlich erreichten sie einen Pfad, der zur Küste führte, und der Weg wurde weniger beschwerlich.

Allerdings geschah, was Midur die ganze Zeit befürchtet hatte: Über ihnen tauchte ein Späher auf.

Nachdem der Elf einen Moment lang unschlüssig über ihnen in der Luft gestanden hatte, flog er unverrichteter Dinge davon.

Es war ihr Glück, dass ein einzelner Späher gegen den Prinzen nichts ausrichten konnte – zumindest, wenn er nicht von Maya entdeckt werden wollte.

Leider verschaffte es ihnen nur eine kurze Atempause. Bald würde der Elf mit Verstärkung zurückkehren. Midur musste Maya so schnell wie möglich zur Küste schaffen.

Auf keinen Fall würde er sie diesem furchtbaren Mr Mole überlassen, der sie nicht hinaus in die Natur lassen wollte.

»Ich glaube, der Wind dreht«, keuchte er. »Lauf schneller, damit du heute noch zum Festland fliegen kannst!«

Er konnte erst aufatmen, als sie den Wald hinter sich gelassen hatten und zur Steilküste eilten, wo die Gischt schäumend auf die Klippen traf.

»Ich werde dich sehr vermissen«, gestand Maya mit vom Laufen geröteten Wangen, als sie angekommen waren.

Noch ein letztes Mal betrachtete der Prinz die dunklen Wellen von Mayas Haar, ihre zarte Gestalt und das hübsche Gesicht.

»Midur?«, fragte sie schüchtern. »Dürfte ich vielleicht … Könnten wir uns möglicherweise … einmal umarmen?«, bat sie zögerlich.

Mit zärtlichem Blick zog der Elf sie in seine Arme und hielt sie fest umschlungen.

»Du riechst gut, unsichtbares Wesen«, hörte er sie an seiner Schulter murmeln.

Ein verlegenes Lächeln huschte über sein Gesicht. Es verschwand, als sie mit den Fingern leicht an seinen schlapp herabhängenden Flügeln zupfte.

»Sie fühlen sich wundervoll an. Wie harte Seide«, kommentierte sie ihre Entdeckung ohne den leisesten Hauch von Befremdung.

Hastig wand er sich aus ihrer Umarmung. »Du darfst niemandem von mir erzählen, hörst du? Niemandem!« Wieder sah er sich um.

Jetzt war sie es, die kicherte. »Wem sollte ich davon erzählen, hm? Alle würden mich für verrückt erklären. Du kannst mir vertrauen.«

In der Ferne ertönte das leise Rauschen von Elfenflügeln.

Ihre Zeit war um.

»Nun aber los«, sagte Midur und pfiff eilig nach dem Seeadler. Er hatte ein Seil um dessen Hals geschlungen, damit Maya sich auf dem weiten Flug festhalten konnte.

Swally landete neben ihnen und krächzte aufgeregt. Rasch half der Prinz Maya auf den Rücken des Raubvogels und reichte ihr das Bündel.

»Ich werde dich nie vergessen, Maya«, flüsterte er mit belegter Stimme nach einem raschen Schulterblick. Mehrere Wachen seines Vaters näherten sich aus Richtung des Waldes. Glücklicherweise konnte das Mädchen sie nicht sehen. Er gab dem Seeadler einen leichten Klaps, woraufhin der sich in die Lüfte emporschwang.

»Gute Reise«, rief er den beiden hinterher, während die Elfen neben ihm landeten, doch da war Maya schon über dem Meer.

Midur schaute ihnen nach, bis sie nur noch ein winziger Punkt in all dem Blau waren, während die Wachen respektvoll abwarteten.

So also war es, wenn man sich verliebte, stellte der junge Elf fest, ballte die Fäuste und presste die Zähne aufeinander, um den Schmerz aushalten zu können.

Die Welt war stehen geblieben. Die Sterne strahlten heller, im Bauch flatterten Schmetterlinge umher und er sehnte sich verzweifelt danach, in der Nähe seiner Angebeteten zu sein.

Bei Maya.

Ohne sie würden seine Tage voller Dunkelheit sein. Welche Strafe auch immer ihn erwartete – nichts könnte ihn so sehr quälen wie ihr Verlust. Er würde alles auf sich nehmen, damit es ihr gut ginge.

Energisch wischte sich Midur über die Augen.

Dann wandte er sich den Männern des Königs zu.

»Ich bin so weit«, sagte er mit fester Stimme.

Corinna Götte

Schicksalsfäden

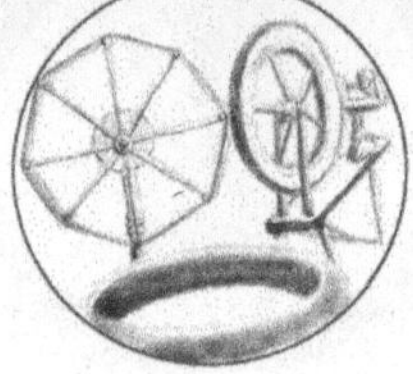

Corinna Götte

Corinna Götte lebt und atmet Bücher. Sie ist ein November-Kind, sammelt Märchenbücher und wuchs in Minden auf. Schon früh entdeckte sie ihre Liebe zu Geschichten und las unter anderem alles über die Artus-Sage, was sie in die Finger bekam. Inzwischen hat sie ihr Hobby zum Beruf gemacht und arbeitet als Buchhändlerin – lange Zeit in Münster, inzwischen in ihrer Wahlheimat Köln.

Sie liebt auch, aber nicht ausschließlich, Fantasyliteratur. Der eine oder andere kennt sie vielleicht aufgrund ihres Blogs oder ihrer Tätigkeit auf Jugendbuch-Couch.de. Beides hat sie inzwischen aus Zeitgründen aufgegeben; aktiv ist sie allerdings auf Instagram, wo sie augenzwinkernd in ihren Storys Buchtitel als Emojis zum Rätselraten darstellt und Coverdoppler postet.

»Mich hat schon immer der Gedanke an eine Welt gereizt, in der die Märchen zeitgleich geschehen und sich gegenseitig beeinflussen«, verrät sie. In *Schicksalsfäden* verknüpft sie deshalb zwei Märchen miteinander. Eines davon ist König Drosselbart; das andere verrate ich nicht, um euch die Überraschung nicht zu verderben. »Ich habe mich immer gefragt, warum die arrogante, eingebildete Prinzessin in *König Drosselbart* so ist, wie sie ist. Daher habe ich den Faden zurückgesponnen und mich gefragt, was im Märchen nicht erzählt, was vielleicht vergessen oder absichtlich verschwiegen wurde.«

Schicksalsfäden ist ihre erste professionelle Veröffentlichung. Ich freue mich schon auf weitere!

www.instagram.com/corrysbooks

Schicksalsfäden

In der Nacht, als Prinzessin Melisande geboren wurde, erhellten Blitze den Himmel und Donner rollte über das Land. Hinter den Burgfenstern waren die Lichter längst erloschen, einzig oben im Turmzimmer brannten Kerzen. Seit jeher kamen dort die Königskinder im breiten Bett unter dem roten Baldachin zur Welt, um einen ersten Blick auf das Land zu erhaschen, das einmal ihnen gehören würde.

Es war eine lange und schwierige Geburt, bis die Prinzessin das Licht der Welt erblickte. Gewitterkinder hätten einen starken Lebenswillen, hieß es, doch sie war schwach und schrie nicht. Erschöpft saß die Königin in ihrem Bett, ein Kissen hinter dem Rücken und den Säugling auf dem Arm. Die Hebamme hatte sie fortgeschickt und auch der König war gegangen. An einer Tochter, die die Nacht nicht überstehen würde, zeigte er wenig Interesse.

Plötzlich erstrahlte ein Licht in der Mitte des Turmzimmers. Schnell wurde es größer und formte sich zu einem Kreis mit glänzender Oberfläche. Die Königin schreckte auf.

Ein Portal. Davon hatte sie gehört. Es war schön wie glitzerndes Wasser. Dahinter erkannte sie eine Bewegung, die zugleich Hoffnung und Furcht in ihr weckte.

Eine Frau trat aus dem Portal. Hochgewachsen, mit pechschwarzem Haar und dunkelroten Lippen. Blaue Adern leuchteten unter ihrer fahlen Haut.

Seltsam alterslos, dachte die Königin und spürte die Kälte, die durch den Raum kroch. Schützend presste sie ihre Tochter an sich, konnte ein geflüstertes »Hexe« nicht zurückhalten.

Draußen erhellte ein letzter Blitz die Nacht, während der Donner in der Ferne verklang.

»Ich bevorzuge *Zauberin*«, erwiderte die Frau kühl und betrachtete das Kind. Sie ließ sich auf dem gepolsterten Stuhl nieder, der neben dem Bett stand. »Dein Kind wird in dieser Nacht sterben.«

»Das darf sie nicht«, murmelte die Königin und sah die Zauberin flehend an. »Sie muss leben. Deshalb seid Ihr gekommen, nicht wahr?«

Die fremde Frau hob eine Augenbraue. »Und was, Königin, würdest du dafür opfern?« Sie packte die Hand der jungen Mutter und drückte einen ihrer Fingernägel in die Handfläche, bis Blut hervorquoll. »Bist du bereit, dein Leben zu geben?«

Ohne zu zögern nickte die Königin. Mit dem Zeigefinger verwischte die Zauberin das Blut und ließ die Hand los, ein kaltes Lächeln auf den Lippen. »Du hast nicht genug Lebensjahre.«

Die Königin erbleichte. »Mein Leben reicht nicht? Was verlangt Ihr stattdessen?«

Einige Herzschläge lang betrachtete die Zauberin das Kind.

»Deine Tochter. Wenn sie mir dienen wird, rette ich ihr Leben.«

»Euch dienen? Das könnt Ihr nicht verlangen.« Entsetzt starrte die Königin die Zauberin an, die sich langsam erhob und auf das Portal zutrat. »Wartet!«, rief sie und die Fremde blieb stehen.

»Sie wird Euch dienen, sobald sie alt genug ist. In den Nächten«, sprach die Königin. »Die Tage gehören ihr. Dafür gebe ich Euch meine Lebensjahre.«

Die Zauberin überlegte kurz und nickte schließlich. »Ich bin einverstanden.«

Und so wurde es beschlossen. Lange bevor die Prinzessin selbst bestimmen konnte, womit ihre Tage und ihre Nächte gefüllt sein sollten.

Wenigstens lebst du, mein Kind, dachte die Königin und hoffte, dass ihre Tochter eines Tages die Kraft und den Mut haben würde, der Zauberin zu trotzen.

Am nächsten Morgen war die Königin tot und die Prinzessin lebte. Nichts zeugte davon, dass in der Nacht eine Zauberin bei ihnen gewesen war.

Die Jahre zogen ins Land und Prinzessin Melisande wuchs zu einem bildhübschen Mädchen heran. Blondes Haar umrahmte sein Gesicht,

während dunkelgrüne Augen wach aus ihren Höhlen blitzten. Zarte Gesichtszüge standen einem energischen Kinn und wilden roten Lippen entgegen. Melisande bekam alles, was sie sich wünschte, und wurde zu einer Prinzessin, über deren Liebreiz die Barden Lieder sangen und die Dichter Balladen schrieben.

In den ersten Jahren beobachtete die Zauberin die Prinzessin aus der Ferne, wachte über ihren Schlaf und sorgte dafür, dass ihr kein Leid widerfuhr. Kurz hatte sie überlegt, sie als Kind in einen hohen Turm zu sperren, den Gedanken allerdings schnell wieder verworfen. Selbst der einsamste Turm konnte gefunden werden. Oder sie in den Wald mitnehmen? Bloß hätten dort Jäger, Wölfe und verzaubertes Buschwerk gewartet. Nein, es war besser gewesen, sie in ihrem Heim zu lassen, bis sie alt genug war, um ihr zu Diensten zu sein.

So war die Prinzessin bereits zur Frau herangewachsen, als sich ihr Leben für immer veränderte und die Unbeschwertheit ihrer Kindheit zur Erinnerung wurde. In den ersten Nächten, in denen die Zauberin kam und sie in ihre Dienste zwang, weinte Melisande und weigerte sich, für die Fremde zu arbeiten. Dass dies Schmerz bedeutete, erkannte sie schnell, und so gehorchte sie.

Die Zauberin kam nicht jede Nacht, aber so häufig, dass die Gedanken der Prinzessin bald durchweg um die Dinge kreisten, die sie für die Zauberin tun musste. Melisandes Lächeln wurde seltener und verschwand schließlich ganz. Sie wendete sich von denen ab, die sie gern hatte. Mit niemandem konnte sie darüber sprechen, deswegen war sie allein mit ihren Gedanken, der Angst und der Wut. Der Zauberin kam das gelegen, denn sie musste verhindern, dass die Prinzessin sich in einen Edelmann verliebte. Würde dies geschehen und sie schließlich heiraten, könnte sie nicht mehr über die Nächte der Prinzessin verfügen. Ein König oder ein Prinz würde ihr die Zeit streitig machen und sie womöglich herausfordern. Obwohl die Zauberin große Macht besaß, hatte sie in der Vergangenheit häufig vor dem Hirngespinst namens Liebe kapitulieren müssen.

Als die Prinzessin der Zauberin bereits einige Jahre diente, knüpfte sie freundschaftliche Bande zu einem jungen Prinzen und konnte es nicht vor der Zauberin geheim halten. Zur Strafe verwandelte diese den Prinzen in einen Fuchs, einen Tag vor der königlichen Jagd. Melisande nahm sie mit ein paar gemurmelten Worten für einige Zeit die Stimme. Sie sah ihren Freund nie wieder.

Daraufhin verschloss die Prinzessin sorgsam ihr Herz. Zu groß war die Angst vor dem, was die Zauberin ihr oder den Menschen, die ihr wichtig waren, antun könnte.

Melisande wurde älter. Am Tag die unnahbare Prinzessin und in der Nacht die Dienerin der Zauberin. Durch das Portal betrat sie ferne Reiche, tanzte mit Prinzen und Königen, streichelte Drachen und beobachtete die Versuche tapferer Recken, ihre Jungfrauen zu retten. Sie putzte Öfen, flickte Kleider, kehrte Asche. Es war eine einsame und anstrengende Zeit, trotzdem war nicht alles schlecht. Sie lernte viel und sah Dinge, die sie ohne die Zauberin niemals gesehen hätte. Eine Prinzessin, der Schönheit, kostbare Kleider und funkelnder Schmuck genügten, war sie nicht.

Mit der Zeit wurde ihr ihr Vater fremd. Er bezeichnete sie als schwierig, denn sie war klug und besaß den Mut, ihm die Stirn zu bieten. Wenn sie seinem Vorwurf Glauben schenken durfte, war ihre Mutter im Gegensatz zu ihr sanft und umgänglich gewesen. Er fragte nicht, warum sie nicht mehr lachte, und wandte sich von ihr ab.

Melisande blieb für sich. Sie war nicht glücklich. Wie sollte sie auch? Glück ohne Freiheit gab es nicht.

Irgendwann verstummten die Lieder der Barden und die Balladen gerieten in Vergessenheit. Nun wurden neue Geschichten verbreitet, in denen nicht mehr die Rede von ihrem Liebreiz war. Sie sei zwar wunderschön, allerdings überheblich und kalt wie Eis. Außerdem aufmüpfig, nicht zu bändigen und eine Last für ihren Vater.

Die Jahre vergingen und Melisande kam ins heiratsfähige Alter. Ihr Vater verlangte, dass sie einen Mann erwählen sollte. Eine Zeit lang konnte Melisande dem Thema ausweichen, bis ihr Vater immer häufiger den Wunsch äußerte, seine Tochter zu vermählen.

»Du wirst vor Ablauf des Jahres heiraten! Prinzen, sogar Könige würden dich sofort zur Frau nehmen.«

»Nein.« Sie war erschöpft, hatte die ganze Nacht mit der Zauberin verbringen müssen und kaum geschlafen. »Ich werde nicht heiraten.«

»Andere Prinzessinnen haben in deinem Alter …«, begann der König, und Melisande stimmte mit ein: »… längst geheiratet und einen Thronerben geboren.«

Ein Blick in das Gesicht ihres Vaters verriet ihr, wie verärgert er war.

»Nächste Woche wird es eine Brautschau geben, und ich schwöre bei meiner Ehre, dass du vor Monatsende verheiratet sein wirst.«

Erschrocken starrte sie ihn an. »Wieso ist dir das so wichtig? Warum soll ich unbedingt heiraten?«

»Willst du warten, bis dich niemand mehr will?«

»Ich habe noch viele Jahre«, widersprach sie wütend. »Dich stört, dass du deinen Willen nicht durchsetzen kannst.«

»Ich bin dein König, vergiss das nicht!«

»Du bist vor allem mein Vater, zählt das nicht mehr?«

Kurz schwieg er. »Die Prinzen und Könige sind geladen«, sagte er dann hart. »In fünf Tagen werden sie eintreffen und einen von ihnen wirst du heiraten.«

In fünf Tagen soll ich einen Mann zum Tode verurteilen?, dachte sie. *Nein, ich werde ganz bestimmt nicht heiraten!*

Bevor sie ein weiteres Wort sagen konnte, verließ der König den Raum. Die Tür schloss sich mit einem leisen Klicken, während sie mit ohnmächtiger Wut und Verzweiflung zurückblieb.

Der Tag der Brautschau kam. Der Tag, vor dem Melisande sich gegraut hatte. Begleitet von leichtem Nieselregen ritten die Bewerber in den Burghof. Die Prinzessin beobachtete ihr Eintreffen vom Fenster aus. Mit jedem neuen Gast wurde die Klammer um ihr Herz fester. Ob

die Zauberin wusste, was heute vor sich ging? Sie hatte nicht gewagt, es ihr zu erzählen.

Keinen der Männer würde Melisande zu einem schrecklichen Schicksal verurteilen. Ebenso wenig wollte sie jemanden heiraten, den sie nie zuvor gesehen hatte. Sie hatte bisher kaum Liebe erfahren, doch tief in ihrem Innern gab es einen Ort, an dem die Hoffnung auf ein Leben voller Zuneigung wartete.

Stumm stand sie vor dem Spiegel und betrachtete ihr Abbild. Das kostbare Kleid schmeichelte ihrer Figur. Ihre Haare hatte sie zu einem Zopf geflochten, sodass das goldene Diadem besser zur Geltung kam. Wunderschön war sie, das wusste sie. Eine wahre Prinzessin, aber Kleid und Schönheit waren nur eine Maske.

Sie würde tun, was sie tun musste: Sie würde sie alle abweisen.

Melisande hörte sich nicht einmal an, welche Reichtümer ihr die Bewerber zu Füßen legen wollten, für wie klug sie sich hielten oder wie groß ihre Königreiche waren. Zu dumm, zu feige, zu hässlich, zu blass, zu klein, zu dünn, zu arm, zu langweilig – sie hatte für jeden eine Beleidigung parat. Bei einigen war es schwierig, einen Grund für ihre Ablehnung zu finden. Stattliche Prinzen, ehrenwerte Könige – sie wies alle ab.

Es dauerte keine Stunde, da hatte sie bereits sämtliche Bewerber gegen sich aufgebracht.

Was über sie erzählt wurde, wusste sie. Warum also sollte sie nicht ihren Ruf ausnutzen? Warum nicht arrogant, verzogen und unnahbar sein? Zu der Frau werden, die ein Mann gewiss nicht an seiner Seite haben wollte, obwohl sie eine Prinzessin war? Sie wollte die Männer auf Dauer vergraulen, ohne dass es auf ihren Vater zurückfiel.

Ihr Plan funktionierte, viel besser als erwartet.

Damit, dass ihr Vater entsetzt über ihr Verhalten war, hatte sie gerechnet. Das Ausmaß seiner Wut jagte ihr trotzdem einen Schreck ein. Vor allen Bewerbern, der gesamten Dienerschaft und sämtlichen

Gästen verkündete er, wie sehr er sich für sie schäme und dass sie es nicht verdiene, die Tochter eines Königs zu sein. Alle hörten, wie er verfügte, dass sie den ersten Bettler heiraten musste, der am nächsten Morgen am Tor erscheinen würde.

Heiraten. Sie erstarrte, dann schüttelte sie den Kopf. »Ich werde keinen Bettler heiraten«, presste sie hervor und wusste gleichzeitig, dass sie sich dem Befehl ihres Vaters, des Königs, nicht verweigern konnte.

»Du wirst den ersten Bettler heiraten, der morgen am Tor steht!«, wiederholte er so laut, dass alle Anwesenden erschrocken zusammenzuckten.

Im Turmzimmer war es still. Melisande hatte sich dorthin zurückgezogen. Vor Jahren hatte sie den Raum für sich beansprucht, da ihr die Abgeschiedenheit und Ruhe hoch über dem Reich gefielen. Oft lag sie auf dem großen Bett und betrachtete den zerschlissenen Baldachin über ihr. Ihn zu erneuern kam nicht infrage. Auf seltsame Weise verbanden die alten Dinge sie mit ihrer Mutter. Ob ihr Vater sie wohl für ihren Tod verantwortlich machte? Melisande hatte sich nie getraut, danach zu fragen. Dass sie selbst und nicht ihre Mutter in jener Nacht hätte sterben sollen, wusste sie. Die Zauberin hatte damit zu tun, dessen war sie sich sicher.

Melisande fürchtete sich vor dem, was am nächsten Morgen geschehen würde. Keinesfalls würde der König seinen Befehl widerrufen. Die möglichen Konsequenzen ihres Planes hatte sie nicht sorgfältig bedacht.

Viel Schlaf bekam sie in dieser Nacht nicht. Kaum, dass sie ihre Lider geschlossen hatte, traf grelles Licht darauf und riss sie aus einer düsteren Traumwelt. Gähnend setzte sie sich auf, fühlte sich müde und zerschlagen. Das Portal manifestierte sich in der Mitte des Raumes, schwebte knapp über dem Boden und brachte die Zauberin zu ihr. Der kalte Luftzug, der ihre Ankunft jedes Mal begleitete, traf Melisande und ließ sie zittern. Eilig erhob sie sich. Die Zauberin lief ein paar

Schritte durch den Raum, sah sich um und heftete ihren stechenden Blick auf Melisande.

»Du hast Prinzen und Könige verärgert«, sprach sie in die Stille und Melisande konnte nicht erkennen, ob dies gut oder schlecht war. »Und deinen Vater.«

»Ihr habt mir verboten, einen Edelmann zu heiraten. Ich musste etwas tun.«

»Und der Bettler?«, fragte sie. »Du weißt, was geschieht, wenn du dich nicht an meinen Befehl hältst.«

»Jemand wird sterben.« Melisande schluckte trocken. »Ihr habt mir nicht untersagt, einen Bettler zu heiraten.«

»Eine Prinzessin ehelicht keinen Bettler.« Die Zauberin trat auf sie zu und griff nach ihrem Kinn. Ihre Fingernägel bohrten sich schmerzhaft in die Haut.

»Wir werden eine Lösung für dieses Problem finden. Später. Heute Nacht wirst du einen König bezirzen.«

Melisande wagte erst wieder zu atmen, nachdem die Zauberin ihr Kinn losgelassen hatte. Nach diesem Tag, an dem sie Prinzen verschmäht und Könige zurückgewiesen hatte, sollte sie einen König umgarnen?

»Bitte nicht«, bat sie leise und erntete einen Schlag mitten ins Gesicht.

»Du widersetzt dich mir nicht! Es gibt einen Ball und du wirst daran teilnehmen!«

Melisande hielt sich die Wange und nickte. Ihre Peinigerin zu verärgern oder ihr etwas zu verweigern, war nicht klug. Einen Schlag hielt sie aus, schaudernd erinnerte sie sich jedoch an andere Bestrafungen. Eine Nacht im kalten Ofen. Eine Nacht in Tanzschuhen, die ihr keine Pause gönnten. Eine Nacht bewegungsunfähig in einem gläsernen Sarg.

In all den Jahren hatte die Zauberin es mit ihrer kalten Grausamkeit nicht geschafft, ihren Willen zu brechen.

Sie murmelte einige Worte und Melisande begann, sich wie ein Kreisel zu drehen. Stoff schlang sich um ihren Körper, Bänder zogen sich fest. Es glitzerte und glänzte. Kurz darauf wurde es wieder still und Melisande blickte an sich hinunter. Ein mitternachtsblaues Kleid, das mit unzähligen Edelsteinen verziert war, umschmeichelte ihren Körper.

Wie eine sternenklare Nacht, dachte sie und drehte sich, sodass ihr Rock schwang. An den Füßen steckten silberne Pantoffel und ihr Haar floss in sanften Wellen um ihre Schultern.

»Ja, so müsste es gehen.« Die Zauberin lief einmal um sie herum. »Du wirst mit dem König tanzen und nicht zulassen, dass er eine andere ansieht.«

Melisande nickte. Es war nicht das erste Mal, dass sie ihr befahl, einen Edelmann zu betören. Erst vor wenigen Wochen hatte ein Prinz wegen ihr ein Mädchen nicht mehr einholen können, was dazu geführt hatte, dass einem anderen die Ferse und einem weiteren die Zehen abgehackt wurden.

Was die Zauberin mit ihren Aufträgen bezweckte? Melisande konnte es nicht einmal erahnen. Erschien ein Auftrag harmlos, hörte sie später, was Schlimmes geschehen war. Menschen, die sich in Tiere verwandelten. Flüche, die Familien und ganze Königreiche vernichteten. Vor einem Monat war ein Prinz zu einer Salzsäule erstarrt.

»Heute Nacht werde ich dich nicht begleiten«, verkündete die Zauberin. »Ein Kind ist geboren worden und ich werde den Feierlichkeiten beiwohnen.«

Irgendetwas stimmte nicht, unterdrückte Wut lag in den Worten der Zauberin. Melisande wagte nicht, danach zu fragen, zu groß war ihre Erleichterung. An einer Hand konnte sie abzählen, wie oft ihre Herrin sie allein losgeschickt hatte, und diese Nächte waren immer gut für sie ausgegangen. Nach diesem Tag war ihr vielleicht doch ein wenig Frieden vergönnt.

»Er darf allein Augen für dich haben. Wenn du versagst, werde ich davon erfahren.«

Die Farben im Portal wirbelten durcheinander und nahmen Form an. Ein Flur wurde sichtbar, erhellt durch zahlreiche Kerzenleuchter, mit Gemälden an den Wänden und einem langen Teppich auf dem Boden. Melisande trat mit einem Schritt durch das Portal. In dem Moment, in dem ihr Fuß den Boden berührte, drangen wundersame Klänge an ihr Ohr. Obwohl sie weder ein Instrument beherrschte noch singen konnte, mochte sie Musik.

Um eine Ecke biegend, erreichte sie den Ballsaal. Diener öffneten die breiten Flügeltüren und sofort zog sie alle Aufmerksamkeit auf sich. Die Anwesenden drehten sich zu ihr um und die Musik geriet für ein paar Sekunden aus dem Takt. Die Tanzenden verharrten, steckten ihre Köpfe zusammen. Geflüster entstand, Bewunderung und Neid lagen in der Luft. Melisande versuchte, sich ihre Nervosität nicht anmerken zu lassen. Erleichtert atmete sie auf, als der Tanz weiterging. Sie war nicht erkannt worden, andernfalls hätte man sie weiter angestarrt und das Geflüster wäre nicht verstummt. Wie lange es wohl dauerte, bis sich ihr Verhalten auf der Brautschau in den Königreichen herumsprechen würde?

Die Höflichkeit gebot, zunächst den König zu begrüßen. Er thronte auf einem Podest an der Stirnseite des Saales, hatte sich vorgebeugt und unterhielt sich mit einem Edelmann. Melisande trat vor ihn und seufzte innerlich. Sie erkannte ihn wieder. Vor einigen Monaten hatte er das Königreich ihres Vaters aufgesucht, Friedensverhandlungen geführt und um ihre Hand angehalten.

»Prinzessin Melisande.« Er neigte den Kopf, während sie in einem tiefen Knicks versank.

»Ich danke Euch für die Einladung, Eure Majestät.« Sie lächelte leicht, wohl wissend, wie bezaubernd sie wirkte. Ebenso wissend, dass sie keine Einladung erhalten hatte.

Der König erhob sich und trat neben sie, bot ihr seinen Arm. »Würdet Ihr mir die Ehre eines Tanzes erweisen?« Sein Lächeln kam nicht von Herzen. In all den Jahren, die sie mit der Zauberin verbracht hatte, hatte sie gelernt, auf die Mimik zu achten. Ihre Schönheit gefiel ihm, berührte ihn aber nicht.

Einzig sie bemerkte, dass er immer wieder an ihr vorbei zur Tür sah, während sie sich gemeinsam über die Tanzfläche drehten. Sie waren ein schönes Paar und zogen unzählige Blicke auf sich. »Wen erwartet Ihr?«, fragte sie leise.

»Hat Euer Vater nicht zur Brautschau geladen?«, fragte er anstelle einer Antwort. »Sollte sie nicht heute stattfinden?«

»Nicht immer läuft alles, wie man es erwartet.«

Als das Stück endete und ein neues begann, zog sich Melisande zurück. Zwei Tänze mit dem König zu verbringen würde Spekulationen wecken, und obwohl sie genau das erreichen sollte, war sie dankbar für eine Pause. Außerdem wusste sie beim besten Willen nicht, wie sie ihn für sich gewinnen sollte, wenn er offensichtlich auf eine andere wartete und kein großes Interesse an ihr hatte. Waren Prinzen und Könige nicht von ihrer Schönheit geblendet, fiel es ihr schwer, sie mit Worten zu umgarnen. Niemand hatte ihr beigebracht, mit Worten zu glänzen, obwohl die Zauberin es hin und wieder verlangte.

Aber heute war die Zauberin nicht da. Melisande spürte keine durchdringenden Blicke im Nacken und keine Furcht, die ihr Magenschmerzen verursachte.

Sie bahnte sich einen Weg zu den hohen Türen, die hinaus auf die Terrasse führten, und schob sich in einem unbeobachteten Moment durch einen Spalt ins Freie. Ein wenig Stille und frische Luft würden ihr guttun. Trotz der Kälte setzte sie sich auf einen Mauervorsprung, hinter dem sich eine Hecke erhob, und spähte in die Dunkelheit. Einige Baumkronen schimmerten in der Finsternis und auf die Grasfläche zu ihrer Rechten fiel Mondlicht.

Ein Rascheln in der Nähe ließ sie zusammenschrecken. Gehetzt sah sie sich um. Da war etwas, etwas Großes, das sich im Schatten verbarg. Fell und Umrisse in der Dunkelheit. Ein Wolf? Nein, dafür war das Wesen zu groß. Melisandes Mund wurde trocken. Von der Bestie, die

Menschen riss, hatte sie gehört. Lautlos stand sie auf und wich zurück. Dann sah sie ein helles Gesicht im dichten Fell, wo Fangzähne hätten sein sollen. Ein Mensch? Mit Fell?

»Was bist du?«, presste sie durch zusammengebissene Zähne hervor.

»Ein Mädchen«, lautete die schlichte Antwort. »Ein einfaches Mädchen.«

»Das Fell ist ein Mantel?«

»Natürlich. Was soll es sonst sein?«

Melisande verzog das Gesicht. Ja, was sollte es sonst sein? Wahrscheinlich hatte sie in den Nächten mit der Zauberin zu viele Geschichten gehört und zu viele Dinge gesehen.

»Er sieht … interessant aus. Ich habe nie zuvor einen solchen Mantel gesehen.«

»Als ich ihn mir gewünscht habe, hätte ich nicht gedacht, ihn zu bekommen.«

Verwirrt sah Melisande sie an, setzte sich wieder auf die Mauer und zitterte unwillkürlich. Die Fremde schob sich dicht neben sie, streifte ihren Mantel ab und legte ihn über sie beide. Neugierig befühlte Melisande die verschiedenen Fellstücke. Wärme kroch über ihre Haut direkt zu ihrem Herzen. »Wie viele sind es?«

»Er ist aus tausenderlei Pelz- und Rauchwerk genäht«, wisperte die Fremde, räusperte sich und sagte: »Ich heiße Helene.«

»Mein Name ist Melisande.«

Die verwunschene Prinzessin sah nicht das plötzliche Erkennen in Helenes Blick. Ahnte nicht, dass diese nun wusste, wer sie war, und alle Geschichten über sie kannte. Bloß ihre Wärme und Offenheit spürte sie, keine Abwehr, weil sie war, wer sie war.

Fasziniert betrachtete sie Helene. Ihre hellbraunen Haare, wild gelockt und kaum gebändigt, die hohen Wangenknochen und vollen Lippen. Wache Augen schauten sie aufmerksam an. Wunderschön! Neben der Schönheit erkannte Melisande Intelligenz und Mut in ihnen.

»Du wolltest auf den Ball gehen, nicht wahr?« Melisande deutete auf das glitzernde Kleid mit dem züchtigen Ausschnitt, das unter dem Mantel zum Vorschein gekommen war.

»Der König erwartet mich.« Eine zarte Röte zog sich über Helenes Wangen.

Melisande lächelte. »Ihr kennt euch?«

»Wir haben miteinander getanzt«, murmelte Helene, »auf dem ersten Ball, vor nicht einmal einem Monat.«

»Zwei Bälle in so kurzer Zeit?« Melisande runzelte die Stirn. Das war ungewöhnlich. Hatte die Zauberin davon gewusst? Sie hätte sie zum ersten Ball schicken müssen, wenn Melisande eine Chance auf Erfolg hätte haben sollen. War ihr ein Fehler unterlaufen?

Auf keinen Fall würde sie den König für sich gewinnen. Die Zauberin würde sie bestrafen, ohne sich dafür zu interessieren, welche Gründe zum Scheitern geführt hatten. Kurz schloss sie die Augen, spürte den wärmenden Mantel und den leichten Druck von Helenes Oberarm an ihrem – die Nähe. Geborgenheit und Vertrauen waren so schnell entstanden, dass es ihr wie ein Wunder erschien. Sie hatte immer geahnt, dass es mehr im Leben für sie gab. Nicht nur die Nächte mit der Zauberin und die Tage zurückgezogen in der Burg ihres Vaters.

Veränderung lag in der Luft.

»Der König wartet auf dich«, sagte Melisande. »Du solltest zu ihm gehen.«

Ein Lächeln wanderte über Helenes Lippen, das schnell von einem sorgenvollen Blick abgelöst wurde. »Wirst du später noch hier sein?«

Melisande zögerte mit ihrer Antwort. »Ich weiß es nicht.«

»Dann werde ich bleiben.«

Beide rückten ein wenig enger zusammen unter dem Mantel aus tausenderlei Fell. »Der Ball wird Stunden dauern. Ich möchte nicht, dass du gehst, bevor ich dich besser kennengelernt habe. Man hört viel über dich.« Melisande versteifte sich. Beruhigend legte Helene ihre Hand über ihre. »Solange ich denken kann, wollte ich wissen,

wer du bist. Ich habe mich immer gefragt, was mit dir geschehen ist. All diese Geschichten …« Für einen kurzen Moment verstummte sie. »Oft habe ich überlegt, was aus mir und meinem Bruder geworden wäre, wenn wir ohne Mutter aufgewachsen wären.«

Melisande blinzelte. Ja, es lag Veränderung in der Luft! Nach dieser Nacht würde nichts mehr sein wie zuvor, das wusste sie mit absoluter Gewissheit. Sie hatte eine Freundin gefunden. Eine, die nicht den Gerüchten glaubte, sondern die Wahrheit wissen wollte. Melisande würde heute Nacht ihre Geschichte teilen, zum allerersten Mal.

Und so erzählte sie von ihrem Vater, der mehr König war und sie zu einer Ehe zwingen wollte. Von ihrer Mutter, die in der Nacht ihrer Geburt gestorben war. Von der Zauberin, die sie in so vielen Nächten aufsuchte. Sie gestand, was sie für die Zauberin hatte tun müssen, und erklärte, wie das Portal sie zu den unterschiedlichsten Orten führte. Und offenbarte, was am Morgen ihrer Rückkehr geschehen würde.

Nachdem sie geendet hatte, berichtete Helene von ihrem Vater, der eine Ehefrau so schön und gutherzig wie seine kürzlich verstorbene Gemahlin gesucht hatte. Der sich in den Kopf gesetzt hatte, seine Tochter an ihre Stelle zu setzen. Sie sprach von ihrem Bruder, der ihr versprochen hatte, sie zu beschützen und sein Wort gebrochen hatte. Der nach dem Tod ihrer Mutter gegangen war und sie im Stich gelassen hatte.

Sie schilderte, wie sie gehüllt in den Mantel aus tausenderlei Fell und rußgeschwärzten Wangen ins Nachbarkönigreich geflohen war. Wie sie sich nicht zu erkennen gegeben hatte, nachdem die Jagdgesellschaft des jungen Königs sie im Wald gefunden und in ihrer Verkleidung mit zum Schloss genommen hatte. Wie sie den Fellmantel abgelegt hatte, um auf dem ersten Ball wenigstens einmal ohne Schmutz im Gesicht und im glitzernden Kleid mit dem König zu tanzen.

»Und nun arbeitest du in der Küche? In diesem Mantel? Ist das nicht viel zu warm?«

Helene lachte leise. »Ja, in der Tat.«

»Warum versteckst du dich überhaupt vor dem König?«

»Am Anfang hatte ich Angst, dass er mich zu meinem Vater zurückschickt, wenn er erkennt, dass ich eine Prinzessin bin. Auf dem ersten Ball … Da war plötzlich so viel Gefühl in seinem Blick. Ich weiß nicht … Es darf keine Rolle spielen, welche Kleidung ich trage. Er soll mich auch mit diesem wunderlichen Mantel lieb gewinnen. Doch obwohl ich ihm jeden Morgen seine Suppe bringe, schenkt er mir nicht die geringste Beachtung.«

»Du erwartest, dass er sich gleichzeitig in die Prinzessin vom Ball und das Küchenmädchen im Fellmantel verliebt?« Melisande sah sie nachdenklich an. »Er beachtet dich als Küchenmädchen kaum und soll deine Verkleidung durchschauen? Verlangst du nicht Unmögliches?«

Helene seufzte leise. »Ja, vielleicht. Trotzdem darf es keine Rolle spielen, ob ich eine Küchenmagd oder eine Prinzessin bin.«

»Es ist schwer, stets eine Maske zu tragen«, murmelte Melisande und spürte, wie Helene wieder nach ihrer Hand griff.

»Ich wünschte, ich könnte dir deine Last erleichtern. Gerade heute war ein harter Tag, nicht wahr?«

»Ja«, erwiderte Melisande, überrascht von Helenes Mitgefühl. Ihre Finger verschränkten sich ineinander. »Deshalb brauchte ich einen Moment für mich.«

»Ich bin unendlich froh, dich getroffen zu haben.«

»Das bin ich ebenfalls. Indem du mir zugehört hast, hast du meine Last verringert. Ich habe nie zuvor jemandem von der Zauberin erzählt. Nicht einmal meinem Vater.« Melisande sah hinüber zu den hellen Fenstern. »Du solltest nun an dich denken: Geh zu ihm, wenn du ihn wirklich magst. Schenk ihm den Tanz, auf den er wartet.«

Helene zögerte. »Versprich mir, dass ich dich danach hier wiederfinden werde.«

»Ich werde bleiben, solange ich kann.«

Zufrieden nickte Helene, stand auf und zog den Mantel um Melisandes Schultern zurecht.

»Bewahre ihn gut für mich auf.« Sie glättete den Stoff ihres Kleides, atmete einmal tief durch und lief leichtfüßig zu den Türen. Mit einem letzten Lächeln für ihre neue Freundin schlüpfte sie in den Ballsaal.

Melisande erhob sich, trat an eines der Fenster und spähte hinein. Helene und der König drehten sich bereits auf der Tanzfläche. Was sprach dagegen, dass der König sie zur Frau nahm? Wollte die Zauberin, dass Helene zu ihrem Vater zurückkehrte?

Versonnen sah sie ihnen zu, eine Handfläche auf die Scheibe gelegt. Sie hatte nie jemanden so anmutig tanzen sehen.

Als die Musik das Tempo wechselte, entstand Unruhe im Ballsaal. Für wenige Augenblicke verlor sie Helene aus den Augen. Dann sah sie, wie sie sich eilig einen Weg zur Terrasse bahnte. Helene schlüpfte hinaus und rannte auf Melisande zu, griff nach ihrer Hand und zog sie mit sich fort in Richtung des Schlossparks, bis das Schloss zu einem Schatten in der Dunkelheit wurde.

Melisande blieb lachend stehen. »Warum hast du das getan?«

»Die ganze Zeit habe ich allein an dich gedacht«, keuchte Helene und hielt sich die Seiten. »Ich hatte Angst, dass du gehst, während ich bei ihm bin.« Sie lächelte.

Melisande kam nicht mehr dazu, etwas zu erwidern. Plötzlich erschien ein heller Riss in der Luft, der sich über die Rasenfläche fächerte. Licht fiel auf ihre Gesichter.

»Das Portal. Ich muss gehen.«

Helene starrte auf das Licht, fasste sich jedoch schnell wieder. »Kannst du nicht bleiben?«

»Unmöglich«, widersprach Melisande. »Wenn ich nicht gehe, wird die Zauberin kommen und mich holen.« Sie wird mich bestrafen, für meinen Misserfolg und meinen Ungehorsam.

»Dann nimm den Mantel. Sie wird dich nicht finden, wenn du ihn trägst«, drängte Helene und ihre Augen leuchteten. »Du könntest frei sein und dein eigenes Leben führen!«

Der Riss wurde zum Oval. Schon sah Melisande die vertrauten Umrisse ihres Zimmers. Das große Bett, die Kleidertruhe am Fußende, den dicken Teppich auf dem Steinboden. Langsam wurde das Oval zum Kreis. Keine Zauberin hinter der glimmenden Oberfläche.

Sie zögerte.

»Bleib hier – bei mir«, drängte Helene. »Ich will nicht, dass du gehst.«

Melisande sah Helene an, verlor sich in ihren flehenden Augen und fällte ihre Entscheidung.

In seiner glänzenden Schönheit schwebte das Portal kreisrund über dem Boden. Melisande durchquerte es nicht. Schweigend wartete sie, bis es seinen Glanz verlor und in der Dunkelheit verschwand.

»Was habe ich getan?«, flüsterte sie, sobald der letzte Lichtstrahl erstorben war.

»Das Richtige! Ich verstecke mich ebenfalls, und es war eine gute Entscheidung.« Helenes Augen leuchteten.

»Du bist vor deinem Vater geflohen, der dich heiraten wollte. Du hattest keine Wahl. Ich widersetze mich nur der Zauberin.«

»Nur der Zauberin?« Ungläubig schüttelte Helene den Kopf. »Hast du vergessen, was am Morgen nach deiner Rückkehr geschehen wird? Dein Vater wird dich zwingen, einen Bettler zu heiraten, und die Zauberin wird ihn töten. Es ist an der Zeit, dass du tust, was du willst. Ohne Angst vor den Konsequenzen zu haben. Willst du nicht frei sein?«

»Niemand darf sterben.« Melisande richtete sich auf und holte tief Luft. Ein zögerliches Lächeln erschien auf ihrem Gesicht, das langsam sicherer wurde. »Und wohin soll ich jetzt?«

»Ein Spinnrad, eine Haspel und ein Ring«, murmelte Melisande und betrachtete staunend die drei goldenen Schmuckstücke, die Helene aus einem Samtbeutelchen gezogen hatte. Spinnrad und Haspel waren so klein, dass sie in ein Puppenhaus gepasst hätten. Ehrfürchtig strich Melisande über die winzige Kurbel der Haspel.

»Meine Mutter hat sie mir gegeben, kurz bevor sie starb«, flüsterte Helene. »Sie haben eine besondere Bedeutung.«

Die jungen Frauen hatten sich auf Helenes kleiner Bettstatt aneinandergekuschelt. Melisande lag auf dem Rücken, Helene hingegen hatte sich auf die Seite gedreht, den Kopf auf ihren Unterarm gebettet, in ihrer geöffneten Handfläche die Geschenke ihrer Mutter.

»Mit dem Spinnrad werden die Schicksalsfäden zweier Liebender untrennbar zu einem Faden versponnen«, wiederholte Helene die Worte ihrer Mutter, die sie deutlich in den Ohren hatte. »Mit der Haspel wird dieser Faden bis zum Ende aller Tage aufgewickelt. Der Ring ist das Symbol für ewige Liebe und Treue.« Helene nahm den Ring und steckte ihn an den Finger ihrer Freundin. Er passte wie angegossen.

»Wie für mich gemacht.« Melisande betrachtete ihre Hand, bevor sie den Ring abzog und Helene zurückgab. Sie fasste nach dem Spinnrad. Schmunzelnd beobachtete Helene, wie ihre Freundin vorsichtig das Rädchen daran drehte. Genau so, wie sie es selbst immer wieder tat. Es war lange her, dass sie sich so sicher und geborgen gefühlt hatte.

Bis die Kerze heruntergebrannt war, redeten sie leise. Erst dann schliefen sie ein.

Während Helene am nächsten Morgen ihren Pflichten nachging, blieb Melisande in der Kammer. Sie hatte darauf bestanden, Helene wenigstens einen Teil der Küchenarbeit abzunehmen. Zwar konnte sie nicht kochen, aber das Feuer schüren, den Boden fegen und den Ofen putzen. Diese Aufgaben hatte sie für die Zauberin erledigen müssen. Und so schlüpfte Melisande zur Mittagsstunde in den Mantel, verbarg ihr Haar unter der Kapuze, rußte sich ihr Gesicht und nahm Helenes Platz ein. Schwitzend überlegte sie, wie ihre Freundin es seit Wochen ertrug, den Mantel bei ihrer Arbeit zu tragen.

»Das ist das Opfer, das ich bringe, um frei zu sein«, beantwortete Helene ihre Frage und zuckte mit den Schultern. »Niemand sieht mich an.«

Für Melisande bedeutete Freiheit etwas anderes. Ein Leben, in dem sie selbst entscheiden konnte, wie ihr Weg aussah, ohne sich der Zauberin oder ihrem Vater beugen zu müssen, ohne sich verstecken zu müssen. Das wünschte sie sich.

Je näher der Abend rückte, desto unruhiger wurde sie. Beide hatten den ganzen Tag erfolglos darüber nachgedacht, wie Melisande die Bindung zur Zauberin lösen konnte.

Mittlerweile hatte die Dämmerung eingesetzt, der Burghof lag bereits im Schatten. In einem schmalen Erker nahe der Küche standen sie beieinander und diskutierten leise.

»Wir müssen ein Versteck finden, in dem sie dich nicht aufstöbern kann.«

Melisande schüttelte den Kopf. »Ich will meine Freiheit. Ohne Versteck. Ohne Verkleidung. Wenn ich stets auf der Hut sein muss, ist das keine Freiheit. Ich muss zurück.«

»Und den ersten Bettler am Tor heiraten? Es ist erst ein Tag vergangen. Gib uns mehr Zeit.«

»Dank dir weiß ich, dass ich selbst über mein Leben bestimmen muss«, sagte Melisande. »Ich möchte nicht mit einer Flucht beginnen und mich Nacht für Nacht vor dem Portal verstecken. Zuerst werde ich mich den Entscheidungen stellen, die andere für mich getroffen haben«, erklärte sie. »Wenn sich das Portal das nächste Mal öffnet, werde ich gehen.«

»Nein, das kannst du nicht tun.«

Während sie stritten, öffnete sich das Portal und schickte helles Licht durch den Gang bis zum Erker. Erschrocken wandte sich Melisande um. So früh?

»Ich verstehe dich«, rief Helene und fasste nach ihrer Hand, voller Angst, dass Melisande auf das Portal zugehen würde. »Bleib! Bleib einen weiteren Tag! Für mich. Bitte!«

Es war das »Bitte!«, das Melisande innehalten ließ, und das »Für mich.«, das ihre Vorsätze innerhalb eines Wimpernschlages zur Seite schob. Sie blickte in Helenes Augen und sah, wie sich das Licht in ihnen spiegelte. Es war zu früh, sie konnte nicht gehen, nicht in dieser Nacht.

Melisande seufzte. »Dann sollten wir schnell fort von hier.«

Eilig schoben sie sich am Portal vorbei und rannten den Gang entlang, bogen um die nächste Ecke und hasteten weiter, bis Melisande nicht mehr wusste, wo sie sich befanden. Das Schloss mit seinen Gängen und Zimmern, Nischen und Erkern war viel größer und verwinkelter als die kantige Burg ihres Vaters.

Jemand folgte ihnen und Melisande glaubte, die Kälte der Zauberin zu spüren. Schnell schob sie Helene in eine Nische, zog sie an sich und schloss den Mantel um sie beide.

»Ich hoffe, er wird uns verstecken«, wisperte sie.

Helene erwiderte leise: »Das wird er.«

Aneinandergeschmiegt horchten sie auf die Schritte, die eilig näher kamen.

»Es ist der König«, wisperte Helene. Melisande spürte ihren Atem an ihrem Hals und die Wärme ihres Körpers, die alle Kälte vertrieb. Nie zuvor war ihr aufgefallen, wie leise es wurde, wenn sich die abendliche Stille über alles legte. Und wie laut ihr Herz im Gegensatz dazu pochte.

»Wir haben es geschafft.« Erleichtert schloss Helene die Tür ihrer Kammer. Melisande legte den Mantel ab und setzte sich erschöpft auf die schmale Bettstatt.

»Der Mantel hat uns heute geschützt«, sprach Melisande. »Irgendwann wird sie mich erwischen. Vielleicht schon morgen.«

»Es war bloß der König«, widersprach Helene.

»Helene«, sagte Melisande gequält. »Ich würde gern bei dir bleiben, aber wenn sich das Portal das nächste Mal öffnet, muss ich gehen.«

Helene fasste sie an den Oberarmen und fing ihren Blick ein: »Wir können dich nicht ewig verstecken, das weiß ich. Ich werde die Zauberin fragen, was sie dafür verlangt, dich gehen zu lassen.«

»Nein«, protestierte Melisande. »Ich werde nicht zulassen, dass du einen Pakt mit ihr eingehst. Nachher verlangt sie dein erstes Kind oder du musst ihr an meiner statt dienen.«

»Das glaube ich nicht. Vielleicht biete ich …«

»Nein!«

»Dann besiegen wir sie mit Liebe«, begann Helene erneut. »Die Liebe gewinnt immer. Hast du von dem Mädchen gehört, das den Platz seiner Dienstmagd einnehmen musste? Der König hat sich trotzdem in sie verliebt.«

»Die mit dem Pferd?«

»Ja, genau. Das arme Tier.« Helene wirkte bekümmert. »Und erinnerst du dich an das verfluchte Biest, das von einem einfachen Mädchen gerettet wurde, weil es sein gutes Herz erkannt hat?«

»Ja.«

»Oder der König, der sich in das stumme Mädchen mit den sechs Brüdern verliebte?«

Melisande seufzte. »Helene, ich verstehe dich, aber wer sollte mich lieben? Ich habe dir doch von der Brautschau berichtet.«

»Ich liebe dich«, sagte sie leise und zog lächelnd ihren Samtbeutel aus der Rocktasche. »Es heißt: Wenn du die Liebe gefunden hast, gib ihr das Spinnrad, damit eure Schicksalsfäden untrennbar zu einem Faden versponnen werden. Die Haspel, um diesen Faden bis zum Ende aller Tage aufzuwickeln. Und den Ring als Symbol für ewige Liebe und Treue«, wiederholte sie das, was sie Melisande erst vor so wenigen Stunden erzählt hatte. Schmuckstück für Schmuckstück legte sie dabei in Melisandes geöffnete Hand.

»Ich möchte sie dir schenken.«

»Das kann ich nicht annehmen.« Melisande betrachtete das Spinnrad, die Haspel und den Ring in ihrer Handfläche und entgegen ihrer Worte schlossen sich ihre Finger um die Schmuckstücke. »Ich wünschte, wir hätten mehr Zeit.«

Ein Leben voller Liebe? Daran zu glauben, wagte sie nicht, obwohl die Hoffnung tief verborgen in ihr wartete. Im Blick ihrer Freundin lagen so viel Liebe und Zuneigung, dass sie ihre Zweifel für sich behielt.

»Du weißt, dass ich gehen muss«, sagte sie sanft und legte die Hand mit den Schmuckstücken über ihr Herz. »Ich muss mich dem Befehl meines Vaters und der Zauberin stellen. Ich werde einen Weg finden, mein eigenes Leben zu führen. Und ich werde zu dir zurückkehren.«

Schweren Herzens kehrte Melisande in der kommenden Nacht durch das Portal in die Burg ihres Vaters zurück. Helenes Geschenke trug sie mit sich, außerdem hatte ihre Freundin darauf bestanden, dass sie den Fellmantel behielt. Er würde sie wärmen, wenn sie an der Seite des ersten Bettlers ihr Zuhause verlassen musste.

Die Zauberin war nicht gekommen. Niemand wartete auf sie. Das Portal verschwand und ließ das Turmzimmer in völliger Dunkelheit zurück. Niedergeschlagen öffnete sie die schweren Vorhänge und sah über das Land, das einmal ihr gehören würde und das sie gar nicht haben wollte. Nicht einmal drei Tage war sie fort gewesen und fühlte sich fremd und einsamer als je zuvor.

»Du bist wieder da.«

Melisande befreite sich mit einem Ruck aus dem Griff der Wache. Sie hatte nicht damit gerechnet, dass ihr Vater ihr Zimmer kontrollieren ließ. Recht unsanft war sie in den ersten Morgenstunden aus dem Schlaf gerissen worden.

Ihr Vater tobte nicht, sondern musterte sie lediglich schweigend von oben bis unten.

»Bringt den ersten Bettler, der am Tor steht!«, befahl er der Wache, die sie in den Thronsaal geführt hatte.

»Nein!«, widersprach Melisande. »Das kannst du nicht tun!«

»Hast du wirklich geglaubt, ich würde nicht zu meinem Wort stehen?« Ihr Vater erhob sich vom Thron und trat auf sie zu. »Du hältst mich kein weiteres Mal zum Narren!«

»Du bist mein Vater! Ist dir mein Glück so gleichgültig?«

»Ich bin dein König und du wirst mir gehorchen«, fuhr er sie an. »Du wirst heiraten, heute!«

»Du hasst mich, nicht wahr? Weil du mir die Schuld an Mutters Tod gibst.«

Die Ohrfeige kam so plötzlich, dass Melisande nicht mehr ausweichen konnte. Entsetzt starrte sie ihren Vater an und hielt sich die Wange. Eine Antwort bekam sie nicht, denn in diesem Moment wurde die Tür aufgestoßen. Langsam drehte sie sich um und spürte Wut beim Anblick des Bettlers, der mit zerschlissener Kleidung und löchrigen Schuhen hineinschlurfte. Ein dichter Bart verdeckte sein Gesicht. Wie alt er wohl war?

»Eure Majestät, warum habt Ihr mich holen lassen?« Seine Stimme war die eines jungen Mannes. Wieder würde jemand sterben, der sein ganzes Leben vor sich hatte.

»Er weiß nicht einmal, warum er hier ist«, brüllte sie und deutete auf den Bettler.

»Er wird froh sein, eine Prinzessin heiraten zu dürfen!«

»Heiraten?«, kreischte der Bettler. »Ich werde sie nicht heiraten.«

»Du wirst dem Befehl deines Königs gehorchen!«

»Ich habe kaum genug zum Leben für mich und kann sie nicht ernähren.«

Melisande sah ihren Vater an. »Willst du mich wirklich verhungern lassen, um dein Gesicht nicht zu verlieren?«

»Dann wirst du eben arbeiten müssen.«

»Das ist nicht richtig«, wandte der Bettler ein. »Sie ist eine Prinzessin.«

»Siehst du, er will das ebenso wenig wie ich«, fauchte Melisande.

»Du wirst an der Seite des Bettlers meine Burg verlassen! So lautet mein Befehl.«

Melisande wollte etwas erwidern, der Bettler kam ihr jedoch zuvor.

»Wenn sie arbeitet, werde ich sie in einem Jahr zur Frau nehmen. Bis dahin ist sie meine Verlobte.«

Keine Stunde später verließ sie an der Seite des Bettlers die Burg. Gehüllt in den Fellmantel und das Spinnrad, die Haspel und den Ring sicher verwahrt in ihrer Rocktasche. Es gab nichts anderes, das ihr etwas bedeutete. Mehr hatte sie nicht mitgenommen.

Der Bettler war wortkarg, als er sie Richtung Osten führte.

Richtung Osten. Das Königreich von Helenes Vater befand sich dort. Sie dachte an Helene und das unerschütterliche Vertrauen, das so schnell zwischen ihnen entstanden war. Neue Kraft durchströmte sie.

Gegen Abend erreichten sie einen Fluss, an dessen Ufer sie ein Stück entlanggingen, bis sie ihn über eine schmale Holzbrücke überqueren konnten. Dahinter erstreckte sich ein Wald. Hohe Laubbäume bildeten ein dichtes Dach über ihren Köpfen und tauchten alles in dämmriges Licht.

»Achte darauf, wo du hintrittst«, warnte der Bettler und streckte die Hand aus, um ihr über einen umgestürzten Baumstamm zu helfen. »Das Königreich deines Vaters ist schön.«

»Wir sind schon lange nicht mehr im Reich meines Vaters«, erwiderte sie lachend. »Der Wald gehört einem Prinzen, den ich verspottet habe, genauso wie der Fluss.«

»Das belustigt dich?«

»Nein«, knurrte sie und wurde ernst. »Du verstehst das nicht.«

»Erkläre es mir!«

»Warum ich den Prinzen verspottet habe? Wie auch alle anderen, die um meine Hand angehalten haben?«

Aufmerksam sah er sie an, bis sie nach einem leisen Seufzer weitersprach: »Ich konnte keinen von ihnen heiraten. Es war besser, sie alle zu vergraulen.«

»Ist es nicht so, dass eine Prinzessin einen Edelmann heiratet, sobald sie alt genug ist?«

Sie schnaubte. »So ist es, und trotzdem bin ich hier mit dir.«

Nun lachte er. »Ja, bis gestern hätte ich nicht erwartet, so schnell eine Prinzessin an meiner Seite zu haben.«

»Hast du nicht gewusst, was geschieht, wenn du der erste Bettler am Tor bist?« Ihre Augen verengten sich.

»Ich wusste es«, gestand er. »Gestern Nacht habe ich von dir erfahren, und ich bin geritten wie der Teufel, um der Erste am Tor zu sein.«

Ein mulmiges Gefühl breitete sich in ihr aus. War er wirklich ein Bettler? Trotz seiner abgerissenen Kleidung wirkte er nicht wie ein Mann, der Hunger und Armut kannte.

In diesem Augenblick drang Hufgetrappel an ihre Ohren. Schnell schob der Fremde sie hinter sich.

»Das wurde auch Zeit«, hörte sie ihn erleichtert murmeln, sobald der Reiter in Sichtweite kam.

Melisande spähte neugierig über seine Schulter. In der Dunkelheit konnte sie kaum etwas erkennen, lediglich die Umrisse einer dunkel gewandeten Gestalt. Ihre Nackenhaare stellten sich auf, während der Reiter sein Pferd zügelte, aus dem Sattel rutschte und sich die Kapuze vom Kopf schob. Braune Locken quollen hervor.

»Helene!«, rief Melisande überrascht. Alle Furcht fiel von ihr ab und glücklich warf sie sich in die Arme ihrer Freundin. Helene strahlte über das ganze Gesicht.

»Ich hätte dich früher erwartet, Schwester«, sagte der Bettler. Widerwillig löste sich Helene von Melisande und wandte sich ihm zu. »Es tut mir leid, dass ich so lange gebraucht habe. Ohne den Fellmantel war es schwierig, das Schloss ungesehen zu verlassen.«

Melisande sah zwischen ihnen hin und her. »Er ist dein Bruder?«

»Du hast ihr nichts gesagt?«, fragte Helene ihn und riss die Augen auf. »Warum?«

»Ich wollte es gerade.«

»Du hattest den ganzen Tag Zeit«, fuhr sie ihn an. »Du hast Vorbehalte gegen sie, nicht wahr? Wegen all der bösen Geschichten! Traust du meinem Urteil so wenig?«

Die Wut seiner Schwester überraschte ihn und beschwichtigend hob er beide Hände.

Melisande trat vor. »Bitte streitet nicht wegen mir.«

»Geht es dir gut?« Aufmerksam sah sie ihre Freundin an und die Wut auf ihren Bruder verrauchte.

»Ja«, erwiderte Melisande. »Ja, jetzt geht es mir gut.«

Melisande war nicht überrascht, als ein einzelner Lichtstrahl ihre Augen traf. Das Portal manifestierte sich.

Helene trat an ihre Seite. »Du willst für deine Freiheit einstehen«, sagte sie. »Und du möchtest nicht, dass ich mit der Zauberin verhandele, aber ich werde es tun. Ich habe beschlossen, für mein Glück zu kämpfen, und dafür brauche ich dich an meiner Seite.«

»Nein«, widersprach Melisande. »Es ist zu gefährlich. Wenn dir etwas passiert oder du an meiner statt der Zauberin dienen musst – damit könnte ich nicht leben.«

»Und ich kann es nicht ertragen, es nicht wenigstens versucht zu haben.«

Der Lichtstrahl vergrößerte sich, wurde zum Spalt.

»Was ist mit dem König? Willst du nicht an seiner Seite glücklich werden? «

»Lange habe ich geglaubt, dass ich das könnte. Ich bin unendlich dankbar, weil er mich mitgenommen und mir ein neues Zuhause gegeben hat. Aber Dankbarkeit ist keine Liebe. Wenn ich ihn wirklich geliebt hätte, hätte ich den Mantel abgelegt und wäre zu ihm gegangen. Ich hätte seinen … oder unseren Gefühlen vertraut und darauf, dass er mich nicht zu meinem Vater zurückgeschickt hätte.«

Ihr Bruder stieß einen leisen, undefinierbaren Laut aus und Melisande sah Schuld auf seinem Gesicht. Sie mochte ihn nicht sonderlich, für Helene war sie allerdings bereit, sich an ihn zu gewöhnen.

Sie griff nach Helenes Hand. »Du willst tatsächlich mit der Zauberin verhandeln? Du solltest dein Leben und deine Freiheit nicht aufs Spiel setzen.«

»Ich glaube daran, dass Liebe alles möglich macht«, sagte sie. »Das weißt du inzwischen.«

Liebe.

Melisandes Herz klopfte heftig. Endlich nahm das Portal Form an und breitete sich zu seiner vollen Größe aus. Die Umrisse einer Gestalt wurden hinter der glänzenden Oberfläche sichtbar. Die Zauberin. Melisande spürte ihre Kälte und zitterte unwillkürlich. Mit einem Schritt trat die Gestalt durch das Portal, sah sich um und heftete ihren Blick auf Melisande.

»Endlich habe ich dich gefunden«, zischte sie. »Ich habe dir verboten, zu heiraten!« Mit dem Zeigefinger deutete sie auf Melisande und schickte Schmerzen durch ihren Körper, die ihr Herz für einen Schlag aussetzen ließen und ihr den Atem nahmen.

»Sie ist nicht verheiratet«, rief Helene und stützte Melisande, bevor diese in die Knie gehen konnte. »Hört auf!«

»Ich habe anderes gehört.«

»Sie ist nicht verheiratet«, bestätigte Helenes Bruder. »Sie ist verlobt.«

Die Zauberin lachte kalt. »Verlobt?« Sie ließ von Melisande ab und betrachtete den jungen Mann. Vorsichtig streckte Melisande ihre schmerzenden Glieder und stöhnte leise.

»Wir werden verhandeln«, mischte sich Helene ein.

Ihr Bruder unterbrach sie jedoch. »Ich werde mit Euch verhandeln, denn ich bin es, den sie in einem Jahr heiraten wird.«

»Nein!« Helene starrte ihn an. »Was erzählst du?«

»Du wirst sie nicht heiraten«, sagte die Zauberin. »Geh, dann werde ich davon absehen, dich zu töten. Melisande gehört mir.«

Melisande richtete sich auf. »Ich gehöre niemandem und ich werde Euch nicht weiter dienen.«

»Du wagst es?«, keifte die Zauberin. »Denk an das, was ich dir ermöglicht habe! Dank mir hast du so viel gesehen und erlebt. All das, was ich dir bieten kann, willst du wegwerfen? Du dummes Kind!«

Melisande schwieg. Es war nicht alles schlecht gewesen, das konnte sie nicht abstreiten. Wissend lächelte die Zauberin. »Du trägst Böses in dir.«

»Jeder trägt Böses in sich«, mischte sich Helene ein. »Gut und Böse gehören zusammen.«

Die Zauberin beachtete sie nicht, heftete ihren Blick weiterhin auf Melisande. »Träumst du etwa von Glück und Liebe, nach allem, was du getan hast?«

»Glück und Liebe«, murmelte Melisande und tastete nach dem Spinnrad, der Haspel und dem Ring. »Ich werde bereits geliebt.« Sie öffnete ihre Hand und hielt die drei Schmuckstücke so, dass die Zauberin sie sehen konnte. »Ich werde nicht zulassen, dass Ihr mich zurück in Eure Dienste zwingt.«

Die Augen der Zauberin verengten sich. Wütend starrte sie die drei Schmuckstücke an.

»Woher hast du die? Von ihm?« Sie deutete auf Helenes Bruder.

»Nein.« Helene trat vor. »Von mir.«

»Und du willst also mit mir verhandeln?«

Es war so weit. Nervös schluckte Helene. »Was verlangt Ihr für Melisandes Freiheit?«

Boshaft blitzten die Augen der Zauberin auf. In ihrer Verzweiflung stellten alle dieselbe Frage.

»Du hast nichts, was ich begehre.«

Helenes Gedanken rasten. Sie besaß weder Gold noch Edelsteine, keine Ländereien oder andere Reichtümer. Es gab tatsächlich nichts, was sie der Zauberin anbieten konnte, außer sich selbst.

»Wenn Ihr Melisande die Freiheit schenkt, werde ich Euch dienen.«

»Nein!«, rief Melisande erschrocken und Helenes Knie wurden weich. Es war ihr Bruder, der gesprochen hatte. Er war Helene zuvorgekommen und hatte sich selbst angeboten.

»Tu das nicht«, keuchte sie, doch er beachtete sie nicht. Fest erwiderte er den Blick der Zauberin, der sich prüfend auf ihn legte. Ihre Augen funkelten. Sie wirkte erfreut.

»Ich bin einverstanden«, sagte sie. »Du nimmst Melisandes Platz ein und sie ist frei.«

»Nein!«, rief Helene erneut. »Das kannst du nicht tun.«

Ihr Bruder wandte sich ihr zu und nahm sie fest in die Arme. »Sei nicht böse auf mich«, flüsterte er. »Ich habe dich nach Mutters Tod im Stich gelassen und endlich habe ich die Möglichkeit, diese Schuld zu begleichen.«

»Du bist mein Bruder. Es gibt keine Schuld, die beglichen werden muss.«

»Ich möchte, dass du glücklich bist. Ich habe Vorbehalte gegen sie, das ist richtig, wenn du aber sagst, dass sie dich glücklich macht, reicht mir dieses Wissen.«

Helene schluckte die Tränen hinunter. »Ich hatte gehofft, wir hätten mehr Zeit. Hättest du mich bloß eher gefunden.«

»Du hattest dich gut versteckt, Schwester«, lächelte er. »Es ist gut, dass ich dich rechtzeitig entdeckt habe. Lass mich das für dich tun!« So leise, dass ausschließlich sie es hören konnte, fügte er hinzu: »Außerdem … mir ist auf der Suche nach dir zu Ohren gekommen, dass es da eine Prinzessin gibt, mit Haut so weiß wie Schnee und Haaren so schwarz wie Ebenholz, auf die es die Zauberin abgesehen hat. Vielleicht kann ich ihr helfen.«

Zittrig lächelte Helene ihn an. »Du konntest nie besonders gut lügen. Du solltest deine Freiheit nicht für mich opfern. Ich wollte es tun. Ich wollte der Zauberin dienen.«

»Wenn du das tun würdest, könntest du nicht mit ihr zusammen sein.«

»Liebe bedeutet, dafür zu sorgen, dass es dem anderen gut geht.«

»Und genau das tue ich.« Er strich ihr zärtlich über die Wange. »Wir sehen uns bald wieder. Und bis dahin versprich mir, dass du das Leben führst, das du führen willst.«

»Dein Dienst beginnt heute Nacht«, verkündete die Zauberin. Sie würdigte Melisande keines Blickes, trat durch das Portal und verschwand für immer aus ihrem Leben.

»Warte«, rief Melisande, bevor Helenes Bruder seiner neuen Herrin folgen konnte. Schnell griff sie nach seinem Arm und hielt ihn für

einen kurzen Moment zurück. »Ich weiß, dass du es nicht für mich, sondern für deine Schwester getan hast. Ich danke dir. Für alles.«

Er sah auf sie herunter. »Lass es mich nicht bereuen.«

»Niemals.« Melisande fasste nach seiner Hand und schob Spinnrad, Haspel und Ring hinein. »Damit du nicht vergisst, dass du geliebt wirst.«

Melisande und Helene schlugen den Weg Richtung Norden ein und wurden nie wieder gesehen. Sie kehrten nicht zurück in die Welt, aus der sie stammten.

Es waren Barden und Dichter, die ihre Geschichte dennoch weitererzählten:

Melisande begleitete gegen ihren Willen den Bettler, der sich später als König entpuppte, und wurde durch harte Arbeit zu einer gutherzigen Prinzessin. Helene heiratete ihren König, der sie schließlich erkannte, obwohl sie den Fellmantel trug.

In den Liedern und Balladen wurden sie zu Königinnen an der Seite von Königen, denn so musste es doch sein? So waren die Märchen, die die Menschen hören wollten. Und dass sie glücklich und in Liebe bis ans Ende ihrer Tage lebten.

Und das taten sie. Sie wurden glücklich. Ohne einen König. Einfach miteinander. Prinzessin mit Prinzessin.

Christian Handel

Die Windsbraut

Christian Handel

Ich brenne für Geschichten über starke Frauen – und damit meine ich nicht körperlich stark. October Daye, Morgaine von Avalon, Wonder Woman und Buffy – ich liebe sie alle. Für die diesjährige Märchenanthologie beschloss ich, *Die Gänsemagd* zu adaptieren. Es gehört seit jeher zu meinen Lieblingsmärchen aus der Grimm'schen Sammlung.

Die Titelfigur ist im Originalmärchen ein eher passiver Charakter. Wie, so fragte ich mich, kann ich der Vorlage treu bleiben und dennoch aus ihr eine selbstbewusstere Figur machen? Ob mir das gelungen ist, müsst ihr entscheiden. Die Antwort findet ihr jedenfalls in meiner nachfolgenden Geschichte. Sie spielt in der Welt der *Hexenwald-Chroniken*, auch wenn sie für sich stehend gelesen werden kann. Derzeit arbeite ich sowohl an einem Jugendbuch als auch an einer Fortsetzung von *Rosen und Knochen*. Beide erscheinen im Laufe des kommenden Jahres.

Was gibt es sonst zu mir zu sagen? Ich lebe, arbeite und schreibe in Berlin. Die Hauptstadt wurde vor zehn Jahren zu meiner Wahlheimat. Aufgewachsen bin ich aber in Unterfranken – ganz in der Nähe des sagenumwobenen Spessarts. Vielleich bin ich deshalb so fasziniert von endlosen Wäldern. Einer bösen Hexe bin ich bei meinen Spaziergängen unter Buchen und Eichen allerdings erfreulicherweise bisher nicht begegnet.

www.fantasy-news.com

Die Windsbraut

Die neue Magd war seltsam. Würger war sich sicher, dass sie niemals zuvor Gänse gehütet hatte. Das sah man an ihren Händen. Sie waren zart und feingliedrig und sahen nicht so aus, als hätten sie in ihrem Leben jemals schwere Arbeit verrichtet.

Als der König sie ihm vor zwei Tagen als Hilfe zugeteilt hatte, war er begeistert gewesen. Selten hatte er eine so schöne Magd gesehen. Natürlich hatte er sich sofort vorgestellt, wie angenehm es wäre, es sich mit ihr in der trägen Nachmittagssonne zwischen Farn und Gräsern bequem zu machen und die Gänse Gänse sein zu lassen. Inzwischen erwies Isotta sich als zunehmend nervige Gesellschaft, als Klotz am Bein – und als reichlich prüde. Und jetzt stand sie auch noch hinter dem Heuschober und zankte sich mit der zukünftigen Königin!

Zu dumm, dass der Wind ungünstig stand und er nur Fetzen ihres Gespräches hören konnte.

»… geschworen!«, empörte sich eine der beiden.

Wenn nur nicht die Gänse so laut schnattern würden. Würger überlegte, ob er einen Blick um die Ecke riskieren sollte. Aber falls die Prinzessin ihn dabei entdeckte, wie er sie belauschte, drohte ihm vermutlich Schlimmeres als ein Satz heißer Ohren. Es war eine Sache, einem Gänsemädchen hinterherzusteigen, aber eine ganz andere, die Privatsphäre einer Adeligen nicht zu respektieren.

Dennoch schob er sich Schritt für Schritt näher an die Ecke des Schobers.

»Bitte!«, erkannte er Isottas Stimme. Etwas Flehendes lag darin. »Wenn du vielleicht …«

»Wag es nicht«, unterbrach die Prinzessin sie scharf. »Das ist allein deine Schuld.«

Würger hob interessiert eine Augenbraue. Wovon redeten die beiden? Natürlich wusste er, dass Isotta die Prinzessin kannte. Sie hatte ihre Herrin aus deren Heimat hierher begleitet, war sogar ihre Zofe

gewesen. Umso erstaunlicher war, dass man Isotta angewiesen hatte, Gänse zu hüten. Mit Sicherheit hatte sich die hochnäsige Dienerin etwas zuschulden kommen lassen. Sonst stünde sie immer noch als Zofe im Dienst ihrer Herrin. Die Frage war nur, was. Dummerweise wechselte der Wind gerade die Richtung und trug die Antwort der Gänsemagd von ihm fort.

Vorsichtig wagte er einen raschen Blick um die Ecke. Die beiden Frauen standen sich gegenüber. Arabella von Hohenstein hatte die Arme verschränkt und funkelte Isotta wütend an.

»Also gut«, sagte diese gepresst. »Ich schiebe sie heute nach dem Abendessen unter der Tür zu deiner Kemenate durch.« Dann stahl sich die Kühnheit zurück in ihre Stimme, die Würger in den letzten beiden Tagen zur Genüge kennengelernt hatte. »Aber das ist das letzte Mal!«

Prinzessin Arabella riss die Hände in die Höhe und warf wütend den Kopf in den Nacken. Isotta achtete nicht auf sie, sondern drehte sich um. Schnell zog sich Würger zurück. Er hoffte, sie hatte ihn nicht gesehen. Für heute hatte er genug gehört. Mit eiligen Schritten ging er zur Gänseherde zurück, die ihn schnatternd begrüßte.

Als er sich umdrehte, sah er, dass Prinzessin Arabella mit zügigen Schritten den Hügel hinauf Richtung Stadt stapfte. Ihr scharlachrotes Kleid ließ sie gegen das Grün der Wiese aussehen wie eine übergroße Erdbeere. Weil er ihr hinterherstarrte, bemerkte er nicht, dass Isotta zu ihm trat.

»Hast du etwa gelauscht?« Sie klang gefährlich ruhig.

Würger verdrehte die Augen. »Na klar. Weil mich Weibergeschwätz so interessiert.«

Sie kniff die Augen zusammen und musterte ihn einen Moment aufmerksam. Seine Kehle war trocken und er hoffte, dass sie nicht bemerkte, wie schnell sein Herz schlug.

»Mach das nie wieder«, sagte sie dann kühl. Ehe er etwas erwidern konnte, griff sie nach vorne, schnappte sich seinen Hut und warf ihn in die Luft – ausgerechnet in dem Moment, in dem ein kräftiger

Windstoß über die Weide fuhr. Die Böe ergriff den Hut, wirbelte ihn hoch über seinen Kopf und begann, ihn nach Westen zu treiben.

»Verflixt!«

Er warf Isotta einen wütenden Blick zu. Diese grinste jedoch nur spöttisch.

»Na los, hinterher. Oder brauchst du deine Kappe nicht?«

»Pass du auf die Gänse auf«, fuhr er sie an. Dann wandte er sich um, presste die Lippen zusammen und jagte seinem Hut hinterher. Der Haushofmeister und seine Mutter konnten sagen, was sie wollten: Die neue Magd war seltsam.

Am Abend war Würger immer noch wütend. Der Wind hatte seinen geliebten Hut auf die andere Seite des Flusses getragen und er hatte eine geschlagene Stunde laufen müssen, um ihn einzufangen. Als er zu Isotta und der Gänseherde zurückgekehrt war, war es bereits an der Zeit gewesen, die Tiere zurück in die Stadt zu treiben. Zumindest, das musste er widerwillig einräumen, war es ihr gelungen, die Herde unter Kontrolle zu behalten. Ganz so unfähig war sie wohl doch nicht. Natürlich hatte er sich gehütet, ihr das zu sagen.

Eigentlich hatte er sich bei seiner Mutter über Isotta beschweren wollen. Aber zum einen war sie nervtötend begeistert von der Freundlichkeit und Bescheidenheit der schönen Fremden. Zum anderen war sie in der Schlossküche zu beschäftigt gewesen, um zum Abendessen in das Kämmerchen im Dienstbotentrakt zu kommen, welches sie sich mit ihren beiden Kindern teilte. So war mal wieder ihm die Aufgabe zugefallen, sich um seine Schwester Lisbeth zu kümmern, dafür zu sorgen, dass sie ihr Brot aufaß und sich vor dem Schlafengehen wusch.

Als er es endlich aus dem Schloss schaffte, war die Nacht bereits über der Stadt hereingebrochen. Die Jungs waren nicht mehr an ihrem Treffpunkt anzutreffen. Nach Hause wollte er aber noch nicht. Missmutig kickte er einen Kieselstein mit der Fußspitze und beobachtete, wie er von einem Pflasterstein zum nächsten hüpfte. Dann würde er eben Helene besuchen. Schließlich sah er seine Base nur selten, seit sie nicht mehr aufs Schlossgelände kam. Würger schlug den Weg zum Schwarzen Keiler ein.

Der Schwarze Keiler war eine kleine Spelunke, versteckt in den Winkeln des Arbeiterviertels. Sie war ebenso heruntergekommen wie traditionsreich. Seit vielen Jahrzehnten trafen sich hier die Handwerker und Bauern, um ihr Feierabendbier zu trinken, Karten zu spielen und die neuesten Gerüchte auszutauschen. Und seit ebenso langer Zeit drückten die Wirtsleute beide Augen zu, wenn es um das Gewerbe ging, das ihre Untermieterinnen ausübten, die in den kleinen Zimmern über der Gaststube wohnten.

Helene lebte seit fast zwei Jahren über dem Schwarzen Keiler. Würger besuchte sie nicht oft, denn seine Mutter sah das nicht gern. Und Helene ging noch seltener ins Schloss, seit Großvater Peter gestorben war.

»Kürdchen!«, begrüßte sie ihn erfreut, als sie die Tür zu ihrem Zimmer öffnete.

Würger verdrehte die Augen. »Du sollst mich doch nicht so nennen.«

Er verlangte ja nicht, dass sie ihn mit seinem Bandennamen ansprach, den ihm die Jungs gegeben hatten, aber Kürdchen …

Helene achtete nicht auf seinen Einwand. Sie schloss ihn stattdessen fest in die Arme und drückte ihn herzlich. »Schön, dass du mich besuchst. Ich habe gerade eine Kanne Tee angesetzt. Willst du eine Tasse?«

»Was für Tee?« Misstrauisch setzte er sich auf einen der Holzstühle neben dem Fenster.

»Spitzwegerich«, erklärte sie betont fröhlich.

Würger machte ein Geräusch, als müsse er sich übergeben.

Helene lachte und goss Tee in zwei Tonbecher. Einen davon stellte sie direkt vor Würger auf ein winziges Tischchen. Dann wies sie mit einem Kopfnicken zu einem Regal über der Tür. »Ich hab etwas Honig. Wenn du einen Löffel davon hineingibst, schmeckt er gar nicht schlecht.«

Mit einem Blick, aus dem pure Verachtung sprach, griff er sich den Becher und nippte an der dampfenden Flüssigkeit. Sie schmeckte so schrecklich, wie er befürchtet hatte.

Helene räumte unterdessen ein Bündel Schmutzwäsche vom zweiten Holzstuhl und legte es auf die Truhe, ehe sie sich neben ihn setzte.

»Geht's dir gut, mein Lieber? Ich habe gehört, du hast beim Gänsehüten Hilfe bekommen? Wie geht's der Kleinen und Tante Margaret?«

Würger stöhnte. »Mama und Lisbeth geht es gut. Aber erinnere mich bloß nicht an meine *Hilfe*. Das ist die nicht wirklich. Im Gegenteil. Sie ist furchtbar.«

»Furchtbar?«

»Ich will verdammt sein, falls die blöde Kuh jemals zuvor Gänse gehütet hat.«

Helene schnalzte mit der Zunge. »Du sollst nicht fluchen, Kürdchen.«

»Und du sollst mich nicht Kürdchen nennen.«

Sie wollte etwas erwidern, aber ein Hustenanfall schüttelte sie. Als er nachließ, ergriff sie ihren Becher und trank drei große Schlucke Tee.

»Ich hol dir schnell den Honig.« Er sprang vom Stuhl auf und ging hinüber zum Regal. Als er wieder vor seiner Base stand, blickte er sie betreten an. »Geht's?«

Dankbar nahm sie das Honigfässchen entgegen.

»Ich werde diesen hartnäckigen Husten nicht los.«

Während sie die goldene zähe Flüssigkeit von einem Löffel in die Tasse tropfen ließ, wechselte sie das Thema: »Also gut, sie ist furchtbar. Inwiefern?«

Würger setzte sich. »Also, zunächst einmal: Sie hat total zarte Hände.«

»Das ist natürlich sehr verdächtig.«

»Du weißt, was ich meine. Ich habe nicht das Gefühl, dass sie jemals harte Arbeit verrichtet hat.«

»Ich habe auch recht weiche Hände. Und bei Gott, ich habe schon schwere Arbeit geleistet.«

Würger riss die Augen auf. »Meinst du, sie ist …?«

Helene lachte. Dann wurde sie ernst. »Wer weiß? Vielleicht. Allerdings hoffe ich, du findest sie nicht nur furchtbar, weil sie weiche Hände hat?«

Er schüttelte den Kopf. »Nein, natürlich nicht. Es ist nur … Sie ist so herrisch. Sie tut so, als ob sie die Weisheit mit dem Löffel gefressen hätte. Dabei hat sie von gar nichts eine Ahnung. Von gar nichts! Und jeden Morgen, wenn wir die Gänse aus dem Schlosshof treiben, bleibt sie an der Pferdeweide stehen und ignoriert ihre Arbeit.«

»So?«

»Es ist ihr egal, was die Gänse machen. Sie ignoriert alles: mich und das Federvieh. Und warum? Um mit einem der Gäule zu sprechen!«

Helene griff nach Würgers Tasse, um auch in diese etwas Honig zu geben. »Sie spricht also mit den Pferden? Na und, du sprichst mit deinen Gänsen.«

Er schnaubte abfällig. »Das ist etwas völlig anderes. Ich spreche zu meinen Gänsen und nicht mit ihnen. Sie hingegen spricht immer mit dem gleichen Pferd: einem alten Klepper, der ganz schön in die Jahre gekommen ist. Sie drückt sich regelrecht an ihn, als wäre er ein lange verlorener Freund, füttert ihn mit einem Apfel oder einer Möhre und flüstert ihm Dinge ins Ohr. Und das ist noch nicht das Seltsamste. Manchmal hält sie inne und schaut ihn erwartungsvoll an, als würde sie darauf warten, dass er ihr antworten würde. So geht das eine halbe Ewigkeit. Ich sage dir, Helene, die ist nicht nur eine Plage mit ihrem spitzen Mundwerk, sie ist auch nicht ganz richtig im Oberstübchen. Es ist ihr vollkommen egal, wie ich derweil mit der Herde zurechtkomme.«

»Sie ist hier fremd. Wahrscheinlich ist es das Pferd, auf dem sie in die Stadt gekommen ist.«

»Gänse wird es doch wohl auch in ihrem Königreich gegeben haben.«

Helene lachte und drückte ihm den Tonbecher in die Hand.

»Trink«, sagte sie bestimmt. »Das beruhigt.«

Er sog scharf die Luft ein, aber bevor er seiner Base antworten konnte, fragte die: »Wie heißt das Mädchen überhaupt?«

»Isotta! Was soll das für ein Name sein?« Vorsichtig nippte er am Tee. Mit dem Honig war sogar der Geschmack des Spitzwegerichs halbwegs erträglich.

»Ich find ihn schön«, sagte Helene. »Ist mal einer, den man nicht an jeder Straßenecke hört. Hast du eine Ahnung, wie viele Lenes oder Lenas allein hier im Viertel leben?«

Würger grinste, lehnte sich auf dem Stuhl zurück und verschränkte seine Arme. »Du kannst dir doch einen anderen zulegen.«

»Würger ist ja bereits vergeben.«

»Würger wäre für dich viel zu maskulin«, belehrte er sie. »Du brauchst etwas Eleganteres.«

»Isotta vielleicht?«

Seine Miene verfinsterte sich.

»Na gut.« Helene seufzte tief. »Ich sehe schon, was deine neue Gehilfin angeht, bist du nicht zu Scherzen aufgelegt.«

»Sie ist wirklich …«

Helene legte ihre Hand auf seine und drückte sie fest. »Reg dich nicht über sie auf. Dadurch ändert sie sich nicht und du verdirbst dir nur deinen Abend. Und meinen. Erzähl mir lieber, was es Neues von Lisbeth gibt. Ich hab sie ewig nicht mehr zu Gesicht bekommen.«

Und das tat Würger dann auch.

Als Isotta am nächsten Morgen aus der Tür des Gesindehauses trat, waren ihre Augen rot geändert und ihr hübsches Gesicht aufgequollen.

»Was ist denn mit dir passiert?«, entfuhr es Würger.

Weder erntete er einen ihrer üblichen strafenden Blicke noch warf sie ihm eine spitze Bemerkung an den Kopf.

»Falada ist gestorben«, sagte sie nur. Schnell schob sie sich an ihm vorbei und begann, die Gänse aus der Stadt zu treiben. Würger ließ

den Kopf sinken und schlurfte hinter ihr her. Falada war der alte Klepper gewesen, mit dem sie auf der Weide geschmust hatte. Er mochte Isotta nicht. Aber er wusste, wie schrecklich es war, ein Tier, einen Freund zu verlieren.

Am Stadttor erwartete Würger die nächste Überraschung. Über dem Tor hing ein Pferdekopf. Nicht irgendein Pferdekopf, sondern der des Kleppers. Er traute seinen Augen kaum.

»Was zum …«

Isotta vor ihm beschleunigte ihre Schritte. Unter dem Torbogen blieb sie stehen, die Arme um ihren Oberkörper geschlungen, und richtete den Blick nach oben. Die Gänse beachtete sie nicht länger. Täuschte er sich, oder bebten ihre Schultern?

Würger schluckte. Langsam ging er zu ihr.

»Oh Falada …«, hörte er sie murmeln.

Er biss die Zähne zusammen und streckte die Hand aus, um sie ihr sanft auf die Schulter zu legen. Isotta zuckte zusammen, schüttelte sie jedoch nicht ab. Stattdessen drehte sie den Kopf zur Seite und schaute ihn herausfordernd an. Sie schämte sich nicht der Tränen, die ihr über die Wangen liefen.

»Wie?«, fragte er, unfähig, angesichts des makabren Anblicks des Pferdekopfes einen vollständigen Satz zu bilden.

»Die Prinzessin«, sagte sie leise. »Sie hat es erlaubt. Ich habe es nicht über mich gebracht, ihn dem Schinder zu überlassen. Er war ein treuer Freund. Er sollte nicht begraben und vergessen werden.«

Sie schüttelte seine Hand ab, blickte ein letztes Mal zum Pferdekopf nach oben und nahm die Arbeit wieder auf.

»Ich dachte, Falada sei das Pferd der Prinzessin gewesen?«, fragte Würger später. Mittag war vorüber und Isotta und er streckten träge ihre bloßen Füße in einen kleinen Weiher, an dessen Ufer sie die Gänse getrieben hatten. Sie hatte nicht mehr geweint, war jedoch

den ganzen Morgen über noch stiller gewesen als sonst. Auch jetzt antwortete sie nicht.

»Ich meine, zumindest behauptet man, dass das Pferd bereits der Mutter unserer künftigen Königin gehört hat.«

Isotta reagierte nicht.

»Und ist sie nicht auf Falada hierher geritten? Die Prinzessin meine ich. Warum …«

»Lass es gut sein, bitte«, unterbrach Isotta ihn.

»Ich meine …«

»Kürdchen!«

»Ich hab sie nie auf der Pferdeweide gesehen. Dich hingegen …«

»Genug!« Mit einem schnellen Griff pflückte sie ihm den Hut vom Kopf und warf ihn in die Luft. Wieder kam ein Windstoß.

Würger sprang fluchend auf.

»Kümmer dich um deinen Hut«, sagte Isotta schwach. Und Würger sprang erneut über die Weide.

»Den halben Nachmittag habe ich den dummen Hut gejagt.« Vor Wut und Scham war Würger das Blut ins Gesicht gestiegen. Helenes Blick zufolge musste er rot wie eine Tomate sein. Obwohl er das Schloss heute früh genug hätte verlassen können, um sich mit seinen Freunden zu treffen, hatte er es vorgezogen, wieder seine Base zu besuchen. Die Jungs hätten ihn nur ausgelacht, weil ein einfaches Gänsemädchen ihn so in Rage brachte. Aber das war eben der Punkt. Sie war kein einfaches Gänsemädchen, nicht wahr?

»Es war wie verhext«, fügte er deshalb vorsichtig hinzu.

Der Tonbecher, den Helene mit den Händen umschlossen hatte, entglitt ihr beinahe.

»Kürdchen …« Ihre Stimme zitterte leicht.

»Sie ist seltsam. Etwas stimmt nicht mit ihr. Und diese Sache mit dem Pferdekopf! Das ist … absolut irrsinnig.«

Helene stellte bedächtig den Becher auf dem Tisch ab. »Es ist gefährlich, was du da andeutest. Eine solche Anschuldigung spricht man nicht leichtfertig aus.« Sie sah ihm fest in die Augen. »Du weißt, was mit ihr passiert, wenn man dir Glauben schenkt.«

Natürlich wusste er das. Es war zwar mehrere Sommer her, aber er konnte sich noch an die Schreie der alten Meret erinnern, als die Flammen des Scheiterhaufens an ihrer Haut geleckt hatten. Den Gestank von verbranntem Fleisch hatte er tagelang nicht aus der Nase bekommen.

Helene legte ihre Hand auf sein Knie. »Das heißt nicht, dass ich dir nicht glaube.«

Würgers Schultern entspannten sich. »Was soll ich tun?«

Helene war die Einzige, die er in dieser Angelegenheit um Rat fragen konnte. Seiner Mutter hätte er nur Angst gemacht. Und die Jungs …

»Du musst dir absolut sicher sein«, sagte sie eindringlich. Ihre Stimme klang nun tiefer, beschwörend. »Es darf keine Zweifel daran geben, dass sie …«

»… eine Hexe ist? Du glaubst mir doch, Helene, oder?«

Helene stand auf und begann, in ihrer kleinen Stube hin und her zu laufen. »Es ist seltsam, was du mir erzählt hast, ja. Aber Hexerei?« Abrupt blieb sie stehen und blickte zu ihm hinüber. »Du brauchst Beweise. Sonst wird man dir nicht glauben. Oder man wird dir glauben, und dabei ist sie gar keine Hexe. Dann wird eine Unschuldige brennen. Ich weiß nicht, was schlimmer ist.«

»Beweise.« Er kratzte sich am Kopf.

»Falls sie tatsächlich eine Hexe ist, ist es gefährlich, was du vorhast. Sie wird kaum darauf warten, dass du sie vor den König schleifst, damit er über sie Gericht hält. Sollte sie bemerken, was du vorhast, und wirklich …« Erschöpft sank sie vor ihm in die Knie. »So oder so. Sei vorsichtig, versprich mir das. Tu nichts Unüberlegtes. Tu nichts Dummes. Ich will nicht, dass du ein Mädchen ins Unglück stürzt, das es nicht verdient hat. Vor allem will ich jedoch nicht, dass dir etwas passiert.«

Beweise. Das Wort ging ihm wieder und wieder durch den Kopf. Beweise. Beweise. Beweise. Helene hatte recht. Er brauchte Belege, denn im Gegensatz zu dem, was er vorhin gesagt hatte, war er sich keineswegs sicher, dass Isotta eine Hexe war. Dass der Wind allerdings immer genau dann über die Weide brauste, wenn es ihr gerade zupasskam, konnte kaum Zufall sein. Und es würde erklären, warum sie keine Angst vor der künftigen Königin hatte.

Nach einer Nacht, in der er sich auf seinem Strohsack hin und her gewälzt hatte, ohne eine Mütze Schlaf zu bekommen, beschloss er, Helenes Rat zu befolgen und erst einmal niemandem von seinem Verdacht zu erzählen. Er verzichtete tagsüber darauf, Isotta zu necken oder mit ihr zu streiten. Stattdessen blieb er die meiste Zeit über still und beobachtete sie heimlich aus den Augenwinkeln. Zumindest dachte er, dass ihm das gelang, bis sie ihn anherrschte, ob sie etwas im Gesicht habe oder warum er den Blick nicht von ihr abwenden konnte. Immerhin beschwor sie nicht den Wind.

Am Abend lief es besser. Nachdem sie die Gänse in den Stall getrieben hatten, verabschiedete sich Würger von ihr und wünschte ihr eine gute Nacht. Er tat so, als würde er sich zurückziehen. Bereits nach einem kurzen Augenblick eilte er auf Zehenspitzen in den Hof zurück und folgte ihr zu ihrer Kammer über dem Gänsestall. Das war auch so eine Sache. Die meisten ledigen Dienstboten teilten sich Schlafkammern in kleinen Grüppchen, natürlich nach Männern und Frauen getrennt. Prinzessin Arabella hatte Isotta aber ein Zimmer ganz für sich allein gegeben. Winzig zwar, jedoch mehr, als eine einfache Gänsemagd hätte erwarten dürfen. Es war über einen schmalen, rundum mit Holz verkleideten Brückengang mit dem ersten Stock des Gesindegebäudes verbunden. Nur durch das Haupthaus kam man in die Kammer. Und durch eine Falltür in der Stalldecke, die seit Isottas Einzug mit einem Vorhängeschloss gesichert war; vermutlich, um ungewollte Besucher abzuhalten. Früher hatte man in dem Zimmer, in dem sie jetzt schlief, Gartengeräte und Weidenkörbe gelagert.

Würger drückte sich in einem Mauervorsprung herum und überlegte, was er tun sollte. Irgendwann musste Isotta zum Abendbrot gehen, oder? Ihm selbst knurrte der Magen, und es fiel ihm nicht leicht, das zu ignorieren.

Bei Isotta regte sich jedoch nichts. Ihre Tür blieb verschlossen. Dieses stachelige Mädchen war wirklich ein Ärgernis.

Würger rang mit sich, ob er seinen Beobachtungsposten für heute aufgeben sollte, als er Schritte vernahm. Allerdings kamen die nicht aus dem Zimmer, sondern erklangen im Gang, noch entfernt, aber näher kommend. Schnell duckte er sich hinter die große Holztruhe in der Mauernische.

Die Schritte gingen an ihm vorbei. Vorsichtig hob er den Kopf und konnte gerade noch sehen, wie eine in einen dunklen Mantel gehüllte Gestalt in den Brückengang einbog. Kurz darauf hörte er jemanden klopfen.

»Ja?« Das war Isottas Stimme, gedämpft durch das Holz.

»Ich bin's. Lass mich rein. Bitte!«

Überrascht richtete sich Würger auf. Obwohl die Besucherin gewispert hatte, hatte er sie sofort erkannt. Sie hatte den nordischen Akzent nicht verloren, der auch in Isottas Worten mitschwang. Prinzessin Arabella.

Er hörte eine Tür aufgehen und sich wieder schließen.

Auf allen vieren hinter der Holztruhe verschanzt, konnte er die Stimmen der jungen Frauen nur stark gedämpft hören. Er verstand kein Wort.

Was suchte die Prinzessin bei der Gänsemagd? Und warum flehte sie Isotta an?

Sei's drum. Würger richtete sich auf und schlich auf die Tür zu. Vorsichtig setzte er einen Fuß vor den anderen, immer in Angst, dass das Holz der Gangbrücke laut knarzen und ihn verraten würde.

Als er an seinem Ziel ankam, war sein ganzer Oberkörper schweißnass und das Herz schlug ihm bis zum Hals.

Was würde die künftige Königin tun, falls sie mitbekam, dass er sie belauschte? Würde sie ihm glauben, wenn er ihr sagte, dass er sie im Grunde beschützen wollte? Vor einer Hexe?

Sein Herz setzte einen Moment lang aus. Was, wenn die beiden unter einer Decke steckten?

Nein, schalt er sich. Er hatte Prinzessin Arabella bei mehreren Sonntagsmessen andächtig beten sehen. Andererseits – war nicht auch Isotta ein- oder zweimal in der Burgkapelle gewesen?

Die Vorstellung, dass eine Schwarzmagierin in die königliche Familie einheiratete, schmeckte ihm nicht. Es musste eine andere Erklärung geben. Viel wahrscheinlicher war ohnehin, dass Isotta die Prinzessin in der Hand hatte.

Würger biss die Zähne fest zusammen und drückte sein Ohr an die Tür.

»… gewarnt und tu es nicht noch einmal!«

Das war die Prinzessin, oder? Würger war sich nicht sicher.

»Treib es nicht auf die Spitze.« Und das? War das Isotta? Oder die gleiche Stimme?

Er fluchte innerlich. Sollte er einen Blick durchs Schlüsselloch riskieren? Aber dann musste er das Ohr vom Holz nehmen und würde nichts mehr verstehen.

»Ich bin fast fertig, es fehlen nur noch ein paar Zeilen. Will Ihre Hoheit warten oder …«

»Lass das! Du weißt, dass ich das nicht mag. Und ich kann nicht warten. Vigo wird mich vermissen.«

»Wird er das?«

Das war eindeutig Isotta. Würger erkannte ihren aufgesetzt anzüglichen Tonfall, mit dem sie andere zur Weißglut reizen konnte.

Die Prinzessin ging nicht auf die Stichelei der Dienstmagd ein. »Bring mir den Brief einfach, sobald du fertig bist. Ich sage den Wachen Bescheid. Sie werden dich durchlassen.«

Würger hörte Schritte, die sich näherten. Isotta antwortete etwas, aber das verstand er nicht mehr, weil er sich hastig zurückzog. Schnell. Auf Zehenspitzen durch den Brückengang. Ab hinter die Holztruhe.

Er war gerade dabei, sich auf alle viere niederzulassen, als er hörte, wie die Zimmertür sich öffnete und wieder schloss. Kurze Zeit später rauschte die Prinzessin eiligen Schrittes an ihm vorbei. Sie sah ihn nicht. Sie war viel zu ungeduldig gewesen, das Gänsemädchen zu verlassen.

Würgers Magen knurrte. Was sollte er jetzt tun? Die Küche aufsuchen, um zu sehen, ob er sich einen Kanten Brot und ein hart gekochtes Ei erbetteln konnte? So verpasste er vielleicht den Zeitpunkt, an dem sich Isotta auf den Weg in die Gemächer der Königin machte. Und welche bessere Möglichkeit gab es, in ihre Stube zu schleichen und nach einem Beweis zu suchen?

Während er wartete, ging er im Geist wieder und wieder das Gespräch zwischen der Prinzessin und Isotta durch. Für ein Gänsemädchen hatte Isotta den Mund ganz schön voll genommen. Und die Prinzessin hatte sich das gefallen lassen. Das war seltsam. Höchst seltsam. Verhielt es sich mit den höfischen Gepflogenheiten im Königreich von Prinzessin Arabella derart anders als hier?

Wäre eine Kammerjungfer auf diese Weise mit der seligen Königin umgesprungen, hätte sie von Glück sagen können, wenn man sie nur geteert und gefedert vor die Tür gesetzt hätte.

Als sein Magen so laut grummelte, dass er fürchtete, Isotta würde ihn bis in ihre Stube hören, ging die Tür erneut auf. Er wusste nicht, wie viel Zeit inzwischen vergangen war, aber die Schatten waren ein ganzes Stück länger geworden.

Vorsichtig blickte er um das Truheneck und sah, wie Isotta den Gang entlangschritt, zweifellos unterwegs in Richtung der königlichen Gemächer. Das war seine Chance.

Eine Weile wartete er, um ganz sicher zu sein, dass sie sich weit genug entfernt hatte. Dann rappelte er sich auf, streckte die schmer-

zenden Glieder und stahl sich so schnell er konnte in das Zimmer der Gänsemagd. Die Tür hatte sie nicht verschlossen. Dumm von ihr. Gut für ihn.

Die Stube war klein, allerdings hatte er nichts anderes erwartet. Dennoch war sie größer als die winzige Dachkammer, in der Helene hauste. Außer einem Bett und einer schmalen Kommode gab es sogar einen Tisch und einen Stuhl! Und damit nicht genug: Auf dem Tisch lag nicht nur stapelweise Pergament – nein, daneben standen zudem ein Tintenfässchen, eine Feder in einer Halterung und zwei Bücher. Deren Lederrücken sahen zwar brüchig aus, dennoch mussten die Bände ein Vermögen wert sein. In der hinteren Ecke stand ein alter kleiner Eisenofen, in dem ein Feuer flackerte; vermutlich um den Wasserkessel zu erhitzen, den Isotta daraufgestellt hatte. Würger runzelte die Stirn. Wer bitte schön ließ einen Wasserkessel auf der heißen Platte eines Eisenofens stehen, wenn er den Raum verließ? Vor allem bei so viel Pergament in der Nähe. Wollte sie den Stall in Brand stecken?

Mit zusammengepressten Lippen ging er zum Eisenofen, schnappte sich einen Lappen von einer Halterung an der Wand, hob damit den Kessel vom Herd und stellte ihn auf die steinerne Fensterbank. Er durfte nicht vergessen, ihn zurück auf die Platte zu stellen, ehe er das Zimmer verließ.

Dann drehte er sich unschlüssig einmal um die eigene Achse. Beweise. Wo würde er Beweise verstecken, wenn er eine Hexe wäre?

Zunächst war er versucht, am Schreibtisch zu beginnen, aber zum einen hatte er nie Lesen gelernt, zum anderen wäre eine Hexe wohl kaum so dämlich, ihr Zauberbuch direkt auf der Tischplatte liegen zu lassen, wo es jeder sofort sehen würde. Oder?

Weil er sich später nichts vorwerfen wollte, trat er zum Schreibtisch und warf einen Blick auf die Pergamentbögen und in die Bücher. Was in den Büchern stand, konnte er nicht einschätzen. Die losen Papierseiten allerdings waren unbeschriftet. So viel dazu.

Als Nächstes blickte er in das kleine Tongefäß, das neben dem Tisch auf dem Fußboden stand. Kräuter befanden sich darin, doch dabei schien es sich nicht um eine Hexenmischung zu handeln, sondern nur um getrocknete Kamilleblüten.

Würger seufzte. Dann eben das Bett. Isottas Schlafgewand – sonst nichts. Seine Ohren brannten vor Scham, als er die Leinendecke wieder über das Nachthemd zog.

Eine Truhe besaß Isotta nicht. Also auf zur Kommode. In ihr stapelten sich – keine große Überraschung – ein paar zusammengefaltete Röcke und Hemden, eine Leinenschürze, Tücher, bestickt zwar, jedoch unauffällig, bis auf … zwischen zwei grauen Leinentüchern blitzte es schneeweiß. Würgers Herz begann schneller zu schlagen. Er versicherte sich mit einem Blick zur Tür, dass er noch allein war, und zog an dem Stofffetzen, bis er ihn ganz in der Hand hielt. Es war das Spitzentuch einer Edeldame. Zwei winzige rote Flecken leuchteten ihm entgegen. In einer der Ecken war in geschwungenen Linien ein Buchstabe gestickt. Würger konnte zwar nicht lesen, aber ein paar einzelne Buchstaben erkannte er. Das hier war ein A. Ein A, wie in Prinzessin Arabella.

Warum besaß Isotta dieses Tüchlein? Es war eindeutig viel zu fein für eine Dienstmagd. Und zudem die beiden Flecken, rot wie … Er spürte, wie ihm heiß wurde. Etwas sagte ihm, dass er den Beweis in den Händen hielt, nach dem er gesucht hatte. Gerüchten zufolge benutzten Hexen für ihr unseliges Treiben Blut.

Mit einem Finger fuhr er vorsichtig über die Flecken. Er glaubte keinen Augenblick lang, dass es sich bei dem Blut um das von Isotta handelte. Vermutlich war es das von Prinzessin Arabella. Hatte die Gänsemagd so ihre Herrin in der Gewalt?

Was für einen Sinn ergab das? Isotta und er befanden sich den ganzen Tag auf der Weide. Wenn die Prinzessin ihr Tuch an sich bringen wollte, wäre es einfach, hierherzukommen, um es sich zurückzuholen. Es sei denn, Isotta trug das Tuch tagsüber bei sich. Oder sie hatte es mit einem Fluch belegt. Beinahe hätte er die weiße Spitze fallen lassen. Vielleicht handelte es sich um einen Bannzauber? Der direkt Prinzessin Arabella betraf?

Nachdenklich betrachtete er den blütenweißen Stoff. Die beiden tiefroten Flecken übten eine fast hypnotische Anziehung auf ihn aus. Fast war ihm, als …

»Was tust du da?«

Isottas Stimme knallte durch den Raum wie eine Peitsche. Würger zuckte zusammen und fuhr zur Tür herum. Wie ein Racheengel stand die Gänsemagd im Türrahmen. Die Hände in die Hüften gestemmt, das Gesicht zornig verzerrt. Erschrocken stolperte er zwei Schritte rückwärts. Jetzt durfte er keinen Fehler machen.

»Ich …«, stammelte er und verfluchte sich, dass er sich nicht im Vorfeld eine Ausrede hatte einfallen lassen.

Isotta kniff die Augen zusammen und trat in den Raum. Dann entdeckte sie das Weiß zwischen seinen Fingern und mit einer Mischung aus Schreck und Befriedigung sah er, wie sich Entsetzen in ihrem Gesicht breitmachte. Erwischt, dachte er.

»Lass das los«, befahl sie tonlos, mühsam beherrscht.

»Und was, wenn nicht? Rufst du mit deinen Hexenkräften deinen Freund, den Wind, um es mir aus der Hand zu reißen?«

Er gab sich äußerlich so gelassen wie möglich, aber Schweißperlen bildeten sich auf seiner Stirn. Die Handflächen, auch die, die sich um das Spitzentuch verkrampfte, wurden feucht.

Isotta verdrehte die Augen. »Du weißt nicht, wovon du sprichst.« Sie streckte den rechten Arm aus und ging langsam auf ihn zu. »Gib mir das Tuch.«

Ihre Augen glitzerten und die Züge ihres Gesichtes … Angst! Isotta verbarg es gut unter ihrer Wut, das Entsetzen stand ihr jedoch ins Gesicht geschrieben. Aber kein Wind erhob sich. Ihre Augen verfärbten sich nicht schwarz. In der Ferne grollte kein Donner. Nichts geschah. Isotta schob sich nur langsam auf ihn zu, während die Ader an ihrem Hals in schnellem Tempo pochte.

Würger wich weiter zurück. Seine Gedanken überschlugen sich. Wenn sie wirklich eine Hexe war, warum wehrte sie sich nicht?

»Komm nicht näher«, sagte er.

Sie hörte nicht auf ihn, sondern drängte ihn in die Ecke. Zum Eisenofen.

Der Eisenofen!

Das war seine Chance, vielleicht die einzige. Ohne darüber nachzudenken, drehte er sich um und riss das kleine Türchen in der Front des Ofens auf, durch das man ihn befeuern konnte. Das Eisen an seinen Fingern war heiß. Er achtete nicht darauf. Stattdessen drehte er sich zu Isotta um und streckte die Hand mit dem Spitzentuch in Richtung des Feuers.

Isotta sog scharf die Luft ein, verharrte aber in der Bewegung.

»Kürdchen …«

Er ließ sie nicht zu Wort kommen. »Keinen Schritt weiter. Oder das Tuch geht in Flammen auf.«

»Tu das nicht! Bitte …«

Sie hob die Hand zum Mund, presste ihre Finger auf die Lippen und Würger sah, dass Tränen in ihren Augen schwammen. Oh nein, darauf würde er nicht hereinfallen.

Langsam ließ sich Isotta auf die Knie nieder. »Bitte«, wiederholte sie. »Ich flehe dich an.«

Er achtete nicht auf sie. Was nun? Warf er das Tuch in den Ofen und es verbrannte, hatte er keine Macht mehr über sie und auch keine Beweise. Sie konnte mit ihm tun, was sie wollte. Aber was war die Alternative? Hier auszuharren und zu hoffen, dass ihn jemand fand? Er hatte am Abend Stunden hinter der Holztruhe gekniet und bis auf die Prinzessin war niemand vorbeigekommen. Sollten sie bis zum Morgen warten, bis jemand nach ihnen schaute, weil sie die Gänse nicht auf die Weide trieben? Eher würde das Feuer ausgehen.

Würger presste die Zähne aufeinander und bewegte die Hand mit dem Tuch noch ein Stückchen näher auf den Ofen zu.

»Tu das nicht! Ich schwöre, ich bin keine Hexe!«

»Ach ja?«, schnappte er wütend. »Und was bist du dann?«

»Ich bin die Prinzessin, du Idiot!«

Würger fiel das Tuch aus der Hand. Er klappte den Mund auf. Er hatte Isotta gehört, aber er schien sie nicht recht verstanden zu haben.

»Bitte, was?« fragte er.

Reglos beobachtete er Isotta dabei, wie sie nach vorne hechtete und das Spitzentuch vom Boden aufklaubte. Er wusste, das hätte er nicht zulassen dürfen. Er wusste, dass er jetzt keine Macht mehr über sie besaß. Dass er ganz schön in der Patsche saß, falls sie sich dazu entschloss, ihn in einen Käfer zu verwandeln. Oder ihn von den Wachen aufknüpfen zu lassen. Sein Kopf würde neben dem des Kleppers über dem Tor aufgehängt werden. Sie …

»Du bist die Prinzessin?« Die ganze Situation war surreal.

Isottas Augen funkelten. »Überraschung.« Sie lief zur Zimmertür und schloss sie von innen.

»Setz dich«, sagte sie anschließend und deutete auf den Stuhl, während sie selbst zum Bett schritt und sich auf die Matratze niederließ.

Würger warf einen Blick auf das Spitzentuch in ihrer Händen. Seine Knie waren wabbelig. Erschöpft ließ er sich auf den Stuhl sinken.

»Wir müssen reden.«

Ja, das schien ihm auch so.

Sie räusperte sich. »Ich bin Prinzessin Arabella.« Danach wusste sie offensichtlich nicht weiter. Würger hob die Augenbraue.

»Du glaubst mir nicht.« Sie klang genervt.

»Dass du keine Gänsemagd bist, glaube ich jedenfalls sofort.«

Sie verdrehte die Augen. »So ungeschickt habe ich mich gar nicht angestellt.«

Er grinste nervös. »Es geht so. Falls du wirklich eine Prinzessin bist, warst du nicht schlecht, nehme ich an.«

Isotta rückte auf dem Bett nach vorne. »Du darfst es auf keinem Fall irgendjemandem verraten«, sagte sie eindringlich. »Schwör es!«

»Warum?«

»Weil das alles zunichtemachen würde.«

»Nein, das meine ich nicht. Warum … bist du die Prinzessin? Ich meine … wie …?«

»Schwör, dass du es keiner Menschenseele verrätst!«

Würger zögerte. Er biss sich auf die Lippen. Wie sinnvoll war es, diesen Schwur zu leisten? Was, wenn sie ihm etwas ganz und gar Schreckliches offenbarte? Vielleicht war sie vollkommen irre? Womöglich hatte sie Prinzessin Arabella umgebracht und … nun ja, den Platz ihrer Kammerzofe eingenommen? Was für ein Unsinn.

»Wer ist dann die Prinzessin in den königlichen Gemächern?«

»Du musst mir schwören, dass du niemandem verrätst, was ich dir gerade gesagt habe. Bitte!«

Neugier und Entsetzen lieferten sich einen widerstreitenden Kampf in seiner Brust.

Du brauchst Beweise, hörte er Helenes Stimme in seinem Kopf.

Na ja, sie hatte auch gesagt, er solle vorsichtig sein. Er warf verstohlen einen Blick zur Tür. Er war sich fast sicher, dass er der Schnellere von ihnen beiden war. Er könnte aus dem Zimmer sein, ehe sie es halb durchquert hatte.

»Mach schon, verschwinde«, sagte sie giftig zu ihm. »Ich werde dich nicht aufhalten. Keiner wird dir glauben. Ich werde alles abstreiten. Sie werden dich für einen Verrückten halten, für einen Irren. Einen Lügner. Der König wird dich vor die Tür setzen.«

Er donnerte mit der Faust auf den Tisch. »Das ergibt alles überhaupt keinen Sinn!«

Es sei denn, sie war doch eine Hexe.

»Was hat es mit dem Spitzentuch auf sich? Mit den Blutstropfen?«

Isotta blickte lange auf den weißen Stoff in ihrer Hand. Schließlich traf sie eine Entscheidung.

»Bitte, Kurt. Ich schwöre dir, dass wir niemandem schaden wollten … dass wir niemandem geschadet haben! Dass mein Geheimnis ein gutes Geheimnis ist, aber dass es ein Geheimnis bleiben muss. Bitte.«

Das erste Mal, seit er sie kannte, hatte sie ihn Kurt genannt.

Er fuhr sich mit der Hand durch die Haare, atmete langsam und bedächtig ein und aus und nickte schließlich.

»Also gut. Ich schwöre dir, dass ich für mich behalte, was du mir erzählst – solange es niemandem schadet.«

Isotta stieß erleichtert die Luft aus. »Gut.« Sie lächelte ihn schwach an. »Danke.«

Würger nickte, behielt jedoch eine ausdruckslose Miene bei. Er drehte sich leicht auf dem Stuhl, um ihr – Prinzessin Arabella? – besser ins Gesicht sehen zu können.

Fahrig wischte sie sich eine dunkle Haarsträhne aus dem Gesicht, dann begann sie mit ihrer Geschichte:

»Ich wollte nie Prinz Vigo heiraten. Nicht, dass ich etwas gegen ihn habe. Nein. Er scheint mir ein vernünftiger Edelmann zu sein, jetzt, wo ich ihn kennenlernen durfte. Aber damals kannte ich ihn nicht und damals wie heute will ich ihn nicht. Ich wünsche mir etwas anderes vom Leben, als tagein, tagaus hinter Burgmauern eingesperrt zu sein, eine schwere Krone zu tragen und immer hübsch zu lächeln, wenn politische Gesandte zu Besuch sind.«

Würger lächelte bitter. Er dachte an seine kleine Schwester, der er vor ein paar Jahren eine Krone aus Gänseblümchen geflochten hatte. »Und immer die leckersten Fleischgerichte vorgesetzt zu bekommen, keine Wassereimer oder Holzkörbe schleppen zu müssen und die schönsten Kleider zu tragen?«

Arabella nickte. »Ich verstehe dich. Was du sagst, ist richtig, und ich klinge sicher undankbar. Aber ich habe mich selten so frei und zwanglos gefühlt wie in den letzten Wochen als Gänsemädchen in einer Kammer über einem Stall.« Würger schnaubte, unterbrach sie jedoch nicht. »Die Kleider einer Prinzessin sind immer sauber, duften frisch gewaschen und sind aus den edelsten Stoffen gefertigt. Und sie engen ein. Man kann sich nur schlecht in ihnen bewegen und kaum atmen. Eine Magd muss hart arbeiten, das will ich zugeben, und sicher habe ich da noch viel zu lernen«, wieder schnaubte Würger, »aber der König und Prinz Vigo sind gute Herren. Müsste ich so leben, wie man es von mir erwartet, würde ich eingehen wie eine Wildrose unter Glas. Meine Mutter hat das gewusst.« Arabella seufzte. »Die Vermählung zwischen Vigo und mir stand allerdings bereits seit meiner Geburt fest. Unsere Väter haben Seite an Seite gekämpft. Das Königreich meiner Eltern wird nach dem Tod meiner Mutter, wie es der Brauch ist, an meines Vaters Bruder fallen. Meine Eltern wollten mich gut versorgt wissen. Und das kann ich ihnen nicht verübeln.«

Sie machte eine kurze Pause und faltete das Spitzentuch auf ihrem Schoß in ein kleines Viereck.

»Ich bin das, was man bei euch ›vom Sturm geküsst‹ nennt«, sagte sie, ohne ihn anzublicken. »Eine Windsbraut.«

»Du hast den Wind gerufen«, fiel er ihr ins Wort. Er hatte es gewusst. Er hatte recht gehabt.

Sie blickte ihn nachdenklich an. »Ja, und ich entschuldige mich bei dir. Das war nicht richtig.« Das Funkeln kehrte in ihre Augen zurück. »Aber genauso wenig ist es richtig, dass du dich in meine Angelegenheiten mischst – und dass du deine Finger nicht bei dir behalten kannst.«

Das Blut stieg Würger in den Kopf. Mühsam zwang er sich, ruhig zu bleiben, nicht zu streiten.

»Eine Windsbraut ist etwas ganz anderes als eine Hexe«, fuhr Arabella derweil fort. »Wir können keine Zauber wirken und wir beschwören auch keine Dämonen. Wir haben nur eine besondere Verbindung zum Wind.« Ihre Stimme wurde sanft. »Bereits als Kind habe ich mich am liebsten im Freien aufgehalten. Ich bin mit Falada über die Weiden geritten, habe mich im Wald vor meinen Kindermädchen versteckt. Und wenn ich ihnen entschlüpfen konnte, bin ich auf den Rabenfelsen herumgeklettert. Mein Vater hat mich immer seine kleine Gämse genannt.« Ihr Blick verhärtete sich. »Was bei einem Kind süß und witzig ist und was man ihm gern nachsieht, gehört sich für eine junge Dame nicht. Nach dem Tod meines Vaters gaben mir die Minister bei Hof deutlich zu verstehen, dass es nicht länger angemessen war, dass eine königliche Hoheit mit einem Pferd über die Wiesen tobte. Und meine Mutter, die Angst hatte, mich ebenso wie meinen Vater zu verlieren, ließ sich von ihnen überzeugen. Damals wurde Isotta zu meiner Kammerzofe. Sie war jahrelang meine einzige Freundin. Mit dem Wind konnte ich nur noch sprechen, wenn ich nachts mein Turmzimmer öffnete und er mir durchs Haar fuhr. Oder während meiner seltenen Ausritte auf Falada.

Ich mache meiner Mutter keinen Vorwurf. Sie tat das, was sie für das Beste hielt. Sie versuchte, aus einem Wildfang eine Prinzessin zu machen. Aber aus einem Buschwindröschen wird nie eine Lilie.«

Würger sah die junge Frau vor sich an und dachte an die andere in den königlichen Gemächern – keine von beiden hatte die Schlichtheit eines Buschwindröschens.

»Irgendwann ließ sich meine Hochzeit nicht mehr länger aufschieben. Nachdem ich mir einen letzten Sommer gestohlen hatte, machte meine Mutter mir im vergangenen Winter klar, dass es keinen weiteren Aufschub mehr geben würde. Dass ich im Frühjahr hierherreisen und den Prinzen heiraten würde. Weder Betteln noch Flehen half.« Sie lächelte bitter. »Die letzten Wintermonde waren schrecklich. Ich fühlte mich eingesperrt in unserer Burg. Ich hasste den Schnee, der mich drinnen hielt und jede Hoffnung auf einen Ausritt zunichtemachte. Und gleichzeitig hatte ich Angst vor dem Tauen des Eises, weil das bedeutete, dass ich meiner Heimat – und meiner Freiheit – den Rücken kehren musste. Für immer.

Windsbräute sind nicht für ein Leben in steinernen Mauern gemacht – und erst recht nicht für ein Leben als Königin.«

Würger dachte an die Sommer auf der Gänsewiese, an das Gefühl der Sonnenstrahlen, die auf der Nasenspitze kitzelten, den Geruch von Wildblumen und das Glück, das ihn erfüllte, wann immer er ein Bad im Weiher nahm. Er begann, Arabella zu verstehen.

»Isotta wusste, was in mir vorging. Sie war die ganze Zeit an meiner Seite, tröstete mich und versuchte mich abzulenken. Sie war mir immer eine gute Freundin, auch wenn ich die Herrin und sie die Dienerin war; auch wenn wir ganz und gar unterschiedlich waren. Sie liebte Stickereien und höfische Musik, rauschende Feste und das flackernde Licht von Kerzen, das sich im prunkvollen Schmuck reicher Damen bricht. Vielleicht verstand sie nicht, warum ich all das nicht liebte, aber sie tat alles, damit ich mich besser fühlte. Eines Nachts, als wir Seite an Seite in meinem Bett auf den Fellen lagen und sie versuchte, mir meine Zukunft in besonders rosigen Farben auszumalen, begriff ich: Das Leben, in das ich gedrängt werden sollte, war das, was sie sich für sich wünschte.

Und ich wünschte es ihr.«

Arabella stand auf, ging zum Fenster und starrte nach draußen. Würger konnte die Stille kaum aushalten. »Und? Was ist dann passiert?«

An der Bewegung ihrer Schultern erkannte er, dass sie sich verkrampfte.

»Ich schlug ihr vor, die Plätze zu tauschen. Ich flehte sie an, an meiner statt den Prinzen zu heiraten, sich für mich auszugeben, Königin zu werden. Natürlich lehnte sie ab. Sie schalt mich eine Närrin. Aber ich sah, wie ihr Herz schneller schlug, wenn ich ihr von diesem Plan erzählte, und dass sie es sich heimlich selbst wünschte.«

Arabella drehte sich rasch um.

»Aber Isotta und ich, wir sind keine Närrinnen. Wir wussten, dass es nicht damit getan war, die Kleider zu tauschen und der Welt etwas vorzuspielen. Es gibt Bilder von Prinzessin Arabella, die Prinz Vigo und sein Vater längst zu Gesicht bekommen hatten. Meine Mutter ist sehr krank. Sie würde eine Reise hierher niemals überstehen. Allerdings gibt es Botschafter und Gesandte vom Hof meiner Heimat, die bei unserer Ankunft einen Schwindel sofort durchschaut hätten. Damit unsere Scharade gelingen konnte, mussten wir auch unsere Körper tauschen.«

Würgers Herz schlug schneller. In seinem Kopf surrte es. Er ahnte, dass das, was nun folgte, nicht leicht zu ertragen sein würde.

»Eine Woche vor meiner Abreise, in einer Nacht des neuen Mondes, schlich ich mich aus dem Schloss und hinunter in die Stadt. Dort gibt es eine alte Kräuterfrau, die den Frauen beim Kinderkriegen hilft und die man ruft, wenn der Medicus nicht mehr weiterweiß. Ich bin mir sicher, dass so mancher sie hinter vorgehaltener Hand eine Hexe schimpft. Aber soweit ich weiß, hat sie nie jemandem etwas Böses getan. Also besuchte ich sie.«

Würgers Mund war staubtrocken. Er hing förmlich an Arabellas Lippen.

»Ich will dich nicht langweilen. Ich bezahlte mit einer Perlenkette und sie gab mir dafür einen Trank und einen Ratschlag. Ich kehrte unbehelligt ins Schloss zurück.«

»Und dann habt ihr eure Körper getauscht?«

»Nicht gleich.« Arabella hob das Spitzentuch und faltete es auf.

»Ein Zauber wie der, den wir wirken wollten, ist nicht einfach. Er kostet Kraft, sehr viel Kraft, und er braucht Blut.«

Würger stand abrupt auf. Der Stuhl fiel hinter ihm klappernd zu Boden. »Hexerei!«

Arabella zuckte mit den Schultern. »Nenn es so, wenn du willst. Aber Kurt, ich schwöre dir, ich habe niemandem geschadet. Niemand hat sein Leben gelassen. Das Blut, das wir verwendet haben, wurde freiwillig gegeben.«

»Freiwillig?«

»Es braucht mehrerlei Blut, um einen Körper zu tauschen. Das Blut der beiden, die die Körper tauschen wollen, und die Macht einer Magiekundigen. Ich mag eine Windsbraut sein, aber ich besitze gerade genug Macht, um den Zauber, den die Alte mir gegeben hat, wecken zu können. Die Macht, ihn ganz auszuführen, musste aus einer anderen Quelle gespeist werden. Mit Königsblut.«

»Königsblut?«

»Es ist mächtiger als das anderer. Warum? Ich weiß es nicht. Die Alte glaubt, es liegt daran, dass das Leben so vieler in den Händen derer liegt, deren Häupter die Krone ziert.«

»Du bist eine Prinzessin.«

Arabella nickte. »Und vielleicht hätte das genügt. Ich wollte jedoch kein Risiko eingehen. Also bat ich meine Mutter um einen Gefallen. Drei Tropfen ihres Blutes, auf einem Spitzentuch vergossen, sollen mich schützen und an sie erinnern. Es ist ein alter Aberglaube, und früher hielt ich ihn auch für genau das. Seit meinem Besuch in der Hütte der Kräuterfrau bin ich mir nicht mehr sicher.«

»Es sind nur zwei rote Flecken auf deinem Tuch.«

»Den dritten brauchten wir für den Zauber.«

Sie setzte sich wieder auf das Bett und auch Würger drehte den Stuhl um, um dem Rest ihrer Geschichte zu lauschen.

»Nachdem ich Isotta überzeugt hatte, sich mit mir auf den Tausch einzulassen, war es erstaunlich leicht. Wir sollten erst in ein paar Tagen abreisen, zusammen mit einer Eskorte. Mir war klar, dass wir, von Soldaten und Edeldamen begleitet, niemals die Chance bekommen würden, den Zauber zu wirken. Also stahlen wir uns aus der Burg. Meiner Mutter hinterließ ich einen langen Brief, in dem ich sie bat, mir zu verzeihen und mir keinen Geleitschutz hinterherzuschicken. Ich wollte, so schrieb ich, die letzten Tage vor meiner Hochzeit völlig frei und ungebunden verbringen, nur mit Isotta, den Pferden und dem Wind. Eine Gnadenfrist, ehe man mich wie einen Vogel in einen goldenen Käfig sperren würde.

Inzwischen weiß ich dank ihrer Briefe, dass sie mir glaubte.« Arabella lächelte mich schief an. »Das ist übrigens der Grund, weshalb ich mich mit Isotta gestritten habe. Meine Mutter ist auf ihre alten Tage eine rege Briefschreiberin geworden, und wie sich herausgestellt hat, kann man zwar den Körper tauschen, unsere Handschriften sind jedoch die alten geblieben. Zudem hat Isotta nie richtig schreiben gelernt. Das frustriert sie und sie hat Angst, dass Vigo ihr das eines Tages übel nehmen könnte. Dabei ist er ganz vernarrt in sie, jeder kann das sehen. In ihr hat er eine Frau gefunden, in die er sich verlieben kann. Insofern ist es doppelt gut, dass sie meinen Platz eingenommen hat.«

»Der Körpertausch«, unterbrach Würger sie.

»Du willst wissen, wie es geschehen ist? Ob schwarze Magie im Spiel war?«

Er zuckte mit den Schultern. »Wie soll ich dir sonst glauben? Wie soll ich wissen, dass du mir die Wahrheit sagst? Das niemand zu Schaden gekommen ist?«

Arabella zögerte einen Moment. »Es muss wohl sein«, murmelte sie dann.

Wenig später hielt Würger das Spitzentuch in seiner Hand und blickte auf die beiden roten Flecken: das getrocknete Blut einer Königin.

»Halt deinen Blick auf einen der Tropfen gerichtet«, Arabellas Stimme erklang von weit her. Dabei stand sie direkt vor ihm. Sie trug ihre Haare nun offen.

Er hörte, wie sie etwas flüsterte, aber er konnte die Worte nicht verstehen. Der Blutfleck auf dem Tuch schien größer und größer zu werden, bis er sein ganzes Sichtfeld einnahm.

Ist sie doch eine Hexe?!

Der Gedanke beunruhigte ihn, für einen Rückzieher war es allerdings zu spät. Seine Sicht begann zu verschwimmen. Die Farben flossen aus seiner Umgebung, vermischten sich und zogen ihn hinein in einen chaotischen Strudel aus Braun und Grau und Rot und Weiß. Würger schnappte nach Luft und kniff die Augen zusammen. Als er sie wieder öffnete, befand er sich nicht mehr in der Kammer über dem Stall, sondern stand am Rand eines Wäldchens. Die Nacht hatte sich über das Land gelegt und vor ihm ruhte ein stiller Teich, auf dessen Oberfläche sich der bleiche Vollmond spiegelte.

»Was …«, murmelte er und schaute sich nach Arabella um, aber sie stand nicht mehr neben ihm.

Stattdessen kniete sie einige Schritte entfernt zwischen Farnkraut und hohen Gräsern am Ufer des Teichs. Ihr gegenüber kniete die Prinzessin. Nein, die Prinzessin war Arabella und Arabella war Isotta. Ergab das einen Sinn?

Sie trugen beide nur Unterkleider und hatten die Haare gelöst. Eine leichte Brise spielte mit den langen Strähnen, die der einen so schwarz wie die Nacht, die der anderen golden wie Korn kurz vor der Ernte.

»Bist du so weit?«, fragte die Blonde, die Prinzessin.

Die andere, Isotta, zögerte. Sie hielt ein leeres Glasfläschchen in der Hand. »Bist du sicher, dass du das tun willst?«

Arabella nickte. »Hab keine Angst. Die Kräuterfrau hat gesagt, es wird nicht wehtun.«

In einer fließenden Bewegung hob sie einen Dolch in die Höhe – er musste vor ihr im Gras gelegen haben – und drückte entschlossen den Handteller ihrer Linken auf dessen Schneide. Sie zuckte zusammen und sog scharf die Luft ein, gab jedoch sonst keinen Ton von sich. Stattdessen legte sie die Waffe ab und presste ihre rechte Hand auf die blutende Wunde. »Jetzt du.«

Isotta zögerte, dann nickte sie, legte das Fläschchen zur Seite und griff nach dem Dolch. Damit schnitt sie sich ebenfalls.

Die beiden jungen Frauen pressten ihre jeweils linken Hände aneinander, Schnittwunde auf Schnittwunde. Anschließend wischte sich Arabella an ihrem Unterkleid die rechte Hand ab und griff nach etwas Weißem.

Das Spitzentuch. Er war sich sicher, dass er, hätte er es jetzt in Augenschein genommen, drei Tropfen getrockneten Blutes darauf entdecken würde, nicht nur zwei.

»Und es beginnt!« Arabella warf den Kopf in den Nacken. Wind kam auf und peitschte in starken Böen durch das Gras. Erschrocken griff Würger sich an den Kopf, ehe ihm einfiel, dass er seinen Hut gar nicht trug. Er spürte, wie der Wind durch seine kurzen Locken zauste, dann zum Teichufer hinüberbrauste und an den Kleidern und Haaren von Prinzessin und Dienstmagd riss. Gleichsam erschrocken und fasziniert beobachtete er, wie die ineinander verschränkten Hände der beiden von innen heraus zu leuchten begannen, heller und heller. Fast schien es, als hätten sie einen gefallenen Stern zwischen ihren

Fingern gefangen. Ihre Oberkörper bogen sich nach hinten, ihr Haar wurde in die Luft emporgerissen wie von kleinen Wirbelstürmen und das schattige, dunkle Teichufer wurde in gleißendes Licht getaucht.

Das war der Augenblick, in dem Arabella und Isotta zu schreien begannen.

Würger fragte sich, was er tun sollte. Sein Instinkt drängte ihn, zu den beiden zu rennen, um ihnen zu helfen … Aber er war nur ein Beobachter. Das war alles vor vielen Wochen geschehen. Schließlich wurde das Gleißen der Magie so hell, dass er den Arm hochriss und ihn schützend über seine Augenpartie legte.

Im nächsten Moment war er zurück in der Stube über dem Gänsestall. Er saß reglos auf seinem Stuhl, in seinem Schoß das Spitzentuch der Prinzessin. Jetzt befand sich nur noch ein Blutstropfen darauf. Blinzelnd blickte er sich um. Arabella – die schwarzhaarige Arabella, die sie geworden war – blickte ihn angespannt an.

»Hast du es gesehen?«

Er nickte.

»Glaubst du mir?«

Das war die Frage aller Fragen. Würger musterte Arabella genau, sah die widerstreitenden Gefühle in ihrem Gesicht, Angst ebenso wie Hoffnung. Er wusste, wie es sich anfühlte, wenn einen Menschen anblickten und etwas anderes sahen als das, was man wirklich war. Nicht umsonst hatte er sich Würger genannt. Ein gefährlicher Name, der seinem Umfeld signalisierte, dass er nicht mehr das kränkliche, vaterlose Kürdchen von früher war. Er zuckte mit den Schultern. »Du hast keinen Grund, mich anzulügen. Du gewinnst nichts dadurch, dass du mir diese Geschichte erzählst. Du hast mich schwören lassen, dass ich niemandem verrate, dass du … wer du wirklich bist. Wenn du eine Hochstaplerin wärst, die sich das Ganze nur ausgedacht hat, hättest du nichts davon, wenn sich für dich nichts ändert und du weiterhin eine Gänsemagd bleibst. Falls du allerdings die Wahrheit sagst …«

»Das tue ich.«

Er hob die Augenbrauen. »Oder du bist doch eine Hexe, die mir einen Bären aufbindet. Damit ich dich nicht auf den Scheiterhaufen bringe.«

Sie stand auf und nahm ihm das Tuch aus der Hand. »Wäre ich eine Hexe und hätte Angst, dass du mich verraten würdest, hätte ich dir nicht gezeigt, was Isotta und ich getan haben. Stattdessen hätte ich den Blutstropfen dazu benutzt, dich in ein Holzscheit zu verwandeln und dich im Eisenofen verschürt.«

Er zuckte zusammen. »Einfallsreich bist du jedenfalls. Warum nicht wenigstens in einen Frosch? So gäbe es immerhin Hoffnung auf Erlösung.«

Sie wedelte mit dem Tuch vor seiner Nase herum. »Vielleicht mache ich das, wenn du dich nicht benimmst.«

Er stand auf und verschränkte die Arme. »Es reicht ja wohl, dass Ihr mich ständig meinem Hut hinterherjagen lasst, Eure Hoheit.«

Arabella warf einen alarmierten Blick zur Tür. »So darfst du mich auf keinen Fall nennen. Niemals. Ich bin Isotta, das Gänsemädchen. Mehr nicht.«

»Und ist Isotta, das Gänsemädchen, glücklich?«

Arabella begann zu strahlen. »Ja«, sagte sie. Sie hatte noch nie so schön ausgesehen wie in diesem Moment.

»Wie stellst du dir das vor? Ich kann doch nicht mit der Prinzessin Tag für Tag die Gänse hüten«, fragte Würger am nächsten Morgen. Er hatte an Arabellas Geständnis weiterhin zu knabbern.

»Warum nicht? Es ist das Beste so. Ich bin zufrieden und Isotta wird eine gute Königin sein. Sie hat ein weiches Herz, und was sie noch nicht weiß, wird Vigo ihr beibringen. Er ist verliebt in sie.«

»Und du?«

»Ich bin verliebt in mein neues Leben.«

Würger beobachtete Arabella dabei, wie sie sich auf ihren Händen abstützte und nach hinten lehnte, um in den Himmel zu blicken.

Am Vormittag hatte sie den Wind gerufen, um die grauen Wolken zu vertreiben. Jetzt kitzelten Sonnenstrahlen ihr schönes Gesicht. Würger sah, wie ein Lächeln auf ihren Lippen erblühte.

Dann ließ auch er sich ins Gras zurückfallen, blickte hinauf in den wolkenlosen Himmel und genoss die Wärme der Sommersonne. Die neue Magd war seltsam, ja. Aber vielleicht war sie doch nicht so unnütz und unerträglich, wie er anfangs geglaubt hatte.

Nina Blazon

Das Auge des Hähers

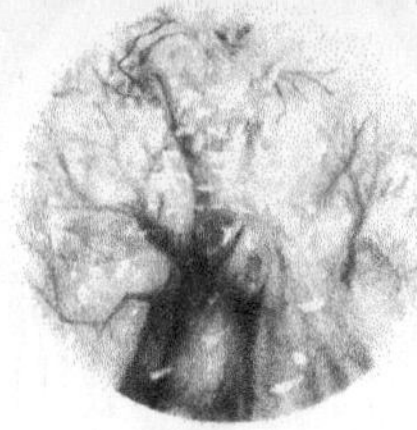

Nina Blazon

Stiefschwestern, ein Ball, Vögel und Asche – es ist immer wieder erstaunlich, wenn AutorInnen prominente Elemente eines bekannten Märchens neu zusammensetzen und eine weltweit bekannte Geschichte aus einem anderen Blickwinkel betrachten.

»All die niedlichen Tiere, die in den Märchen den zukünftigen Prinzessinnen so selbstlos zu Hilfe eilen, waren mir schon immer etwas suspekt«, erklärt sie, wie sie diesmal auf die Idee zu ihrer Erzählung gekommen ist. »Waren Aschenbrödels Täubchen wirklich nur selbstlose Helfer? Schließlich muss man bedenken, dass Märchen die Geschichtsbücher der magischen Welt sind. Und wie wir wissen, wird Geschichte stets von den Siegern geschrieben.«

Nina wurde in Koper geboren, hat in Würzburg studiert, lebt und schreibt in Stuttgart und schwärmt für Island und Skandinavien. Und für Nougat und Kinofilme. Was sie gar nicht leiden kann, sind zu heiße Sommer. Ich nehme an, sie hatte dieses Jahr im Juli und August richtig viel Spaß. Vielleicht hat es ihr ja geholfen, sich in ihr aktuelles Manuskript zu vertiefen, für das sie eine Sprache aus Wind und Schnee entwickelt. Es wird ein märchenhafter All Age-Roman für Fans von *Der Winter der schwarzen Rosen.*

Ganz frisch erschienen ist mit *Siebengeschichten* ihre erste eigene Kurzgeschichtensammlung. Darin geht es um ruhelose Seelen, verfluchte Gemälde. Jede Geschichte spielt in einem anderen Teil unserer Welt. *Der Fluch des Hähers* spielt in der Welt der Märchen. Unheimlich wird es aber auch hier.

www.ninablazon.de

Das Auge des Hähers

Mit ihrer Dickköpfigkeit und ihrer Art, Mutter zur Weißglut zu treiben, macht meine jüngere Schwester sich das Leben schwer. Sie ist linkisch und faul, doch manchmal habe ich den Verdacht, sie stellt sich mit Absicht ungeschickter an, als sie in Wirklichkeit ist. Umso mehr versucht meine Mutter ihr die schlechten Manieren auszutreiben und sie von einer Wilden, die viel zu lange tun durfte, was ihr gefiel, zu einem anständigen Mädchen zu erziehen. Aska denkt zwar, sie kann uns an der Nase herumführen, aber ich beobachte sie genau genug, um ihre heimlichen Fluchten durch Fenster und Seitentüren zu bemerken. Dennoch ist morgens die Küche gefegt, der Herd geputzt, die Wäsche zusammengelegt. Vermutlich steht das Gesinde ihr heimlich bei – dem armen Waisenmädchen, das ohne Mutter aufwachsen und kürzlich auch noch den Vater begraben musste.

Ich habe zwei Väter verloren, doch niemand hat Mitleid mit mir.

Dabei mag ich Aska sogar. Vielleicht, weil sie mich an mein früheres, wilderes Ich erinnert. Beide sind wir nicht besonders schön. Anders als unsere älteste Schwester, die nicht umsonst Bella genannt wird, erinnern Aska und ich eher an magere Katzen. Unscheinbar unser braunes Haar, ruhelos und flink unsere Augen. Man könnte meinen, wir seien die Blutsgeschwister und Bella diejenige, bei der nur die Tinte auf einer Heiratsurkunde das Familienband schafft. Und so fremd mir meine Stiefschwester nach wie vor ist, so vertraut ist mir ihre Art, bei jedem Geräusch die Schultern hochzuziehen, als sei sie auf der Hut. Dabei ist das Einzige, was sie seit dem Ende des Krieges noch fürchten muss, der Zorn unserer Mutter. Sie weiß nicht, wie glücklich sie ist, wie frei. Hier draußen in der kaum besiedelten Ödnis, am äußersten Rand der Königslande, fand der Krieg nur in den Berichten der Durchreisenden und Geflüchteten statt. Manchmal wünsche ich mir, ich dürfte so ahnungslos sein wie Aska. Stattdessen lacht sie darüber, dass ich die kleine Wurfsichel aus Silber sogar im

Schlaf bei mir habe. Nun, aber sie hat ja auch keine Albträume von schönen Frauen mit dünnen, langen Fingern, zwischen denen der blaue Tod flackert. Mutter traut dem Frieden ebenfalls nicht ganz und bezahlt weiterhin die Jäger, damit sie jeden Häher in den Gärten vor dem Haus erlegen – mit silbernen Pfeilspitzen, die in Ziegenblut getaucht und mit Asche bestäubt wurden. Denn Blut und Asche, das weiß sogar Aska, brechen jeden bösen Zauber.

Was sie dagegen nicht zu begreifen scheint: dass sie mit Trotz und Toben bei Mutter nicht weiterkommt.

Auch heute höre ich den Streit bereits, bevor ich mein Pferd im Innenhof des Herrenhauses zum Stehen bringe. Askas Stimme überschlägt sich vor Empörung und das strenge, schroffe Nein meiner Mutter wirkt wie eine Ohrfeige. »Zum letzten Mal, Aska, du bleibst zu Hause. Du bist die Jüngste und hast das Rosenjahr noch nicht erreicht.«

»Ich werde in drei Tagen siebzehn!«, begehrt Aska auf. »Nur ist dann das Fest des Prinzen vorbei.« Als ich mich im Sattel vorbeuge, kann ich sie in ihrem Mägdekleid in der Küche stehen sehen, mit zornsprühenden Augen und geballten Fäusten.

»Es wird andere Feste geben«, erwidert Mutter.

»Mein Vater hätte mich mitgenommen«, schleudert Aska ihr entgegen.

Ich halte unwillkürlich den Atem an. Und als meine Mutter antwortet, höre ich hinter ihren ruhigen Worten den Schmerz, verborgen wie ein Tier, das sich verwundet in seine Höhle zurückgezogen hat. »Dein Vater, der mein Ehemann war, ist tot, Aska. Du bist nun meine Tochter, für die ich Verantwor…«

»Nenn mich nie wieder deine Tochter, du Sklaventreiberin!«, faucht Aska.

Ich schrecke zusammen, als Bella vortritt und Aska eine schallende Ohrfeige verpasst. Mein Pferd scheut und macht einen Satz zur Seite. Aus den Augenwinkeln sehe ich, wie Aska zurücktaumelt und dabei eine Schüssel vom Tisch stößt. Es prasselt und scheppert, Linsen verstreuen sich über den ganzen Küchenboden. Ich fluche und zügele mein Pferd, aber bevor ich aus dem Sattel springen und Schlimmeres verhindern kann, klettert Aska katzenflink aus dem Fenster. Sie bemerkt mich nicht, sondern schlüpft in die Lücke zwischen Haus und Stall und ist im nächsten Moment verschwunden.

»Haltet sie!« Der zornige Schrei meiner älteren Schwester ruft das Gesinde herbei. Besorgte Gesichter erscheinen an den Fenstern. Bella stürmt wutentbrannt auf den Hof.

»Wo ist sie hingelaufen, Lesja?«, herrscht sie mich an.

»Keine Ahnung«, lüge ich. »Ich hatte mit dem Pferd zu tun.«

Mutter tritt ans Fenster. Im harten Sonnenlicht und in ihrem Trauerkleid wirkt sie um Jahre gealtert. Die Schatten unter ihren traurigen Augen sind tiefer denn je. »Lass sie, Bella«, sagt sie müde. »Und für die Ohrfeige wirst du dich bei ihr entschuldigen.«

»Das werde ich nicht! Wie soll sie Benehmen lernen, wenn du ihr solche Respektlosigkeiten durchgehen lässt? Sie ist schlimmer, als Lesja es je war!«

Bei diesem Satz hätte ich fast gelächelt.

»Los, holt sie zurück!«, befiehlt Bella den Bediensteten.

»Bleibt hier, ich suche sie«, rufe ich.

Bella fährt mit schmalen Katzenaugen zu mir herum. »Wage es nicht, ihr zu helfen! Du willst sie nur wieder warnen …«

Aber da bin ich schon durch das Tor und treibe das müde Pferd zum Galopp.

Ich kenne drei Verstecke, in die Aska sich zurückzieht, wenn sie alleine sein will. Doch heute ist sie weder auf der Eiche noch bei ihrem Lieblingspferd, und auch nicht bei den Volieren. Mein Pferd schwitzt und stolpert, während ich es schließlich zur äußersten Grenze der Apfelwiesen lenke, dorthin, wo fast die Wildnis beginnt. Ich wäre rasch umgekehrt, wenn ich nicht den schnarrenden Vogelruf gehört hätte. Der Schreck fährt mir so jäh in die Glieder, dass mein Pferd es spürt und einen Satz macht. Ein Teil von mir erahnt das Blau von Federn, bevor ich es bewusst wahrnehme. Ohne nachzudenken, zücke ich die Wurfklinge. Silber blitzt in der Sonne, die Sichel schwirrt ins Geäst. Nasses Rot fächert sich über Apfelblüten, Zweige brechen, dann fällt der enthauptete Blauhäher zuckend vom Baum. Tauben flattern hoch und ich sehe eine weitere Bewegung – unter einem kleinen Baum in der Nähe. Ich springe vom Pferd und hebe im Laufen die Wurfsichel auf. Mit einem Satz bin ich bei dem Bäumchen – und schaue in Askas entsetzte Augen.

Erst jetzt fange ich an zu zittern. »Was zum Henker hast du so nah am Wald verloren, Aska?« Sie ist viel zu erschrocken, um zu antworten, sie starrt mich nur an, während ich hastig die blutige Sichel senke. Jetzt sehe ich, dass meine Stiefschwester vor einem Marmorstein kauert. Ein süßlicher, welker Hauch steigt mir in die Nase: Die Blüten des Mandelbaums, unter dem der Grabstein steht, verlieren bereits ihre Blätter. Das hier ist eines der alten Gräber, nicht nur eine Gedenkstätte wie das Kreuz, das wir im Winter für meinen Stiefvater aufgestellt haben. Frisch gepflückte Mohnblüten schmücken einen verwitterten Frauennamen im Stein.

»Lesja, was … warum hast du den armen Vogel getötet?«, stößt Aska entsetzt hervor.

»Es war ein Blauhäher«, antworte ich. »Das Auge des Bösen, ein Späher.«

Aska wird noch blasser und schluckt. »Es … es gibt doch keine Feen mehr«, sagt sie so vorsichtig, als würde sie mit einer Verrückten sprechen. Und für einen Moment fühle ich mich tatsächlich so. Mein Herz rast immer noch, als wollte es mir aus der Brust springen.

»Hoffentlich«, bringe ich hervor und stecke hastig die Sichel weg. »Warum wissen wir nichts von diesem Grab?«

Askas verweintes Gesicht wird abweisend und hart. »Damit ihr es öffnet und die Knochen meiner Mutter in den Fluss werft? So, wie ihr den Körper meines armen Vaters vernichtet habt?«

Ich beiße mir auf die Unterlippe. Ihre Mutter. Aber was soll ich sagen, was ich ihr nicht schon hundertmal erklärt habe: dass es zu gefährlich wäre, Tote zu bestatten, statt die Asche in fließendes Wasser zu werfen. Man weiß nie, wer sich eines Köpers bemächtigen kann. Doch Aska wuchs in einem Kokon aus Zuckerwatte heran, unberührt von Krieg und Leid. In ihrer heilen Welt sind Blauhäher nur Vögel und Feen Schauergeschichten aus einer bösen Vergangenheit.

»Wirst du ihnen verraten, wo ihr Grab ist?«, fragt sie bitter. Ich überlege kurz. Askas Mutter starb vor bald siebzehn Jahren im Kindbett, es ist unwahrscheinlich, dass ihr Körper in der Erde überdauert hat, also schüttle ich den Kopf. Aska atmet sichtlich auf. »Haben sie dich geschickt, um mich einzufangen?«

»Ich wollte verhindern, dass Bella dich als Erste in die Finger bekommt.«

Meine Stiefschwester verzieht den Mund. »Jetzt soll ich wohl dankbar sein, dass die Tochter der Sklaventreiberin es gut mit mir meint?«

So gerne ich sie mag, in solchen Momenten möchte ich sie packen und schütteln. »Niemand meint es schlecht mit dir. Mutter am allerwenigsten!«

»Warum lässt sie mich dann Tag und Nacht schuften, während ihr faul herumsitzt oder ausreitet? Ich arbeite mir die Finger wund und muss in der Asche schlafen.«

Weil Asche deine Träume unsichtbar macht. Das schützt dich, denn solche Tölpel wie du ziehen die bösen Mächte an.

»Sie versucht dir nur eine gute Mutter zu sein«, erwidere ich stattdessen.

Askas Mund ist ein zornbleicher Strich, aber zumindest wendet sie sich nicht ab, als ich mich neben ihr im Moos niederlasse und ihr das wirre Haar aus der Stirn streiche.

»Glaub nicht, dass es mir früher anders ging«, fahre ich sanfter fort. »Zwischen dem fünfzehnten und siebzehnten Jahr durchlebt jede Tochter und jeder Sohn die Aschezeit. In diesen Jahren dienen wir als Niederste der Niederen unserer Familie, so lernen wir Demut und Dankbarkeit. Du hattest keine Mutter, die dich erziehen konnte, und dein Vater war ständig auf Reisen. Halte noch drei Tage aus, dann wirst du wie ein Phönix aus der Asche kriechen – und frei und glücklich sein.«

»So wie du?« Der Spott trifft mich wie ein Stich und ihr Blick ist so feindselig, dass ich fröstle. Doch das Schlimme ist, dass ich mich tatsächlich ertappt fühle.

»Es macht keinen Unterscheid, ob du die Küche schrubben musst oder nicht«, fährt sie hitzig fort. »Bella wird immer hundsgemein zu dir sein. Und deiner Mutter bist du nichts wert, für sie zählt nur ihre Älteste und …«

»Das ist nicht wahr!«, unterbreche ich sie so barsch, dass ich selbst erschrecke. »Wir lieben einander, denn wir sind eine Familie und Familien müssen zusammenhalten. Und du bist ein Teil von uns …«

Aska springt so schnell auf, dass sie die Tauben im Baum aufscheucht. »Ihr seid nicht meine Familie!«

Ihre Worte treffen mich mehr, als ich zugeben will. Ich bin eine schlechte Lügnerin, Aska sieht mir an, was ich fühle. Ihre Fäuste öffnen sich. »Entschuldige, Lesja. Dich … dich mag ich. Aber deine Mutter … Wie kommt sie dazu, tanzen zu gehen, wenn ihr Mann kaum sechs Monate tot ist?«

Fast bin ich erleichtert. Darum geht es also! »Witwen tanzen im Trauerjahr nicht«, erkläre ich. »Nur wäre es eine Beleidigung, die Einladung der Königsfamilie nicht anzunehmen. Zum ersten Mal seit dem Ende der Feenkriege reist der ganze Hofstaat wieder zu den Sommerresidenzen in den Randprovinzen. Der erste Ball im verlassenen Rosenschloss wird ein Neubeginn sein, das Fest der Überlebenden.« Leiser füge ich hinzu: »Meine Mutter hat deinen Vater von ganzem

Herzen geliebt. In der Stadt wachte sie wochenlang an seinem Krankenbett. Und seit seinem Tod vergeht keine Nacht, in der sie nicht um ihn weint.«

Aska bekommt ganz wunde Augen und ist sie mit einem Mal nur noch ein blasses, trauriges Mädchen. Selten kam sie mir so kindlich vor.

»Du bist nicht die Einzige, die in unserem Haus trauert«, fahre ich fort. »Und nicht die Einzige, die ihren leiblichen Vater verloren hat.«

Ich kann nichts dagegen tun, dass meine Stimme zittert. Und Aska überrascht mich, indem sie mich umarmt. »Es tut mir leid, Lesja. Ich wollte dich nicht verletzen. Ich bin nur … so traurig.«

Da lege ich die Arme um sie, streiche ihr über das Haar und wiege sie hin und her. Es fühlt sich fremd und richtig an. Bella hat mich nie getröstet. Und ich ertappe mich dabei, dass ich für meine Stiefschwester mehr Liebe spüre, als ich für Bella jemals hatte.

»Wie war dein Vater?«, will Aska wissen.

»Du hättest ihn gemocht. In vielerlei Dingen war er deinem Vater – meinem Stiefvater – ähnlich. In seiner Großzügigkeit, seinem Lachen, seinem guten Herzen. Und er war ein Held. Er … tötete eine Fee.« Aska macht sich von mir los und sieht mich mit großen, erschrockenen Augen an. Ich muss tief durchatmen, bevor ich nicke. »Es stimmt.«

Meine Schwester wirkt seltsamerweise völlig bestürzt. »Wie sah sie aus?«, haucht sie kaum hörbar.

Ich zucke mit den Schultern. »Wie alle bösen Wesen. Schön und grausam zugleich. Die Magie flackerte wie ein blaues Feuer in ihren Händen …«

… und hätte mich verbrannt, wenn mein Vater sich nicht vor mich geworfen hätte, obwohl er wusste, es würde sein Tod sein.

Das spreche ich natürlich nicht aus. Und ich erzähle Aska auch nicht, dass in Wirklichkeit ich es war, die mit der Kraft der Verzweiflung das Herz der Fee durchbohrte – mit dem Silberdolch meines Vaters, an dem sein Blut und Asche von meiner Kleidung klebte. Niemand wird je erfahren, dass ich mich auf diese Weise selbst rettete.

Der Heldenruhm ist mein letztes Geschenk an meinen Vater und das Geheimnis, das ich mit ins Grab nehmen werde. Obwohl die Erinnerung schmerzt, liegt auch ein samtener, dunkler Trost darin.

»Woher willst du wissen, dass sie ein böses Wesen war?«, flüstert Aska.

Ich hatte gedacht, sie könnte mich nicht mehr aus der Fassung bringen, aber jetzt kann ich sie nur ungläubig anstarren. »Was soll sie sonst gewesen sein? Sie war eine Fee!«

Aska schlägt die Augen nieder. »Ich … ich meine nur, vielleicht … waren nicht alle böse. Vielleicht fühlten sich einige von den Menschen betrogen …«

»Unschuldige Kinder waren also Betrüger?«, brause ich auf. »Feen verfluchten Säuglinge in der Wiege, sie erpressten Menschen und stürzten Königreiche ins Unglück. Sie hatten Herzen aus kaltem Glas und spielten grausame Spiele mit uns – wie Katzen mit verwundeten Mäusen. Kein Mensch war frei, solange es Feen gab. Sogar unser Kronprinz wäre heute in einem hundertjährigen Schlaf gefangen, hätten wir die Feen nicht besiegt …«

Plötzlich fällt mir auf, dass das Gurren der Tauben verstummt ist und der Wind den Atem angehalten zu haben scheint.

»Lesja!« Aska ist totenblass geworden und drückt sich ängstlich an den Grabstein. Erst da wird mir bewusst, dass ich aufgesprungen bin und die Sichel so fest umklammere, dass die Klinge in meinen Daumenballen schneidet. Ich spüre keinen Schmerz, nur die Wärme von fließendem Blut und mein rasendes Herz.

»Sag so etwas Dummes nie wieder«, bringe ich mühsam heraus. »Und komm nie wieder alleine hierher, verstanden?«

Meine Stiefschwester nickt völlig eingeschüchtert, die Arme voller Angst vor der Brust gekreuzt. Weiße Blätter von Mandelblüten rieseln wie Schnee auf ihr Haar. Brüsk wende ich mich ab und gehe zurück zu meinem Pferd, das friedlich in einiger Entfernung grast. Ich werde wirklich verrückt. Für einen Moment hatte ich mir tatsächlich eingebildet, eine Gestalt wahrzunehmen. Eine Frau, die über uns im Mandelbaum saß. Es war nur eine optische Täuschung, ein Ast, der wie ein Arm wirkte, Mandelblüten wie der Saum eines Festkleides. *Du siehst schon Gespenster!*, schelte ich mich. Trotzdem ist mir so kalt, dass ich zittere.

Die verstreuten Linsen locken Schwärme von Tauben ans Fenster, dennoch verbietet Mutter Aska und den Mägden, die Küche zu fegen. Bevor wir zum Fest aufbrechen, leert sie auch noch Bohnen und Erbsen auf den Boden und vermischt alles mit ihrem Fächer. »Du weißt, was du zu tun hast, Aska«, sagt sie und schreitet hinaus zur Kutsche.

»Viel Spaß beim Erbsenzählen«, feixt Bella. »Die Mägde werden dir nicht helfen, sonst verlieren sie ihre Arbeit. Los, Mausgrau«, wendet sie sich an mich. »Mein Prinz wartet.«

»Nenn mich nicht Mausgrau«, erwidere ich. Meine große Schwester lacht spöttisch und rauscht wie eine goldseidene Sternschnuppe an mir vorbei. Aska wirft mir einen vielsagenden Blick zu. Ich ärgere mich darüber, dass mir das Blut in den Kopf schießt. »Du solltest dich beeilen, wenn du bis morgen früh fertig sein willst«, flüstere ich ihr zu. Sie lächelt nur seltsam, sinkt gehorsam auf die Knie und beginnt, mit spitzen Fingern Erbsen aufzusammeln. Irgendetwas irritiert mich, aber ich komme nicht darauf, was es ist.

Im Winter war das verlassene Schloss noch eine verwilderte Trutzburg. Nun hat man die Rosenhecken von den Eingängen und Fenstern entfernt, Wege frei gehauen und Teppiche ausgerollt. Vom höchsten Turm mit den Spitzbogenfenstern wehen bunte Banner. Musik vermischt sich mit dem Lachen der Gäste und dem Echo von Hufgeklapper. Zum

ersten Mal seit fünfzehn Jahren streicht frischer Wind durch die Räume und füllt den großen Spiegelsaal mit dem Duft der wilden Rosen, die das Schloss umspinnen wie ein Kokon aus Blüten und Dornen. Im Licht von tausend Kerzen leuchten Bellas Kleid und ihr Haar im selben Goldton. Die Menschen wenden sich ihr zu wie Blumen der Sonne. Ich sollte stolz auf meine schöne Schwester sein, doch es schmerzt mich zu sehen, wie hingerissen der Prinz Bella begrüßt und wie sein Lächeln zu etwas Förmlichem, Gelangweiltem gerinnt, als er sich mir zuwendet. Dabei will ich ihm noch nicht einmal gefallen. Ich finde, er hat ein zu weiches, nichtssagendes Gesicht und wulstige Lippen. Als wir den nachdrängenden Gästen Platz machen, finden Bella und ich uns unvermittelt vor einer Spiegelwand wieder.

»Du meine Güte«, entfährt es Bella mit einem Lachen. »Da hast du so ein hübsches Kleid und wirkst darin trotzdem wie eine räudige Katze. Hoffentlich blamierst du mich nicht!« Über diesen Scherz kann ich nicht lachen, viel zu sehr fühle ich mich, als hätte mich eine Ohrfeige aus dem Schlaf gerissen. Es ist ein Schock, der mir den Atem nimmt, denn zum ersten Mal im Leben sehe ich uns beide mit grausamer Klarheit.

Aska hat recht!

Ich bin eine aschgraue Maus neben einem strahlenden Phönix. Neben Bella verlösche ich, als würde meine Schwester mein Licht stehlen. Ich schlucke die aufsteigenden Tränen mühsam herunter und suche den Blick meiner Mutter, doch sie hat nur Augen für Bella, genau wie der Prinz.

Nach dem dritten Tanz, den Bella und der Prinz miteinander tanzen, wird geraunt, nach dem siebten unter den Müttern anderer Töchter empört getuschelt. Doch als die beiden sich nach dem zwölften Tanz ansehen, mit einem Lächeln, das schon Verliebtheit ist, richten sich die Fähnchen nach dem Wind aus. Applaus und bewundernde Rufe werden laut. Ich dagegen stehe allein und unsichtbar neben der Tür und wünsche mir, dass Bella stolpert und ihr Kleid

zerreißt. Stattdessen trifft mich die Flügeltür schmerzhaft an der Schulter. Ein verspäteter Gast betritt den Saal. Niemand bemerkt die zierliche Frau in dem blauen Kleid, alle Augen sind auf das Paar gerichtet, das wieder ineinander versinkt, als wäre es mit der Musik allein im Saal. Doch ich kann nur die Fremde anstarren. Etwas an ihr ist seltsam vertraut, vermutlich habe ich sie schon einmal in der Stadt gesehen. Über den Augen trägt sie eine schmale Maske aus Federn und anstelle von Edelsteinen frische Blumen im hochgesteckten Haar. Mit einer katzenhaften Anmut schreitet sie auf das Paar zu. Als hätte sie eine Schlangengrube betreten, wird empörtes Zischen laut, doch die Fremde kümmert sich nicht darum. Der dreizehnte Tanz ist zu Ende und der Prinz verbeugt sich gerade vor meiner Schwester, ohne ihre Hand loszulassen. Die Fremde bleibt hinter ihm stehen und tippt ihm mit dem Fächer leicht auf die Schulter. Und als er sich irritiert und verärgert umblickt, lächelt sie ihm zu.

Seit wir vor zwei Tagen vom Fest zurückgekehrt sind, hat Bella ihr Zimmer nicht verlassen. Aber sie müsste taub sein, um nicht zu hören, was unsere Gäste im Empfangszimmer herausposaunen. Damen aus dem halben Königreich laden sich selbst bei uns ein und tragen mit ihren Schleppen Taubenfedern ins Haus. Der ganze Hof ist übersät mit Flaum. Inzwischen sind die Vögel eine richtige Plage geworden. Ihr Gurren verfolgt mich bis in meine Albträume von einer Frau, die an meinem Bett kauert und mich mit Häheraugen anstarrt.

»Die Fremde hat den Prinzen verhext«, erbost sich die Frau des Arztes. »Er ist ihr bis vors Schloss nachgelaufen wie ein verliebter Knecht.«

»Man munkelt, er sucht sie und will sie zur Braut nehmen!«, setzt ihre Freundin hinzu. »Die arme Bella. Was für eine Demütigung, derart fallen gelassen zu werden. Ist sie sehr unglücklich?«

»Sie hat keinen Grund dazu«, erwidert meine Mutter kühl. »Der Prinz kann tanzen, mit wem er will. Und Eure Töchter hat er, wenn ich mich recht erinnere, kein einziges Mal aufgefordert.«

Ich bewundere Mutter für ihre Haltung. Und während ich im Schutz des Türschattens beobachte, wie sie die Gänse endlich aus dem Haus bugsiert, schäme ich mich für meine schadenfrohen Gedanken auf dem Fest. Inzwischen tut Bella mir nur noch leid. Selbst wenn alles nur Gerüchte sind, wird Bella für immer und ewig die vom Prinzen Verschmähte sein.

Die Küchentür geht auf und Aska kommt mit dem Besen in der Hand in den Flur. Flaumfedern umwirbeln sie wie Schneegestöber, als sie zu fegen beginnt und dabei gut gelaunt vor sich hin summt. Wieder einmal hätte ich sie am liebsten geschüttelt. Heute ist der letzte Tag ihrer Aschezeit, trotzdem ist ihre Fröhlichkeit taktlos.

»Hör auf damit!«, fahre ich sie an. »Hast du kein Herz? Wie kannst du singen, während Bella weint?« Ich erwarte, dass sie schuldbewusst zusammenzuckt. Stattdessen geschieht etwas Seltsames. Meine sonst so linkische Schwester wendet sich mir mit einer erstaunlich anmutigen Bewegung zu und hebt das mit Asche verschmutzte Kinn.

»Oh, stimmt«, sagt sie. »Die arme Bella.« Es klingt, als würde sie sich ein Lachen verbeißen.

Draußen wird das Gurren der Tauben schlagartig lauter, Krallen kratzen aufgeregt an den Fensterbrettern. Das Geräusch lässt mein Herz schneller schlagen und weckt eine diffuse Angst. Aber noch irritierender ist Askas Lächeln, als draußen das Getrappel von Hufen ertönt.

Der Prinz wirkt wie ein Wahnsinniger, der Tage und Nächte ohne Schlaf durch einen Dornenwald geirrt ist. Sein Jagdmantel ist zerrissen und sein Haar wirr. Die Wächter, die ihn begleiten, tauschen besorgte Blicke.

»Holt sie her!«, ruft er statt einer Begrüßung quer über den Hof.

Durch das Küchenfenster beobachten Bella und ich, wie unsere Mutter vor das Haus tritt.

»Wen meint Ihr, Hoheit?«, fragt sie freundlich. »Meine Tochter Bella?«

Unwirsch schüttelt er den Kopf. »Die doch nicht!«, sagt er abfällig. Ich will nach Bellas Hand greifen, aber meine Schwester stößt ein ersticktes »Lass mich!« aus und stürzt davon. Und ich wünsche mir nichts so sehr wie einen Feenpfeil, der den Prinzen mitten in sein kaltes Herz trifft. »Ihr habt noch eine jüngere Tochter, die ich nicht kenne«, höre ich ihn sagen. »Holt sie her!«

Meine Mutter strafft die Schultern, unterdrückter Zorn bebt in ihrer Stimme. »Ich habe zwei jüngere Töchter«, sagt sie frostig. »Darf ich fragen, in welcher Angelegenheit Ihr sie zu sprechen wünscht, Hoheit?«

Der Prinz greift unter den Mantel und zieht einen zierlichen Schuh hervor, blau wie das Kleid der Fremden. »Sie sollen ihn beide anprobieren. Meine Braut verlor ihn, als sie das Fest verließ. Nur ihr wird er passen.« Damit wirft er den Schuh vor Mutters Füße. Eine Magd springt herbei, um ihn aufzuheben, aber Aska kommt ihr zuvor. Ich stutze. Wann ist sie nach draußen gegangen?

»Erlaubt Ihr, Mutter?«, fragt Aska so demütig, wie ich sie noch nie erlebt habe. Über meinen Nacken kriecht das Frösteln einer unguten Ahnung. Zierlich und schön liegt der Schuh in Askas Hand. Schneeweiß heben sich ihre Hände von dem schimmernden Blau ab – Hände ohne eine Spur von Schmutz oder Asche. Und endlich gleitet der Schleier von meinen Augen. Sie hat Aschewangen. Aber Hände ohne eine einzige Schwiele, mit sauberen, langen Fingernägeln. Als hätte Aska noch nie gearbeitet. Mein Blick schweift zu den Tauben. Es müssen Hunderte sein. Keine einzige von ihnen gurrt, wie erstarrt sitzen sie auf dem Dach des Stalles und beobachten die Szene. Und mit einem Mal sehe ich sie: die Frau aus dem Mandelbaum! Sie ist nur ein

Schemen inmitten der Vögel, körperlos wie eine Fata Morgana. Doch in diesem Flirren erkenne ich das kalte Lächeln der Feen.

Der Schnitt, den ich mir mit der Sichel an meiner Fußsohle beigebracht habe, ist tief, aber es ist erstaunlich leicht, mir den Schmerz nicht anmerken zu lassen, während ich nach draußen haste. Gerade noch rechtzeitig packe ich Aska am Handgelenk und hindere sie daran, den Schuh anzuziehen. »Erlaubt, dass ich ihn zuerst anprobiere, Mutter«, bringe ich atemlos hervor. »Ich bin die Ältere!«

Aska presst wütend die Lippen zusammen, doch sie muss es zulassen, dass ich ihr den Schuh grob aus der Hand winde. Obwohl ich nicht zum Dach schaue, spüre ich den Zorn der Fee wie einen heißen Wind in meinem Nacken. Erst jetzt kommt die Angst.

»Lesja, was ist mit dir?«, höre ich meine Mutter sagen. »Du bist ganz blass!«

Ich zwinge mich zu einem Lächeln und sinke vor dem Prinzen in einen tiefen Knicks. Ich hoffe, niemand bemerkt, wie ich dabei mit zitternder Hand in meine Gürteltasche greife und etwas Kaminasche hervorhole, die ich in der Küche eingesteckt habe. Bevor ich den Schuh auf den Boden stelle, lasse ich die Asche unauffällig hineinrieseln. Dann breite ich züchtig den Rocksaum aus, als würde ich mich schämen, den Wächtern eine Blöße zu zeigen. Niemand darf sehen, dass mein Fuß, der unter dem Rock mühelos in den verzauberten Schuh gleitet, aus einer tiefen Schnittwunde blutet. Und als ich den Fuß unter dem Saum hervorstrecke, mit dem Schuh, der wie angegossen passt, blinzelt der Prinz, als würde er aus einem Schlaf erwachen. *Es gelingt!*, denke ich. *Blut und Asche brechen den Zauber.* Die Tauben beginnen wie verrückt mit den Flügeln schlagen, und ich bin so erleichtert, dass mir schwindelig wird. Gleich wird der Prinz erkennen, dass er keine von uns liebt, sondern nur das Opfer eines bösen Zaubers wurde.

Meine Hand gleitet zur Wurfsichel, die im Gürtel verborgen darauf wartet, Feenblut zu schmecken. Doch dann höre ich etwas, das mich wie ein Messer aus Eis trifft. Das Lachen der Fee ist nicht laut, ich spüre es eher wie einen Frosthauch auf meiner Seele.

»Blut ist im Schuh«, gurrt sie dem Prinzen mit tausend Taubenstimmen zu. Bevor ich begreife, was geschieht, werfen sich die Diener auf mich und zerren mir den Schuh vom Fuß.

»Um Gottes willen, Kind!«, ruft meine Mutter. »Was hast du getan?«

»Ich musste den Zauber brechen …«, stoße ich hervor. »Eine Fee hat den Krieg überlebt und Aska und den Prinzen mit ihrem Bann belegt …«

»Das ist nicht meine Braut!«, brüllt der Prinz. »Schafft die Betrügerin fort!«

Jetzt verstehe ich überhaupt nichts mehr.

»Die fremde Tänzerin auf dem Ball war Aska!«, rufe ich meiner Mutter verzweifelt zu. »Sie hat uns die ganze Zeit hintergangen! Die Tauben sind ihre Helfer und der Schuh ist mit Feenmagie verseucht …«

Ich keuche auf, als ein Hauptmann mir den Arm auf den Rücken dreht. Alle schreien, als mir die Sichelklinge aus der Hand fällt.

»Schlagt sie nieder«, höre ich die Fee im Tumult wispern. »Sie wollte den Prinzen töten!«

Das Erste, was ich wahrnehme, ist eine kühle Hand, die mir über die Stirn streicht. Zunächst bin ich erleichtert. Es war alles nur ein böser Traum. Doch sobald ich die Augen öffne, scheinen tausend Eisenfäuste gegen meine Schläfe zu hämmern. Auch mein Fuß beginnt höllisch zu schmerzen und als ich mich bewege, spüre ich das Gewicht einer Handschelle und höre Ketten klirren. Schlagartig wird mir übel vor Angst. Es ist Nacht geworden und der Raum, in dem ich auf einer

Pritsche liege, ist eine runde Kammer. Die spitz zulaufenden schmalen Bogenfenster erkenne ich auch im Schein der Kerzen wieder. Man hat mich also in die oberste Kammer des höchsten Schlossturms gebracht.

»Bleib liegen«, sagt Aska und drückt mich sanft auf mein Lager. Fast hätte ich meine Schwester nicht erkannt, so schön und fremd wirkt sie. Ihr blaues Festkleid duftet nach Rosen und Seidenpuder. *Als hätte sie ihr unscheinbares Ich genau wie ihre Tarnmaske aus Schmutz vom Gesicht gewaschen*, denke ich bitter.

»Mein Bräutigam hat dich begnadigt«, sagt sie. »Du musst nicht sterben. Das ist sein Hochzeitsgeschenk an mich.«

»Wie gnädig«, würge ich hervor. »Und wie lautet dein Handel mit der Fee? Hast du ihr für all das dein erstes Kind versprochen?«

Immerhin huscht ein Schatten von Traurigkeit über ihr Gesicht.

»Trau ihr nicht, Aska!«, beschwöre ich sie. »Ich weiß nicht, warum ich den bösen Zauber der Fee nicht brechen konnte, aber es ist noch nicht zu spät …«

»Du konntest ihn nicht brechen, weil es nicht ihr Zauber war«, fällt meine Schwester mir sanft ins Wort. »Sondern meiner.«

Ich habe das Gefühl, dass meine Ketten glühend heiß werden. Denn hinter Aska, im Rosenstock, der an den Turmfenstern rankt, regt sich eine geisterhafte Gestalt. Diesmal ist die Fee eine Ahnung von Rosenglanz und Mondschatten. Doch ihr klares Gesicht sehe ich so deutlich, dass ich schaudere. Meine Schwester steht auf und schreitet durch den Raum.

»Du hast die scharfen Augen eines Hähers, Lesja«, sagt sie mit sanftem Bedauern. »Dennoch hast du das Wichtigste übersehen.« Bei diesen Worten bleibt sie am Fenster stehen und dreht sich langsam zu mir um. Das Feengesicht scheint direkt über ihrer Schulter zu schweben. Ich sehe ein Doppellächeln wie ein Spiegelbild aus Kerzenlicht und Mondschein. Und begreife endlich das ganze Ausmaß meiner Niederlage.

»Sie … ist deine Mutter?«, presse ich hervor.

»Sie war es«, erwidert Aska leise. »Sie starb bei meiner Geburt, aber Magisches stirbt niemals ganz. Mein Vater liebte sie, ohne zu wissen, wer sie wirklich war, und ohne zu ahnen, wer ich bin. Meine Töchter werden wie ich sein. Und Asche und Blut werden uns nie wieder etwas anhaben können.«

Ich will ihr entgegenschleudern, dass ich sie verraten werde. Doch natürlich weiß ich es besser. Wie Rosenrauschen erklingt das Schlaflied der Fee. Meine Zunge ist schon wie Blei und meine Augenlider so schwer, dass ich blinzle. Durch den Nebel erster Traumbilder sehe ich Aska an mein Bett treten. Ihr Kleid schimmert wie das Gefieder eines Blauhähers, als sie sich über mich beugt und mich sacht auf die Stirn küsst.

»Schlafe, Lesja«, flüstert sie mir mit echter Zärtlichkeit zu. »Und habe keine Angst. Ich werde dich beschützen. Schwestern müssen zusammenhalten.«

Krystyna Kuhn

Sieben Schwestern

Krystyna Kuhn

Aufregend ist es für mich immer, mit einer Autorin oder einem Autor zusammenzuarbeiten, der beziehungsweise dem ich Jahre zuvor als Leser begegnet bin. Das gilt zum Beispiel für Krystyna Kuhn, deren Mystery/Thriller-Serie *Das Tal* ich verschlungen habe. Krystyna konzipierte diese Reihe bereits 2010 nach dem Vorbild einer TV-Serie. Sie unterteilte *Das Tal* in Staffeln und Episoden.

Sie schreibt für Jugendliche und Erwachsene. Der Auftaktband ihrer Jugendbuchreihe *Monday Club* wurde mit dem Jugendbuchpreis *Goldene Leslie* ausgezeichnet. Obwohl einige ihrer Thriller Titel wie *Aschenputtelfluch* und *Schneewittchenfalle* tragen, ist *Sieben Schwestern* ihr erstes Märchen. In dieser russisch angehauchten Geschichte kombiniert sie mehrere Märchenmotive.

Wie ihre Protagonistin stammt Krystyna selbst aus einer großen Familie. Sie ist das siebte von acht Kindern und wuchs am Rand einer kleinen Stadt in der Nähe von Würzburg auf. Tatsächlich in der gleichen Stadt, in der ich selbst geboren wurde. Obwohl wir viele Jahre lang nur ein paar Kilometer voneinander entfernt gelebt haben, sind wir uns noch nicht begegnet. (Liebe Krystyna, wenn ich demnächst auf Heimatbesuch bin, lade ich dich auf einen Kaffee ein!)

www.krystyna-kuhn.de

Sieben Schwestern

Einst war mir nichts gruseliger, als von Prinzessinnen, verzauberten Tieren, Hexen, Zaubersprüchen und Teufeln zu hören. Doch heute überläuft mich ein wohliger Schauder, wenn ich an das Märchen denke, das mir mein Vater kurz vor seinem Tod erzählte. Die Geschichte mag unvorstellbar klingen, aber sie hat sich auf ewig in mein Gedächtnis gegraben. Ich habe es am eigenen Leib erfahren, dass wundersame Begebenheiten eine innere Wahrheit in sich tragen, die sich wie ein geheimer Faden durch das Leben zieht.

Ich war zu dieser Zeit einem jungen Mann versprochen. Er war im großen Winter zu einer Forschungsreise in das wilde Gebirge Garach aufgebrochen. Zahlreiche unheimliche Sagen rankten sich um die Berge und in ihnen hieß es, es wäre nie jemand von dort zurückgekehrt. Die schaurigen Geschichten, die ich darüber gehört hatte, erwiesen sich offenbar als wahr. Über ein Jahr hatte ich keine Nachricht mehr von meinem Liebsten erhalten.

Darüber war ich sehr verzweifelt. War mein Leben zu Ende, bevor es richtig begonnen hatte? Es war mein Vater, der mich aus dieser Mutlosigkeit befreite und dazu brachte, trotz meines Unglücks an ein Wunder zu glauben.

»So fängt diese Geschichte an«, sagte mein Vater und zog an seiner Pfeife. »Vor vielen Jahren lebte eine Prinzessin im Königreich Ljod. Ihr Name war Schura und sie war die siebte und jüngste Tochter des Königs. Sein Reich grenzte an ein Gebirge, das unzivilisiert und unerforscht war und in dem wilde Menschen lebten, für die es kein Gesetz gab. Bevor Schura geboren wurde, war Ljod das schönste, reichste und wunderbarste Land gewesen, das man in der Welt finden konnte. Das ganze Jahr schien die Sonne, es gab überall Wohlstand. Die Kinder wuchsen glücklich auf und niemand kannte eine Not. Im Reich herrschten alle Tugenden, die es braucht, um Glück in ein Land zu bringen. Und immer wieder sprachen die Menschen davon,

es wären die Töchter des Königs, die Reichtum und Glück in das Königreich gebracht und damit Krieg und Not verhindert hätten. Sie trügen die Sonne in ihrem Herzen, hieß es.«

Ich war zu dieser Zeit sehr niedergeschlagen und jede Geschichte, in der die Sonne vorkam, munterte mein Gemüt auf. Und das sagte ich meinem Vater.

»Bedenke«, entgegnete er mit ernster Miene, »wo Licht ist, gibt es Schatten. Auf der anderen Seite des unheimlichen Gebirges lebte ein König, den man Strachnij den Schrecklichen nannte und der über das Reich Izpur herrschte. Er war nicht immer grausam gewesen, doch waren ihm Vater und Mutter gestorben und so hatte er sich den Teufel zum Freund genommen. Eines Tages war der Teufel bester Laune. Er hatte einen merkwürdigen Spiegel gemacht. Der besaß die Eigenschaft, dass alles Gute und Schöne, das sich darin spiegelte, zu nichts schwand, und das, was nichts taugte, schlimmer und mächtiger wurde.

Seit dieser Zeit konnte Strachnij sich nicht mehr im Spiegel in die Augen schauen, weil er sich vor sich selbst fürchtete. Er war unfähig, das letzte Gute, das in ihm war, zu erkennen und entschied sich für die dunklen Mächte. Je mehr sein Herz zu Eis wurde, desto mächtiger und reicher wurde er. Ja, sein Reich wurde so groß, dass nie die Sonne darin unterging. Aber kein Mensch kann alleine leben. Sobald Strachnij der Schreckliche hörte, dass der König von Ljod eine Tochter hatte, Mila, deren Schönheit alles übertraf, beschloss er, sie zur Frau zu nehmen. Er schickte einen Botschafter nach Ljod. Tage später einen zweiten. Erst dem dritten gelang es, das Gebirge zu überqueren, weil er sich wie das Bergvolk kleidete und dessen Sprache kundig war. Du musst wissen, das Gebirge wurde für unüberwindbar gehalten und die Menschen, die dort lebten, waren grausam und herzlos.«

»Warum erzählst du mir das, wenn du weißt, wie sehr ich leide?«

Mein Vater lächelte: »Höre einfach zu. Der König von Ljod lehnte den Heiratsantrag ab. Der Ruf von Strachnij dem Schrecklichen hatte sich in der ganzen Welt verbreitet und der König liebte seine Tochter zu sehr, als dass er sie einem Tyrannen zur Frau gegeben hätte, der einen Pakt mit dem Teufel geschlossen hatte. Vielleicht hätte er eine andere Entscheidung treffen sollen. Manchmal ist es besser, ein Menschenleben zu opfern, um viele zu retten. Und hätte der König von Ljod dem Herrscher Izpurs Mila zur Frau gegeben, hätte das Unglück womöglich verhindert werden können und sein Königreich wäre nicht in ewiger Dunkelheit versunken.«

»In ewiger Dunkelheit?«, fragte ich ungläubig.

»In ewiger Dunkelheit und Eis«, wiederholte mein Vater. »Denn Strachnij verfluchte Ljod.«

»Ohne dir widersprechen zu wollen – ich glaube nicht an Flüche.«

»Wer einen Pakt mit dem Teufel schließt, besitzt die Macht des Bösen und die Gewalt, dieses über die Welt zu bringen. Oder warum, denkst du, geschehen all die Unglücke in der Welt?«

Der Respekt vor meinem Vater, der ein belesener, mit tiefen Kenntnissen beschenkter, lebenskluger Mann war, hielt mich davon ab, über seine Worte zu lachen. Nur kannte er mich gut und las den Spott in meinen Augen.

»Bedenke«, sagte er, »es existiert mehr zwischen Himmel und Erde, als der Verstand begreifen kann. Gott ist nicht allmächtig, wie die Menschen glauben. Sie irren, wenn sie denken, er besäße Gewalt über die Dunkelheit. Die Menschen beten zu ihm, hadern mit ihm, flehen ihn in ihren Gebeten an. Verzweifelt fragen sie, warum er das Unglück über die Welt bringt. Doch sie vergessen, dass es andere Kräfte sind, die das Böse beherrschen.«

Die Furcht kam über meine Seele. Was hatte ich getan, dass dunkle Mächte mein Leben beherrschten? Ich musste mich erst wieder fassen, bevor ich sprechen konnte. »Du sprichst vom Teufel?«

»Teufel, Satan oder Beelzebub. Du wirst wohl nicht bestreiten, dass es das Böse in der Welt gibt und das Gute?«

Wer wollte das bestreiten? Doch es hieß, Gott sei allmächtig und nun stellte sich heraus, dass er zwar für das Gute verantwortlich, aber gegen das Verderben machtlos war. Welch ein entmutigender und trostloser Gedanke.

»Legt man beides, das Gute und das Böse, in die Waagschale – was wiegt schwerer?«, fragte mein Vater.

Ich brauchte nicht lange, um ihm zu antworten. In meiner Lage kannte ich bloß eine Lösung, sonst wäre ich völlig verzweifelt. »Das Gute überwiegt das Böse.«

»Warum?«

»Weil es die Hoffnung gibt, die wir mit in die Waagschale werfen können.«

Mein Vater lächelte. »Du machst mich stolz, Tochter. Du hast es erkannt: Gut und Böse zählen gleich viel. Was den Unterschied macht, ist die Zuversicht.«

Sein Lob stimmte mich froh. Wenn es Hoffnung gab, würde mein Liebster zu mir zurückkehren. Er würde die Furcht einjagenden Berge überwinden, die zwischen uns lagen.

»Wo waren wir stehen geblieben?«, fragte mein Vater.

»Der König von Ljod lehnte den Heiratsantrag von Strachnij ab, der schließlich dessen Reich verfluchte, das daraufhin in ewige Dunkelheit versank.«

»Seit jenem Tag des Fluches schien die Sonne nicht mehr. Eis und Schnee überzogen das Land. Man suchte vergeblich nach blühenden Landschaften. Die einzige Nahrung waren die Tiere in den Wäldern. Die Menschen schlugen die Bäume, um das Holz in ihren Öfen zu verbrennen. Bald kamen die Stürme über das öde Land, bis selbst die Tiere nicht mehr überleben konnten. Und der Fluch beherrschte nicht nur das Reich, sondern auch die Seelen der Menschen. Alles Gute und Schöne verschwand und das Böse kroch aus den Tiefen der Seelen hervor.«

Mein Herzschlag war lauter als das Ticken der alten Standuhr. Kalte Schauer liefen über meinen Rücken. Ein Land, in dem die Sonne nicht mehr schien, war unvorstellbar. Ich sagte mir, es sei lediglich eine Geschichte und dass mein Vater sie erzählte, um mir Hoffnung zu machen, aber er sprach mit derart fester Stimme und ohne den geringsten Zweifel, dass ich dem Sog nicht entfliehen konnte.

»Ich habe schon erwähnt«, fuhr er fort, »dass der König von Ljod sechs Töchter hatte …«

»Du hast von sieben gesprochen.«

»Vergiss nicht, zu jener Zeit war Schura noch nicht geboren. Ihre Schwestern waren etwas Besonderes. Jede von ihnen besaß eine Kraft, die die Menschen zum Guten verändern konnte. Mila war die Schönste, Uma die Klügste, Dobra die Gütigste, Vaga gerecht, Sila mutig und Ljuba war die Liebe selbst.« Er machte eine kurze Pause. »Das Schrecklichste geschah. Strachnij verfluchte auch sie und verwandelte Uma, Dobra, Vaga, Sila und Ljuba in weiße Wölfe, Mila allerdings in einen Schneeadler.«

Seltsamerweise war mein Verstand nicht länger bereit, diese Ungeheuerlichkeit von sich zu weisen. Die Magie der Geschichte ließ jeden klaren Gedanken verschwinden. Das Unglaubliche übte einen unwiderstehlichen Reiz auf mich aus. Ich hing geradezu an den Lippen meines Vaters.

»Wölfe wurden in jenen Tagen gefürchtet, sie waren noch nicht ausgestorben. Ihr Heulen war überall im Königreich zu hören. Und jeder wusste, sie weinten um ihr verlorenes Leben. Tagein, tagaus zogen sie durch die dunklen, schneebedeckten Wälder. Wenn ihre verzweifelten Rufe ertönten, gefror mir das Blut in den Adern. Ich höre noch heute meine Mutter sagen: ›Die unglücklichen Geschöpfe flehen zu Gott, er möge sie von dem Fluch erlösen.‹«

Ich erstarrte. Ich hatte gedacht, mein Vater hätte all dies von seinem Vater, mein Großvater von meinem Urgroßvater, mein Urgroßvater von meinem Ururgroßvater gehört und immer weiter, bis sich die Spuren dieses Märchens in den düsteren Weiten der Vergangenheit verloren. Die Zeit der Zauberer, der Magie, der Prinzessinnen war lange vorbei und das sagte ich meinem Vater.

»Es hört sich in der Tat unglaublich an, doch Geschichten erzählen die Wahrheit. Du musst ihnen vertrauen, sonst wirst du das Leben nicht verstehen.«

Ich liebte meinen Vater über alles. Ich hätte ihm mein Leben anvertraut. Und auch wenn ich nicht verstand, wovon er sprach, musste ich ihm glauben, anders hätte ich mein Vertrauen in ihn verloren.

»Wo immer die weißen Wölfe auftauchten, versetzten sie die Menschen in Angst und Schrecken. Nein, nicht alle. Seltsamerweise fürchteten sich die Kinder nicht. Sobald sie die Wölfinnen sahen, wurden sie magisch von ihnen angezogen. Sie folgten ihnen, verschwanden und ihre Eltern waren untröstlich. Bald versteckten sie die Kinder in ihren Häusern, damit sie dem Ruf der Wölfe nicht folgen konnten.«

Es wurde immer sonderbarer, immer schauerlicher. Ich wagte kaum zu atmen.

»Der König und die Königin von Ljod waren unsagbar traurig über den Verlust ihrer Töchter. Da gebar die Königin ihre siebte Tochter, Schura.«

»Und alles wurde gut«, fragte ich erleichtert.

»Nein. Schura durfte den Palast nie verlassen, aus Furcht, Strachnij würde sie ebenfalls verfluchen oder die weißen Wölfe sie holen. Sie kannte nur das Licht von Kerzen, nur die Wärme des Feuers. Lange ahnte sie nichts von Armut oder Kindern, die ihren Eltern geraubt wurden. Sie wusste nichts von dem Feind hinter dem Gebirge und war ein glückliches Kind, das alle Tugenden ihrer Schwestern in sich vereinte: Liebe, Mut, Schönheit, Gerechtigkeit, Weisheit, Güte und sie besaß die schönsten Augen, die man je gesehen hatte. Sie strahlten ein helles Licht aus, als hätte sie die Sonne hinter ihren Wimpern gefangen. Wer in sie schaute, war wie verwandelt.«

Wie schön das klang. Aber würde die Geschichte eine gute Wendung nehmen? Ich hatte keine Zeit, darüber nachzudenken, denn mein Vater fuhr fort.

»Schura hatte eine alte Amme, Jaguscha, die bereits ihre Schwestern großgezogen hatte. Abend für Abend erzählte ihr die Amme heimlich

das Märchen von den fünf weißen Wölfen und dem Schneeadler, die einst ihre Schwestern gewesen waren. Eingesperrt in den Eispalast ihres Vaters, wollte Schura das traurige Schicksal wieder und wieder hören. Und Jaguscha sagte ihr jedes Mal, wenn sie sie vor dem Einschlafen küsste: ›Du bist die Sonne deines Vaters, die Rose deiner Mutter und die Wärme in meinem Herzen. Deine Augen werden das Eis in der Seele der Menschen zum Schmelzen bringen.‹

Schura wuchs zu einer wunderschönen, mutigen jungen Frau heran. Tagsüber war sie fröhlich und glücklich, doch nachts raubte das Schicksal ihrer armen Schwestern ihr den Schlaf.

›Was kann ich tun?‹, fragte sie immerzu.

›Der Tag wird kommen, an dem du es weißt‹, antwortete Jaguscha und ließ Schura schwören, dass sie ihre Schwestern von dem Fluch erlöste. Es vergingen viele Jahre, bis sie den Schwur einlösen konnte. Ihr Vater starb. Tiefe Trauer legte sich über das Land und erstickte jedes Vertrauen, das Schicksal des Reiches Ljod würde ein gutes Ende nehmen. Monatelang lang fegte der eisige Wind durch das Land. Schneestürme brachen die Bäume und die Seelen der Menschen. Schura verzweifelte nicht. Ihr Herz war groß wie das Reich von Strachnij dem Schrecklichen. In ihm ging die Sonne nicht unter. Und sie kannte keine Furcht.«

Ich kannte die Furcht. Was war mit meinem Liebsten, der in dem wilden Gebirge von Garach verschollen war?

»Was hat sie getan?«

»Eines Tages ließ Strachnij verkünden, er sei auf der Suche nach einer Frau und diese müsse alle Tugenden der sechs Schwestern von Ljod in sich vereinen. Zu diesem Anlass wolle er in der Silvesternacht einen Ball geben und dazu die Schönheiten des Landes einladen. Jaguscha erzählte es Schura und diese wusste, der Tag, auf den sie gewartet hatte, war gekommen. Manchmal kann ein einziges Menschenleben alle retten. Sie musste Ljod von dem Fluch befreien.«

Hatte mein Vater recht? Konnte ein Menschenleben alle retten? Ich weiß es bis heute nicht. Doch den Lauf einer Geschichte kann man nicht verändern. Es gibt keinen Weg zurück.

»Sie wollte sich opfern und Strachnij heiraten?«

»Ja.«

Wir schwiegen eine Zeit lang. Ich kannte das Ende nicht, aber ich begriff, was kommen musste, und es überraschte mich nicht, was mein Vater als Nächstes erzählte.

»In der Weihnachtsnacht, die Uhr schlug zwölf, hörte Schura die Wölfe vor dem Schloss im Schneesturm jämmerlich heulen.

›Es heißt, wenn die Wölfe schreien, dann weinen sie‹, sagte Jaguscha. ›Die Zeit ist gekommen, den Eid einzulösen, den du mir geschworen hast.‹

Da wusste Schura, sie musste sich auf den Weg machen. Sie stahl sich davon und warf keinen Blick zurück, als sie über den gefrorenen See schlich. Die Nacht schien ein dunkles Tier, indes sie ängstigte sich nicht, weil sie die Furcht nie kennengelernt hatte. Bei sich hatte sie einen Sack mit getrocknetem Fleisch und einen Mantel aus Bärenfell, den Jaguscha genäht hatte. Dazu noch etwas, das unschätzbar wertvoll ist. Die Hoffnung.«

Der Samowar glühte und dampfte. Ich nahm einen Schluck von dem heißen Tee, um die kalten Schauer, die mir über den Rücken liefen, zu vertreiben.

»Der Sturm wurde heftiger. Eiskristalle tanzten in der Nacht und glitzerten wie Diamantenstaub. Schura spürte die Kälte nicht. Das änderte sich bald. Sie traf auf ein Mädchen, das auf einem Baumstamm saß, keine Schuhe trug und keine Kleider – bis auf ein weißes Hemd. Es weinte Tränen, die in der Kälte zu Schneeflocken wurden.

›Was ist mit dir‹, fragte Schura.

›Ich folgte dem Ruf der Wölfe und habe mich im Wald verirrt. Mir ist kalt‹, antwortete das Kind.

Einen Augenblick lang hörte Schura die Stimme von Jaguscha, wenn sie die Geschichte von den verschwundenen Kindern erzählte.

Rasch zog sie ihre Schuhe und den Mantel aus Bärenfell aus und gab sie dem Mädchen. Damit sie das Kind in Sicherheit wusste, befahl sie ihm: ›Folge meinen Spuren im Schnee zurück durch den Wald. Dann wirst du zum Schloss kommen. Dort klopfst du an und fragst nach Jaguscha. Ihr sagst du, Schura habe dich geschickt. Sie wird sich um dich kümmern.‹

Drei Tage lief Schura barfuß, lediglich in einem dünnen Kleid im Schneesturm durch die Wälder und die Dunkelheit. Sie kannte den Weg nicht, doch sie wurde begleitet vom Geheule der Wölfe, die ihr vorausgingen. Sie führten sie tiefer in die Wälder. Schura dachte schon, sie wäre weit genug von zu Hause weg und man hätte die Suche nach ihr aufgegeben. Da hörte sie das Hufgetrampel von Pferden hinter sich und die Stimmen der Reiter, die ihren Namen riefen. Der Mond stand hoch am Himmel und sein goldenes Licht erhellte die Dunkelheit. Sie würden sie finden. Da tauchte der Schneeadler auf und sie folgte seinem Schrei, denn sie vertraute Mensch und Tier gleichermaßen.«

»Den Tieren ja«, sagte ich. »Nicht den Menschen.«

»Höre zu, was weiter geschah. Nachdem sie über eine Stunde dem Adler gefolgt war, ließ der Vogel sich in einer mächtigen Eiche nieder. In dem Stamm entdeckte Schura eine Höhle. Erleichtert, den Fängen der Wächter entkommen zu sein, kroch sie hinein und fiel in einen tiefen Schlaf. Sie hatte einen langen, seltsamen Traum, in dem ihr ihre sechs Schwestern in Menschengestalt erschienen. Jede von ihnen hatte ein Geschenk für sie. Von Mila erhielt sie eine Haarbürste, Dobra schenkte ihr ein einfaches Baumwollkleid, Vaga übergab ihr ein Fläschchen mit Wein, Sila steckte ihr ein Messer zu, Ljuba gab ihr einen Kuss. Und zuletzt kam Uma und flüsterte ihr einen Spruch ins Ohr.«

Mein Vater schloss für einen kurzen Moment die Augen, um sich zu erinnern.

»*Dein Haar aus Gold,*
dein Kleid aus Licht,
dein Kuss vertraut,

dein Wein vergisst,
dein Messer bricht,
dein Wort verspricht.«

Wir schwiegen eine Weile. Draußen vor der Tür heulte der Wind in der Dunkelheit und ich stellte mir Schura vor, die sich in dem Baum versteckt hielt und aus diesem seltsamen Traum erwachte.

»Sie muss sich schrecklich einsam gefühlt haben.«

»Nun, das war nicht der Fall, es geschah nämlich ein Wunder.« Mein Vater lächelte.

»Es ist angenehm, dass immer, wenn es nicht weitergeht, ein Wunder geschieht. Vergeblich warte ich darauf. Jeden Tag. Jede Nacht.«

»Habe Geduld«, lächelte mein Vater. »Als Schura aus dem Traum erwachte, lagen neben ihr die Haarbürste, das Kleid, der Wein und das Messer.«

Ich stieß überrascht einen kurzen Schrei aus. »Diese Art von Wunder gibt es nicht.«

»Sind es nicht die unglaublichen Rätsel des Lebens, die uns hoffen lassen? Vergiss nicht: Der Verstand ist begrenzt, die Fantasie unendlich. Da Schura nicht viel über das Leben wusste und keine Furcht kannte, nahm sie es hin und stellte keine Fragen. Sie packte das Kleid, das Messer, die Haarbürste und das Fläschchen in ihren Sack. Sie wollte gerade ihr Versteck verlassen, da hörte sie die Reiter kommen. Sie stiegen direkt vor dem Baum vom Pferd und zündeten ein Feuer an, um sich zu wärmen. ›Wenn wir Prinzessin Schura nicht finden, wird uns die Königin in den Kerker stecken, wie sie es mit Jaguscha getan hat‹, sagte der Erste und der Zweite antwortete: ›Wir sind etwa drei Tagesreisen von den Bergen entfernt und über die wird die Prinzessin nicht kommen. Dort leben die Räuber und sie töten jeden Fremden, der auf die andere Seite will.‹

In diesem Moment war das Heulen der Wölfe zu hören und die Männer verstummten.

›Lass uns umkehren‹, flüsterte der Erste. ›Mir ist unheimlich zumute.‹

›Du hast recht. Wen kümmert das Mädchen‹, erwiderte der andere. ›Wir werden sagen, sie ist tot.‹

Die beiden brachen auf und Schura kroch aus ihrem Versteck, glücklich, dass sie nicht entdeckt worden war. Sie setzte ihren Weg fort und murmelte die ganze Zeit den Spruch vor sich hin, um ihn nicht zu vergessen.«

»*Dein Haar aus Gold,*
dein Kleid aus Licht,
dein Kuss vertraut,
dein Wein vergisst,
dein Messer bricht,
dein Wort verspricht.«

»Du hast ihn dir gemerkt. Das ist die Magie der Worte.« Mein Vater lächelte mir zu. »Schura hätte ihn ebenfalls im Schlaf sagen können.«

»Wie ging es weiter?«

»Schura wanderte drei Tage lang. Der Mond wurde kleiner und die Nächte dunkler. Sie folgte weiter dem Heulen der Wölfe, deren Spuren sich durch den Schnee zogen. Und dem Schrei des Adlers, der sie begleitete. Ihr war eiskalt, doch ihr Mut war ungebrochen. Schließlich gelangte sie zu einer Hütte, aus der ein heller Lichtschein drang, der von einem Feuer kam. Sie klopfte an die Tür. Eine alte Frau öffnete.«

»Nun kommt die Hexe?«, fragte ich mit leisem Spott.

»Du weißt sehr wohl, dass Hexen nicht existieren.«

»Wenn es Flüche gibt, Geschenke in Träumen, Räuber, Könige und Prinzessinnen, dann auch Hexen.«

»Kann sein, dass die Menschen sie für eine Hexe hielten und sie deshalb in völliger Einsamkeit in diesem Haus im Wald lebte. Es spielt keine Rolle, wer sie war. Als sie das Mädchen sah, müde und durchgefroren, bat sie es herein. Jeder Mensch, der ein Herz hat, hätte dies getan. Du auch.«

»Natürlich«, erwiderte ich. »Ich kann es nicht ertragen, wenn jemand leidet.«

»Ebenso ging es der alten Frau. Nur war sie arm und hatte nichts zu essen, weshalb Schura ihr das getrocknete Bärenfleisch schenkte.«

Es ist der Lauf von Geschichten, dass unser Herz am Schicksal der Menschen Anteil nimmt. Wichtig für mich war in diesem Moment lediglich, dass Schura in Sicherheit war, dass sie keinen Hunger, keinen Durst litt und einen Platz für die Nacht hatte.

»Noch ist alles gut«, sagte ich, »aber es ist nicht das Ende.«

»Nein. Und nichts war gut. Die alte Frau erklärte Schura, dass sie sich verstecken müsse. Räuber würden kommen, um in ihrem Haus zu übernachten. Also verbarg die alte Frau das Mädchen unter einem Bündel Kleider auf dem Ofen.«

»Und die Räuber kamen?«

»Sie kamen spät in der Nacht. Schura schlief tief und fest. Im Schlaf rief sie laut die Namen ihrer Schwestern. Daraufhin durchsuchten die Räuber die ganze Hütte und entdeckten Schura. Zornig fragten sie, was da für ein fremdes Mädchen läge. ›Ach‹, sagte die Alte, ›es ist ein unschuldiges Kind, es hat sich im Wald verirrt, und ich habe es aus Barmherzigkeit aufgenommen. Sie ist auf dem Weg nach Izpur.‹

›Das Mädchen muss verrückt sein.‹

›Wartet ab.‹

Sobald Schura die Augen öffnete, war es, als wäre in ihnen die Sonne gefangen. Ein einziger Blick genügte und der Räuberhauptmann spürte seit Jahren zum ersten Mal, dass er ein Herz besaß. Es war nicht ihre Schönheit, die ihn anzog. Nein, er erkannte in ihrem Blick ihre reine Seele. Du musst wissen, er war nie zuvor einem Menschen begegnet, der all das Gute verkörperte, nach dem er sich sehnte. Ihr Blick war unschuldig und rein. Kein Argwohn, keine Furcht lag in ihm, sondern Vertrauen.«

Oh, wie gleichgültig es mir in diesem Moment war, ob diese Geschichte tatsächlich passiert war. Ich wollte darauf vertrauen, dass der Blick eines Mädchens die Menschen verändern konnte.

»Schura erzählte ihm ihre Geschichte. Dass sie auf dem Weg nach Izpur zu Strachnij dem Schrecklichen war und geschworen hatte,

ihre Schwestern vom Fluch zu befreien. Allerdings hatte sie keine Hoffnung, über die unwegsamen Berge zu kommen, von denen die Wächter ihrer Mutter gesprochen hatten. Der Hauptmann bat sie inständig, nicht zu gehen, aber er konnte Schura nicht von ihrem Plan abbringen. ›Ich würde mein Leben geben‹, sagte sie, ›um das Glück zurück nach Ljod zu bringen.‹ Da versprach der Räuberhauptmann, sie über das Gebirge bis zur Grenze zu führen.«

»Das klingt nicht nach einem Menschen, den sie fürchten musste.«

»Oh, ich habe etwas vergessen«, erwiderte mein Vater. »Es waren keine gewöhnlichen Räuber. Sie bestahlen lediglich die Reichen, um das Geld den Armen zu geben. Für sich selbst nahmen sie nur, was sie zum Leben brauchten.«

»Natürlich«, sagte ich, »weil es solche Räuber gibt.«

»Du errätst nicht, wer sie waren?«

»Nein, wie auch.«

»Was denkst du, wohin die Wölfe die Kinder brachten, die ihnen folgten? Sie brachten sie in das Gebirge, das wir heute Garach nennen.«

Ich schrak zusammen. Schura war auf dem Weg zum Gebirge Garach? Wohin mein Liebster aufgebrochen war. Nun war ich mir sicher, dass mein Vater diese Geschichte erzählte, um mir Mut zu machen.

»Die verschwundenen Kinder lebten im Gebirge?«

»Dorthin brachten die Wölfe sie. Und die Räuber sorgten für alle. Sie glaubten fest daran, die Kinder würden das Gute bewahren, weil in ihnen die Unschuld liegt, die wir Erwachsenen abgelegt haben. Am frühen Morgen brachen sie auf.«

»Woher wussten sie, dass es Morgen war, wenn ewige Dunkelheit herrschte?«

»Die Vögel erwachten und der Tag unterschied sich von der Nacht dadurch, dass kein Mond am Himmel stand.«

Das Feuer im Kamin prasselte. Der Samowar zischte und die Stimme meines Vaters hatte diesen magischen Klang, der Märchen

innewohnt. Ich war bereit, alles zu glauben. Hätte ich es nicht getan, gäbe es keine Rettung für meinen Liebsten.

»Weiter, weiter«, flüsterte ich.

»Obwohl der Weg über die Berge in der Dunkelheit beschwerlich und gefährlich war, ließ Schura sich nicht beirren. Auf der anderen Seite des Gebirges angekommen, machten sie am Ufer eines zugefrorenen Flusses halt. ›Seit Jahren‹, sagte der Räuberhauptmann, ›konnte kein Mensch mehr diesen Fluss überqueren. Das Eis trägt nur bis zur Mitte, auf der anderen Seite gibt es tückische Strömungen. Wer es versucht, muss sterben. Du bist am Ende deines Weges angelangt.‹ Er hatte sie lediglich dort hingeführt, weil er ihr zeigen wollte, dass die Lage aussichtslos war.«

Wenn diese Geschichte gut ausging, konnte auch mein Liebster zu mir zurückkommen. Es musste eine Lösung geben.

»Sie schwamm über den Fluss?«, riet ich.

»Nein, vergiss die Strömungen nicht. Sie hätte es nie bis ans andere Ufer geschafft. Zudem war der Fluss zu breit. Man konnte nicht von einem Ende zum anderen blicken.«

»Sie fand ein Boot?«

»Wie hätte sie damit über das Eis kommen können?«

»Spann mich nicht länger auf die Folter.«

»Du vergisst, dass sie nicht allein war. Die Wölfe riefen den Adler.«

»Nein, das nicht!« Da war er wieder der Zweifel. »Das kann nicht sein.«

»Warum nicht? Er war der Einzige, der helfen konnte. Für den Adler gibt es kein Gebirge, keinen Fluss, keine Grenzen. Er ist frei, dorthin zu fliegen, wo er will. Genauso war es, glaube mir. Hätten wir Menschen Vertrauen zu den Tieren und würden sie wie gotterschaffene, gleichberechtigte Wesen behandeln, gäbe es mehr Gutes in der Welt.«

Ich muss sagen, mein Vater klang überzeugend und ich war sicher, er hatte mich nie belogen. Was konnte ich tun, außer ihm zu glauben?

»Nehmen wir an, du hast recht und der Adler brachte Schura wirklich ans andere Ufer – das heißt nicht, dass sie in Sicherheit war.«

»Wir Menschen sind nie in Sicherheit.«

Mir traten die Tränen in die Augen. Erst heute Morgen war ich vergeblich zum Briefkasten gelaufen, um zu sehen, ob ein Brief von meinem Liebsten gekommen war.

»Ich glaube dir, weil ich es muss«, sagte ich. »Sonst verliere ich jegliche Hoffnung. Schura ist also tatsächlich ans andere Ufer gelangt. Was passierte dann?«

»Sie kam in ein Land, schöner, als sie es sich hätte ausmalen können. Sie spürte zum ersten Mal die wärmende Sonne auf ihrer Haut. Sie ging über blühende Wiesen. Auf den Feldern stand der Weizen, an den Bäumen hing das Obst und überall begegnete sie Tieren. Doch je weiter sie kam, desto mehr erkannte sie die Trauer der Menschen. Nicht die Kälte, der Schnee und das Eis hatten das Reich Izpur im Griff, sondern die Eitelkeit, der Geiz, die Wollust, der Zorn, die Völlerei, der Neid und die Faulheit. Sie begegnete Eltern, die ihre Kinder schlugen; Bauern, die ihr Vieh zu Tode prügelten; Männer und Frauen, die sich gegenseitig betrogen; Menschen, die einander bestahlen. Nicht weil sie in Not, sondern unersättlich waren. Schura hatte ein Land betreten, das unendlich reich war, aber sie traf auf Menschen, die kein Herz besaßen. Sie hatte die Beschwernis der Reise ertragen, die Dunkelheit. Sie hatte Hunger gelitten, wäre fast erfroren, nur hatte sie sich nie einsamer gefühlt. Grund dafür war Strachnij der Schreckliche, der sich mit dem Teufel verbunden hatte und alles Böse in sich vereinigte, das zum Unglück der Menschen führte.«

»Ich wäre umgedreht und davongelaufen.«

»Schura dachte nicht einen Moment daran.«

Obwohl es bereits tief in der Nacht war, wollte ich den Rest der Geschichte hören, doch mein Vater sagte: »Für heute ist es genug. Wir wollen schlafen gehen.«

»Ich kann nicht schlafen, wenn ich das Ende nicht kenne.«

»Wie denkst du, dass sie ausgehen wird?«

»Ich hoffe, sie wird ein gutes Ende finden.«

»Sei versichert, dass du in diesem Glauben diese Nacht gut schlafen wirst.« Er erhob sich, um zu Bett zu gehen.

Ich wälzte mich die ganze Nacht von einer Seite zur anderen. Und ich hoffte, mir würden im Traum die Wölfe, der Adler oder irgendein anderes Tier erscheinen, um mir einen Brief von meinem Liebsten zu bringen. Allein – ich schlief traumlos.

Am nächsten Morgen konnte ich es kaum abwarten, bis mein Vater weitererzählte. Er ließ sich viel Zeit und neckte mich: »Hast du nicht gestern erklärt, dass solche Geschichten nicht der Wahrheit entsprechen, und nun sehnst du dich danach zu erfahren, wie es mit Schura weitergeht?«

»Geschichten sind unaufhaltsam, sie geben keine Ruhe, bis sie zu Ende erzählt sind«, erwiderte ich.

»Du hast recht.«

Mein Vater schwieg eine Weile, vielleicht weil er müde war, vielleicht weil ein schrecklicher Husten ihn quälte oder er wollte meine Neugierde bis ins Unermessliche steigern.

»Spann mich nicht länger auf die Folter«, bat ich flehentlich.

Endlich, nach einem erneuten ungesunden Hustenanfall, sprach er weiter. »Schließlich erreichte Schura am Silvesterabend das Schloss, müde, hungrig, durstig, andererseits war sie voller glücklicher Erwartung. Das Gebäude war von einer hohen Wehrmauer umgeben, das Tor bewacht. Aber durch das Gitter konnte sie brennende Fackeln sehen, die den Park erleuchteten, und sie hörte die Musik, die durch die geöffneten Fenster zu ihr drang. Der Ball hatte bereits begonnen.

Der Wächter am Tor hielt sie auf. ›Wohin des Weges?‹

›Zum König.‹

›Er ist auf einem Ball mit den schönsten Mädchen des Landes und darf nicht gestört werden.‹

›Der König sucht eine Braut und ich möchte mich bewerben.‹

Der Wächter begann zu lachen. Das Mädchen vor ihm schien eine Bettlerin zu sein. Ihr Haar war zerzaust, sie trug keine Schuhe und über dem dünnen Hemd lediglich die Decke, die die alte Frau ihr mitgegeben hatte. ›Schau dich an! Er wird dich dem Teufel zur Frau geben, der auch eingeladen ist‹, lachte er und schickte sie weg.

Nun gehörte zu dem Schloss ein großer Park und in diesem lag ein wunderschöner See, dessen Oberfläche still dalag, als sei er verzaubert. In diesem erkannte Schura ihr Spiegelbild. Der Wächter hatte recht. In diesem Zustand konnte sie dem König nicht begegnen. Da erinnerte sie sich an die Geschenke ihrer Schwestern. Sie zog die Haarbürste hervor und sobald sie anfing, sich zu kämmen, wurde ihr Haar golden wie die Sonne. Und nachdem sie das Kleid überzogen hatte, verwandelte es sich in eine Robe gewebt aus Goldfäden und bestickt mit Diamanten.«

»Ich gebe zu«, unterbrach ich meinen Vater, »die Geschichte hat mich gefangen genommen. Doch sie klingt unglaublich. Ich kann einfach nicht an Märchen glauben.«

»Wünschst du dir es? Dass eine Bürste Haare in Gold verwandeln kann und ein schlichtes Kleid zu einer prächtigen Robe wird?«

»Es hat einen gewissen Reiz.«

»Höre weiter zu. Schura eilte zum Wächter zurück und er erkannte sie nicht wieder, sondern ließ sie sofort ins Schloss. Sobald sie den ersten Schritt in den Ballsaal machte, verstummte die Musik. Das Kleid schimmerte heller als die Kerzen. Und jeder, den ihr Blick traf, war von ihrer Schönheit geblendet. So trat sie vor Strachnij, von dem es hieß, er besäße kein Herz.

›Woher kommst du?‹, fragte er

›Ich bin hier, um deine Frau zu werden.‹

›Man sollte meinen, dass ich mir selbst die Frau auswähle, die ich heiraten werde‹. Strachnij lachte dämonisch.

›Du wirst keine bessere finden.‹

Es war nicht der Blick aus ihren Augen, der den König nachdenklich stimmte, sondern er hatte nie jemanden getroffen, der sich nicht vor ihm erschreckte.

›Du fürchtest dich nicht vor mir?‹

›Wie könnte ich, wenn ich gekommen bin, um deine Frau zu werden.‹«

»Ist das wahr?«, unterbrach ich meinen Vater. »Hatte sie wirklich keine Angst vor ihm?«

»Wenn sie dem Bösen keine Macht über ihre Seele gab, warum sollte sie es dann fürchten?«

Wieder spürte ich, dass mein Vater mir mit dieser Geschichte etwas sagen wollte. Ich hatte allerdings keine Ahnung, was genau er bezweckte.

»›Schön bist du und du hast Mut‹, sagte der König, ›doch ich verlange mehr von einer zukünftigen Ehefrau.‹

›Ich bin alles, was du dir wünscht.‹

›Was ist mit deiner Klugheit?‹

›So prüfe sie.‹

›Im Reich Ljod verschwinden Kinder. Weißt du, wo sie sind?‹

›Ich weiß, wo sie sind und ich werde es dir verraten, sobald du mich geheiratet hast.‹

›Wer bist du?‹

›Mein Name ist Schura. Ich bin die jüngste Tochter des Königs von Ljod.‹

Strachnij spürte, dass dieses Mädchen Kräfte besaß, die über seine Macht hinausgingen, und die ihn, wenn er es heiratete, dazu befähigen könnten, die ganze Welt zu beherrschen. Jeder Mensch will geliebt werden und das war es, was Strachnij und seinem Reich fehlte.«

»Liebe?«, fragte ich ungläubig.

»Fehlt sie dir nicht ebenso?«

Ich dachte an meinen Liebsten und die Tränen traten mir in die Augen.

»Sei nicht traurig. Schura war es ebenfalls nicht. Sie sagte: ›Ich bin mutig und klug. Ich trage die Liebe in meinem Herzen. Was verlangst du mehr?‹

›Was die Schönheit betrifft, findet sich im Saal keine Schönere. Es gibt aber weitere Tugenden, die meiner zukünftigen Frau geziemen. Wie steht es mit deiner Mildtätigkeit?‹

›Meine Kleider gab ich einem armen Mädchen. Das Essen einer Einsiedlerin. Und ich bin in der Dunkelheit ohne Schuhe über Eis und Schnee und das Gebirge gegangen, um dich zu heiraten.‹

›Du hast alles weggegeben, was du besessen hast?‹

›Ich brauche nichts, weil ich mich selbst habe.‹

›Eine letzte Frage: Sag mir, warum ich dich nicht auf der Stelle töten sollte, da du die Tochter meines Feindes bist.‹

›Du hast recht. Es gibt wohl nichts Befriedigenderes, als seinen größten Feind zu vernichten. Nur wenn …‹ Schura sprach nicht weiter. Sie hielt den Blick auf Strachnij gerichtet und sah die Trauer in seinen Augen.

›Fahre fort‹, sagte Strachnij. ›Was wolltest du sagen?‹

›Wenn man keine Freunde mehr und seine Feinde vernichtet hat, bleibt man allein zurück. Und der Einsame stirbt vor seiner Zeit.‹

Die Miene des Königs verdunkelte sich. ›Du prophezeist mir meinen Tod?‹

›Wie soll ich etwas voraussagen, was ohnedies eintreffen wird?‹«

Mein Vater hielt inne. Er zitterte am ganzen Körper, obwohl ein mächtiges Kaminfeuer brannte. Das Herz wurde mir schwer.

Ich wartete darauf, dass er weitersprach und stellte mir vor, dass die Gäste auf dem Ball ebenfalls schwiegen und sich eine große Stille über alles legte.

Schließlich räusperte sich mein Vater und fing erneut an zu sprechen. »Niemand wird gerne an seinen eigenen Tod erinnert. Und es gab nichts, was Strachnij mehr fürchtete. Die Angst in ihm war so stark, dass er Schura um ihre Furchtlosigkeit beneidete.

›Es ist entschieden. Du sollst meine Frau werden.‹

›Ich bin sehr froh und ich heirate dich, wenn du mir meinen größten Wunsch erfüllst.‹

›Jeden, den du willst.‹

›Befreie das Königreich Ljod von seinem Fluch.‹«

Alles in mir sträubte sich gegen diese Wendung der Geschichte. War es richtig, dass sich ein Mensch für andere opferte? Wog nicht jedes Unglück gleich viel? Gleichzeitig schalt ich mich. Würde ich nicht genauso handeln, wäre das Leben meines Liebsten bedroht?

»Sie hat ihn tatsächlich geheiratet?«

Mein Vater nickte. »Sie hat es getan.«

»Und was passierte weiter mit Schura?«

»Nun, es kam die Hochzeitsnacht und der König ging zu Bett. ›Leg dich neben mich‹, sagte er.

Sie tat es.

›Ich verstehe es nicht’, wunderte er sich. ‚Warum hast du keine Furcht‹

›Weil ich einen Trank besitze, der einen für alle Zeit von der Angst befreit.‹

›Einen Trank?‹

›Den schenkte mir meine Schwester nachts im Traum. Ohne ihn hätte ich es nie gewagt, zu dir zu kommen und dich zu heiraten.‹ Schura zog das Fläschchen aus der Tasche. ›Wenn du das trinkst, wird es dir genauso gehen. Die Furcht ist der Feind der Zuversicht und ohne Zuversicht keine Zukunft.‹«

»Und er trank ihn?«

»Er trank ihn.«

Ich hörte an der Stimme meines Vaters, dass ihm die Wendung der Geschichte gefiel. Er wirkte zufrieden und weniger müde als die Tage zuvor.

»Was passierte dann? Wurde er seine Furcht los?«

»Nein, er schlief ein.«

»Er schlief ein?«, wiederholte ich erstaunt.

»Du musst wissen, dass in dem Fläschchen ein Schlaftrunk war.«

Ich rätselte, wie die Geschichte enden könnte. »Und Schura lief weg und kehrte zu dem Räuberhauptmann zurück«, hoffte ich und dachte: Und sie lebten glücklich bis an ihr Lebensende.

»Du hast nicht aufgepasst. Es gibt ein letztes Rätsel in der Geschichte, das nicht gelöst ist. Errätst du es nicht?«

»Ich erinnere mich nicht.«

»Das Messer. Du hast das Messer vergessen.«

»Das Messer?«

»Sie hatte es im Traum von ihrer Schwester Sila erhalten. Kennst du den Spruch?«

»Dein Haar aus Gold, dein Kleid aus Licht, dein Kuss vertraut, dein Wein vergisst, dein Messer bricht, dein Wort verspricht«, wiederholte ich.

»Dann weißt du, wie die Geschichte endet.«

»Sie hat ihn getötet.«

»Du hast teilweise recht. Sobald Schura sah, dass Strachnij schlief, nahm sie das Messer und stach es mitten in sein Herz. Kein Blut floss daraus hervor, sondern Eiskristalle. Anschließend küsste sie ihn und er erwachte. Sein Gesicht hatte sich vollkommen verändert. Hatten zuvor tiefe Furchen seine Stirn durchzogen, war diese nun geglättet. Die tiefen Augenhöhlen waren verschwunden. Sein Blick war klar und rein. Und zum ersten Mal lag ein Lächeln auf seinen Lippen.

›Du hast mich erlöst. Ich fürchte mich nicht mehr. Die bösen Geister sind gewichen. Die, die ich verflucht habe, sind wieder frei. Die Kinder, die ihren Eltern geraubt wurden, kehren zu ihnen zurück. Die, über die ich das Leid gebracht habe, tanzen vor Glück.‹«

Meine Augen füllten sich mit Tränen. Ich wollte nicht wahrhaben, dass dies das Ende war. Ich hätte die Geschichte ewig weiterhören können. Zum ersten Mal spürte ich, wie gut es tat, der Wirklichkeit zu entfliehen und ein Reich zu betreten, in dem alles möglich war, weil der Verstand keine Macht besaß.

»Und was passierte weiter?«, fragte ich.

Mein Vater zog an seiner Pfeife und lächelte.

»Was immer in Märchen passieren muss. Sie lebten glücklich und zufrieden bis an ihr Lebensende und wenn sie nicht gestorben sind, leben sie bis heute.«

»Jetzt verrate mir, ist diese Geschichte wahr?«, fragte ich.

»Wünschst du es dir?«

»Ja, von ganzem Herzen.«

»So ist sie es.«

Auf mich wirkte dieser letzte Satz wie eine Zauberformel. Ich begriff endlich, warum mein Vater mir diese Geschichte erzählt hatte. Weil ich mich fürchtete und mein Herz zu Eis geworden war. Doch können unsere Liebsten überleben, wenn wir nicht an sie glauben?

Ich fing wieder an zu weinen, nur waren es diesmal Tränen der Hoffnung, nicht der Verzweiflung.

Es verging eine Woche, bis ich aufbrach in das Gebirge, das Garach hieß. Dort fand ich meinen Liebsten dem Tode nahe in der Hütte einer alten Einsiedlerin. Sobald er mich erkannte, liefen die Tränen sein Gesicht hinunter und er sagte, allein der Glaube an mich hätte ihn am Leben gehalten.

Nein, er ist nicht gestorben, er lebt noch immer.

Mein Vater aber ruht inzwischen neben meiner Mutter in seinem Grab, auf dem das ganze Jahr Rosen blühen und über dem immer die Sonne scheint.

Laura Labas

Im letzten Licht

Laura Labas

Laura Labas wurde an einem Karfreitag in Aachen geboren und dort lebt sie noch heute. Gerade beendet sie ihr Studium (Englisch, Literaturwissenschaften). Sie ist sowohl eine akribische Plotterin als auch sehr diszipliniert beim Schreiben – und diese Kombination geht auf.

Ein Käfig aus Rache und Blut, *Die Unwandelbaren*, *Der verwunschene Gott* … Obwohl sie erst 2014 ernsthaft mit dem Schreiben begann, hat sie bereits elf Romane veröffentlicht. Ganz frisch erschienen ist *Der Verbannte Prinz*, der zweite Teil ihrer märchenhaften High Fantasy-Saga *Von Göttern und Hexen*. Mehrteiler liebt sie, weil sie gern Zeit und Gefühle in die Charaktere investiert, über die sie schreibt.

Trotzdem war sie bereit, für diese Anthologie einen Ausflug in die russischen Wälder zu wagen – dorthin, wo ein gefährliches Wesen in seinem Hühnerbeinhaus lauert. Natürlich schreibt sie über die Baba Jaga, weil sie »Hexen aller Art cool finde(t)«. Da schließe ich mich ihr an!

Auch wenn sie lange Buchreihen liebt, hoffe ich, *Im letzten Licht* bleibt nicht Lauras letzte Kurzgeschichte. Für mich erwies sich ihr Märchen als so intensiv und unvorhersehbar, wie es auch die Baba Jaga selbst ist. Geht es euch genauso?

www.laura-labas.com

Im letzten Licht

Es war einmal eine hühnerbeinige Hütte tief im Wald, in der Baba Jaga lebte. Sie war die Hexe der umliegenden Dörfer und half genauso oft, wie sie verfluchte. Eines Tages erwachte sie durch das Weinen eines Kindes. Jemand hatte es vor ihrer Hütte abgelegt. Vielleicht um Baba Jagas Wohlwollen zu erhalten. Vielleicht weil niemand es durch den harten Winter füttern konnte. So kam es, dass die Hexe fortan nicht mehr allein mit ihrer schwarzen Katze und ihren hungrigen Wölfen lebte, sondern mit dem Kind die Hütte teilte.

Das Kind wuchs zu einem aufmerksamen Mädchen heran und schließlich zu einer wunderschönen Frau mit glänzend silbernem Haar und stechend blauen Augen. Wie das Eis, das sie tagein und tagaus zerschlagen musste, damit sich die Hütte in dem Zauberwald bewegen konnte.

Neben dem Eisschlagen verbrachte die Frau, der Baba Jaga den Namen Raisa gab, die Tage als Lehrling der Hexe. Baba Jaga brachte ihr Zaubersprüche und Flüche bei. Froschaugen, Spinnenbeine und Moosschwämme rührte die junge Frau in dem Kessel an und sprach die Worte nach, die die Hexe in ihr Ohr flüsterte.

An einem wolkenverhangenen Nachmittag schickte Baba Jaga Raisa zum plätschernden Bach, um die Wäsche zu schrubben. Draußen lag eine feste Schneedecke, sodass sich Raisa einen Fellumhang überzog, um nicht zu frieren. Mit dem Korb unter ihrem Arm bewegte sie sich von der Hütte fort und Baba Jagas Wölfe folgten ihr in einigem Abstand. Der Anführer war ein riesiges Tier mit nur einem Auge und Raisa konnte seinen heißen Atem fast in ihrem Nacken spüren. Obwohl Baba Jaga ihr versichert hatte, dass die Wölfe sie verfolgten, um sie zu beschützen, glaubte Raisa, dass das Rudel sie im gleichen Maße davon abhalten sollte, sich weiter zu entfernen als erlaubt.

Nicht, dass dies nötig gewesen wäre. Schließlich war es Raisa nicht möglich, ein fließendes Gewässer zu überqueren und die Hütte schien stets von ihnen umgeben zu sein.

Raisa verteilte das Gewicht des Korbes neu. Es war anstrengender als gedacht, durch die hohen Schneeverwehungen zu wandern. Schon bald schmerzten ihre Zehen vor Kälte, da sich die Feuchtigkeit durch ihre Lederstiefel gefressen hatte. Sie beeilte sich, denn sie dürfte nicht zurückkehren, ehe sie die Wäsche gewaschen hatte. Baba Jaga würde ihr den Zugang in die Hütte versperren, bis Raisa ihrer Aufgabe nachgekommen war.

Raisa hasste ihr Leben unter dem strengen Auge ihrer Lehrmeisterin nicht, aber manchmal wünschte sie sich, ihren Klauen zu entkommen. Einzig um von dem Leben zu kosten, von dem sie in ihren Büchern las. Genauso gut hätte sie sich wünschen können, unsichtbar zu werden – es würde niemals geschehen.

Sie hörte endlich das Plätschern des Baches, der trotz der klirrenden Kälte nicht zugefroren war. Die drei Wölfe verteilten sich und behielten die Umgebung im Auge, als sich Raisa in den Schnee kniete und die ersten Wäschestücke hervorholte.

Das eisige Wasser brannte auf ihrer Haut, sobald sie ihre Hände in den Bach tauchte. Sie sog zischend die Luft ein, bevor sie sich auf ihre Atmung konzentrierte, wie Baba Jaga es ihr beigebracht hatte. Schmerz war nichts, was sie besiegen konnte. Sie war eine Hexe. Sie *beherrschte* Schmerz, Hass und Dunkelheit.

Nach wenigen Minuten spürte sie nur noch eine angenehme Taubheit in ihren Händen. Nichts hinderte sie mehr daran, ihrer Arbeit nachzukommen, trotzdem blieb sie wie erstarrt im Schnee sitzen. Stirnrunzelnd blickte sie ans gegenüberliegende Ufer. Sie war sich nicht sicher, was sie abgelenkt hatte, bloß dass *irgendetwas* dort draußen war.

Unruhig suchte sie die Wölfe, die sich ins Dickicht zurückgezogen hatten und leise knurrten. Der einäugige Anführer stolzierte durch den Schnee und legte sich neben sie. Raisa konnte nicht sagen, ob er sie beschützen oder davor warnen wollte, nichts Unüberlegtes zu tun.

»Ist jemand in der Nähe?«, fragte sie und richtete den Blick erneut nach vorne. Auf der anderen Seite des Baches sah es aus wie auf ihrer. Schnee und Wald, in dem dunkle Schatten lauerten. Obwohl sie nichts hörte, was ihre Vermutung bestätigte, glaubte sie, nicht allein zu sein.

Sie schüttelte Baba Jagas Schürze aus und legte sie zu der nassen Wäsche in den Korb. Aus dem Augenwinkel erblickte sie schließlich die Bewegung, auf die sie gewartet hatte. Der einäugige Wolf machte Anstalten, sich zu erheben, doch sie legte eine Hand auf seinen Kopf.

»Bleib ruhig, Akim. Vielleicht ist es nur ein Reisender.« Ihr Herzschlag beschleunigte sich. Bisher war sie einzig in Begleitung Baba Jagas Fremden begegnet. Niemand hatte sich getraut, Raisa auch nur anzusehen, aus Angst, den Zorn der Hexe heraufzubeschwören. Aber jetzt war sie allein, wenn man von ihren wölfischen Begleitern absah, und das ließ ihre Nervosität steigen.

Vor Aufregung biss sie sich auf die Unterlippe, als sich eine Gestalt aus der Dunkelheit des Waldes schälte und ihr gegenüber stehen blieb. Für einen Moment starrte sie ihn an.

Er war ein gut aussehender und edel gekleideter Mann, wie sie ihn nie zuvor gesehen hatte. All die Menschen, denen sie bisher begegnet war, stammten aus ärmlichen Verhältnissen und konnten sich kaum die Kleidung auf ihren Rücken leisten, aber dieser Mann … Von seiner muskulösen Gestalt über sein leicht gewelltes haselnussbraunes Haar bis zu seinem glatt rasierten Kinn faszinierte er sie. Diese Art von Schönheit berührte sie so tief in ihrem Herzen, dass sie einen schmerzhaften Stich spürte, als sie daran dachte, dass jemand wie er nicht für jemand wie sie erschaffen worden war.

Er erwiderte ihren bewundernden Blick, bevor seine Augen über ihre Gestalt wanderten. Sie widerstand dem Drang, sich vor ihm zu verstecken. Ihre vom Wasser aufgerauten Hände, das silberne Haar und die Narbe, die von ihrer linken Braue bis zu ihrem Kinn reichte. Das Einzige, was sie an sich mochte, war das Eisblau ihrer Augen, zu denen der Blick des Fremden zurückkehrte.

»Sei gegrüßt«, sagte er mit überraschend tiefer Stimme und verbeugte sich. Akim knurrte leise, bewegte sich aber nicht unter Raisas Hand, auch wenn ihm der Fremde einen feindseligen Blick zuwarf. »Darf ich mich vorstellen? Mein Name ist Dimitri Iwanow.«

Raisa starrte ihn weiterhin an. Es war ihr nicht möglich, sich von ihrer Bewunderung lange genug zu lösen, um ihn zu begrüßen.

Ein mildes Lächeln erschien auf seinen vollen Lippen. »Was machst du hier, fernab von jedem Dorf und jeder Stadt?«

Als Akim seinen Kopf bewegte, um nach ihrer Hand zu schnappen, erwachte sie aus ihrer Versteinerung. Sie sah ihn zornig an, bevor sie Dimitris Blick erwiderte.

»Ich wohne hier. Mit meiner … Großmama«, log sie. Wenn er wusste, dass sie Baba Jagas Lehrlingsmädchen war, würde er sofort fliehen. Da war sie sich sicher. »Warum bist du an diesem Ort?«

»Mein Pferd hat mich abgeworfen und ich habe mich wohl verlaufen.« Er lächelte verschmitzt. Erst jetzt bemerkte sie die Spuren eines Sturzes an seiner Kleidung. Schmutzflecke an seinen Ärmeln und Feuchtigkeit, die sich in den Stoff seiner Hose gesogen hatte.

»Was ist dein Ziel?« Ihr Herz klopfte noch immer heftig in ihrer Brust. Jede Sekunde, die sie in seiner Anwesenheit verbrachte, war eine gestohlene und würde sie teuer zu stehen kommen. Akim würde Baba Jaga von jedem Wort, von jeder Geste berichten. Raisa würde eine Strafe erwarten, die sie jedoch in Kauf nahm. Sie konnte und wollte sich nicht von dem jungen Mann verabschieden.

»Stanizana.« Er sah von ihr zu Akim, obwohl sich der Wolf bisher benahm. Im Gegensatz zu Raisa war es ihm möglich, den Bach zu überspringen. Er könnte in einer fließenden Bewegung dem Mann die Kehle herausreißen. Raisa sah das dunkelrote Blut bereits vor ihrem inneren Auge und erkannte, dass sie selbstsüchtig war, indem sie die Begegnung länger hinauszögerte.

»Halte dich an diesen Bach, bis er sich in zwei Arme teilt, dann folgst du dem linken. Bis zum Nachmittag solltest du die Hauptstraße erreicht haben, die dich nach Stanizana führen wird«, erklärte sie mit erhobener Hand und fing seinen Blick erneut auf. Ihr wurde heiß und kalt gleichzeitig.

»Ich bin dir zu großem Dank verpflichtet.« Er verneigte sich tief. »Deinen Namen hast du mir allerdings nicht verraten.«

Raisa errötete, als er ihr zuzwinkerte. Noch nie zuvor war sie Empfängerin eines solchen Verhaltens gewesen. Niemand hatte sie je derart beachtet. Hatte sich je getraut, sie auch nur anzusehen.

»Raisa«, flüsterte sie, bevor sie sich eilig erhob und den Korb an ihre Seite presste. »Gute Reise.«

Ohne eine Antwort abzuwarten, wandte sie sich um und flüchtete in den Wald. Schweiß bildete sich auf ihrer Stirn, während die Furcht stieg, dass Akim den Fremden nicht würde ziehen lassen. Mit jedem weiteren Moment, der verging, in dem ihr der Wolf nicht folgte, fiel es ihr schwerer, sich zu entfernen.

Sie würde es nicht ertragen, wenn dem Fremden etwas geschah. Sie würde zerbrechen und nicht einmal wissen wieso.

Neben ihr näherten sich Danil und Ilja, die zwei anderen Wölfe. Ilja stieß mit der Schnauze gegen ihre herabhängende Hand und sie zwang sich dazu, ihn anzulächeln. Im Gegensatz zu Danil und Akim war ihr der graue Wolf stets mit Freundlichkeit, gar Zuneigung begegnet. Baba Jaga und Akim ließen dies nur zu, weil sich Raisa dadurch wohler fühlte und nicht gegen die ständige Anwesenheit der Tiere rebellierte.

Dann vernahm sie endlich das Herannahen des einäugigen Anführers. Akim schüttelte sein weißes Fell, nachdem er Raisa überholt und die Führung übernommen hatte. Kein Blut zeichnete seine Lefzen, kein Schrei war ertönt. Er hatte Dimitri gehen lassen.

Raisa atmete vor Erleichterung laut aus. Als die hühnerbeinige Hütte in Sicht kam, verkrampfte sich ihr Herz und sie konnte sich einen Blick über die Schulter nicht verkneifen. Würde sie Dimitri jemals wiedersehen?

»Du hast etwas vergessen, Rajuscha«, ermahnte sie Baba Jaga. Sie saß auf ihrem Schaukelstuhl und webte goldenes Garn, während die schwarze Katze auf ihrem Schoß schlief.

Raisa runzelte die Stirn und dachte angestrengt nach, was sie aus der Rezeptur übersehen haben könnte. Die Flüssigkeit in dem Kessel brodelte laut über der Hitze des Feuers. Sie hatte sich grünlich verfärbt, wie es in dem Zauberbuch stand. Was konnte schiefgelaufen sein?

Erlenrinde, Kaninchenpfote, Mooswasser … Innerlich ging sie noch einmal jede ihre Bewegungen durch und betrachtete den Tisch, auf dem diverse Zutaten bereitlagen. Es war Raisas Aufgabe gewesen, eine Tinktur herzustellen, die Baba Jagas Gelenkschmerzen lindern sollte, und sie hatte sich an jede Vorgabe aus dem Buch gehalten.

Seufzend drehte sie sich schließlich zur zierlichen Gestalt der Hexe um. Aus dem Augenwinkel sah sie aus wie eine normale Großmama, aber sobald man sie direkt anblickte, erkannte man die Magie, die aus jeder Pore strömte. Ihre knöcherne Figur rückte in den Hintergrund, während das Grün ihrer Augen zu leuchten begann und das weiße Haar das gleiche Silber annahm, wie es Raisas besaß. Das Haar der Hexen.

»Ich weiß nicht, was es ist, Baba Jaga«, gestand sie und senkte den Blick auf ihre ineinander verschränkten Hände. Ihr eigenes Haar fiel nach vorne, schirmte sie ab, beschützte sie. Raisa konnte sich an eine Zeit erinnern, da war es schwarz wie Ebenholz gewesen. Das war, bevor sie ihre Narbe bekommen hatte. Bevor sie selbst zur Hexe geworden war. Bevor ihr verboten worden war, sich je zu verlieben.

»Die Wahrheit, *Rajuscha*. Du hast vergessen, mir die Wahrheit zu sagen.« Baba Jaga lehnte sich in dem knarzenden Stuhl vor und die schwarze Katze sprang von ihrem Schoß, um Raisas Beine zu umschlängeln. Sie widerstand dem Impuls, die Katze zu treten, da sie Raisas Unbehagen genoss.

»Ich verstehe nicht …«

»Akim erzählte mir von eurer überraschenden Begegnung mit einem … jungen Mann«, sagte sie und betonte jedes Wort.

Raisa sollte nicht überrascht sein, trotzdem spürte sie die Enttäuschung, die sich in ihrem Bauch festsetzte. Ilja hätte geschwiegen, aber Akim war seiner Herrin treu ergeben.

»Oh, es war nichts, Baba Jaga«, erklärte sie möglichst ruhig. »Er hatte sich verlaufen und ich habe ihm den Weg gewiesen. Danach bin ich eilig nach Hause gesputet.«

»Sieh mich an, *Rajuscha*«, befahl die Hexe und das Lehrlingsmädchen tat wie geheißen. Zögerlich hob es den Blick und erzitterte unter der Aura der Macht. »Sagst du die Wahrheit?«

»Natürlich, Baba Jaga. Ich dachte, es wäre besser, ihm den richtigen Weg zu weisen, damit er sich uns nicht aus Versehen nähert. Ich weiß, dass du keine unerwarteten Gäste magst«, fügte Raisa hinzu. Sie hatte die Lüge wie ein Netz gesponnen und hoffte, die Hexe darin zu fangen.

Niemals zuvor war ihr dies gelungen.

Niemals zuvor war es so wichtig gewesen, Baba Jaga von einer Ausrede zu überzeugen.

»Ich verstehe.« Die Hexe legte das Garn auf den Beistelltisch. »Komm näher.«

Raisa schluckte, gehorchte dennoch. Der Zaubertrank köchelte im Hintergrund, die Katze stieß ein gelangweiltes Miauen aus und der tosende Sturm peitschte Äste gegen die Fenster. Raisa versuchte sich in den Geräuschen zu verlieren, um sich von ihrem bevorstehenden Schicksal abzulenken.

»Baba Jaga …«, begann sie, wurde jedoch durch das Reißen ihrer Haut jäh unterbrochen. Sie schrie auf. Mehr vor Überraschung als vor Schmerzen.

Die Hexe hielt ihre linke Hand zu einer Faust geballt und blickte ihr Lehrlingsmädchen starr an. Es gab kein Entkommen.

Blut rann von Raisas Wange, als sich die längliche Narbe Stück für Stück öffnete. Ihre Beine fühlten sich wackelig an, aber sie hielt sich aufrecht. Zu oft war sie bestraft worden, um nicht zu wissen, was geschehen würde, sollte sie hinfallen. Baba Jaga würde ihr weitere Narben zufügen, die sie nach Belieben öffnen und schließen könnte.

»Lüge mich nie wieder an, *Rajuscha*«, warnte sie Raisa, bevor sie ihre Hand öffnete. »Nimm den Kessel vom Feuer und kümmere dich um das Blut.«

Damit war Raisa entlassen. Mit Tränen in den Augen wandte sie sich ab, um möglichst schnell der Aufgabe nachzukommen. Sie füllte den Zaubertrank in kleine Fläschchen, die sie verkorkte und anschließend neben Baba Jagas Pritsche im einzigen anderen Raum abstellte. Währenddessen blutete die Narbe in ihrem Gesicht weiter und färbte die silbernen Strähnen ihres Haares rot.

Erst als Baba Jaga gemeinsam mit der schwarzen Katze den Raum verließ, um sich schlafen zu legen, setzte sich Raisa ans Feuer. Sie erhitzte eine Nadel, in die sie den Faden steckte, den sie bereitgelegt hatte, und nähte ihre Wunde. Manchmal, wenn sie Baba Jaga nicht so schlimm verärgert hatte, ließ sich die Hexe dazu herab, die Wunde mithilfe eines Zaubers zu verschließen.

Aber nicht heute.

Nein. Baba Jaga kannte keine Gnade.

Während sie die Nadel immer wieder durch ihre Haut zog, erlaubte sie sich, an den Fremden zu denken. Dadurch ließ sich der Schmerz leichter ertragen. Wochen würden vergehen, bis sich ihr Gesicht nicht mehr so anfühlte, als würde jemand glühendes Eisen an ihre Wange halten.

Sie spürte ein Stechen in ihrem Herzen, das fast schmerzhafter als die Wunde war. Sie würde Dimitri nie wiedersehen. Wahrscheinlich würde sie in nächster Zeit überhaupt niemand anderes zu Gesicht bekommen außer Baba Jaga. Dafür würde die Hexe sorgen.

Manchmal fragte sich Raisa, wie ihr Leben verlaufen wäre, wenn ihre Mutter sie nicht vor dem Haus der Hexe abgelegt hätte. Sie hätte ein ganz normales Leben führen können. Einfach und fern von Zauberei.

Seufzend legte sie Nadel und Faden auf den Tisch und betupfte die Verletzung, die sich von der linken Braue bis zum Kinn zog. Hässlich und verunstaltet. Dimitri hatte sie vermutlich längst vergessen.

Ein ereignisloser Tag verlief in den nächsten, doch die Erinnerung an Dimitri verblasste nicht. Raisa achtete darauf, ihn nie zu erwähnen und wenn sie sich in Baba Jagas Nähe befand, nicht einmal an ihn zu denken. So kam es, dass die Hexe Raisas Lüge verzieh und ihr gestattete, das Haus zu verlassen.

In Begleitung der Wölfe durchstreifte sie die Wälder, sammelte Kräuter und machte Jagd auf Tiere, die sie für die Zaubertränke benötigten. Raisa hielt sich an jede einzelne Regel. Noch nie zuvor war sie so aufmerksam gewesen. Noch nie zuvor ließ sie sich so viel von der Hexe zeigen.

Alles nur, um die Hütte verlassen zu dürfen.

Eines Nachmittags war es schließlich so weit.

»*Rajuscha*, wir brauchen eine Erdkröte, um den Fluch fertigzustellen.«

»Ich laufe sofort los, Baba Jaga«, versprach Raisa und griff nach ihrem Umhang.

»Die Wölfe sind damit beschäftigt, die Weiden von Aljoscha zu sichern. Du wirst allein gehen müssen.«

Raisa versuchte sich ihre Freude nicht anmerken zu lassen, was schwer war, da Baba Jaga sie genau beobachtete.

»Ich werde auf mich aufpassen«, versprach sie mit ruhiger Stimme, als sie die Kordel des Umhangs verknotete.

»Sei vor dem letzten Sonnenstrahl zurück, *Rajuscha*«, sagte Baba Jaga und drehte sich zu dem Kessel um. Die schwarze Katze saß auf ihrer Schulter und wärmte ihren faltigen Hals. »Es ist gefährlich draußen. Die Jäger sind auf der Suche nach Beute und trauen sich trotz dieser Jahreszeit immer tiefer in den Wald.«

»Natürlich, Baba Jaga.«

Raisa legte sich ihren Beutel um und trat aus der Wärme der Hütte. Langsam schritt sie die hölzernen Stufen hinab und entfernte sich in aller Ruhe von ihrem Haus, falls sie durch eines der Fenster von Baba Jaga beobachtet wurde.

Erst als sie sich sicher war, weit genug entfernt zu sein, ließ sie das Lächeln zu. Sie streckte die Arme aus und drehte sich freudig im Kreis. Der Schnee knirschte unter ihren Füßen und die kalte Luft strich über ihre Wangen. Sie hatte sich nie freier gefühlt.

Das war der Grund, warum sie sich bei der Suche nach einer Erdkröte viel Zeit ließ. Sie wanderte das erste Mal, seit sie denken konnte, ohne Begleitung der Wölfe draußen herum. Niemand beobachtete ihre Bewegungen. Niemand erstattete am Ende des Ausfluges Bericht.

Sie lachte, schrie, lachte erneut.

Als die ersten Schneeflocken auf ihre Haut trafen, zwang sie sich dazu, ihre Suche fortzusetzen. Sosehr sie ihre Freiheit genoss, sie wollte Baba Jaga nicht mit ihrem Zuspätkommen erzürnen und dadurch jede weitere Möglichkeit auf einen Alleingang verspielen.

Mit den Händen befreite sie eine kreisförmige Stelle vom Schnee und ließ sich in der Mitte nieder. Sie holte nacheinander die Dinge heraus, die sie brauchte, um eine Erdkröte anzulocken. Andernfalls würde ihre Suche Ewigkeiten dauern.

Drei unterschiedlich große Kerzen stellte sie vor sich auf den Boden und entzündete diese mit einer Handbewegung, bevor sie mit der roten Kreide mehrere Symbole auf ihre Handrücken zeichnete. Anschließend legte sie ihren Kopf in den Nacken, streckte die Arme aus und sagte den magischen Reim, den sie des Öfteren benutzt hatte. Sie wiederholte ihn mehrmals, bis sie die Magie in ihren Adern spürte.

Ihre Hände zitterten, als sie die Arme sinken ließ und ihre Aufmerksamkeit von der Erdkröte angezogen wurde, die hinter den Kerzen saß. Abwartend blickte sie Raisa an. Die raue grüne Haut glänzte in den Flammen. Raisa holte eilig ihren Beutel hervor und steckte die Kröte nach einer kurzen Untersuchung hinein. Es war wichtig, dass sie unverletzt war, ansonsten könnte der Trank danebengehen.

Die Magie hatte ihr neue Kraft gegeben, sodass sie eilig ihre Sachen zusammenpackte, um sich langsam auf den Rückweg zu begeben. Sie würde noch einmal zu dem Bach gehen, an dem sie Dimitri gesehen hatte. Nur um die Erinnerung an ihn aufzufrischen und …

Ein Jagdhorn ertönte.

Raisa hängte den Beutel um ihren Oberkörper und blickte von links nach rechts, versuchte zwischen den Bäumen Jäger oder Pferd zu erkennen. In ihrem Bauch kribbelte es. Was tat sie, wenn man sie entdeckte? Sie war nicht so naiv zu glauben, dass alle Männer so höflich waren wie Dimitri. Baba Jaga hatte ihr von den Fremden erzählt, die einst die junge Hexe überfallen und fast zu Tode geprügelt hatten. Nur durch die Magie in ihr hatte sie überleben können.

Sie reckte das Kinn und sammelte ihren Mut. Es war wichtig, nicht den Kopf zu verlieren. Das Beste wäre, wenn sie den kürzesten Weg zur Hütte nahm. Diese lag so tief im Wald, dass sich die Jäger sicherlich nicht dorthin trauten.

»Warte!«, rief jemand.

Das Lehrlingsmädchen beeilte sich und blickte über seine Schulter, konnte in der hereinbrechenden Dunkelheit aber niemanden erkennen.

»Warte doch!«

Raisa hatte das Gefühl, als würden sich die Bäume um sie zusammenschließen und ihr das Weiterkommen erschweren. Jede Richtung war die falsche. Sie war nicht länger fähig, den Wag nach Hause zu finden. Hilflos drehte sie sich im Kreis, während der Schnee in immer dichteren Abständen vom Himmel fiel und zu ihrer Verwirrung beitrug.

Jäh wurde sie an einem Arm gepackt und herumgerissen. Sie schlug instinktiv um sich und schrie auf, als ihr Angreifer ihren zweiten Arm zu fassen bekam. Er schüttelte sie grob.

»Raisa! Ich bin es. Sieh mich an!«

Nur langsam drangen die Worte zu ihr durch. Die Furcht wurde lange genug vertrieben, sodass sie das Gesicht unter der Kapuze erkennen konnte.

»Dimitri«, wisperte sie und erstarrte.

Er sah sie aus honigbraunen Augen an und wartete geduldig darauf, dass sie sich beruhigte. Ein warmes Lächeln zupfte an seinen Mundwinkeln. Sie betrachtete ihn von oben bis unten, nahm das zurückgebundene Haar und die braun-grüne Jagdkleidung wahr, die er das letzte Mal nicht getragen hatte.

Nun da sie begriffen hatte, wer vor ihr stand, beschleunigte sich ihre Atmung. Niemals hätte sie geglaubt, ihn wiederzusehen. Niemals …

»Kann ich dich loslassen, ohne dass du schreiend davonläufst?« Sein Lächeln wurde breiter und ihre Wangen erhitzten sich.

»Natürlich.« Sie rieb sich über die Arme unter ihrem Umhang. »Was machst du hier?«

»Hast du das Jagdhorn nicht gehört?« Er wartete die Antwort nicht ab. »Dank deiner Hilfe konnte ich Stanizana vor Sonnenuntergang erreichen. Seitdem begebe ich mich Tag für Tag mit einer Jagdgesellschaft in die Wälder, um dich zu finden.«

»Mich?«, hauchte sie atemlos. »Wieso?«

Er zögerte lange genug, sodass sie sich Sorgen machte, er würde für immer schweigen. In der nächsten Sekunde legte er jedoch eine Hand an ihren Nacken und zog sie zu sich, bis sich ihre Nasenspitzen fast berührten. Sie konnte seinen heißen Atem auf ihrer Haut spüren. Er verursachte ein Kribbeln, das sich durch ihren ganzen Körper zog.

»Weil ich dich nicht vergessen konnte«, raunte er. »Dein Haar, das die Farbe von Sternen besitzt. Dein Gesicht, das so viel Güte ausstrahlt. Deine Stimme, die mich in jedem Traum rettet. Und deine Lippen …«

Bei diesen Worten überbrückte er den Abstand zwischen ihren Gesichtern und strich sanft mit seinem Mund über ihren. Er drängte sie nicht, wartete. Sie rückte näher zu ihm, suchte nach seiner Wärme, und als er ihr diese gab, schloss sie die Augen. Der Druck seiner Lippen verstärkte sich. Dimitri wurde fordernder, presste sie enger an sich und grub seine Hände in ihr langes Haar.

Ihr entfloh ein Keuchen, als er sich von ihr löste. Sie schöpfte Trost darin, dass er sie in einer festen Umarmung hielt. Die Kälte der hereinbrechenden Nacht wurde von der Wärme seines Körpers vertrieben.

»Raisa«, flüsterte er und strich mit den Fingerspitzen ihre leicht gerötete Narbe entlang. Erst gestern hatte sie die Fäden herausgezogen. »Komm mit mir.«

Sie blinzelte. Es war, als würde ein Schleier von ihren Augen fallen, und sie entzog sich seinen Händen. »Ich kann nicht.«

»Warum nicht?« Er trat näher, doch sie entfernte sich wieder.

»Du weißt, was ich bin, oder nicht?« Er presste die Lippen zusammen und schwieg. »Nur Hexen besitzen silbernes Haar.«

»Du bist Baba Jagas Lehrlingsmädchen«, sagte er leise. Er rieb sich über die untere Hälfte seines Gesichts, bevor er sich kurzzeitig abwandte. »Das bedeutet nicht, dass du ihren Platz bereits eingenommen hast. Noch bist du frei!«

»Bin ich nicht.« Sie schüttelte den Kopf. Tränen stiegen in ihre Augen. Noch nie zuvor hatte sie sich so sehr gewünscht, von Baba Jaga frei zu sein. »Werde ich nie sein.«

»Gibt es keinen Weg?« Er sah sie voller Verzweiflung an. Ihr Herz setzte bei diesem Anblick aus. Wie könnte sie Dimitri etwas abschlagen? Aber wie könnte sie es nicht tun? »Ich will dich an meiner Seite, Raisa. Ob Hexe oder nicht.«

Er trat wieder auf sie zu und ließ sich dieses Mal nicht von ihren sich entfernenden Schritten entmutigen. Raisa hingegen ging weiter rückwärts, bis sie von einem Baumstamm in ihrem Rücken gestoppt wurde und Dimitri die Möglichkeit nutzte, den letzten Abstand zu überwinden. Seine rauen Hände legten sich um ihr Gesicht, während sich sein Blick in den ihren bohrte.

»Verlass mich nicht, Raisa«, flehte er. Langsam senkte er sein Gesicht und als er sie dieses Mal küsste, versprach sie sich selbst, einen Weg zu finden, um Baba Jagas Griff zu entkommen.

Raisa erreichte die hühnerbeinige Hütte gerade noch rechtzeitig, bevor der letzte Sonnenstrahl erlosch. Baba Jaga sagte nichts bei ihrem Eintreten, was ungewöhnlich war und sich für Raisa seltsam anfühlte. Das Lehrlingsmädchen gab sich geschäftig, indem es sich um das Schlachten der Erdkröte kümmerte und die Hexe so wenig wie möglich anblickte. Nichtsdestotrotz spürte sie ihren immerwährenden Blick in ihrem Nacken und nur mit Mühe gelang es ihr, sich unter ihm nicht wie hilflose Beute zu winden.

»Sind die Wölfe zurück?«, fragte Raisa, nachdem sie den Kessel mit dem Trank erneut über die Feuerstelle gehängt hatte.

»In der Tat. Akim berichtete von einer Jagdgesellschaft, die sich tiefer in den Wald getraut hat als je eine vor ihr. Du bist niemandem begegnet, *Rajuscha*?«

Raisa versuchte, ihr verräterisches Herz zu beruhigen, ehe sie sich zu Baba Jaga umdrehte und sie mit einem Lächeln bedachte. »Nein. So weit habe ich mich nicht von der Hütte entfernt.«

Baba Jaga nickte und streichelte die schwarze Katze auf ihrem Schoß. »Morgen bekomme ich Besuch von einem erkrankten Jungen. Ich möchte, dass du währenddessen unsere Vorräte aufstockst. Sei vor dem letzten Sonnenstrahl zurück.«

»Werden mich die Wölfe begleiten?« Sie versuchte, ihre Frage möglichst unschuldig klingen zu lassen.

»Sie werden sich um die Jagdgesellschaft kümmern, falls sie zurückkehren.«

»Was meinst du damit, Baba Jaga?« Stirnrunzelnd legte Raisa das Leinenhemd zurück, das sie hatte flicken wollen.

»Wir können nicht erlauben, dass sie unsere Hütte finden, *Rajuscha*«, erklärte sie ungeduldig. »Akim wird sich ihnen zeigen und sie dadurch wegführen. Menschen können der Möglichkeit, ein so mächtiges Tier zu erlegen, nicht widerstehen.«

»Aber er wird sie nicht angreifen?«

Baba Jaga legte den Kopf schief, sodass sich ihr dünnes silbernes Haar neu um ihr Gesicht legte. Noch nie hatte sie es in einem Zopf

getragen und auch Raisa verbat sie dies, da es ihren Status schmälern würde. Für eine Hexe war das silberne Haar ihr ganzer Stolz.

»Nicht morgen.«

An jedem folgenden Tag schickte Baba Jaga ihr Lehrlingsmädchen in den Wald, um die verschiedensten Aufgaben zu erledigen. Manchmal wurde sie von ihren Wölfen begleitet, manchmal war sie allein, nun da Baba Jaga so von ihrem anstandslosen Verhalten eingelullt war. Nur dann traute sich Dimitri aus seinem Versteck und näherte sich ihr. So, wie sie es ihm gesagt hatte. Sie tauschten wärmende Küsse und liebevolle Umarmungen aus, bis es Zeit wurde, wieder getrennte Wege zu gehen.

»Ist es bald so weit?«, fragte er jedes Mal.

»Noch nicht, Dimka«, antwortete sie darauf.

Nacht für Nacht wälzte sie sich durch die dicken Zauberbücher, um einen Weg zu finden, Baba Jaga zu entkommen. In dieser sollte sie endlich fündig werden. Sie fand einen Zauber, der es ihr als Hexe ermöglichte, den Bach zu überqueren. Frei zu sein.

Sie ließ ein erleichtertes Seufzen verlauten.

»Du willst fliehen, hm?«, erklang die krächzende Stimme der schwarzen Katze. »Ob das klug ist?«

Raisa erstarrte, das aufgeklappte Buch auf ihrem Schoß. Ihre Kehle war wie zugeschnürt, als sie aufsah. Die Katze saß vor ihr auf dem Boden und blickte sie aus gelben Augen an.

»Ich weiß nicht, was du meinst, Katze«, entgegnete Raisa mit gezwungen ruhiger Stimme. Ihre zittrigen Hände legte sie auf die Buchseiten, damit sie nicht die Aufmerksamkeit der Katze auf sich zogen.

»Du brauchst mich nicht zu belügen. Ich werde dir helfen.« Die schwarze Katze machte einen Satz und sprang auf die Stuhllehne, sodass Raisa die geweiteten Pupillen erkennen konnte. »Baba Jaga hat bemerkt, dass etwas nicht mit dir stimmt. Sie murmelte, dass du sie niemals würdest verlassen können.«

Raisa wusste nicht, ob sie der schwarzen Katze vertrauen konnte, mit der sie noch nie ein derart langes Gespräch geführt hatte, aber ihr blieb keine andere Wahl. Sie hatte Raisas Schicksal in der … Pfote.

»Ich habe einen Weg gefunden, den Bach zu überqueren«, sagte das Lehrlingsmädchen und zeigte mit dem Zeigefinger auf die aufgeschlagene Seite. »Ich muss den Bibern nur Futter zuwerfen und dann bauen sie einen Damm für mich.«

Die Katze neigte anerkennend den Kopf. »Es bleiben immer noch zwei Hindernisse.«

»Zwei?« Raisa runzelte die Stirn.

»Da hätten wir einmal Akim und die anderen Wölfe«, antwortete die Katze prompt. »Und die Durchquerung des Wichtlandes.«

»Ich werde das Wichtland vermeiden. Wenn ich nach Osten gehe, dann …«, flüsterte sie, doch die Katze hielt sie vom Weitersprechen ab, indem sie die Vorderpfoten auf ihren Arm legte.

»Das Wichtland wird an dem Ort aufschlagen, an dem du den Bach überquerst. Das sagte Baba Jaga kurz vor dem Schlafengehen.« Die Katze schwieg und leckte sich eine Pfote, als würde sie warten wollen, bis die Worte in Raisas Verstand gesunken waren.

»Warum sagst du mir das? Wieso hilfst du mir?«

»Noch habe ich dir nicht geholfen«, erwiderte die Katze und sprang vom Stuhl. »Aber das werde ich, weil wieder sieben Jahre vergangen sind.«

»Sieben Jahre? Ich verstehe nicht.« Ein lautes Schnarchen drang aus Baba Jagas Schlafraum und Raisa erstarrte, doch als nur ein weiteres Schnarchen ertönte, entspannte sie sich.

»Ich bin eine magische Katze, *Rajuscha*, meine Magie hat allerdings ihren Preis.« Die Katze sprang auf den runden Tisch, auf dem diverse Kräuter lagen und Keramikdosen standen. »Baba Jaga kann diese nur benutzen, weil ich sie jedes siebte Jahr betrügen darf. Sie weiß nicht, was geschehen wird, doch sie darf mich nicht bestrafen, sobald es vollbracht ist.«

Davon hörte Raisa zum ersten Mal. »Wie hast du sie vor sieben Jahren betrogen?«

»Ich habe deine Schönheit zerstört«, sagte sie mit einem so bösartigen Fauchen, dass Raisa zusammenzuckte. Unwillkürlich berührte sie die Narbe auf ihrer Wange und versuchte sich daran zu erinnern, wie sie die Wunde das erste Mal bekommen hatte. Aber sie sah nur Baba Jaga vor ihrem inneren Auge, die die Verletzung immer aufriss, wenn sie unartig gewesen war.

»Du warst das?«

»Baba Jaga hat es dich vergessen lassen. Als du geschlafen hast, habe ich dein Gesicht eingerissen, sodass die alte Hexe dich niemals wegen deiner Schönheit nutzen kann.« Die Katze wandte sich ab und stieß mit ihrer Pfote gegen eine größere Keramikschüssel, in der getrocknete Bohnen lagerten. »Bist du bereit, morgen früh zu fliehen?«

»Morgen früh?«, wiederholte Raisa atemlos, eine Hand auf ihrem Herzen.

»Es wird der letzte Tag sein, an dem dich Baba Jaga allein lässt.«

Obwohl die Furcht vor dem Unbekannten in ihr anstieg, fasste sie ihren Mut zusammen und nickte. »Dann werde ich morgen früh gehen.«

»Du wirst diese hier brauchen«, sagte die Katze, als hätte sie mit dieser Antwort gerechnet.

Raisa klappte das Buch zu und trat an den Tisch. »Die Bohnen?«

»Wirf sie über deine Schulter und die Wölfe werden damit beschäftigt sein, sie zu zählen.« Mit der buschigen Rute strich sie über Raisas ausgestreckte Hand. »Danach läufst du zum Bach und gibst den Bibern getrocknetes Brot. Wenn du im Wichtland angekommen bist, wird der Wicht dich fressen wollen. Du musst das Recht des Reisenden einfordern, dann bleibt ihm nichts anderes übrig, als mit dir zu verhandeln. Hast du das verstanden?«

»Danach bin ich frei?«

»Danach bist du frei.«

Raisa konnte kaum ein Auge zutun. Immerzu hatte sie sich ausgemalt, wie es wäre, fortzugehen und nie wieder zurückzukehren. Mit Dimitri hatte sie sich eine Zukunft zusammengesponnen, an die sie nie geglaubt hatte. Nun sollte sich ihr innigster Wunsch erfüllen.

Sie wusste, wo sich Stanizana befand und in diese Richtung begab sie sich, nachdem Baba Jaga das Haus verlassen hatte. Unter ihrem Umhang hielt sie den Wäschekorb fest, in dem sich die Keramikschüssel mit den Bohnen befand, und die Wölfe folgten ihr nichtsahnend. Raisa entschied, dass es das Beste wäre, sie erst kurz vor dem Bach mit den Bohnen abzulenken. Sie wusste nicht, wie lange sie das Zählen aufhalten würde.

Heute war es bitterkalt und Raisa ging sehr schnell, um sich warm zu halten.

»Akim«, rief sie, als sie das Glucksen des Baches vernahm. »Ich habe etwas gehört.«

Der einäugige Wolf spitzte die Ohren und drehte seinen Kopf nach links und nach rechts. Danil und Ilja schlossen zu ihm auf. Raisa nutzte ihre Ablenkung, um sich an ihnen vorbeizuschleichen.

»Verzeiht mir«, wisperte sie und öffnete den Korb. In einer fließenden Bewegung griff sie die Schüssel und schüttete den Inhalt über ihre Schulter und wartete mit pochendem Herzen ab.

Langsam drehte sie sich um. Die Wölfe hatten ihre Schnauzen tief in den Schnee vergraben und huschten von einer Stelle zur nächsten. Ihre Ruten vor Aufregung hin und her schwenkend. Es funktionierte!

Sie lächelte erleichtert, während sie die Schüssel behutsam in den Schnee stellte. Den Bach erreichte sie in Windeseile, wo sie das getrocknete Brot aus ihrem Beutel nahm und über dem Wasser zerbröselte. Mit geschlossenen Augen rief sie die Magie herbei, die zusammen mit dem Brot die Biber heranlocken würde.

Es vergingen nur wenige Sekunden, da erblickte sie das braune Fell der kleinen Nager. Sie begannen augenblicklich mit der Arbeit, einen Damm zu errichten. Die vier Tiere stapelten Holz auf Holz und hielten dadurch das Wasser zurück.

Als der Grund vor Raisa sichtbar wurde, tat sie einen zögerlichen Schritt. Ihre Sohle sank in den weichen Boden ein. Erst ein Schritt, dann zwei. Sie spürte ein seltsames Ziehen in ihrer Brust, aber nichts hielt sie davon ab, das andere Ufer zu erklimmen und auszuatmen.

Sie hatte das Schlimmste geschafft. Sie war frei.

Ein starker Windstoß brachte sie fast zu Fall. Im letzten Moment hielt sie sich mit einer Hand an dem rauen Baumstamm fest und fand ihr Gleichgewicht wieder. Mit einem Mal verdunkelte sich ihre Umgebung und Raisa konnte kaum zwei Fuß weit sehen. Die kahlen Äste wirkten wie Baba Jagas knöcherne Finger, die nach ihr greifen wollten, um sie zurückzuhalten. Doch Raisa ließ sich nicht einschüchtern. Sie hatte es schon so weit geschafft, konnte Dimitris freudiges Lächeln bereits vor sich sehen, da würde sie nun nicht aufgeben.

Sie hatte das Wichtland betreten.

Mit Bedacht nahm sie ihren Weg erneut auf. Ohne die Hilfe der Sonne konnte sie sich nur auf ihren eigenen Orientierungssinn verlassen. Sie war sowieso davon überzeugt, dass es egal war, welchen Weg sie einschlug. Solange sie sich im Wichtland befand, würde sie nicht vorwärtskommen.

Raisa hob ihr Kinn an, knickte einen Zweig ab und duckte sich unter einem Ast hindurch. Es war still geworden. Weder das Plätschern des Baches noch Vogelzwitschern drang zu ihr durch und bald war sie von allen Seiten von gleich aussehenden Bäumen umgeben.

Als ihr immer kälter wurde, stieg allmählich ihre Verzweiflung an. Wie würde sie es hier rausschaffen? Was, wenn die schwarze Katze sie reingelegt hatte?

Das Knirschen von Sohlen auf dem Schnee riss sie aus ihren düsteren Gedanken und ließ sie innehalten. Sie lauschte nach weiteren Geräuschen. Die Schritte näherten sich. Lauter und schneller.

Sie blickte von links nach rechts, drehte sich im Kreis, konnte jedoch niemanden erkennen. Ihr Herz klopfte heftig gegen ihren Brustkorb und Schweiß bildete sich auf ihren Handflächen. Um sich vor einem möglichen Angriff zu schützen, murmelte sie einen Zauber, aber die Magie war fort. Raisa fühlte nicht einmal den kleinsten Rest. War nicht mehr als ein normales Mädchen.

Zu den Schritten gesellte sich ein gehässiges Lachen, das Raisa durch Mark und Bein fuhr. Sie ballte ihre Hand um die einzige Waffe, die sie besaß – ein Messer, mit dem sie normalerweise Blumen oder Blätter abtrennte.

»Wer ist da?«, rief sie und kniff die Augen zusammen, in der Hoffnung, dadurch besser in der Dunkelheit sehen zu können.

Das Gelächter wurde lauter, bevor es abrupt aufhörte. In der nächsten Sekunde schälte sich eine knochige Gestalt aus der Dunkelheit. Sie besaß lange weiße Gliedmaßen und war in Lumpen gekleidet, die in Fetzen von ihrem ausgehungerten Körper hingen. Raisa konnte die einzelnen Knochen unter der schmutzigen Haut zählen. Der Wicht blickte sie aus leeren Höhlen an, die Nase saß schief in dem ovalen Gesicht mit riesigen Fledermausohren.

Raisa musste sich dazu zwingen, nicht zurückzuweichen und keine Schwäche zu zeigen. Obwohl sie zitterte, erlaubte sie ihrer Furcht keinen Raum. Falls die schwarze Katze ihr die Wahrheit gesagt hatte, kam nun der wichtigste Teil.

»Wenn ein Mensch mein Land betritt, läuft mir das Wasser im Mund zusammen. Jaja«, sagte der Wicht mit hoher Stimme, die in Raisas Ohren schmerzte. Er kratzte sich mit den Fingernägeln über die Haut an seinen Armen und öffnete dadurch mehrere blutige Stellen. »Fleisch, Fleisch.«

»Ihr werdet mir nichts tun«, verkündete Raisa selbstsicherer, als sie sich fühlte. Der Wicht stockte, ehe er den Kopf schief legte und sie abwartend musterte. Es verunsicherte sie, die Gefühle nicht von seinen Augen ablesen zu können. »Ich fordere das Recht des Reisenden ein.«

Der Wicht kreischte. Sein lippenloser Mund öffnete sich weit und weiter und das Kreischen wurde laut und lauter.

»Ich fordere das Recht des Reisenden ein«, wiederholte Raisa über den Lärm hinweg und wappnete sich für einen Angriff. Das Messer erhob sie, falls er sich gegen seine eigenen Gesetze stellte und sie attackierte.

Das Kreischen verebbte schließlich. »Recht, Recht«, echote der Wicht, die Hände vor seinem Körper ausgestreckt, als würde er Raisa packen wollen, bewegte sich jedoch nicht.

»Also?«

Seine Gestalt wirkte so unheimlich, dass das Lehrlingsmädchen nicht wusste, wie lange es ihren Anblick ertragen würde. Die Furcht stieg in ihrem Inneren an und kleidete ihre Gedanken in schwarzen Nebel. Schon bald würde sie nicht mehr wissen, was sie hier überhaupt tat.

»Ich kann mich nicht dagegen wehren.« Der Wicht ließ die Arme sinken und neigte anerkennend den Kopf. »Was ist Euer Wunsch?«

Erleichterung durchflutete sie und spülte die Angst für einen Moment fort. »Ich möchte Euer Land sofort verlassen, um Stanizana zu erreichen.«

»Verständlich, verständlich. Ich werde Euch hinausführen für den Preis Eurer Augen.« Der Wicht gackerte.

»M-Meine Augen?« Schockiert tat sie einen Schritt zurück. Sie hatte damit gerechnet, dem Wicht etwas von ihrem Gold abzugeben, das sie Baba Jaga gestohlen hatte, doch nicht … Nein! »Aber dann sehe ich nicht mehr, wohin ich gehe.«

Und sie wäre hässlicher. Wie könnte Dimitri sie da noch zur Frau nehmen?

»Eure Augen, Eure Augen.« Der Wicht kicherte und tanzte auf der Stelle von einem Bein aufs andere.

Raisa zwang sich, tief Atem zu holen und nachzudenken. Sie hatte es geschafft, den Wicht zu einem Handel zu bewegen. Das bedeutete nicht, dass sie auf sein erstes Angebot eingehen musste.

»Ich gebe Euch etwas anderes. Ich brauche meine Augen.«

»Dann Euer Augenlicht.« Der Wicht lachte über seinen eigenen Scherz. »Damit werde ich sehen können.«

Raisa erkannte, dass es keinen anderen Weg gab. Dies war der größte Wunsch des Wichtes und er würde sie andernfalls nicht ziehen lassen.

»Ich gebe Euch das Licht eines meiner Augen«, gab sie nach, obwohl ihr allein bei dem Gedanken schlecht wurde.

Der Wicht hielt inne. »Ein Auge. Ein ganzes Auge und Ihr dürft mein Land verlassen.«

Raisas Lippen zitterten und Tränen stiegen in ebenjene Augen, die sie behalten wollte. »Einverstanden.«

Dimitri. Ich tue es für Dimitri.

So schnell, dass Raisa ihn nicht hatte kommen sehen, erreichte der Wicht sie und riss sie zu Boden. Er setzte sich auf ihre Brust und hob seinen Zeigefinger mit dem langen Fingernagel. Raisa schrie, noch bevor sich dieser in ihre Augenhöhle bohrte und den Augapfel ausgrub. Sie schrie und schrie und schrie, doch niemand hörte sie.

Blut wärmte ihre linke Gesichtshälfte und vollkommene Schwärze umfing sie, ehe der Schmerz verebbte und sich die Wunde mit Magie schloss. Sie blinzelte mehrmals, während sie sich aufrichtete. Der Wicht war verschwunden und hatte die Dunkelheit mitgenommen. Der Wald wirkte weniger unheimlich und die Sonne wies ihr wieder den Weg.

Sie wankte auf den Beinen, als sie die ersten Schritte mit nur einem Auge tat, aber sie war nicht bereit, aufzugeben. Das Schlimmste war geschafft. Noch ein paar Meilen, dann wäre sie mit Dimitri vereint.

Mit einem Tuch wusch sie das Blut von ihrem Gesicht, danach setzte sie ihren Weg fort. Freude vertrieb Furcht und Verlust. Bald …

Als die Sonne unterging, erreichte Raisa Stanizana. Sie hatte sich einer vierköpfigen Familie angeschlossen, die in der Stadt Handel mit farbenfrohen Stoffen betreiben wollte. Raisa genoss die Leichtigkeit ihrer Gespräche und ihres Gebarens, als wären sie wahrlich glücklich, mit der Familie im Winter durch Städte und Dörfer zu fahren.

»Wo werdet Ihr erwartet, junges Fräulein?«, erkundigte sich der Vater, der sie mitleidig ansah. Ihr verlorenes Auge musste sie weitaus mehr entstellen, als sie befürchtet hatte. In ihrem Bauch kribbelte es unangenehm.

»In dem Gasthaus neben der Kaserne«, antwortete sie. Dimitri hatte davon gesprochen, dass er dort seine Nächte verbrachte. Vielleicht war er bereits von der Jagd zurückgekehrt und sie könnte ihn überraschen.

»Dann bringen wir Euch bis zur Tür«, versprach die Mutter und nickte ihrem Gatten zu.

»Ich danke Euch.« Raisa lächelte ihnen und den beiden Kindern auf dem Wagen zu. Gemeinsam wanderten sie durch die engen Straßen, wichen anderen Wagen und Pferden aus, bis sie die Kaserne erreichten. Sie war ein quadratisches Gebäude mit mehreren Türmchen, aus denen weißer Rauch in den sich rasch verdunkelnden Himmel stieg. Ihr gegenüber stand das Gasthaus mit der goldenen Gans als Symbol auf der Tür.

Raisa verabschiedete sich von ihren freundlichen Helfern und zog die Kapuze tief ins Gesicht. Einige Männer und Frauen hatten ihr bereits misstrauische Blicke zugeworfen. Anders als die Familie, kannten sie vermutlich die Wahrheit des silbernen Haars.

Vor dem Haus zögerte sie einige Augenblicke. Es gab kein Zurück. Baba Jaga hatte ihre Flucht vermutlich bemerkt und würde sie verfluchen, sollte sie sich ihr erneut zeigen.

Schließlich zog jemand die Tür von innen auf, sodass Raisa zur Seite treten musste, um den wankenden Mann vorbeizulassen. Sie nutzte die Möglichkeit und schlüpfte im letzten Licht des Tages in den Schenkraum, während die Tür noch geöffnet war. Sofort wurde sie von stickiger Luft empfangen. Die Wärme kroch in ihre Wangen und Raisa konnte die Röte spüren, die sich auf ihnen verteilte.

Suchend blickte sie sich im Gehen um, wich diversen Gästen aus, die wild gestikulierten und schon den einen oder anderen Becher Wodka heruntergekippt hatten. Dann endlich erblickte sie Dimitri an einem der hinteren Tische. Neben ihm befanden sich zwei weitere Männer, mit denen er Karten spielte, und auf seinem Schoß saß eine Frau mit goldgesponnenem Haar.

Raisas Herz setzte bei dem Anblick aus. Sie wusste nicht, was sie tun sollte. Hatte sie die Blicke, die sie mit Dimitri gewechselt hatte, falsch gedeutet?

Eine Kellnerin rempelte sie an. »Pass doch auf.«

Raisa nuschelte eine Entschuldigung und huschte hinter den Sichtschutz zweier Sitzebenen, sodass sie das Gespräch zwischen Dimitri – ihrem Dimka – und seinen Freunden belauschen konnte. Ein dicker Kloß saß in ihrem Hals und verhinderte, dass sie nur ein Wort hätte sagen können.

»… Jagdgesellschaft setzt für ein paar Tage aus«, sagte gerade einer der Männer und stieß mit seinem Becher gegen Dimitris.

»Bedauerlich«, erwiderte Dimitri. Raisa konnte durch die Lücken zwischen den Brettern erkennen, wie eine Hand in dem Schoß der Frau lag. Sie kicherte entzückt. »Ich war kurz davor, die Hexe um den Finger zu wickeln.« Raisa konnte ihn kaum über das Rauschen in ihren Ohren verstehen. Sie wollte Dimitris Worten keinen Glauben schenken, und doch – welchen Grund hätte er, seine Freunde zu belügen?

»Du hast wirklich vorgehabt, sie unserem Herrn zu bringen?«

»Er hätte mich ordentlich dafür belohnt, seine eigene Baba Jaga zu haben«, erklärte Dimitri mit einem Schulterzucken. »Sie hätte lediglich mit einer Maske herumlaufen müssen. Ihr Gesicht ist so hässlich wie das einer Kröte.«

Als Raisas Herz in diesem Moment zerbrach, lachten die Männer und die Frau laut auf. Raisa wandte sich um und floh so schnell sie

konnte aus dem Gasthaus. Sie konnte nicht mehr atmen. Konnte nicht mehr denken. Ihr Körper fühlte sich schwer und seltsam an.

Alles hatte sie für Dimitri aufgegeben. Ihr Heim. Die einzige Mutter, die sie kannte. Ihre Zukunft.

Die Straße war wie leer gefegt. Die Menschen, die sich bis vor wenigen Minuten noch hier aufgehalten hatten, waren in ihre Häuser geeilt, um den Abend mit einem gemeinsamen Essen zu beenden. Nur Raisa war geblieben.

Nur Raisa.

Sie legte den Kopf in den Nacken, sodass ihre Kapuze herabfiel und ihr silbernes Haar befreite. Schreiend breitete sie ihre Arme aus, drehte die Hände mit den Handflächen nach oben und rief nach den Dämonen, denen sie ihre Magie zu verdanken hatte.

Als Donner über sie hinwegrollte und Blitze den Himmel erhellten, wurde Raisa noch lauter. In der nächsten Sekunde entleerten sich die Wolken in einem Sturm aus Regen und Schnee über ihr. Über Dimitri. Über ganz Stanizana.

Die Magie fuhr durch Raisas gesamten Körper, als hätte sie das Lehrlingsmädchen niemals im Stich gelassen. Wäre niemals fort gewesen. Raisa ballte die Hände zu Fäusten und lenkte die Magie in immer weitere Kreise um sich herum, sodass sie zerstörte und verwüstete. Ein Gebäude nach dem anderen. Ein Menschenleben nach dem anderen.

Ich bin kurz davor gewesen, die Hexe um den Finger zu wickeln.

Sie sah Dimitris Gesicht vor sich und die Macht verstärkte sich. Schreie schnitten durch die Nacht und die Furcht darin schürte Raisas Wunsch nach Vergeltung.

Ihr Gesicht ist so hässlich wie das einer Kröte.

Dächer fielen in sich zusammen, Häuser stürzten ein. Blut, Tod, Verderben.

»Komm nach Hause, *Rajuscha*«, hörte sie plötzlich die Stimme Baba Jagas durch den Wirbelwind. »Ich warte auf dich.«

Raisas Zorn ebbte ab und sie spürte eine unbekannte Leere in sich aufsteigen, die sie vollkommen ausfüllte. Unwillkürlich setzte sie sich in Bewegung, folgte der Stimme ihrer Meisterin. Ging nach Hause.

»So ist's gut, *Rajuscha.*«

Noch in der Nacht stolperte Raisa in die Arme Baba Jagas und begrüßte ihr Haus und das Vergessen wie einen alten Freund. Der Fluch, der nun ein Segen war. Sie würde Baba Jaga nie mehr verlassen. Die hühnerbeinige Hütte war ihr Zuhause. Die Hexerei ihr Schicksal. Sie würde sich nicht mehr gegen dieses Leben wehren.

»Danke«, flüsterte sie an Baba Jagas Ohr. Das Gesicht und den Namen des Mannes, der ihr Herz zerstört hatte, bereits vergessend.

Später, viel später, als das Lehrlingsmädchen auf seinen Decken gebettet lag, verließ Baba Jaga zusammen mit der schwarzen Katze die Hütte und kniete sich in den Schnee. Die Nacht war aufgeklärt und Baba Jaga konnte den vollen Mond am Firmament erkennen. Sie verdeckte ihn kurz mit einer Hand, bevor sie den Arm sinken ließ.

»Du hast gute Arbeit geleistet, schwarze Katze«, wisperte sie. »Ihr Herz ist nun meins. Ganz und gar.«

»Der junge Mann ließ sich leichter lenken als unser Esel, Baba Jaga. Ein bisschen Magie und er sagte in der Schenke das, was ich wollte.« Die schwarze Katze lachte. »Er wäre ihrer nie würdig gewesen.«

»Und nun ist er tot. Wie jede Hoffnung, jeder Wunsch Rajuschas«, bestätigte Baba Jaga.

»Sieben Jahre wird es dauern, bis sie wieder vergessen hat. Bis sie sich wieder verlieben wird. Was wird sie dem Wicht dann geben?«

»Ihre Schönheit, ihr Auge …« Baba Jaga schüttelte betrübt den Kopf. »Das ist der Fluch ihrer Mutter, schwarze Katze. Immer wieder den gleichen Fehler zu begehen.«

»Und der unsere ist es, sie immer wieder zurückzuholen.«
»Sieben Jahre«, krächzte Baba Jaga.
»Sieben Jahre.«

Holly Black

Giftschwestern

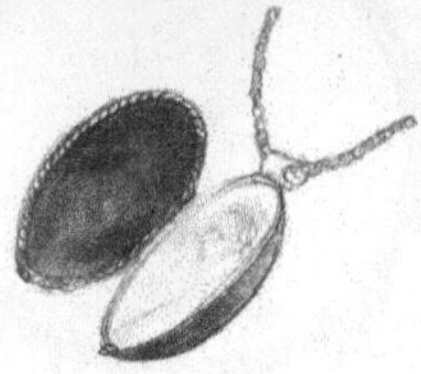

Holly Black

Holly Black ist für mich die Elfenkönigin. Es gibt nur wenige, die es mit ihr aufnehmen können, wenn es um die Beschreibung der Anderswelt geht. Schon in *Elfentochter* und mit ihrer Kinderbuchserie *Die Spiderwick-Geheimnisse* bewies die Amerikanerin, dass sie ein hervorragendes Händchen dafür hat, Feen und Kobolde zu beschreiben. Für ihr Debüt wurde sie mit dem *Andrew-Norton-Award* geehrt. Mittlerweile verfasst sie überwiegend Jugendbücher, und ich habe das Gefühl, sie wird mit jedem einzelnen noch besser. Daneben verfasste sie eine Zeit lang die Skripte für die Vertigo-Comicserie *Lucifer*.

Zuletzt auf Deutsch erschien von ihr – sieht man einmal vom jüngsten Band der Magisterium-Reihe ab, die sie gemeinsam mit Cassandra Clare schreibt – *Der Prinz der Elfen*. Für November ist ihr neuer großer Roman *Elfenkrone* angekündigt. Ihre Liebe zu Gnomen, Nixies & Co. führt Holly auf ihre Mutter zurück, einer Malerin und Puppenmacherin, die sie bereits früh mit der Anderswelt vertraut machte.

In *Giftschwestern* treffen wir weder Elfen noch lässt sich die Geschichte auf eine klassische Vorlage zurückführen. Dennoch ist diese bittersüße, böse Geschichte durch und durch märchenhaft und ich hoffe, sie begeistert euch ebenso sehr wie mich.

Das englischsprachige Original erschien erstmals in der Anthologie *The Restless Dead*. Ihr findet es aber auch in Hollys eigenen Kurzgeschichtensammlung *The Poison Eaters and other stories*.

www.blackholly.com

Giftschwestern

Ich hoffe, deine Fesseln sitzen nicht zu fest, mein Sohn. Bitte wehre dich nicht. Mach es dir nicht so schwer. Du bist so weich. Alle Prinzen sind weich und diese Zellen sind gemacht für harte Männer.

Es ist eine Schande, dass du deine Großmutter nie kennengelernt hast. Deine Wutausbrüche und dein Temperament hast du von ihr. Ich kann mir vorstellen, dass sie dich sehr gemocht hätte. Wie ironisch, dass Vater sie angeklagt hat, eine Giftmischerin zu sein. Paul, ich kann mir vorstellen, dass du gerade viel über Ironie nachdenkst.

Am Morgen ihrer Hinrichtung ließ sie sich von ihren Dienern ganz in Rot kleiden und in ihr Haar frische Rosen flechten. An ihren Fingern drängten sich Ringe mit rotweinfarbenen Steinen. Es gibt viele Gemälde von ihr in dieser Aufmachung; sie starb opulent. Es regnete ganz leicht. Ich war dazu auserkoren, sie zu ihrem Grab zu führen. Als sie meinen Arm ergriff, hatte das etwas von einer Hochzeitsprozession, und gemeinsam gingen wir die steilen Stufen hinab. Alles war dunkel und es stank nach Weihrauch. Meine Mutter beugte sich nah zu mir und flüsterte, dass ich großartig in Schwarz aussehen würde. Ich weiß noch, ich war nicht in der Lage, irgendetwas zu sagen. Ich konnte nur ihre Hand halten und sie drücken. Draußen begann der Regen immer stärker zu fallen. Wir konnten das Quieken der Menge hören. Aristokraten werden nicht gerne nass.

Meine Mutter lächelte und bemerkte: »Ich wette, sie wünschten, sie wären hier unten, wo es trocken ist.«

Ich zwang mich zu lächeln, küsste sie auf die Wange und sagte ihr Lebewohl. Oben an der Treppe warteten bereits die Maurer.

Meine Mutter und ich haben uns nicht nahegestanden, aber trotz allem war sie meine Mutter. Ich war ein pflichtbewusster Sohn. Ich hatte den Köchen befohlen, mein schärfstes Jagdmesser in den Speisen zu verstecken, die sie für sie zubereitet hatten. Ich frage mich, ob du das auch für mich tun würdest, Paul? Vielleicht würdest du es tun. Mich hat es nichts gekostet, Mitleid zu zeigen.

Siehst du diesen Becher? Ein hübsches Ding, aus massivem Gold, einer der wenigen Schätze, die meiner Familie noch geblieben sind. Er gehörte meinem Vater. Sein Mundschenk durfte seinen Wein nur in diesem Becher servieren, selbst wenn die anderen Gäste aus Silbergeschirr tranken. Ich habe ihn direkt neben mir stehen, mit genau dem Inhalt, den du hineingefüllt hast – halb mit Gift und halb mit Apfelwein, damit man es leichter trinken kann.

Ich will dir eine Geschichte erzählen. Du warst immer schon ruhelos, viel zu beschäftigt, um dir Geschichten von Menschen anzuhören, die schon lange tot sind, und von Geheimnissen, die nicht länger wichtig sind. Aber jetzt, Paul, wo du gefesselt und geknebelt bist, kannst du wohl kaum protestieren, wenn ich dir eine Geschichte erzähle:

Wenn die drei Schwestern irgendwann in der Nacht schlafen gingen, schliefen sie immer zu einem Knäuel verschlungen. Aber trotz allem wurde ihnen niemals warm. Ihre Lippen blieben blau und manchmal begann eine von ihnen zu zittern oder bekam einen Krampf, aber daran waren sie gewöhnt. An manchem Morgen, wenn ihnen Frauen ihr Frühstück brachten, berührte eine der Dienerinnen sie aus Versehen und war am nächsten Tag verschwunden. Aber auch daran waren sie gewöhnt. Was nicht hieß, dass sie nicht trauerten. Sie trauerten oft. Sie betrauerten die steifen und kalten Mäuse, die sie auf dem Steinboden ihres Zimmers fanden; sie betrauerten die Jagdhunde, die auf sie zugelaufen kamen, wenn sie draußen auf dem Hügel spazieren gingen, und die hochsprangen und dann einfach umfielen; den Schmetterling, der einmal für einen Augenblick auf Mirabelles Wange gelandet war und dann wie ein Stück Papier in einer Spirale zu Boden fiel.

In einem Winter gab ihr Vater ihnen Medaillons. In jedem befand sich das Gemälde eines jungen Mannes. Die Schwestern wechselten sich darin ab, Geschichten über diese Männer zu erfinden. In einer Geschichte war Nicholas – das war der Name, den sie dem Bild in Alices Medaillon gegeben hatten – ein Ritter mit einem silbernen Arm, der auf der Suche nach einem Schwert war, das nach dem Schmieden mit Sirenenblut abgekühlt worden war. Nachts verwandelte sich dieses Schwert in eine Sirene mit Haar so schwarz wie Tinte und Nicholas verliebte sich in sie. An diesem Punkt brach die Geschichte ab, denn Alice stürmte davon, weil sie wütend auf Cecily war, da diese sich eine Geschichte ausgedacht hatte, in der der junge Mann aus Alices Medaillon sich in jemand anderen verliebte.

Jeden Tag aßen sie einen Salat, der aussah, als bestünde er aus blühender Petersilie. Danach zitterten ihre Hände und ihnen wurde so kalt, dass sie sich derart nah ans Feuer setzen mussten, dass sie sich daran verbrannten. Manchmal kam ihr Vater herein und sah ihnen beim Essen zu. Aber er achtete genau darauf, sie niemals zu berühren. Stattdessen las er ihnen Gebete vor oder gemahnte sie der Gefahren des Müßiggangs und sagte ihnen, wie wichtig Näharbeit war. Manchmal ließ er eine von ihnen aus Homer vorlesen.

Der Sommer war ihre liebste Jahreszeit. Die Sonne wärmte ihr träges Blut und sie lagen dann wie Schlangen im Garten. Bei einem dieser Ausflüge sah der Lehrling des Schmieds Alice das erste Mal. Anschließend kam er öfter vorbei, las seine weinerlichen Gedichte vor und versuchte, sie auf sich aufmerksam zu machen. Es dauerte nicht lange, bis Alice nicht mehr aufhören konnte zu weinen. Sie wollte zu ihm gehen, wagte es aber nicht.

»Er ist nicht der junge Mann in dem Medaillon«, sagte Mirabelle.

»Sei nicht so dumm.« Alice wischte sich über ihre geröteten Augen. »Glaubst du wirklich, dass wir die Männer in den Medaillons heiraten und ihre Ehefrauen sein sollen? Glaubst du wirklich, dass wir die Medaillons aus diesem Grund bekommen haben?«

Cecily wollte etwas sagen, schwieg aber dann doch. Sie hatte immer gedacht, dass die jungen Männer in den Medaillons für sie bestimmt waren, aber sie wagte es nicht, das laut auszusprechen, weil sie befürchte, Alice würde sie dann ebenfalls für dumm halten.

»Stellt euch vor, wie es wäre, wenn eine von uns verheiratet wäre. Was würde dann geschehen, Schwestern? Wir sind nichts anderes als Messer, die gerade geschliffen werden.«

»Wieso sollte Vater das tun?«, wollte Cecily wissen.

»Vater?«, erwiderte Alice. »Glaubst du wirklich, dass er dein Vater ist? Oder meiner? Sieh uns doch nur an. Wie kann es dann sein, dass du, Mirabelle, klein und blass bist, während Cecily groß und dunkel ist? Wie kann es dann sein, dass ich Brüste wie Melonen habe, während ihre kaum größer als Johannisbeeren sind? Wie kann es dann sein, dass wir fast gleich alt sind? Wir sind genauso wenig Schwestern, wie er unser Vater ist.«

Mirabelle begann zu weinen. An diesem Abend gingen sie schweigend zu Bett, und als sie erwachten, weigerte Mirabelle sich zu essen. Sie spuckte den bitteren grünen Salat aus, auch noch, als sie sich schon träge und müde fühlte. Cecily bettelte ihre Schwester an, etwas zu essen, und sagte ihr, dass sie Schwestern waren, egal, was auch kommen mochte.

»Es könnte sein, dass wir verschiedene Mütter haben; das würde erklären, warum wir so unterschiedlich aussehen«, sagte Alice, aber sie klang nicht überzeugt und Mirabelle ließ sich davon auch nicht trösten.

Ihr Vater versuchte Mirabelle dazu zu zwingen, etwas zu essen, aber sie versteckte das Essen nur in ihrer Wange und spuckte es wieder aus, sobald er fort war. Sie wurde immer dünner und blasser, ihr Körper schrumpfte in sich zusammen, aber sie starb nicht. Sie verblasste zu einem dünnen, zerbrechlichen Ding, flüchtig wie Rauch.

»Was hat das zu bedeuten?«, fragte Cecily.

»Es bedeutet, sie sollte sich nicht so närrisch verhalten«, sagte ihr Vater. Er versuchte, sie mit einem Bündel des bitteren Krauts in Versuchung zu führen, das er ihr mit seiner behandschuhten Hand entgegenhielt, aber sie war ohne jede Substanz und glitt durch ihn hindurch, ohne ihm ein Leid zuzufügen, und schwebte hinaus in den Garten.

»Das ist alles meine Schuld«, sagte Alice.

Aber die geisterhafte Form von Mirabelle lachte nur ihr flüsterndes Lachen.

Am nächsten Tag ging Alice hinaus, um sich mit dem Lehrling des Schmieds zu treffen, und sie küsste ihn, bis er starb. Es brachte ihre Schwester nicht zurück. Es half ihr nicht dabei, mit ihrer Trauer fertigzuwerden. Sie errichtete ein Feuer und warf sich selbst hinein. Sie brannte, bis sie nur noch ein rußgeschwärzter Schatten war.

Es gab nicht genug Tränen auf der Welt, als dass Cecily hätte ausdrücken können, wie sie sich fühlte, also blieben ihre Augen trocken, während ihre Schwestern wie Schatten durch die Flure des Anwesens schwebten und ihr Vater sich in seinem Arbeitszimmer einschloss.

Als Cecily allein in einem dunklen Zimmer saß, kamen ihre Schwestern zu ihr.

»Du musst uns begraben«, sagte Alice.

»Es soll in dem Garten eines unserer Verehrers geschehen. Zusammen, damit wir nicht allein sind.«

»Warum sollte ich das tun? Warum sollte ich überhaupt irgendetwas für euch tun?«, fragte Cecily. »Ihr habt mich hier allein gelassen.«

»Hör auf, dich selbst zu bemitleiden«, sagte Alice. Nur weil sie keine physische Form mehr besaß, bedeutete das nicht, dass sie weniger herrisch geworden war.

»Wir brauchen dich«, flehte Mirabelle.

»Warum könnt ihr euch nicht selbst begraben? Schwebt einfach hinab in die Erde.«

»So funktioniert das nicht«, sagte Mirabelle zu ihr.

Mit einem resignierten Seufzen sammelte Cecily die Medaillons ihrer Schwestern ein, verließ das Anwesen und ging los. Sie war sich nicht sicher, wo sie hinging, aber die Straße führte in die Stadt.

Sie fürchtete sich davor, allein zu sein, ohne jemanden, der ihr das Haar kämmte oder ihr sagte, wann sie sich hinsetzen und zu Mittag essen sollte. Der Wald klang seltsam und unheilvoll.

Sie hielt an, kaufte einen Apfel und bezahlte ihn mit einem Silberring. Als sie an einem Stand vorbeikam, konnte sie hören, wie einer der Händler sagte: »Seht euch nur ihren blauen Mund, ihre blasse Haut an. Sie ist eine wandelnde Tote.« Als sie diese Worte hörte, wusste Cecily, dass sie der Wahrheit entsprachen. Das war der Grund gewesen, warum Alice und Mirabelle nicht sterben konnten. Sie waren bereits tot gewesen.

Sie lief lange Zeit und als sie müde wurde, ruhte sie sich an einem Fluss aus. Nachdem sie wieder aufgestanden war, konnte sie den Abdruck ihres eigenen Körpers sehen, denn dort war das Gras verdorrt. Tränen rannen ihre Wangen hinab und benetzten den Stoff ihres Kleides. Aber eine Träne fiel auf einige Ameisen, die emsig umherliefen, und sorgte dafür, dass sie sich nie wieder bewegen würden. Von da an achtete Cecily darauf, nicht mehr zu weinen.

In der nächsten Stadt zeigte sie die Bilder in den Medaillons einer Frau, die Blumenkränze für Gräber verkaufte. Sie kannte nur den ersten jungen Mann. Sein Name war Vance – nicht Nicholas – und er war der Sohn eines reichen Landbesitzers im Osten, der ihr einmal Hunderte Blumenkränze aus Chrysanthemen abgekauft hatte, mit denen er die Hälse der Pferde an Vances zwölftem Geburtstag hatte schmücken lassen.

Sie begann die staubige, vielfach gewundene Straße nach Osten entlangzugehen. Einmal nahm sie jemand auf seinem Wagen mit, der voller Heu war. Sie hielt die Hände gefaltet in ihrem Schoß und als der Bauer die Hand ausstreckte, um freundlich ihre Schulter zu berühren, zuckte sie zurück, als würde sie ihn verachten. Die Kälte, die anschließend in seinen Augen zu sehen war, verletzte sie und sie versuchte, ihn fortan zu ignorieren.

Ein anderer Reisender wollte ihre Halskette aus Opalen haben, die sie trug, aber sie schlug ihn und er fiel, als hätte er einen viel schlimmeren Schlag erfahren als den, den sie ihm mit ihrer weichen Hand versetzt hatte.

Während sie lief, unterhielten ihre Schwestern sich mit ihr. Manchmal umschwirrten ihre Worte sie wie Hornissen, manchmal versanken sie in schmollendes Schweigen. Einmal stritten Mirabelle und Alice sich darum, wessen Tod der dümmere gewesen war und Cecily musste beide anschreien, damit sie endlich damit aufhörten.

Cecily hatte oft Hunger, aber es gab keinen Salat aus bitterer Petersilie, also aß sie andere Blätter und Blumen, die sie in den Wäldern pflückte. Einige erfüllten sie mit dem vertrauten kalten Zittern, während andere ihre Kehle hinabglitten, ohne etwas anderes zu bewirken, als sie zu sättigen. Sie trank aus kühlen Bächen und schlammigen Pfützen und als sie Vances Anwesen erreichte, waren ihre Schuhe bereits voller Löcher.

Das Landgut befand sich oben auf einem kleinen Hügel und der Pfad war mit glatten, blassen Steinen ausgelegt. Die Tür war dunkelrot; sie hatte die Farbe von Beeren, die naschsüchtige Finger beflecken. Cecily klopfte an die Tür.

Die Diener sahen ihre prachtvolle, aber zerfetzte Kleidung und brachten sie zu Meister Hornpull. Er hatte weißes Haar, das ihm bis auf die Schultern fiel, aber der obere Teil seines Kopfes war kahl, glänzte eingeölt und hatte einen leichten Sonnenbrand.

Cecily zeigte ihm das Medaillon mit Vances Bild und erzählte ihm von Alices Tod. Er war freundlich und ließ kein Wort über Cecilys Kleidung fallen oder über die Tatsache, dass sie so überraschend und auch noch zu Fuß bei ihnen aufgetaucht war. Er sagte den Dienern, dass sie ein Zimmer für sie herrichten sollten und sie konnte sich in einer Badewanne waschen, deren goldene Wasserhähne die Form von Schwänen hatten.

»Wenn du ihn ein einziges Mal küsst, werde ich ihn für immer und ewig küssen können«, sagte Alice, während Cecily sich abtrocknete.

»Ich dachte, du magst den Lehrling des Schmieds«, sagte sie.

»Nicholas habe ich immer schon lieber gemocht.« Alices geisterhafte Stimme klang schnippisch.

»Vance«, korrigierte Cecily sie.

Diener kamen und fragten Cecily, ob sie zum Abendessen erscheinen würde, aber sie verneinte und schob als Grund Müdigkeit vor. Sie wollte bis zum Einbruch der Nacht auf der Matratze schlafen und sich dann in den Garten hinausschleichen, aber da klopfte es laut an die Tür und ihr Vater betrat das Zimmer.

Cecily bemühte sich, ihr Keuchen zu unterdrücken, was fehlschlug, und hatte Mühe, auf den Füßen zu bleiben. Einen Moment lang hatte sie Angst, obwohl sie nicht wirklich wusste, warum.

Er fuhr sich mit der behandschuhten Hand durch das grau werdende Haar. »Wie gut, dass du so berechenbar bist. Ich habe mir Sorgen gemacht, als ich bemerkt habe, dass du weg bist.«

»Es war zu traurig, allein dort zu sein«, sagte Cecily. Sie konnte ihm nicht in die Augen sehen.

»Du musst Vance anstelle von Alice heiraten.«

»Das kann ich nicht«, sagte Cecily. Was sie damit meinte, war, dass Alice darüber wütend sein würde, und tatsächlich lief Alice bereits wütend umher und murmelte erzürnt vor sich hin.

»Du kannst und du wirst«, sagte ihr Vater. »Ein jedes Ding sehnt sich danach, das zu tun, wofür es gemacht wurde.«

Cecily sagte nichts. Er zog eine Halskette besetzt mit Turmalinen aus seiner Tasche und legte sie ihr an. »Sei ebenso gehorsam, wie du schön bist«, sagte er. »Dann können wir nach Hause gehen.«

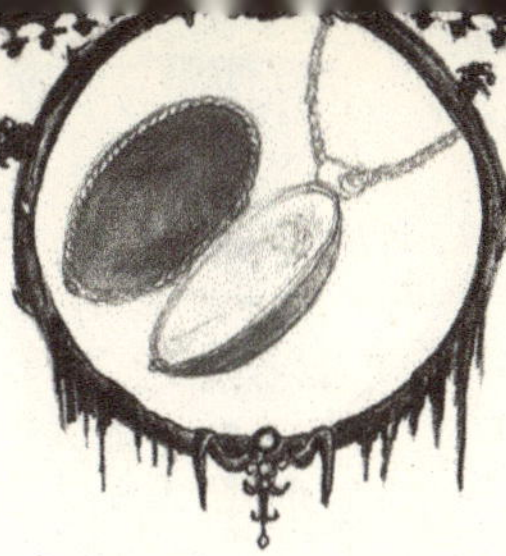

Die früheste Erinnerung, die Cecily an ihren Vater hatte, waren Hände, die in Handschuhen stecken – Handschuhe aus Leder, bezogen mit Ketten – und die ihr Zahnfleisch prüften. Sie war lange Zeit krank gewesen und lag auf einem Haufen Heu in einem stinkenden Zimmer voller kranker kleiner Mädchen. Sie erinnerte sich an sein unordentliches Haar und den perfekt gestutzten Bart. Und an sein Lächeln, das so wirkte, als würde er in ihre Richtung, aber nicht sie direkt anlächeln. »Kleine Mädchen sind wie Austern«, hatte er zu ihr gesagt, während er ihre Augenlider weit aufzog. »Ein Sandkorn reicht aus, damit die Auster es mit Perlmutt umhüllt, und so wird auch dein Unbehagen etwas Erstaunliches hervorbringen.«

»Wer bist du?«, fragte sie ihn.

»Erinnerst du dich nicht?«, hatte er gesagt. »Ich bin dein Vater.«

Das hatte sie traurig gemacht, denn sie musste wirklich sehr krank sein, wenn sie schon ihren eigenen Vater nicht erkannte. Aber er sagte ihr, dass sie gestorben und wieder zum Leben erwacht war. Darum sei es nur natürlich, dass sie einige Dinge vergessen hatte. Er hob sie mit seinen behandschuhten Händen hoch und trug sie aus dem Zimmer. Sie erinnerte sich daran, andere kranke Mädchen auf dem Heu gesehen zu haben, mit tief eingesunkenen, glanzlosen Augen und Körpern, die sich überhaupt nicht mehr bewegten. Das war etwas, was sie sehr gerne vergessen hätte.

Während sie in dem großen und seidigen Bett, das Meister Hornpull ihr zur Verfügung gestellt hatte, langsam einschlief, dachte Cecily an diese Mädchen, und die Gliedmaßen ihrer geisterhaften Schwestern schlangen sich um sie und kühlten sie.

Am nächsten Tag wurde Cecilys Gesicht angemalt: ihre Lippen leuchteten zinnoberrot, auf ihre Augenlider wurde Blau geschmiert, ihre Wangen mit Rosa künstlich zum Erröten gebracht. Sie hatten Tiegel mit weißem Zeug darin gebracht, das sie auf ihre Haut schmieren wollten, aber sie war bereits so blass, dass das unnötig war. Cecily bedeutete den Dienern zu gehen und steckte sich ihr Haar selbst hoch. Sie war nicht sehr gut darin und ein paar Locken fielen ihr auf die Schultern. Mirabelle versicherte ihr, dass es so viel besser aussah. Alice sagte ihr, dass sie unmöglich aussah. Mirabelle sagte, dass Alice nur eifersüchtig sei. Das mochte stimmen; Alice war immer schon eine eifersüchtige Person gewesen.

Im Salon im Erdgeschoss umfasste Cecilys Vater ihren Ellenbogen mit seiner behandschuhten Hand und während er sprach, zeigte sich ein breites, erzwungenes Lächeln auf seinem Gesicht.

Vance war ganz anders als in den Geschichten, die sie sich über ihn ausgedacht hatten. Er war klein und schlank, aber trotz allem gut aussehend. Sie tanzten und Cecily war sich der Wärme seiner Hände, die durch den Stoff ihres Kleides und das Satin ihrer Handschuhe sickerte, wohl bewusst, aber noch bewusster war sie sich der zärtlichen Seitenblicke, die er einer kleinen, kurvigen Frau in einem goldenen Gewand zuwarf.

»Mich hätte er gemocht«, schrie Alice. »Ich bin genau die Art Frau, die er mag.«

»Daran hättest du vielleicht denken sollen, bevor du …«, setzte Cecily an und vergaß einen Augenblick lang, dass sie mit einer Toten sprach. Vance wandte sich ihr zu, das Gesicht tiefrot und von seinen Lippen tropften die Entschuldigungen.

Als der Priester Cecily fragte, ob sie Vance zum Mann nehmen wolle, sprach er sie mit Mirabelle an. Dennoch wiederholte sie seine Worte.

»Bedeutet das, Nicholas gehört mir?«, flüsterte Mirabelle und ihre geisterhafte Stimme war von überraschter Freude erfüllt. In den Geschichten war er immer ihr Liebling gewesen. Cecily hatte den jungen Mann in Mirabelles Medaillon für ihren Geschmack immer viel zu sehr wie einen Bücherwurm dargestellt.

»Vance«, korrigierte Cecily sie so leise wie möglich.

»Töte ihn schon«, zischte Alice. »Hör auf, vor dich hin zu träumen.«

Und in der Tat lehnte Vance sich Cecily entgegen, um das Ehegelübde mit einem Kuss zu besiegeln. Im letzten Augenblick zog sie sich zurück, sodass sein Mund nur ihren Schleier streifte, und versuchte dann entschuldigend zu lächeln. Als sie sich umdrehte, um die Zeremonie mit ihrem neuen Ehemann zu verlassen, sah sie ihren Vater in der Menge. Er nickte einmal in ihre Richtung.

Auf der Feier, die der Hochzeit folgte, ließ einer der Gäste Cecily gegenüber fallen, wie gut es war, dass ihr Vater wieder Interesse an der Gesellschaft zeigte, nachdem er die Gunst des Königs verloren hatte.

»Er spricht mit mir kaum über Politik«, sagte Cecily. »Ich wusste nicht, dass er früher einmal ein Freund Seiner Majestät gewesen ist.«

Die Frau, die sie angesprochen hatte, sah sich um und wirkte hin- und hergerissen zwischen schlechtem Gewissen und Klatsch. »Das war zu der Zeit, als der König noch der jüngste Prinz gewesen ist. Niemand hatte erwartet, dass er einmal den Thron besteigen würde, weil sein Vater so jung und seine beiden älteren Brüder so gesund gewesen sind. Aber eine Krankheit hat sie alle drei geholt, einen nach dem anderen, und als Seine Majestät auf dem Thron saß, stand dein Vater hoch in seiner Gunst. Er hat Geld bekommen und Ländereien, größer als sich die der meisten von uns … nun ja, du weißt, wie weitläufig und schön die Ländereien deines Vaters sind.«

»Ja«, sagte Cecily und fühlte sich sehr dumm. Sie hatte sich nie gefragt, wo all das hergekommen war. Sie hatte einfach angenommen, dass es schon immer viel Reichtum gegeben hatte und es immer viel Reichtum geben würde.

»Aber nachdem der Prinz geboren worden war, entzog der König deinem Vater seine Gunst. Der König wollte ihn nicht mehr empfangen.«

»Warum?«, fragte Cecily.

»Woher soll ich das wissen?« Die Frau lachte. »Er hat dich dort oben wirklich in einer ganz anderen Welt leben lassen!«

Später ging sie in die große Schlafkammer und zog sich ein blasses Nachthemd an, das es irgendwie schaffte, noch immer dunkler als ihre Haut zu sein. Sie betrachtete ihre Arme, sah auf das Flechtwerk aus violetten Adern, die eine Karte von Pfaden zeichnete, die sie vielleicht beschreiten würde, ein Labyrinth aus Entscheidungen, aus dem sie den Weg hinaus nicht fand.

»Du siehst aus, als wäre dir kalt«, sagte Vance. »Ich könnte dich wärmen.«

Cecily dachte, dass es nett von ihm war, so etwas zu sagen, ganz so, als wäre ihm ihr Wohlergehen wichtiger als ihr zinnoberrot angemalter Mund oder die Saphire, die an ihren Fingern glitzerten. Sie hatte nicht das Herz, ihn davon abzuhalten, ihre Hand zu nehmen und seine Lippen auf ihre Kehle zu drücken. Als sie anschließend neben seinem kalten Körper lag, erinnerte sie das daran, wie es früher gewesen war, neben ihren Schwestern zu schlafen, bevor diese nur noch Schatten waren. Die kühle Berührung seiner Haut bot ihr Trost.

Am nächsten Morgen beklagte das ganze Haus seinen plötzlichen Tod. Alice und Mirabelle weinten ebenfalls, denn auch wenn er tot war, lebte er doch nicht weiter, so wie sie. Sie konnten seine Seele nicht einfangen, als er starb.

Cecily fuhr mit ihrem Vater in einer schnellen Kutsche fort und Liam war tot, bevor die Nachricht von Vances Beerdigung dessen Haus erreicht hatte. Bei dem zweiten jungen Mann war es viel einfacher gewesen, als sie erwartet hatte. Auf dieser Hochzeit war ihr Name Alice gewesen. Liam hatte in ihrer Schlafkammer kaum gesprochen; er hatte ihr einfach das Nachthemd heruntergerissen und war dann gestorben. Es blieb keine Zeit, sich in den Garten hinauszustehlen. Keine Zeit, um ihre Schwestern zu begraben.

Auf dem Weg zum Palast war ihr Vater so zufrieden, dass er kaum still sitzen konnte. Er aß eine ganze Schachtel voll Süßigkeiten und kicherte in sich hinein, während er auf die vorbeifliegende Landschaft hinaussah.

Er hatte ihr auch etwas zu essen mitgebracht, eine vertraute Mischung aus Kräutern, die sie einfach in der Schüssel stehen ließ.

»Ich mag sie nicht«, sagte sie. »Sie machen mich krank.«

»Iss einfach!«, sagte er. »Mach einmal das, was ich dir sage.«

Sie spielte mit dem Gedanken, die Schüssel einfach aus dem Fenster zu werfen und die Kräuter in alle Winde zu verstreuen, aber ihr Geruch erinnerte sie an Mirabelle und Alice, die mittlerweile kaum noch nach etwas rochen. Außerdem gab es nichts anderes. Cecily aß die Kräuter.

Als die Kutsche den Palast erreichte, hatte sie den Geschmack noch immer in ihrem Mund. Sie erwartete halb, dass man sie in Eisen legen würde, und als sie an den miteinander flüsternden Höflingen vorbeigingen, glaubte Cecily, dass sie einander zuraunten, was für üble Taten sie bereits begangen hatte.

Wir trafen uns das erste Mal in der Bibliothek. Ich war groß und nicht besonders auffällig, mit pockennarbiger Haut. Ja, ich bin der Prinz in dieser Geschichte. Hast du es erraten, Paul? Cecily hat mir später erzählt, dass ich, als ich sie zum ersten Mal anlächelte, immer noch so aussah, als würde ich die Stirn runzeln. Meine erste Erinnerung an sie ist, dass sie die schwärzesten Augen hatte, die ich jemals zu Gesicht bekommen habe.

»Das ist deine Verlobte. Cecily«, sagte Cecilys Vater zu mir.

»Ich weiß, wer sie ist«, sagte ich. Sie sah dem Bild, das mir gegeben worden war, sehr ähnlich. Die meisten Frauen tun das nicht. Deine Mutter sah ganz anders aus.

An diesem Nachmittag wusch Cecily sich den Straßenschmutz aus der Kleidung und ging dann in den Gärten des Palastes spazieren, während ihr Vater die letzten Vorbereitungen traf. Die Gärten waren üppig und schön, sogar noch schöner als die ihres Vaters. Pflanzen mit Blütenköpfen voller Samen, die so groß waren wie der Schädel eines Säuglings, hingen von dicken Stängeln. Sie berührte die leuchtend violetten und roten Wedel einer Blüte und es wirkte, als würden sie unter ihren Fingern zusammenzucken. Das spitzenartige Laub einer anderen Pflanze sah aus wie die Petersilienpflanze in ihrem Salat. Als sie sie zerdrückte, breitete sich ein stechender, vertrauter Geruch aus. Er glich dem Atem ihrer Schwestern. Sie bückte sich, um davon zu kosten.

»Stopp! Die ist giftig!« Ein Gärtner rannte den Pfad entlang und er trug mit Stahl besetzte Lederhandschuhe wie die, die ihr Vater trug. Sein Haar fiel ihm ins Gesicht und er schob es sofort wieder zurück. »Du solltest dich nicht in diesem Teil des Gartens aufhalten.«

»Es tut mir leid«, stammelte Cecily. »Aber was ist das für eine Pflanze? Sie wächst auch zu Hause, in unserem Garten.«

Er schnaubte. »Das glaube ich kaum. Das sind Hybride. Es gibt sie nirgendwo sonst auf der Welt.«

Sie musste an die Frau auf ihrer Hochzeit denken, die ihr erzählt hatte, dass ihr Vater und der König einst befreundet gewesen waren. Er musste sich Setzlinge von diesen Pflanzen genommen haben.

Sie lief weiter, in der Hoffnung, den Gärtner hinter sich zu lassen, damit sie sich um das Begräbnis ihrer Schwestern kümmern konnte. Aber er schien ihre Wünsche falsch zu deuten, denn er lief neben ihr und wies sie auf preisgekrönte Blumen hin. Sie schaffte es schließlich, eine langatmige Erklärung dafür, warum die königlichen Äpfel die süßesten auf der ganzen Welt waren, abzuwürgen, indem sie vorgab, dass ihr kalt war, und sie zog sich in den Palast zurück.

An diesem Abend wurde Cecily zu Ehren ein Bankett gegeben. Sie saß an dem langen Tisch, auf dem ein gestärktes Leinentuch lag und der mit Speisen bedeckt war, die sie nicht kannte. Es gab Aal in Bohnenkraut; winzige Vögel, gefüllt mit Beeren und Kräutern, deren Knochen zwischen Cecilys Zähnen knackten; Birnen, gefüllt mit Mandelküchlein, mariniert in Wein; es gab sogar mit Zucker bestreute Pasteten in der Form des Palastes, die mit Gold überzogen waren.

»Oh«, keuchte Mirabelle. »Das ist alles so wundervoll.«

Aber Cecily wurde klar, dass, egal wie wundervoll diese Speisen auch waren, sie sich vor dem Gedanken ekelte, dieses Essen an den

Mund zu führen. Sie blickte quer über den Tisch und sah ihren Vater, der in ein Gespräch mit dem König vertieft war und sich ganz und gar nicht so verhielt, als würde er nicht mehr in dessen Gunst stehen.

In dieser Nacht verließ Cecily ihr Zimmer und ging in den Garten hinaus. Beim Spaziergang mit dem Gärtner hatte sie erfahren, wo er sein Werkzeug aufbewahrte und sie stahl einen Spaten. Während ihre Schwestern um sie herumflatterten, sah sich Cecily nach dem richtigen Platz um, wo sie sie zur Ruhe betten konnte. Im Mondlicht sahen alle Pflanzen gleich aus, die glänzenden Blätter waren silbrig und die Blüten so fest wie Tore verschlossen.

»Sei vorsichtig«, sagte Mirabelle. »Du bist die Letzte von uns, die noch übrig ist.«

»Und wessen Schuld ist das?«, wollte Cecily wissen.

Keine von beiden sagte noch etwas, während Cecily sich endlich für einen Ort entschieden hatte und begann zu graben. Die saftige Erde ließ sich leicht ausheben.

Und das war es, was ich sie tun sah, als ich den Palast verließ. Ich hatte nach ihr gesucht, aber als ich sie fand, schaufelte sie im Schmutz herum und ich wusste fast nicht, was ich sagen sollte.

Sie sah mich und kauerte sich zusammen. Ihre Finger waren schwarz vor Erde und in dem wenigen Licht, das durch die Fenster des Palastes nach draußen drang, wirkte sie wie ein Tier. Ich glaube, sie wusste es nicht, aber ich fürchtete mich.

»Bitte«, sagte Cecily. »Ich muss das zu Ende bringen. Ich schaufle ein Grab für meine Schwestern.«

Ich muss zugeben, dass ich damals dachte, sie wäre verrückt. Ich drehte mich um, um zurück ins Haus zu gehen und die Wachen zu rufen, weil ich glaubte, dass mein Plan in Scherben lag.

»Bitte«, sagte sie wieder. »Ich werde dir auch ein Geheimnis verraten.«

»Dass du hergekommen bist, um mich zu töten?«, fragte ich sie. »So, wie du Vance und Liam getötet hast?«

Sie runzelte die Stirn.

Und da erzählte ich ihr den Teil der Geschichte, den sie nicht kannte, und sie erzählte mir das meiste von dem, was ich dir heute Abend erzählt habe. Ich werde es für dich zusammenfassen, Paul. Ich weiß, wie langweilig du solche Sachen findest.

Als mein Vater noch ein Prinz war, so wie du, hatte er Frauen wie sie angeheuert, um die Männer, die vor ihm in der Thronfolge standen, zu töten. Er war sehr effizient; niemand zweifelte an, dass sie einfach nur krank geworden waren. Mutter hat es mir vor ihrem Tod erzählt, und ich habe es Cecily erzählt.

Wie es aussah, war meine Geburt der Grund, warum Vater Cecilys Vater aufs Land geschickt hat. Er fühlte sich unwohl dabei, seinen eigenen Sohn anzusehen und dann daran denken zu müssen, was für eine Sorte Sohn er einmal gewesen war.

Aber als ich älter wurde, war er sich sicher, dass ich seinen Tod plante. Er schrieb an Cecilys Vater und überredete ihn, aus dem Ruhestand zurückzukehren. Ihr Vater hatte aber seinen Preis; er wollte natürlich einige alte Rechnungen begleichen – Liam und Vance. Ich habe die Details vergessen. Es ist auch nicht wichtig. Unsere Verlobung wurde arrangiert.

»Wie hast du es herausgefunden?«, fragte mich Cecily, nachdem ich zu Ende erzählt hatte.

»Meine Mutter hat mir beigebracht, wie ich den Briefverkehr meines Vaters lesen kann.«

Ich hatte nicht erwartet, dass sie sowohl das Gift als auch die Giftmischerin sein würde und ich merkte, wie ich ihre blasse Haut und die schwarzen Augen genauer musterte, um ein Zeichen zu finden, dass das die Wahrheit war. Unbewusst beugte ich mich zu ihr und etwas an ihrem Geruch – süß, wie Fäulnis – ließ mich schwindelig werden. Abrupt machte ich einen Schritt zurück.

»Ich werde einen Handel mit dir eingehen«, sagte ich. Es war nicht der Handel, den ich ursprünglich im Sinn gehabt hatte, aber ich versuchte, mit selbstbewusster Stimme zu sprechen. »Töte deinen und meinen Vater. Dann kannst du deine Schwestern in diesem Garten beerdigen. Ich werde für ihre Sicherheit sorgen, solange ich regiere, und ich werde verfügen, dass der Garten nicht verändert werden darf, auch wenn ich einmal nicht mehr bin.«

Sie sah mich an und ich konnte nicht sagen, was sie sah. »Wirst du auch mich hier begraben?«

Ich stotterte, versuchte, eine Antwort zu finden. Sie war klüger, als ich ihr zugetraut hatte. Natürlich würde man sie gefangen nehmen und hinrichten. Männer waren aus den Baronien schon auf dem Weg hierher, um die Morde an ihren beiden Ehemännern zu rächen, dessen war ich sicher.

»Das werde ich.«

Sie lächelte scheu, aber ihre Augen glänzten. »Und wirst du mein Grab und das Grab meiner Schwestern pflegen? Wirst du uns Blumen bringen und uns Geschichten erzählen?«

Ich sagte, dass ich auch das tun würde.

Cecily hob die Gräber für Mirabelle und für Alice aus. Jede der jungen Frauen rollte sich auf dem Boden der Löcher zusammen wie blasse Nebelschwaden, und Cecily begrub sie mit ihren bloßen Händen.

Ich wünschte, sie wäre eine normale junge Frau gewesen; dass ich dann versucht hätte, ihre Hand zu nehmen oder sie an mich zu ziehen, um ihr Trost zu spenden. Aber stattdessen verließ ich den Garten, gejagt von meiner eigenen Feigheit.

Am nächsten Tag legte sie ihr Hochzeitskleid an, streifte lange weiße Handschuhe über und frisierte sich ihr Haar selbst. Während der Trauung nannte man sie Cecily und sie versprach, mir eine gute und treue Ehefrau zu sein. Und das war sie. Die beste und treueste von allen meinen Ehefrauen.

Es gab ein Bankett mit vielen Segenswünschen, einen nach dem anderen. Das Gesicht des Königs war rot vom Alkohol und vom

Lachen, aber er sah mich nicht an, nicht einmal, als er auf meine Gesundheit trank. Als ein Teller mit Mandelküchlein gereicht wurde, stand Cecily auf und hob ihr eigenes Glas. Sie ging zu dem Teil des Tisches, an dem ihr Vater und der König nebeneinandersaßen.

»Ich will einen Toast ausbringen«, sagte sie und die versammelten Gäste wurden still. Es war nicht üblich, dass die Braut sprach.

»Ich will meinem Vater danken, der mich gemacht hat, und dem König, der bei diesem Prozess ebenfalls Anteil hatte.« Mit diesen Worten beugte sie sich herunter, nahm das Gesicht ihres Vaters zwischen ihre Hände und drückte ihre Lippen auf seine. Er wehrte sich, aber ihr Griff war erstaunlich fest. Ich fragte mich, wie ihr Mund sich angefühlt haben mochte.

»Lebe wohl, Vater«, sagte sie. Er fiel in seinen Stuhl zurück und rang nach Luft. Sie lachte, nicht heiter, nicht einmal spöttisch; es klang eher wie ein Schluchzen. »Du hast mich so scharf geschliffen, dass ich sogar mich selbst geschnitten habe.«

Der König sah verwirrt aus, als sie sich umdrehte und seine Hand in die ihre nahm. Er muss sehr betrunken gewesen sein, da er wohl gedacht hatte, endgültig sicher vor mir zu sein. Denn er trug keine Handschuhe. Er entriss ihr seine Finger mit solcher Gewalt, dass er seinen Wein umstieß. Die rote Flut breitete sich auf dem weißen Tischtuch aus während er starb.

Natürlich erschossen sie sie. Die Wachen. Irgendwann fiel selbst sie.

Ja, ich schätze, ich habe die Geschichte an einigen Stellen etwas ausgeschmückt, möglicherweise war ich auch ein wenig dramatisch, aber das alles zählt nicht. Was zählt, ist, dass ich sie, nachdem sie sie erschossen hatten, hinaus in den Garten trug – vorsichtig, ganz vorsichtig – und sie neben ihren Schwestern begraben habe.

Aus jedem Grab wuchs eine Pflanze, bedeckt von Dornen und mit Blättern wie Samt. Die Blüten sind sehr giftig, aber das weißt du ja bereits. Ja, es ist die Pflanze, mit der du versucht hast, mich zu vergiften. Ich kenne ihren Duft gut – scharf und schwer –, zu gut, um ihn nicht in dem goldenen Becher, den du mir gegeben hast, riechen zu können, nicht einmal, nachdem er mit Apfelwein vermischt wurde.

In ein paar Minuten werden die Diener kommen und dich losbinden. Überrascht? Ah, na ja, ein Vater muss für seinen einzigen Sohn ein paar Überraschungen bereithalten. Du wirst ein guter König werden, Paul. Und ich werde diesen wunderschönen Becher an meine Lippen setzen und trinken. Nachdem ich so viel erzählt habe, bin ich durstig.

Ich habe Anweisungen hinterlassen, wo ich gerne begraben werden möchte. Nein, nicht bei deiner Mutter, auch wenn ich sie zeitweise sogar recht gern gehabt habe. Neben den Blumen im Westgarten. Du weißt, welche.

Möglicherweise sollte ich dir den Knebel abnehmen, damit du deine Unschuld beteuern, deiner Ungläubigkeit Luft machen oder dich von deinem Vater verabschieden kannst. Aber ich glaube, ich werde es nicht tun. Ich weiß die Stille sehr viel mehr zu schätzen.

Brigitte Melzer

Die Wunschkarte

Brigitte Melzer

Den Abschluss der diesjährigen Märchenanthologie macht eine Kurzgeschichte von Brigitte Melzer. Ihr Debüt gab sie 2004 mit *Whisper – Königin der Diebe*. Danach widmete sie sich unter anderem Vampiren (*Vampyr-Trilogie*) und Engeln (*Rebellion der Engel*). Ihren jüngsten High Fantasy-Roman *Elathar – Das Herz der Magie* veröffentlichte sie unter dem Pseudonym Rachel Crane. Für März 2019 ist mit *Rayne – Die Macht der Schatten* ein Sequel angekündigt.

Brigitte lebt in München, arbeitete viele Jahre lang in einer Bank und kam über Rollenspiele zum Schreiben. »Meine Erstfassungen neigen dazu, schmalzig zu sein«, gesteht sie auf ihrer Website. Deshalb ist sie auch ein großer Fan von Überarbeitungen. Das glaube ich ihr gern, denn *Die Wunschkarte* ist vieles, aber sicher nicht schmalzig. Sie bezeichnet die Geschichte selbst als »ziemlich abgedreht« und ich mag ihr da nicht widersprechen. Sie erschien ursprünglich 2006 in der Ueberreuter-Anthologie *Wolfgang Hohlbein präsentiert: Fantastische Weihnachten*. Für unsere Kurzgeschichtensammlung hat Brigitte sie aber noch einmal überarbeitet. Und nachdem wir euch in den vorangegangenen Geschichten überwiegend in die romantischen, düsteren und geheimnisvollen Gefilde der Fairytale-Fantasy entführt haben, machen wir jetzt noch mal einen Abstecher an einen deutlich skurrileren Ort.

www.brigitte-melzer.de

Die Wunschkarte

Es war einmal eine Prinzessin (das bin ich), deren Großmutter sagte immer, man solle nie alles auf eine einzige Wunschkarte setzen. Das ist eine der unzähligen Weisheiten, die sie aus irgendeinem Buch hatte und mit denen ich nie etwas anfangen konnte. Sicher, es heißt Bücher lügen nicht und Großmütter schon gar nicht! Dennoch gab ich nichts darauf. Schließlich ist das dieselbe Frau, die auch behauptete, es sei besser, seine Nase nicht in fremde Angelegenheiten zu stecken.

Ich räume ein, dass mich das Labor der Zauberer vielleicht wirklich nichts anging. Aber ich war neugierig. Ist das so schlimm? Schließlich bedeutet Neugierde, dass man sich für seine Untertanen interessiert.

Es war ausgerechnet Meister Borgan, der Oberste ihrer Zunft, der mir das Tor zum Allerheiligsten der Rauschebärte – ihrem Turm – öffnete. Dazu muss man wissen, dass der Turm keine Tür hat (das wird jeder Geschichtsschreiber bestätigen, da ihr womöglich gerade keinen greifbar habt, sage ich es euch). Ich habe mich schon lange gefragt, wie die Zauberer rein- und rauskommen – bis ich einmal mit ansehen durfte, wie sie es anstellen. Mit Zauberei nämlich! Ganz ehrlich, darauf hätte ich selbst kommen können.

Jedenfalls sah ich eines Morgens Meister Borgan, als dieser mit erhobenen Armen vor dem Turm stand und wirres Zeug murmelte. Im ersten Moment dachte ich, er hätte dem Wein zu sehr zugesprochen, bis mir auffiel, wie geübt er jede Bewegung ausführte. Seine Robe war reichlich zerknittert, was den Gedanken nahelegte, dass er verschlafen hatte und spät dran war. Eine entsprechende Eile könnte auch erklären, warum er vergessen hatte, sich davon zu überzeugen, dass ihn niemand beobachtete.

Da stand er also und brabbelte vor sich hin. Ich hatte schon immer ein gutes Gehör und irgendwie kann ich mir Dinge, die mich nichts angehen, besonders gut merken. Zum Beispiel magische Worte, die einem den Zugang zum Turm der Zauberer öffnen.

Ich habe sie natürlich nicht angewendet. Zumindest nicht sofort. Der bloße Gedanke, jemand könnte beobachten, wie ich mich mit diesem senilen Gebrabbel (genau danach klang es) zum Narren mache, hielt mich davon ab. Am Ende noch jemand, der mich kennt. Mein guter Ruf wäre für alle Ewigkeit dahin! Und kommt mir nicht damit, dass in meiner märchenhaften Zauberwelt Ewigkeiten ebenso relativ sind wie (m)ein guter Ruf.

Mit schier unmenschlicher Anstrengung hielt ich meine Neugierde im Zaum. Endlose zwei Tage lang! Schließlich habe ich es nicht länger ausgehalten. Ich wollte mich nur ein wenig umsehen und mich dann unbemerkt wieder davonschleichen.

So kommt es, dass ich mich hinter der Mauer eines angrenzenden Anwesens auf die Lauer lege und warte, bis die Zauberer am späten Vormittag ihren Turm verlassen. Vermutlich sind sie auf dem Weg zu einem Kundenbesuch. Vielleicht bei einem König, dessen unglückselige Tochter sie aus den Klauen eines Feuer speienden Drachen befreien sollen. Oder bei einem Statthalter, dessen Heim von einer Horde Orks bedroht wird. Wie auch immer: Sie sind weg und ich kann mich in Ruhe umsehen.

Ich warte, bis sie nicht mehr zu sehen sind, ehe ich mich aus meinem Versteck wage. Was wirklich Zeit wird, denn viel länger hätte ich den Kampfdackel, der das Anwesen bewacht, auf dessen Grund und Boden ich mich verstecke, nicht am Bauch kraulen können, um ihn ruhig zu halten. Das undankbare Vieh schnappt nach mir, als ich meine Hand zurückziehe und mich anschicke, über die Mauer zu steigen.

Hinter dem Turm liegt ein riesiger Kürbis im Gras. Ich habe davon gehört. Jeder hat das. Man sagt, dass er sich bei Bedarf in eine Kutsche verwandelt. Allerdings nur bis Mitternacht. Wenn man nicht in seinen drückenden Glaspantöffelchen zu Fuß nach Hause laufen möchte, sollte man über dem Tanz mit dem Prinzen besser nicht die Zeit aus den Augen verlieren.

Endlich stehe ich vor dem Turm.

TURM DER ZAUBERER – LABOR UND WERKSTATT

steht groß auf einem Messingschild. Und etwas kleiner darunter:

Offizielle Ausstatter von Hexen, Feen und weiteren Bewohnern des Es war einmal.
Fragen Sie nach unseren Sonderpreisen für fliegende Teppiche,
Unsichtbarkeitsumhänge und andere Meterware.

Ich weiß nicht genau, was ein Labor ist, doch die Leute sagen, dass die Zauberer hier für ihre Auftraggeber Tränke brauen und Gegenstände erschaffen. Magische Gegenstände. Bei dem Gedanken daran beschleunigt sich mein Herzschlag. Ich bin aufgeregt und sehr, sehr neugierig.

Rasch werfe ich einen Blick zur Straße. Niemand ist zu sehen. Gut. Bemüht, Meister Borgan genau zu imitieren, recke ich die Arme in die Luft. Schon da komme ich mir unglaublich dämlich vor. Richtig bekloppt beginne ich mich zu fühlen, als ich die Worte des Zauberers wiederhole. Was für ein Gefasel! Immer wieder sehe ich mich nach allen Seiten um. Allein die Vorstellung, mein heldenhafter Traumprinz (bisher bin ich ihm nicht begegnet, seine Ankunft ist mir jedoch bereits vor meiner Geburt von einer Fee prophezeit worden), könnte ausgerechnet in diesem Moment auf seinem stolzen Ross um die Ecke kommen … Erschreckend!

Zu meiner Erleichterung kommt niemand.

Allerdings beginnt sich die Umgebung zu verändern. Der Boden wird matschig. Meine Schuhe versinken und bald stehe ich bis zu den Knöcheln in einem graubraunen Morast, der mich an Tante Dörthes Pudding erinnert. Unwillkürlich schließe ich die Augen. Umgebung hin oder her, es gibt Dinge, deren Anblick einer Prinzessin erspart bleiben sollte!

Ich fahre damit fort, die beschwörenden Formeln zu murmeln, denn ich will in den Turm. Jetzt erst recht! Allein um dieser erschütternden Manifestation von Tante Dörthes Pudding zu entgehen. Ein penetranter Gestank steigt mir in die Nase, der nichts mit Süßspeisen zu tun hat. Es riecht so stark nach Veilchen, dass mir übel wird. Zu dem Gestank mischt sich zu allem Überfluss noch Lärm. Das Glockengeläut, das im Schloss erklingt, wenn ein Feind in Sicht ist, ist nichts gegen den Krach, der meine blaublütigen Ohren jetzt zum Klingen bringt.

Ich will sie mir zuhalten, doch es gelingt mir nicht, die Arme zu heben, da etwas an meinen Ärmeln reißt. Ich weigere mich, die Augen zu öffnen. Vermutlich würde ich nur eine Horde Kinder erblicken, die an meinem Gewand zupft und um Süßigkeiten bettelt. Mit einem heftigen Schütteln versuche ich, die Rotznasen loszuwerden. Aber die verdammten Blagen lassen sich nicht abschütteln. Das Ziehen wird stärker, breitet sich aus, bis es meinen gesamten Körper erfasst. Bereit, den Gören den Hintern zu versohlen, öffne ich die Augen. Und erschrecke fürchterlich, als ich in eine grausige Fratze blicke. Ich stolpere zwei Schritte zurück, bis ich in der Fratze mein eigenes vor Schreck verzerrtes Antlitz erkenne. Ein Spiegel. Bloß ein Spiegel. Ich atme auf. In der unteren linken Ecke steckt eine Notiz im Rahmen: *Verkauft – wird von der bösen Königin abgeholt.*

Die böse Königin kenne ich. Nun ja, eigentlich ihre Stieftochter Schneewittchen. Wir sind uns letztes Jahr auf einem Ball begegnet. Ein nettes Mädchen und wahnsinnig hübsch. Bestimmt will ihre Stiefmutter sie mit dem Spiegel überraschen. Ein Geschenk zum Wiegenfest vielleicht?

Vergiss den Spiegel, rufe ich mich zur Ordnung. Wo sind die Kinder, denen ich den Hosenboden strammziehen wollte? Es ist niemand da. Das Klingen in meinen Ohren ist verstummt und meine Füße stehen im Trockenen, keine Spur von Morast oder Pudding. Der Turm, vor dem ich eben stand, ist nicht mehr da. Zumindest nicht von außen.

Ich bin drin!

Während meine Augen versuchen, sich an das Halbdunkel zu gewöhnen, lasse ich meinen Blick umherwandern. Das Labor ist ein großer runder Raum mit gemauerten Wänden und ohne jede Tür. Die wenigen Fenster sind mit schweren dunkelroten Samtvorhängen verhängt. Trotz der schlechten Lichtverhältnisse entgeht mir nicht, dass der Raum viel größer ist, als er sein dürfte – mindestens doppelt so groß, wie der Turm von außen aussah.

Ich besitze unzählige Kleider und Schuhe, Geschmeide, Spieluhren, Musikinstrumente und Spielzeuge aus allen bekannten Königreichen – derart viele Kostbarkeiten, dass ich dafür einen eigenen Flügel im Schloss habe. Doch noch nie habe ich so viel Eigenartiges auf einem Haufen gesehen.

In einer Glasvitrine neben mir liegt eine goldene Spindel, daneben ein goldener Ball und auf dem Regal darunter eine … was ist das? Eine Lampe? Ein Ölkännchen? Die schmucken Ornamente an der Oberfläche sind abgenutzt und kaum zu erkennen – als hätte jemand immer und immer wieder mit der Hand darüber gerieben. Nur wozu? Daneben liegt ein halb entrolltes Pergament.

Dienstbarer Geist gesucht – Unterkunft wird gestellt, entziffere ich.

Während ich mich frage, ob die Zauberer auf der Suche nach einer Haushaltshilfe sind, sehe ich mich weiter um. An einer Wand hängt etwas, das nach einem Bauplan samt Rezept aussieht – für ein Lebkuchenhaus –, und auf einem gepolsterten Hocker döst eine Katze. Dass sie Stiefel trägt, überrascht mich schon nicht mehr.

Mein Blick bleibt an einem Kreis hängen, der mit gelber Farbe auf den Boden gepinselt ist. Der Anblick der hübsch verschlungenen Linien lässt mich neugierig näher treten. Bloß ein paar Schritte, um genauer zu inspizieren, welche Muster sich auf dem Steinboden befinden. Irgendwie wirkt das Ganze unsymmetrisch. Ich kneife die Augen zusammen und lege den Kopf schief, um einen besseren Eindruck zu bekommen. Ja, eindeutig. Links oben (soweit man bei einem Kreis sagen kann, wo oben und unten oder rechts und links ist) scheint mir ein Stück im Muster zu fehlen.

Die Herren Zauberer haben geschlampt! Entweder waren sie in Eile, oder sie hatten einmal mehr dermaßen schlechte Laune, dass sie schlicht die Lust verloren haben, ihr Werk zu vollenden.

Zauberer sind an sich ein seltsames Volk und an einem schlechten Tag können sie richtig unausstehlich werden. Mag sein, dass es enttäuschend ist, ständig Pergamente zugesteckt zu bekommen und feststellen zu müssen, dass es sich nicht um Liebesbotschaften, sondern um die Bestellung eines Zaubers handelt. Aber ehrlich, was erwarten die? Wer mit weißen Rauschebärten herumläuft, einen Zauberstab schwingt und ständig ungeheuer wichtigtut, braucht sich nun wirklich nicht zu beklagen, wenn ihm jemand Bestellungen ans Kutschenfenster pappt.

Ohne darüber nachzudenken (was in diesem Moment vielleicht eine gute Idee gewesen wäre), greife ich nach dem Farbtiegel und vollende das kleine Kunstwerk mit ein paar raschen Pinselstrichen. Das sieht gleich viel besser aus! Sehr schick. Wenn ich zu diesem Zeitpunkt geahnt hätte, dass die Zauberer angesichts meiner Hilfsbereitschaft derart die Fassung verlieren würden, hätte ich allerdings die Finger von der Farbe gelassen.

Dabei habe ich nichts weiter getan, als mich für ihr Zauberwerk zu interessieren. Ich bin sicher, jeder Handwerker hätte sich erfreut gezeigt, wenn jemand Interesse an seinem Schaffen hat. Woher hätte ich wissen sollen, dass die Linien eines magischen Kreises im Allgemeinen – und dieses Kreises im Speziellen – keinesfalls verändert werden dürfen?

Bei den drei guten Feen! Selbst vor dem Verbotenen Wald stehen Schilder, die auf die Gefahren hinweisen. Haben diese Zauberer noch nie von einer angemessenen Warnung gehört? Ein einfacher Hinweis hätte genügt. Vielleicht: *Vorsicht! Bissiger Dämon!*

Darunter hätte ich mir etwas vorstellen können. Dann wäre ich auch nicht in die Verlegenheit gekommen, mich einer drei Meter großen, geflügelten Kreatur gegenüberzusehen, in deren Augen die Feuer der Neunten Hölle lodern.

Ich kann es nicht fassen. Dieses Ding ist einfach vor mir aufgeploppt. Aus dem Nichts. Gerade war ich noch allein im Turm, und als ich blinzle, steht er plötzlich da, mitten im Kreis. Kein Rauch, keine Fanfaren. Einfach da. Geradewegs vor mir! Den gespaltenen Huf und den stachelbewehrten Schwanz muss ich wohl nicht erwähnen, um meinem Unbehagen angesichts seiner Erscheinung Ausdruck zu verleihen. Dass dieser Teufel drei einzelne goldene Haare auf dem monströsen Kopf hat, ist dabei nur eine weitere Merkwürdigkeit. Und ein Zeichen schlechten Geschmacks. Dann lieber keine Haare, als diese drei armseligen … doch ich schweife ab.

Da steht er also vor mir, dieser drei Meter Klops, frisch eingetroffen aus den finstersten Abgründen aller albtraumhaften Fantasien. Aufgewachsen an der Grenze zum Verbotenen Wald gibt es nicht viel, das mich schrecken kann. Aber schlucken muss ich schon, als sich die Klops-Augen auf mich richten.

Soll ich ihn ansprechen? Eine freundliche Begrüßung hat bereits für eine Menge harmonischer Beziehungen den Grundstein gelegt. Jedenfalls hat Freundlichkeit noch niemandem geschadet – vor allem nicht, wenn sie das Monster davon abhält, mich mit einem Happs zu verschlingen.

Ich könnte ihn fragen, wo er seine Schuppen pflegen lässt, damit sie so einen herrlich matten Überzug bekommen. Als wäre er eine Moorleiche, deren Verfallsdatum schon eine Weile überschritten ist. Aber vielleicht lasse ich das lieber. Nicht jeder wird gern an seine Herkunft erinnert. Am Ende hatte der Klops eine schlimme Kindheit und lässt seine Wut darüber an mir aus. Womöglich steht ihm gar nicht der Sinn nach gepflegter Konversation.

Als ich ihn so betrachte, erscheint er mir tatsächlich etwas unausgeglichen. Ach, was rede ich um den heißen Brei herum: Er sieht dermaßen übellaunig aus, dass ihn ein höfliches Gespräch wohl nicht davon abhalten wird, mich zu fressen.

Es ist an der Zeit, sich nach Hilfe umzusehen. Die Vorhänge sperren zwar den größten Teil des Tageslichts aus, doch durch einen

schmalen Spalt zwängt sich noch ein wenig Helligkeit herein. Genug, um die herumstehenden Abscheulichkeiten – und damit meine ich nicht nur den Klops – ins rechte Licht zu rücken.

Diese Zauberer sind ein widerliches Pack. Dreckiges Geschirr, auf dem sich vertrocknete Reste längst verdauter Mahlzeiten langsam in Dünger verwandeln, stapelt sich neben Kelchen und vergilbten Schriftrollen. Schmutzige Roben liegen auf dem Boden verstreut, als käme Mutter Zauberer zweimal die Woche, um die Wäsche ihrer greisen Söhne einzusammeln und die Motten aus dem löchrigen Stoff zu klopfen. Über dem ganzen Raum liegt eine dicke Staubschicht. Wann das letzte Mal jemand eines der Fenster geöffnet und Luft hereingelassen hat, lässt sich unmöglich sagen. Sogar der Klops scheint angesichts der abgestandenen Luft die Nase zu rümpfen.

Während mein Blick weiterwandert, frage ich mich, ob es helfen würde, die Anwesenheit des Klopses einfach zu ignorieren. So wie man die Augen schließt, wenn das Monster unter dem Bett hervorkriecht, und sich einredet, dass es einen nicht sehen kann, weil man es selbst nicht sieht. Vielleicht wäre es einen Versuch wert, allerdings wage ich nicht, die Augen zu schließen. Dass sich der Klops noch nicht vom Fleck gerührt hat, bedeutet nicht, dass er nicht längst darüber nachdenkt, wie er mich fressen will.

Ich brauche wirklich Hilfe. Eine Tür, einen Prinz in schimmernder Rüstung oder meinetwegen eine Waffe. Vorsichtig, ohne den Klops völlig aus den Augen zu lassen, sehe ich mich weiter um.

Der Anblick des Plunders, der überall herumliegt, lässt mich zwar den Klops nicht vergessen, lenkt mich aber genug ab, um mir die Angst ein bisschen zu nehmen. Das meiste davon bekommt man schließlich nicht jeden Tag zu sehen: eingelegte Kröten, karamellblaue und blutgrüne Pulver, Gläser, deren Inhalt ich gar nicht erkennen will (allerdings läuft an einigen seltsamer grün-brauner Schleim herunter und ich glaube, er gibt schmatzende Laute von sich).

Vor mir steht ein Tisch, der nur drei Beine hat. Dort, wo sich der vierte Fuß befinden sollte, wird das Möbel stattdessen von einem …

einem … was ist das? … Tatsächlich! … von einem schrumpeligen Kobold gestützt, der die Arme über den Kopf hält und die Tischplatte stemmt. Dem kleinen grünen Kerlchen stehen Schweißperlen im runzligen Gesicht. Er schnauft wie ein Pferd, aber das Möbelstück wackelt kein bisschen. Obendrauf liegen Zauberstäbe aller Längen und Variationen und allerlei Merkwürdigkeiten, von denen ich nicht wissen will, was es ist. Manches davon scheint mich zu beobachten!

Das Einzige, was ich im Raum nicht entdecken kann, ist ein Zauberer. Weit und breit ist keiner in Sicht. Natürlich nicht, immerhin sind sie alle aus dem Turm marschiert. Andernfalls wäre ich nicht hier und befände mich nicht in dieser misslichen Lage. Verflixte Zauberer!

Mein Blick fällt auf die große Standuhr neben dem Kamin. Schlagartig wird mir klar, wo die Weißbärte hin sind: kein Kundentermin. Mittagessen in der Schenke! Noch eine halbe Stunde!

Der Klops hat nicht vor, so lange zu warten. Mit einem Schnauben setzt er sich in Bewegung und rückt schnell näher. Ich weiche zurück, bis ich mit dem Rücken gegen ein Regal stoße. Ich bin keine Expertin auf diesem Gebiet – tatsächlich ist das der erste Dämon, den ich je befreit habe –, aber dass er einfach über die Muster im Kreis hinwegsteigt, die ich vorhin selbst auf den Boden gepinselt habe, werte ich als kein gutes Zeichen. Sein fauliger Atem fährt mir ins Gesicht.

Bei den Feen! Das Untier ist wirklich nah. Geifer trieft von seinen Fängen und sammelt sich in kleinen Pfützen auf meinen Schuhen. Ungeheuer teuren Schuhen, blau mit Stickereien. Viel lieber hätte ich sie in Rot gehabt, doch meine Zofen konnten kein einziges Paar auftreiben. Neulich auf dem Markt erzählte jemand, dass ein Mädchen mit den roten Schuhen getanzt hätte. Es konnte nicht aufhören, bis der Scharfrichter ihm die Schuhe samt darin steckenden Füßen abgehackt hat. Ganz ehrlich? In Blau gefallen sie mir ohnehin viel besser. Und erzählt mir jetzt nichts über zu hoch hängende Trauben, die ohnehin zu sauer sind. Blau ist eine schöne Farbe!

Dass der Klops mir diese hart (von eurem Zehnt – ja, ich sehe, ihr leidet nun mit mir) verdienten Stücke mit seinem Geifer ruiniert, ist wenig beglückend. Weiß das Biest, was es mir antut, wenn es sie versaut?

Während ich meinen unrettbar ruinierten Schuhen nachtrauere, stößt der Klops das lauteste Gebrüll aus, das ich je gehört habe. Schlimmer noch als der Lärm, der meine Ohren beim Betreten des Turms klingen ließ. Ein Stück von mir entfernt erzittert ein kleiner, kunstvoll gewebter Teppich unter dem Gebrüll. Ein kurzes Beben durchläuft die Fasern, dann erhebt er sich in die Luft und saust durch den Kamin davon. Der Rachen des dreihaarigen Klopses ist so weit aufgerissen, dass es nur eine Richtung gibt, in die er sich weiterbewegen kann: zuklappen. Dafür ist mein Kopf aber entschieden zu nah.

Ich strecke die Hand nach dem Tisch hinter mir aus und packe das erstbeste, das ich zu fassen bekomme. Gerade rechtzeitig ziehe ich meinen Kopf zurück und stecke dem Klops den gläsernen Zauberstab der Länge nach ins Maul. Mächtige Kiefer schieben sich aufeinander zu. Ein Knirschen ertönt. Glassplitter rieseln zu Boden. Ein Anblick, der mich an Eisregen erinnert.

Bloß fort von hier, schießt es mir durch den Kopf. Ich frage mich, ob es helfen würde, den Kobold zur Seite zu schubsen und seinen Platz unter dem Tisch einzunehmen. Wird der Unhold von mir ablassen, wenn ich Teil eines Möbelstücks wäre und sich stattdessen dem grünen Kerlchen zuwenden? Während ich mit einer komplizierten mathematischen Gleichung versuche, meine Chancen auszuloten (für die, die es genau wissen wollen: ein zusätzliches Opfer ist doppelt so viele Opfer wie zuvor und könnte den Dämon X von seinem ursprünglichen Ziel Y (das bin ich) ablenken), gibt es einen gewaltigen Knall. Rauch wallt auf. Riesige dunkelgraue Wolken, die erst langsam auseinandertreiben und dann mit einem vernehmbaren »Schlurp« in den Bodenritzen verschwinden.

Plötzlich sind sie da. Auf der anderen Seite des Raumes stehen sie, die alten Männer in ihren roten Roben und mit den abgefahrensten Hüten, die ich je gesehen habe. Jeder von ihnen eine Lumpensamm-

lung auf zwei Beinen. Die bodenlangen Bärte eine Fauna und Flora für sich. Ich schwöre, es war das Knirschen des zerbrechenden Zauberstabs, das sie vorzeitig aus ihrer Pause zurückgeholt hat.

So wie sie dreinblicken, schmeckt ihnen die Unterbrechung ihres Mittagsmahls (Teile davon haben sie in ihren Bärten mitgebracht) nicht sonderlich. Das ist noch lange kein Grund, mich dermaßen grimmig anzuglotzen. Vor mir steht ein Dämon. Holt ihn euch. Na los!

Aber nichts passiert. Es ist, als hätte die Ankunft der Zauberer die Welt angehalten. Ich wage nicht zu atmen. Die Zauberer sagen kein Wort, stehen einfach nur da, die Stirnen zornig gefurcht. Selbst der Klops versucht nicht mehr, mir den Kopf abzubeißen. Im Augenblick wirkt er eher irritiert. Verdenken kann ich es ihm nicht.

Im Turmzimmer ist es totenstill – von einem leisen Wimmern abgesehen. Aus dem Augenwinkel sehe ich, wie der Tisch schwankt. Die Arme des Kobolds zittern. Seine Lippen beben. Ich glaube, er weint. Doch mir ist nicht danach, ihn zu trösten. Eher denke ich weiter darüber nach, ob es nicht besser wäre, wenn ich an seiner Stelle unter diesem Tisch säße.

Jetzt kommt Bewegung in die Zauberer. Sie stellen sich zu einem Halbkreis auf. Was soll das? Es sieht aus wie eine Art Mannschaftsbesprechung, allerdings ohne Worte. Alles läuft mit Blicken ab. Die Männer sind vielleicht alt, aber fachlich unschlagbar – das stelle ich schnell fest.

Als sie ihre Arme heben, tut sich vor mir ein Loch von der Größe des Schlossteiches im Boden auf. Wirbelnde Flammen zucken daraus empor. Von plötzlichem Forscherdrang gepackt, nehme ich ein Glas mit eingelegten Kröten und werfe es hinein. Auf diese Weise erhoffe ich mir herauszufinden, wie tief es ist. Die Kröten fallen … und fallen … und fallen. Ich höre keinen Aufprall. Nicht weiter verwunderlich bei dem Radau, den der Klops wieder veranstaltet. Er hat sich offenbar seiner dämonischen Abstammung erinnert und benimmt sich, wie es einer Kreatur seines Schlages gebührt. Alles Brüllen und Fauchen hilft ihm nichts. Es ist, als würde er von einer unsichtbaren Hand gepackt und in jenen Schlund gezogen, der ihn wohl in die Abgründe der Neunten Hölle zurückführen wird. Ein letzter Schritt, dann ist er fort. Mach's gut, Klops. Komm bloß nicht zurück!

Als ich mir die Zauberer so ansehe, frage ich mich allerdings, ob er nicht vielleicht freiwillig gesprungen ist. Immerhin ist ein Zauberer nicht der appetitlichste Anblick – nicht mal für einen Dämon.

Der Klops ist fort. Das Loch hat sich geschlossen. Sogar der Unrat liegt wieder an Ort und Stelle – einschließlich des Geschirrs und der schimmelnden Essensreste. Die Zauberer haben wirklich ein Auge fürs Detail.

Jetzt wenden sie sich mir zu. Und etwas in ihren Blicken sagt mir, dass das nicht gut ist. Wer schon einmal vor dem gesamten königlichen Hofstaat getadelt wurde, kann nachvollziehen, wie ich mich gerade fühle. Fast sehne ich den Klops zurück.

Trotz ihrer griesgrämigen Gesichter erhoffe ich mir eine Frage nach meinem Wohlbefinden. Die Zauberer werden bestimmt wissen wollen, ob der Tochter des Königs etwas zugestoßen ist. Allein schon wegen der Versicherung.

Aber nichts dergleichen passiert. Stattdessen höre ich jemanden sagen, dass Meister Borgans gläserner Zauberstab ein unwiederbringliches Einzelstück war. Woher hätte ich das denn wissen sollen? Es hing schließlich kein Hinweisschild dran. Ebenso schlampig wie die Haushaltsführung der Zauberer ist die Etikettierung ihrer magischen Gegenstände. Statt der erhofften Anteilnahme angesichts der misslichen Lage, in der ich mich befand, bekomme ich die unflätigsten Beschimpfungen zu hören, die mir je zu Ohren gekommen sind. Und das will etwas heißen, ist doch einer meiner Onkel einer der fähigsten Fluchweber des Landes (die Bezeichnung Fluchweber steht in diesem Fall nicht für eine magische Fähigkeit, sondern eine verbale Kunst). Einige weniger geglückte Beschimpfungen beziehen sich auf das verwandtschaftliche Verhältnis meiner Eltern. Dabei weiß jeder

Narr, dass Blaublüter nun einmal nicht auf Bäumen wachsen und alle untereinander in irgendeiner Form … Muss ich noch mehr sagen?

Irgendwann gehen den Herren die Beschimpfungen aus und da werden sie wirklich gemein. Zuckende Blitze und Feuerbälle sind nicht leicht zu verkraften. Vor allem nicht, wenn man gerade erst eine Begegnung mit einem Dämon hinter sich hat und eigentlich ein wenig Zuspruch und ein Mindestmaß an Mitgefühl brauchen würde.

Mir steht so gar nicht der Sinn danach, mich rösten zu lassen. Dem Kobold offenbar auch nicht. Er quiekt empört und ergreift die Flucht, als ich seinen Tisch umstoße und mich dahinter in Deckung werfe.

Auf der Suche nach einer Waffe, um mich zu verteidigen, fliegt mein Blick über all den magischen Tand, der vom Tisch gefallen ist. Ich beginne, die Zauberer mit allem zu bewerfen, was ich in die Finger bekomme. Darunter Spinnenbeine und Schlangenzungen – ausnehmend unspektakulär im Vergleich zu den lodernden Feuerbällen, die mir um die Ohren zischen.

Wo ist die gute Fee, die einem drei Wünsche gewährt, wenn man sie braucht? Auch gegen ein Paar Siebenmeilenstiefel hätte ich jetzt nichts einzuwenden. Nicht einmal gegen einen fliegenden Teppich – und das, obwohl ich Höhenangst habe –, aber der ist ja ohne mich getürmt! Alles, was ich in dem Durcheinander finde, ist eine Wunschkarte.

Ich greife danach und störe mich kein bisschen an den Eselsohren, oder der Tatsache, dass Kaffeeflecken die Oberfläche so sehr verunzieren, dass das Motiv darauf kaum mehr zu erkennen ist. Hastig breche ich sie entzwei und wünsche mich an einen Ort, an dem mir die Zauberer nicht gefährlich werden können. Weit weg vom Turm.

Es gibt keine Fanfaren und kein Feuerwerk. Nur das trockene Knirschen der Wunschkarte, als ich sie zerbreche. Ich schließe die Augen. Und als ich sie wieder öffne, sind die Zauberer verschwunden. Ebenso ihr Labor.

Endlich kann ich aufatmen.

Mir ist warm. Eigentlich kein Wunder, nach allem, was ich hinter mir habe. Doch warum wird mir immer wärmer? Sollte ich mich nicht allmählich beruhigen? Vorsichtig werfe ich einen Blick auf meine Umgebung. Ich stehe in einem Kreis aus meterhohen Flammenlohen – etwa eine Armeslänge von einem alten Bekannten entfernt.

Fluchend taste ich in meiner Rocktasche nach einer zweiten Wunschkarte. Ich weiß, dass es keine gibt. Aber ist es falsch, in einem derartigen Moment auf ein Wunder zu hoffen? Der für Wunder zuständige Untertan hat offenbar schon Feierabend – oder er ist ein kompletter, stocktauber Stümper. So oder so: Das Wunder bleibt aus.

Während der Klops näher kommt, erinnere ich mich an die Worte meiner Großmutter: »Und schließlich wird viel darauf ankommen, dass du nie alles auf eine einzige Wunschkarte setzt!«

Kluge Frau.

ENDE

DRACHENMOND VERLAG